Ana Veloso

Das Lied des Kolibris

ROMAN

KNAUR

Besuchen Sie uns im Internet:
www.knaur.de

Vollständige Taschenbuchausgabe Juli 2015
© 2011 Knaur Verlag
Ein Imprint der Verlagsgruppe
Droemer Knaur GmbH & Co. KG, München
Alle Rechte vorbehalten. Das Werk darf – auch teilweise –
nur mit Genehmigung des Verlags wiedergegeben werden.
Redaktion: Viola Eigenberz
Umschlaggestaltung: ZERO Werbeagentur, München
Umschlagabbildung: Gettyimages / Tui De Roy;
Gettyimages / FernandoAH; Gettyimages / Georg Dionysius Ehret
Druck und Bindung: CPI books GmbH, Leck
ISBN 978-3-426-50131-3

2 4 5 3 1

Teil 1

I

*V*on drei Seiten drohte Ungemach.
Von rechts sah Lua die verrückte Imaculada kommen, die ihren Blick starr auf sie richtete und genau auf sie zuhumpelte, weiß der Himmel, warum. Lua hatte mit der Alten nie ein Wort gewechselt und sah auch keinen Grund, daran etwas zu ändern. Imaculada gehörte seit Urzeiten zu São Fidélio, so ähnlich wie die knarrenden Stufen zum Dachgeschoss des Herrenhauses, und genau wie bei der Treppe konnte sich niemand daran erinnern, sie jemals anders als verwittert und ächzend erlebt zu haben. Sie war Lua unheimlich, und die junge Sklavin wollte nichts mit der Alten zu schaffen haben.
Von links näherte sich der Senhor. Er sah aus, als wolle er Lua eine weitere unsinnige Aufgabe erteilen, eine von der Art, die ihm ein wenig Zweisamkeit mit ihr erlaubt hätte. Allmählich drängte sich ihr der Verdacht auf, dass er sich seine Hemdknöpfe absichtlich abriss, nur damit er sie bitten konnte, ihm in sein Studierzimmer zu folgen und sie ihm schnell wieder anzunähen. Nicht dass es andere Sklavinnen gegeben hätte, die in dieser Arbeit viel geübter waren als sie. Auf eine Begegnung mit ihm war sie ebenso wenig erpicht wie auf die mit der alten Sklavin.
Sie hätte nach vorn oder nach hinten zum Schuppen ausweichen können, um beiden aus dem Weg zu gehen. Doch dann sah sie plötzlich, dass Gefahr aus einer Richtung drohte, aus der sie sie nicht vermutet hatte: von oben. Ein Drachen schoss im Sturzflug auf sie zu. Die Hühner stoben wild gackernd auseinander, als Lua sich vor dem Ungetüm in Sicherheit bringen

wollte und dabei fluchend durch ihre Mitte rannte. Sie hatte geahnt, dass der kleine Sohn der Wäscherin nicht in der Lage sein würde, den selbstgebauten Drachen bei dem starken Ostwind zu bändigen. Dennoch hatte sie dem Kind zu wenig Aufmerksamkeit geschenkt, hatte sich darauf verlassen, dass seine Mutter rechtzeitig eingreifen würde.
Sie lief geradewegs in die Arme Imaculadas. Hinter ihr hörte sie eine Vielzahl an Geräuschen, aus denen sie schließen konnte, was geschehen war: das Gezeter des Senhors, der offenbar beinahe von dem Drachen getroffen worden wäre, das Geflatter der ebenfalls erschrockenen Hühner sowie das Geschrei der Wäscherin, die ihren allzu lebhaften Sohn maßregelte. Dann folgte das Geheul des Jungen, dessen Drachen anscheinend zerfetzt in den Ästen des Cajú-Baumes hing.
Sehen konnte sie von alldem nichts. Imaculadas Blick hielt den ihren unerbittlich gefangen.
»Ich wissen, dass du Richtige«, sagte sie. »Wind auch wissen.«
Lua hatte von den anderen Sklaven auf São Fidélio erfahren, dass Imaculada noch zu jenen gehörte, die direkt aus Afrika nach Brasilien gebracht worden waren. Die anderen waren alle hier geboren. Daher hätte sie das schlechte Portugiesisch der Alten nicht wundern dürfen, was es aber trotzdem tat. Es verstärkte den Eindruck von Andersartigkeit, den all ihre Gesten und Blicke ausstrahlten. Und was sollte das überhaupt heißen, sie sei die Richtige? Wofür? Glaubte die Alte tatsächlich, dass nicht ein dummer Zufall sie in ihre Nähe geführt hatte, sondern der heiße Ostwind, von dem es hieß, er komme geradewegs aus Afrika?
Imaculadas Stimme war so ausdruckslos wie ihre Miene. Lua wagte trotzdem nicht, ihr zu widersprechen. Vielleicht veranlasste die Autorität des Alters sie dazu, Imaculada, die ihren Arm umklammert hielt, zu folgen. Vielleicht war es aber auch

ihre Furcht davor, dass an den Gerüchten etwas dran war, hieß es doch von der betagten Sklavin, sie verfüge über magische Kräfte. Lua bekreuzigte sich im Geiste.

Imaculada führte die Jüngere um das Herrenhaus herum zu einer steinernen Bank, die nun, am Nachmittag, im Schatten des Gebäudes stand. Es war die dem Wind zugewandte Seite. Eine kräftige Bö fuhr unter Imaculadas Rock und entblößte ihre dürren, ledrigen Waden, ein Anblick, der Lua sonderbar anrührte. Die Alte bedeutete ihr, Platz zu nehmen, aber angesichts der ihr drohenden Strafe wagte sie nun endlich Widerworte.

»Jesus und Maria! Was, wenn die Senhora uns hier erwischt? Du weißt, dass sie uns auspeitschen lassen kann, wenn es ihr gefällt. Sie hasst Müßiggang bei den Sklaven, und noch viel mehr verabscheut sie die Vorstellung, mit ihrem kostbaren Hinterteil dieselbe Stelle zu berühren, auf der schon einmal ein schwarzer Hintern gesessen haben könnte.«

Die Alte nickte bedächtig. »Du viel lernen. Viel, viel.«

Lua war verunsichert. Hieß das, sie hatte viel gelernt? Viele portugiesische Wörter, die Imaculada möglicherweise nicht verstand? Oder wollte sie Lua vielmehr zu verstehen geben, sie habe noch viel zu lernen?

Imaculada setzte sich auf die Bank und hielt dabei weiter Luas Arm fest, so dass diese gezwungen war, es ihr gleichzutun. Lua schaute sich ängstlich nach allen Seiten um. Wenn sie nun jemand sah und bei den Herrschaften anschwärzte? Die dicke Maria zum Beispiel, die allen Mädchen, die hübscher waren als sie, das Leben zur Hölle machte? Oder der liebedienerische João, der sich vom Verpetzen gewisse Vorteile in der Casa Grande versprach?

Es war weit und breit niemand zu sehen, doch das mochte nicht viel heißen. Auf São Fidélio ist man nie allein, so viel hatte Lua in ihren 18 Lebensjahren, die sie alle auf dieser Fazenda verbracht hatte, gelernt. Die Zuckerrohrplantage erstreckte sich weit über den Horizont hinaus, und auf den Feldern sowie im Urwald konnte man sich sehr einsam fühlen. Doch das Anwesen selbst, bestehend aus Herrenhaus, *casa grande*, sowie den Nutzgebäuden und dem Sklaventrakt, *senzala*, beherbergte an die 200 Personen, von denen nur fünf von weißer Hautfarbe waren. Von den Sklaven wiederum befand sich immer mindestens ein Viertel im oder am Haus – jede Menge Leute also, die im Herrenhaus, in der Küche, der Wäscherei, den Ställen, der Schmiede, im Obstgarten, in der Maniokmühle oder an der Zuckerrohrpresse arbeiteten, ganz zu schweigen von Müttern im Kindbett, Rekonvaleszenten, kleinen Kindern, Greisen oder anderen Personen, die aus diesen oder jenen Gründen nicht einsatzfähig waren.

Lua hatte schon in ihrer Kindheit die Erfahrung gemacht, dass sie sich, wenn sie Ruhe suchte, möglichst weit vom Haus entfernen musste. Einmal hatte sie der Sinhazinha Eulália ein Buch stibitzt, um es heimlich zu lesen, doch sie kam kaum drei Seiten weit, da sauste die Gerte auf sie nieder. Die Gouvernante hatte sie bei ihrem mittäglichen »Verdauungsspaziergang«, wie sie es nannte, erwischt. Kein normaler Mensch ging freiwillig mittags aus dem Haus, nur Lua und diese schreckliche Frau, und prompt trafen sie aufeinander. Ein anderes Mal wollte sie, gerade 13-jährig, mit einem schmucken Burschen turteln – der, Gott hab ihn selig, im vergangenen Jahr bei einem Fluchtversuch getötet wurde –, da wurden sie von einem Hund sowie drei kleinen Jungen gestört, die ebendiesen Hund fangen wollten.

Es war also nicht ratsam, in der Nähe des Hauses irgendwelchen Beschäftigungen nachzugehen, bei denen man ungestört bleiben wollte. Und das verschwörerische Getue von Imaculada verhieß nichts Gutes. Allerdings war Luas Neugier schon immer größer als ihre Angst vor Bestrafung gewesen, so dass sie sich also hinsetzte und Imaculada fragend ansah.

»Ich sterben«, sagte die Alte in einem Ton, in dem sie auch hätte mitteilen können, dass an diesem wie an jedem anderen Tag in den letzten drei Monaten die Sonne schien.

»Oh«, brachte Lua hervor.

»Nicht schlimm. Ich zurück zu mein Ahnen und mein Kinder nach Cubango-Fluss, nach Ndongo.«

»Oh«, sagte Lua ein weiteres Mal. Was sonst hätte sie auf eine solche Aussage erwidern sollen? Ihr graute vor den sentimentalen Erinnerungen der Alten. Sie wollte nichts über sie, ihre Familie oder ihre heidnische Herkunft wissen. Die Afrikaner waren Wilde, das wusste doch jedes Kind. Sie waren Hottentotten und Menschenfresser, oder etwa nicht? Die Sklaven konnten sich glücklich schätzen, dem schwarzen Kontinent und seinen bestialischen Bräuchen entkommen zu sein. Die Liebe von Jesus Christus sowie die Fürsorge ihrer Senhores wogen doch hundertmal die Tatsache auf, dass sie nicht »frei« waren. Lua schloss sich ganz der Meinung des Padres an, der jeden Sonntag predigte, die Freiheit sei ein Gut, das den Negern überhaupt nicht bekäme. Im Übrigen fühlte sie sich durchaus nicht als jemandes Eigentum, auch wenn es auf dem Papier wohl so war.

»Du tun dumm, aber du sein klug. Du schreiben.«

»Nein, das stimmt nicht«, antwortete Lua. Endlich sprach Imaculada ein Thema an, zu dem sie sich hätte äußern können, aber sie hatte nicht vor, ihr dieses Geheimnis anzuvertrauen, ein Geheimnis, das anscheinend bei weitem nicht so wohlgehütet war, wie sie es sich erhofft hatte. Sie konnte nämlich lesen und schreiben, beides, wie sie ganz unbescheiden fand, sehr gut. Die Eitelkeit war eine Todsünde, hatte der Padre sie gelehrt, doch eine noch viel größere Sünde war es, wenn Sklaven

lesen und schreiben konnten. Aus diesem Grund würde sie vor einer ihr fremden und noch dazu so furchteinflößenden Person wie Imaculada nie zugeben, dass es sich wirklich so verhielt. Der einzige Mensch auf der ganzen Welt, der um ihre verbotenen Kenntnisse wusste, war ihre Freundin Fernanda, und die scherte sich herzlich wenig darum. Wofür das Lesen gut sei, wenn man keine Bücher habe? Da hatte sie nicht ganz unrecht. Allerdings verschaffte Lua sich gelegentlich Zugang zu Büchern, was selbst Fernanda nicht wusste.
»Du tun dumm, das klug. Aber Kasinda wissen. Du schreiben Geschichte von Kasinda.«
»Wer ist Kasinda?«, fragte Lua, obwohl ihr bereits schwante, dass die Alte selbst damit gemeint war.
»Kasinda mein afrikanisch Name. Imaculada gibt nicht.« Daraufhin spuckte sie mit hassverzerrtem Gesicht vor Lua in den Staub.
»Du willst also, dass ich deine Geschichte aufschreibe? Wozu soll das gut sein?«
Imaculada starrte sie ungläubig an und schimpfte in ihrem Kauderwelsch, sie sei womöglich noch dümmer, als sie sich gab, und sie habe sich in ihr getäuscht. Ihre Geschichte verdiene es, bewahrt zu werden, und sie, Lua, solle sich glücklich schätzen, die Auserwählte zu sein, die dank dieses überlieferten Wissens zu großer Weisheit gelangen könne. Das zumindest entnahm Lua dem Wortschwall, der mit Wörtern einer ihr unbekannten Sprache durchsetzt war.
»Aber ich sagte dir doch: Ich kann nicht schreiben. Selbst wenn ich es könnte, ich hätte nicht einmal Papier und einen Stift, um es zu tun.«
Imaculada lächelte verschmitzt, griff in ihren Rockbund und zog eine Kladde sowie einen Kohlegriffel daraus hervor.
»Du anfangen. Jetzt. Nicht mehr viel Zeit, ich sterben.«

Sie sprach, wiewohl zittrig und krächzend, in sehr bestimmtem Ton, und der Blick aus ihren kleinen schlauen Äuglein war scharf. Würde sie Lua mit einem bösen Fluch belegen, wenn sie ihrem Wunsch nicht Folge leistete? Lua musste sich wohl oder übel fügen. Sie konnte ja auch einfach etwas anderes niederschreiben als das, was die Alte ihr erzählte – sie würde das Geschriebene ja doch nicht lesen können.

»Na schön«, sagte Lua widerstrebend. »Gib mir die Schreibsachen.«

Imaculada reichte ihr Stift und Papier, und Lua versuchte, einen Blick auf ihre verstümmelte Hand zu erhaschen. Es hieß, ihr fehle ein Finger, und es kursierten jede Menge Gerüchte darüber. Aber Imaculada hielt ihre Hände mit den dicken Adern und den knotigen Fingern immer so geschickt, dass man den angeblichen Stumpf nie sehen konnte.

Ein plötzliches Glücksgefühl durchströmte Lua, denn es war lange her, dass sie die Möglichkeit gehabt hatte, zu schreiben. Es bereitete ihr ein immenses Vergnügen, den Griffel in ihrer linken Hand zu fühlen und den Duft des Papiers einzuatmen. Erneut sah sie sich um. Mit diesen verbotenen Utensilien erwischt zu werden zöge eine weitaus schlimmere Bestrafung nach sich als das ungebührliche Benutzen einer Steinbank.

»Niemand kommen. Alle Angst vor Kasinda«, murmelte die Alte. Wahrscheinlich hatte sie recht. Von den Sklaven jedenfalls traute sich niemand in ihre Nähe. Und dass ein Mitglied der Familie Oliveira sich hierher verirrte, schien Lua ausgeschlossen. Dona Ines hatte Besuch, Dom Felipe hatte sich schätzungsweise längst ein anderes Opfer auserkoren, Sinhá Eulália scheute die Sonne, und der junge Sinhô Manuel brütete sicher wieder über den Zahlen der Rechnungsbücher. Der älteste Sohn der Familie, Carlos, kam ohnehin nur an den Wochenenden.

»Fang an«, forderte Lua Imaculada ein wenig barsch auf, um sich nicht anmerken zu lassen, welche Vorfreude aufs Schreiben sie erfüllte.

»Mein Name Kasinda«, begann die Alte, und Lua notierte brav die Schilderungen, nicht ohne diese zuvor zu korrigieren. Wem nützte schon eine Geschichte, die voller fremdländischer Vokabeln war und von so fehlerhafter Grammatik, dass man sie kaum verstand?

»Ich sein neun Tochter von groß Häuptling Mukua-nguzu und Frau drei Nzinga. Ich sehr schön und sehr klug. Mit vierzehn ich heirate stolzer Krieger.«

Lua horchte auf. Die alte Hexe Imaculada erzählte vielleicht ein Märchen. Doch wider Willen begann die Geschichte sie in ihren Bann zu ziehen. Sie schrieb fieberhaft mit, was sie große Anstrengung kostete, da sie das Gehörte zunächst deuten und gleichzeitig umformulieren musste.

Sollte irgendjemand eines Tages das unscheinbare Heft finden, in dem sie alles notierte, dann konnte sie nur hoffen, dass er ihr verzieh, wenn afrikanische Namen nicht richtig geschrieben waren und die schlichte Ausdrucksweise Imaculadas verfälscht wurde. Sie betete, dass dieser Leser berücksichtigen würde, dass sie ihr Bestes gab, um Imaculadas Schilderungen gerecht zu werden und dafür zu sorgen, dass ihr Schicksal nicht in Vergessenheit geriet.

2

Mein echter Name lautet Kasinda. Ich bin die neunte Tochter des angesehenen Häuptlings Mukua-nguzu und seiner dritten Ehefrau Nzinga. Ich war ein sehr schönes und sehr kluges Mädchen, so dass man mich im Alter von 14 Jahren dem stolzen Krieger Uanhenga zur Frau gab. Damit hatte ich eine viel bessere Partie gemacht als meine älteren Schwestern, doch das Unheil, das daraus hervorgehen sollte, war mir damals noch nicht bewusst.
Uanhenga war ein guter Ehemann. Er schlug mich nur, wenn ich ihm Anlass zu ernsthaftem Kummer gegeben hatte, und er wohnte mir jede Nacht bei, wie es seine Pflicht war. Ich war ihm treu ergeben und schenkte ihm nach neunmonatiger Ehe seinen ersten Sohn. Es war ein starker, gesunder Junge, den wir Chilala nannten. Ich liebte dieses Kind mehr, als gut für mich war. Ich vergötterte Chilala und schenkte ihm mehr Zuwendung als jedem anderen der drei Kinder, die ich in den ersten Jahren unserer Ehe gebar. Es waren zwei weitere Söhne und eine Tochter.
Uanhenga sorgte gut für uns. Auch hatten wir das Glück, von Dürren oder Überschwemmungen verschont zu bleiben, so dass alle vier Kinder gesund blieben und prachtvoll gediehen. Uanhenga hätte sich weitere Ehefrauen nehmen können, doch er wollte keine außer mir, was mich mit großem Stolz erfüllte. Trotz meiner Jugend gehörte ich bald zu den angesehensten Frauen unseres Krals, und das nicht nur wegen meiner Position als Ehefrau Uanhengas. Ich war sehr tüchtig, wirtschaftete

umsichtig und legte genügend Vorräte für schlechtere Zeiten an. Ich war bewandert in der Kunst des Heilens und in der Gewinnung von Palmwein. Ich war außerdem eine gute Spurenleserin, so dass ich einmal unser Dorf davor bewahrte, von einem einzelgängerischen Elefantenbullen angegriffen zu werden. Daraufhin kam ich in den Ruf, eine Hellseherin zu sein. Ich ließ die Leute in dem Glauben. Natürlich konnte ich die Zukunft keineswegs vorhersagen, doch ich verfügte über eine gute Auffassungs- und eine noch bessere Kombinationsgabe. Wenn man darüber hinaus eine gewisse Kenntnis der Verhaltensweisen von Mensch und Tier besitzt, reicht das meist aus, um zu ahnen, was geschehen wird. Einzig bei meiner Schwester Thandeka haben mich meine vermeintlich hellseherischen Kräfte verlassen, ein Umstand, der mich meiner Familie beraubt hat und mich beinahe das Leben gekostet hätte.

Ich befand mich im Busch an den Ufern des Cubango, wo ich nach einer seltenen Wurzel suchte, deren Saft bei Verdauungsstörungen half. Ich war ganz allein, einmal abgesehen von dem Säugling, den ich in einem Tragetuch eng an meinen Leib gewickelt hatte. Meine Suche schritt sehr erfreulich voran und wurde weder durch hungrige Geparden noch durch aufgeschreckte Schlangen vereitelt. Ich summte eine Melodie vor mich hin und dankte meinem Orixá für das Glück, das mir beschieden war. Ich nahm mir vor, ihm noch am selben Abend ein Opfer darzubringen, damit er mir weiter wohlgesinnt sein möge.

Plötzlich wurden die Geräusche des Waldes, die ich stets als beruhigend empfunden hatte, von einem anderen Laut überlagert. Ein Mensch rannte auf mich zu, stolpernd und keuchend. Ein Mensch, der sich offenbar in Gefahr befand, denn unter normalen Umständen bewegten wir Leute aus Cambundi uns beinahe geräuschlos. Die Vögel verstummten, das Rascheln in

den Bäumen wurde leiser, und dann stand auf einmal meine Schwester vor mir.
»Schnell, Kasinda, deinem Sohn geht es nicht gut! Chilala wäre beinahe ertrunken, weiter unten am Flussufer bei dem großen Affenbrotbaum. Komm schnell, damit wir ihn gemeinsam heimtragen können.«
Vor Schreck ließ ich den Beutel fallen, in dem ich die Wurzeln gesammelt hatte. Ich war so erschüttert, dass mein Verstand vorübergehend aussetzte. Nicht einen Moment lang fragte ich mich, warum meine Schwester im Busch nach mir gesucht hatte, wo doch das Dorf viel näher gewesen wäre, um Hilfe zu holen. Ebenso wenig zweifelte ich am Wahrheitsgehalt ihrer Aussage, obwohl doch ein Vierjähriger, den ich obendrein in der Obhut meiner Mutter gelassen hatte, kaum allein zum Fluss geschlendert sein konnte. Ich folgte Thandeka schweigend. So schnell unsere Füße uns trugen, liefen wir zu der von ihr beschriebenen Unfallstelle, die nicht allzu weit entfernt lag.
Was wir dort vorfanden, war nicht etwa ein verstörter kleiner Junge. Es war vielmehr eine Gruppe grimmig dreinschauender Männer, die mir unbekannt waren. Sie waren nicht von unserem oder einem befreundeten Stamm, denn sie trugen Schmucknarben, wie ich sie nie zuvor gesehen hatte. Einer von ihnen verstand jedoch offenbar unsere Sprache, denn Thandeka wandte sich triumphierend an ihn: »Hier ist sie. Habe ich dir zu viel versprochen? Jung, stark, schön und gebärfreudig.«
Der Mann kam auf mich zu und kniff mich ins Gesäß. Ich schlug seine Hand fort, woraufhin er mich hart zu Boden stieß. Meine kleine Tochter begann zu schreien.
»Gib sie mir«, sagte Thandeka. »Wo du hingehst, bist du ohne sie besser dran.«

»Was hast du getan, Schwester?« Ich konnte nicht fassen, was mir widerfuhr. Zwar waren auch mir die Gerüchte zu Ohren gekommen, wonach sich Menschenfänger in unserer Gegend herumtrieben, doch gesehen hatte ich nie einen von ihnen. Noch viel weniger wollte mir in den Sinn, dass ausgerechnet ich zu ihrer Beute wurde. In die Dörfer fielen die Sklavenhändler nicht ein, das war ihnen zu gefährlich. Sie ergriffen ausschließlich Menschen, die allein unterwegs waren. Im Busch, da war ich mir sicher, hätte ich sie rechtzeitig gehört und ihnen entkommen können. Eine so bösartige Täuschung jedoch, eine so gemeine Falle hätte ich in meinen schlimmsten Träumen nicht für möglich gehalten.
»Du bist eine Schande für Uanhenga«, erklärte Thandeka wütend. »Dein Mann steht unter deiner Fuchtel, nicht einmal eine Zweitfrau wagt er sich zu nehmen. Das hat er nicht verdient. Und wir anderen Frauen aus Cambundi haben es nicht verdient, dass wir neben dir alle hässlich, dumm und faul wirken. Wir wären alle besser dran ohne dich. Und wo diese Männer dich hinbringen, da kannst du auch mit deinen Tugenden glänzen. Es wird dir gutgehen.«
Viele Jahre später gelangte ich zu der Einsicht, dass Thandeka sich in Rage geredet hatte, um ihr wahrscheinlich unüberlegtes Handeln vor sich selbst zu rechtfertigen. Damals jedoch verspürte ich nichts als grenzenlosen Zorn angesichts ihres Verrats. Ich spuckte sie an, versuchte, sie zu schlagen und zu treten, doch auf ein Zeichen ihres Anführers hin ergriffen mich zwei weitere Männer und sorgten dafür, dass ich ihr nicht weh tun konnte.
Thandeka nickte dem Anführer zu und hielt ihm eine geöffnete Hand hin. Sie wollte ihren Lohn in Empfang nehmen. Ich war fasziniert von der Szene, denn ich wusste genau, was nun folgen würde. Thandeka war schon immer die dümmste von uns neun Schwestern gewesen.

Blitzschnell griff der Anführer nach Thandekas Hand, drehte ihr den Arm auf den Rücken und raunte ihr zu: »Du bekommst schon noch, was du verdienst.«

Sie heulte und jammerte und flehte den Mann an, sie gehen zu lassen. Voller Verachtung wiederholte ich ihre eigenen Worte: »Wo diese Männer dich hinbringen, wird es dir gutgehen.«

»Aber ... aber du wolltest mir doch ...«, stammelte Thandeka an den Anführer gewandt, der ihren Arm wieder losgelassen hatte und sie nun mit erhobenen Brauen musterte wie ein fremdartiges Insekt.

Ich erfuhr nie, was es gewesen war, das diese Leute meiner Schwester als Lohn versprochen hatten. Denn auf einen Wink des Anführers ergriffen die anderen Männer Thandeka, rissen ihr brutal ihr Hüfttuch sowie die Halsketten fort und stießen sie in den Staub. Ich hielt mir die Ohren zu und schloss die Augen. Trotz meiner Wut auf meine Schwester konnte ich nicht mit ansehen, wie ihr auf so grausame Weise Gewalt angetan wurde.

Der Anführer zwang mich jedoch, hinzusehen. Es war grauenhaft. Ich unterdrückte jeden Laut, aber mir liefen Tränen übers Gesicht. »Das«, so sagte der Mann, »passiert widerspenstigen Frauen. Also benimm dich.« Daraufhin nahm er sein Messer und stieß es mit einem gezielten Hieb in die Kehle meiner Schwester. Ich werde nie den Anblick vergessen, wie sie dort im Staub lag, geschändet, verstümmelt und mit dem Ausdruck unbegreiflichen Entsetzens in ihren im Tod weit geöffneten Augen.

Die Männer fesselten meine Arme auf dem Rücken und schubsten mich vor sich her. Später habe ich mich oft gefragt, warum sie mit meiner Schwester nicht dasselbe anstellten wie mit mir, doch ein wirklich guter Grund dafür fiel mir nicht ein. Thandeka war zwar dumm, hätte aber als Sklavin gewiss einen guten Gewinn eingebracht, denn sie war stark und gesund.

Die Männer brachten mich in eine Art Lager, wo sie bereits andere Gefangene gesammelt hatten. Dieses Lager war gut bewacht, unsere Häscher waren bis an die Zähne bewaffnet, und wir Gefangenen waren gefesselt. So gelang es nicht einmal den stärksten und mutigsten Männern, sich aus der Gewalt der Sklavenjäger zu befreien. Es herrschte ein großes Elend unter uns Gefangenen. Den einzigen Trost fand ich in der Tatsache, dass sich dort niemand sonst aus meiner Familie befand. Uanhenga würde eine neue Frau finden, unsere Kinder wären bei meiner Mutter in besten Händen. Einzig meine kleine Tochter war bei mir, ein Säugling noch, der ohne Mutter ohnehin keine Überlebenschance gehabt hätte. Ich würde sie mitnehmen müssen, wenn man mich ließ. Ich war beileibe nicht die einzige Mutter mit Kind dort. Bisher hatte jedoch keiner unserer Aufseher Anstalten gemacht, den Frauen ihre Kinder fortzunehmen.

Zuweilen fragte ich mich, ob es für die Kleine nicht besser sei, wenn ich sie tötete und der heimischen Erde überantwortete, so dass die Ahnen sich ihrer annehmen konnten, aber ich brachte es nicht übers Herz. Hätte ich damals bereits gewusst, welches Schicksal mir und meiner Tochter beschieden war, so hätte ich es wahrscheinlich getan. Doch wer konnte schon ahnen, wohin die Menschenjäger uns bringen würden? Wir alle gaben die Hoffnung nicht auf, dass uns entweder noch die Flucht gelingen würde oder aber dass wir an einen Ort kämen, wo es besser war als in diesem Lager.

Nach etwa einer Woche war es so weit. Wir rund fünfzig Gefangenen wurden so aneinandergefesselt, dass wir eine lange Menschenkette bildeten, und wurden in die Küstenebene hinabgetrieben wie Vieh. Vor, hinter und neben uns liefen die Aufseher, die mit Peitschen dafür sorgten, dass alle sich in derselben Geschwindigkeit vorwärtsbewegten. Wer hinfiel und sich

verletzte, wurde einfach mitgeschleift. Immerhin befanden sich in unserer Gruppe keine alten oder gebrechlichen Leute. Man hatte nur junge, kräftige Personen auserwählt. Die Männer waren leicht in der Überzahl. Sie waren den Frauen gegenüber im Vorteil, denn sie mussten keine Kinder tragen. Mit meinem an mich gewickelten Säugling erging es mir noch vergleichsweise gut. Es gab Frauen, die mit drei- bis sechsjährigen Kindern unterwegs waren, und diese zu schleppen war mühsam. Es war auch sehr traurig, denn die Kinder weinten und verstanden nicht, warum diese bösen Männer uns so misshandelten. Selbst das Flehen der Kinder konnte diese Bestien nicht erweichen, uns mehr zu trinken zu geben.
Nach einem halben Tagesmarsch waren die meisten von uns am Ende ihrer Kräfte und kurz vor dem Verdursten. Bei Einbruch der Dämmerung sperrte man uns in einen Pferch, der offensichtlich schon viele andere Gefangenengruppen wie die unsere aufgenommen hatte, denn er war sehr schmutzig. Unsere Notdurft mussten wir vor den Augen aller anderen verrichten, da wir weiterhin aneinandergefesselt waren. Es war eine furchtbare Schmach, sich wie die Schweine im eigenen Dreck suhlen zu müssen. An Schlaf war unter solchen menschenunwürdigen Bedingungen schon gar nicht zu denken. Meine »Nachbarn«, die in der Kette vor und hinter mir liefen, waren ein junges Mädchen, vielleicht 14 Jahre alt und bildschön, sowie ein hünenhafter Mann von rund 30 Jahren. Beide waren aus verschiedenen Stämmen, und keiner von uns dreien sprach dieselbe Sprache, obwohl wir alle Bantu waren. Die halbe Nacht starrten wir trübsinnig in den sternenklaren Himmel, das Mädchen leise wimmernd, der Mann mit geballten Fäusten, ich mein Kind schaukelnd. Das Mädchen und der Mann sollten den Marsch an die Küste nicht überleben – aber das ist eine andere Geschichte.

Als wir, stark dezimiert, die Küste erreichten, übergaben unsere Häscher uns einer Gruppe weißer Männer. Sie begutachteten uns wie Vieh. Sie schauten sich unsere Zähne an, begrabschten die Brüste der Frauen und lachten über die entblößten Genitalien der Männer. Wir standen alle nackt vor ihnen, und obwohl wir uns tagelang nicht gewaschen hatten, stanken wir nicht halb so erbärmlich wie diese farblosen Kreaturen in ihren sonderbaren Stammestrachten. Die sehr jungen Mädchen wurden von den Männern – Portugiesen, wie ich erfuhr, obgleich mir das wenig sagte – fortgeführt: Sie nahmen sie mit in ihr Nachtlager. Wir anderen wurden abermals in einen Pferch gesperrt. Man gab uns verdorbenes Obst zu essen und stinkendes Wasser zu trinken. Am nächsten Tag litt die Hälfte von uns unter starkem Durchfall, was die Portugiesen zu scheußlichen Wutausbrüchen veranlasste. Als ob wir an unserer Misere selber schuld gewesen wären, wurden wir angeschrien, ausgepeitscht und geprügelt.

Meiner Tochter ging es gut, denn sie bekam ja noch Muttermilch. Mir selbst blieb ebenfalls das Schlimmste erspart, denn ich aß und trank so gut wie gar nichts. Ich hatte mich die ganze Zeit über an dem Glauben festgehalten, dass Uanhenga mit den anderen Kriegern unseres Stammes noch auftauchen und mich befreien würde, doch am nächsten Tag schwand auch diese Hoffnung. Wir wurden, gemeinsam mit weiteren Gruppen von Gefangenen aus anderen Teilen Ngolas, in ein großes Schiff gebracht.

Am vierten Tag nach meiner Verschleppung legte das Schiff ab. Das alles geschah im Jahre 1705 der Zeitrechnung der Verbrecher.

3

»Jetzt schreiben wir das Jahr 1762 – das heißt, du bist fünfundsiebzig Jahre alt!«, rief Lua aus und unterbrach Imaculadas Schilderung.
»Ja.«
Sie konnte es kaum glauben. Das war ein geradezu biblisches Alter. Kaum ein Sklave wurde älter als vierzig Jahre, und selbst die Weißen, die sich Ärzte, Ruhe und Pflege leisten konnten, erreichten kein so unvorstellbares Alter. Der betagteste Mensch, den Lua bisher gekannt hatte, war die Mutter ihres Senhors gewesen, Dona Isabel, die im vorletzten Sommer mit 69 Jahren in vollem Galopp von einem Pferd gestürzt war. Man munkelte, dass sie absichtlich so schnell und unvorsichtig geritten war, um die Trostlosigkeit des Alters zu verkürzen. Aber Selbstmord war eine Sünde, und da Dona Isabel in geweihter Erde in dem Familiengrab bestattet wurde, nahm Lua an, dass es eben doch nur ein tragischer Unfall gewesen war.
»Lua!«, hörte sie da die fordernde Stimme der Sinhazinha.
»Lua! Komm sofort her, du faules Stück!«
»Ich muss gehen«, sagte sie zu Imaculada.
Die Alte nickte. »Morgen weiter.«
»Ja, in Ordnung. Ich freue mich schon.« Und das stimmte wirklich. Die Geschichte Kasindas fesselte Lua mehr, als sie anfangs vermutet hatte. Sie steckte Kladde und Griffel in ihre Rocktasche und lief zum Haus, ohne sich noch einmal nach Imaculada umzusehen.
Die Sinhazinha, also die Tochter des Hauses, erwartete sie mit geröteten Wangen an der Verandatür. »Nie bist du da, wenn

man dich braucht!«, schimpfte sie. »Sieh nur, ich bin ganz aus der Puste, weil ich versucht habe, den Sekretär an die andere Wand zu schieben.«

Warum hatte sie nicht einfach einen anderen Haussklaven um Hilfe gebeten? João oder Luís wären ihr sicher gern zur Hand gegangen. Aber die Sinhazinha betrachtete Lua seit ihrer Kindheit als ihr Mädchen für alles. Als sie noch klein waren, hatte sie als ihr Spielzeug herhalten müssen, später als ihre Zofe, ihre Waschfrau, ihre Möbelpackerin oder ihre Köchin. Sie war so eigen in ihren Gewohnheiten, dass sie es nicht duldete, wenn jemand anders etwa ihr Ballkleid ausbesserte, selbst wenn ein anderer Sklave für die Aufgabe geeigneter gewesen wäre als Lua.

Sie war kein schlechter Mensch, die Sinhá Eulália. Die beiden jungen Frauen waren gleichaltrig, und sie kannten einander ihr Leben lang. Allerdings hatte Eulália manchmal sehr merkwürdige Ideen, wie etwa die, einmal im Monat ihr Zimmer umräumen zu müssen.

»Es tut mir leid, Sinhá Eulália«, sagte Lua so zerknirscht wie möglich. »Die alte Imaculada hat mich aufgehalten, und Ihr wisst ja, was man über sie sagt. Da fehlte mir die Courage, sie einfach stehenzulassen.«

»Erstens: Was man über die Alte sagt, ist erstunken und erlogen. Sie ist einfach nur ein böses altes Weib. Zweitens: Musst du dich immer so gestelzt ausdrücken? Da hat man ja fast das Gefühl, einer Lehrerin gegenüberzustehen. Und drittens: Komm jetzt, ich will den Schreibtisch lieber an der Wand links vom Fenster stehen haben.«

Lua knickste artig. Sie wusste, dass ihre Herrin keine Antwort von ihr erwartete, sondern eifriges Anpacken. Sie wusste ebenfalls, dass die Arbeit, die ihrer harrte, von ihr ganz allein erledigt werden würde. Die Sinhazinha würde dann nur noch zusehen und sie herumkommandieren. Aber so war es eben. So war es immer schon gewesen, und so würde es immer bleiben. Das war die natürliche Ordnung der Welt – einer Welt, in der sie sich recht wohl fühlte.

Sie wurde so gut wie nie geschlagen und hatte mehr Freiheiten als viele andere. Viel unfreier als die Sinhá Eulália fühlte sie sich eigentlich nicht, denn wenigstens wurde sie nicht von ihrer Familie dazu angehalten, vor Gästen zu singen, mit sterbenslangweiligen Herrschaften Konversation zu treiben oder sich den prüfenden Blicken hässlicher Burschen aus gutem Hause auszusetzen, die als Heiratskandidaten in Frage kamen. Sie hatte es selbst nicht leicht, die Sinhazinha, und deshalb verzieh Lua ihr ihre Marotten und unterstützte sie bereitwillig.

So nahm sie ihr oft die ihr verhasste Stickarbeit ab, heimlich, versteht sich, denn das Lob für die schönen Stickereien heimste die Sinhá Eulália gern selber ein. Auch beim Formulieren von Liebesbriefen war sie ihr schon behilflich gewesen, wobei sie sich immer der Gefahr bewusst war, der sie sich aussetzte, und sie sich schon manches Mal sehr zurückhalten musste, um die Rechtschreibfehler der anderen nicht zu korrigieren. Sinhá Eulália war auch so schon ganz verwirrt angesichts von Luas exzellentem Portugiesisch. »Woher kennst du nur all diese Wörter?«, pflegte sie zu fragen oder: »Wenn du lesen und schreiben gelernt hättest, wäre sicher eine Dichterin aus dir geworden.« Der Gedanke, die junge Sklavin könne alphabetisiert sein, kam ihr nie. Wenn diese als Kind bei ihrem Unterricht zugegen gewesen war, hatte sie nie jemand zur Kenntnis genommen. Reglos und still hatte sie in einer Ecke gesessen, für jeden sichtbar und doch so unscheinbar wie ein altes Möbelstück.

Wenn Lua dann später allein war, hatte sie die Buchstaben mit einem Stöckchen in den Staub gemalt oder mit einem Stück

Kohle auf einen Stein gekritzelt. Sie lernte viel schneller als die Sinhazinha, und bald schon schlich sie sich in die Bibliothek und las heimlich in alten Wälzern, deren Inhalt ihr noch gar nicht zugänglich war. Die Lust am Lesen verlor sie dadurch keineswegs, im Gegenteil: Es stachelte nur noch ihren Ehrgeiz an, möglichst schnell möglichst viel zu lernen, damit sie bald in der Lage sein möge, all diese Bücher zu verstehen. Heute wusste sie, dass die Predigten eines Padre António Vieira oder die Poesie eines Gregório de Matos nicht unbedingt geeignet waren, um einem Kind das Lesen und Schreiben nahezubringen, doch damals quälte sie sich tapfer durch die anspruchsvolle Lektüre. Erwischt wurde sie dabei nie: Die Familie Oliveira schmückte sich nur mit den Büchern, las sie aber nicht. Wenn jemand die Bibliothek betrat, tat Lua immer so, als wedele sie gerade Staub.

Bedauernd warf sie einen Blick auf die geschlossene Tür der Bibliothek, die sie jetzt auf dem Weg in das Gemach der Sinhazinha passierten. Als sie das Zimmer erreichten, stockte Lua einen Moment lang der Atem: Es war vollkommen verwüstet. Kein Möbelstück stand mehr an seinem alten Platz, Kleidung lag verstreut auf dem Boden, und Schmuck ergoss sich über das Bett, das schräg mitten im Raum stand. Das Verrücken des Sekretärs war da noch das geringste Problem.

»Da siehst du, was du mit deiner Plauderstunde angerichtet hast«, tadelte Sinhá Eulália sie. »Wärst du nicht so lange fort gewesen, hätte ich nicht alles hin und her geschoben.«

»Das macht doch nichts, Sinhazinha, das sieht schon bald wieder sehr hübsch aus. Wo genau soll der Sekretär denn hin?«

»Aber Lua, stell dich nicht dümmer an, als du ohnehin schon bist! Das sieht doch jedes Kind: Der Schreibtisch soll hierher, das Bett soll dort stehen, die Kommode an dieser Wand und der Waschtisch in dieser Ecke.« Dabei wies sie auf die jeweiligen Plätze, die sie ihren Möbeln zugedacht hatte.

»Dann müssen wir aber auch die Bilder umhängen«, wagte Lua einzuwenden. »Die schöne Miniatur von der Heiligen Jungfrau soll doch sicher weiterhin über dem Sekretär hängen, oder? Und das Kruzifix über dem Bett?«
»Ja, ja, ja. Also: Mach es einfach so, wie ich gesagt habe. Ich lasse dich jetzt allein, denn Mutter hat bereits zweimal nach mir gerufen. Wahrscheinlich ist das Essen schon kalt.«
Lua knickste abermals. Insgeheim war sie froh, dass sie allein zurückblieb, denn die Sinhazinha besaß seit neuestem einen kleinen Gedichtband, den ihr ein Verehrer geschenkt hatte und den Lua sich gern ausborgen wollte. Neuer Lesestoff war rar in diesem Haus, und sie ergriff jede Gelegenheit, sich Zugang dazu zu verschaffen.
Zunächst jedoch machte sie sich ans Möbelrücken und Aufräumen. Es ging schneller als erwartet voran, und als alles an Ort und Stelle stand, setzte sie sich ungebührlicherweise aufs Bett und betrachtete ihr Werk. Ja, so war es gut. Dann, sie wollte gerade den Gedichtband aufschlagen, entsann sie sich des Heftes in ihrer Rocktasche. Sie hätte es gern herausgenommen und noch einmal gelesen, was sie notiert hatte. Hier in der Stille des in freundlichen Farben gehaltenen Mädchenzimmers kam ihr alles, was Imaculada vor nicht einmal einer Stunde geschildert hatte, unwirklich und weit entfernt vor. Ob ihr all diese ungeheuerlichen Dinge tatsächlich widerfahren waren? Oder hatte die Alte ihre Geschichte ein wenig ausgeschmückt, um sie spannender zu machen oder um vielleicht Mitleid zu erregen?
Lua beschloss, das Heft nicht durchzublättern – eine kluge Entscheidung, denn kurze Zeit später kam Sinhá Eulália hereingehuscht und kicherte leise. Lua hatte sie nicht kommen gehört. Abrupt erhob sie sich von dem Bett, doch ihre junge Herrin schien gar nicht zu merken, was sie getan hatte. Genau-

so wenig wie sie, nebenbei bemerkt, ihr ordentliches Zimmer zur Kenntnis nahm.

»Schnell, Lua, du musst mir sofort das Haar aufstecken. Ich habe zufällig gesehen, dass Rui Alberto im Anmarsch ist. Er stellt gerade sein Pferd unter. Wir haben nicht viel Zeit, um mich einigermaßen herzurichten, also hopp, hopp, an die Arbeit.«

Rui Alberto war der Spross eines benachbarten Fazendeiros. Lua hielt ihn für einen Nichtsnutz, wie er im Buche steht, fand ihn aber für einen Weißen sehr attraktiv. Sinhá Eulália war bis über beide Ohren in ihn verliebt. Sie schwärmte Lua manchmal bis zum Überdruss von seinem gewellten schwarzen Haar vor, von seiner maskulinen Gestalt oder von seinen blassen, vornehmen Händen. Lua hatte einmal bei einem Ball in der Casa Grande beobachtet, wie die beiden zusammen tanzten, und sie musste zugeben, dass sie ein sehr hübsches Paar abgaben. Vielleicht wären sie sogar bald ein Ehepaar. Lua wusste, dass Dom Felipe und Dona Ines einer Verbindung der beiden offen gegenüberstanden, war doch die Nachbarfazenda nach der ihren die reichste und größte in ganz Bahia. Auf »Três Marias« wurde ebenfalls Zuckerrohr angebaut, dazu Kakao und Tabak. Die beiden Senhores betrachteten einander nicht als Konkurrenten, sondern als Verbündete, die gemeinsam Preisabsprachen trafen oder abends bei einem Glas Cognac über die portugiesische Krone und ihre absurde Steuerpolitik wetterten.

Lua löste rasch den einfachen Zopf und bürstete Sinhá Eulálias Haar kräftig durch. Für eine raffinierte Frisur war keine Zeit mehr, aber ein lockerer Knoten, befestigt mit ein paar Kämmen und Schleifen, würde schon deutlich mehr hermachen. Es war nicht leicht, die Herrin zu frisieren, denn sie zappelte pausenlos unter Luas Händen, suchte da nach einem Medaillon und griff dort nach der Schatulle mit ihren Perlenohrringen. Als die jun-

ge Sklavin schließlich ein kleines Kunstwerk auf Eulálias Kopf vollbracht hatte, hörte man auch schon die Türglocke.
»Schnell, die Seidenstola!«, raunte Eulália.
Lua legte sie ihr um die Schultern.
»Und jetzt noch ein wenig Farbe ins Gesicht.« Sie kniff sich selbst in die Wangen und biss auf ihren Lippen herum, damit diese schön rot würden. »Wo in Dreiteufelsnamen hast du das Rosenwasser versteckt?«, herrschte sie Lua an, denn diese hatte zuvor so eilig alles aufgeräumt und an neuen Orten verstaut, dass sie einen Augenblick überlegen musste.
»Lua, schnell, denk nach!«
»Ähm … ah, jetzt fällt es mir wieder ein: auf dem Waschtisch.« Lua lief sofort hinüber, um ihr das Duftwasser zu holen, öffnete den Flakon und betupfte Eulália sanft den Hals und das Dekolleté.
»Fertig«, seufzte Sinhá Eulália in demselben Moment, in dem es an der Tür klopfte.
»Sinhá Eulália«, hörten sie die Stimme Fernandas, »Ihr habt Besuch. Der Sinhô Rui Alberto erwartet Euch im Salon.«
»Oh, was für eine schöne Überraschung! Sag ihm, ich komme sofort.«
Fernandas Schritte entfernten sich.
»Ich lasse ihn noch ein bisschen warten«, sagte die Sinhazinha und zwinkerte Lua durch den Spiegel zu. »Das hast du mir doch eingeschärft, nicht wahr, Lua? Dass man sich rar machen muss.«
»Genauso ist es«, antwortete diese und zwinkerte nun ihrerseits dem Spiegelbild ihrer Herrin zu. »Männer sind Jäger. Man darf sich ihnen nicht auf dem Präsentierteller anbieten.«
»Ach, was soll's!«, rief Sinhá Eulália plötzlich aus und erhob sich. »Ich sterbe vor Neugier, was ihn hierherführt! Ob er heute um meine Hand anhalten wird?«

»Dann hätte er doch wohl eher das Gespräch mit Eurem Herrn Vater gesucht«, wagte Lua einzuwenden, doch die andere hörte ihr schon nicht mehr zu. Eulália schlüpfte in ihre feinsten Satinschühchen, strich ihren Rock glatt und eilte nach unten, ohne Lua noch eines Blickes zu würdigen.
Die war allerdings kaum weniger gespannt, was der unerwartete Besuch zu bedeuten hatte. Sie folgte der Sinhazinha und stellte sich an die Tür zum Salon, die aus Schicklichkeitsgründen offen stand. Sie hatte die perfekte Sicht auf die beiden Turteltauben, die einander ganz keusch gegenübersaßen, der junge Senhor auf der Polsterbank, die Sinhazinha auf einem der »Fauteuils«, die Dona Ines von ihrer Frankreichreise mitgebracht hatte. Irgendjemand, wahrscheinlich Fernanda, hatte den beiden bereits eine Erfrischung gereicht, denn auf dem Intarsientischchen zwischen ihnen standen Gläser, eine Karaffe mit Limonade sowie Gebäck.
»Ich wollte, dass du es als Erste erfährst«, begann Rui Alberto.
Lua spitzte die Ohren.
»Die Eltern der Glubschäugigen geben einen Maskenball, und ...«
Lua hatte bereits die Lust verloren, dem Gespräch weiter zu lauschen. Es war doch immer dasselbe: Die jungen Herrschaften sprachen nur über gesellige Anlässe, ihre Garderobe oder ihre neuesten Reitpferde. Wenn sie sich über ihre Artgenossen unterhielten, dann meist in sehr abfälligem Ton. So war die »Glubschäugige« eine gewisse Isabel, ein in der Tat glubschäugiges Mädchen, das jedoch als eine enge Freundin der Sinhazinha galt und mit dieser ihrerseits Stunden damit zubringen konnte, über andere »Freundinnen« herzuziehen.
Ein plötzlicher Knall veranlasste Lua, an die Haustür zu gehen und durch die eingelassenen bunten Scheiben einen Blick nach draußen zu werfen. Zunächst wusste sie die Szene, die sich ihr

darbot, nicht zu deuten. Sie sah einen Schwarzen, der im Gefolge des Senhor Rui Alberto gekommen sein musste, denn nach São Fidélio gehörte er gewiss nicht. Sie sah weiterhin ein scheuendes Pferd sowie ihren ältesten Stallknecht, der eine Reitpeitsche in der Hand hielt. Dann beobachtete sie, wie der fremde Sklave mit einem gezielten und unglaublich akrobatischen Tritt dem Stallknecht die Peitsche aus der Hand trat und sie blitzschnell an sich nahm. Oho! Das versprach spannend zu werden. Sie huschte leise aus dem Haus. Auch andere Sklaven waren auf die merkwürdigen Vorgänge im Hof aufmerksam geworden und scharten sich nun um ihren António und den Fremden.
Je näher sie den beiden kam, desto genauer konnte sie die Züge des fremden Sklaven erkennen. Hatte sie von weitem nichts wahrgenommen als einen dunkelhäutigen, schlanken jungen Burschen, so sah sie nun, dass es sich bei diesem um einen Mann von unbeschreiblicher Schönheit handelte. Ihr blieb der Mund offen stehen, so sehr war sie von dem Anblick dieses schwarzen Gottes fasziniert! Er war von kräftiger, aber anmutiger Gestalt. Seine Züge zeugten von Intelligenz, Stolz und Entschlossenheit. Seine Haut war tiefschwarz und glänzte wie Seide. Sein Haar war so kurz geschoren, dass er beinahe kahl wirkte, doch dies entstellte ihn nicht etwa, sondern verlieh ihm eine sonderbar erregende Aura von Strenge und Unnahbarkeit. Er wirkte keineswegs wie ein Feldsklave, obwohl ihn seine Kleidung als solchen auswies. Er trug nämlich nichts außer einer einfachen Leinenhose, die von einer Kordel gehalten wurde. Sein entblößter Oberkörper war unbehaart, so dass die Muskeln unter seiner Haut ein herrliches Relief bildeten. Herrje, er sah aus wie ein König!
»Wer ist das?«, fragte die dicke Maria flüsternd.
»Ich weiß nicht«, hauchte Lua hingerissen, ohne den Blick von diesem Bild von einem Mann abzuwenden.

»Er sieht umwerfend aus, findest du nicht auch?«, störte Maria Luas Anbetung weiter.

»Hm.«

»Scht!«, fuhr sie da eine ältere Feldsklavin an. »Still, ihr beiden! Ich will nichts von diesem Spektakel verpassen.«

Sie gehorchten, was allein Bände darüber sprach, wie gebannt sie selbst dem Geschehen folgten. Unter anderen Umständen hätten sie sich von einer Feldsklavin überhaupt nichts sagen lassen.

Inzwischen umringten etwa zehn Sklaven den Stallknecht António und den Fremden, und allmählich sprach sich herum, was vorgefallen war. Der Fremde hatte den Auftrag erhalten, auf das Pferd seines Herrn achtzugeben. Doch im Stall war er, wie's schien, nicht mit den Methoden Antónios einverstanden gewesen, der das Pferd offenbar allzu nachlässig trockengerieben hatte. Daraufhin hatte der Fremde die Arbeit wohl lieber selbst erledigen wollen und dadurch Antónios Autorität in Frage gestellt. Dieser nun, der dienstälteste Stallknecht auf São Fidélio, hatte den anmaßenden Jüngeren nach draußen gezerrt und die Peitsche neben ihm niedersausen lassen – hatte aber nicht damit gerechnet, dass der Fremde ihm diese so geschickt entwenden würde.

»An den Tieren brauchst du deine Wut nicht auszulassen«, sagte nun der Fremde in einer wundervollen Bassstimme, von der Lua die Knie weich wurden. »Und an deinesgleichen auch nicht.« Dann warf er António die Peitsche vor die Füße, drehte sich um und verschwand im Stall.

»Du Nigger-Abschaum, was fällt dir ein?«, brüllte António und rannte ihm nach. Die Zuschauer hielten die Luft an. Würden die beiden sich im Stall prügeln? Lua hoffte es, denn António hatte wirklich einmal eine Abreibung verdient, als Strafe für all die ersäuften Kätzchen, geprügelten Hunde und ge-

schundenen Pferde. Leider kam es nicht so weit, denn in diesem Moment eilte Rui Alberto aus der Casa Grande auf sie zu. »Was geht hier vor? Zé, in welchem Schlamassel steckst du diesmal?« Damit verschwand er im Stall.
Kurz darauf kam er, mit seinem Sklaven im Schlepptau, wieder heraus. Die Sinhazinha hatte sich unterdessen zu den Schaulustigen gesellt und sah nun fragend abwechselnd zu Lua und zu ihrem Galan.
»Eigentlich wollte ich ihn dir zum Verlobungsgeschenk machen«, sagte Rui Alberto zur Sinhá Eulália, »aber ich werde das noch einmal überdenken. Ich muss ihn erst noch ein wenig … ähm … formen.«
»Aber nein«, rief Eulália verzückt, »ich will ihn so haben, wie er ist. So wild, so stark – ach, er ist herrlich! Ich danke dir, mein Lieber.«
Lua kannte die Sinhazinha gut genug, um zu wissen, was in ihr vorging. Der Sklave war ihr von Herzen gleichgültig, die zwischen den Zeilen angekündigte Verlobung indes nicht. Sie würde keine Verzögerung wünschen, nur weil das Geschenk noch nicht »fertig« war.
Der schöne Zé stand währenddessen mit erhobenem Kinn neben seinem Senhor und starrte gezielt an der Sinhazinha vorbei – genau in Luas Augen. Ihr Mund wurde trocken, ihre Ohren glühten. Aus dem Blick dieses Mannes sprachen grenzenlose Arroganz und ein unbeugsamer Stolz, dennoch wirkten seine Augen zugleich auch nachdenklich, traurig und weise. Der Ausdruck darin erinnerte sie ein wenig an den in Imaculadas Augen, obwohl es unter Schwarzen wohl keine zwei Augenpaare gab, die unterschiedlicher hätten sein können. Seine waren groß, klar und von einem auffallend hellen, bernsteinfarbenen Ton. Sie waren umrahmt von einem Kranz dichter, schön geschwungener Wimpern. An den Seiten erkannte man bei ge-

nauem Hinsehen kleine Fältchen, aus denen Lua schloss, dass Zé ein wenig älter war als sie selbst. Sie schätzte ihn auf Mitte zwanzig.

Sie war sich nicht sicher, ob er sie bewusst wahrnahm oder ob sie nur zufällig in seiner Blickrichtung gestanden hatte. Sie vermochte sich kaum vorzustellen, dass dieser prachtvolle Mann ausgerechnet sie unter den Umstehenden ausgewählt haben sollte, um die Gnade seines Blickes auf ihr ruhen zu lassen.

Unsanft wurde sie in die Wirklichkeit zurückgeholt, als die Sinhazinha ihr mit ihrem Ellbogen in die Taille stieß. »He, Lua, nun glotz ihn doch nicht so an!«

In ihrer grenzenlosen Verwirrung fiel Lua nichts Besseres ein, als einen Knicks zu machen, »nein, nein« zu stammeln und sich ins Haus zu retten. Das Gelächter der Sinhazinha und ihres zukünftigen Verlobten hallte noch in Luas Ohren, als sie längst der peinlichen Situation entkommen war.

Für den Rest des Tages war sie zu nichts mehr zu gebrauchen. Sie war fahrig und in Gedanken weit von ihrer Arbeit entfernt. Sie ließ eine kostbare Blumenvase fallen, verschüttete die Hälfte der heißen Schokolade, die sie der Sinhá Eulália wie jeden Nachmittag brachte, und schlug der Länge nach hin, als sie über die Fransen des Orientteppichs stolperte, der in der Halle lag. Erst spät am Abend, als in der Senzala Ruhe einkehrte, gelang es ihr, ihre Gedanken zu ordnen.

Die Senzala war die Gemeinschaftsunterkunft der Sklaven. Sie grenzte an das Herrenhaus, im Innern jedoch befand man sich in einer vollkommen anderen Welt. Es raschelte und knisterte die ganze Nacht hindurch. Immer gab es irgendjemanden, der hüstelte, schnarchte oder sich unruhig in seiner Hängematte wälzte. Auch Liebende waren nicht immer so leise, wie sie es von sich glaubten. Ein schweres Gemisch aus Rauch, Essensdüften und menschlichen Ausdünstungen erfüllte die Luft.

Ganz dunkel wurde es ebenfalls nie. Zwar war es den Sklaven untersagt, nach dem Läuten der Zehn-Uhr-Glocke noch Lampen brennen zu lassen, aber die eine oder andere Funzel brachte trotzdem noch ein wenig Licht, so dass die Leute wenigstens den Weg zum Abort fanden.

Lua lag in ihrer Hängematte und träumte mit offenen Augen vor sich hin. Eines war ihr klargeworden: Die Liebe auf den ersten Blick gab es! Sie hatte nie an sie geglaubt, doch jetzt hatte Zé sie eines Besseren belehrt. Nun endlich erfuhr sie, wie das Verliebtsein sich wirklich anfühlte. Das Turteln mit Joãozinho und das Poussieren mit Luís, das war nichts gewesen im Vergleich zu den Gefühlen, die sie allein beim Gedanken an Zé überrollten wie eine der riesigen Wogen des Meeres, an das ihre Fazenda grenzte. Sie sträubte sich dagegen. Ihr Verstand weigerte sich zu begreifen, dass man einen Wildfremden auf Anhieb lieben konnte. Das war doch ein Ding der Unmöglichkeit. Sie versuchte, diesen Gefühlen aus dem Weg zu gehen, so wie sie sich auch niemals freiwillig in die Nähe der tosenden See begeben hätte. Aber ihr Herz sagte etwas völlig anderes. Und es war das erste Mal in ihrem Leben, dass sie der Stimme ihres Herzens lieber lauschte als der ihres Kopfes.

4

Lua erwachte später als üblich. Am Horizont leuchtete bereits die Sonne, demnach musste es schon nach fünf sein. Sie sputete sich, um in die Casa Grande zu kommen, bevor deren Bewohner aufwachten und augenblicklich nach den Sklaven verlangten. Die Sinhá Eulália war besonders anspruchsvoll. Sie wünschte jeden Morgen ein Bad zu nehmen, von Lua geschrubbt und trockengerubbelt zu werden, anschließend das Frühstück auf ihrem Zimmer serviert zu bekommen und sich dann von ihr ankleiden zu lassen. Letzteres war immer eine aufreibende Prozedur, litt ihre Herrin doch unter mangelnder Entschlusskraft. Lieber das roséfarbene Kleid oder eher den cremefarbenen Rock mit der hellblauen Bluse? Lieber einen Spitzenkragen oder doch ein Seidentuch?
Als Kind hatte Lua sie glühend um ihre herrliche Garderobe beneidet. Damals hatten sie manchmal die Kleidung getauscht, und in ihren Kleidern aus duftigen, farbenfrohen Stoffen hatte Lua sich immer gefühlt wie eine Prinzessin – während die Sinhá sich in den erdfarbenen Kittelchen der Dienerin aufführte, als sei sie es, die das große Los gezogen hatte. Oft hatte Lua geweint, weil den Sklaven schöne Kleider nicht zustanden. Die Tränen waren jedoch längst versiegt. Sie hatte sich mit den einfachen Baumwollkleidern abgefunden, die ihr zu tragen erlaubt waren, und erfreute sich an den abgelegten Accessoires, die ihr die Sinhazinha von Zeit zu Zeit schenkte: ein fadenscheiniger Schal hier, ein Paar alter Seidenstrümpfe dort. Der äußerst dürftige Umfang von Luas Garderobe hatte wenigstens den

Vorteil, dass sie nicht allmorgendlich vor dem Kleiderschrank verzweifelte ob der Vielzahl an kostbaren Roben, so wie die Sinhá Eulália, die zuweilen mit tränenerstickter Stimme ausrief: »Ich habe überhaupt nichts zum Anziehen!«

Lua schlüpfte in ihr blaues Kleid, band sich eine frische weiße Schürze um und lief nach draußen an den großen Waschtrog, um Gesicht und Hände zu waschen. Sie fuhr mit ihren nassen Fingern durch ihr krauses Haar, um es straff nach hinten zu kämmen und aufzustecken. Dann setzte sie die weiße Haube auf und begab sich zum Herrenhaus. Sie wählte ihren Weg so, dass sie an dem großen Tisch vorbeikam, an dem die Feldsklaven ihr Frühstück, bestehend aus Tapioka-Fladen und stark gesüßtem Kaffee, zu sich nahmen. Normalerweise mied sie diesen Weg, da manche der Burschen anzügliche Bemerkungen machten und die anderen, auch die Frauen, dann stets laut lachten. Während einige der Haussklavinnen diese »Komplimente« genossen, schämte Lua sich jedes Mal halb zu Tode. Heute aber hoffte sie einen Blick auf Zé zu erhaschen.

Sie sah ihn genau zwischen dem derben José Careca und dem pockennarbigen Paulo, zweien der ordinärsten Kerle auf dieser Fazenda. Er starrte auf sein Essen und schien sich über irgendetwas den Kopf zu zerbrechen. Erst als die zwei Fieslinge mit ihren Pöbeleien begannen, blickte er auf. Sein Blick traf den ihren, und sie glaubte, den Anflug eines Lächelns über sein Gesicht huschen zu sehen. Vielleicht bildete sie es sich aber auch nur ein, denn sofort senkte Zé wieder den Blick und beschäftigte sich mit seinem kargen Mahl. Lua verspürte heftiges Herzklopfen. Die zotigen Witze der anderen ignorierend, ging sie hocherhobenen Hauptes weiter. Dabei legte sie so viel Anmut in ihren Gang, wie es ihr angesichts der Umstände möglich war.

»Da stolziert sie, die eingebildete Pute, ganz die feine Dame, was?«, rief der Pockennarbige ihr hinterher.

»Ja, aber mit einem so hübsch ausgestreckten Hinterteil, dass man gleich auf ganz unfeine Gedanken kommt«, hörte sie José Careca grölen.

Kaum war sie um die Ecke gebogen und den Blicken dieser lüsternen Grobiane nicht mehr ausgeliefert, nahm sie die Beine in die Hand. Sie erreichte den Küchentrakt der Casa Grande keuchend und verschwitzt. Die anderen Haussklaven saßen bereits um den riesigen Küchentisch und frühstückten. Atemlos ließ sie sich auf ihrem angestammten Platz zwischen Fernanda und der dicken Maria fallen. Die beiden schauten sie fragend an, doch Lua achtete nicht auf sie, sondern griff beherzt nach dem Brotkorb.

Eines der Privilegien, die die Haussklaven genossen, war, dass sie in der Küche ihre Mahlzeiten einnehmen durften. Die Köchin und ihre Gehilfinnen ließen ihnen dabei stets ein paar Leckereien aus dem Vorrat der Herrschaft zukommen. Lua schätzte, dass Dona Ines genau wusste, dass sie sich an ihren Blutwürsten und Käselaiben gütlich taten, es jedoch stillschweigend duldete. Auch die Haussklaven aßen *beijús*, die Tapioka-Fladen, wie sie sich die Arbeiter zubereiteten, doch die in der Casa Grande waren reichlich gefüllt, je nach Geschmack herzhaft oder süß, etwa mit Käse oder mit Marmelade. Sie bekamen ab und zu »Studentenbällchen« mit Zimt und Zucker zu essen, herrlich klebrig süße Klößchen aus Tapioka und Kokosnuss, und ganz selten kamen sie sogar in den Genuss echter Weizenbrötchen. Heute war ein solcher Tag, und Lua bedauerte, so spät dran zu sein, denn viele Brötchen befanden sich nicht mehr in dem Korb.

»Schling doch nicht so«, tadelte sie die dienstälteste Haussklavin, die man ehrfürchtig *tia*, Tante, Jacobina nannte.

»Hast du letzte Nacht einen größeren Marsch gemacht, oder wieso bist du so hungrig?«, begehrte Fernanda zu wissen.

»Größerer Marsch, pah! Ich denke mal, sie hat länger gelegen, als ihr guttut – und zwar bei einem Mann«, antwortete die dicke Maria an Luas Stelle und lachte lauthals über ihre vermeintlich komische Bemerkung.
»Du missgünstiges Weib«, waren die einzigen Worte, die Lua zwischen zwei gierigen Bissen in ihr dick belegtes Brötchen hervorbrachte.
»Also stimmt es!«, rief Maria triumphierend aus.
Lua schüttelte verneinend den Kopf und verdrehte die Augen.
»Ich wette, es war der Neue«, mutmaßte die andere weiter.
Luas Gesicht wurde glühend heiß. Wie froh sie war, dass sie nicht die blasse Haut der Sinhazinha besaß, auf der sich nun eine verräterische Röte abgezeichnet hätte!
»Er hat sie gestern ganz verzückt angestarrt«, schlug nun auch die kleine Aninha in dieselbe Kerbe.
»Wen auch sonst?«, versuchte Fernanda, ihre Freundin zu verteidigen. »Wisst ihr eine auf São Fidélio, die hübscher ist als unsere Lua? Na also. Mit diesem Engelsgesicht und diesem sündigen Körper kann keine von uns konkurrieren.«
»Schluss mit dem Quatsch!«, ging Lua dazwischen, nachdem sie den letzten riesigen Bissen heruntergeschluckt hatte. »Ich habe nichts mit dem Neuen, und die meisten von euch dürften mich in der vergangenen Nacht selig schlummernd in meiner Hängematte gesehen haben.«
Ihr Blick traf ganz kurz auf den von Lulu. Sie erschrak angesichts des Hasses, der sich darin zeigte. Lulu war ein junger Hausklave, der für sie schwärmte, seit er vor vier Jahren nach São Fidélio gekommen war. Allerdings erwiderte Lua seine Gefühle nicht. Sie konnte den Kerl nicht leiden, denn er war hochnäsig. Er sah recht gut aus und schien klug zu sein, was ihm einen schnellen Aufstieg innerhalb der Hierarchie der Hausklaven sowie die Anbetung zahlreicher jüngerer Mäd-

chen beschert hatte. Dennoch stieß er Lua ab; sie konnte nicht einmal genau beschreiben, was es war, das ihn in ihren Augen so unattraktiv machte.

In diesem Augenblick ertönte eines der Glöckchen an der Tafel. Jedes Zimmer war durch eine Schnur mit einem eigenen Glöckchen verbunden, so dass man genau sah, wo man nach ihnen rief. Es war, wie nicht anders zu erwarten, das Gemach der Sinhá Eulália, in dem nach einem Diener verlangt wurde. Lua stürzte schnell einen Schluck Milchkaffee hinunter, seufzte und machte sich auf den Weg.

Der Tag verlief wie die meisten auf der Fazenda. Sinhá Eulália ließ Lua eine Reihe unnötiger Arbeiten verrichten, und der Senhor rief sie in sein Studierzimmer, damit sie ihm die Schuhe polierte, wobei er ihr auf die Brüste glotzte und ihr verschämte Komplimente machte – wirklich zudringlich wurde er nie. Sie schaffte es kurz in die Bibliothek und las einige wenige Seiten in einem uralten und sterbenslangweiligen Versepos namens »Prosopopéia«. Mittags gab es Bohnen und Aipim-Püree zu essen, sie stritt sich mit der dicken Maria über ein Glas, das diese fallen gelassen hatte und dafür ihr die Schuld in die Schuhe schob, und sie besserte die Kanten der feinen Taschentücher von Dona Ines aus, die sehr genau um Luas Geschicklichkeit im Sticken wusste. Ein Tag wie jeder andere – wäre da nicht der späte Nachmittag gewesen, an dem Fernanda und Lua sich davonstahlen, um die Rückkehr der Feldsklaven zu beobachten.

Lua war es gewesen, die den Vorschlag gemacht hatte. Fernanda hatte nur geraunt: »Also ist doch etwas dran an Marias Gerede?«, schloss sich ihr aber bereitwillig an.

»Nein, Maria übertreibt maßlos. Aber eines stimmt schon: Dieser Neue hat etwas an sich, das …«

Genauer vermochte sie es nicht zu beschreiben. Fernanda, die im Gegensatz zu ihr schon Erfahrungen in der Liebe gesammelt hatte, sah sie schräg an. »Bist du etwa verknallt? Pass bloß auf, dass er dir kein Kind macht.«

Lua schlug die Hand vor den Mund. Warum mussten immer alle gleich so vulgär werden? Durfte man nicht mal von einem Mann schwärmen, ohne gleich über die Gefahren belehrt zu werden, die die fleischliche Vereinigung mit sich brachte? Sie dachte ja nicht im Traum daran, sich Zé hinzugeben! Sie wollte ihn sich nur noch einmal anschauen, und insgeheim hoffte sie natürlich, dass auch er sich freuen würde, sie zu sehen.

Mit 18 Jahren noch Jungfrau zu sein war unter Sklavinnen eine echte Rarität. Die meisten wurden von ihren Herren oder deren Söhnen bestiegen, sobald die ersten Anzeichen von Fraulichkeit sichtbar wurden, also etwa mit zwölf oder 13. Bei der einen oder anderen war es auch der Padre gewesen, der ihnen gezeigt hatte, was sie mit den männlichen Sklaven tunlichst *nicht* tun sollten. Waren die Mädchen einmal entjungfert, hatten die wenigsten von ihnen größere Bedenken, sich unter den schwarzen Männern einen Geliebten zu suchen. In Luas Alter hatten viele junge Frauen schon mehrere Kinder, hellbraune wie dunkelbraune. Diese Kinder wuchsen als Eigentum ihrer Senhores heran, daher war es gar nicht wichtig, wer ihr leiblicher Vater war. Lua selbst war ebenfalls die Frucht einer solchen Vereinigung. Sie kannte ihren Vater nicht, aber ihre etwas hellere Hautfarbe ließ vermuten, dass es einer aus der Casa Grande sein musste. Womöglich Dom Felipe selbst, Herr bewahre! Luas Mutter war angeblich eine große Schönheit gewesen, aber Lua konnte sich nur auf das verlassen, was die älteren Sklaven ihr über sie erzählt hatten, denn sie starb, als Lua gerade vier Jahre alt war. Lua hatte keinerlei Erinnerung an das Aussehen ihrer Mutter, aber sie entsann sich noch genau ihres süßen, warmen Duftes.

Fernanda und Lua erreichten die Hofeinfahrt, über die die Feldsklaven in Kürze das Gelände des Gutshofs betreten würden. Sie versteckten sich hinter einem knorrigen Flamboyant-Baum, der jetzt, im Dezember, voller riesiger Schoten hing. Bald würde der Baum vor lauter roten Blüten förmlich glühen, aber noch wirkte er wie abgestorben, so wenig Grün befand sich an ihm. Von weitem sahen sie nun die ersten Gruppen der Feldsklaven: lange Schlangen von Leuten, Männern wie Frauen, die abgekämpft und verschmutzt den Marsch nach Hause bewältigten. Als sie näher kamen, erkannte man mehr Details. Die Arbeiter trugen keines ihrer Werkzeuge mehr, denn die Aufseher sammelten Macheten und Hacken wohlweislich nach getaner Arbeit ein. Sie trugen Kleidung, die in der Casa Grande nicht einmal als Putzlumpen verwendet worden wäre. Ihre nackten Beine und Füße waren rötlich gelb vom Staub der Felder, ihre Gesichter verhärmt. Dennoch zwang man sie, fröhliche Lieder anzustimmen. Es war ein trauriger Anblick, zugegeben, aber Lua kannte es nicht anders und sah die Notwendigkeit, diese Leute so zu behandeln. Hätte man sie verhätschelt, wäre kein einziges Feld abgeerntet worden, und sie alle hätten nichts mehr zu essen gehabt. So war das nun einmal.

Fernanda gab ein kaum hörbares »Da!« von sich. Lua folgte der Richtung ihres Blickes und suchte gespannt die erste Gruppe ab, die aus Westen kam. Sie erkannte Zé erst auf den zweiten Blick. Er ging gebeugt wie ein Greis. Großes Mitleid überkam sie plötzlich. Sie wollte schon aufspringen, ihm entgegeneilen und ihm eine der Mangos reichen, die sie vorhin aufgeklaubt hatte, doch Fernanda hielt sie am Rockzipfel zurück.

»Bleib hier, du dummes Huhn!«, fuhr sie Lua leise an.

Lua sah ein, dass ihre Freundin recht hatte. Sie würde nur Ärger heraufbeschwören, sowohl für Zé als auch für sich selbst, wenn sie zu ihm lief. Also hielt sie sich hinter dem Stamm des Flamboyant-Baums verborgen, wobei dieser bei weitem nicht dick genug war, um sie ganz zu verdecken.

Trotzdem sahen die Feldsklaven Fernanda und Lua nicht, als sie sie passierten. Sie alle starrten wie Schwachsinnige auf den Boden, als koste es sie unendliche Überwindung, noch einen Fuß vor den anderen zu setzen. Als Zé an den beiden jungen Frauen vorüberkam, trat Fernanda absichtlich auf eine der herabgefallenen dunklen Schoten. Es knackte leise, und tatsächlich: Zé hob den Kopf und schaute zu ihnen hinüber. Als er Lua entdeckte, wäre sie am liebsten vom Erdboden verschluckt worden, so sehr schämte sie sich auf einmal für ihr nicht eben zurückhaltendes Benehmen. Zé lächelte schief, zwinkerte ihr zu – und schon war er vorübergezogen. Lua starb tausend Tode. Fernanda indes jubelte lautlos. Sie grinste breit und nickte der anderen aufgeregt zu. Das sollte wohl so viel heißen wie: »Siehst du? Du gefällst ihm auch!«

Als der Zug der Feldsklaven in der Senzala verschwand, schlenderten Fernanda und Lua betont lässig zurück zur Casa Grande. Es folgte das übliche Genörgel der Sinhazinha, wo um alles in der Welt Lua gesteckt hätte, sie brauchte sie dringend. Nach dem Abendessen der Herrschaft ging Lua zur Senzala, um sich ein wenig von der Maniokgrütze mit Flusskrebsen zu nehmen, die Fernanda für sie beide und zwei weitere Mädchen zubereitet hatte, denn abends aßen sie normalerweise nicht in der Küche des Herrenhauses. Lua aß hungrig ihren Napf leer, dann ging sie zu ihrer Schlafstelle, um einfach nur in Ruhe vor sich hin zu sinnieren.

Ein unscheinbarer Papierfetzen lag in ihrer Hängematte, wie ein abgerissenes Stück von einer vergilbten Buchseite. Sie wollte ihn gerade mit der Hand herunterfegen, weil sie dachte, er hätte vielleicht an ihrer Kleidung gehaftet und sei hier hängengeblieben, als sie bemerkte, dass er handschriftlich beschrieben war. Ängstlich sah sie sich um. Nein, es bestand keine Gefahr. Alle saßen noch beim Essen und folgten den komischen Ge-

schichten, die die alte Maria João aus ihrer Jugend zu erzählen wusste. Verstohlen entzifferte Lua die mit Kohle und in ungelenker Handschrift gekritzelten Buchstaben.
»Komm bei Mondaufgang zum Schweinekoben. Ich muss mit dir reden. Zé.«
Ihr Herz flatterte vor Aufregung. Zé konnte schreiben! Und er wollte sie sehen! Was er wohl mit ihr zu bereden hatte? Ob er einer von denen war, die jede Frau gleich ins Gebüsch zerren wollten? Aber nein, dann hätte er doch kaum den Schweinekoben als Treffpunkt vorgeschlagen, unromantischer ging es ja gar nicht mehr. Allerdings war der Ort für ein geheimes Treffen gut gewählt, denn abends trieb sich kein Mensch mehr dort herum. Wie hatte Zé das so schnell in Erfahrung bringen können? Er war doch gerade erst hier eingetroffen. Und woher wusste er, dass Lua ebenfalls schreiben und lesen konnte? Das war allerdings ein Punkt, der sie nachdenklich stimmte.
Auf alle Fälle war sie entschlossen, sich diese Gelegenheit, Zé kennenzulernen, keineswegs entgehen zu lassen, mochten seine Absichten auch noch so unlauter sein. Sie ließ sämtliche Vorsicht, die ihr bisher viel Kummer erspart und ihre Jungfernschaft bewahrt hatte, fahren. Sie wollte nicht zum Fenster oder zur Tür laufen und dadurch Aufmerksamkeit auf sich ziehen, deshalb lugte sie durch den Spalt zwischen zwei Holzbalken, um den Stand der Sonne zu prüfen. Wann ging eigentlich der Mond auf? Sobald die Sonne untergegangen war, oder nicht? Nun, bald schon wäre es dunkel draußen, und dann würde sie sich auf den Weg machen.
Eine Ewigkeit schien zu vergehen, ehe die Nacht hereinbrach. Lua wälzte sich aus ihrer Hängematte, presste die Hände auf den Bauch und murmelte: »O Gott, ist mir schlecht«, für den Fall, dass sie jemand bemerkte. Sie hatten Nachttöpfe in der Senzala, doch wer unter argen Verdauungsstörungen oder

Brechreiz litt, versuchte lieber, ins Freie zu kommen und sich in dem Gestrüpp hinter dem Pferdestall zu erleichtern. Kaum war sie draußen, raffte sie ihren Rock – das Kleid hatte sie wohlweislich anbehalten – und lief leise zum Schweinekoben.
Die Tiere schliefen schon, eine unnatürliche Stille lastete auf der vom Mond beschienenen Szenerie. Die Geräusche, die sie selbst verursachte, kamen ihr vor wie ohrenbetäubender Lärm. Sie sah sich nach allen Seiten um, konnte Zé jedoch nirgends ausmachen. Ob sie irgendetwas falsch verstanden hatte? Oder ob sie zur falschen Zeit erschienen war? Hatte er sich womöglich nur einen schlechten Scherz auf ihre Kosten erlaubt? Sie schlich durch das stinkende Gelände und suchte jeden Winkel ab, doch von Zé war nichts zu sehen. Enttäuscht ließ sie die Schultern sinken und trat den Rückweg an. Sie hätte heulen mögen vor unerfüllter Erwartung, vor Wut auf sich selbst und vor Trauer um die anscheinend hässliche Wesensart des neuen Sklaven, die in vollkommenem Widerspruch zu seinem edlen Antlitz stand.
Und dann stand er plötzlich vor ihr. Wie ein Geist war er aus dem Nichts aufgetaucht, und Lua erschrak beinahe zu Tode. Er musste ihr ihre Angst angemerkt haben, denn bevor sie einen Schreckensschrei ausstoßen konnte, legte er ihr die Hand über den Mund.
»Scht. Wir müssen sehr, sehr vorsichtig sein«, raunte er ihr zu. Seine Stimme verlor auch im Flüsterton nichts von ihrer Intensität und Sinnlichkeit. Sie war rauh, männlich und tief – und ließ sie wohlig erschaudern. Er nahm seine Hand von ihrem Mund und griff ihren Arm, um sie in eine bestimmte Richtung zu führen. Sie ließ es ohne Gegenwehr zu. Irgendwie konnte sie sich nicht vorstellen, dass Zé etwas Böses im Schilde führte. Und selbst wenn: Sie befand sich in einem Zustand, in dem es

ihr wahrscheinlich gefallen hätte, wenn er Dinge mit ihr anstellte, die kein Mann je zuvor mit ihr getan hatte.
Sie gelangten zu dem Gestrüpp hinter dem Pferdestall. »Falls uns jemand sieht, tun wir so, als wär uns nicht gut«, erklärte er. Er sah sich aufmerksam nach allen Seiten um, bevor er fortfuhr: »Du kannst lesen und schreiben?«
Lua nickte. Vor ihm, der es ja auch konnte, brauchte sie kein Geheimnis daraus zu machen.
»Das ist gut«, sagte er, »solche Leute brauchen wir.«
Sie verstand nicht, was er meinte, also fragte sie: »Aber du kannst es doch selber, oder?«
Erstmals an diesem Abend schenkte er ihr ein zaghaftes Lächeln. »Nein, den Zettel hat ein Freund für mich geschrieben.«
Lua war ein wenig enttäuscht. Natürlich ließ sie das keine Sekunde an seiner Klugheit zweifeln, dennoch hätte er ihr noch mehr als ohnehin schon imponiert, wenn er des Schreibens kundig gewesen wäre. Um sich ihre Enttäuschung nicht allzu deutlich anmerken zu lassen, fragte sie: »Und woher wusstest du, dass ich lesen und schreiben kann? Eigentlich weiß das kein Mensch.«
»Ist denn die alte Imaculada kein Mensch?«
»Oh«, entfuhr es Lua dümmlich.
»Keine Sorge, sie ist auf unserer Seite.«
»Was hat das alles zu bedeuten?«, begehrte Lua zu wissen.
Er musterte sie mit einem Blick, der dem ihren von vorhin sehr ähnlich sein musste. Es sprach Enttäuschung daraus, genauso wie Ungläubigkeit, ganz so, als könne er nicht fassen, es wider Erwarten mit einer dummen Kuh zu tun zu haben. »Glaubst du an die Freiheit?«, fragte er schließlich.
»Welche Freiheit?« Sein Blick zeigte ihr, dass das die falsche Antwort gewesen war.
»Die des schwarzen Volkes.«

»Oh ... äh ... nein. Ich meine, jeder weiß ja, dass wir hier nicht frei sind. Wobei ich für meinen Teil mich durchaus ...« Sein Blick ließ sie innehalten. Was war es nur, das sie an diesem Kerl so fesselte, obwohl er doch nichts weiter war als ein Draufgänger mit Fluchtplänen? Denn dafür schien er sich ihre Schreibkenntnisse ja offenbar zunutze machen zu wollen. Um ein Minimum an Stolz zu wahren, streckte sie das Kinn vor und setzte ihre herablassendste Miene auf. »Ich kann und will dir nicht helfen. Ich genieße gewisse Privilegien, und das soll auch so bleiben. Ich will nicht einmal so genau wissen, was du planst, denn selbst das könnte mich in Gefahr bringen. Es ist sehr bedauerlich, dass dir dein Leben nicht gefällt – mir aber gefällt meines umso mehr.«

Er verzog die schönen Lippen zu einem spöttischen Lächeln. »Lua, Lua ... du weißt ja nicht, was dir entgeht.«

Er brachte sie einen Moment aus der Fassung. Die Bemerkung hatte durchaus zweideutig geklungen. Wollte er sie etwa jetzt, nachdem die »Freiheit« ihr nicht verlockend genug erschienen war, mit seinem Charme betören?

»Nein, und ich es brauche es auch nicht zu wissen.« Damit drehte sie sich um und lief davon.

»Sie haben dich um alles betrogen«, rief er ihr leise hinterher. »Sie haben dir deine Vergangenheit und deine Zukunft gestohlen. Sie haben dich deiner Sprache und deines Namens beraubt, und sie haben ...« Mehr verstand sie nicht, denn sie war mittlerweile wieder vor der Senzala angelangt.

Lua war froh, diesem Mann, der Gefahr und Ärger ja förmlich anzog, entkommen zu sein. Doch anstatt sich sofort schlafen legen zu können, wie sie es sich wünschte, wurde sie nun mit einer weiteren Bedrohung konfrontiert: Vor dem Sklavenhaus saß Imaculada und empfing sie mit einem zahnlosen Lächeln, aus dem der Qualm ihrer Zigarre quoll.

»Du Mbómbo kennenlernen?«
»Wen?«
»Hier nennen Zé.«
Lua nickte kraftlos.
»Ist gut Mann. Stark Mann. Sohn von Häuptling, wie Uanhenga.«
»Er ist ein törichter Mann, Imaculada«, widersprach Lua. »Er greift nach den Sternen und wird doch immer nur Luft zu fassen bekommen.«

5

Es waren etwa 400 Menschen an Bord des Sklavenschiffes, ein Zehntel davon gehörte zur Besatzung. Wir Gefangenen wurden auf engstem Raum nebeneinandergelegt und angekettet. Schienen uns die ersten Tage unserer Passage unerträglich, so zeigte der weitere Verlauf der Reise, dass der Mensch sehr viel mehr ertragen kann, als er von sich glaubt. Man gab uns einmal am Tag zu essen und zu trinken, hartes Brot und brackiges Wasser. Unsere Notdurft verrichteten wir an Ort und Stelle, da es uns nicht möglich war, unseren Platz zu verlassen. Schon nach wenigen Tagen suchten uns üble Krankheiten heim. Wer den ganzen Tag im eigenen Schmutz liegt oder sitzt, ohne die geringste Aussicht auf ein wenig Bewegung und frische Luft, den ereilen nicht nur körperliche Qualen, sondern auch seelische. Manche von uns verfielen in einen so tiefen und dunklen Trübsinn, dass sie sich selbst aufgaben, bevor ihre Körper es taten.

Neben mir war eine Frau dem Wahnsinn verfallen. Sie weinte und schrie von morgens bis abends, bis ein Wärter sie erschlug und damit erlöste. Ich gestehe, dass mir der Tod der Frau anfangs selbst wie eine Erlösung vorgekommen war, denn das dauernde Geheul hatte mir sehr zugesetzt. Dann aber ließ man ihren Leichnam einfach dort verrotten. Er begann zu riechen, und erst Tage später kam ein Trupp von Männern, um ihn und andere Kadaver fortzuschaffen. Sie wurden einfach ins Meer geworfen.

Mein Töchterchen begann zu fiebern. Ich hatte keine Möglichkeit, ihr Linderung zu verschaffen, und es verursachte mir allergrößte Pein, dem Sterben des Kindes so hilflos gegenüberzustehen. Denn dass die Kleine sterben würde, wusste ich. Die Milch in meiner Brust war versiegt, und ohne diese war der Tod meiner Tochter besiegelt. Ich schluchzte und weinte in einem fort. Dann kamen erneut die Männer, die für das Einsammeln der Leichen zuständig waren, und entrissen sie mir. Ich schrie, dass sie noch lebte, ich klammerte mich an dem Kind fest und flehte die Männer an, sie bis zu ihrem Ende in meinen Armen zu lassen, doch sie kannten kein Erbarmen. Einer der Männer nahm sie an ihrem Füßchen, so dass sie kopfüber hing wie ein totes Huhn. Als sie davongingen, sah ich, wie ihr Köpfchen gegen einen Balken stieß, und dieser Anblick ließ mich markerschütternd aufschreien. Selbst eine Leiche hatte eine solche Behandlung nicht verdient, ganz zu schweigen von einem lebenden Kind.

Die anderen Gefangenen hatten kaum noch Mitleid übrig für mich, sie hatten selbst schlimme Verluste erfahren. Überdies hielten sie mich wohl für verrückt und glaubten nicht, dass in dem kleinen kraftlosen Körper noch Leben gesteckt hatte. Ich war kurz davor, den Verstand zu verlieren. Grauenhafte Bilder suchten mich heim, Bilder von meinem Kind, das mit einem lauten Klatschen über Bord geworfen wurde, das in dem kalten Wasser strampelte und sich verschluckte und schließlich unausweichlich in die Tiefe gezogen wurde, wo riesenhafte Kreaturen ihre süßen weichen Beinchen zerfleischen und ihre Ärmchen zerfetzen würden.

Mein Überlebenswille schwand zusehends. Ich aß und trank nichts mehr. Ich sprach mit niemandem, schaute niemanden an und wiegte meinen Oberkörper in der Art von Schwachsinnigen vor und zurück. Ich wäre sicher bald gestorben, wäre nicht – wir mussten etwa zwei Wochen unterwegs gewesen sein – ein schwerer Sturm über uns hereingebrochen. Ich hoffte, dass die aufgewühlte See uns alle verschlingen würde, das Schiff samt Gefangenen und Wächtern. Viel fehlte wohl nicht mehr. Das Schiff schaukelte und schlingerte unter der Wucht der Brecher, die auf es niedergingen, dass selbst unter der Mannschaft große Angst herrschte. Man erkannte es an ihren Stimmen, und man erkannte es an der kopflosen Art, in der sie oben hin und her liefen, von Todesfurcht erfüllt.

Ein plötzliches kreischendes Geräusch übertönte all den Lärm, den die Matrosen verursachten, ließ das Tosen des Sturms wie zartes Murmeln erscheinen und unser eigenes Angstgeschrei wie leises Flüstern. Wir alle hielten die Luft an angesichts der letzten Augenblicke, die uns, wie wir ahnten, in dieser Welt beschieden waren. Dann schrie einer der Gefangenen: »Wasser! Wasser! Es ist überall!«, und zerrte wie wild an seiner Kette. Es dauerte noch ein wenig, doch irgendwann bemerkte auch ich es. Das Schiff war leckgeschlagen, und unaufhaltsam füllte sich sein riesenhafter Bauch mit dem tödlichen Nass. Keiner von uns hatte auch nur die geringste Chance, dem Ertrinken zu entkommen. Ich war als eine von wenigen sehr ruhig. Es verschaffte mir eine gewisse Befriedigung, dass ich nun auf dieselbe Weise sterben würde wie meine Tochter.

Als wir alle schon bis zu den Knien im Wasser standen, kamen ein paar Männer und öffneten unsere Ketten.

»Auf, auf!«, riefen sie und reichten uns Eimer. Mit der Peitsche trieben sie uns an, schnell zu arbeiten. Was für ein Hohn! Ausgerechnet wir sollten nun unseren Folterknechten das Leben retten. Wir waren alle halb tot vor Hunger, Krankheit, Entbehrung, Luft- und Bewegungsmangel. Keiner von uns war mehr in der Lage, die randvollen Eimer anzuheben, da halfen auch keine Peitschenhiebe. Doch mit zur Hälfte gefüllten Eimern ging es irgendwie, und tatsächlich gelang es uns, Eimer für Eimer durch eine lange Menschenkette zu reichen und schließlich an einer Öffnung im Bug des Schiffs das Wasser ins Meer zurückzubefördern. Es schien eine Ewigkeit zu dauern, doch als wir schon halb ohnmächtig vor Entkräftung waren, sank der Wasserspiegel im Innern.

Nachdem der Sturm sich gelegt hatte, feierte die Besatzung ihr wundersames Überleben. Zwei von ihnen kamen in unser Zwischendeck, das von der Überflutung einigermaßen gesäubert worden war, und begutachteten uns. Sie schienen jemanden zu suchen.

»He, sieh mal die hier. Knackige Brüste, strammes Hinterteil – die scheint mir geeignet«, sagte einer und begrabschte mich unsanft.

Mir schwante Übles. Wollten die Kerle uns nun auch noch vergewaltigen?

»Ein Männchen hab ich auch schon entdeckt«, rief ihm der andere zu. Er meinte damit einen Mann, der zusammengesackt in einer weit von mir entfernten Ecke kauerte. »Er tut so, als wäre er krank, aber er scheint mir von all dem Vieh hier noch am kräftigsten zu sein.«

Sie ketteten den Mann und mich ab und trieben uns vor sich her. »Los, ihr dreckigen Tiere, macht schon voran!«, riefen sie und ließen die Peitsche neben uns sirren. Der Mann und ich stolperten eine schmale Stiege hinauf. Oben angekommen, waren wir zunächst halb blind von der Helligkeit, die uns erwartete. Die Sonne schien von einem strahlend blauen Himmel herab, die Luft roch frisch und salzig. Doch man ließ uns keine Zeit, den Anblick und den Duft zu genießen.

»Tanzt!«, forderte uns ein anscheinend höherrangiger Mann auf, der gleichzeitig mit einem Wink zwei Musikanten zu verstehen gab, sie mögen nun aufspielen.

Der schwarze Gefangene und ich sahen einander ratlos an. Als die Musik erklang, die ein Fiedler und ein Trommler spielten, wussten wir erst recht nicht mehr, was zu tun war. Diese gequälten Geräusche ähnelten nicht im Entferntesten dem, was wir unter Musik verstanden. Einer der Matrosen machte alberne Hüpfbewegungen, um uns zu zeigen, was wir zu tun hatten. Doch noch immer standen der Mann und ich mit hängenden Armen da und rührten uns nicht.

Plötzlich sauste neben mir eine Peitsche nieder, und ich machte einen erschrockenen Satz nach rechts. Die Matrosen grölten und schlugen sich auf die Schenkel. Dann ließ der Besitzer der Peitsche sie rechts von mir knallen, und ich sprang nach links. Neuerliches Gelächter begleitete meine Hüpfer. Ich war splitternackt, und die Bewegungen meiner Brüste schienen diese Bestien besonders zu faszinieren. Ich tanzte. Ich tanzte nach der Peitsche, von rechts nach links, nach vorn, nach hinten, auf und ab. Mein Publikum war begeistert. Meinem Leidensgenossen erging es ebenso. Man ließ ihn einen grotesken Tanz nach der Peitsche aufführen, und die Zuschauer lachten Tränen über sein hin und her schwingendes Geschlecht. Gelegentlich traf die Peitsche auch unsere Körper. Wenn wir uns vor Schmerzen krümmten, höhnten die Männer nur umso lauter.

Es war ein unvorstellbar erniedrigendes Spektakel. Aus den Augenwinkeln nahm ich nur einen einzigen Mann wahr, dem unsere Darbietung keine Freude bereitete, sondern der es offensichtlich als so widerwärtig empfand, wie es war. Alle anderen begafften mich mit einer Mischung aus Verachtung und Begierde, während der männliche Tänzer mit unverhohlenem Neid angestarrt wurde, denn er hatte einen prächtigen Körper. Es grenzte an ein Wunder, dass er nach all dem Leid und den Entbehrungen noch immer so muskulös aussah. Einzig seine Augen waren von Eiter verklebt, ein Übel, das sehr viele von uns heimgesucht hatte. Ich führte es auf die giftigen Dünste zurück, die durch unser düsteres Gefängnis waberten.

Irgendwann hatte unser erbärmlicher »Tanz« ein Ende. Man führte uns zurück nach unten und legte uns wieder in Ketten. Da der Mann in einer ganz anderen Ecke des Decks lag als ich, hatte ich keine Möglichkeit, mich anders mit ihm auszutauschen als durch Blicke. Diese Blicke waren es, die meinen Lebensmut wieder weckten.

Trotz der Entfernung und der Dunkelheit konnte ich das Blitzen der Augen dieses Mannes sehen, die Wut darin und den Hass. Er schleuderte sie mir entgegen, als sei ich es, die sein Unglück verschuldet habe. Er löste damit eine Empörung bei mir aus, die vorübergehend alle anderen Gefühle überdeckte – bis ich irgendwann zu der Einsicht gelangte, dass sein Zorn nicht mir galt, sondern in mir, das heißt, in meiner Mitwisserschaft, Nahrung fand. Der Mann war es nicht gewohnt, Niederlagen hinzunehmen. Eine Zeugin in der Stunde seiner größten Demütigung gehabt zu haben versetzte ihn in eine mörderische Stimmung. Genauso hatte ich es bei allen Kriegern unseres Stammes gesehen, auch Uanhenga war ein solcher Mann gewesen. Aus der Wut schöpften sie Kraft für ihren nächsten Kampf. Und bei mir war es ja schließlich kaum anders: Der Ärger über die große Ungerechtigkeit, die dieser stolze Gefangene mir widerfahren ließ, stärkte mich und meinen Lebenswillen. Ich überstand den weiteren Verlauf der Reise – anders als zwei Drittel unserer Mitgefangenen. Als wir die Küste erreichten, hatte sich unsere Zahl auf rund hundert dezimiert.

Damals wusste ich nicht, dass dieses Land Brasilien hieß, dass in ihm weiße Männer regierten und die Natur hier einen solchen Überfluss geschaffen hatte, dass man Sklaven benötigte, um die Ernte einbringen zu können. In meiner Heimat am Cubango waren Hungersnöte selten gewesen, doch eine so prachtvolle Fülle wie hier hatte es dort nicht gegeben. Bereits bei unserer Entladung von Bord sah ich Mangobäume, deren Äste sich unter den vielen Früchten bogen und unter denen jede Menge herabgefallene Mangos faulten. Wir wurden in einer langen Schlange aneinandergekettet und zu einem großen Holzgebäude geführt. Es war unmöglich, auszuscheren und eine der Früchte aufzuklauben, obwohl ich nichts lieber getan hätte. Meine Zähne wackelten schon, und selbst eine angefaulte Frucht erschien mir wie die himmlischste Speise auf Erden. Kurz vor dem großen Holzhaus konnte man einen Blick auf die Umgebung erhaschen, und dabei stellte ich fest, dass wir uns auf einer Insel befinden mussten. Nicht weit von uns sah man einen breiten Sandstreifen, der von riesigen Steinhäusern gesäumt wurde, die mit Türmen versehen waren und in der Sonne gleißend weiß leuchteten. Erst später lernte ich, dass es sich dabei um die Gotteshäuser der Sklaventreiber handelte. Es waren auf einem Hügel weitere imposante Gebäude zu sehen, alle gemauert und in fröhlichen Farben getüncht. Im Wasser lagen unzählige Boote und Schiffe aller Größen. Meine Vermutung, dass dies die Hauptstadt des Landes sein musste und wir auf einer Insel in der Bucht angelandet waren, erwies sich später als richtig.

Auf dieser Insel sperrte man uns erneut in ein Gefängnis. Allerdings gab man uns hier bessere Kost und reichlich Wasser, sowohl zum Trinken als auch zum Waschen. Ich hatte den Eindruck, dass man uns erst einmal in Gewahrsam behielt, damit wir keine Seuchen einschleppten. Und so war es auch. Nach etwa zwei Wochen in Quarantäne hatten wir, die wir die Schiffsreise überlebt hatten, wieder neue Kräfte gesammelt und sahen nicht mehr ganz so erschreckend aus wie bei unserer Ankunft. Die »Ware« war nun bereit zum Verkauf. Es kam schließlich der Tag, den wir ebenso gefürchtet wie herbeigesehnt hatten, um dem nervenzerrüttenden Warten und der bangen Ungewissheit ein Ende zu bereiten: Wir wurden zum Markt gebracht.

Ein Boot, das ein paar der schwarzen Männer ruderten, brachte uns in Gruppen von rund zwanzig Personen zum Festland. Dort trieb man uns, gefesselt und nur mit einem Lendenschurz bekleidet, durch die engen Gassen, deren bezaubernde Fremdheit wir nur beiläufig wahrnahmen, immerhin beschäftigten uns andere Sorgen. Dennoch erinnere ich mich noch genau an diesen ersten Eindruck von São Salvador da Bahia de Todos os Santos. Mir erschien der Gebrauch von Stein verschwenderisch zu sein, sogar die Straßen waren mit Steinen gepflastert. In meiner Heimat hatte ich so etwas niemals gesehen. Auch die Vielzahl an Farben beeindruckte mich. Während die Dörfer in Ngola in Erdtönen gehalten waren, gab es hier grüne, blaue, rosafarbene, gelbe und sogar violettfarbene Gebäude, die mit kunstvollen Balkonen versehen und deren Fenster mit einem vollkommen durchsichtigen Material gefüllt waren, das eine spiegelnde Oberfläche hatte wie der See, in dem bei uns daheim die Nilpferde badeten.

Wir erklommen den steilen Hügel und erreichten einen Platz, an dem ein wüstes Durcheinander herrschte. Man sah weiße Männer und Frauen in üppigen Gewändern, die wohl eine Art Häuptlingstracht darstellten, sowie schwarze Sklaven, halbnackt und in einem Pferch zusammengetrieben, zu dem unser Weg uns zweifellos ebenfalls führen würde. Man sah jedoch auch, und das erstaunte mich maßlos, schwarze bis hellbraune Menschen, die scheinbar frei und völlig unbehelligt von den Aufsehern herumliefen. Unter diesen Dunkelhäutigen wiederum sah man ärmlich Gekleidete wie opulent Gewandete. Da gab es Männer in einfachen weißen Wickelhosen und Frauen mit prachtvollen Turbanen und steifen weiten Röcken, es gab Kinder in Lumpen und solche in kleinen Imitationen der

Häuptlingskleidung, man sah junge Burschen in knallbunten Beinlingen und hübsche Mischlingsmädchen mit schwerem Goldschmuck. Waren auch diese Leute Sklaven? Oder waren es Einheimische? Bisher hatte ich immer geglaubt, dieses fremde Brasilien sei nur von Weißen bewohnt, aber warum sollte es eigentlich nicht auch hier dunkelhäutige Eingeborene geben? Vollends verunsichert war ich dann, als ich ein paar Leute erblickte, die mir weder schwarz noch weiß noch eine Mischung aus beidem zu sein schienen: kleine, drahtige Menschenwesen, die ganz glattes schwarzes Haar besaßen, dunkle Haut und schräge Augen, wie ich sie weder bei einem Afrikaner noch bei einem Europäer je gesehen hatte.

Diese Eindrücke, wundervoll und fürchterlich zugleich, strömten auf mich ein, als man uns, wie ich es geahnt hatte, in den Pferch sperrte, neben dem es eine Art Bühne gab.

Welche Rolle mir in der Aufführung zugedacht war, sollte ich wenig später erfahren.

6

»Lua«, rief Fernanda, »du siehst aus wie ein Gespenst!«
»Mir ist übel«, sagte Lua matt. Und genauso verhielt es sich auch. Erst die enttäuschende Begegnung mit Zé, dann die furchtbaren Schilderungen Imaculadas – das hatte ihr doch sehr zugesetzt. Sie ließ sich in ihre Hängematte fallen und schlief sofort ein. In der Nacht suchten sie entsetzliche Alpträume heim, in denen es vor wilden Tieren, schwarzen Muskelprotzen und zahnlosen Matrosen nur so wimmelte. Im Traum sah sie zähnefletschende Bestien und peitschenschwingende Affen, sie hörte ein bedrohliches Gemurmel, das sich aus all den merkwürdigen Vokabeln zusammensetzte, mit denen Imaculada ihre Geschichte spickte und deren Sinn sich Lua nur manchmal aus dem Zusammenhang erschloss. Über alldem lag der Geruch des Fegefeuers, begleitet von einem durchdringenden Wummern vieler Trommeln, einem grollenden Rhythmus, der kraftvoll und angsteinflößend war.
Jemand rüttelte sie an der Schulter. »Lua, steh auf, schnell! Die Scheune brennt!«
Sie wälzte sich aus ihrer Hängematte und brauchte einige Augenblicke, bevor sie sich in der Wirklichkeit zurechtfand. Der Brandgeruch war so scharf, dass sie kaum Luft bekam. Von draußen hörte man eine Vielzahl an Geräuschen, die durch die Löschversuche verursacht wurden. Unter anderem schlug man wohl mit Leinendecken auf brennende Balken ein – und Lua erkannte, dass sich dieses Krachen und Klopfen in ihren Traum geschlichen hatte.

Sie stürzte ins Freie und sah, dass sich bereits eine Löschkette gebildet hatte. Ihr fiel die Episode mit dem leckgeschlagenen Sklavenschiff ein, doch sie verbot sich, weiter an diese schlimme Geschichte zu denken. Sie lebte hier und heute, und das Unglück der Alten ging sie nichts an. Also tat Lua das, was von ihr erwartet wurde: Sie eilte zur Casa Grande und beruhigte die Sinhazinha, die im Kreise ihrer Familie am Fenster stand und das Geschehen aus sicherer Distanz verfolgte. Die Scheune brannte nun nicht mehr ganz so lichterloh, und allmählich zeichnete sich ab, dass ihnen allen eine größere Tragödie erspart geblieben war. Die meisten der in Panik geratenen Tiere hatten aus den angrenzenden Stallungen fortgebracht werden können, und auch die Scheune selbst war in einem Zustand, in dem sie bald wieder instand gesetzt wäre.

Das einzige Familienmitglied, das sich nun endlich dazu herabließ, draußen nach dem Rechten zu sehen, war Sinhá Eulálias jüngerer Bruder, der Sinhô Manuel. Er war mit seinen 15 Jahren schon sehr reif und verantwortungsbewusst. Fernanda himmelte ihn an, obwohl er rein äußerlich nicht eben großen Eindruck machte. Aber seinen kleinen Wuchs und seine abstehenden Ohren machte er wett mit einer ruhigen, besonnenen Art, mit Freundlichkeit und Fleiß, mit Gerechtigkeitssinn und seiner Begeisterung fürs Geschäftliche. Sie beobachteten, wie er ein paar Sklaven dazu abkommandierte, Trinkwasser und Brot für diejenigen zu holen, die am Rande der Erschöpfung neben der angekohlten Scheune hockten. Er klopfte einigen von ihnen aufmunternd auf die Schultern, dann zog er ein blütenreines Taschentuch aus seiner Weste und reichte es einer jungen Frau, damit sie sich das vor Schweiß und Ruß verklebte Gesicht abwischen konnte. Er war eigentlich keine nennenswerte Hilfe, aber allein seine Gegenwart und die freundlichen

Gesten gaben den Sklaven Auftrieb. Lua bemerkte, dass sich ein versonnenes Lächeln auf Dona Ines' Antlitz legte – die Senhora liebte ihren Manuel mehr als ihre anderen Kinder, was sie jedoch zu verbergen suchte.

Das Feuer sollte ihnen in den folgenden Tagen noch viel Kummer bereiten. Dom Felipe suchte fieberhaft nach dem Schuldigen, denn dass es sich um keine natürliche Brandursache gehandelt hatte, das schien erwiesen. Alle Sklaven, sogar die Haussklaven, mussten sich in Reihen aufstellen und einem eigens herbeigerufenen Inspektor Rede und Antwort stehen. Was sie an jenem Abend gesehen hätten, wollte er wissen, was gehört und mit wem ihre Zeit verbracht. Lua kam ein wenig ins Schlingern, denn sie konnte dem Mann ja schlecht erzählen, dass sie sich erst mit einem Unruhestifter getroffen und danach die Erinnerungen einer alten Frau aufgeschrieben hatte. Also berichtete sie ihm, ihr sei an besagtem Abend unwohl gewesen, eine Version, die von Fernanda und anderen Mädchen gestützt wurde. Der Inspektor entließ sie schroff mit einem Handwedeln, als sei er überzeugt, eine allseits bekannte Lügnerin vor sich zu haben, der er es noch zeigen würde. Wahrscheinlich war es Luas schlechtes Gewissen, das ihr die Dinge in diesem Licht erscheinen ließen, denn im Grunde wurden die wirklich scharfen Verhöre unter den jungen Männern durchgeführt. Kindern, Frauen und Alten traute man so verbrecherische Handlungen wohl nicht zu.

Zé bekam Lua nicht mehr zu Gesicht. Erst Tage später erfuhr sie von Fernanda, die es von einer Feldsklavin aufgeschnappt hatte, die es wiederum von ihrem Geliebten wusste, dass Zé in den Keller gebracht worden war. Der »Keller« war ein Verlies unter der Casa Grande. Nach allem, was gemunkelt wurde, war es feucht und dunkel darin, und es wimmelte vor Ratten, Giftspinnen und Kakerlaken. Lua selbst, die doch die Casa Grande so gut kannte, hatte es nie von innen gesehen. Sie kannte einzig den Weinkeller, der ihr aber nicht sonderlich schaurig erschien, denn es war darin immer angenehm kühl. Dennoch empfand sie Mitleid mit Zé und den anderen drei Männern, von denen es hieß, dass man sie dort gefangen hielt. Die Beschreibungen des Sklavenschiffes waren Lua nur allzu deutlich in Erinnerung, und so malte sie sich aus, was die armen Kerle dort unten ausstehen mussten.

Etwa eine Woche nach dem Brand nahm eine hübsche Feldsklavin Lua beiseite, drückte ihr eine Silbermünze in die Hand und bat sie, ihren Liebsten im Keller mit Essen und Trinken zu versorgen. »Du kommst doch unauffällig da runter«, glaubte sie zu wissen, »da kannst du meinem Zeca doch mal was von den feinen Speisen der Herrschaft zustecken.«

Lua starrte ungläubig auf die Münze. Es musste ihr wertvollster Besitz sein, den sie wahrscheinlich seit langer Zeit wie einen Goldschatz hütete, und nun gab sie ihn hin für etwas Milch und Brot für ihren Zeca. Lua war gerührt über diesen Beweis großer Liebe und mochte die Münze nicht annehmen.

»Ich kann nicht«, sagte sie zu ihr, »ich weiß selbst nicht so genau, wo dieser Keller sein soll.«

»Dann finde es raus«, flehte die junge Frau.

Lua schüttelte abermals den Kopf, wusste jedoch bereits in ihrem tiefsten Innern, dass sie es tun würde. Ihre Neugier war einfach zu stark – und das Bedürfnis, den blöden Zé wiederzusehen, ebenfalls. Auch wusste Lua, dass sie der anderen für diesen Gefallen auf keinen Fall ihre Münze abnehmen würde. Dennoch streckte sie nun langsam die Hand danach aus: Lua wollte den Stolz der Arbeiterin nicht verletzen. Irgendwann würde sie ihr die Münze zurückgeben. »Na schön«, sagte sie betont überheblich. »Aber ich garantiere für nichts.«

Die junge Frau sah Lua hasserfüllt an, als sei sie überzeugt, die feine Haussklavin habe es nur auf die Münze abgesehen und würde keinen Finger krümmen, sobald diese einmal in ihrem Besitz war.

»Bestell ihm Folgendes von mir: Ki fwa o dimi. Hast du das verstanden? Ki fwa o dimi. Merk es dir gut. Und übermittle mir seine Antwort.«

»Ki fwa o dimi?«, wiederholte Lua entgeistert. Was sollte das nun wieder für ein Losungswort sein? Es hatte einen ähnlichen Klang wie die Wörter, mit denen Imaculada ihre abenteuerliche Geschichte anreicherte.

»Ganz genau. Und er wird dir darauf antworten.«

Lua war ein wenig beleidigt angesichts des Misstrauens, das die Frau ihr entgegenbrachte. Andererseits bewunderte sie sie für diesen schlauen Zug. So stellte sie sicher, dass Lua nicht einfach ihr Geld nahm und den armen Zeca dort unten im Keller verrotten ließ. Lua nickte kurz, ließ die Münze in ihrer Schürze verschwinden und wandte sich von ihr ab. Es musste sie ja niemand länger als nötig hier beisammenstehen sehen.

»Was wollte denn Maria Segunda von dir?«, fragte die dicke Maria auch gleich, die eigentlich Maria Terceira hieß, kaum dass Lua ins Herrenhaus kam. Bei der Auswahl der Namen für die Sklaven waren die Senhores nicht allzu erfinderisch, so dass sehr viele Frauen Maria hießen und die Männer José oder João. Sie überließen es dann den Sklaven, die Namen abzukürzen oder mit Zusätzen zu versehen, so dass man auch sofort wusste, von wem die Rede war. Die dicke Maria Terceira, die dritte Maria, war erbost darüber, dass eine Feldsklavin ihr zumindest dem Namen nach den Rang ablief, weil sie »zweite Maria« hieß. Zeca war eine Abkürzung von José Carlos, Zé von José, wobei es allein auf São Fidélio mindestens zehn Zés gab. Lua selbst hatte sich mit ihrem Namen nur deshalb abgefunden, weil er wenigstens unverwechselbar war. Lua bedeutete Mond. Es gab keine andere Lua außer ihr, nur den Mond am Himmel. Und dem hatte sie ja schließlich ihren Namen zu verdanken, denn angeblich war die Form ihres Gesichts wie die des Mondes, wenn er voll war. Als Kind war sie darüber ziemlich unglücklich gewesen, aber inzwischen gefielen ihr sowohl ihr Name als auch ihre Gesichtsform, die im Laufe der Jahre deutlich ovaler geworden war.

»Ach, nichts weiter«, sagte Lua zur dicken Maria, »sie wollte wissen, ob es ihrem Zeca gutgeht, aber da konnte ich ihr nicht weiterhelfen. Außerdem: Was haben wir mit diesem Feldnegerpack zu schaffen?«

Mit dieser Antwort gab Maria Terceira sich zufrieden, genau wie es Luas Absicht gewesen war. Hätte sie einfach nur schnippisch erwidert: »Was geht dich das an?«, dann hätte die dicke Maria weitergebohrt und womöglich hässliche Gerüchte über Lua in Umlauf gebracht. Man musste sich wirklich vorsehen bei dieser Schlange.

Noch am selben Tag ergab sich eine Gelegenheit, den Keller aufzusuchen. Sinhá Eulália erwartete Besuch und schickte Lua, um Wein für die Gäste heraufzuholen. Sie drückte ihr einen Zettel in die Hand, auf dem in übergroßen Buchstaben der Name des edlen Tropfens geschrieben stand. »So steht es auf dem Etikett, in Ordnung? Sieh dir die Flaschen genau an, und wenn du auf einer diese Buchstabenfolge erkennen kannst, dann bring sie mit. Oder besser, bring gleich mehrere mit.«

Lua knickste artig und rannte nach unten, immer den merkwürdigen Losungssatz vor sich hin murmelnd, damit sie ihn nicht vergaß. Auf der Kellertreppe kam ihr Lulu entgegen, dessen Name sich übrigens von Luís ableitete. Er blieb in der Mitte einer Stufe stehen und zwang sie dadurch, sich ganz dicht an ihm vorbeizuquetschen. Ihr war, als hörte sie ihn leise in sich hineinlachen.

»Was ist so komisch?«, fuhr sie ihn an.

»Der Gedanke, was ich jetzt und hier mit dir tun könnte, wenn ich es wollte«, erwiderte er.

»Wie gut, dass du es nicht willst. Sonst sähe ich mich genötigt, dich die Treppe hinunterzustoßen«, zischte Lua und stieg, um Haltung bemüht, weiter die Stufen hinab. Sie hörte, wie Lulu von draußen die Kellertür verriegelte. Na warte!, dachte sie, dir Bürschchen werde ich es schon zeigen. Sorgen machte sie sich keine. Da in der Halle reger Durchgangsverkehr herrschte, würde sie nicht lange eingeschlossen bleiben. Außerdem hatte Lulu ihr unwissentlich einen Vorwand geliefert, um länger im Keller bleiben zu können.

Sie trug ihre mit Walöl gefüllte Lampe mit beiden Händen vor sich her und sah sich aufmerksam um. Merkwürdig, dass sie das in all den Jahren, die sie in der Casa Grande quasi zu Hause war, niemals getan hatte. Weder die Vorratsräume noch die Verschläge, in denen sich Gerümpel anhäufte, hatten je ihr Interesse geweckt.

Jetzt taten sie es. Denn plötzlich fiel ihr ein, dass sie in der Eile ganz vergessen hatte, etwas Essbares für die Gefangenen einzustecken. Sie ging also in den Raum, in dem Speckseiten und Käselaibe, Fässer mit Pökelfleisch und Stockfisch, Säcke mit Bohnen und Reis, Gläser mit eingelegtem Obst und Gemüse lagerten, und griff nach den Dingen, die man sofort verzehren konnte. Sie ergatterte *doce de cajú*, süß eingekochte Cashewfrüchte, außerdem Honig sowie ein paar Dauerwürste. Mehr konnte sie in ihrer Schürze, die sie an den Zipfeln hielt und damit zur Tragetasche machte, nicht transportieren. Es war auch so schon recht kompliziert, denn eine Hand brauchte sie ja noch, um die Lampe zu halten.

Mit ihrer Beute schlich sie alsdann durch den schmalen Gang. Leise rief sie: »Ist hier jemand?« Sie tat dies mehr, um ihre eigene Beklommenheit zu überlisten. An eine Antwort glaubte sie nicht so recht, und sie erhielt auch keine, wenn man einmal von dem Geknister und Geraschel absah. Sie tappte weiter durch den Gang, vorbei an dem Weinkeller und hinein in einen anderen Gang, der eine scharfe Rechtskurve beschrieb. So weit war sie noch nie in dieses unterirdische Labyrinth vorgedrungen. Es gruselte sie zutiefst.

Dabei gab es wahrhaftig nichts Schauriges zu sehen. Ein Raum war gefüllt mit Baumaterialien, sie erkannte die Dachziegel und Azulejos und Holzdielen, die in der Casa Grande zur Verwendung gekommen waren. Eine andere Ecke war bis zur Decke gefüllt mit alten Möbeln, die Lua nie im Haus gesehen hatte. Auf allem lag eine dicke Staubschicht. Sie wagte sich weiter, und abermals rief sie: »Hallo, ist hier jemand?« Da sie wieder keine Antwort bekam, rief sie dasselbe noch einmal, nur lauter. Und siehe da: Jemand hatte sie gehört, denn ganz schwach, wie aus weiter Ferne, war ein »Hier!« zu vernehmen.

Luas Herz klopfte laut, und ihr Atem beschleunigte sich. Sie hatte Angst vor dem, was sie vorfinden würde, aber noch mehr fürchtete sie sich vor Entdeckung. Wenn jemand sie hier unten sah, wie sie mit Lebensmitteln unterwegs zum Kerker war, würde man sie monatelang auf die Zuckerrohrfelder schicken. Erneut hörte sie: »Hier! Hierher, gute Frau!«, gefolgt von einem metallischen Scheppern. Da schlug jemand gegen Gitterstäbe, fuhr es ihr durch den Kopf, und sie verfiel nun in einen Laufschritt. Beinahe wären ihr die Leckereien aus der Schürze gepurzelt, als sie eine feuchte, glitschige Stelle auf dem Steinboden übersah und ausrutschte.

Die Rufe wurden lauter, und Lua folgte ihnen. Sie erreichte eine kleine Treppe und stieg mit zittrigen Knien die gerade einmal sieben Stufen hinab. Ihr war nun sehr mulmig zumute, doch sie nahm all ihren Mut zusammen und ging mit eingezogenem Kopf weiter. Und dann erklang plötzlich wieder der Ruf, diesmal aus nächster Nähe. Offenbar hatte sie tatsächlich den »Keller« im Keller erreicht. Zunächst sah sie wenig, denn nicht Gitterstäbe versperrten den Zugang zu dem Verlies, sondern eine massive Eisentür. Lua untersuchte sie eingehend und fand schließlich eine Klappe auf Augenhöhe, die sich öffnen ließ. Sie stellte Lampe und Nahrungsmittel auf der Erde ab und fummelte an der Klappe herum. Endlich ließ sie sich kreischend öffnen.

Das Gesicht eines Mannes füllte die gesamte Öffnung aus. Lua benötigte einen Augenblick, bis sie in ihm Zé erkannte. Erschrocken holte sie Luft. Von seiner Schönheit war nicht mehr viel zu sehen. Sein Gesicht war verquollen und zerschunden. Man musste ihn arg in die Mangel genommen haben. Seine Lippen waren aufgeplatzt, desgleichen eine Augenbraue, und auf der Wange eiterte eine scheußliche Schnittwunde. Doch seine Augen funkelten angriffslustig.

»Na, wen haben wir denn da? Die hochnäsige Senhorita aus der Casa Grande«, empfing er Lua.

Deren Mitleid schlug augenblicklich in Zorn um. »Lass mich mit Zeca sprechen!«, forderte sie ihn barsch auf. »Ich habe eine Nachricht für ihn.«

Jetzt, da sich ihre Augen an die Dunkelheit im Innern des Verlieses gewöhnt hatten, erkannte sie, dass die Deckenhöhe darin äußerst gering war. Zé kroch auf allen vieren davon. Sogleich erschien Zecas Gesicht an der Luke. Lua hatte Mühe,

das Gesicht zu erkennen, denn er war noch übler zugerichtet als Zé.
»Ki fwa o dimi«, sagte sie ohne großes Theater. Sie wollte sich hier nicht länger als nötig aufhalten.
Er seufzte hörbar auf. »Mwenyu u fwa we!«
»Ist das die Antwort, die ich Maria Segunda überbringen soll? Mwenyu u fwa we?«
»Ja«, schluchzte er. Dann schlug er sich die Hände vors Gesicht. Wahrscheinlich behagte es ihm nicht, dass er vor Lua und seinen Mitgefangenen die Fassung verloren hatte.
»Hier habe ich euch etwas zu essen mitgebracht.« Damit reichte Lua ihm die gestohlenen Delikatessen. »Ich versuche, euch noch mehr zu bringen.«
»Danke«, hauchte er.
»Mwenyu u fwa we?«, versicherte sie sich noch einmal.
»Ja, genau.«
Abrupt schloss Lua die Klappe. Es war ihr unerträglich, dieses Elend länger anzusehen. Außerdem musste sie diesen schrecklichen Ort so zurücklassen, wie sie ihn vorgefunden hatte, damit niemand Verdacht schöpfte. Ihren Rückweg legte sie ungleich schneller zurück als den Hinweg, und zwar so schnell, dass sie beinahe die Weinflaschen der Sinhá Eulália vergessen hätte. In letzter Sekunde fiel Lua ihr Auftrag noch ein. Sie schnappte sich den gewünschten Wein und rannte die Treppe zur Halle hinauf – nur um diese dann verschlossen vorzufinden.
Auch das noch! Lulus kindischer Streich war ihr völlig entfallen.
Sie hämmerte an die Tür und rief, so laut sie konnte. Es schien eine schier endlose Zeit zu vergehen, bis sich endlich jemand erbarmte, die Tür zu öffnen. Lua stöhnte im Geiste auf. Musste es ausgerechnet Dona Ines sein?

»Was treibst du im Keller?«, fragte sie überflüssigerweise, denn die Weinflaschen gaben beredte Antwort. »Und wieso war die Tür verschlossen? Wer hat dich hier eingesperrt, Lua?«, begehrte sie zu wissen.

»Ich weiß es nicht, Dona Sinhá. Bestimmt war es nur ein dummes Versehen.« Sie senkte das Haupt und versuchte, sich einen Anstrich großer Unterwürfigkeit zu geben, was ihr anscheinend misslang.

Dona Ines hob Luas Kinn an und sah ihr forschend in die Augen. »Du brauchst den Übeltäter nicht zu schützen. Das ist wirklich falsch verstandener Gemeingeist unter euch Sklaven.«

Vielleicht hatte sie recht. Dennoch brachte Lua es nicht über sich, Lulu zu verpfeifen. Wenn ihr in der Senzala eines in Fleisch und Blut übergegangen war, dann eben genau jener Gemeingeist. Die Schwarzen hielten zusammen – zumindest gegenüber den Weißen. Dass sie sich untereinander zerfleischen mochten, stand auf einem anderen Blatt.

Lua knickste und sagte betont zerknirscht: »Wenn Ihr erlaubt, dass ich jetzt zur Sinhá Eulália gehe? Sie wartet sicher schon ungeduldig auf diese Flaschen.«

Dona Ines entließ sie mit einem unwirschen Wink, und Lua lief in den Salon, in dem sie ganz richtig die Sinhazinha und ihre Gäste vermutete.

Anschließend begab sie sich in die Küche, um einen Becher Wasser zu trinken, und von dort eilte sie ins Freie. Der lange Aufenthalt im Keller sowie die Begegnung mit den armen Eingekerkerten hatten in ihr ein immenses Bedürfnis nach Sonne und Luft geweckt. Sie hockte sich auf die Stufen am Eingang des Nutztraktes und starrte auf einen unbestimmten Punkt in der Ferne, als sie plötzlich jemand am Ärmel zupfte.

»Du schreiben weiter Geschichte«, befahl Imaculada. Ein Ausbund an Höflichkeit oder Rücksichtnahme war die Alte gewiss nicht.
Lua war zu schwach, um sich eine Ausrede auszudenken. Außerdem wollte sie etwas von der greisen Sklavin wissen, und im Gegenzug schuldete sie ihr wohl, ihre Erinnerungen weiter zu notieren.
»Sag mal, Imaculada, weißt du, was das heißt: ›Ki fwa o dimi‹? Oder ›Mwenyu u fwa we‹?«
»Mein Name Kasinda!«, ereiferte diese sich.
»Also schön, Kasinda. Weißt du es denn, oder nicht?«
Der Blick der Alten wirkte entrückt, als sie antwortete.

7

»Ki fwa o dimi, mwenyu u fwa we« – »wenn die Sprache stirbt, stirbt auch die Seele«. Wer hätte das besser gewusst als wir Sklaven, denen es unter Androhung drakonischer Strafen verboten war, sich miteinander in ihrer eigenen Sprache zu unterhalten. Da wir das Portugiesische jedoch noch nicht beherrschten, schwiegen wir.
Ein unheimlicher, stiller Zug von Gefangenen nach dem anderen wurde auf den Platz geführt und zu uns in den Pferch gesperrt. Er drohte schon aus allen Nähten zu platzen, als das Spektakel begann. Ein junger Bursche wurde herausgeholt und auf die Holzbühne gezerrt. Zwei Männer, ebenfalls dunkelhäutig, hielten den Gefangenen fest, während ein dritter um ihn herumschritt und dabei die Vorzüge des Sklaven laut herausposaunte.
»Hier haben wir ein besonders gutes Stück: männlich, etwa zwanzig Jahre alt, in tadellosem Gesundheitszustand. Alle Zähne vorhanden. Einen Meter achtzig groß, fünfundsiebzig Kilo schwer. Lange, kräftige Gliedmaßen. Perfekt für die Feldarbeit. Das Mindestgebot liegt bei fünfzehn Milreis.«
Ein ungläubiges Aufstöhnen ging durch die Menge – das war wohl ein sehr hoher Preis. Damals verstand ich natürlich noch kein Wort von dem, was der Auktionator sagte, doch ich war später so oft auf dem Sklavenmarkt, dem *Pelourinho*, dass ich mir ziemlich sicher bin, dass seine Worte diese oder aber sehr ähnliche gewesen waren.
Auf dem Platz unterhalb der Bühne hatte sich ein wahrer Volksauflauf gebildet. In den vordersten Reihen standen die

Käufer, die nun einer nach dem anderen die Hand hoben, um diesen Sklaven zu ersteigern. Dahinter jedoch sah man junge Paare, die sich küssten, Kinder, die *cocadas*, süßes Kokosnusskonfekt, verkauften, und Kutscher, die Zigarren rauchten. Es trieben sich Taschendiebe dort herum und Bettler, Huren und Trickbetrüger, Lotterieverkäufer und Wahrsagerinnen. Doch auch die ehrbaren Leute waren in Scharen gekommen, darunter Matronen, die angesichts der fast nackten Schwarzen geniert zu Boden blickten, ältere Herren, die mit den Mulattinnen an den Marktständen schäkerten, oder elegant gekleidete Kinder, die sich einen Spaß daraus machten, ihren schwarzen Kindermädchen fortzulaufen und sich im Gewimmel zu verstecken.

Die angepriesene Ware ging zu einem viel höheren als dem geforderten Preis weg, und das in sehr kurzer Zeit. Und so wurden wir anderen nun nacheinander auf die Bühne geschleppt. Als die Reihe an mir war, hatte ich mich bereits seelisch für das gewappnet, was mich erwartete. Vor mir waren rund dreißig Frauen verkauft worden, und ich hatte mit angesehen, wie es ihnen ergangen war. Die beiden Helfershelfer des Auktionators holten mich auf die Bühne, zerrten mir auch noch den armseligen Lendenschurz fort und hielten meine Arme so, dass ich sie nicht schützend vor meinen entblößten Körper legen konnte. Wie der Auktionator mich anpries, kann ich nur vermuten: »Einwandfreies Stück. Weiblich, etwa neunzehn Jahre alt. Alle Zähne vorhanden, guter Gesundheitszustand. Einen Meter vierundsechzig groß, fünfzig Kilo schwer. Hat kürzlich geboren, taugt als Amme. Mindestgebot: sechs Milreis.«

Mehrere Männer hoben die Hand. Ich wagte nicht, sie genauer zu betrachten. Ich hielt den Kopf gesenkt und versuchte, das Geschehen an mir abprallen zu lassen. Ich hatte ja doch keinen Einfluss darauf. Irgendwann war ich erlöst: Ein schwarzer

Mann, den ich später als Vorarbeiter zu fürchten lernte, holte mich und brachte mich zu einer Kutsche, hinter der schon einige Sklaven angebunden waren. Man befestigte mich an diesem Gefangenenzug. Es kamen im Laufe des Tages noch weitere Leute hinzu. Keiner von uns traute sich, ein Wort mit den anderen zu wechseln. Meine unmittelbaren Nachbarn, die Frau vor und der Mann hinter mir, waren ohnehin aus anderen Gegenden als ich verschleppt worden, das erkannte ich an ihren Gesichtszügen und ihren Schmucknarben, so dass wir einander gar nicht verstanden hätten. Meinen neuen Besitzer sah ich an jenem Tag nur ganz kurz, als er nämlich zur Kutsche kam und sich hineinsetzte. Es handelte sich um einen untersetzten Mann mittleren Alters, dessen Miene ich nicht zu deuten wusste, da mir alle Weißen gleich erschienen, der aber mit herrischen Gesten zeigte, wes Geistes Kind er war.

Die Kutsche rollte an, und wir Gefangenen mussten im Laufschritt folgen. Der Vorarbeiter und zwei seiner Gesellen ritten neben uns her und sorgten mit Peitschen dafür, dass keiner auf die Idee kam, schlappzumachen. Es war ein äußerst anstrengender Lauf. Wir hatten in den vielen Wochen in Gefangenschaft unsere Kraft eingebüßt. Zudem war es drückend heiß und feucht. Wenigstens dauerte die Quälerei nicht allzu lange an. Die Fazenda, zu der man uns brachte, lag nicht allzu weit außerhalb der Stadt, im Südwesten von ihr und ganz nah an der Küste der großen Bucht, die man, wie ich später lernte, die Bahia de Todos os Santos, die Allerheiligenbucht, nannte.

Bei unserer Ankunft wurden Männer und Frauen voneinander getrennt. Wir Frauen wurden von einer älteren Schwarzen mit einem grausamen Zug um den Mund von Kopf bis Fuß gemustert. Dann setzte sie zu einer Rede an, die wir mehr schlecht als recht verstanden, denn nur gelegentlich ließ sie Wörter verschiedener Bantu-Dialekte einfließen. Ihr Sinn entschloss sich uns dennoch: »Ihr seid nichts. Ihr seid weniger als nichts. Ihr seid dreckige, faule, kranke, unwillige Neger. Aber das wird sich hier ändern. Ihr werdet euch in diesem Bottich säubern«, dabei wies sie auf einen großen Zuber, »ihr werdet euch kleiden wie anständige Christenmenschen, und ihr werdet die Sprache eurer Senhores lernen. Ihr bekommt neue Namen. Euer einstiger Rang im Kral interessiert hier niemanden. Alles Afrikanische gehört ab sofort der Vergangenheit an – alles. Wer dabei erwischt wird, wie er alte Stammesrituale pflegt, wie er in seiner Muttersprache spricht oder auch nur ein Gericht kocht, das komisch riecht, wird bestraft. Vor allem aber vergesst ihr eure Gottheiten und anderes heidnisches Zeug. Hier werdet ihr zu guten Katholiken erzogen. Wer sich an diese Regeln hält und sich der Führung durch unseren lieben Herrn im Himmel überlässt, dem wird es hier gut ergehen.«

Man ließ uns nacheinander in den Zuber steigen, dessen Wasser nicht sehr sauber aussah. Danach schor man unsere Köpfe, um der Gefahr von Läusen vorzubeugen. Anschließend hüllte man uns in einfache Baumwollkleider und reichte jeder von uns eine Hängematte sowie einen Packen Wäsche, für deren Aufbewahrung und Reinigung wir fortan selber zuständig waren: Leibwäsche, ein zweites Kleid, Schürzen, Kopftücher sowie mehrere grobe Leinentücher, die wir uns zurechtreißen mussten: als Bettlaken, Handtücher oder Monatsbinden. Außerdem bekam jede von uns ein kleines Stück Seife. Ich biss hinein, da ich nie zuvor Seife gesehen hatte und dachte, es handele sich um eine kleine Stärkung. Sofort spuckte ich das abgebissene Stück wieder aus, woraufhin die böse Schwarze – ihr Name war Maria da Graça – mir mit ihrer Gerte einmal quer durchs Gesicht fuhr.

»Du frisst hier keine Seife. Und wenn du noch einmal vor meinen Augen ausspuckst, setzt es zwanzig Hiebe.«

Ich starrte auf die staubige Erde. Wenngleich ich kein Wort verstanden hatte, so begriff ich doch, dass ich etwas falsch gemacht hatte.

Man reichte uns weiterhin ein Bündel mit den wichtigsten Lebensmitteln, also Bohnen, Reis und Maniokmehl, sowie einen Holzlöffel und einen Napf, der aus einer halben Kokosnussschale gefertigt worden war. Im Anschluss führte man uns zur Senzala.

Der Anblick des riesenhaften, scheunenartigen Gebäudes, das nur eine dünne Trennwand aus geflochtenen Palmblättern hatte, nämlich zwischen dem Bereich der Männer und dem der Frauen, versetzte mich mehr in Erstaunen, als dass er mich erschreckte. Es gab kaum Fenster, nur ein paar wenige Lüftungsluken. Das Dach bestand aus Ziegeln, die auf einem grobgezimmerten Gerüst lagen. Diese Ziegel faszinierten mich damals sehr, denn ich kannte nur Dächer aus Stroh oder Palmwedeln. Dass die Ziegel durchaus auch Nachteile hatten, bemerkte ich schon in der ersten Nacht. Sie speicherten die Hitze des Tages, so dass es auch nachts noch glühend heiß in unserer Unterkunft war.

Auf dem Fußboden hatte man Sägespäne ausgestreut. Überall hingen Hängematten, dicht an dicht. Oft waren sie in kleinen Grüppchen um eine Kochstelle angebracht. Man wies uns unsere Plätze zu und gab uns zu verstehen, wir mögen uns tunlichst schnell wieder an dem Tor der Senzala einfinden. Ich befestigte meine Hängematte an ein paar dafür vorgesehenen Holzbolzen und verstaute meine Sachen darin. Von meinen neuen Nachbarinnen war keine anwesend, wahrscheinlich waren sie um diese Zeit alle noch bei der Arbeit.

Vor der Senzala sammelten wir uns, Männer wie Frauen ganz anders als zuvor: Wir waren sauber, fast kahl, in fremdartige Kleidung gehüllt – und ausnahmslos verängstigt angesichts un-

serer ungewissen Zukunft. Die meisten von uns erwarteten wohl insgeheim, nun dem Stammeskönig vorgeführt und danach geschlachtet zu werden. Doch was dann geschah, war kaum besser: Wir wurden in einer Massenzeremonie getauft und erhielten neue Namen.
Die meisten Männer wurden José, João oder Luís genannt, die meisten Frauen erhielten Doppelnamen, die ausnahmslos mit Maria begannen. Mich taufte man auf den Namen Maria Imaculada. Da ich nicht begriff, was in dieser Prozedur überhaupt vor sich ging, ließ ich alles über mich ergehen. Wie die meisten anderen auch war ich inzwischen zu der Überzeugung gelangt, es müsse sich um ein Opferritual handeln, bei dem wir armen Afrikaner einem bösen Zauberer dargeboten wurden, der mit einer Dornenkrone an einer Art Galgen hing und aus Händen und Füßen blutete.
Ein Holzkreuz mit diesem Zauberer nämlich – natürlich unserem angeblichen Erlöser Jesus Christus, wie ich bald lernte – stand mitten auf dem Vorplatz der Kapelle, wo der Pfarrer unsere Taufe vollzog. Er betupfte unsere Stirnen mit Wasser, über dem er zuvor merkwürdige Gesten ausgeführt hatte, und beendete jede Taufe mit dem Wort »Amen«. Amen war eines der ersten Wörter, die ich auf Portugiesisch verstand, und monatelang glaubte ich, es müsse so viel bedeuten wie »stirb«. Als man uns nach vollzogener Taufe hieß, uns hinzuknien und die Hände zum Gebet zu falten, war ich sicher, dass wir geköpft werden sollten, zumal das Spektakel von mehreren Reitern beobachtet wurde, die schwerbewaffnet waren. Als nichts dergleichen geschah, sondern wir uns wieder erheben durften, war ich nicht einmal mehr in der Lage, mich zu freuen: Mir wurde vor Hunger und Entkräftung schwindelig und schwarz vor Augen. Zwei andere Frauen stützten mich und bewahrten mich davor, einfach umzukippen. Der Pfarrer, der den Vorgang beobachtet

hatte, war begeistert. Ich schätze, er sagte etwas wie: »Seht dieses arme schwarze Ding, dem der Herrgott im Himmel in Form des Heiligen Geistes in die Glieder gefahren ist! Es weiß nicht, was ihm geschieht, aber bald wird es wissen, dass es beseelt ist von dem einzig wahren Glauben an die Liebe unseres Herrn Jesus Christus!«

Der Pfarrer, der in Diensten des Fazendeiros stand, war, wie ich im Laufe der Zeit feststellte, ein wenig verwirrt angesichts unserer Stellung. Waren wir auf einer Höhe mit den Tieren anzusiedeln, so wie der Gutsherr und die meisten anderen Weißen es glaubten? Oder waren wir eher als Menschen zu betrachten, nun, nachdem wir getauft waren? Der Padre fand eine schlaue Lösung. Er rettete sich in die eigentümliche christliche Bildsprache, nannte seinen Gott einen »Hirten« und bezeichnete uns als dessen oder auch als seine eigenen »Schafe«.

Zum Glück waren wir für diesen Tag erlöst. Wir durften in die Senzala gehen, die anderen Frauen kennenlernen, die bereits dort wohnten, durften kochen, essen und ruhen – um Kräfte für den nächsten, unseren ersten Arbeitstag zu sammeln. Ich blickte der Begegnung mit den Frauen bang entgegen. Würde eine darunter sein, die meine Sprache verstand? Wären sie wohlwollend und hilfsbereit? Würden sie mir helfen, mich in der Gefangenschaft und in der Fremde zurechtzufinden?

Als ich den mir zugewiesenen Platz erreichte, stellte ich schnell fest, dass mein bescheidenes Bündel nicht mehr in der Hängematte lag. Die sechs Frauen, deren Matten um die Feuerstelle hingen und die sozusagen meine neue Familie sein sollten, beobachteten mich argwöhnisch aus den Augenwinkeln. Sie freuten sich wahrscheinlich schon auf mein Gezeter und Geheul in einer Sprache, die sie als lustiges Kauderwelsch empfinden mussten. Aber diesen Gefallen tat ich ihnen nicht. Ich gab keinen Mucks von mir und verzog keine Miene, als ich zur Hän-

gematte der ersten ging, ihr blitzschnell den Arm um die Gurgel schlang und mit ihr rang, bis sie zu Boden fiel. Das dauerte nicht allzu lange. Dann ging ich zur zweiten, die den Vorgang beobachtet hatte und nun abwehrend die Hände hob. »Lass mich in Frieden, du Tier!«
Es spielte nicht die geringste Rolle, um was sie mich bat oder wie sie mich beleidigte. Ich packte sie an den Füßen und zerrte sie aus ihrer Hängematte, an der sie sich noch im Fall festklammerte. Inzwischen waren die verbleibenden vier Frauen näher gekommen und umkreisten mich, als sei ich eine Raubkatze, die jeden Augenblick zum Sprung ansetzte. Keine dieser Frauen hatte jedoch schon einmal einem Löwen gegenübergestanden, das merkte ich sofort. Ihr Verhalten war gekennzeichnet von Zögerlichkeit, Schwäche und Feigheit, Eigenschaften, wie sie unter Gefangenen weitaus häufiger anzutreffen sind als unter freien Menschen. Diese Frauen hatten die Freiheit nie geschmeckt, sie hatten ihre Instinkte eingebüßt und all das Wissen verloren, dem wir Afrikaner unser Überleben in der Wildnis verdanken.
Als eine zum Schlag ausholte, duckte ich mich blitzschnell unter ihrem Arm, so dass sie ins Leere traf. Gleichzeitig schlug ich einer anderen in die Kniekehlen. Sie knickte ein und stürzte. Natürlich war ich der Überzahl an Angreiferinnen auf Dauer nicht gewachsen, doch als sie mich schließlich ergriffen, tröstete ich mich damit, sie einigermaßen eingeschüchtert zu haben. Mittlerweile hatten sich andere Frauen um unsere Gruppe geschart, und eine von ihnen, ihren Zügen nach zu urteilen die geborene Anführerin, blaffte meine Gegnerinnen barsch an. Man lockerte den Griff um mich. Dann trat die Anführerin ganz dicht an mich heran und flüsterte mir in meiner eigenen Sprache zu: »Verhalte dich so unauffällig wie möglich. Nur so kannst du hier überleben.«

Ich fiel vor Dankbarkeit fast auf die Knie. Es war seit langem das erste Mal, dass ich wieder meine Muttersprache vernommen hatte, und ich war den Tränen nah. Alles Kampflustige wich aus meiner Haltung, alles Feindselige aus meinem Gesicht. »Wer bist du?«, fragte ich die ältere Frau.
Doch sie antwortete mir nicht. Sie wandte sich den anderen Frauen der Senzala zu und erklärte ihnen auf Portugiesisch, das Spektakel sei nun beendet, und sie wünsche keine weiteren Zwischenfälle. Dann zischte sie den Frauen aus meiner Gruppe zu, sie sollten es nie wieder wagen, einer Neuen einen solchen Empfang zu bereiten. Sie zog eine von ihnen an den Haaren zu sich heran: »Und nun zu dir, diebisches Miststück. Wenn die Neue nicht sofort ihr Bündel zurückbekommt, wirst du den ganzen Sommer über in die Minen geschickt, dafür sorge ich schon.«
Die derart Abgekanzelte ging zu ihrem Platz, kramte mein Bündel aus einer Holzkiste hervor, die unter ihrer Hängematte stand, und warf es mir mit einem verächtlichen Grinsen zu. »Auf die musst du ein Auge haben, Jojo«, sagte sie zu der Älteren. »Die macht uns allen nichts als Ärger, das sehe ich ihr an.«
»Das lass mal meine Sorge sein. Wenn sie nur halb so verlogen und durchtrieben ist wie du, dann wird sie schon klarkommen.«
»Die kommt frisch aus dem Busch. Ein Tier, Jojo, glaub mir.«
Die Ältere lachte. »Dir glauben?«
»Ach, verflucht, lasst mich doch alle in Ruhe!«, schimpfte die Diebin und warf sich in ihre Hängematte.
»Du kommst mit mir«, forderte Jojo mich in meiner Sprache auf. »Und sag kein Wort«, flüsterte sie. »Es ist verboten, auf Kimbundu miteinander zu reden.«
Ich nickte und folgte ihr. Als wir an ihrem Platz angekommen

waren, zwang sie alle Nachbarinnen allein durch die Schärfe ihres Blicks dazu, sich abzuwenden.
»Wie heißt du?«, fragte ich meine Retterin.
»Eigentlich heiße ich Samba. Aber mein Sklavenname ist Jojo, das kommt von Maria Joana. Und du? Du bist doch Maria Imaculada, nicht wahr?«
»Nein! Ich heiße Kasinda!«
»Psst! Es gibt überall Lauscher, die ihr Wissen gewinnbringend verraten. Also, hör mir gut zu: Hier heißt du Imaculada. Deinen alten Namen vergisst du am besten sofort. Die Senhores mögen es nicht, wenn wir unsere Taufnamen nicht benutzen.«
»Wo kommst du her?«, wollte ich von Samba wissen. »Wie bist du in Gefangenschaft geraten? Wie lange bist du schon hier? Hast du Familie? Kinder?«
»Du fragst zu viel. Was wir waren, bevor wir versklavt wurden, hat keinerlei Bedeutung mehr. Ab morgen wirst du dich anstrengen, schnell Portugiesisch zu lernen. Fürs Erste präge dir nur diesen einen Satz ein: Mein Name ist Imaculada.«
Ich wollte ihr widersprechen, doch die Autorität dieser Frau, ihre Weisheit und Güte ließen mich verstummen. Ich würde mich ihrer Führung anvertrauen, denn ohne sie wäre ich verloren. Also sagte ich leise immer und immer wieder meinen ersten portugiesischen Satz vor mich hin: *Meu nome é Imaculada.*
»So, und nun geh an deinen Platz. Die anderen werden dich nicht mehr belästigen. Bereite dir etwas zu essen zu und leg dich schlafen. Du wirst morgen alle Kraft brauchen.«
Ich war ein wenig betrübt darüber, dass sie mich so schroff fortschickte. Eine Menge Fragen harrten noch einer Antwort. Doch ich wusste, dass es klüger war, ihrer Aufforderung Folge zu leisten.
»Danke, Samba«, verabschiedete ich mich.
Im Fortgehen hörte ich sie gereizt schnauben.

8

In allerletzter Sekunde ließ Lua das Heft und den Stift in ihrer Schürze verschwinden. Sie war so in Imaculadas Geschichte versunken gewesen, dass sie die sich nähernden Schritte erst spät hörte. Imaculada war sicher wachsamer als Lua, doch in ihrem Alter hörte sie wohl nicht mehr allzu gut. Betreten schauten sie auf, als die Person um die Ecke bog – und ließen hörbar die Luft aus ihren Lungen entweichen, als sie feststellten, dass es Maria Segunda war.
»Hast du ihn gesehen? Ist Zeca gesund? Und was hat er dir geantwortet?«
Imaculada drückte ihre Zigarre auf den Stufen aus und steckte den Stummel in ihre Rocktasche. Dann stand sie auf und entfernte sich ohne ein Abschiedswort.
»Merkwürdige Alte«, sagte Lua.
»Ja, sie mag uns merkwürdig vorkommen. Aber sie ist eine sehr kluge und mutige Frau.«
»Na ja«, gab Lua der anderen gegenüber ihr Desinteresse zum Ausdruck.
»Nun sag schon: Wie lautete die Antwort, die du mir übermitteln sollst?«, drängte Maria Segunda.
»Mwe…«, begann Lua. »Mein Gott, ich kriege es nicht mehr zusammen. Es fing mit Mwe an.« Sie war über sich selbst erstaunt. Es bereitete ihr sonst nie Schwierigkeiten, sich Wörter oder Verse einzuprägen. Selbst Zitate in fremden Sprachen, die die Senhora manchmal fallenließ, konnte Lua sich auf Anhieb merken, wenngleich sie sie meist nicht verstand. Dass ihr nun

ausgerechnet der Losungssatz entfallen war, war ihr peinlich. Aber Maria Segunda schien sich nicht daran zu stören. Sie nickte freudig erregt.
»Sagte er: ›Mwenyu u fwa we‹?«
»Ja, richtig, das war es!«
»Danke, Lua«, presste sie heraus. Es war ihr deutlich anzumerken, wie sehr es ihr missfiel, in Luas Schuld zu stehen. »Und nun sag: Wie sah Zeca aus? Was hat er gesagt? Hast du ihm ein wenig Proviant bringen können?«
Obwohl sie Maria Segunda nicht leiden konnte, brachte Lua es nicht über sich, ihr das zerschlagene Gesicht ihres Liebsten zu beschreiben oder sein klägliches Wimmern.
»Es war sehr dunkel dort unten, so dass ich ihn kaum erkennen konnte. Aber ich hatte den Eindruck, dass er einigermaßen wohlauf ist. Und ja: Ich habe in einer Speisekammer jede Menge Leckereien stibitzt, die ich den Gefangenen gegeben habe. Die dürften ein paar Tage reichen. Sobald ich mich wieder davonstehlen kann, werde ich versuchen, noch einmal in den Keller zu kommen.«
Die Augen der Feldsklavin wurden feucht, doch ihr Ton war barsch, als sie sagte: »Gib mir rechtzeitig Bescheid. Ich habe etwas für Zeca, das du ihm bringen musst.«
»Ich muss überhaupt nichts«, erwiderte Lua im selben Tonfall und wandte sich von ihr ab.
Sie war erschöpft und wünschte sich nichts sehnlicher als ein wenig Ruhe. Ruhe aber war etwas, das man auf einer so großen Fazenda, und vor allem in der Senzala, vergeblich suchte. Nie war man wirklich allein, nie ungestört. Mal verlangte ein Kind Luas Aufmerksamkeit, weil es wollte, dass sie seiner Lumpenpuppe aus den Strohhaaren einen Zopf flocht, mal war es eine der Frauen, die sich ihren Kummer von der Seele reden wollte. Manchmal gab es etwas zu feiern, und da konnte man sich

schlecht von der feuchtfröhlichen Runde fernhalten, ohne es sich mit allen zu verscherzen, während es dann wieder Abende gab, bei denen alle Trübsal bliesen, etwa bei Todesfällen, und von einem erwartetet, dass man sich der allgemeinen Trauer anschloss, auch wenn man den Verstorbenen kaum gekannt, geschweige denn gemocht hatte.

Unliebsame Geräusche und Gerüche ließen sich einfacher ignorieren als Stimmungen. Den furzenden Greis, das kreischende Kind oder die stöhnenden Liebenden, die hörte man irgendwann gar nicht mehr, genauso wenig wie man die Ausdünstungen alter Weiber oder die von Dendê-Öl geschwängerte Luft noch roch. Die Sinneswahrnehmungen der Sklaven waren wahrscheinlich abgestumpft von allzu vielen überwältigenden Eindrücken. Aber das feine Gespür für den kleinsten Stimmungsumschwung ließ sich nicht so ohne weiteres ausblenden. Sie alle verfügten darüber, manche in einem Maße, dass es beängstigend war. Luas Freundin Fernanda zum Beispiel war so jemand. Wenn etwas in der Luft lag, sei es Ärger oder etwas Schönes, dann merkte sie es als Erste. »Die Kerle da hinten hecken doch etwas aus«, sagte sie einmal, »und bestimmt nichts Gutes.« Die anderen beobachteten die Männer, konnten jedoch nichts Verdächtiges feststellen. Drei Tage später gelang ihnen die Flucht.

Fernandas Äußeres gab diese beinahe übersinnliche Gabe nicht preis. Eher im Gegenteil: Sie war eine dralle Person mit einem leicht dümmlichen Lächeln, der man ihre überbordende Lebenslust sofort ansah. Weil sie so bodenständig und pragmatisch war, vermutete man in ihr einen grobschlächtigen Typ Frau, der so sehr in der Realität verhaftet war, dass er kleine Veränderungen im emotionalen Gefüge der Gemeinschaft niemals bemerkt hätte. Von wegen! Einmal sagte Fernanda unvermittelt, während sie und Lua gerade gemeinsam das Silber polierten, sie glaubte, es würde ein Junge.

»Wer? Was?«, fragte Lua.
»Na, das Kind von Maria José.«
»Welches Kind?«
»Sie ist schwanger. Wusstest du das denn nicht?«
Lua schüttelte den Kopf und machte sich ernsthafte Gedanken über den Geisteszustand ihrer Freundin. »Sie weiß es ja selber noch nicht.«
Acht Monate später brachte Maria José einen gesunden Jungen zur Welt.
So war sie, die Fernanda. Aus diesem Grund hatte sie auch schon sehr früh bemcrkt, dass Lua des Lesens und Schreibens mächtig war; in ihren Augen stellte das allerdings eine vollkommen überflüssige Fähigkeit dar.
An diesem Abend nun hockten die zwei sich nebeneinander an die Kochstelle und sahen einem Bohneneintopf mit Speck dabei zu, wie er vor sich hinköchelte. Sie schwiegen geraume Zeit, bevor Fernanda endlich den Anfang machte.
»Ich weiß nicht, was mit dir los ist, Lua. Aber du bist anders als sonst. Liegt es an diesem Zé? Setzt die verrückte Imaculada dir verworrene Ideen in den Kopf? Oder hat es etwas mit deiner neu erwachten Freundschaft zu Maria Segunda zu tun?«
»Ist es so offensichtlich?«
»Für mich schon. Irgendetwas passiert mit dir, und ich habe Angst um dich. Lässt du dich etwa in Sachen reinziehen, die dich nichts angehen?«
Lua nickte.
»Meine Güte, Lua, wir sind doch keine Kinder mehr. Uns geht es gut in der Casa Grande, wir haben Glück mit unseren Besitzern, wir führen ein sorgenfreies Leben ...«
»Du vielleicht.«
»Was soll das heißen?«

»Das soll heißen, dass ich allmählich zu sehen beginne, wo ich bisher mit Blindheit geschlagen war«, erwiderte Lua.
»Oje, verschone mich bloß mit deinen seherischen Kräften!«, stöhnte Fernanda. Dann sprang sie auf, rührte in dem Topf und verkündete: »Unser Essen ist fertig. Ist massenhaft Speck drin, den mir Tia Jacobina heute gegeben hat. Und da redest du von Sorgen!«
Lua schmunzelte. Eine so reichhaltige Feijoada war in der Tat ein Grund zur Freude.
Sie aßen, und Lua merkte, wie die Bedrücktheit von ihr abfiel. Auch das war eine Gabe, über die Fernanda verfügte: andere von ihrem Kummer abzulenken und ihnen, allein durch ihre Nähe, ein unbestimmtes Gefühl von Wohlbefinden zu vermitteln.

In den nächsten Tagen geschah nichts Bemerkenswertes. Das Wetter war schön, alles wuchs und gedieh prächtig, und die Herrschaft war guter Dinge, weil sie sich hohen Profit versprach. Dona Ines schenkte den Sklaven eine Handvoll guter Zigarren, weil sie mit ihrer Arbeit so zufrieden war. In Wahrheit war sie aber nur zufrieden mit ihrem Herrn Gemahl, der sie nach langer Zeit einmal wieder auf dem Ehelager beglückt hatte. Lulu und die dicke Maria waren Zeugen gewesen, der eine hatte durchs Schlüsselloch zugesehen, die andere im Nebenraum gelauscht.
Da die Familie Oliveira so sehr an die ständige Gegenwart dienstbarer Geister gewöhnt war, nahm sie sie kaum noch wahr. Manchmal unterhielten sie sich über Dinge, die besser geheim geblieben wären, weil es ihnen einfach nicht in den Sinn kam, dass die Sklaven Interesse oder auch nur genügend Verstand für ihre Gespräche aufbrachten. So war es auch an dem Samstagabend, an dem der junge Sinhô Carlos aus der Hauptstadt zu Besuch war.

Es wurden so viele Speisen aufgetischt, dass man mit einer größeren Gesellschaft hätte rechnen können, aber die Familie blieb unter sich. Es gab Schweine- und Rinderbraten sowie feinbuttrige Farofa, gebratenes Maniokmehl, dazu frittierte Aipim-Wurzeln, weißen Reis, karamellisiertes Karottengemüse und ein Soufflé aus Chuchu-Gemüse. Fernanda, Lulu und Lua standen an der Tür des Speisezimmers und rechneten sich aus, wie viel davon für sie übrig bleiben und wer den Löwenanteil einheimsen würde.

Während des Hauptgangs wurde wenig gesprochen, aber als das Dessert gereicht wurde – Kokos-Ananas-Törtchen –, kam die Unterhaltung in Gang, was nicht zuletzt auf den Wein zurückzuführen war, dem alle fünf reichlich zusprachen.

»Du trinkst zu viel«, sagte Dom Felipe zu seiner Tochter. »Für eine junge Dame ziemt sich das nicht.«

»Ach komm, Pai«, sagte Eulália mit einem neckischen Lächeln, »es war doch nur ein Glas.«

»Das aber zwischenzeitlich dreimal nachgefüllt wurde«, gab Carlos zu bedenken. »Es ist wissenschaftlich erwiesen, dass Alkohol bei Frauen eine verheerende Wirkung haben kann.« Seit der älteste Sohn des Hauses an der medizinischen Fakultät von Salvador studierte, führte er sich auf wie ein großer Gelehrter, dabei war er erst im zweiten Semester.

»Bei Männern nicht?«, muckte Eulália auf. »Soviel ich weiß, sind Unruhen und Schlägereien unter den Sklaven fast ausschließlich auf männliche Trunkenbolde zurückzuführen.«

»Du willst uns doch wohl nicht mit den Negern vergleichen!«, empörte sich Dona Ines.

»Es gibt auch Störenfriede, die keinen Schnaps brauchen, um sich zu ereifern«, meldete der junge Manuel sich leise zu Wort, und schlagartig wurde es mucksmäuschenstill in dem Raum. Es war faszinierend, wie alle dem Jüngsten in der Runde Gehör schenkten und gespannt darauf warteten, was er zu berichten hatte.

»Du meinst die Brandstifter?«, fragte sein Vater, Dom Felipe, nach.

Manuel nickte. Er resümierte die Vorkommnisse der vergangenen Woche für seinen Bruder, der wütend ausrief: »Alle aufknüpfen!«

»Ich halte das für keine kluge Lösung«, wagte Manuel seinem großen Bruder zu widersprechen, und abermals lauschten ihm alle andächtig. Selbst der eingebildete Carlos schien das Urteilsvermögen des 15-Jährigen nicht in Frage zu stellen.

»Es handelt sich um vier junge, kräftige Männer. Zum einen würde ihr Tod einen erheblichen finanziellen Schaden für uns bedeuten. Zum anderen wären wir den Ursachen für diesen Brand kein bisschen nähergekommen. Wo es vier zerstörungswütige Männer gibt, gibt es auch noch mehr davon. Entledigen wir uns der vier Rebellen, steigt der Unmut, und in Kürze haben wir vierzig entfesselte und zu allem entschlossene Neger. Wir müssen das diplomatisch angehen.«

»Einer davon war außerdem ein Geschenk – er ist mein persönliches Eigentum«, quengelte Eulália.

»Na, da hat der liebe Rui Alberto ja zwei Fliegen mit einer Klappe geschlagen. Schiebt seinen größten Störenfried an uns ab und tarnt es als teures Verlobungsgeschenk«, bemerkte, außergewöhnlich scharfsichtig, Carlos. »Wann«, fuhr er fort, »soll die Verlobung denn eigentlich gefeiert werden?«

Es folgte ein kurzes Gespräch zwischen den beiden Geschwistern, geprägt von Getuschel und Gekicher. Die Eltern und der jüngste Sohn saßen schweigend vor ihren leeren Dessertteller und verdrehten die Augen. Sie kannten die Vorliebe der beiden für gesellschaftliche Ereignisse, für Bälle und Intrigen und Verkuppelungen.

Von den drei Sklaven wollte keiner den Tisch abräumen, um nur ja keine Silbe von dem zu verpassen, was demnächst über die vier Gefangenen gesagt werden würde. Erst als Dona Ines ein unwirsches Handzeichen in Richtung Lulu gab, setzte dieser sich in Bewegung. Fernanda half ihm. Als beide den Raum verließen, warf Fernanda ihrer Freundin vielsagende Blicke zu, deren es gar nicht bedurft hätte. Lua verstand auch so, dass sie sich bloß ja nichts entgehen lassen durfte.
»Ich habe eine Idee«, sagte da der junge Manuel.
»Ja?«, fragten wie aus einem Mund die anderen vier.
»Also: Wir müssen die Kerle voneinander trennen. Dann müssen wir jedem Einzelnen von ihnen zu verstehen geben, dass die anderen ihn verpfiffen haben und als den Hauptschuldigen darstellen. Die Wut wird ihre Zungen lösen, glaubt mir.«
»Die Peitsche wird ihre Zungen auch lösen«, widersprach Carlos. »Und eine schöne öffentliche Auspeitschung hatten wir auf São Fidélio schon lange nicht mehr, soviel ich weiß. Es wird die ... Moral der anderen Neger stärken.«
Lua stand reglos an der Wand neben der Tür und versuchte, sich unsichtbar zu machen. Sonst käme die Sinhazinha noch auf die Idee, Lua – und nur sie – müsse ihr den Kaffee auf ihre besondere Art zubereiten. Es wäre nicht das erste Mal, dass sie ihre Dienerin auch bei Tisch mit ihren Sonderwünschen triezte. Doch diesmal schien sie Lua gar nicht wahrzunehmen. Sie schien ähnlich gespannt wie die junge Sklavin, was ihr Vater zu den Argumenten der Söhne sagen würde. Immerhin war er der Senhor auf São Fidélio, er musste ein Machtwort sprechen. Doch wie so oft hielt er sich aus unangenehmen Dingen heraus und überließ es seiner Frau, eine Entscheidung zu treffen.
»Ihr habt beide recht«, sagte Dona Ines schließlich. »Und beide Lösungen lassen sich in diesem Fall besonders gut miteinander kombinieren. Ich schlage also vor, sofern euer Vater

nichts dagegen einwendet, dass wir zunächst die Verhöre so durchführen, wie Manuel es vorgeschlagen hat. Wenn wir einen Schuldigen ausgemacht haben, und ich bin mir ziemlich sicher, dass das geschehen wird, soll dieser öffentlich ausgepeitscht werden. Dabei werden wir keine Milde walten lassen – mindestens fünfzig Hiebe halte ich für angemessen.«

»Aber *mãe!* Fünfzig Peitschenhiebe sind tödlich!«, rief Eulália erschrocken aus.

»Sehr richtig«, antwortete Dona Ines trocken.

Damit war das Thema erledigt. Man wandte sich schöneren Angelegenheiten zu, wie der Verlobung von Eulália und Rui Alberto, den Studien von Carlos sowie der lang ersehnten Lieferung eines venezianischen Kristallkronleuchters, die für den nächsten Tag angekündigt worden war. Man sprach über das Wetter, über die Nachbarn und ihre Marotten, über die neueste Mode aus Paris und über einen jungen aufsteigenden Künstler, der von allen Familienmitgliedern Porträts anfertigen sollte. Dom Felipe beteiligte sich erst rege an dem Gespräch, als die Rede auf eine Zuchtstute kam, die er kaufen wollte, und Manuel sagte gar nichts mehr, sondern kratzte mit der Dessertgabel grafische Muster in das Damasttischtuch.

Als sich alle erhoben und einander eine gute Nacht wünschten, riss Sinhá Eulália Lua unsanft aus ihren Grübeleien.

»Lua, nun steh doch nicht da wie ein Mondkalb!« Sie gluckste über ihr eigenes billiges Wortspiel. »Du kommst mit rauf und massierst mir die Beine mit Mentholsalbe. Die Hitze bringt mich um, meine Beine fühlen sich an, als würden sie platzen.«

Lua tat wie ihr geheißen. Die Mentholsalbe brachte ihrer Meinung nach die Beine erst recht zum Glühen, aber die Sinhazinha schwor auf diese vermeintlich kühlende Maßnahme. Ihre Beine und Füße sahen keineswegs geschwollen aus. Sie waren sehr dünn und zart und von durchscheinendem Weiß. Lua knetete und drückte und walkte, bis ihre eigenen Hände ganz heiß wurden. Sie hatte einen kleinen Riss am Fingernagel, und die Salbe brannte höllisch. Aber sie ließ sich nichts anmerken. Bald würde sie ihre Hände waschen und sich hinlegen können, je eher, desto besser. Sie dachte an nichts anderes als an das vorhin Gehörte. Würde sie die Gefangenen noch rechtzeitig warnen können? Konnte sie irgendetwas unternehmen, um eine Auspeitschung zu verhindern? Sollte sie Maria Segunda berichten, was sie wusste?

In der Senzala ergab sich keine Gelegenheit, mit Maria Segunda zu sprechen, ohne dass es alle mitbekommen und sich gewundert hätten. Jeder wusste um die Rivalität zwischen Haus- und Feldsklaven, genauso wie jeder wusste, dass Lua sich der Casa Grande näher fühlte als der Senzala.

Lua wälzte sich in ihrer Hängematte hin und her. Ihre Gedankensplitter waren scharfkantig und so klein, dass sie sich zu keinem Ganzen mehr zusammenfügen ließen. Als sie endlich einschlummerte, fand sie jedoch auch im Schlaf keine Erlösung. Wirr und düster waren ihre Träume. Sie erwachte wie gerädert.

Zwei Tage nach dem Beschluss der Familie Oliveira, eine so harte Strafe an dem Übeltäter zu vollziehen, ergab sich für Lua die Möglichkeit, wieder in den Keller zu gehen. Maria Segunda hatte ihr tags zuvor einen Stein in die Hand gedrückt, einen kugelrunden, glatten, schwarzen Stein, der wohl so etwas wie ein Glücksbringer sein sollte. Diesen hatte sie dabei, genau wie Braten- und Kuchenreste, die sie in der Küche unter den Augen Tia Jacobinas eingesteckt hatte. »Ist für den Jungen von der Ana, er war sehr krank.«

»Na, dafür hat er jetzt einen mehr als gesunden Appetit«, sagte die Alte, ließ Lua aber gewähren.

Unter dem Vorwand, sie habe im Keller kürzlich zufällig einen alten Rollwagen entdeckt, der für die Kinder in der Senzala ein herrliches Spielzeug abgäbe, bat Lua die Sinhazinha sogar um Erlaubnis für ihren verbotenen Ausflug.

»Ich erinnere mich noch daran!«, rief diese entzückt aus. »Carlos und ich haben Manuel darin immer den steilen Hügel hinter den Papayabäumen hinunterrollen lassen.«

Lua stimmte in ihr Lachen mit ein, obwohl in ihr ganz andere Erinnerungen lebendig waren. Die drei hatten nämlich *sie* unzählige Male in dem Wägelchen den Hügel hinuntergeschubst und sich über ihr Geheul amüsiert.

»Zeig ihn mir noch mal, bevor die schwarzen Gören ihm den Garaus machen«, sagte die Sinhazinha und wandte sich wieder ihrem Spiegelbild zu. Lua verließ flugs ihr Zimmer, bevor ihr etwas Neues einfiel, womit sie sie behelligen konnte.

Diesmal empfand Lua den Keller als nicht gar so gruselig wie beim ersten Mal. Sie begab sich ohne Zögern zu dem Verlies, öffnete die Sichtklappe und rief leise hindurch: »Ich habe euch wieder etwas zu essen gebracht.«

Nichts rührte sich.

Sie versuchte, in dem düsteren Kerker etwas zu erkennen, doch das Licht ihrer Lampe reichte nicht weit genug.

»Ist hier jemand?«, versuchte sie es erneut.

Ein leises Röcheln war zu hören. Dann ein Stöhnen sowie das Geraschel von Stroh. Jemand versuchte, zu der Luke zu kriechen.

Als sie das Gesicht hinter der Öffnung sah, musste sie an sich halten, um nicht aufzuschreien. Es war nur noch eine klebrige Masse aus Blut und Hautfetzen.

»Zeca?«, fragte sie. Es hätte jeder von den vieren sein können, denn die Züge waren kaum noch erkennbar.

Er nickte.

»Bist du allein? Wo sind die anderen?«, fragte sie.
»Man hat uns getrennt«, lallte er, »und einzeln verhört.« Dann brach er in ein erbarmungswürdiges Schluchzen aus. Lua deutete es als Geständnis, dass er die anderen oder einen der anderen verraten hatte.
»Hier, das ist von Maria Segunda.« Lua reichte ihm den Stein, woraufhin er nur noch heftiger heulte. »Und das ist von mir.« Sie gab ihm die Nahrungsmittel. Dann ging sie. Sie konnte seinen Anblick nicht länger ertragen, und noch viel weniger ertrug sie den Gedanken, dass er womöglich auch sie verpfiffen hatte. In dem Kerker musste man Einmachgläser gefunden haben, und unter Folter hatte Zeca oder auch einer der anderen gewiss ihren Namen preisgegeben.
Im Fortgehen murmelte Lua leise: »Heilige Maria, Mutter Gottes, bete für uns Sünder …«

9

Die Auspeitschung fand an einem Sonntag statt.
Es war sehr früh am Morgen, doch die Sommerhitze lag bereits bleiern auf São Fidélio – nicht so drückend allerdings wie die Stimmung, die sich unter sämtlichen Bewohnern, schwarzen wie weißen, breitgemacht hatte. Es war gespenstisch. Waren gewöhnlich um diese Uhrzeit das fröhliche Plappern von Kindern, hier und da das Summen von Liedern und die frechen Sprüche der Burschen zu hören, so vernahm man nun einzig das Gezwitscher der Vögel. Doch selbst das klang merkwürdig traurig. Die Stille, die Lua sich sonst so sehnlich wünschte, kam ihr nun vor wie ein böses Omen.
Der Gefangene wurde in die Mitte des Hofs geführt. Der Padre sprach ein Vaterunser, in das der Gefangene nicht mit einstimmte, so dass selbst der Pfarrer allmählich die Notwendigkeit der Strafe für diesen halsstarrigen Kerl einsah. Zuvor hatte er sich der Auspeitschung nämlich heftig widersetzt, zumal sie an einem Sonntag stattfinden sollte.
»Wann denn sonst?«, hatte Dom Felipe ihn angefahren. »Sollen wir einen halben Arbeitstag verlieren? Außerdem haben die anderen Neger danach in Eurem Gottesdienst die Möglichkeit, über ihr Verhalten nachzudenken und dem lieben Gott dafür zu danken, dass es sie nicht getroffen hat.«
Es waren alle Sklaven dazu angehalten worden, der Auspeitschung beizuwohnen. Selbst kleine Kinder und herzschwache Greise wurden nicht verschont. Sie mussten sich im Halbkreis um den an einen Pranger gefesselten Mann aufstellen. Die

Sonne brannte gnadenlos auf sie herab, und vor Unbehagen angesichts des bevorstehenden Schauspiels trippelten sie von einem Fuß auf den anderen. Die drei Kumpane von Zé, die ihn dieser Tortur ausgeliefert hatten, standen gefesselt in der ersten Reihe. Bestimmt wollte man ihnen so vor Augen halten, was ihnen drohte, wenn sie erneut etwas anstellten. Soviel Lua wusste, waren die drei diesmal mit einmonatiger Kerkerhaft davongekommen.

Die Familie Oliveira sah sich das Schauspiel von der Veranda des Herrenhauses aus an, auf der sie alle fünf im Schatten saßen und Kaffee tranken. Ausnahmsweise mussten sie sich, nachdem alles vorbereitet war, selbst bedienen: Auch die Hausklaven mussten im Hof stehen und die schändliche Bestrafung verfolgen.

Von Zé sahen sie nur die entblößte, schweißnasse Rückseite. Sein Gesicht war dem Pranger zugewandt. Seine Haltung drückte grenzenlosen Stolz aus, von Reue keine Spur. Lua beobachtete manch eine Frau, die den göttlichen Körper lüstern anglotzte und vielleicht mit Bedauern daran dachte, wie er in Kürze aussähe: das schwarze, harte Fleisch in Fetzen, die makellos glatte und weder von Narben noch von Ausschlag entstellte Haut von blutenden Striemen übersät, die herrlichen Muskeln in Todesqualen zuckend. Denn dass Zé sterben würde, stand für alle fest. 50 Peitschenhiebe gingen weit über das hinaus, was ein normaler Sterblicher ertragen konnte, erst recht, wenn sie von António verabreicht wurden. António war der Stallknecht, mit dem Zé sich an seinem ersten Tag angelegt hatte. Und selbst ohne Rachegelüste war António ein grausamer Mensch.

Lua schloss die Augen und begann zu beten, als sich plötzlich Dom Felipe an der Verandabrüstung postierte und das Spektakel ankündigte.

»Keiner von uns will dieser Bestrafung beiwohnen. Aber es ist unerlässlich, uns in Erinnerung zu rufen, dass böse Handlungen auch böse Strafen nach sich ziehen. Dieser Mann hat unsere Scheune angezündet. Er hat damit unser aller Leben gefährdet, auch das eure. Wollt ihr Mitleid mit so einem Verbrecher haben? Nein. Wollt ihr ihn mit einer milderen Strafe davonkommen lassen, damit er als Nächstes die Senzala in Brand steckt? Nein. Er ist nicht mal einer von euch. Er kam neu hierher, und anstatt sich bei seinem Schöpfer auf Knien dafür zu bedanken, dass er es auf São Fidélio so gut getroffen hat, versündigt er sich gegen uns alle. Möge der Herr im Himmel nun über sein weiteres Schicksal bestimmen.« Damit gab er António ein Handzeichen. Die Auspeitschung konnte beginnen.

Der erste Hieb war von solcher Wucht, dass die Haut auf den Schulterblättern aufplatzte. Zé zuckte zusammen, behielt aber seine Haltung bei. Er gab keinen Laut von sich. Dadurch erzürnte er António erst recht, der bei den folgenden Schlägen all seine Kraft aufwendete, um dem Gefangenen den größten Schaden zuzufügen. Manche der Sklaven wandten den Blick angewidert ab. Viele aber waren von der schaurigen Vorführung gefesselt, ja sogar erregt. Bei manch einem nahm Lua glasige Augen oder einen beschleunigten Atem wahr, was beinahe noch ekelerregender war als die unnötige Grausamkeit Antónios.

Nach 20 Peitschenhieben stand Zé noch, doch seine Beine begannen allmählich nachzugeben.

Nach 30 Hieben hing er schlaff in den Seilen, die ihn aufrecht hielten.

Nach 40 Hieben hatte er noch immer keinen Mucks von sich gegeben – und es stand zu befürchten, dass er dies niemals wieder tun würde.

Nach fünfzig Hieben hielten ihn alle für tot. Seine Rückseite war, vom Nacken bis zu den Fesseln, ein einziger roter Brei. Einige Kinder und Frauen weinten, zwei waren sogar in Ohnmacht gefallen. Dom Felipe hieß António aufhören. Dann wandte er sich wieder an die Sklaven. »Es war eine zwar scheußliche, aber nichtsdestoweniger notwendige Prozedur. Ich hoffe, ihr erinnert euch daran, wenn ihr wieder kindische Pläne ausheckt. Und nun«, damit wandte er sich an zwei Gehilfen Antónios, »bindet den Leichnam los. Der Herrgott hat ihn zu sich gerufen, und wir werden ihm ein würdiges Begräbnis geben.«

Ein »würdiges Begräbnis« bedeutete, dass man ihn auf dem Sklavenfriedhof verscharren würde – ohne Sarg und ohne Gedenkstein oder -kreuz. Der Padre würde ein paar Gebete herunterleiern und den Anwesenden strenge Ermahnungen mit auf den Weg geben. Die Sklaven würden die kleine Trauergemeinde bilden, die gleich im Anschluss wieder an die Arbeit gehen musste.

Lua spürte erst jetzt, dass ihre Wangen feucht waren. Sie wartete, bis die Familie Oliveira im Haus verschwunden war, um dann zu dem leblosen Körper zu gehen und ihn ein letztes Mal zu betrachten. Maria Segunda und eine andere Feldsklavin waren ebenfalls dort. »Überlasst ihn uns«, sagte Maria Segunda zu einem der Männer, die ihn abgebunden hatten, »wir werden ihn waschen und für die Bestattung herrichten.«

Die Männer waren heilfroh, den Fleischklumpen zu ihren Füßen nicht länger ansehen zu müssen, und trollten sich. Lua und die anderen beiden Frauen knieten sich neben Zés Körper und beteten. Gabriela rollte ihn auf den Rücken, so dass sie in das Gesicht von Zé blicken konnten. Es war zu einer Grimasse verzerrt, aus der Schmerz wie Wut gleichermaßen sprachen. Sie betrachteten es traurig, bis Gabriela ausrief: »Habt ihr das gesehen? Sein Auge hat geblinzelt!«

»Das ist wie bei einem geköpften Huhn, dessen Körper noch eine Weile rennt. Du glaubst doch nicht etwa, dass der noch lebt?«, sagte Maria Segunda.
Lua verabscheute sie für ihre Herzlosigkeit, obwohl sie es leider ähnlich sah. Es musste sich um einen Reflex handeln. Andererseits fand sie, dass man dies durchaus nicht auf die leichte Schulter nehmen durfte. Sie griff nach dem Handgelenk des Ärmsten und versuchte, einen Puls zu finden. »Hm, ich fühle keinen Puls mehr. Aber vielleicht …« Sie stand auf. Ihr war etwas eingefallen, das sie einmal in einem Buch gelesen hatte. Einen Versuch war es wert. »Wartet hier auf mich, ich bin gleich wieder da.« Damit rannte Lua zur Senzala. Dort kramte sie in ihren Habseligkeiten, bis sie die Spiegelscherbe gefunden hatte, und eilte sofort wieder zurück.
»Hier, das muss man ihm ganz nah vor den Mund halten. Wenn es beschlägt, bedeutet das, dass er noch atmet. Und wenn er noch atmet, dann kann man ihn vielleicht noch retten.«
Die beiden anderen Frauen bedachten sie mit mitleidigen Blicken.
»Vergiss es«, sagte Maria Segunda, »er ist mausetot.«
»Wenn dem so sein sollte, dann nur, weil dein Zeca sein dummes Maul nicht halten konnte!«, entfuhr es Lua. Ihr entging die Reaktion der anderen darauf, weil sie nun voll Spannung den kleinen Spiegel vor Zés Mund hielt und darauf achtete, ob er beschlug. Und tatsächlich: Ein kaum sichtbarer feiner Nebel legte sich auf die glänzende Oberfläche.
»Er lebt!«, rief Lua. »Er atmet noch!«
»Mag ja sein«, kam es lakonisch von Maria Segunda, »aber er stirbt.«
Lua war außer sich vor Zorn angesichts dieser Teilnahmslosigkeit und Gefühlskälte. »Du bist mir und Zé schuldig, dass du alles versuchst, um sein Leben zu retten. Also hilf mir gefäl-

ligst. Und du«, sagte sie an Gabriela gewandt, »packst auch mit an. Wir schaffen ihn in die Krankenecke der Senzala.«
Lua hatte sehr energisch und entschlossen geklungen, denn beide halfen ihr, ohne weitere Widerworte zu wagen. Allerdings verzogen sie unwillig ihre Gesichter.
Die Leichenträger glotzten ihnen ungläubig nach, als sie den reglosen, großen, schweren Männerkörper über den Hof in die Senzala schleppten. Dort legten sie ihn bäuchlings auf eine Strohmatte und versuchten, das Blut abzutupfen. Es war ein beinah unmögliches Unterfangen, da Blut, Haut und Muskelfleisch zu einer einzigen klebrigen Masse geworden waren.
»Was der jetzt braucht, ist ein Wunder«, unkte Maria Segunda.
Und was du brauchst, ist eine Tracht Prügel, dachte Lua, sprach es aber nicht aus. Stattdessen sagte sie: »Los, lauf, such Imaculada. Vielleicht hat die alte Hexe irgendein Wundermittel zur Hand.«
Lua befestigte ein paar Stoffbahnen rund um das Krankenlager, um Zé vor allzu neugierigen Blicken zu schützen. Die Nachricht von seinem Überleben hatte sich in Windeseile herumgesprochen, und nun, da der sonntägliche Gottesdienst beendet war, wollte jeder sich mit eigenen Augen von dem Wunder überzeugen. Lua konnte es niemandem verdenken, dennoch verspürte sie den Impuls, die Leute von Zé fernzuhalten. *Sie* hatte erkannt, dass er noch lebte, und er war *ihr* Schützling.
Als Maria Segunda mit Imaculada im Schlepptau zurückkam, hatten Gabriela und Lua bereits so viel Blut von dem geschundenen Körper abgetupft, dass man darunter die eigentlichen Wunden erkennen konnte. Das Ausmaß der Verletzungen rief selbst auf Imaculadas sonst so versteinertem Gesicht eine Regung hervor, wenngleich nur für einen winzigen Moment.

Dann sah sie wieder aus wie stets und sagte barsch: »Mbómbo wollen leben. Du«, dabei sah sie Maria Segunda an, »holen meine Korb.« Alle wussten, dass damit ein Körbchen gemeint war, das sie an ihrem Platz in der Senzala verwahrte und aus dem ein merkwürdiger Geruch quoll, über den sich ihre Nachbarn schon häufig beschwert hatten. »Du«, hiermit war Gabriela gemeint, »bringen sauber Tuch. Und du«, jetzt war die Reihe an Lua, »holen Honig und Schnaps aus Casa Grande.«
Lua lief sofort los. Sie wusste, wo beides zu finden war, aber es vor den Augen ihrer Herrschaft beziehungsweise der Köchin einfach zu nehmen, wäre kein leichtes Unterfangen. Auf dem Weg ins Herrenhaus überlegte sie sich eine Reihe fadenscheiniger Ausreden, doch sie alle entfielen ihr, als sie in der Küche ankam und vor Tia Jacobina stand: »Schnell, Zé hat überlebt, und er braucht jetzt Wundverbände. Dafür benötigen wir Honig und Schnaps.«
So streng die Alte sonst sein mochte, diesmal stellte sie keine Fragen und handelte rasch. Sie gab Lua drei Gläser Honig und eine ganze Flasche Cachaça, hochprozentigen Zuckerrohrschnaps, und scheuchte sie, als sie sich bedanken wollte, hinaus. Als Lua den Hof überquerte, hörte sie die quengelnde Stimme der Sinhazinha: »Lua, du faules Stück, ich brauche dich hier oben!« Lua sah zu ihrem Fenster hinauf, deutete einen Knicks an und rief: »Ja, sofort, ich muss nur … mir ist ein wenig unwohl.« Dann rannte sie weiter. Eine gar nicht damenhafte Schimpftirade verfolgte sie, doch in diesem Augenblick war es Lua egal, ob sie für ihren Ungehorsam ausgepeitscht werden würde oder nicht. Im Grunde glaubte sie sowieso nicht an eine strenge Strafe, denn etwas Schlimmeres als eine Ohrfeige hatte sie sich kaum je eingefangen.
In der Senzala herrschte eine gespannte Unruhe. Viele Leute, die sonst ihren freien Tag nutzten, um draußen im Schatten der

Bäume zu sitzen und Domino zu spielen oder zu tratschen, hockten nun hier drinnen und bangten um das Leben von Zé. Viele boten ihre Hilfe an, und manch einen schickten Imaculada oder Lua im Laufe des Tages los, um frisches Wasser zu holen oder die blutgetränkten Lappen auszuwaschen, mit denen sie Zé gereinigt hatten.
Der Verletzte selbst war ohnmächtig, was für ihn wohl ein Segen war. Denn Imaculada behandelte seine Wunden mit einem Schwämmchen, auf das sie immer wieder Schnaps gab, eine wahrscheinlich äußerst schmerzhafte Prozedur, wenn man bei Bewusstsein war. Anschließend vermischte sie den Honig mit einem Sammelsurium an getrockneten Kräutern, strich diese Masse auf die Wunden und umwickelte sie dann mit Leinentüchern. Dabei brabbelte sie unentwegt vor sich hin, ein unverständliches Kauderwelsch in ihrer Muttersprache, bei dem Lua sich am liebsten bekreuzigt hätte. Christliche Gebete würden ihrer Meinung nach mehr bewirken als afrikanische Hexensprüche. Andererseits sprach Imaculadas hohes Alter für ihre Behandlungsmethoden: Wer so alt wurde, und das trotz unvorstellbarer Qualen und Misshandlungen, der würde wohl wissen, was heilsam war und was nicht. Auch als Imaculada ein Amulett zwischen ihren faltigen Brüsten hervorzog und es über Zé hielt, um dabei heidnische Beschwörungsformeln aufzusagen, wagte Lua nicht, etwas dagegen zu unternehmen.
»Mbómbo schlafen. Mbómbo heiß werden«, ließ Imaculada die anderen wissen und erklärte ihnen weiter in ihrem grauenhaften Portugiesisch, dass sie ihn immer schön kühl halten sollten, damit das Fieber nicht stieg. Dann verließ sie die Krankenstatt.
Im März war es in Bahia besonders heiß und feucht. In geschlossenen und schlecht ventilierten Räumen konnte die Temperatur da gerne mal auf über 40 Grad ansteigen. Wie in Drei-

teufelsnamen sollten sie den Kranken kühl halten? Das Einzige, was ihnen einfiel, war, ihm permanent Luft zuzufächeln. Sie teilten die Aufgabe untereinander auf, so dass nicht nur Gabriela, Maria Segunda und Lua, sondern noch 20 weitere Sklaven die monotone Arbeit verrichteten. Rund um die Uhr saß jemand bei Zé und schwang ein Palmblatt, bis ihm die Arme lahm wurden und er abgelöst wurde. Lua übernahm meist die frühen Morgenstunden, damit nicht durch ihre ständige Abwesenheit im Herrenhaus jemand darauf aufmerksam wurde, was sich in der Senzala tat.

Bisher nämlich hatten die Senhores nichts von Zés Überleben erfahren. Das war noch nie da gewesen. Unter rund 200 Personen gab es immer mindestens eine, die Verrat übte, sei es zum eigenen Vorteil, sei es aus Rache oder Eifersucht. Nun aber ließ keiner der Sklaven eine Silbe über die Vorgänge in der Senzala fallen, weder der Hausdiener João, der sonst nie sein Maul halten konnte, noch Lulu, von dem Lua wusste, dass er vor Eifersucht auf Zé fast platzte. Die Männer, die Zé hätten begraben sollen, hielten ebenso dicht wie die dicke Maria oder die Köchin, die bereitwillig alles herausrückte, was Imaculada an »Medizin« benötigte. Drei Tage lang hüteten sie das Geheimnis, ein wahres Kunststück, das sie alle mit Stolz erfüllte. Es stärkte den Zusammenhalt unter den Sklaven ungemein, und irgendwie entwickelten alle großen Ehrgeiz, um nur ja nichts von dem geheimen Wissen in die Casa Grande vordringen zu lassen. Erstmals spürte Lua etwas von der Macht, die sie über die Senhores haben könnten, wären sie nur immer eine so verschworene Gemeinschaft. Vielleicht war es diese Stärke in ihnen, von der man die rebellischen jungen Männer manchmal reden hörte. Bisher hatte Lua sich nie etwas darunter vorstellen können.

Zé ging es indes nur unwesentlich besser. Er lebte noch, das schon, aber er wälzte sich weiterhin in furchtbaren Fieberkrämpfen. Damit er nicht verdurstete, flößten sie ihm tröpfchenweise Kokoswasser ein. Sie wuschen und befächelten ihn, sie wechselten die Verbände und legten ihm neue Wickel mit der Honig-Kräuter-Paste an, die erstaunlich wenig Schaden anrichtete. Tatsächlich schienen die Wunden sich gut zu schließen.

Am vierten Tag nach der Auspeitschung erschien Dona Ines in der Senzala.

Sie kam sonst eigentlich nie hierher, in ihrem ganzen Leben hatte Lua sie höchstens vier- oder fünfmal in ihrer Unterkunft gesehen. Sie schotteten das Krankenlager mit Tüchern ab und setzten betont gelangweilte Gesichter auf.

»Irgendetwas ist doch im Busch«, sagte Dona Ines und schaute sich neugierig um. Sie konnte den Abscheu in ihrer Miene kaum verbergen, obwohl sie es versuchte. Die primitive Senzala, in der die Sklaven kaum besser untergebracht waren als die Tiere in den Ställen und in der es auch nur unwesentlich besser roch, war Welten von den luftigen, hellen Räumen in der Casa Grande entfernt. »Du«, damit packte sie Lua am Ärmel, »du heckst doch irgendetwas aus. Du und alle anderen. Seit Tagen benehmt ihr Haussklaven euch merkwürdig. Lua hat Ringe unter den Augen, Maria gähnt den ganzen Tag lang, und Lulu lässt alle naslang etwas hinunterfallen. Schlaft ihr denn nie? Was treibt ihr hier?« Sie ließ den Blick in die Runde schweifen, bis er wieder auf Lua haften blieb. Natürlich. Immer musste sie Rede und Antwort stehen, weil die Weißen glaubten, Lua sei die Verständigste und am wenigsten Durchtriebene der Sklaven.

»Gar nichts, Dona Sinhá«, beteuerte Lua. »Wir machen gar nichts Besonderes. Wir sind nur alle noch ein wenig ... verstört nach dieser schlimmen Auspeitschung.«

»Du lügst. Ich weiß, dass du lügst. Und ich werde herausfinden, was hier los ist.« Sie hielt einen Moment inne, um nach-

zudenken, dann forderte sie Lua auf: »Zeig mir mal deinen Platz, Lua.«
Die junge Sklavin führte die Senhora zu ihrer Hängematte, wo sie Luas Siebensachen inspizierte. Danach wünschte sie auch die Plätze der anderen zu sehen, jeden einzelnen. Als sie beinahe die ganze große Senzala abgesucht hatte, nach was auch immer, fragte sie plötzlich: »Und was befindet sich hinter diesen Tüchern?«
»Das ist das Krankenlager«, beeilte Tia Jacobina sich zu sagen. Lua atmete auf. Tia Jacobinas Wort hatte bei der Herrschaft mehr Gewicht als das jedes anderen Sklaven. »Da liegen meist Kinder mit ansteckendem Husten oder mit Masern.« Sie sagte nicht einmal die Unwahrheit. Allerdings ließ sie die wichtigste Information aus.
»Soso.« Dona Ines wirkte nicht überzeugt. »Dann wollen wir den lieben Kleinen mal einen Besuch abstatten.«
»Aber Dona Sinhá«, rief Lua aus, »wenn Ihr Euch nun etwas einfangt?«
»Du fängst dir auch gleich etwas ein, und zwar eine Backpfeife, wenn du mir noch einmal widersprichst!«, fuhr sie Lua an. Dann schritt sie forsch auf das Krankenlager zu, riss eines der Tücher beiseite und blieb ratlos in dem Durchgang stehen. Man sah ihr an, dass sie einen Augenblick brauchte, bis sie die Lage erkannt und in ihrer ganzen Tragweite begriffen hatte. Obwohl ihr Zés Gesicht nicht zugewandt war, wusste sie sofort, wer dort auf dem Bauch lag und vom Hals bis zu den Waden mit Verbänden bedeckt war. Sie sog hörbar den Atem ein und hob die Augenbrauen.
»Wenn das nicht unser Brandstifter ist …«, murmelte sie kopfschüttelnd. »Das überlebt der doch nie.« Dennoch konnte sie kaum verbergen, dass ihr der Überlebenswille dieses Mannes Respekt abnötigte.

Als sie sich umdrehte, um die Sklaven mit tadelnder Miene zu mustern, hörte man es aus Zés Richtung rascheln. Er drehte sich ein wenig auf seiner Strohmatte und hauchte mit matter Stimme: »Ich werde leben. Und ich werde frei sein.«
Dona Ines zuckte zusammen und vergaß ihre Ansprache, zu der sie gerade ansetzen wollte. Auch die anderen waren wie vom Donner gerührt. Man hätte einen Knopf rollen hören, so still war es plötzlich in der Senzala.
Lua schlug das Herz heftig in der Brust. Sie war unendlich erleichtert, dass Zé wieder das Bewusstsein erlangt hatte und ihre Bemühungen anscheinend nicht vergeblich gewesen waren. Zugleich hatte sie große Angst vor dem, was ihnen und Zé blühen würde.
Und dann schickte Zé noch einen Satz hinterher, mit etwas kräftiger Stimme, so dass auch Dona Ines ihn noch hören konnte: »Ich werde in Freiheit leben!«

10

Meu nome é Imaculada, meu nome é Imaculada, sagte ich im Geiste immer wieder vor mich hin, obwohl etwas in mir schrie: »Nein! Mein Name ist Kasinda!«

Als wir uns am Morgen aufstellen und auf eine Frage antworten mussten, die ich nicht verstand, sagte ich jedoch: »Mein Name ist Imaculada.« Der schwarze Vorarbeiter, dem ich diese Antwort gegeben hatte, grinste breit. »Sehr schön«, dürfte er gesagt haben, »da nehmt euch alle mal ein Beispiel dran.«

Zusammen mit zwei anderen Neuankömmlingen sowie rund zehn der schon länger hier gefangenen Frauen musste ich mich in einer Reihe aufstellen. Wir wurden an dem jeweils rechten Fuß an eine lange Kette gefesselt, an der man uns auf einen Acker schleppte. Dort wies man uns an, ein hohes, karges Gestrüpp mitsamt seinen Wurzeln aus dem Boden zu ziehen. Diese Wurzeln, so lernte ich, nannte man Maniok. Ich knabberte an einer davon, nachdem ich sie von Erdresten befreit hatte, konnte jedoch nichts Schmackhaftes daran finden. Eine der Frauen, die schon länger in Gefangenschaft war, schlug mir die Knolle aus den Händen und gab mir durch Gesten zu verstehen, dass sie giftig sei.

Auf demselben Acker wuchs noch eine andere Pflanze, die fast genauso aussah wie Maniok. Diese nannte man Aipim. Sie hatte ebenfalls einen mehr als mannshohen verzweigten Stiel, an dem ein paar dürftige Blätter hingen, und wurde für ihre Wurzel geschätzt, eine längliche, große, schwere Knolle mit schwarzer Schale. Diesmal kostete ich nicht davon.

Später lernte ich, dass Maniok vor allem zur Gewinnung von Mehl und Tapioka, einem Stärkebrei, genutzt wurde, während Aipim, einmal geschält, als ganze Frucht genossen werden konnte, sei es gekocht, in Fett ausgebacken oder zu Püree verarbeitet. Ich wurde im Laufe der Jahre, von denen ich viele in der *casa da farinha*, im »Mehlhaus«, verbrachte, zu einer großen Kennerin – und Liebhaberin – aller Formen von Maniokmehl und Tapioka, die wir dort durch Auspressen und Trocknen der Wurzeln erzeugten. Meine *beijús*, Pfannkuchen aus dem frischen, breiigen Tapioka, waren die begehrtesten in ganz Bahia, und mein Aipim-Kuchen suchte ebenfalls seinesgleichen.

Anfangs jedoch konnte ich den beiden Gewächsen nicht viel abgewinnen, was vor allem mit der Ernte zu tun hatte. Ich begriff nicht, warum wir Frauen den ganzen Tag diese Wurzeln ausreißen sollten. Schon nach kurzer Zeit hatten wir genug zusammen, um alle Leute in der Sklavenunterkunft davon satt zu bekommen, doch die Aufseher ließen uns immer weiter schuften. Wer nicht schnell genug war oder sich eine Ruhepause gönnte, wurde mit der Peitsche zum Weiterarbeiten angetrieben. Das alles geschah in der prallen, heißen Sonne. War Schatten schon rar, so war Trinkwasser es erst recht. Man gab uns nach mehrstündiger Arbeit eine Kelle voll aus einem Fass, das der Aufseher dabeihatte. Es war reine Schikane. Denn anders als in meiner Heimat herrschte in Brasilien kein Mangel an Wasser, und auch das Fässchen hätte es jeder von uns erlaubt, drei bis vier Kellen voll zu trinken. Der Aufseher aber genoss es, uns zu quälen. Nachdem wir einen Schluck getrunken hatten, kippte er den Rest einfach ins Unterholz, wo es so langsam versickerte, dass sein Pferd sich noch daran laben konnte.

Am frühen Nachmittag, kurz bevor unser Arbeitstag zu Ende ging, hörten wir plötzlich einen Schrei von einer der Gefangenen. Sie hatte eine Schlange aufgeschreckt und wusste nicht, wie sie sich vor ihr in Sicherheit bringen sollte, solange sie durch die Kette mit uns anderen Frauen verbunden war. Der Aufseher ritt herbei, doch sein Pferd scheute, als es das riesige Reptil sah. Beinahe hätte ich gelacht, ich verkniff es mir jedoch rechtzeitig. Die verängstigte Frau und die Schlange befanden sich nicht weit von mir, nur eine weitere Gefangene war zwischen uns angekettet. Also hatte ich genügend Bewegungsfreiheit, um zu der Schlange zu gelangen und sie zu töten. Ich wunderte mich über die Hilflosigkeit dieser Frau. War sie denn keine Afrikanerin? Was hatte man sie gelehrt, wenn sie nicht einmal mit einem Kriechtier fertig wurde? Zwar hatte ich diese Art von Schlange niemals zuvor gesehen, dennoch fürchtete ich mich nicht. Auch die giftigste Natter ist nur ein Tier und als solches dem Menschen immer unterlegen.

Ich nahm also einen Stein, an denen der Acker sehr reich war, und ging behutsam auf die verängstigte Schlange zu, um sie zu keinem Angriff zu reizen. Und dann schlug ich blitzschnell zu, schneller noch, als meine Nachbarin, die mir wegen der Kette ein paar Schritte weit folgen musste, schreien oder als der Aufseher eingreifen konnte. Und schon lag die »Bestie« schlaff auf der aufgeworfenen Erde. Ich war weder besonders stolz auf meine Tat, noch schämte ich mich für mein eigenmächtiges Eingreifen. Ich hatte nur getan, was getan werden musste. Gern hätte ich der Schlange an Ort und Stelle das Gift abgezapft, doch dafür fehlten mir sowohl die Mittel als auch die Zeit. Denn schon näherte sich der Aufseher und höhnte etwas, das ich mir folgendermaßen zusammenreimte: »So, eine *jararaca* hast du erlegt, du kleine Wilde!«

Ich ließ den Stein fallen, hob die Schlange auf, um sie mir später zu braten, und ging wieder zurück zu der Maniokpflanze, an

der ich vor dem Vorfall herumgezerrt hatte, um ihre Wurzeln ans Tageslicht zu befördern.
»Halt, stehen bleiben!«, fuhr der Mann mich an.
Der Ton war unmissverständlich, deshalb blieb ich stehen.
»Du afrikanisches Luder! Du wolltest mich vor den anderen Negerinnen schwach aussehen lassen, ja? Das wirst du nie wieder tun. Ihr erntet, und sonst nichts. Und wenn du noch einmal einen Stein aufhebst, um ihn als Waffe zu benutzen, setzt es zehn Peitschenhiebe!« Um seiner Drohung mehr Wirkung zu verleihen, ließ er seine Reitgerte auf meine Schultern niedersausen.
Ich verstand die Welt nicht mehr. Was wollte der Kerl von mir? Was hatte ich falsch gemacht? In was für einer verkehrten Welt war ich hier gelandet?
»Und diese verfluchte Schlange, hä? Was hast du damit vor? Willst du damit Hexenzauber treiben? So etwas dulden wir hier nicht. Gib sie her!« Er deutete mit seiner Reitgerte auf die Schlange, so dass ich dachte, ich solle diese fallen lassen. Ich tat, wie mir geheißen, doch der Kerl geriet jetzt erst richtig in Rage.
»Du schmeißt sie vor mir in den Staub, du afrikanisches Miststück? Na warte, dich werde ich Demut lehren.« Er löste meine Fußfesseln von der Kette, nur um mir anschließend die Hände zu fesseln. »So, du kommst mit mir mit.« Dann wandte er sich an die anderen. »Was gibt es da zu glotzen. Macht weiter. Wegen dieses Vorfalls arbeitet ihr alle heute eine halbe Stunde länger.«
Dann trieb er mich vor seinem Gaul her. Ich lief und hörte das Pferd hinter mir schnauben. Der Mann stieß unverständliche Worte des Zorns aus und trieb mich zu einem höheren Tempo an. Irgendwann gelangten wir zu einer Art Unterstand. Dort hielten wir an. Der Mann schnitt die Kordel entzwei, die aus

meinem sackartigen Überwurf ein Kleid machte, und riss mir den Stoff mit einem Ruck vom Leib, so dass ich völlig nackt vor ihm stand. Er keuchte und verströmte einen strengen Geruch. Mir wurde fast übel bei dem Gedanken, was er nun mit mir tun würde, als wir plötzlich Geraschel und Getrappel hörten.
»João Gordo, bist du das da drin?«, rief jemand.
Der Aufseher stöhnte enttäuscht auf. Er zog seine Hose, die er bereits bis zu den Kniekehlen herabgelassen hatte, wieder hoch und gab mir meinen zerrissenen Leinenkittel zurück. Ich wickelte mich so in den Stoff, dass man nicht auf Anhieb erkannte, was mir widerfahren – oder besser: beinahe widerfahren – war. Trotzdem fühlte ich mich geschändet.
Ich wusste nicht, was der andere Mann mit João Gordo zu bereden hatte, jedenfalls wurde ich recht schnell wieder zurück zu meinem Arbeitstrupp gebracht und an der Kette befestigt. Kurz vor Sonnenuntergang gingen wir zurück in unser Gefängnis.

Am nächsten Tag erklärte mir Samba, dass sie mich dazu auserwählt habe, ein weniger scheußliches Schicksal zu ertragen als die anderen weiblichen Neuankömmlinge. Diese würden, so sagte sie, von den mächtigen Männern der Fazenda, den weißen wie den schwarzen, »zugeritten«, um ihren Willen zu brechen und sie zu gefügigen Sklavinnen zu machen. Ein durchaus erwünschter Nebeneffekt dabei seien Schwangerschaften, denn je mehr Sklaven ein Senhor besaß, als desto mächtiger galt er.
»Du bist etwas Besonderes, Imaculada«, flüsterte sie mir in unserer gemeinsamen Muttersprache zu. »Du sollst diese unerträgliche Prozedur nicht über dich ergehen lassen müssen. Deshalb werde ich dich morgen dem Sohn unseres Senhors zuführen. Wenn er seinen Samen in dich verströmt und du seinen Sohn gebierst, dann wirst du in der Senzala mehr Macht

besitzen als andere Frauen. Und die Aufseher und Vorarbeiter werden ihre Finger von dir lassen müssen.«

Ich war nicht angetan von der Vorstellung, irgendeinem Weißen zu Willen zu sein. Aber so, wie Samba es mir erklärte, schien es mir noch die am wenigsten widerwärtige Qual zu sein. Außerdem, so Samba, habe man mich als Amme gekauft und sei nun enttäuscht, dass meine Brüste keine Milch mehr hatten. Wenn ich schnell schwanger würde, könnte ich bald als Amme eingesetzt werden, und das sei eine wesentlich angenehmere Arbeit als die auf den Feldern.

»Der Junior ist gar nicht mal so übel. Und er mag Frauen wie dich, die direkt aus Afrika kommen und in seinen Augen noch wild sind«, versuchte sie mich aufzumuntern.

»Aber ich bin die Frau von Uanhenga! Wenn ich die Kinder eines anderen Mannes gebäre, wird große Schande auf mich und meine Familie fallen!«

»Uanhenga gibt es nicht mehr. Deine Kinder, dein Dorf, deine Ahnen – all das existiert hier nicht mehr. Je eher du dich mit deinem neuen Leben als Imaculada abfindest, desto weniger schmerzvoll wird es für dich sein.«

»Nein!«, sträubte ich mich. Ich hatte Samba für eine Frau mit mehr Charakter gehalten. Dass sie sich auf die Machenschaften der Verbrecher einließ, enttäuschte mich sehr.

Aber ich hatte keine Wahl. Schon tags darauf schleppte Samba mich an den Hintereingang der Casa Grande, wo ein dicklicher Weißer uns erwartete.

»Hier ist sie, Sinhô Sebastião. Genau wie Ihr sie mögt, nicht wahr?«

Der dicke Jüngling glotzte mich an, als habe er noch nie eine Frau gesehen. Dann kniff er mich in eine Hinterbacke und grunzte: »Hm, festes, schwarzes Fleisch, frisch aus dem Busch.«

Er lachte gackernd über seine Feststellung. Dann scheuchte er

Samba fort, nahm mich grob am Arm und schleppte mich in einen Schuppen, in dem das Gerät für den Obstgarten der Casa Grande aufbewahrt wurde. Dort schob er ohne viel Federlesens meinen Kittel nach oben, drehte mich mit seinen dicken Patschhänden zur Wand hin und machte sich von hinten an mir zu schaffen. Während er noch an seiner Hose herumnestelte, fielen mir mindestens drei Möglichkeiten ein, mich aus dieser Lage zu befreien. Mit diesem verweichlichten Burschen konnte ich es allemal aufnehmen. Allerdings hatte ich durchaus begriffen, dass mir eine schwere Strafe drohte, wenn ich mich dem Kerl widersetzte. Ich beschloss, es über mich ergehen zu lassen. Dennoch presste ich instinktiv die Beine zusammen und hoffte, dass er angesichts meines Unwillens die Lust verlöre. Aber das Gegenteil war der Fall. Ich spürte sein hartes Glied an meinen Pobacken, und ich zuckte zusammen, als er sich mit den Fingern gewaltsam Einlass zu meiner geheimsten Stelle verschaffte. Der Mann roch ekelhaft, und sein Glied verströmte einen fischigen Gestank. Ich musste würgen und mich sehr zusammenreißen, um mich nicht zu erbrechen und dadurch mein eigenes Todesurteil zu fällen.

Es dauerte eine Weile, bis er eingedrungen war, denn ich war alles andere als bereit für ihn. Der Vorgang war ein wenig schmerzhaft, doch als sein Geschlecht einmal in mir war, spürte ich nicht mehr viel davon. Es war lächerlich klein. Der Kerl schien sich von meiner Abneigung gegen ihn nicht stören zu lassen, denn schon kurze Zeit später stöhnte er und ergoss sich in mich. Dann zog er seine Hose wieder hoch und verließ den Schuppen.

Ich rannte zu dem Waschtrog, hob meinen Kittel und setzte mich breitbeinig hinein, um den Samen meines Peinigers fortzuschwemmen. Die Vorstellung, die Brut dieses Mannes auszutragen, erfüllte mich mit Ekel.

»Bist du verrückt geworden?«, vernahm ich da die aufgebrachte Stimme Sambas. »Du musst schnell schwanger werden, erst dann lässt er von dir ab. Also komm sofort da heraus!«
Ich gehorchte.
»Und dann bringe ich dich zu den anderen aufs Feld«, fuhr sie fort.
Ich nickte.
»Der Vorarbeiter wird ab sofort die Finger von dir lassen, denn du bist für den Sinhô Sebastião reserviert.«
Immerhin etwas, dachte ich. Der Vorarbeiter war ja noch widerlicher als der junge Dicke.
»Wie viele Frauen hat der Häuptlingssohn?«, wollte ich von Samba wissen.
»Eine natürlich. So ist das bei den Weißen hier. Sie dürfen nur eine Frau haben. Aber da wir Schwarzen ihnen gehören, können sie sich unter uns so viele Frauen aussuchen, wie es ihnen gefällt. Allerdings haben wir nicht die Rechte einer Ehefrau.«
»Und wie viele Kinder hat er?«
»Zwei. Er hat einen Sohn und eine Tochter, fünf und drei Jahre alt. Er hat darüber hinaus noch unzählige Bastarde, also Kinder von Sklavenmüttern, die aber nicht als seine Kinder zählen.«
»Warum hat ihm seine Frau nur zwei Kinder geboren? Warum erlaubt man ihm nicht, sich weitere Ehefrauen zu nehmen, um seinen Stamm groß und mächtig zu machen? Und warum gelten die anderen Kinder, die doch aus seinem Samen entsprungen sind, nicht als seine Kinder?« Ich verstand das alles nicht. Die Denkweise der Weißen war mir völlig fremd.
»Hör auf zu fragen. Irgendwann wirst du das alles begreifen. Und komm bloß nicht auf die Idee, dich zu beschweren. Du hast es viel besser getroffen als ein paar andere Mädchen, die mit dir zusammen hier eingetroffen sind.«

Erst mehrere Tage später fand ich heraus, was sie damit gemeint hatte. Einige Frauen waren wie Tiere in Käfige gesperrt und von mehreren Männern über Tage hinweg brutal vergewaltigt worden. Die widerspenstigeren unter ihnen waren geschlagen, gepeitscht und auf übelste Weise missbraucht worden, und zwar so lange, bis ihre Kraft aufgezehrt und ihr Wille gebrochen war. Ihre Blicke waren abwesend und in sich gekehrt, ihre Körper von fürchterlichen Verletzungen gezeichnet.

Ja, dachte ich, ich hatte wohl »Glück« gehabt, dass ich dem Geschmack des Dicken entsprach, der wenigstens nur sein kleines Ding in mich gesteckt und nicht Stöcke in andere Körperöffnungen gestoßen hatte. Ich fragte mich, was dem Dicken ausgerechnet an mir so gefiel, denn einige der anderen Sklavinnen waren viel schöner als ich.

»Es ist«, erklärte Samba, »weil du groß und drahtig bist. Er mag Frauen nicht gern weich und anschmiegsam, wie andere Männer sie bevorzugen. Der Sinhô Sebastião liebt kleine, feste Brüste und knackige, jungenhafte Pobacken. Er mag sehnige Körper ohne ein Gramm Fett, und er mag tiefschwarze Haut, wie wir sie haben, wenn wir noch unvermischt mit der weißen Rasse sind.«

Und so fand ich mich damit ab, dass der junge weiße Mann mich alle paar Tage in dem Schuppen besprang. Ich unterließ die anschließenden Waschungen, um bald ein Kind zu empfangen. Denn nur dann, so behauptete Samba, könne ich in den Genuss gewisser Privilegien kommen und würde mit Geschenken überhäuft werden.

»Die weißen Männer haben alle eine Favoritin unter den Sklavinnen. Diese beschenken sie oft mit Gold und Juwelen und zeigen die schmuckbehangene Frau in aller Öffentlichkeit herum, damit alle sich von ihrem Reichtum überzeugen können.

Wenn der Sinhô Sebastião dir ein *balangandá* schenkt, dann weißt du, dass du es geschafft hast. Du musst die Schmuckstücke sammeln, an einem Gürtel oder an einem Armband, und sie für alle gut sichtbar tragen. Daraus erwächst nicht nur ihm, sondern auch dir Ehre. Es ist so ähnlich wie mit den Amuletten in unserer Heimat.«
Das verstand ich endlich.
Ich beschloss, mir möglichst viele dieser Amulette zu verdienen, die mir gewiss den Weg in die Freiheit ebnen würden. Und ich begann schon einmal, von der Rückkehr in meine geliebte Heimaterde zu träumen. Ob ich dem Senhor zu Gefallen war oder auf den Feldern schuftete, ob ich in der Senzala von anderen Frauen geschnitten wurde oder ob Samba mir wieder eine ihrer Lektionen erteilte – immer war ich in Gedanken bei Uanhenga und meinen Kindern, bei meinen Eltern und Geschwistern. Im Geiste durchstreifte ich die Landschaft am Cubango-Fluss, sah Giraffen oder Elefanten majestätisch vorüberziehen und Löwinnen eine Antilopenherde zersprengen. Ich schnupperte die unvergleichlich frische Luft nach ergiebigen Regenfällen, lauschte dem fernen Grollen Tausender von Zebrahufen oder genoss einen feinen Kudu-Braten.
Ich träumte mich fort von all meinem Elend.

11

Lua verstaute Kladde und Kohlestift in ihrer Schürze. Sie war sich ziemlich sicher, dass Imaculada drei Viertel von dem, was sie ihr erzählte, erfunden hatte. Wo gab es denn Tiere mit einem Hals so lang wie ein Kirchturm? Oder rosafarbene Vögel, die den ganzen Tag einbeinig im seichten Wasser eines Sees standen? Lua ließ viele dieser Phantasiegestalten in ihrer Aufzeichnung fort, denn sie erschienen ihr im Sinne der Glaubwürdigkeit von Imaculadas Geschichte nicht eben förderlich. Einzig die Elefanten, die nahm sie ihr ab, denn von diesen Tieren meinte sie in einer Geschichtsstunde von Sinhá Eulália schon gehört zu haben, als über Alexander den Großen gesprochen wurde. Angeblich waren sie groß wie ein Herrenhaus, hatten einen langen Rüssel, mit dem sie Bäume hochheben konnten, und Ohren so riesig wie Palmblätter. Nun ja, die Leute schmückten ihre Erzählungen ja immer gern aus – wahrscheinlich hatten auch schon die Geschichtsschreiber maßlos übertrieben.

Und man wusste ja auch, wie es bei den Alten war: Sie verklärten alles in ihrer Erinnerung. Alles war früher besser und schöner, wenn man ihnen glaubte, und das mochte insofern sogar stimmen, als es *für sie* schöner gewesen war. Das Leben war für die alten Leute nämlich nicht besonders lustig. Nachdem sie jahrzehntelang geschuftet hatten, oft im Dienst einer einzigen Familie, musterte man sie, wenn ihre Leistungskraft nachließ, manchmal aus wie löchrige alte Schuhe. Man tarnte diese Schäbigkeit als Großzügigkeit: »Was wollt ihr denn, wir schenken euch doch die Freiheit?« Aber was sollten Greise mit der Freiheit noch anfangen, ohne Geld, ohne Lebensmut und ohne Hilfe?

Auf São Fidélio hatten es die Alten noch vergleichsweise gut getroffen. Man gestattete ihnen zu bleiben und versorgte sie mit Lebensmitteln. In der Senzala machten sich manche von ihnen noch bei der Kinderbetreuung nützlich, andere siechten vor sich hin, wurden aber von den Jüngeren mitversorgt. Eines Tages ginge es Letzteren ja genauso, auch wenn ihnen das unvorstellbar erschien, und Respekt vor dem Alter gehörte zu den Grundregeln der Gemeinschaft. Es war nicht immer leicht, dies zu beherzigen. Wenn die Alten unappetitliche Krankheiten hatten, ihre Hosen durchnässten oder sabberten, dann brauchte es schon sehr viel Geduld und Phantasie, um dahinter noch einen Menschen zu erkennen, der einmal jung gewesen war. Manche taten daher rechtzeitig dasselbe, was man von der alten Dona Isabel behauptete: Sie töteten sich selbst.

Mittel und Wege gab es genug. Man konnte sich in die Wellen am Strand stürzen, denn die Strömung war stark und zog jeden, der kein ausgezeichneter Schwimmer war, hinaus aufs offene Meer. Natürlich konnte so gut wie kein Sklave schwimmen. Man konnte sich auch in den Urwald begeben, der an die Fazenda angrenzte, und sich einer *onça pintada*, einem Jaguar, zum Fraße vorwerfen. Wenn man in dichtes Unterholz vordrang und ein Weibchen mit seinen Jungen aufstöberte, war die Wahrscheinlichkeit gar nicht mal so gering, dass die Jaguardame Appetit an einem fand, was sie üblicherweise nicht tat. Dann konnte man natürlich noch traditionellere, aber nicht immer sichere Wege wählen: Das Aufschneiden der Pulsadern oder das Herabstürzen aus einem hohen Baum barg immer die Gefahr, dass man überlebte. Und schließlich konnte man sich das Leben auch auf besonders spektakuläre Weise nehmen, um damit auf seine Lage aufmerksam zu machen. Ein alter Mann hatte vor Jahren auf São Fidélio mit seinem Selbstmord für Furore gesorgt, als er einen Bienenkorb in Brand setzte und von den aufgebrachten Bienen attackiert wurde.

Der Brand – immer wieder kehrten Luas Gedanken zu ihm zurück. Was hatten sich Zé und seine Kumpane eigentlich dabei gedacht, als sie die Scheune anzündeten? Wollten sie das Feuer und die Aufregung nutzen, um fliehen zu können? Warum hatten sie es dann nicht getan? Sobald Zé wieder einigermaßen zusammenhängend sprechen konnte – denn seine Äußerungen Dona Ines gegenüber waren nur ein kurzes Aufbäumen im Fieberwahn gewesen –, würde Lua ihn dazu befragen.

Es vergingen einige Tage, in denen alle Sklaven höchst angespannt waren, weil sie jeden Augenblick mit einer Strafe von Dona Ines rechneten. Aber nichts geschah. Würde man ihnen die Pflege von Zé durchgehen lassen? Oder überlegten die Senhores noch, welche Bestrafung in einem so schweren Fall von Heimlichtuerei angebracht wäre? Eine Standpauke von Dom Felipe oder ein Wutanfall von Dona Ines wäre allen tausendmal lieber gewesen als dieses unnatürliche, beängstigende Schweigen. Und sie konnten es ja nicht einfach unter den Teppich kehren, denn irgendwann wäre Zé vielleicht wieder vollständig genesen, so dass man spätestens dann schauen musste, wie mit ihm und seinen Rettern zu verfahren sei.

Vorübergehend wurde Lua jedoch von dieser Sorge abgelenkt. Die Sinhá Eulália wollte Rui Alberto auf der Nachbarfazenda besuchen, um die Einzelheiten der Verlobungsfeier zu besprechen, und Lua sollte sie dorthin begleiten. Es passierte nicht oft, dass sie São Fidélio verließ, so dass sie sich sehr über diese Gelegenheit freute, einmal etwas anderes zu sehen als die immer selben Gesichter und Räume, Tiere und Bäume. Lua kannte ja wirklich fast jeden einzelnen Grashalm auf der Fazenda! Es wurde höchste Zeit, dass sie mal wieder herauskam. Auch die anderen Sklaven freuten sich, denn bei ihrer Rückkehr würde Lua allerlei zu berichten haben, und auf Klatsch waren alle immer sehr erpicht.

Es war noch sehr früh am Morgen, als die Sinhazinha und Lua die offene Kutsche bestiegen, in der sie der Kutscher Luizinho nach Três Marias bringen würde. Die Sonne war eben erst aufgegangen, und noch war die Hitze erträglich. Kurz zuvor hatte es einen starken Schauer gegeben, das Getrommel der Regentropfen auf dem Blattwerk der Bäume und den Ziegeln des Dachs hatte sie alle geweckt. Die Luft roch frisch und würzig, aber auf den Wegen standen Pfützen. Für die Fahrt wäre das ein wenig lästig, allerdings kein großes Hindernis: In Kürze würde die Sonne alles stehende Wasser verdampfen lassen.

Lua hatte sich besonders viel Mühe mit ihrer Garderobe und ihrem Äußeren gegeben. Sie trug zwar nur ein einfaches blaues Baumwollkleid, doch darüber hatte sie eine neue, strahlend weiße Schürze gebunden, die sie noch am Vorabend mit ein paar sehr hübschen Stickereien versehen hatte. Ihr Haar war zu einem Knoten aufgesteckt, der am Hinterkopf aus einem raffiniert und mehrfach um den Kopf gewickelten Tuch herauslugte. Dieser Turban war ebenfalls neu und blendend weiß, so dass er ihr Gesicht vorteilhaft umrahmte. An den Ohren trug sie große Kreolen aus Holz, um den Hals mehrere Ketten aus leuchtend bunten Glasperlen.

»Willst du allen Burschen auf Três Marias den Kopf verdrehen?«, fragte Sinhá Eulália scherzhaft. Lua sah ihr an, dass sie mit ihrem Aussehen zufrieden war. Hübsche, adrette Sklavinnen warfen auch auf ihre Besitzer ein besseres Licht als ungepflegte Dienstboten. Im Übrigen war sie selbst aufs

Feinste herausgeputzt, denn für sie war diese Fahrt ja eine ebenso nette Abwechslung vom täglichen Einerlei wie für Lua.

Als sie in der Kutsche saßen, betrachteten sie beide stirnrunzelnd die Säume ihrer Kleider.

»Dass es ausgerechnet heute früh so viel regnen musste!«, beschwerte sich die Sinhazinha. »Jetzt ist all unsere Mühe umsonst gewesen.«

»Ach was«, beschwichtigte Lua sie, »das trocknet ganz schnell wieder, und dann bürste ich die Kleider aus, bevor wir ankommen.«

»Und dieser feuchte Dampf, der von der Erde aufsteigt! Da kringeln sich meine Haare, und die schöne Frisur sieht gar nicht mehr gut aus.«

Darauf wusste Lua nicht viel zu sagen. Wenn die Weißen sich über ihr vermeintlich krauses Haar beschwerten, klang das für Schwarze geradezu lächerlich. Luas Meinung nach hatte die Sinhá Eulália immer glattes Haar, ganz gleich ob die Luft feucht oder trocken war.

»Und in meinem Dekolleté sammeln sich schon wieder die ersten Schweißtröpfchen!«, fuhr sie mit ihrem Gejammer fort.

»Ach, was gäbe ich darum, in einem zivilisierten Land zu leben, in dem es schön kalt ist, in dem die Damen Pelzstolen und Samthandschuhe tragen können und einen Haufen an schmückenden Accessoires, ohne immerzu befürchten zu müssen, einen Hitzschlag zu erleiden!«

»Ja, das stelle ich mir auch schön vor«, gab Lua zu. »Aber der französische Herr, der vor zwei Jahren bei uns weilte …«

»Monsieur Laroche«, ergänzte Eulália.

»Genau, Monsieur Laroche, also der hat ja nur Schlimmes vom Winter in Europa berichtet. Stellt Euch nur vor, wie furchtbar das sein muss, wenn man ständig friert, wenn es keine frischen

Früchte zu essen gibt und man tagaus, tagein ein Feuer schüren muss, um es wohlig warm zu haben.«

»Ich fände es himmlisch!«, schwärmte Eulália. »Es hat so etwas Kultiviertes, an einem Kaminfeuer zu sitzen, einen Brandy zu genießen und draußen einen Schneesturm toben zu wissen. Ich glaube, der gute Monsieur Laroche wollte sich nur wichtigmachen, indem er die unangenehmeren Seiten des Winters übertrieben schlecht darstellte. Ach, Lua, stell dir doch nur vor, wie herrlich es wäre, einmal echten Schnee zu sehen, zu fühlen und zu kosten!«

»Zu kosten? Ihr wollt ihn essen?«, fragte Lua entgeistert.

»Aber ja doch. Es ist doch nur gefrorenes Wasser. Er schmeckt bestimmt wunderbar, so rein ...« Sie ließ ihren Blick über das Meer schweifen, das in einiger Ferne zwischen den Palmen hindurchblitzte. »Irgendwann einmal werden Rui Alberto und ich als Ehepaar Europa bereisen, und ich schwöre dir, Lua, es wird im Winter sein, auch wenn die undankbaren Europäer alle davon abraten. Weißt du was? Vielleicht kann ich dich mitnehmen! Hättest du nicht auch Lust auf eine solche Reise?«

»Aber ja!«, rief Lua aus. In Wahrheit hatte sie sich so exzentrische Träume niemals gestattet. Für sie war ja die Fahrt nach Três Marias schon ein echtes Abenteuer.

Sie fuhren eine Weile schweigend weiter, jede mit ihren eigenen Gedanken beschäftigt. Jetzt, da die Sinhazinha ihr diesen Floh ins Ohr gesetzt hatte, beschäftigte auch Lua sich mit einer Reise in ein weit entferntes Land. Anders als ihre Herrin jedoch konnte sie nicht in Bildern von jener exotischen Kälte schwelgen, die sie nur aus Erzählungen kannten. Ihr drängten sich vielmehr die Szenen auf, die Imaculada in ihren Schilderungen heraufbeschworen hatte: riesenhafte Wellen, die das Segelschiff zu verschlingen drohten; rohe Matrosen, die die weiblichen Passagiere gierig anglotzten; unzählige Tote, die über Bord geworfen wurden; endlose Tage und Nächte in dunklen, stickigen Schiffsbäuchen.

»Habt Ihr denn keine Angst vor der Passage?«, fragte sie die Sinhazinha irgendwann, als diese wahrscheinlich längst in Gedanken woanders war.

»Im Gegenteil!«, rief diese. »Ich stelle mir so eine Schiffsreise grandios vor. Da hat man mit Mahagoni und Messing verkleidete Kabinen, schaut durch dicke Bullaugen auf das weite Blau des Meeres, diniert mit den anderen Passagieren und dem Kapitän ... Oh, kannst du mir mal eben den Schnürsenkel meines linken Schuhs zubinden?«

Lua bückte sich, um ihr den Wunsch zu erfüllen, was in der Beengtheit der Kutsche und bei dem Gewackel gar nicht so einfach war. Luas Ketten hingen ihr ein wenig im Weg, aber sie schaffte es, das zierliche Schühchen wieder neu zu verschnüren. Als sie ihren Oberkörper wieder aufrichten wollte, nahm sie aus dem Augenwinkel ein Funkeln unter der Sitzbank wahr. Sie bückte sich erneut und fragte: »Soll ich Euch auch den anderen Schuh noch einmal neu schnüren, sicherheitshalber?« Unterdessen suchte sie den Boden der Kutsche mit den Augen ab. Und tatsächlich: Eine glänzende, nagelneue Goldmünze lag da. Sie sah aus, als sei sie ein Vermögen wert, obwohl Lua das nicht mit Bestimmtheit sagen konnte. Sie hatte wenig Erfahrung im Umgang mit Geld.

Sie schnappte sich den Schatz und ließ ihn unauffällig in ihrer Schürze verschwinden. Doch wohl war ihr dabei nicht. Das war doch Diebstahl, oder nicht? Sollte sie der Sinhazinha nicht lieber die Münze aushändigen und dafür Lob oder sogar einen Finderlohn kassieren? Was sollte sie auch schon mit einem Goldstück anfangen? Es war ja nicht so, als würde es ihr an irgendetwas mangeln, und Ausflüge in die Stadt, um sich neue Hüte anfertigen zu lassen, gab es für sie nicht. Sie hatte die

Münze nur wenige Augenblicke in ihrer Schürze getragen, doch es kam ihr schon jetzt so vor, als habe sie ein Loch hineingebrannt. Also holte sie sie wieder hervor, tat so, als habe sie sie geistesabwesend in ihrer Hand hin und her gerollt, und sagte mit gespielter Überraschung: »Seht nur, Sinhá Eulália, was ich auf dem Boden der Kutsche gefunden habe! Gehört sie Euch?«

»Oh, Lua!«, rief Eulália aus und umarmte ihre Sklavin stürmisch.

Lua verstand nicht recht, was in sie gefahren war. Ein so phantastischer Fund war es ja nun auch wieder nicht, jedenfalls nicht in ihren Augen.

»Ich wusste, dass du nicht mit diesen Verbrechern gemeinsame Sache machst! Ach, Lua, ich bin so froh!«

»Was hat das zu bedeuten?«, fragte Lua tonlos, doch ihr schwante bereits, dass sie nur um Haaresbreite einer üblen Falle entkommen war.

Die Sinhazinha sah Lua traurig und aufgeregt zugleich an, als könne sie es gar nicht erwarten, sich endlich alles von der Seele zu reden. Es musste sie ohnehin eine schier unmenschliche Mühe gekostet haben, den perfiden Plan vor ihrer Dienerin zu verheimlichen.

»Mãe hatte diese Idee. Sie sagt, sie wüsste nicht, ob dir noch zu trauen sei, weil du nämlich neuerdings immer mit der alten Imaculada zusammenhockst und weil du auch eine von denen bist, die dem ausgepeitschten Sklaven geholfen haben. Sie sagte, du hecktest bestimmt Fluchtpläne aus, und wir sollten dich einem Test unterziehen. Also hat sie mir aufgetragen, meine Schnürsenkel schlecht zu binden und dich so dazu zu bringen, die Goldmünze auf dem Boden der Kutsche zu entdecken. Sie sagte, wenn du fliehen wolltest, könntest du jeden Centavo gut gebrauchen und würdest deshalb die Münze einstecken. Sie sagte auch, wenn sie sich täuschte und du ehrlich bliebest, indem du mir deinen Fund gibst, dann könne man wohl davon ausgehen, dass du keine von denen bist. Ich hatte es ihr gesagt, Lua, ich habe immer an deine Unschuld geglaubt!«

Lua war sprachlos. Wie hatte ihr diese kleine Verschwörung in der Casa Grande entgehen können? Wann hatten die Oliveiras sich diesen Plan überlegt? Und wie hatte sie nicht bemerken können, dass man sogar sie verdächtigte? Ausgerechnet sie, die nun wirklich alles andere als rebellisch war? Ihr traten Tränen in die Augen, ihre Nase begann zu laufen.

»Hier«, sagte Eulália und reichte ihr ein hauchzartes Tüchlein, das Lua selbst vor nicht allzu langer Zeit für sie bestickt hatte. Ihre Stimme zitterte, was Lua wiederum zu noch mehr Tränen rührte.

»Ich liebe São Fidélio, das müsst Ihr doch wissen. Es ist mein Zuhause, genauso wie es das Eure ist. Warum sollte ich fortwollen? Mir ist es immer gut ergangen«, schluchzte Lua. »Warum glaubt Eure Frau Mutter so hässliche Dinge von mir?«

»Lua, beruhige dich doch. Ich weiß, ich weiß, alles, was du sagst, weiß ich doch längst. Es ist wegen dieses Aufrührers. Er hat Unfrieden nach São Fidélio gebracht, er macht alle nervös und stiftet sie zu Dingen an, die sie sonst niemals tun würden. So wie es bei dir ja auch war.«

»Nein!«, rief Lua aus. »Es war doch nur meine Christenpflicht, dem Mann zu helfen. Ich meine, er lebte noch. Soll man ihn da einfach in ein Grab werfen? Das geht doch nicht!«

»Natürlich nicht. Aber ihr Sklaven hättet uns ja mal eine Silbe sagen können. Warum habt ihr uns nicht erzählt, dass ihr ihn in der Senzala gesund pflegt?«

»Ich weiß nicht, es, es …«, stammelte Lua. »Es war so … es kam uns falsch vor. Wir dachten, wenn Gott an ihm ein Wunder vollbringt und ihn überleben lässt, dann können wir ihn doch nicht zu einer weiteren Strafe verurteilen. Denn so wäre es doch gewesen, nicht wahr? Euer Vater hätte den tödlich verwundeten Mann in den Kerker werfen lassen, wo er ohne unsere Hilfe zweifellos gestorben wäre.«

»Hm, wahrscheinlich schon, ja«, gab die Sinhazinha zu. »Aber mein Vater ist ja auch der Senhor von São Fidélio, und ich bin die Besitzerin dieses heimtückischen Sklaven. Es oblag also uns und nur uns, zu entscheiden, wie mit ihm zu verfahren sei. Ihr wart sehr anmaßend.«

»Es tut mir leid«, sagte Lua leise. »Ihr habt recht, Sinhazinha. Es tut mir unendlich leid, und ich verspreche, dass so etwas nie wieder vorkommen wird.«

»Ich weiß, Lua. Dass du mir die Goldmünze gegeben hast, beweist ja nur allzu deutlich, was für eine ehrliche Haut du bist. Jetzt müssen wir nur noch meine Mutter von deiner Unschuld überzeugen. Sie hält dich für durchtriebener, als du es bist. Ich kenne dich von uns allen sicher am besten, und ich habe ihr immer wieder versichert, dass du ein ganz gewöhnliches, einfältiges Sklavenmädchen bist.«

Lua war erschüttert. Was wusste Dona Ines von ihr? Wusste sie, dass sie lesen und schreiben konnte? Ahnte die Senhora, dass sie sich in ihre Bibliothek schlich? Hatte sie womöglich sogar den Verdacht, dass Lua es war, die den Gefangenen im Keller Proviant gebracht hatte? Hatte sie mitbekommen, dass Lua Imaculadas Lebensgeschichte aufschrieb? Du liebe Güte, wenn das alles herauskam, würde Lua selber mit 50 Peitschenhieben rechnen müssen! Andererseits war sie nie aufsässig gewesen, hatte nie Fluchtpläne geschmiedet, war immer höflich und nett gewesen, war gefällig anzusehen und erledigte alle ihre Pflichten gewissenhaft. Was wollten sie mehr von einer Haussklavin? Lua war ihrer Herrschaft treu ergeben und wäre noch viele Jahre lang unentbehrlich auf São Fidélio. Eines

Tages würde sie vielleicht Kinder bekommen, und irgendwann, in vielen Jahren, wäre sie eine hochangesehene ältere Frau, die von den Jüngeren respektvoll *tia* Lua, Tante Lua, genannt und in wichtigen Angelegenheiten um Rat gefragt wurde. Man würde ihr vielleicht sogar eine eigene kleine Kammer zuweisen, in der sie mit ihren Kindern leben würde, und die jungen Mädchen in der Senzala würden sie sich zum Vorbild nehmen und ihr nacheifern.

So sahen Luas bescheidene Zukunftsträume aus. Ein Mann war darin bislang nicht vorgekommen. Sie verdrängte den störenden Gedanken, dass ihr Zé tatsächlich mehr bedeutete, als es ihr und den Oliveiras recht sein konnte.

12

Ich träumte oft, ich sei in Cambundi. Es waren herrliche Träume, in denen alle Menschen gut zu mir waren, meine Sprache sprachen und mit mir gemeinsam lachten. Einer dieser Träume wiederholte sich besonders oft, warum, das weiß ich nicht. Es handelte sich um eine alltägliche Szene aus dem wahren Leben, die ich tatsächlich so erlebt hatte, bis zu einem gewissen Punkt jedenfalls.
Ich war von meiner Wanderung in den Wald zurückgekehrt, mein Beutel voll mit kostbaren Kräutern, Rinden, Wurzeln und Blättern. Meine kleine Tochter schlief selig in ihrem Wickeltuch, und es erfüllte mich mit großem Glück, ihren regelmäßigen Atem auf meiner Haut zu spüren. Chilala kam mir zur Begrüßung entgegengelaufen, die dicken Ärmchen weit ausgebreitet und das Gesicht ein einziges Lachen. Meine Mutter Nzinga lief ihm schimpfend nach, doch es gelang ihr nicht, den Kleinen einzuholen. Ich wusste nicht, was er diesmal angestellt hatte, doch was es auch gewesen sein mochte, es konnte nichts wirklich Schlimmes sein, da das Gezeter meiner Mutter einen belustigten Unterton hatte.
Meine Schwester Thandeka reichte mir eine Kalebasse voll Wasser, denn ich war durstig nach dem langen Marsch. Wenig später hockten wir Frauen uns mit den Kindern um die Feuerstelle und aßen unseren Hirsebrei, den wir mit den Fingern aufnahmen. Erst am Abend, wenn die Männer heimkehrten, würde es ein reichhaltiges Mahl mit Fleisch oder mit frisch gefangenem Fisch aus dem Cubango geben. Wir starrten nach-

denklich in den Himmel und fragten uns, ob wir mit irgendetwas den Zorn der Geister unserer Ahnen herausgefordert hatten, denn es hatte schon lange nicht mehr geregnet. Man würde die Geister beschwichtigen müssen, es gab schließlich Tänze und Gesänge, die sie sanftmütig stimmten. Wenn das nicht reichte, würde man ihnen Opfer darbringen müssen: Das Blut eines Huhns war unfehlbar.

Am frühen Abend kehrten die Männer von ihrer Jagd zurück und brachten Antilopenfleisch mit. Als die Sonne tiefrot am Horizont verglühte, wurden die Affen und Vögel in den Bäumen putzmunter und ließen ihr allabendliches Geraschel hören. Die Luft duftete nach heißer Erde und dem Qualm unserer Feuerstellen. Uanhenga kam in unsere Hütte und umarmte mich zärtlich, was er vor den Augen der anderen Männer niemals getan hätte. Wir sehnten die Nacht herbei, als hätten wir uns wochenlang nicht gesehen, dabei waren wir erst am Morgen auseinandergegangen.

»Kasinda«, rief da meine Schwester Mabuuda durch die Türöffnung unserer Hütte, »komm schnell, Ngônga hat sich einen Keil ins Bein getrieben!«

Ich schnappte mir mein Bündel mit den wichtigsten Arzneien, hängte mir meine Amulette um und lief zu der Hütte des Mannes, der zwar ein begabter Bildhauer, aber auch ein bekannter Trinker war. Wir alle hatten schon damit gerechnet, dass er eines Tages im Rausch seinen Keil nicht richtig auf dem zu bearbeitenden Holz ansetzen und damit abgleiten würde. In Ngôngas Hütte befanden sich bereits seine nächsten Angehörigen sowie die alte Heilerin, als deren Gehilfin ich mich betrachtete, auch wenn ich inzwischen schon sehr gut allein zurechtkam und von den Jüngeren im Dorf lieber gerufen wurde als meine Lehrmeisterin.

In Ngôngas Hütte sah es aus, als sei wochenlang nicht mehr gefegt worden. Die Kinder des Mannes waren verschmutzt und hatten entzündete Augen, sein Weib starrte trübsinnig auf die Erde. Wir alle hatten Mitleid mit ihr, obwohl doch ein Großteil der Schuld an diesen Zuständen ihr zufiel. Hätte sie sich besser um Familie, Hütte und sich selber gekümmert, wäre ihr Mann wahrscheinlich nicht dem Palmwein verfallen. In allen benachbarten Dörfern am Cubango-Fluss waren es die Frauen, die die eigentliche Macht besaßen, und man sah ja, wohin es führte, wenn eine Frau zu schwach war.

Der Bildhauer und Schnitzer, der einige der schönsten Masken und Totems unseres Stammes angefertigt hatte, lag mit schmerzverzerrtem Gesicht im Schmutz. Der Holzkeil, den er mit Hilfe eines Hammers in weicheres Holz trieb und ihm so die gewünschte Gestalt verlieh, steckte genau in seinem Oberschenkel. Immerhin hatte es noch niemand gewagt, den Keil aus seinem Fleisch zu entfernen, denn dann wäre der Mann womöglich verblutet, bevor Hilfe kam.

An diesem Punkt nun begann mein Traum unweigerlich, sich von der Realität zu entfernen. Die alte Heilerin nämlich riss den Keil aus Ngôngas Bein, woraufhin eine hohe Fontäne Blut aus der Wunde schoss und mich besudelte. Ich selber blieb ruhig, doch plötzlich zeigten alle mit dem Finger auf mich und schrien wütend auf mich ein: »Kasinda, du hast Schande und Unglück über die Deinen gebracht! Dich werden wir den Geistern der Toten zum Opfer bringen!«

Und so geschah es. Man band mich an einen dicken Holzstamm, befestigte einen Korb daran, der mit Früchten, Honig und Palmwein gefüllt war, und ließ mich zu Wasser, um mich der Flussgöttin zu opfern. Wenn der Fluss mich mit sich riss, bedeutete das, dass die Göttin das Opfer angenommen hatte. Wenn nicht, wies sie die Opfergabe zurück, und die Dorfbewohner würden mich töten müssen. Da es so lange nicht geregnet hatte und der Fluss nur wenig Wasser führte, war ich

mir sicher, dass der Baumstamm nicht weit treiben würde. Doch ich täuschte mich. Eine unsichtbare Strömung zog mich fort, und erst sehr weit flussabwärts wurde ich ans Ufer geschwemmt. Dank des Korbes mit Lebensmitteln, die für die Göttin bestimmt waren, gelang mir das Überleben in der unwirtlichen Gegend, in der ich gelandet war.
An dieser Stelle endete der Traum immer. Nachdem ich ihn ein Dutzend Male gehabt hatte, ging mir seine eigentliche Botschaft auf: Es war mir bestimmt, zu überleben, egal wo, egal wie. Selbst als Sklavin in diesem fürchterlichen Land namens Brasilien würde ich mich irgendwie durchschlagen – wenn ich nur immer die Götter gnädig stimmte. So kam es, dass ich bald heimliche Ausflüge ans Meer unternahm, um den Wellen mein Opfer zu überantworten. Wählerisch konnte ich dabei nicht sein: Mal bündelte ich ein paar Zuckerrohre und warf sie in die Brandung, mal gelang es mir, ein Huhn zu stehlen und ihm die Kehle über dem Wasser aufzuschlitzen. Die Gelegenheiten dazu verschaffte mir der junge Senhor Sebastião. Er hatte mich zu seiner Favoritin erkoren, so dass meine Abwesenheit bei der Arbeit eher die Regel denn die Ausnahme bildete. Irgendwann geschah dann, was Samba sich für mich erhofft hatte: Ich wurde schwanger.
Anders, als meine Beschützerin Samba behauptet hatte, ließ der weiße Mann nicht von mir ab. Er war ganz vernarrt in mich, und je abweisender ich mich gab, desto verrückter wurde er nach mir. Er überhäufte mich mit Geschenken, wertlosem Zierat zunächst, den ich meinen Opfergaben beifügte, und dann zunehmend wertvolleren Gegenständen: ein Seidenband hier, ein Silberkettchen dort, sogar einen kleinen Hund aus Porzellan schenkte er mir einmal. Ich wusste nicht, was er sich dabei dachte. Wo sollte ich dieses Stück denn hinstellen? Er hatte mir mit Händen und Füßen erklärt, dass es als Schmuck für die

Behausung diente, dass man es auf einem Kaminsims drapieren konnte oder auf der Anrichte. Ich konnte mir unter beidem nichts vorstellen. In Cambundi hatte es weder Kaminsimse noch Anrichten gegeben, und in dem fremden Land war ich nie in den Häusern von Leuten gewesen, die so etwas hatten. Denn in der Casa Grande hatte ich nach wie vor keinen Zutritt. Sie erlaubten nur »gezähmten Negern«, ihr Allerheiligstes zu betreten, eine Wilde wie ich hätte ihrer Meinung nach nur Schaden angerichtet und Schmutz hereingebracht.

Ich heuchelte Dankbarkeit, wenn der junge Sinhô Sebastião mir wieder ein nutzloses Geschenk gab, erregte aber sein Misstrauen – und seine Leidenschaft –, weil ich weder Schmuck noch Seidenbänder je trug. Seine Geschenke wurden kostbarer, seine Eifersucht immer größer. Er befahl mir, jederzeit eine Kette, an der ich Schmuckanhänger befestigen sollte, zu tragen.

»Aber Sinhô Sebastião«, sagte ich, nach drei Monaten in dem schrecklichen Land schon ein paar Brocken Portugiesisch beherrschend, »wie sollen arbeit, wenn Kette in Weg.« Er missverstand mich und sorgte dafür, dass meine Fußfesseln abgenommen wurden – viel früher, als es bei meinen Mitgefangenen der Fall war.

Als meine Schwangerschaft so weit fortgeschritten war, dass man bereits eine Wölbung des Bauches erkennen konnte, fiel der fette Schwächling vor mir auf die Knie und gestand mir seine Liebe. Er bekräftigte seine Aussage mit einem großen goldenen Anhänger in Form eines Herzens. Es war mir unsagbar peinlich, meinen »Besitzer« so vor mir winseln zu sehen, und noch viel peinlicher war es mir, dass ich sein Kind in meinem Leib trug. Daheim in Ngola hätte ich mir zu helfen gewusst. Ich wäre als Kräuterkundige durchaus in der Lage gewesen, die unerwünschte Leibesfrucht zu beseitigen. Hier aber kannte ich die Pflanzen des Waldes noch nicht, ich wusste nicht, welches Kraut oder welche Blüte giftig genug war.

Die anderen Sklavinnen beneideten mich. Sie missgönnten mir die Geschenke des Senhors, sie waren neidisch auf meine Schwangerschaft und die Privilegien, die damit einhergingen, und vor allem waren sie empört über die vermeintliche Tücke, mit der ich zu Werke ging. Sie glaubten, dass ich den jungen Herrn absichtlich so kühl behandelte, um seine Glut zu entfachen. Doch dem war nicht so. Ich war nur einfach nicht imstande, mich wie eine Sklavin zu gebärden und meine Vergangenheit so mir nichts, dir nichts zu vergessen. Ich war immerhin die Tochter eines Häuptlings, die Frau eines großen Kriegers und die Mutter eines künftigen Stammesoberhauptes! Denn dass der kleine Chilala alles besaß, was ihn zu einem stolzen, weisen und geachteten Mann reifen lassen würde, daran hatte für mich nie ein Zweifel bestanden. Er hatte alles – außer einer Mutter.

Und nun sollte ich in der verhassten Fremde erneut Mutter werden, Mutter eines Kindes, das ich nicht wollte und das ich bereits jetzt hasste, obwohl es doch nichts für die Umstände seiner Zeugung konnte. Ich malte mir ein schreckliches kleines Wesen aus, das die teigige Haut seines Vaters hätte und das sich mit derselben hündischen Liebe an mich klammerte. Ich verachtete es aus tiefstem Herzen und beschwor die Geister, es spätestens bei der Geburt sterben zu lassen. Doch nichts fruchtete: Das Kind wuchs und gedieh, mein Bauch wölbte sich immer mehr, und mir ging es, jedenfalls körperlich, blendend.

Auch die Geburt verlief ohne Komplikationen. Das Baby war kerngesund, ich selbst schon nach wenigen Stunden wieder auf den Beinen. Man hatte mir das kleine Wurm an die Brust gelegt, und obwohl ich mir geschworen hatte, es weder anzusehen noch zu berühren, durchströmte mich ein warmes, tiefes Gefühl der Mütterlichkeit. Die Natur hat uns Frauen so gemacht, man kann sich nicht dagegen auflehnen. Ich wiegte es in den Armen und bewunderte es von Kopf bis Fuß. Ich hatte ein wunderhübsches Mädchen zur Welt gebracht, mit hellbrauner Haut, dichtem schwarzem Haar und schrägstehenden Katzenaugen in einem grünlichen Braunton.

Ich wusste, dass sie mir das Herz brechen würde. Ich wusste, dass ich sie nicht hätte lieben dürfen, weil man sie mir fortnehmen, sie erniedrigen, versklaven und quälen würde wie mich selbst. Aber ich konnte nicht anders. Ich flüsterte ihr Liebkosungen in meiner Sprache ins Ohr und wiederholte immer und immer wieder den Namen, den ich ihr in Erinnerung an meine Mutter gab: Nzinga. Es war außerdem der Name einer großen Königin unseres Volkes.

Als Samba beziehungsweise Jojo, wie ihr Gefangenenname ja lautete, diesen Namen vernahm, gab sie mir eine schallende Ohrfeige. »Bist du des Wahnsinns?! Dieses Kind ist die Tochter des jungen Senhors. Sie ist Brasilianerin, und du wirst einen guten katholischen Namen für sie wählen. Ich schlage vor, du nennst sie Maria das Dores. Wir können sie ja dann Dodo rufen.«

Es war natürlich alles andere als ein Vorschlag – es war ein Befehl. Ich befolgte ihn. Ich fand Dodo fast noch scheußlicher als ihren vollständigen katholischen Namen, der »schmerzensreiche Maria« bedeutete, aber ich konnte mich gegen Jojo nicht durchsetzen. Sie nannte meine Tochter bei jeder sich bietenden Gelegenheit bei diesem albernen Spitznamen, bis ihn schließlich alle verwendeten. Ich selber raunte meinem Kind so oft wie möglich seinen wahren Namen ins Ohr, genau wie ich heimlich versuchte, es die Sprache unserer Ahnen zu lehren, die Sprache freier Menschen.

Die Geburt Nzingas erhöhte mein Ansehen nicht ganz in dem Maße, in dem Samba es prophezeit hatte, denn Sinhô Sebastião war enttäuscht, dass ich ihm keinen Jungen geboren hatte. Um diesen Makel auszugleichen, gab er sich redliche Mühe, mir ein weiteres Kind zu machen. Erneut ertrug ich seine ungeschickten Fummeleien, seinen abstoßenden Körper und seine widerlichen Gelüste – er trank sogar Milch aus meiner Brust! – ohne sichtbare Regung, was ihn nur umso mehr anzufeuern schien.
Die Geburt Nzingas hatte für mich immerhin einen entscheidenden Vorteil: Ich wurde als Amme in der Senzala eingesetzt. Andere Sklavinnen, die Säuglinge hatten, mussten wieder auf die Felder oder in die Wäscherei, in die *casa da farinha* oder in die Küche, an die Zuckerrohrpresse oder auf die Gemüseäcker gehen. Ihre Kinder blieben in meiner Obhut und wurden aus meiner Brust gesäugt. Zeitweise ernährte ich allein mit meiner Milch fünf Kinder. Obwohl ich mir immer gewünscht hatte, der junge Herr Sebastião möge seiner Frau öfter beiwohnen und mich verschonen, war ich nun froh, dass er es offenbar nicht tat. Denn ich weiß nicht, was ich getan hätte, wenn ich ihr Kind ebenfalls hätte stillen müssen. Vielleicht hätte ich ihm einen bösen Geist eingehaucht oder es mit dem Fluch der Ängstlichkeit belegt.
Die Leute unterschätzen die Macht einer Amme. Sie wissen nicht um die enge Bindung, die aus dem Kontakt eines saugenden hungrigen Mündchens mit einer sprudelnden Quelle reinsten Lebenssaftes hervorgeht. Ich aber spürte sehr wohl, wie sehr die Kinder an mir hingen, wie stark sie sich von mir und meinen Launen beeinflussen ließen. Ich war ihnen mehr Mutter, als ihre leiblichen Mütter es je sein durften. Noch viele Jahre später, als meine Schützlinge zu Kindern und dann zu jungen Erwachsenen heranreiften, waren ihre Zuneigung zu mir und der Respekt, den sie mir entgegenbrachten, sehr viel

ausgeprägter als ihre Liebe zu den eigenen Müttern. Mir war klar, dass die frühe Trennung von Müttern und Kindern genau dies bewirken sollte. Wo es keinen familiären Zusammenhalt gibt, da ist der Einzelne schwach und ungeschützt den Launen seiner Herrschaft ausgesetzt. Dass aber durch das Fremdsäugen so enge Bande zwischen einer Frau und einem Kind entstehen konnten, das ahnten gewiss nur wenige. Hätten die Weißen sonst ihre Kinder den Schwarzen zum Stillen überlassen?
Denn das taten sie, diese Scheusale, die uns »Wilde« nannten. Jedes Tier war zärtlicher zu seiner Brut als unsere hellhäutigen »Besitzer«. Viel empörender noch waren jedoch die Gründe, die sie dafür hatten: Die Frauen wollten ihre Körper nicht ruinieren. Ihnen waren straffe Brüste wichtiger als glückliche Säuglinge, ist das zu fassen? In Ngola waren wir Frauen stolz auf die Male, die unsere Körper von den Geburten davontrugen. Dehnungsstreifen auf dem Bauch und hängende Brüste trugen wir wie Auszeichnungen vor uns her, denn sie waren die sichtbaren Beweise unserer Fruchtbarkeit und unserer Nützlichkeit für die Gemeinschaft. Dass ich nach vier Schwangerschaften immer noch den schlanken, festen Körper einer Jungfrau hatte, war mir damals wie eine Strafe erschienen.
Aber damit war es nun endgültig vorbei. Nach der fünften Geburt sah man mir die Mutterschaft an, und meine Arbeit als Amme sorgte dafür, dass meine Brüste anfingen zu hängen. Nach einer geraumen Weile merkte das auch der Sinhô Sebastião.
Und endlich ließ er von mir ab.

13

𝓔s vergingen mehrere Monate, in denen Lua die Gesellschaft Imaculadas mied und sich von allen Aktivitäten fernhielt, die auch nur annähernd mit aufrührerischem Gedankengut in Verbindung gebracht werden konnten. Sie wagte es kaum noch, einen Fuß in die Bibliothek zu setzen. Fernanda warf ihr vor, nicht mehr dieselbe zu sein wie früher. »Du lachst weniger, du singst abends nicht mehr mit uns und lauschst auch nicht mehr den Geschichten der Alten. Nicht einmal Mangos klaust du. Was ist mit dir? Ist es wegen Zé?«

Zé, pah! Der Kerl war schnell wieder gesund geworden. Dom Felipe und Dona Ines hatten mit dem Gedanken gespielt, ihn zu verkaufen, am besten an eine weit entfernte Fazenda, um jegliche Erinnerung an die unschöne Episode zu tilgen. Doch Sinhá Eulália hatte darauf bestanden, dass es ja ihr Sklave sei und dass sie ihn behalten wolle. Man könne ihn ja vor Gästen tanzen lassen, denn er habe eine phänomenale Körperbeherrschung. Außerdem würden die Narben auf seinem Rücken für einen schaurigen Effekt sorgen, der die Eleganz seiner tänzerischen Darbietung aufs faszinierendste betone. Lua war neu, dass die Sinhazinha zu einer solchen Argumentation überhaupt fähig war. Vielleicht hatte ihr Verlobter ihr diese Idee eingegeben, Sinhô Rui Alberto, der in wenigen Tagen auch vor aller Welt ihr zukünftiger Bräutigam wäre: Am kommenden Freitag sollte die offizielle Verlobungsfeier stattfinden.

Lua hatte Fernanda nichts von der Goldmünze und der schrecklichen Prüfung erzählt, der man sie unterzogen und die sie nur knapp bestanden hatte. Lua wusste nicht, warum sie ihr das alles verschwieg, warum sie es aller Welt verschwieg. Nicht einmal bei der Beichte war sie aufrichtig – wobei der Padre natürlich wesentlich redseliger und weniger vertrauenswürdig war als Fernanda. Vielleicht war es die Angst, sie könne gleichzeitig auch ihre Gefühle für Zé, die sie sich selbst nur widerwillig eingestand, verraten und sie dadurch irgendwie wahrer machen. Lua wollte diesen Kerl nicht lieben. Sie wollte keine Schwierigkeiten haben. Sie wollte ihr behagliches Leben auf São Fidélio nicht ändern, schon gar nicht für einen Mann, der für einen blödsinnigen Traum von Freiheit alles aufs Spiel setzte. Was wusste denn Zé schon von der Freiheit? Bestimmt nicht mehr als sie selbst. Mit anderen Worten: gar nichts.

Lua hatte bei dem Ausflug nach Três Marias, als das mit der Münze passiert war, mit ein paar Leuten von dort geplaudert, während die Sinhazinha im Herrenhaus beschäftigt war. Auf diese Weise hatte sie in Erfahrung gebracht, dass Zé hohes Ansehen unter den anderen Sklaven genoss, dass er schon seit vielen Jahren auf Três Marias gearbeitet hatte und dass er der Sohn zweier Sklaven war, die noch in Afrika geboren waren. Dieser Umstand mochte erklären, warum er sich als Häuptlingssohn betrachtete und warum er ein paar Brocken der Kimbundu-Sprache beherrschte. Aber eigentlich war er Brasilianer wie Lua. Er war Christ. Er sprach perfektes Portugiesisch. Er kannte Afrika nicht. Und er kannte die Freiheit nicht. Es war nichts weiter als eine fixe Idee.

In der Casa Grande von São Fidélio waren sie fieberhaft damit beschäftigt, alles für die Verlobungsfeier herzurichten und vorzubereiten. Es waren mehr als 150 Gäste geladen, einige davon kamen sogar aus Rio de Janeiro angereist, der zukünftigen Hauptstadt der Kolonie. Die Cidade de São Salvador, so hatte

Lua es den Gesprächen ihrer Herrschaft entnommen, war zu weit entfernt von den ergiebigen Goldminen in Vila Rica und der umliegenden Region, die man »Minas Gerais« nannte, während Rio de Janeiro mitsamt seinem großen Naturhafen für den Transport des Goldes in das Mutterland Portugal geradezu prädestiniert war. Es war zugleich eine florierende Stadt, die zunehmend am Anbau von Kaffee verdiente, so dass São Salvador da Bahia an Bedeutung verlor. Im Grunde war es Lua egal, welche Stadt nun Hauptstadt war oder nicht, und sie glaubte, dass selbst die Oliveiras es nicht so wichtig nahmen.

»Dann sind wir endlich auch die portugiesischen Bürokraten los, die die besten Ländereien für sich beziehungsweise für die Krone beanspruchen«, jubelte der junge Sinhô Manuel und begann gleich auszurechnen, mit welchen Grundstücksspekulationen man am meisten Profit machen könne.

Lua dachte bei sich, dass man ja wohl am meisten verdiente, wenn man Land in Rio de Janeiro besäße, sagte aber wohlweislich nichts. Sie war überhaupt sehr schweigsam in letzter Zeit, denn sie hatte Angst, dass man ihre vorlauten Bemerkungen nun nicht mehr mit derselben Großzügigkeit hinnehmen würde, wie es in der Vergangenheit geschehen war. Sie beobachtete Dona Ines argwöhnisch aus dem Augenwinkel und hoffte, sie dabei zu erwischen, wie sie dasselbe bei ihr tat, aber die Senhora ignorierte Lua vollständig, was diese noch mehr aus der Fassung brachte.

»Hier soll die Kapelle stehen, und direkt davor müsst ihr Platz für die Tänzer lassen«, instruierte Sinhá Eulália nun ihre Diener. »Und hier könnt ihr die Stühle aufstellen, am besten im Halbkreis.« Sie war in den großen Saal getreten, wo Fernanda, Lulu und Lua ziellos Stühle hin und her schoben. Es ärgerte Lua ein wenig, dass ihre Herrin mehr Überblick zu haben schien als sie, die sie recht gelangweilt und gedankenlos ihrer

Beschäftigung nachgegangen waren, weil die große Hitze ihren Arbeitseifer lähmte. Obwohl sie die Regenfälle des Mais und Junis hinter sich hatten, war die Luft kein bisschen frischer geworden. Es war drückend und schwül und eben so heiß, dass man sich auf die allernotwendigsten Bewegungen beschränkte.

Lulu hatte Lua seit dem Tag, an dem er sie im Keller eingesperrt hatte, in Frieden gelassen. Doch er beäugte sie argwöhnisch und wirkte wie jemand, der einen gemeinen Plan aushebt und nur noch auf den richtigen Zeitpunkt für dessen Ausführung wartet. Lulus Blicke hatten stets etwas Lauerndes. Wenn er darauf hoffte, Lua bei einer Unterlassung zu erwischen, würde er jedoch lange warten können. Sie kam ihren Pflichten vorbildlich nach und ließ sich nicht die kleinste Verfehlung zuschulden kommen.

»Hier«, sagte Sinhá Eulália an Lua gewandt, »hier sollt ihr stehen. Von hier aus habt ihr alles gut im Blick, und wenn ich merke, dass ihr nicht auf die Gäste achtet, sondern miteinander turtelt, dann setzt es was hinter die Ohren, ist das klar?«

»Ja, Sinhazinha.«

»Ihr lest den Gästen jeden Wunsch von den Augen ab, nicht wahr, Fernanda?«

»Natürlich, Sinhazinha.«

»Ihr sorgt dafür, dass alles reibungslos läuft und dass kein Gast jemals ohne etwas zu trinken ist, stimmt's, Lulu?«

»Aber selbstverständlich, Sinhazinha, Ihr könnt Euch auf mich verlassen, Sinhá Eulália.«

Lulus Antwort ärgerte Lua maßlos. Genauso gut hätte er sagen können: »Alle anderen Sklaven taugen nichts, aber auf *mich* ist immer Verlass.«

»Sehr schön«, fuhr die junge Herrin fort. »Ihr werdet nämlich besondere Festtagsgewänder anziehen, die wir dieser Tage an-

fertigen werden. Dass ihr mir also nicht kichert, wenn ihr einander anschaut oder ihr euch im Spiegel erblickt. Ihr denkt nur an eure Pflichten.«
»Sehr wohl, Sinhazinha«, antworteten die drei im Chor.

Diese »Festtagsgewänder« waren, wie sich wenige Tage später herausstellte, buntbemalte Tücher mit wilden Mustern, die die Sklaven sich umwickeln sollten. Sie sahen darin aus wie die Hottentotten, und genau das war auch der Zweck. »Wir wollen unserer Feier eine afrikanische Anmutung geben«, hatte die Sinhazinha erklärt. Passend zu den Wickelkleidern sollten die Schwarzen Turbane tragen sowie eine Menge Halsreifen, die die Bewegungsfreiheit ihrer Köpfe stark einschränkten. Die Männer sollten sich ebenfalls Tücher umhängen, und zwar so, dass sie nur auf einer Seite verknotet wurden und die andere Seite der Brust freilag. Ihre Gesichter wurden mit einer Art Kriegsbemalung verziert, und hätte man die Männer nicht zu Arbeiten eingesetzt, für die sie nun einmal beide Hände brauchten, hätte man sie sicher noch mit Speeren oder anderem Firlefanz ausstaffiert.
Obwohl sie ausdrücklich das Kichern verboten bekommen hatten, konnten sie nicht umhin, sich gegenseitig klammheimlich mit hämischen Blicken zu bedenken. Sie fühlten sich veralbert. Außerdem fiel es ihnen schwer, sich normal zu bewegen. Bei diesen Wickelkleidern hatte man andauernd das Gefühl, dass sich die Stoffbahn irgendwo löste, so dass sie an sich herumzupften und Zipfel feststeckten. Trugen die Afrikanerinnen wirklich solche Kleider? Wie gelang es ihnen bloß, sich darin wohl zu fühlen? Nun, vielleicht war es nur eine Sache der Übung. Lua würde ja einmal Imaculada danach fragen können. Himmel, nein!, fuhr es ihr durch den Kopf. Sie durfte nicht wieder mit der Alten gesehen werden, wenn sie sich von jedem Verdacht reinwaschen wollte.

Die Kapelle, die für die Tanzmusik sorgen sollte, trat ebenfalls in afrikanischer Tracht auf – oder jedenfalls in Sachen, die man dafür hielt. Es waren alles Arbeiter von São Fidélio, keine professionellen Musiker. Doch sie beherrschten ihre Instrumente sehr gut. Oft spielten sie abends vor der Senzala auf ihren primitiven *berimbaus*, *caxixis*, *agogos* und *atabaques*, und es war erstaunlich, welche Vielzahl an Tönen sie ihren selbstgebauten Trommeln und Rasseln, Saiteninstrumenten und Glocken, Flöten und Pfeifen entlocken konnten. In der Casa Grande durften sie auf kostbaren Stücken spielen, die man aus Europa importiert hatte, und trotz mangelnder Erfahrung musizierten sie sehr harmonisch auf den ungewohnten Instrumenten. Es gab im Herrenhaus zwei Violinen, ein Cello, ein Fagott und sogar ein Cembalo, auf denen man sie vor Festen gelegentlich üben ließ.

Für den afrikanischen Abend aber war es durchaus erwünscht, dass die Musiker ihre eigenen Instrumente mitbrachten und die Gäste mit Rhythmen unterhielten, die man sonst für ein wenig anstößig hielt. Dazu sollte eine Gruppe von Tänzern auftreten, angeführt von Zé. Auch sie waren als Afrikaner verkleidet, wobei das »Kostüm« mehr aus nackter Haut als aus Stoff bestand.

»Ist er nicht herrlich, mein rebellischer Sklave?«, rief Eulália entzückt aus, als sie Zé bei der Probe im Salon zusah.

»Hm, ja, er tanzt nicht schlecht«, gab Lua zu. Was hätte sie anderes machen sollen? Ihn als schlechten Tänzer verunglimpfen? Das hätte ihr niemand abgenommen, denn der Mann war ein wahrer Körperkünstler. Ihn aber zu sehr zu loben wäre ihr womöglich zu ihrem Nachteil ausgelegt worden.

»Nicht schlecht?« Die Sinhazinha verdrehte die Augen. »Er ist ein Gott, Lua! Schau nur genau hin, da, sieh dir das an. Hast du schon mal jemanden gesehen, der einen solchen Spagat im Stehen machen kann? Der ein Rad schlägt, ohne dabei seine Hände zu Hilfe zu nehmen?«

Nun musste Lua genau das tun, was sie die ganze Zeit über geflissentlich vermieden hatte. Sie betrachtete Zé und seine akrobatische Darbietung. Ihre Blicke begegneten einander. Der seine war schwer zu deuten. Es lag ein Hauch von Belustigung darin, zugleich aber strahlte er Zorn und unbändigen Stolz aus.

»Ja, er ist sehr gut«, flüsterte sie andächtig. Sie hatte die Männer der Senzala schon des Öfteren tanzen gesehen, wobei es sich, wenn kein Weißer in der Nähe war, durchaus nicht mehr nur um einen reinen Tanz handelte, sondern vielmehr um einen kunstvoll getarnten Kampf. Sie nannten ihn Capoeira. Er unterlag sehr strengen Regeln, die sie als Frau natürlich nicht kennen durfte, und er wurde immer inmitten einer *roda*, eines Kreises aus anderen Tänzern, ausgeübt, so dass man die beiden jeweils Kämpfenden – sie selber nannten sich »Spielende« – von außerhalb dieser Roda nicht beobachten konnte. Es handelte sich dabei um eine Vorsichtsmaßnahme, falls einmal ein ungebetener Zuschauer in die Nähe der Capoeiristas kommen sollte.

Lua wusste, dass die Tänzer mit gezielten Tritten und Armhieben durchaus in der Lage gewesen wären, ihren Gegner zu töten. Dass sie ihn bewusstlos treten oder schlagen konnten, hatte sie selbst schon erlebt, und dass sie einen anderen entwaffnen konnten, hatten sie an Zés erstem Tag auf der Fazenda gesehen, als er António die Peitsche fortnahm. Bei der Capoeira kam es auf Geschicklichkeit und Geschwindigkeit an, genauso wie auf Gelenkigkeit und eine Könnerschaft im Täuschen. Wem es gelang, den anderen im Unklaren über seinen nächsten Schritt zu lassen, oder ihm sogar vorgaukelte, etwas anderes tun zu wollen, als es tatsächlich der Fall war, war klar im Vorteil. Und dass Zé ein Meister in all diesen Disziplinen war, blieb niemandem verborgen, der Augen im Kopf hatte.

Es musste für Zé eine große Erniedrigung darstellen, nicht innerhalb der Roda seine Kunst ausüben zu können, sondern auf einer offenen Bühne, wo er den Weißen als »Wilder« zur Schau gestellt wurde. Er ähnelte einer gefangenen Raubkatze, die Bewegungen geschmeidig, der Blick mordlustig. Doch die Sinhazinha schien nichts davon zu bemerken, genauso wenig wie ihr auffiel, dass Zés Tanz nun zunehmend zu einer Provokation ausartete. Er bewegte die Hüften in einer obszönen Parodie des Paarungsaktes vor und zurück, und die Musiker schlugen ihre Tamburine und Trommeln dazu in einem immer schnelleren, gleichmäßigen Takt.
Hätte Lua rot werden können, wäre sie es geworden. Auch Fernanda und Lulu waren peinlich berührt, doch die Sinhazinha merkte immer noch nichts. Erst als Dona Ines in den Raum trat, angelockt von dem rhythmischen, aber unmelodiösen Getrommel, nahm das Spektakel ein abruptes Ende.
»Na, na, ganz so … ähm … animalisch muss es ja wohl nicht sein«, tadelte sie.
»Wie Ihr wünscht, Senhora«, sagte Zé mit einer formvollendeten Verbeugung, aus der grenzenlose Arroganz sprach. Wie gelang es dem Kerl bloß, sich bei aller Unterwürfigkeit noch immer einen Anstrich von Überlegenheit zu geben?
Dona Ines verließ den Raum in Begleitung ihrer Tochter, denn die Schneiderin war angekommen und hatte das Verlobungskleid mitgebracht. Lua wollte der Sinhá Eulália folgen, wie sie es seit jeher getan hatte, doch an der Tür hielt Dona Ines sie auf. »Dich brauchen wir im Augenblick nicht. Bleib lieber hier und sieh zu, dass ihr pünktlich fertig werdet. Am Nachmittag kommt der Dekorateur aus Salvador, und bis dahin müssen alle Möbel so stehen, wie sie es bei dem Fest tun sollen, damit der Mann die Girlanden an den richtigen Stellen befestigt.«

Ein Dekorateur – alle Achtung! Lua wusste, dass es solche Spezialisten gab, hatte bisher jedoch noch nie einen leibhaftig gesehen. Bei den Festen, die sie bisher auf São Fidélio miterlebt hatte, waren die Sklaven es gewesen, die aus Blumen, blühenden Zweigen, Krepppapier und Satinbändern die Dekoration gemacht hatten.

Lua knickste, drehte sich um und ging schnell wieder in den Salon zurück, um ihre Dienstbeflissenheit zu zeigen. Obwohl sie neugierig auf das Kleid der Sinhá Eulália war und obwohl es sie ein wenig ärgerte, dass man ihren Raumschmuck nicht für gut genug befand und einen Dekorateur anreisen ließ, jubilierte sie innerlich: Endlich einmal würde sie sich Zés Tanz ansehen dürfen, ohne den lauernden Blicken ihrer Herrschaft ausgesetzt zu sein.

Doch Zé tanzte schon nicht mehr. Die Kapelle spielte zwar noch, so dass man außerhalb des Salons glauben musste, die Probe ginge weiter, aber Zé und auch die anderen Tänzer waren von dem Podest gesprungen, das die Bühne darstellte. Zé schlenderte lässig durch den Salon und betrachtete schmunzelnd die Einrichtung. Soviel Lua wusste, war er als Feldsklave nie zuvor in dem Herrenhaus gewesen, so dass ihm all die Gemälde sowie die mit Silber und Porzellan gefüllten Vitrinen exotisch vorkommen mussten. Er blieb vor einer Bodenvase stehen, die ihm beinahe bis zu den Hüften reichte, und strich vorsichtig über ihren gezackten Rand.

»He, du dreckiger Feldneger«, rief da Lulu, »lass deine Finger gefälligst von der Kristallvase der Sinhá Ines!«

Zé zuckte nicht zusammen, er blickte nicht einmal auf. Er fuhr seelenruhig in der Bewunderung dieses erlesenen Stücks fort, das sie anlässlich der Feier mit blühenden Ipê-Zweigen füllen würden – sofern der Dekorateur nicht andere Wünsche hatte.

Lulu ärgerte sich über Zés offensichtliche Missachtung seiner Autorität, doch er hatte nicht den Mumm, ihn schärfer anzugehen. Es mochte Zés höheres Alter sein, vielleicht aber auch seine Ausstrahlung von Stärke und Stolz, die Lulu daran hinderte, den Rangniederen von seinem respektlosen Tun abzuhalten. Lua hatte einen kurzen Moment lang sogar Mitleid mit Lulu, der ohne Gesichtsverlust nun nicht mehr aus dieser Sache herauskäme. Er musste sich durchsetzen, vermochte es jedoch nicht. Also schritt Lua ein.
»Zé, bitte rühr hier nichts an. Wenn irgendetwas kaputtgeht, werden wir Haussklaven dafür bestraft.«
Er bedachte sie mit einem halb spöttischen, halb anzüglichen Blick, bei dem ihr die Knie wankten, so klein und armselig kam sie sich plötzlich vor und zugleich so weiblich und begehrenswert. Immerhin ließ er von der Kristallvase ab. Dann trat er nahe an Lua heran, beugte den Kopf und flüsterte ihr ins Ohr: »Danke.«
Sie war ziemlich irritiert. Bedankte er sich etwa dafür, dass sie ihm Anweisungen erteilte, wie er sich in der Casa Grande zu benehmen hätte? Was sollte das? Offenbar war Lua ihre Ratlosigkeit anzusehen, denn nun schritt Lulu energisch auf Zé zu und schrie ihn an: »Du Mistkerl! Lass Lua in Frieden, oder du bekommst es mit mir zu tun!«
Zé hob nur eine Augenbraue, doch es lag eine unmissverständliche Drohung in dieser kleinen Geste. Fernanda grunzte leise vor sich hin, und als Lua zu ihr hinübersah, bemerkte sie, dass ihre Freundin einen Lachanfall unterdrückte. Lulu war einen Schritt vor seinem Widersacher zurückgewichen und warf Fernanda wütende Blicke zu. Dann verließ er den Raum.
Lua hoffte für ihn, dass er das Gelächter nicht mehr hörte, das ihm und seinem peinlichen Auftritt galt. Fernanda und Lua waren ganz außer sich vor Erheiterung, sie lachten, bis ihnen

die Tränen hinunterliefen. Bei Lua löste das Lachen zugleich die Anspannung, die Zés vielsagende Blicke in ihr ausgelöst hatten.

Lua versuchte, einen unauffälligen Blick auf ihn zu erhaschen und zu erkennen, was er von ihrem Gelächter hielt. Die Vorstellung, er würde es kindisch finden, war ihr schrecklich. Als sie ihn ansah, trafen ihre Blicke sich. Er beobachtete sie. Diesmal wendete sie den Blick nicht sofort ab, sondern starrte ihn genauso unverschämt an, wie er es bei ihr tat. Ein Lächeln huschte über sein schönes Gesicht, das schließlich immer breiter wurde, bis sich seine Lippen öffneten, eine makellose Zahnreihe entblößten und ein tiefes, grollendes, warmes Lachen aus seinem Mund drang.

Lua war so hingerissen von diesem Anblick, dass sie erst zu spät die Ankunft der Sinhá Eulália im Salon bemerkte und ihr nicht augenblicklich die Aufmerksamkeit schenkte, die das neue Kleid erforderte.

Aber was war schon das schönste Kleid der Welt gegen diesen unglaublichen Zé?

14

»Lua, du musst aufpassen. Das Ganze kann einfach nicht gutgehen. Männer wie Zé bringen nichts als Ärger, glaub mir. Am besten schlägst du ihn dir aus dem Kopf.« Fernandas Ratschläge, die sie Lua am Abend vor der Verlobungsfeier erteilte, empfand Letztere als überaus lästig. Wie kam ihre Freundin dazu, sich als ihre Beschützerin aufzuspielen?
»Woher willst du wissen, was ich von Zé halte? Du kannst doch nicht ernsthaft glauben, ich wollte mit einem Feldsklaven anbändeln?«, erwiderte Lua scharf.
»Das sieht man doch von weitem, dass der ein Auge auf dich geworfen hat. Neulich bei der Probe, da hat er dich ja beinahe aufgefressen ...«
»Da gehören immer noch zwei dazu.«
»Also ehrlich, Lua, bei dir fehlte auch nicht mehr viel, und du wärst über ihn hergefallen.«
»Fernanda, du darfst nicht immer von dir auf andere schließen. Ich bin nicht so ein loses Frauenzimmer wie du.« In dem Moment, in dem ihr die Bemerkung herausgerutscht war, bereute sie sie auch schon. Ihre beste Freundin als »loses Frauenzimmer« zu bezeichnen war unverzeihlich. Zum Glück ging Fernanda darüber hinweg, als hätte Lua nie etwas Unfreundliches über sie geäußert.
»Nun, ein wenig mehr Spaß im Leben, vor allem mit den Männern, könnte dir jedenfalls nicht schaden«, sagte sie schnippisch. »Aber nicht mit diesem Kerl. Such dir einen anderen und vergnüge dich mit ihm – dann ist Zé ganz schnell verges-

sen. Was ist zum Beispiel mit Lulu? Der Junge ist ganz verliebt in dich, und bei allen Schwächen ist er doch ein hübscher und schlauer Bursche, noch dazu ein Haussklave. Oder Luca, wäre der nichts für dich?«

Lua schüttelte voller Widerwillen den Kopf. »Hör auf damit, Fernanda! Ich will keinen von denen, das weißt du doch.«

»Aha. Du willst nur Zé, ich hab's doch gewusst!«

»Nein! Du drehst mir das Wort im Munde um. Ich will gar keinen. Jedenfalls jetzt noch nicht. Irgendwann einmal taucht schon der Richtige auf.«

Lua wusste nicht, warum sie so vehement abstritt, dass Zé ihr gefiel. Fernanda konnte ja eh ihre Gedanken lesen, und selbst wenn sie dies nicht gekonnt hätte, war sie doch ihre Freundin und verdiente es, eingeweiht zu werden. Noch vor gar nicht langer Zeit hatten sie sogar gemeinsam die Rückkehr der Feldarbeiter beobachtet, um einen Blick auf Zé zu erhaschen – und nun tat Lua so, als ließe er sie kalt. Das war völlig unsinnig, dennoch konnte sie nicht anders. Es war so, als würde ihre Faszination für Zé irgendwie öffentlicher und dadurch wahrer werden, wenn sie über ihre Gefühle sprach.

»Leugnen hat gar keinen Zweck«, las Fernanda ihre Gedanken. »In Wahrheit ist es doch so, dass du unter deinem jungfräulichen Zustand leidest und endlich auch einmal wissen willst, was es mit dem Paarungsakt auf sich hat. Und dafür hast du dir nun Zé auserkoren.«

»Nein!« Diesmal war Luas Empörung echt. Sie würde niemals so nüchtern an diese Sache herangehen, würde nicht aus bloßer Neugier einen Akt vollziehen, der nicht umsonst Liebesakt hieß. Mochte Fernanda die Vereinigung zweier Menschen als Paarung betrachten – für Lua hatte sie mit Liebe zu tun. Natürlich war sie gespannt, wie das Zusammensein mit einem Mann sich anfühlte, und, ja, sie litt unter ihrer Jungfräulichkeit,

die ihr von allen Seiten Spott einbrachte. Aber sich deshalb dem Nächstbesten hinzugeben, das kam gar nicht in Frage.
Mit Zé hingegen konnte sie es sich schon vorstellen. Nun ja, nicht alles, aber von einem Kuss und einer zärtlichen Umarmung hatte sie bereits geträumt. Auch wie er ihr mit seiner schönen Stimme Liebkosungen ins Ohr hauchte, hatte sie sich ausgemalt. In den wenigen Momenten des Tages, in denen sie sich Tagträumereien erlauben konnte, hatte sie sich forttragen lassen vom Gedanken an die wunderbaren Dinge, die er mit ihr machen würde. Sobald ihr Verstand dann wieder die Oberhand gewann, hatte sie sich aber stets eine dumme Ziege gescholten. Der Bursche hatte kaum drei Sätze mit ihr gewechselt – wie zum Teufel kam sie auf die Idee, er könne sich zu ihr hingezogen fühlen?
Als dann geschah, wovon zu träumen Lua kaum gewagt hatte, war sie vollkommen überrumpelt. Es war in der Nacht der Verlobungsfeier. Viele Gäste waren schon gegangen, die verbliebenen waren durchweg angeheitert, was auch auf die Gastgeber zutraf. Man hatte sich um den großen Tisch im Speisesaal gruppiert. Vor jeder der rund zwanzig Personen stand eine ganze Batterie an Gläsern. Weingläser, Schnapsgläser, Sherrygläser, Cognacgläser – die meisten davon geleert. Als Lua einige davon abräumen wollte, hielt Sinhá Eulália sie davon ab. »Lass die Gläser hier stehen, Lua, die brauchen wir noch«, lallte sie und kicherte. Also verzog Lua sich wieder. Sie war müde und wünschte sich nichts weiter, als dass die Runde sich endlich auflöste und sie sich schlafen legen konnte. Aber sie musste warten, bis die letzten Gäste gegangen waren beziehungsweise ihre Zimmer aufgesucht hatten, denn einige übernachteten auf São Fidélio.
Lua setzte sich auf die Stufen vor der Küchentür, die hinaus zum Obstgarten führten. Die Nacht war wunderschön. Es ging

eine leichte Brise, die zwar aufgrund der großen Hitze nicht sonderlich erfrischend war, die aber die Palmen und Obstbäume zum Rascheln brachte, während der Mond zauberhafte Muster auf die glänzenden, sich im Wind wiegenden Blätter zeichnete. Die schweren, süßen Düfte von Nachtjasmin und Engelstrompeten vermischten sich mit dem Aroma der feuchten Erde, ein betörendes und sinnliches Geruchserlebnis. Sie schloss die Augen und atmete tief ein.

Sie war so erschöpft, dass sie wohl an Ort und Stelle eingenickt wäre, wenn sie nicht plötzlich ein Kitzeln am Ohr gespürt hätte. Sie schrak auf und wollte schon mit der Hand nach dem Insekt oder der Spinne schlagen, als ihre Hand abgefangen wurde.

»Keine Angst, Lua.«

Es war Zé. Lautlos hatte er sich an sie herangeschlichen, und zwar so nah, dass sie trotz der Dunkelheit die einzelnen Schweißperlchen auf seiner Oberlippe hätte zählen können.

»Es ist schwer, dich allein anzutreffen«, flüsterte er.

»Ich muss auch gleich wieder reingehen.« Lua schämte sich augenblicklich für ihre dumme Antwort. Was hatte dieser Mann nur an sich, dass sie sich für alles, was sie tat, sagte oder sogar dachte, genierte? Sie war sonst kein sehr schüchterner Mensch, und auch als besonders gehemmt konnte man sie eigentlich nicht bezeichnen.

»Warte noch einen Moment, bitte.« Zé hielt weiterhin ihre Hand, über deren Innenfläche er nun mit seinem Daumen strich. Es war eine sanfte Berührung, obwohl seine Hand riesig und voller Schwielen war. »Ich möchte mich bei dir bedanken.«

»Wofür?«, rutschte es ihr heraus, und abermals schämte sie sich für die blöde Frage. Er schuldete ihr in der Tat Dank, sowohl für die Pflege, die sie ihm hatten angedeihen lassen, als

auch dafür, dass sie zuvor Lebensmittel in den Keller gebracht hatte. Sie zuckte mit den Achseln und fuhr fort zu sprechen, bevor er ihr antworten konnte. »Ach, ist ja auch egal. Du schuldest mir nichts. Immerhin habt ihr mich ja auch nicht verpfiffen, nachdem ich euch im Keller besucht habe.«
Lua erwartete, dass er seine eigene Leistung mit irgendeiner Geste als geringfügig abtat oder dass er ihr erklärte, was sich damals unter den vier Gefangenen zugetragen hatte. Doch nichts dergleichen geschah. Stattdessen sah Zé sie durchdringend an und schwieg. Sein Blick war schwer zu deuten. Sie vermeinte Zuneigung darin zu erkennen, aber es hätte genauso gut gelangweilte Höflichkeit sein können, was sie erneut aus dem Gleichgewicht brachte. Also plapperte sie weiter, wohl wissend, dass sie ihre Nervosität damit nicht tarnte, sondern sie im Gegenteil verriet.
»Na ja, ich habe mich schon ein wenig gewundert, dass von vier Männern keiner geredet hat. Ich meine, dich haben die anderen ja anscheinend auch verraten, oder nicht? Du hast uns ja nicht eine Silbe über das erzählt, was in eurer Gefangenschaft vorgefallen ist, also haben wir es uns selber zusammengereimt. Aber weißt du, seitdem stehe ich unter ständiger Beobachtung unserer Herrschaft, und es wäre nicht so gut, wenn ich mit dir zusammen gesehen werde, deshalb …« Damit wollte sie sich erheben, um wieder ins Haus zu gehen. Doch Zé hielt sie an der Hand fest und zog sie wieder auf die Stufe hinab, auf der er ebenfalls Platz genommen hatte. Er schwieg nach wie vor, aber plötzlich umfasste er ihre Wangen mit beiden Händen, sah ihr tief in die Augen und zog ihr Gesicht zu seinem heran.
Lua hielt die Luft an. Würde er sie nun küssen? Sie schloss die Augen und bot ihm ihre halb geöffneten Lippen dar, aber er hauchte nur einen Kuss auf ihre Mundwinkel. »Du bist sehr

schön, Lua«, flüsterte er. »Und sehr mutig. Triff mich morgen Abend am Flamboyant-Baum.«
Bevor sie zu einer ablehnenden Antwort auch nur ansetzen konnte, war Zé bereits in der Dunkelheit verschwunden. Zeit, das Geschehene überdenken zu können, blieb ihr keine. Von drinnen hörte sie die sich überschlagende Stimme der Sinhazinha, die offenbar auf der Suche nach ihr war. Wahrscheinlich fand sie in ihrem angetrunkenen Zustand den Weg in ihr Zimmer nicht mehr.

Der nächste Tag war ganz mit Aufräumarbeiten ausgefüllt. Lua war fahrig und in Gedanken weit weg, aber diesmal fiel es niemandem auf. Sowohl für die Oliveiras und ihre Übernachtungsgäste als auch für die Sklaven gab es nur ein einziges Gesprächsthema, nämlich das gelungene Fest. Die Weißen äußerten sich lobend über die afrikanische Aufmachung von Personal, Kapelle und Tänzern – »Man sollte die Neger immer in solche Sachen stecken, es steht ihnen einfach besser« war die einhellige Meinung. Das Buffet, die Musik und Zusammensetzung der Gäste hatten großen Anklang gefunden, aber zu wahren Begeisterungsausrufen animierte vor allem die Dekoration.
Der Dekorateur war ein freier Schwarzer aus Salvador, eigentlich ein Maler und Bildhauer, der aber erst mit seinen Dekorationsideen zu lokalem Ruhm gelangt war, nachdem er eine Kirche für eine Hochzeit grandios ausgeschmückt hatte. Auf São Fidélio hatte er ebenfalls ganze Arbeit geleistet, das musste man wirklich zugeben. So schön hätten die Haussklaven die Räume nicht hinbekommen. Was Lua an dem Mann besonders faszinierte, war jedoch sein Status als Freier. Er war gut gekleidet und trug Schuhe, ein sicheres Merkmal dafür, dass er keinem Herrn diente. Und er benahm sich auch kein bisschen unterwürfig. Er hatte ein selbstbewusstes Auftreten und schien

mit seiner Arbeit gut zu verdienen. Gern hätte sie ihn gefragt, wie er es so weit geschafft hatte, doch die beiden Damen des Hauses scharwenzelten pausenlos um den Mann herum, so dass sich keine Gelegenheit ergab, mit ihm zu sprechen.

Unter den Schwarzen indes war das Hauptthema die Geschenkeflut, mit der die Verlobten bedacht worden waren. Während Fernanda, Lulu und Lua Möbel rückten und die Putzmädchen zwischen ihren Beinen auf dem Boden herumrutschten, um nur ja keine Weinpfütze und keinen Aschekrümel zu übersehen, erörterten sie ausgiebig die Dinge, die sich auf dem Geschenktisch befanden. Da gab es Silberrähmchen und Marmordöschen, Porzellanfigurinen und Alabastervasen, Seidenbrücken und Kerzenleuchter. Es handelte sich durchweg um kostbare Stücke, aber nicht ein einziger nützlicher Gegenstand befand sich darunter. Erst bei der Hochzeit würden die Gäste Dinge für den künftigen gemeinsamen Hausstand des Paares mitbringen, vor allem Porzellangeschirr und Silberbesteck. Doch zur Verlobung gab es nichts als Zierat und Nippes, der ihrer Herrschaft nicht viel wert war, in den Augen der Sklaven jedoch den Gipfel an Eleganz und Vornehmheit darstellte.

»Hast du diese Etagere gesehen?«, fragte Fernanda in andächtigem Ton. »Diese zarten Blumenranken, der edle Goldrand … ach, ich würde mein linkes Bein geben für so ein Stück!«

»Und was würdest du darauf präsentieren? Bohnen und Reis?« Diesmal war Lua eindeutig die Vernünftigere von ihnen beiden. So war es übrigens immer, wenn es um Accessoires ging, die mit Gold verziert und filigran gearbeitet waren – da setzte Fernandas gesunder Menschenverstand aus. »Und dann würdest du das Arrangement unter deiner Hängematte in der Senzala aufbauen, gleich auf den derben Holzplanken …«

»Ist ja gut, ich habe dich schon verstanden«, wehrte Fernanda sich. »Trotzdem ist es ungerecht, dass die Sinhazinha solche

Sachen geschenkt bekommt und sie dann in der hintersten Ecke der Anrichte verschwinden lässt, während wir, die wir so feine Dinge zu würdigen wissen, in unserem ganzen Leben niemals so etwas besitzen werden.«

Lua riss die Augen auf und starrte Fernanda so durchdringend an, bis sie begriff. Es war gefährlich, solche Reden zu führen. Es war auch so gar nicht ihre Art. Sicher, sie hatte schon oft Dinge begehrt, die sie nicht haben konnte, doch niemals zuvor hatte Lua sie in diesem Zusammenhang das Wort »ungerecht« benutzen hören. Lange setzte sie sich mit dieser verwirrenden Veränderung in Fernandas Wesensart allerdings nicht auseinander. Auch die Vielzahl der Geschenke sowie die Pracht der Garderoben am vorigen Abend – ihr zweitliebstes Thema – fesselten Lua nicht so sehr, wie es ihre Begegnung mit Zé tat. Wohlweislich hatte sie diese für sich behalten. Fernanda würde doch nur wieder auf ihr herumhacken, und außer ihr erschien Lua niemand vertrauenswürdig genug, um ihm ihre zwiespältigen Gefühle zu schildern.

Sie sehnte den Abend und die neuerliche Begegnung mit Zé herbei. Ihr war klar, dass vielleicht nur wieder ein enttäuschendes Gespräch von der Art stattfand, wie es bei ihrem ersten Treffen der Fall gewesen war. Womöglich traktierte Zé sie wieder mit politischen Parolen, vermischt mit afrikanischem Stammesfirlefanz – von beidem wollte Lua nichts wissen. Umso mehr jedoch wünschte sie sich Komplimente, wie Männer sie Frauen nun einmal zu machen pflegten, träumte sie von einem echten Kuss, erhoffte sich sehnsuchtsvolle Blicke. Sie wollte Zé nahe sein, und ja, wenn dies beinhaltete, dass sie sich ihm hingab, wäre sie auch dazu bereit. Ihre Jungfräulichkeit wurde langsam zu einem lästigen Hindernis. Sie, die doch sonst über so viel mehr Wissen und Bildung verfügte als die meisten anderen Sklaven, wusste über dieses wichtige Thema

nicht mehr als ein kleines Mädchen. Das ging so nicht weiter.
Es gelang Lua, den arbeitsreichen Tag zu überstehen, ohne ihre Aufregung zu verraten, indem sie etwa einen Teller zerbrach oder eine Vase fallen ließ. Es gelang ihr ebenfalls, sich abends in der Senzala noch ein wenig hübsch zu machen, ohne dass jemand etwas davon mitbekam. Sie zog frische Kleidung an, kämmte ihr Haar und besprenkelte ihr Dekolleté mit ein wenig Kölnisch Wasser – für Lua der Inbegriff feiner Lebensart –, das ihr vor Monaten die Senhora geschenkt hatte, weil der Flakon eine Kerbe hatte und ohnehin nur noch zu einem Viertel gefüllt war.
Die meisten anderen Sklaven hatten sich um eine Alte geschart, die Schoten aus ihrer Jugend zum Besten gab, reich gespickt mit schaurigen Anekdoten von Boas, Jaguaren und Krokodilen. Alle waren so gefesselt von den Erzählungen, dass keiner Luas Weggehen bemerkte.
Sie huschte vorsichtig über den Hof, warf dem Wachhund ein Stückchen Speck zu, das sie vorher wohlweislich aus ihrem Eintopf gefischt hatte, und kam unbehelligt bis zum Flamboyant-Baum. Auf dem Gutshof und in dessen unmittelbarer Umgebung konnte man sich einigermaßen frei bewegen. Erst wenn man in die Nähe der Grundstücksgrenzen kam, wurde es brenzlig, denn dort patrouillierten regelmäßig Wachen mit abgerichteten Hunden. Wer es dennoch schaffte, diese Hürde zu überwinden, der fand sich entweder am offenen Meer oder in undurchdringlichem Urwald wieder – beide voller Gefahren für das menschliche Leben. Oder er lief geradewegs auf das Gebiet der Nachbarfazenda, wo die Bewachung sehr viel schärfer war als auf São Fidélio. Die Chancen, unbeschadet zu entkommen, waren verschwindend gering, die Strafen dagegen streng. Also versuchten es erst gar nicht viele. Die Fälle von

Flüchtigen, die man sofort wieder eingefangen und hart bestraft hatte, waren sehr viel zahlreicher als die der erfolgreichen Ausreißer. Dennoch gab es sie, und man erzählte sich hinter vorgehaltener Hand abenteuerliche Geschichten über deren Geschicke in der Freiheit.

Zé stand lässig an den Baum gelehnt und beobachtete Lua. Sofort fühlte sie wieder diese beunruhigenden Selbstzweifel. Sah sie gut aus? Bewegte sie sich graziös genug? Merkte man ihr ihre Nervosität an? Keine Sekunde fragte sie sich, ob umgekehrt er gut genug aussähe.

Sie blieb eine Armlänge von ihm entfernt stehen. »Olá«, begrüßte sie ihn.

»Du hast das gar nicht nötig, das Duftwasser der Weißen zu benutzen«, sagte er statt einer Begrüßung. »Die Weißen stinken, sie brauchen das. Wir nicht. Außerdem merken so die Tiere des Waldes schon von weitem, dass man sich nähert.«

Lua verdrehte die Augen. Das begann ja wirklich toll. Ihre übelsten Vorahnungen bestätigten sich: Er würde ihr Vorträge über die Freiheit und über die Überlegenheit der afrikanischen Völker halten.

»Ich bin froh, wenn die Tiere frühzeitig merken, dass ich mich nähere. Dann können sie die Flucht ergreifen.«

Zé lachte leise in sich hinein.

»Im Übrigen habe ich nicht vor, mich in den Wald zu begeben, schon gar nicht in der Dunkelheit. Und hier auf São Fidélio können die Hühner, Ziegen, Pferde, Kühe, Schweine, Hunde, Katzen, Mäuse, Ratten, Vögel und Insekten sich ja gern über meinen Geruch beschweren.« Sie redete sich in Rage. Sie fand es unerhört, dass Zé sie mit beleidigenden Worten empfing. »Ich denke, es war keine gute Idee hierherzukommen.« Damit drehte sie sich um und stapfte davon. Mit Mühe musste sie die Tränen zurückhalten.

Zé lief ihr nach und hielt sie am Arm fest. »Es tut mir leid, Lua. Ich wollte dich nicht kränken. Du siehst wunderhübsch aus … vor allem, wenn du so wütend bist. Bitte bleib noch ein wenig.«
Sie löste ihren Arm aus seiner Umklammerung. »Weißt du was, Zé? So attraktiv und charmant kannst du gar nicht sein, dass ich mich dafür mit dir einlassen würde. Du bist ungehobelt und dreist. Du hältst dich für etwas Besseres, als adelten dich deine afrikanische Abstammung und dein Streben nach Freiheit. Aber was ist daran schon so Besonderes? Von Freiheit träumen viele, und afrikanische Ahnen haben wir alle.«
»Ach?« Es war keine Frage, eher eine triumphierende Bestätigung, als habe er sie bei einem Fehler ertappt. »Und ich dachte, du hieltest dich für eine ›weiße Negerin‹.«
»Quatsch!«, zischte Lua. Aber im Grunde hatte er recht. Sie hätte sich niemals mit den »schwarzen Negern« vom Schlag einer Imaculada über einen Kamm scheren lassen – bis gerade eben.
»Umso besser …«, raunte er vielsagend, legte die Arme um sie und zog sie fest zu sich heran. Lua reichte ihm nur bis zur Schulter, und diese war breit und stark und dergestalt, dass sie nicht die Kraft aufbrachte, sich gegen diesen plötzlichen Überfall zu wehren. Zés Hände fuhren an ihrem Rücken hoch, verharrten einen Moment zwischen ihren Schulterblättern und bewegten sich dann weiter hinauf zu ihrem Nacken. Seine Berührung war fest und sanft zugleich, und Lua wurde davon ganz heiß und schwummerig. Er beugte seinen Kopf zu ihrem hinab und hauchte etwas in ihr Ohr, das ihr wie der süßeste Liebesschwur erscheinen wollte, so sinnlich kitzelte sein Atem auf ihrem Ohrläppchen, und so samtig war seine Stimme. Es dauerte einen Augenblick, bis das, was er gesagt hatte, zu ihrem Gehirn vordrang: »Komm mit mir, Lua. Lass uns frei sein, frei, uns zu lieben.«

Sie fasste es nicht. Noch in einem so intimen Moment brachte der Kerl es fertig, ihr mit seiner blöden Freiheit zu kommen! Schweren Herzens wand sie sich aus seiner Umarmung. »Nein«, sagte sie so bestimmt, wie es ihr möglich war. »Nein – ich gehe nirgendwo mit dir hin. Und ich will auch gar nichts über deine Fluchtpläne wissen. Wenn du es wagen willst, dann tu es, aber lass mich aus der Sache raus. Und wenn du vorhast, zu fliehen, dann verschone mich bitte auch mit deinen Annäherungsversuchen. Wir hätten ja doch keine Zukunft. Also, Zé: Leb wohl.« Damit drehte sie sich um und lief mit Herzklopfen zurück in Richtung Senzala.
Tränen liefen ihr übers Gesicht, und in all ihrer Trauer über die Unerfüllbarkeit ihrer Träume war sie zumindest über eines froh: dass Zé sie nicht weinen sah.

15

Lua schluchzte und hörte darum die Schritte nicht, die sich ihr näherten. An der südlichen Ecke der Senzala holte Zé sie ein.
»Warte, Lua«, raunte er in dringlichem Ton. Er griff fest nach ihrem Arm und zwang sie so, stehen zu bleiben.
»Wir haben uns nichts mehr zu sagen, Zé.«
»Oh, ich glaube doch«, flüsterte er und zog sie näher zu sich heran. »Wie wäre es zum Beispiel hiermit?« Er beugte seinen Kopf herab und legte seine Lippen auf ihre.
Lua leistete keinen nennenswerten Widerstand. Wie auch? Sie war überwältigt von der Süße seines Kusses, von der Weichheit seiner Lippen, von der Leidenschaft seiner Umarmung. Es war das, was sie sich ersehnt hatte, und es war genau so, wie sie es sich in ihren Tagträumen vorgestellt hatte. Ein wenig zögerlich erwiderte sie seine Zärtlichkeiten. Sie schlang die Arme um seine Taille und wagte es sogar, ihre Hand an seinem Rücken hinaufwandern zu lassen. Unter dem dünnen Hemd ertastete sie jeden Muskel, und die Beschaffenheit seines Körpers – fest und doch geschmeidig – ließ sie erzittern. Sie hatte noch nie einen Mann so berührt. Und sie hatte noch nie einen Mann so nah an sich herangelassen wie ihn.
Zé drückte sie fest an sich, so dass ihre Beine und Unterleiber sich durch die Kleidung hindurch berührten. Lua war erregt und zugleich ganz gelassen. Heute würde es passieren. Ihre anfängliche Ablehnung war ebenso schnell dahingeschmolzen, wie ihre Lust sich steigerte. Sie wollte ihn, jetzt. Selten zuvor war sie sich einer Sache so sicher gewesen.

»Komm mit«, flüsterte er mit rauher Stimme. Er rückte ein wenig von ihr ab und nahm sie bei der Hand. »Hier kann jederzeit jemand vorbeikommen. Ich weiß einen besseren Ort.«
Lua ließ sich bereitwillig führen. Welcher Ort das wohl wäre? Sie war der Meinung, São Fidélio besser als die meisten anderen zu kennen, aber ein Platz, an dem man wirklich ungestört wäre und der zugleich nicht nach Stall oder Hühnerpferch roch, wollte ihr nicht einfallen.

Sie schlichen an der Senzala vorbei, huschten über den Hof und bestachen den Hund mit einem weiteren Stück Fleisch, das Zé in ein Tuch eingewickelt in der Tasche dabeihatte. Dann liefen sie zur Casa Grande. Luas Herz blieb fast stehen, und sie hielt kurz inne. Doch Zé zog sie weiter, die Stufen zur Veranda hinauf.

»Das können wir nicht machen!«

»Warum nicht? Es ist kein Mensch da, die werten Senhores scheinen schon zu Bett gegangen zu sein, und dass andere Sklaven uns hier behelligen, halte ich für unwahrscheinlich.«

»Du bist verrückt.«

Er lachte leise in sich hinein.

»Es ist außerdem der schönste Ort weit und breit, wie geschaffen dafür, ein schönes Mädchen im Mondschein zu küssen.«

O Gott. All ihre Gelassenheit war dahin. Wenn nun jemand von den Oliveiras nach draußen käme? Oder jemand beschloss, sich noch ein bisschen im Salon aufzuhalten, und die großen verglasten Türen öffnete, um die milde Nachtluft hineinzulassen? Sie war vor Angst wie versteinert.

»Keine Sorge, meine Mondschöne«, hauchte Zé ihr ins Ohr. »Es wird uns niemand entdecken.« Sein Atem kitzelte sie, das Timbre seiner Stimme hallte in ihrem Kopf wohlig nach.

Er zog sie in die dunkelste Ecke der Veranda. Willenlos ließ sie sich von ihm an die Mauer pressen, die von der Hitze des Tages noch ganz warm war. Es duftete intensiv und süß, die Luft umschmeichelte sie wie Seide. Dennoch vernahm Lua irgendwo in ihrem Innern die Stimme der Vernunft, die ihr davon abriet, sich Zé hier und jetzt hinzugeben: Er würde sicher bald fort sein, und für ein kurzes Abenteuer war sie sich zu schade. Die Stimme der Sinnlichkeit wiederum riet ihr, zu bleiben, gerade weil Zé bestimmt in Kürze einen weiteren Fluchtversuch wagen würde, und dann käme die Gelegenheit so bald nicht wieder. Im Übrigen hätte sie dann die schöne Erinnerung, von der sie würde zehren können.

Zés Mund fand den ihren. Sie hatte den Kopf in den Nacken gelegt und die Lider nur einen winzigen Spaltbreit geöffnet. Seine Lippen flatterten über die ihren, tauchten dann hinab, wie es ein Kolibri bei einer Blüte tut, um dann wieder darüber zu schweben. Er murmelte leise: »Lua«, knabberte an ihrer Oberlippe, ließ die Zunge sanft die Konturen ihres Mundes nachzeichnen, um dann wieder Liebesworte zu stammeln, Dinge wie »Lua, *meu amor*« und »lass mich dich ganz kosten, meine Schöne«, die ihr den Verstand und den Atem raubten.

Sie selbst war nicht in der Lage, zusammenhängende Wörter auszusprechen. Sie gab leise Seufzer von sich, die ihn aber zu ermutigen schienen. Er fuhr mit der Zunge über die Innenseiten ihrer Lippen, schob sie sanft auseinander und vereinigte sich mit ihrer Zunge zu einem Spiel von betörender Leichtigkeit und Intensität. Gleichzeitig drückte er sich enger an sie und hob sie ein wenig an, so dass sie auf Zehenspitzen, aber gestützt von seinem Körpergewicht, an der Wand stand. Er rieb sein Geschlecht an ihr, ging ein wenig in die Knie, um es sie zwischen den Beinen spüren zu lassen. Einzig ihre Kleider standen einer Vereinigung noch im Weg. Luas Knie waren wacklig, und Schauer der Verzückung überliefen sie abwechselnd heiß und kalt. Es war herrlich, seine Erregung auf diese Weise zu spüren, und sie legte ihre Hände auf seine Hinterbacken, um ihm zu verstehen zu geben, dass er sich gerne noch enger und fester an sie pressen dürfe.

Er stöhnte leise, und dieser Laut war es, der Luas letzten Rest von Widerstand bröckeln ließ. Vielleicht wäre es nie zu mehr gekommen als zu dieser Andeutung eines Liebesaktes, aber sein Stöhnen ging ihr durch und durch. Es versetzte sie in einen Zustand, in dem sie nur noch das eine wollte. Seine Lust weckte in ihr eine Begierde, die so viel greifbarer war als alle erotischen Träume, die so fleischlich war, wie sie es nie zuvor erlebt hatte. Ihr Unterleib pochte, und sie spürte, wie sie feucht und heiß zwischen den Beinen wurde.

Zé erging es ähnlich wie ihr. Luas kleine Lustseufzer fachten sein Feuer noch weiter an. Plötzlich ungeduldig und schneller atmend, schien er nach sofortiger Erfüllung zu verlangen. Er schob hastig ihren Rock hoch und bahnte sich mit der Hand einen Weg durch ihre Leibwäsche, bis er die Stelle erreicht hatte, die der Kern ihrer Lust war, die Essenz ihrer Weiblichkeit. Er rieb sie zärtlich und dabei fordernd, bis eine Welle der Wonne Lua überrollte, die ihr beinahe die Knie einknicken ließ. Sie gierte nach mehr.

Und sie bekam mehr. Zé öffnete rasch seine Hose. Sie erhaschte nur einen kurzen Blick auf seine prachtvoll aufragende Männlichkeit, die sie sowohl erregte als auch ängstigte. Lua hatte schon oft nackte Männer gesehen, allerdings noch nie einen mit erigiertem Penis. Er war mindestens doppelt so groß wie in unerregtem Zustand! Sie hatte Zé noch gar nicht gesagt, dass sie Jungfrau war. Da würde man als Mann doch sicher etwas mehr Vorsicht walten lassen, oder? Aber sie brachte es nicht über sich, diesen Moment beiderseitiger Verzückung zu zerstören. Also ließ sie ihn gewähren.

Er hob sie an, so dass ihre Knie um seine Taille lagen und ihr Rücken gegen die Mauer gepresst wurde. Zé stützte sich mit einer Hand an der Mauer ab, mit der anderen half er seinem Glied, sich den Weg zu bahnen. Und dann spürte sie ihn plötzlich an und halb in sich, zu groß, um auf Anhieb in sie zu gleiten. Zé schob seinen Unterleib behutsam vor und zurück, und tatsächlich, ihre Spalte weitete sich, und er drang in sie ein.
Ein scharfer Schmerz durchzuckte Lua plötzlich, und ein kleiner Schrei entrang sich ihrer Kehle. Zé hielt mitten in der Bewegung inne. »Oh, nein! Das wusste ich nicht.« Damit zog er sich aus ihr zurück.
Lua fühlte sich schuldig, so als habe ihre verheimlichte Jungfräulichkeit ihm den Spaß verdorben. Ihr war er ohnehin gründlich vergangen. Denn wenn das alles war, dann war es bei weitem nicht so grandios, wie alle es ihr beschrieben hatten. Sie fühlte sich irgendwie verraten. Es hatte so vielversprechend begonnen, die Küsse, die Umarmungen und, ja, auch die intimen Berührungen waren überaus sinnlich und erregend gewesen. Aber der eigentliche Akt, der dann in diesem Schmerz gipfelte, schien ihr etwas zu sein, was nur den Männern zur Befriedigung verhalf, nicht aber den Frauen.
»Wieso hast du mir nicht gesagt, dass du noch … unberührt bist?«
Die kleine Pause, die er vor dem Wort »unberührt« machte, ließ ihren jungfräulichen Zustand wie etwas Unanständiges wirken, wie etwas, das man nicht gerne aussprach.
»Hätte es etwas geändert?«, fragte sie mit belegter Stimme.
»Hm, ja, wahrscheinlich. Ich wäre vorsichtiger gewesen und …«
»… und hättest mich nicht im Stehen genommen, sondern mich auf Rosen gebettet?«, unterbrach sie ihn. Ihre Stimme klang weinerlich, was Lua noch peinlicher berührte als das abrupte

Ende ihrer Verschmelzung oder die warme Flüssigkeit, die an ihren Beinen herabrann. Mittlerweile war sie nicht mehr eingeklemmt zwischen der Wand und seinem Becken, sondern stand wieder auf ihren Füßen, allerdings recht unsicher. »Das wollte ich aber gar nicht. Ich wollte es genau so, hier und jetzt.«
»Du hast mir ein großes Geschenk gemacht, Lua«, hauchte Zé auf einmal in ihr Ohr. Anscheinend war er doch nicht enttäuscht. »Ein unvergessliches Geschenk. Lass mich auch dir ein unvergessliches Vergnügen bereiten.« Er setzte sich auf ein Fenstersims und zog sie zwischen seine gespreizten Beine. Ihre eigene Nacktheit war gottlob verdeckt, da der lange Rock wieder herabgefallen war. Aber Zé war in seiner ganzen Schönheit zu sehen, und was Lua da sah, ließ nur einen Schluss zu: dass seine Lust weiterhin nach Erfüllung gierte. Zé nahm ihre Hand und führte sie zu seinem steil emporragenden Penis. Sie umschloss ihn und war überrascht, wie zart die Haut war und wie hart das darunterliegende Fleisch. Sie streichelte ihn, wobei sie vielleicht ein wenig unbeholfen war, denn Zé schloss die Augen und stöhnte gelegentlich, so als habe sie ihm weh getan. Lua war fasziniert von diesem Körperteil in ihrer Hand, von seiner Größe und seiner Empfindlichkeit. Es sah einfach wunderschön aus, wie es da so tiefschwarz in ihrer hellen Handinnenfläche lag.
Mittlerweile hatte Zé sich mit den Händen an ihren Beinen hinaufgestreichelt. Er umfasste ihr Gesäß fest, beinahe schmerzhaft, mit beiden Händen und zog sie an sich. »Setz dich drauf«, forderte er sie in einem Ton auf, der rüde hätte sein können, wenn er nicht auch so dringlich und atemlos geklungen hätte. Lua kniete sich auf das Fenstersims, peinlich darauf bedacht, nicht mit den Knien an die Fenster zu stoßen und im Innern des Hauses Aufmerksamkeit zu erregen. Dann überließ sie sich Zés Führung. Diesmal glitt er ohne Schwierigkeit in sie hinein. Obwohl sie sich noch wund fühlte, war das Erlebnis, ihn ganz in sich zu

spüren, unbeschreiblich. Zé war umsichtig und zärtlich, und er hob und senkte ihren Po in einem langsamen Takt. Währenddessen wendete er den Blick nicht von ihrem Gesicht ab, als forsche er nach Anzeichen für Schmerz oder Unwohlsein. Auch Lua sah ihm in die Augen, aber ihr Blick war vor Lust verschleiert. Ihre Lippen waren halb geöffnet, und ihr Atem beschleunigte sich in demselben Maße, in dem Zés Bewegungen schneller wurden. Er drang immer tiefer in sie, seine Stöße wurden heftiger und immer fordernder. Die Leidenschaft ließ sie den Schmerz vergessen, so dass nun auch sie sich ihm immer mehr entgegendrängte.
Sie krallte ihre Finger in Zés Schultern, während er ihr Becken in einem so wilden Rhythmus führte, dass es sie schwindelte. Ihr wurde heiß, und in der Mitte ihres Leibes glühte sie förmlich vor Lust. Sie bog ihren Rücken durch und warf den Kopf nach hinten. Sie war kurz davor, zu schreien. Sie wollte, dass es niemals aufhörte, und zugleich sehnte sie sich nach dem Augenblick höchster Erfüllung, der sich in ihrem Körper ankündigte wie ein heraufziehendes Tropengewitter – stürmisch, dramatisch und wütend. Zé war geradezu in Raserei verfallen, er keuchte, schwitzte und zuckte, bis plötzlich ein Ruck durch ihn ging und er ein tiefes, grollendes Stöhnen ausstieß, das nicht mehr menschlicher Herkunft zu sein schien. Und dann überfiel es sie gleichzeitig, jenes erlösende Gewitter, mit heftigem Donner und grell zuckenden Blitzen. Es entlud sich mit einer Gewalt, die Lua nicht für möglich gehalten hätte – und ließ sie glücklich und ermattet zurück, ganz so, wie ein Tropensturm nach seinem Toben meist von ruhigem, friedlichem Wetter abgelöst wird.
»Das war ... wundervoll«, hauchte sie, noch immer ein wenig außer Atem.
»Sch«, fiel er ihr ins Wort und küsste sie. Sein Gesicht war, genau wie ihres und wie auch ihre Körper, schweißnass.

Lua löste sich aus Zés Umklammerung. Abermals spürte sie eine Flüssigkeit an ihren Beinen hinablaufen und war dankbar, dass sie über diesen Beweis ihrer Begierde den langen Rock fallen lassen konnte. Zé zog seine Hose wieder hoch. Es war ein merkwürdiger Augenblick, geprägt von tiefer Zufriedenheit einerseits und von einem gewissen Schamgefühl andererseits. Zumindest Lua ging es so. Der Geruch ihrer Vereinigung lag noch in der Luft, und ihre banalen Verrichtungen ließen das Geschehene wie etwas Unwirkliches erscheinen, wie einen Traum, der mit dem Tageslicht verblasst.

Dass das Ganze kein Traum, sondern durchaus Wirklichkeit gewesen war, stellte Lua am nächsten Tag fest. Auf den hellen Steinplatten der Veranda entdeckte sie einen Blutfleck, und an dem Fenster, gegen das Zé sich mit hochgerolltem Hemd gelehnt hatte, machte sie die Abdrücke seines Rückens aus. Sie wäre vor Scham fast gestorben. Sie bat also Fernanda, die sie jetzt natürlich in ihr Geheimnis eingeweiht hatte, unauffällig die verräterischen Spuren zu beseitigen, denn wenn sie selbst dort draußen geputzt hätte und von irgendjemandem angesprochen worden wäre, hätte sie sich vor lauter Gewissensbissen wahrscheinlich um Kopf und Kragen geredet.
Dass Zé und Lua es auf der Veranda der Casa Grande gemacht hatten, nötigte sogar Fernanda Respekt ab, die ja mit ihren verschiedenen Liebhabern schon viele für ein Stelldichein geeignete Plätze ausprobiert hatte.
»Alle Achtung – auf die Idee bin ich noch gar nicht gekommen. Gar nicht mal so dumm. Ist schön lauschig hier, andere Sklaven kommen nicht des Wegs, und wenn die Herrschaften schon zu Bett gegangen sind …«
»Willst du es etwa auch mal probieren?«, fragte Lua entsetzt.

»Warum nicht? Der Reiz des Verbotenen kann ja bekanntlich luststeigernd wirken. Oder?«
Lua schüttelte den Kopf. Fernanda war wirklich unverbesserlich. Sie hatte alle Einzelheiten von ihr wissen wollen, aber da es Lua an einschlägigen Erfahrungen mangelte, konnte sie ihr ja schlecht sagen, wie »gut« Zé gewesen war oder ob eben die Veranda als Schauplatz ihres Liebesaktes zu dessen Gelingen beigetragen hatte oder nicht.
»Hat er sich wenigstens aus dir zurückgezogen, bevor er seinen Samen verströmt hat?«, wollte sie außerdem wissen.
»Mein Gott, Fernanda!«
»Hat er oder hat er nicht?«
»Du bist widerwärtig!«
»Nicht so widerwärtig wie eine Schwangerschaft.«
Es war wie ein Schlag in die Magengrube. Damit hatte Lua sich nie befasst. Konnte man denn überhaupt beim ersten Mal schon ein Kind empfangen? Gewiss nicht, beruhigte sie sich. Dennoch hing der unschöne Gedanke noch wochenlang über ihr wie eine dunkle Wolke.

16

*W*enige Tage nach Luas Liebesnacht mit Zé war er verschwunden. Seine Flucht wurde erst am frühen Morgen bemerkt, und es war eine so große Aufregung, dass ihrer aller Tagesablauf mächtig durcheinandergeriet. Die Aufseher stellten Suchtrupps aus Männern zusammen, denen bei Erfolg eine hohe Belohnung ausgezahlt werden würde. So wollte man sicherstellen, dass die Feldsklaven Zé auch tatsächlich einfangen und ihn nicht etwa absichtlich entkommen lassen würden. Der Senhor und sein jüngster Sohn begaben sich mit Pferden und Hunden auf die Jagd nach Zé, begleitet von ein paar Sklaven, deren Loyalität sie niemals in Frage gestellt hätten.
Die Frauen blieben daheim. Die Feldarbeiterinnen bekamen, ohne Aufseher und Vorarbeiter, einen freien Tag, während die Haussklaven in der Casa Grande alle Hände voll zu tun hatten. Sie bereiteten Proviantkörbe für die Männer vor, sie umsorgten die beiden Damen des Hauses, die ganz aufgewühlt von den Ereignissen waren, und sie sprachen einander Worte der Aufmunterung zu. Denn natürlich hatte auch sie die Flucht aus der Fassung gebracht. Sie hofften und bangten mit Zé, denn allen war klar, dass er, wenn er eingefangen würde, mit seinem Leben bezahlen musste.
In der Nacht hatte es stark geregnet. Lua fragte sich, ob dies von Vorteil wäre, weil nun Zés Spuren für die Hunde nicht mehr so einfach zu finden wären, oder ob es vielmehr ein Nachteil war, wie manche Frauen meinten: In aufgeweichter Erde kam man nicht gut voran und ermüdete schnell. Wie alle

anderen auch fragte Lua sich außerdem, wie Zé die Hindernisse überwunden hatte, die eine Flucht beinahe unmöglich machten. Hatte er den nächtlichen Marsch durch den Urwald gewagt, Giftspinnen und Riesenschlangen und Jaguare ignorierend? Oder war er über die Ostseite entkommen, wo die starke Brandung des Meeres einen kräftigen Männerkörper an den Felsen zerschellen lassen konnte wie einen morschen Zweig? Beide Vorstellungen waren gleichermaßen beängstigend. Es tat Lua in der Seele weh, ihn in den Klauen eines Raubtieres oder in dem todbringenden Strudel eines Brechers umkommen zu sehen. Je weniger sie an Zé denken wollte, desto mehr machten sich diese üblen Bilder in ihrem Kopf breit. Sie malte sich ein Schreckensszenario nach dem anderen aus, eines grausiger als das vorige, und die Furcht um ihn fraß sie von innen her auf. Sie konnte es einfach nicht verhindern.

Als bei Sonnenuntergang die Suchtrupps heimkehrten, müde, verschmutzt und unleidlich, weil ihnen kein Erfolg beschieden gewesen war, hörten Luas Wahnvorstellungen nicht etwa auf, nein, sie wurden noch schlimmer. Wenn die Männer Zé nicht gefunden hatten, konnte das doch wohl nur bedeuten, dass er gestorben war, oder nicht? Hatte ihn eine gigantische Würgeschlange zermalmt und anschließend gefressen, ohne einen Fitzel von ihm übrig zu lassen?

Senhor Felipe und der junge Manuel waren trotz ihrer Erschöpfung sehr redselig. Das Jagdfieber saß ihnen wohl noch in den Knochen. Beim Abendessen erzählten sie so ausführlich von ihrer Suche, dass jeder umgeknickte Grashalm erwähnt wurde, jede Delle im Boden und jede beschädigte Muschelschale am Strand.

»Wir glaubten schon, wir hätten ihn erwischt«, sagte Senhor Felipe kopfschüttelnd. »Da war ein menschlicher Fußabdruck, und die Hunde waren außer sich, weil sie Witterung aufgenommen hatten. Wir jagten ihnen hinterher, durch die dichteste *mata*, seht nur hier, Ines und Eulália«, dabei zeigte er einen Kratzer am Arm vor, »durch dorniges Gestrüpp und unter tiefhängenden Ästen hindurch, ohne Rücksicht auf uns oder unsere Pferde. Und dann«, hier ließ er die Schultern hängen, »fanden wir nur einen verlassenen Unterstand, in dem vor nicht allzu langer Zeit ein Wilderer gehaust haben muss. Ach, verflucht!«

»Felipe, mein Lieber, mäßige dich!«, ging die Senhora dazwischen.

»Was will denn ein Wilderer in unseren Wäldern?«, fragte die Sinhá Eulália.

»Na, wildern«, erwiderte ihr Bruder.

»Ja, aber was denn? Seit wann kann man Termiten und Spinnen essen?«

Lua dachte an das, was Imaculada ihr berichtet hatte, hütete sich jedoch, den Mund aufzumachen.

»Es gibt in der *mata* auch *capivaras* und *tatus*, die sehr schmackhaft sind. Und außer Wasserschweinen und Gürteltieren gibt es da noch jede Menge Vögel und kleinere Säugetiere, die sich großer Beliebtheit erfreuen.« Manuel wirkte äußerst zufrieden mit sich. »Und Schlangen, so habe ich mir sagen lassen, sollen ebenfalls recht wohlschmeckend sein.«

Eulália verzog angewidert das Gesicht. »Schon gut, du kleiner Professor. Also ein Wilderer. Vielleicht war es aber auch unser Flüchtling, der sich da den Bauch vollgeschlagen hat?«

»Bestimmt nicht. Er wird ja kaum ohne Proviant geflohen sein, und in der ersten Nacht dürfte er auch nicht die Muße zu einer ausgiebigen Rast gehabt haben«, warf der Senhor ein. »Wie auch immer: Wir haben alle Nachbarn verständigt, desgleichen die Behörden in Salvador. Wenn der Kerl irgendwo auftaucht, wo andere Menschen leben, wird man ihn ergreifen. Und früher oder später muss er sich unter Leute wagen. Unsere brasi-

lianischen Neger haben es ja nicht gelernt, in der Wildnis zu überleben. Sie sind hilflos wie kleine Kinder da draußen.«
»Lua«, hörte diese plötzlich ihren Namen und erstarrte vor Schreck, »es gefällt mir nicht, wie faul du hier herumstehst und die Ohren spitzt. Hast du etwas zu diesem Thema beizutragen?« Dona Ines blickte sie scharf an.
»Nein, Dona Ines, ich weiß gar nichts. Ich schwöre bei meinem Leben, dass ich, wenn ich etwas über den Flüchtigen wüsste, es Euch sagen würde!« Das entsprach selbstverständlich nicht ganz der Wahrheit. Wüsste sie etwas, würde sie es für sich behalten, schon um sich selbst nicht zu gefährden. Aber sie konnte ohne weiteres schwören, denn sie hatte ja wirklich nichts zu sagen. Sie war vollkommen ahnungslos. Obwohl … eine gewisse Ahnung beschlich sie schon.
Die alte Imaculada hatte nur Lobendes über Zé geäußert. Zudem schien sie mehr über ihn zu wissen, als gut für sie war, unter anderem seinen afrikanischen Namen – Mbómbo, wenn Lua sich recht erinnerte. Und Imaculada war bestimmt *nicht* hilflos wie ein Kind in der Wildnis. Ob sie Zé geholfen hatte? Ihn mit guten Ratschlägen ausgestattet oder in geheimes Wissen eingeweiht hatte? Denkbar war es. Doch diesen Verdacht würde Lua ihrer Herrschaft gewiss nicht offenbaren.
»Was ist? Was schaust du so merkwürdig drein? Hast du einen Geist gesehen?«, fuhr Dona Ines die junge Sklavin an.
»Nein, Sinhá Dona Ines«, sagte Lua, ließ ihren Kopf demütig hängen und machte einen Knicks. »Es tut mir leid, wenn ich Euren Anforderungen heute nicht genüge.«
»Schon gut, Lua«, mischte Eulália sich ein. »Lauf nach oben und bereite schon einmal mein Zimmer vor. Ich werde demnächst zu Bett gehen.«
Abermals knickste Lua, dann machte sie sich schnellstens aus dem Staub, bevor der Senhora eine weitere Spitzfindigkeit ein-

fiel. Sie war gereizt heute, das merkte man. Ob es der entlaufene Sklave war, der ihr zu schaffen machte? Lua konnte sich das kaum vorstellen. Sonst interessierte Dona Ines sich nicht im Geringsten für die finanziellen Belange der Fazenda, und ein flüchtiger Sklave stellte nun einmal in erster Linie einen materiellen Verlust dar.

Lua ging zu Eulálias Zimmer und erledigte ihre allabendlichen Pflichten. Sie schlug das Bett auf, breitete das Nachthemd und die Nachthaube auf der Decke aus, legte alle Utensilien auf dem Waschtisch bereit und lüftete schließlich den Raum bei erloschener Lampe, um die kühlere Nachtluft, nicht aber die Mücken hereinzulassen. Danach zog sie die schweren Vorhänge zu und schlich sich leise wieder nach unten. Sie wollte unbedingt hören, was die Oliveiras noch alles über die Flucht und die Suche nach Zé zu besprechen hatten.

Lulu horchte bereits an der Tür. Er gab Lua, wichtigtuerisch wie immer, Zeichen, sie möge leise sein. Was bildete der Bursche sich eigentlich ein? Dachte er, sie würde hier ein lautes Geschrei veranstalten? Also wirklich! Lua gesellte sich zu ihm und presste ihr rechtes Ohr an die Tür, so dass Lulu und sie sich ansehen mussten. Es war ihr unangenehm, aber immer noch besser, als so wie er das linke Ohr an die Tür zu legen und ihm den Rücken zuzuwenden.

»Der Kerl kann nicht weit gekommen sein«, verkündete gerade Dom Felipe.

»Aber er ist wie vom Erdboden verschluckt«, sagte der junge Manuel. »Das kann nur zweierlei bedeuten: Entweder ist er von einem Tier mit Haut und Haaren aufgefressen worden – denn andernfalls hätten die Hunde seinen Leichnam gefunden –, oder ihm ist die Flucht geglückt. Das wiederum kann nur heißen, dass er Helfer gehabt haben muss.«

»Warum?«, wollte die Sinhazinha wissen. »Vielleicht hat er es ganz allein gewagt. Beim letzten Mal waren ihm die Kumpane ja anscheinend eher hinderlich als hilfreich.«

»Das war ein Unfall«, klärte ihr Vater sie auf. »Die Kerle waren zu dumm, eine Fackel zu halten – und so was will die *Freiheit*.«

»Er hat also Helfer gehabt«, resümierte Manuel seine Beweisführung, ohne auf seine Schwester oder seinen Vater einzugehen. »Ich schlage vor, wir finden heraus, wer an dem Fluchtversuch beteiligt war, damit es nicht zu weiteren Vorfällen dieser Art kommt.«

»Ich traue Lua nicht mehr«, steuerte Dona Ines nun zu dem Gespräch bei. »Sie benimmt sich anders als früher, und der kurzhalsige José hat mir erzählt, dass er sie neulich mit Zé gesehen hat – in enger Umarmung!«

»Nein!«, rief Eulália aus.

»Na warte«, zischte der Senhor.

»Ach was?«, gab Manuel sein Staunen kund.

Lua selber klebte an der Tür und spürte, wie ihr kalter Schweiß ausbrach. Sie sah Lulu direkt in die weit aufgerissenen Augen. Sein Gesichtsausdruck spiegelte ungläubiges Erstaunen wider, gepaart mit Wut. Aber er riss sich zusammen und sagte keinen Ton – immerhin wollte auch er nicht beim Lauschen an der Tür ertappt werden.

»Ich glaube nicht, dass Lua damit etwas zu tun hat«, sagte Manuel. »Sie ist Hausklavin. Was versteht sie vom Dschungel, vom Überleben im Freien? Wenn überhaupt, dann hat sie ihm vielleicht etwas Proviant beschafft oder ihn mit ausgemusterter Kleidung von uns versorgt, denn dazu hat sie ja Zugang.«

Lua war kurz davor, die Tür aufzureißen und für alle gut hörbar herauszuschreien, dass sie nichts, absolut gar nichts mit der ganzen Sache zu tun hatte. Aber Lulu, der ihren Stimmungsumschwung bemerkt hatte, zupfte an ihrem Ärmel und gab ihr durch seine Mimik zu verstehen, sie möge an sich halten. Später war Lua ihm dankbar dafür, doch in diesem Moment hätte sie ihn umbringen können.

»Dazu haben noch andere Zugang. Fernanda hätte auch die Möglichkeit, aus der Casa Grande Lebensmittel oder alte Kleidungsstücke mitzunehmen«, bemerkte Eulália. »Und Lulu ebenfalls. Wenn mir einer verdächtig vorkommt, dann er. Er starrt mir immer auf die … auf das Dekolleté.«

Die anderen im Raum lachten, und Lua musste ein hämisches Prusten unterdrücken. Lulu funkelte sie an, brachte es aber fertig, ansonsten reglos an Ort und Stelle zu verharren.

»Das ist das Alter«, erklärte Dom Felipe. »Vielleicht sollten wir ihm bald eine Gefährtin aussuchen, dann lässt das Starren sicher nach.«

»Keine schlechte Idee«, meinte Dona Ines. »Lua wäre doch dafür geeignet. Sie hat ja anscheinend seit neuestem ihr Interesse für das andere Geschlecht entdeckt, da wäre es nicht verkehrt, sie einem Neger zur Frau zu geben. Sie ist jung und wird uns bestimmt viele kleine Sklavenkinder gebären.«

Lulu glotzte Lua lüstern an. Er fuhr sich mit der Zunge über die Lippen und verdrehte die Augen, dann bewegte er seinen Unterleib vor und zurück. Sie hätte ihm am liebsten eine Ohrfeige verpasst, aber das ging in diesem Augenblick ja schlecht. Doch für diese Obszönität würde sie sich noch rächen!

»Nicht Lua!«, rief die Sinhazinha aus. »Das könnt ihr nicht machen! Sie ist meine persönliche Zofe, und ich habe vor, sie nach Três Marias mitzunehmen, wenn ich erst einmal verheiratet bin – ohne Mann und Kinder, versteht sich. Sie soll ganz für mich da sein.«

Ausnahmsweise einmal war Lua dankbar für die kindsköpfige Eigennützigkeit ihrer jungen Herrin.

»Noch gehört Lua uns. Was nach deiner Hochzeit mit ihr passiert, das bestimmt dein Vater«, belehrte Dona Ines sie.
»Trotzdem könnt ihr sie doch nicht diesem Widerling geben«, beharrte die Sinhazinha.
»Warum nicht? Er sieht ganz passabel aus, und er ist recht anstellig.«
»Warum müsst ihr Frauen immer am Thema vorbeireden?«, beschwerte Manuel sich. »Immer wieder gelingt es euch, früher oder später auf Hochzeiten zu sprechen zu kommen. Wenn ich daran erinnern darf: Wir sind eines wertvollen Sklaven verlustig gegangen. Ursprünglich haben wir überlegt, wer ihm geholfen haben könnte.«
»Ja, und? Wirst du es uns jetzt endlich verraten?«, fragte die Sinhá Eulália schnippisch.
»Ja. Ich bin der festen Überzeugung, dass es nur die alte Hexe gewesen sein kann, diese …«
»Imaculada«, ergänzte Dona Ines.
»Richtig, Imaculada heißt sie. Die war es, dafür lege ich meine Hand ins Feuer.«
Lulu runzelte die Stirn, während Lua fieberhaft darüber nachsann, wie Manuel, kaum dem Knabenalter entwachsen, zu diesem erstaunlichen Schluss hatte kommen können, zu dem sie selbst auch gelangt war. Anders als der junge Fazendeiro jedoch wusste Lua um die Fähigkeiten der Alten und um ihren ungebrochenen Stolz.
Im Esszimmer überlagerten sich nun die verschiedenen Stimmen, denn jeder wollte seinen Kommentar zu dieser gewagten Theorie abgeben. Erst als Dona Ines ungehalten fragte: »Wo steckt eigentlich dieses faule Negergesindel? Wir sitzen seit einer Ewigkeit vor unseren leergegessenen Tellern«, da besannen Lulu und Lua sich auf ihre Pflicht. Sie gaben einander durch Handzeichen zu verstehen, wer als Erster hineingehen

und die Teller abräumen sollte, nämlich er. Lua sollte wenig später den Kaffee auftragen, der, wie sie wusste, längst auf dem Herd stand und wahrscheinlich schon begann, bitter und tranig zu schmecken. Sie würde ihn einfach mit etwas mehr Zucker servieren als üblich.

Der Abend zog sich hin, ohne dass Lua noch weitere interessante Neuigkeiten erfahren hätte. Aber das, was sie gehört hatte, reichte ja auch fürs Erste. Sie konnte es nicht erwarten, sich endlich in ihre Hängematte fallen zu lassen und in Ruhe über alles nachzugrübeln. Es drohten zwei unmittelbare Gefahren. Erstens: Man würde sie vielleicht mit Lulu verkuppeln. Das war undenkbar, und sie würde sich einer solchen Verbindung mit allen Kräften widersetzen. Zweitens: Man war nicht restlos von ihrer Unschuld überzeugt, weil man sie mit Zé zusammen gesehen hatte, und womöglich würde man sie einer Befragung unterziehen, der sie nicht gewachsen war. Das war ebenfalls undenkbar, weshalb sie sich diesem Verhör unter allen Umständen entziehen musste.

Als endlich die Sinhazinha vom Tisch aufstand, um sich auf ihr Zimmer zurückzuziehen, war Lua schon ganz verstört, so lange hatte sie sich ausgemalt, was ihr schlimmstenfalls drohte. Sie folgte Eulália und schwieg, während sie ihre Arbeit verrichtete. Sie half ihrer Herrin aus dem Kleid und dem Korsett, löste ihren Zopf und kämmte ihr Haar, half ihr in das Nachtgewand und hörte sich ihr sinnentleertes Geplapper an. Irgendwann entließ sie Lua endlich.

»Du hast an der Tür gelauscht, nicht wahr?«, fragte sie ihre Dienerin, als diese schon im Türrahmen stand.

»Ich ... nein, nein!«

»Schon gut, Lua. Mir machst du nichts vor.«

»Gute Nacht, Sinhazinha. Und ... danke.«

Lua lag die halbe Nacht wach und fragte sich bang, wie sie

diese dritte Gefahr, die über ihr dräute, abwenden sollte. Wenn es stimmte und die Sinhá Eulália sie besser kannte, als sie ahnte, dann wäre sie ihr für den Rest ihres Lebens auf Gedeih und Verderb ausgeliefert.

Aber war sie das nicht ohnehin schon?

Zum ersten Mal wünschte Lua sich, frei zu sein.

Teil 2

17

Mbómbo wagte nicht zu atmen. Über sich hörte er das aufgeregte Bellen der Hunde, das herrische Geschrei Dom Felipes, die Kommandos der Aufseher. Man stellte Suchtrupps zusammen, die ihn, den entflohenen Sklaven, aufspüren sollten. Hätte er nicht vor Angst gezittert, wofür er sich zutiefst verachtete, so hätte er vielleicht lachen können. Seine List schien erfolgreich.

Wochenlang hatte er an der Wand der Scheune, an die der Hühnerpferch angrenzte, ein Loch in die steinharte Erde gegraben. Nacht für Nacht hatte er sich durch den trockenen Lehm gearbeitet, mit nichts weiter als einer rostigen Kelle als Hilfsmittel, die er im Schuppen stibitzt hatte und deren Fehlen niemandem auffallen würde. Als dieses Loch endlich eine Größe erreicht hatte, die einen Mann von seiner Statur aufnehmen konnte, hatte er sich der alten Kasinda anvertraut. Denn ohne ihre Hilfe wäre sein Plan zum Scheitern verurteilt gewesen. Sie musste ein Gitter aus geflochtenen Bambuszweigen über sein Versteck legen und dieses anschließend mit Stroh bedecken. Sie musste ebenfalls dafür sorgen, dass die Hühner diese Abdeckung nicht freischarrten oder dass irgendjemand dem Versteck zu nahe kam. Sonst würde noch versehentlich ein Kind hineinfallen.

Mbómbo wusste, dass die Suche nach einigen Tagen eingestellt werden würde. Dann würde man Anzeigen in der Zeitung in Salvador veröffentlichen sowie Aushänge in den weiter entfernten Ortschaften anbringen. Die versprochene Belohnung zeitigte meist das gewünschte Resultat: Viele Flüchtige wurden noch Wochen später, wenn sie sich wahrscheinlich längst in Sicherheit geglaubt hatten, aufgespürt und zu ihren Herren zurückgebracht.

Sobald die Suchtrupps nicht mehr ausschwärmten, um ihn zu fangen, wollte er aus seinem Loch hervorklettern und sich in Richtung Norden aus dem Staub machen. Vor dem Urwald brauchte man weniger Angst zu haben als vor den Hunden und den Gewehren der Jäger. Im Wald, davon war Mbómbo überzeugt, würde er überleben. Kasinda hatte ihm zahlreiche Ratschläge gegeben, und wenn er nur alle beherzigte, würde es schon gelingen.

Er hockte reglos in seinem Versteck und hatte das dringende Bedürfnis, sich zu kratzen. Er war über und über mit Kuhmist bedeckt, der inzwischen zu einer festen Kruste getrocknet war. Nur so, hatte Kasinda gesagt, würden die Hunde ihn nicht aufspüren können – der Geruch des Dungs überdeckte seinen eigenen. Sie würden einer falschen Fährte folgen, die er am Tag vor seiner »Flucht«, die im Augenblick ja noch gar keine war, gelegt hatte. Er war tief in den Wald hineingelaufen, hatte einen schweißgetränkten Fetzen seiner Hose an einem dornigen Zweig befestigt und sich ein paar Blutstropfen aus dem Finger gequetscht, diese dann an Baumstämmen abgerieben. Die Hunde würden also falschen Alarm geben.

In seinem Versteck hatte Mbómbo einen Eimer, in dem er seine Notdurft verrichten konnte und den er dank Kasindas Schlauheit mit einem Holzdeckel versehen hatte, damit der Geruch ihn nicht verriet. Er hatte außerdem einen Wasserschlauch dabei sowie Proviant, der für eine Woche reichen würde. Er war genügsam. Er hatte sich nur Lebensmittel eingesteckt, wiederum mit Kasindas Hilfe, die wenig Raum einnahmen und einen hohen Sättigungswert besaßen: Räucher-

würste, Speck und Cajú-Nüsse vor allem, aber für den Anfang auch Avocados und Bananen. Er musste bei Kräften sein, wenn seine eigentliche Flucht begann.
Womit er nicht gerechnet hatte, war, dass Enge und Dunkelheit in seinem Versteck ihn so quälen würden. Er hatte von sich geglaubt, dass er sich tagelang reglos an einem Platz aufhalten könne, so wie es den Erzählungen nach die afrikanischen Jäger konnten. Doch schon nach einem Tag in der beklemmenden Enge hatte er es kaum noch ertragen, und er musste eine schier übermenschliche Willenskraft aufbringen, um nicht die Abdeckung aufzustoßen, herauszukommen und sich zu strecken und zu dehnen. Aber Mbómbo war stark, sein Wille ebenso wie sein Körper. Er hielt durch, indem er sich geistig an einen anderen Ort versetzte – indem er sich in das Quilombo träumte, das er zu gründen gedachte.
Sein großes Vorbild war das Quilombo dos Palmares und dort wiederum der Anführer Zumbi. Zwar hatte dieser letztlich ein unschönes Ende gefunden, aber seine Erfolge gegen die portugiesischen Soldaten, über Jahrzehnte hinweg, hatten Zumbi zum Symbol für den Widerstand gegen die Weißen gemacht. Als man ihn fasste, wurde er geköpft – und sein Kopf nach Recife gebracht, um öffentlich ausgestellt zu werden: Die Legende von der Unsterblichkeit Zumbis sollte im Keim erstickt werden.
Palmares war tief im Landesinneren gelegen und hatte sich über eine Fläche von der Größe Portugals erstreckt. Es hatten dort zeitweise an die 30 000 Schwarze gelebt, die aus der Sklaverei geflohen waren und hier ein Dasein in Würde und Selbstbestimmung führen durften. In diesen Größenordnungen bewegte sich Mbómbos Vision jedoch nicht annähernd. Ihm schwebte ein Dorf nach afrikanischem Vorbild vor. Mehr als hundert oder zweihundert Bewohner brauchte

es gar nicht zu haben. Man würde einen Ältestenrat einführen, der bei Nachbarschaftsstreitigkeiten oder Ehezwist einschritt und der Verbrecher verurteilte. Eine Gruppe von klugen und lebenserfahrenen Männern würde gerechtere Urteile fällen als ein einzelner Gutsherr, der nur auf seinen Vorteil bedacht war. Man würde in Mbómbos Quilombo Jungen wie Mädchen eine dem Geschlecht angemessene Erziehung zuteilwerden lassen, deren oberste Priorität sein musste, sie zu lehren, wie freie Menschen zu denken. Die Männer würden jagen und sich in der Kriegskunst üben, denn mit Überfällen von den Portugiesen musste jederzeit gerechnet werden. Die Frauen würden sich um die häuslichen Angelegenheiten kümmern. Junge Leute würden sich vermählen können, mit wem es ihnen gefiel – immer vorausgesetzt, der Ältestenrat stimmte zu –, sowie ihre Kinder behalten und selbst erziehen können.

Mit diesem Idealbild eines Quilombos vor Augen hielt Mbómbo das Eingesperrtsein durch, wann immer die widrigen Umstände ihn dazu verleiteten, sein Versteck vorzeitig zu verlassen. Er ertrug die Ratten und das Ungeziefer, die Hitze und den Regen, der durch das Stroh ins Innere drang, den Gestank und die Einsamkeit. Und dann hatte er es geschafft. Die Suche nach ihm war eingestellt worden. In derselben Nacht schlich Kasinda zu ihm, überreichte ihm einen Beutel und scheuchte ihn fort, während sie das Loch fein säuberlich verschloss und abdeckte. Mbómbo hielt kurz inne, drehte sich dann um und drückte die Alte fest an sich.

»Ich werde dich benachrichtigen, sobald ich am Ziel bin. Danke für alles, Kasinda. Ich freue mich, dich in unserem Quilombo wiederzusehen.«

Kasinda entzog sich seiner Umarmung. »Du dumm Mann! Schnell weg! Nicht Zeit mit nutzlos Alte verschwenden.«

Mbómbo nickte und verschwand, ohne noch einmal zurückzuschauen.

Erst kurz vor Sonnenaufgang hielt er an.

Er war ohne Rast gewandert, zügig, aber nicht im Laufschritt. Er hatte sich Mühe gegeben, so leise wie die Afrikaner zu gehen, die angeblich auf keinen Zweig traten und sich lautlos fortbewegten. Das war ihm nicht gelungen. Das Knacken und Rascheln, das er im dichten Gestrüpp erzeugte, erschien ihm selbst laut wie Donnerhall. Immerhin hatte dies den Vorteil, dass die Tiere des Waldes ihn frühzeitig hörten und vor ihm Reißaus nehmen konnten. Er hoffte, dass kein Jaguar so hungrig war, dass er ihn anfiel, denn Kasinda hatte ihm diese Ängste nicht nehmen können. »Jaguar sein klug. Lieber Tatu essen als Mann, schmecken mehr gut und sein gefährlich weniger.«

Als der Himmel, der im Urwald über den dichten Baumkronen kaum zu sehen war, sich rötlich zu färben begann, legte Mbómbo seine erste Rast ein. Er war so erschöpft, dass er sich an einen umgestürzten Baumstamm lehnte und sofort einschlief. Er erwachte Stunden später und war zunächst orientierungslos. Sein Traum hielt ihn noch eine Weile gefangen, bis er sich die Augen rieb und in der Wirklichkeit wiederfand. Er schaute sich aufmerksam nach allen Seiten um. Niemand zu sehen. War ihm die Flucht gelungen? Und war er etwa frei? Der Gedanke war so oft gedacht worden, dass er ihm jetzt, als er wahr zu werden schien, vollkommen absurd vorkam. Freiheit. Er kostete das Wort aus, sagte es laut vor sich hin und erschrak vor seiner eigenen Stimme. Der Wald hatte etwas Geisterhaftes an sich, und beinahe schon vermisste Mbómbo sein grauenhaftes Versteck, in dem er am Tage wenigstens die Stimmen anderer Menschen gehört hatte.

Die Männer, die nach ihm suchen sollten, waren bei ihrem Geschrei ja nicht zu überhören gewesen. Auch die Kinder nicht, die über den Hof rannten und Hunde und Hühner jagten. Doch in einiger Entfernung hatte er noch weitere Stimmen wahrgenommen, unter anderem die von Lua. Lua, geheimnisvoll und fern wie der Mond – und die einzige Frau, von der er sich je hatte vorstellen können, sie zu heiraten. Sie hatte in der Nähe des Hühnerpferchs mit ihrer Freundin zusammengesessen und sich mit ihr unterhalten. Einzelne Gesprächsfetzen waren zu ihm gedrungen – »soll Lulu als Mann«, »eher fliehe ich«, »ich hasse sie« –, genug immerhin, um Hoffnung in ihm aufkeimen zu lassen. War Lua jetzt endlich an dem Punkt angelangt, an dem sie ihre Existenz als Sklavin in Zweifel zog? Ach, es wäre zu schön, wenn sie mit ihm gemeinsam das Quilombo gründen würde. Sie war klug und bildschön und mutig, auch wenn ihre eingeschränkte Sicht der Welt ihr noch nicht den unbezähmbaren Willen zur Freiheit erlaubte. Laut Kasinda war das aber nur noch eine Frage der Zeit.

Außerdem war sie wie geschaffen für die Liebe. Sie war noch Jungfrau gewesen, und doch hatte sie sich erstaunlich aufgeschlossen und sinnenfroh gezeigt. Mbómbo genoss die Erinnerung an jede einzelne Sekunde ihres Liebesspiels, und einzig die Tatsache, dass er sich nicht hatte beherrschen können, peinigte ihn. Was, wenn er ihr ein Kind gemacht hatte? Er musste den Gedanken jedoch vorerst verdrängen – Schuldgefühle waren auf einer Flucht hinderlich.

Mbómbo streckte sich. Er hatte krumm gelegen. Außerdem juckte es ihn überall. Ob die Insekten sich an ihm gütlich getan hatten? Angeblich, so Kasinda, schützte der Kuhdung auch davor. Dennoch würde er sich bei nächster Gelegenheit waschen. Aber vorher musste er essen. Der Beutel aus grobem Leinen, den Kasinda ihm gegeben hatte und in den er noch gar keinen Blick hatte werfen können, fiel ihm ein. Sicher befanden sich darin ein paar Leckereien. Er öffnete den Beutel und schrak

zurück. Was war das? Hatte sie ihm Hexen- und Zaubermittel mitgegeben? Herrje, diese Afrikaner! Er schlug hastig ein Kreuz, bevor ihm einfiel, dass er ja gar nicht mehr dem christlichen Glauben anhing. Aber die Gesten und Rituale hatten sich auch bei ihm verfestigt. »Zum Teufel!«, sagte er laut und nahm nacheinander die merkwürdigsten Dinge aus dem Beutel: eine Hühnerfeder, einen getrockneten Hahnenkamm, eine Muschel, ein goldenes Herz, eine Handvoll Kupfermünzen, einen Raubtierzahn, eine Schlangenhaut, ein Fläschchen mit undefinierbarem Inhalt. Auf dem Boden des Beutels befand sich außerdem Erde – getrocknete Brösel eines gelben Lehms, wie er ihn auf den Fazendas noch nie gesehen hatte.
Mbómbo betrachtete das goldene Herz genauer. Ob es echt war? Wenn ja, dann war es sehr viel wert und würde ihm das Leben sicher erleichtern. Er verstaute alles wieder in dem Beutel und widmete sich nun seinem eigenen Bündel, in dem er seinen Proviant hatte. Er aß ein Stück Speck, das, so ungegart und ohne Bohnen oder Suppe, viel zu salzig schmeckte. Aber mäkelig durfte er in seiner Lage nicht sein. Dann packte er die Sachen zusammen, verwischte seine Spuren und machte sich wieder auf den Weg in die Richtung, von der er glaubte, dass es Norden sein müsse – wobei das bei der ewigen Dämmerung im Urwald schwer zu bestimmen war.
Irgendwann erreichte er einen kleinen Fluss. Er kniete sich ins Uferdickicht und schöpfte mit den Händen gierig Wasser. Es schmeckte wunderbar. Er steckte den Kopf hinein und fühlte sich sofort herrlich erfrischt. Hier würde er ein Bad nehmen, beschloss er. Der Fluss war leicht schlammig, so dass man den Grund nicht sehen konnte, aber Mbómbo sicherte sich mit einer Kordel, die er an einem Baum befestigte und am anderen Ende um seine Taille schlang. Falls er abrutschte oder die Strömung ihn mitriss, würde er sich retten können.

Das Bad im Fluss war das köstlichste, das er je genommen hatte. Das angenehm warme Wasser wusch den verkrusteten Schmutz von ihm ab und erfüllte ihn mit einer unbändigen Energie. Freiheit!, jubilierte er innerlich, bis er es nicht mehr aushielt und es laut hinausrief: »Freiheit!« Als dieser erste Moment der Euphorie verklungen war, besann er sich wieder auf den langen Weg, der noch vor ihm lag, bevor er sich wirklich einen freien Mann nennen konnte.

Er würde einen mindestens zehntägigen Fußmarsch machen müssen, um in Gebiete vorzudringen, die sich noch kein Fazendeiro angeeignet hatte. Er würde sich mit Indios auseinandersetzen müssen und ihnen für ihr Land, das er zu besiedeln gedachte, einen Gegenwert anbieten. Er würde monate-, wenn nicht jahrelang von den Früchten des Waldes sowie von Wildbret, Vogeleiern und Fisch leben müssen. Milcherzeugnisse würde er in Ermangelung einer Kuh oder mindestens einer Ziege zunächst nicht genießen können, genauso wenig wie Kaffee, Zucker, Alkohol und all die anderen feinen Sachen, die zwar entbehrlich, aber lecker waren.

Aber was waren diese kleinen Unannehmlichkeiten im Vergleich zu dem größten Gut, das ein Mensch je besitzen konnte, nämlich der Freiheit? Nichts. Mbómbo würde klaglos jeden Rückschlag, jedes Hindernis und jeden Moment der Mutlosigkeit akzeptieren. Um nichts in der Welt jedoch würde er sein Ziel aus den Augen verlieren. Vielleicht wäre ihm selbst nicht mehr das Glück beschieden, die Freiheit als selbstverständliches Gut zu nehmen, wie es nur wirklich freien Menschen möglich war. Er würde immer auf der Lauer liegen und nach Sklavenjägern Ausschau halten müssen. Er würde seine kleine Freiheit vielleicht mit dem Preis der Schlaflosigkeit und der immerwährenden Anspannung bezahlen müssen. Aber das alles war es ihm wert – wenn dereinst seine Kinder als freie Menschen aufwachsen würden.

Ja, eines Tages würden sie ihn fragen: »*Pai*, was ist ein Sklave?«, und er würde mit einer Gegenfrage antworten: »Wo habt ihr denn dieses merkwürdige Wort aufgeschnappt?« Mbómbo lachte leise in sich hinein. Das war ein Traum, der es wert war, verwirklicht zu werden, koste es, was es wolle. Er beschleunigte seinen Schritt, nun entschlossener denn je, möglichst schnell an den Ort zu gelangen, an dem all dies möglich sein würde.

Mbómbos Marsch währte elf Tage. In dieser Zeit begegnete er keiner Menschenseele. Um seine Einsamkeit erträglicher zu gestalten, sang er vor sich hin. Es ärgerte ihn, dass er nur Sklavenlieder kannte, wie die Feldarbeiter sie sangen, oder christliche Gesänge, wie die Portugiesen sie ins Land gebracht hatten. Ein einziges afrikanisches Lied war ihm noch im Ohr, das seine Mutter ihm einst, als er noch sehr klein war, vorgesungen hatte. Doch er hatte den Text vergessen.

Wären die Tiere des Waldes nicht gewesen, hätte er das Alleinsein vielleicht nicht ertragen. Doch die Äffchen turnten frech um ihn herum und foppten ihn, indem sie Zweige nach ihm warfen, die zahlreichen Vögel stimmten allmorgendlich ein so wunderbares Konzert an, dass Mbómbo das Herz aufging, und der Flügelschlag der Kolibris erzeugte eine Melodie, die in Mbómbos Ohren wie das Lied der Freiheit selbst klang. In den Bäumen hockten Faultiere, deren Gesichter freundlicher und friedlicher aussahen als die meisten menschlichen Antlitze, in die er in den vergangenen Jahren geschaut hatte. Auf riesenhaften Spinnennetzen funkelten im Morgengrauen die Tautropfen, ein schönerer Lichtzauber, als die Sonne ihn durch die bunten Fenster der Kapelle erzeugte. Ganz selten nur erhaschte Mbómbo einen Blick auf ein größeres Säugetier oder eine Beutelratte – die Tiere fürchteten sich mehr vor ihm als er sich vor ihnen. Von den berühmt-berüchtigten Jaguaren hatte er noch nichts gesehen, einzig ein großer Kothaufen, der von keinem kleineren Tier stammen konnte, erinnerte ihn daran, dass er in seiner Wachsamkeit keinen Augenblick nachlassen durfte.

Mbómbo ernährte sich tagelang von blauen Krebsen, die sich in einem Bach tummelten und für ihn mit seiner Unerfahrenheit leicht zu fangen waren. Nachts entzündete er sein kleines Feuer – was aufgrund des immer feuchten Holzes nicht einfach war – und grillte die Krebse darin. Sie schmeckten delikat, doch mangelte es ihnen zur vollen Bildung des Aromas an Salz. Daran hatte er nicht gedacht. An der Küste war Salz keine Mangelware gewesen und wurde von niemandem als sonderlich kostbar erachtet. Hier dagegen würde er sich an salzarme Kost gewöhnen müssen. Oder sich so weit mit den Indios anfreunden, dass sie ihm ihre Rezepte verrieten – sicher kochten sie aus den verfügbaren Pflanzen und dem Fleisch der jagdbaren Tiere ein schmackhaftes Essen, oder? Wenn er allerdings an die gerösteten Heuschrecken dachte, von denen Kasinda ihm vorgeschwärmt hatte …

Mbómbo war immer weitergewandert, ohne sich um seine wunden Füße oder die vielen Mückenstiche zu kümmern. Am besten, man ignorierte sie einfach. Er hatte nicht gewusst, wann er sein Ziel erreichen und woran er es erkennen würde, aber er hatte keinen Zweifel daran gehegt, *dass* er es wüsste, wenn es so weit war. Und so war es dann auch.

Eines Morgens erwachte er von dem lauten Gesang eines Tukans, der sein melancholisches Lied von einem Brasilbaum herabschmetterte. Mbómbo, der direkt unter diesem Baum geschlafen hatte, schulterte sein Bündel und marschierte weiter gen Norden. Als die Sonne am höchsten stand, erreichte er eine kleine Lichtung, die mit Gras bestanden war. Das Plätschern eines Flüsschens war zu hören, und Mbómbo eilte sogleich hin, um das Wasser zu kosten. Es war kristallklar und schmeckte so rein, wie es aussah. Hunderte von Fischlein schwirrten silbrig durch die kleinen Strudel.

Er warf sein Bündel ins Gras, legte sich daneben und bot sein Gesicht der Sonne dar, die er seit elf Tagen nicht mehr auf seiner Haut gespürt hatte. Wie schön das war! Ah, dieses Fleckchen war paradiesisch. Hier würde er bleiben.

Mbómbo riss einen Zweig von einem Jakaranda-Baum ab, der am Rand der Lichtung stand, und steckte ihn aufrecht in das Gras. Daran befestigte er sein Hemd, so dass das Ganze die Anmutung einer Flagge hatte. Ja, hier wäre es, sein heißersehntes gelobtes Land: *Iriuanu*.

Und noch bevor Mbómbo seine erste Mahlzeit in Iriuanu – was so viel bedeutete wie Wunder – einnehmen konnte, betete er zum Himmel um ein solches.

Ein gutes Dutzend grimmig dreinschauender und wild bemalter Indios hatte ihn umzingelt.

18

Imaculada, die sich dem Tode geweiht gewähnt hatte, blühte auf. Jeder, der näher mit ihr zu tun hatte, was nicht allzu viele waren, bemerkte die Veränderung. Es war unerklärlich, und einzig ein afrikanischer Zauber konnte für eine derartige Verwandlung verantwortlich sein. Besser, man hielt sich von der Hexe fern. Die Augen der Alten blitzten wie die eines jungen Mädchens, ihre Haltung war aufrecht und stolz. Hatte Imaculada zuvor aufgrund ihres Alters nur noch gelegentlich einfachste Arbeiten im Obstgarten oder im Hühnerpferch erledigt, so sah man sie nun voller Tatendrang im Mehlhaus, der *casa da farinha*, wo sie wie eine Furie Maniok in die Presse gab und den Stößel rührte, als gelte es, einen Preis zu erringen.

Auch Lua war die Veränderung nicht entgangen. Sie war sich ziemlich sicher, dass sie mit der Flucht von Zé zu tun hatte. Aber fragen wollte sie die Alte nicht danach. Noch immer mied sie ihre Nähe, und ihr Notizbuch lag vergessen in dem Hohlraum unter der Bodendiele, die sich gleich unter ihrer Hängematte befand und die sie mit einem Flickenteppich getarnt hatte. Lua wusste, dass sie sich keinen Fehler erlauben durfte, und mit Imaculada gesehen zu werden wäre ein grober Fehler. Man hätte sie wahrscheinlich sofort einem Verhör unterzogen und ihre Mithilfe bei Zés Flucht als unumstößliche Tatsache angenommen. Ganz gleich, wie stark ihre Neugier sie piesacken mochte, sie würde niemals zu Imaculada gehen und sie danach aushorchen – zumal die Alte ihr ohnehin nichts verraten hätte.

Imaculada indes beobachtete Lua scharf. War dem Mädchen zu trauen? Würde sie sich nun, da sie ihr einen unfehlbaren Fluchtplan präsentieren wollte, als die erweisen, für die Imaculada sie hielt? Oder würde sie kapitulieren angesichts der Schikanen der Weißen? War sie doch schon zu verweichlicht, um das Wagnis einzugehen? Vielleicht benötigte sie nur einen sehr starken Impuls, um endlich zu handeln, endlich das Richtige zu tun. Und würde sie, Kasinda, noch Kräfte genug mobilisieren können, um eine Intrige einzufädeln, die diesen Impuls auslöste?

Auch in der Casa Grande hatte man die Flucht eines wertvollen Sklaven, eines jungen Mannes, der in Saft und Kraft stand, keineswegs vergessen. Mochte die Jagd nach ihm bisher auch erfolglos gewesen sein – irgendwann würde man ihn schnappen. Die jüngere Geschichte Bahias zeigte, dass neun von zehn entlaufenen Negern wieder aufgestöbert wurden. Früher oder später verrieten die Kerle sich, sei es durch Geprahle oder sei es durch Verarmung. Wenn es ihnen gelang, sich durchzuschlagen und auf wundersame Art und Weise zu Geld zu gelangen, dann waren sie meist so stolz auf ihre Leistung, dass sie leichtsinnig wurden. Sie predigten die Freiheit und scharten Anhänger um sich – bis sie, manchmal noch Jahre nach ihrer Flucht, aufflogen. Die überwiegende Mehrheit der entflohenen Sklaven jedoch schaffte es einfach nicht, in der Freiheit zu bestehen. Sie hausten in den Wäldern, bis Hunger oder Vereinsamung sie wieder in die Städte trieb, wo sie sofort die Aufmerksamkeit auf sich zogen und in Gewahrsam genommen wurden, bis ihr Besitzer ermittelt war.

Dom Felipe hatte mittlerweile sämtliche Großgrundbesitzer der Provinz benachrichtigt. Eine genaue Beschreibung Zés war an alle Gendarmerien herausgegeben worden, und dank der hohen Belohnung, die auf die Ergreifung des entlaufenen Sklaven ausgesetzt war, befanden sich zahlreiche Kopfgeldjäger auf der Suche nach ihm. Und diese waren ungleich besser ausgerüstet als Zé. Sie hatten Pferde und Bluthunde, sie hatten Waffen, und sie führten Zelte mit sich. Ihre Satteltaschen waren prall gefüllt mit nützlichen Utensilien: mit Angelschnüren und Messern, mit Schnaps zur Desinfektion von Wunden und zum Trost für die Seele, mit Kerzen sowie mit Spiegeln und Glasperlen, die man den Indios als Bestechungslohn zukommen lassen konnte.

Die Höhe des Kopfgeldes hatte im Hause Oliveira heftige Diskussionen ausgelöst. Warum überhaupt ein Kopfgeld?, hatte Manuel wissen wollen, der Kerl sei doch ein Geschenk gewesen, und die Fazenda sei ohnehin besser dran ohne ihn, den Unruhestifter. Warum ihn einfach laufenlassen?, hatte Eulália aufbegehrt, er sei immerhin ihr Verlobungsgeschenk, und sie habe ein Recht darauf, ihn zurückzubekommen. Warum eine wertvolle Handelsware einfach so aufgeben?, stimmten Dona Ines und Dom Felipe überein, sobald er eingefangen worden sei, würde man ihn zum Sklavenmarkt am Pelourinho bringen und ein ordentliches Sümmchen einstreichen, ohne indes den neuen Besitzer wissen zu lassen, was für eine verdorbene Frucht er sich da eingehandelt hatte.

In der Senzala war in den ersten Tagen nach Zés Flucht von nichts anderem die Rede gewesen. Man zerbrach sich den Kopf darüber, wie er es angestellt hatte, dass nicht einmal die Hunde ihn hatten aufspüren können. Es kursierten die abenteuerlichsten Theorien, Zauberkraft unterstellten Zé die einen, eine Geliebte von hoher Abstammung die anderen. Manch einer ging sogar so weit, Zé übler Verbrüderungen mit Sklavenhändlern zu verdächtigen, die ihn als freien Treiber oder Aufpasser beschäftigen wollten. Alle jedoch waren sich darüber einig, dass Imaculada ihre Finger mit im Spiel haben musste. Die Alte brabbelte unaufhörlich Beschwörungsformeln vor sich hin, zerbröselte dabei Erde oder entzündete winzige Flämmchen, deren Rauch sie mit Hühnerfedern nach Norden wedelte. Sie tat Dinge, die von ausnahmslos allen anderen Sklaven auf São Fidélio als beängstigend und unchristlich empfunden wurden, so dass der eine oder andere diese unaussprechlichen Dinge schließlich doch aussprach, und zwar bei der Beichte.

Der Padre war es gewohnt, wirres Zeug von den armen Seelen zu hören. Manche hatten eine schier unerschöpfliche Phantasie, wenn es darum ging, die Greuel zu beschreiben, denen sie angeblich fortwährend ausgesetzt waren. Da der Padre aber die Familie des Fazendeiros schon sehr lange kannte und um deren moralische Festigkeit wusste, glaubte er den Schwarzen kein Wort. Sie logen, um ihre eigenen Verfehlungen wie Notwehr erscheinen zu lassen. Dabei war es meist der Teufel Alkohol, der die Männer dazu trieb, die Weiber zu verprügeln, und der die Frauen zu unsittlichen Handlungen verführte. Was ihm die Leute diesmal erzählten, hätte er gar nicht ernst genommen, wären es nicht so viele übereinstimmende Berichte gewesen: Man ängstigte sich vor Imaculada, denn diese sei mit bösen Geistern im Bunde.

Dieselbe Befürchtung hatte der Padre auch schon gehabt, sie sich aber nicht eingestehen wollen. Die Alte weigerte sich standhaft, eine Beichte abzulegen, und das seit nunmehr 19 Jahren. So lange nämlich schon betreute der Padre die Oliveiras und ihre Schäfchen. Imaculada kam zwar in den Beichtstuhl, andernfalls hätte der Aufseher ihr eins mit der Peitsche übergezogen, doch dort schwieg sie beharrlich. Leider, so musste der Padre zugeben, war er selbst daran nicht ganz unschuldig, hatte er doch anfangs ihre Beichte dem damals noch sehr jungen Senhor weitererzählt. Imaculada musste dies irgendwie herausgefunden haben, denn in den darauffolgenden

Monaten verspottete sie die heilige Beichte: »Padre, Imaculada sein sehr böse. Haben faule Mango von Boden gestohlen«, sagte sie, oder auch: »Padre, Imaculada sein sehr böse. Haben alte Besen aus Scheune genommen, machen Hexenritt damit.« Irgendwann hatte sie einfach gar nichts mehr gesagt.

Aber das musste jetzt ein Ende haben. Wenn die Alte wirklich an der Flucht des renitenten Zé beteiligt gewesen war, galt es, unter allen Umständen ihr Geständnis zu erzwingen. Es wäre verheerend, wenn noch mehr Neger frei herumliefen und sich mit Diebstahl über Wasser hielten. Ihre kindlichen Gemüter wären einer Welt ausgesetzt, in der sie sich nicht zurechtfanden und deren Schlechtigkeit sie nichts entgegenzusetzen hatten, so dass sie unweigerlich an Leib und Seele verdarben. Man sah das ja an den schamlosen Negern in der Stadt.

Als der Sonntag gekommen war, an dem die Sklaven von São Fidélio ihre Beichte ablegen sollten, und zwar in einem behelfsmäßigen Beichtstuhl aus Bambusgeflecht, der im Freien vor der Kapelle stand, war der Padre also entschlossen, Imaculada auszuhorchen, und sei es unter Androhung drakonischer Strafen. Er staunte nicht schlecht, als die Alte in den Beichtstuhl kam, sich geschmeidig hinkniete, wie sie es zuletzt vor fünfzehn Jahren geschafft hatte, und diesmal etwas sagte.

»Padre, Imaculada sein alt, sterben bald. Haben ein Wunsch, das ist Hochzeit von Lulu und Lua. Ich nicht tot, bevor die zwei heiraten. Ist große Liebe, ich wissen, aber die zwei nicht wissen.«

Der Pfarrer war zunächst sprachlos, denn mit einem solchen Wortschwall hatte er nicht gerechnet. Als er sich wieder gefangen hatte, belehrte er die alte Frau: »Imaculada, du musst den Zeitpunkt deines Todes dem lieben Gott, deinem Hirten, überlassen.«

»Ja, Padre.«

»Und was die Hochzeit der beiden jungen Leute betrifft: Ist es deshalb, warum du merkwürdige Beschwörungsformeln aufsagst und afrikanischen Heidenzauber machst?«

»Ja, Padre. Imaculada wissen, sein verboten. Aber afrikanische Zauber wirken vielleicht?«

Der Padre war unendlich erleichtert, als er dies vernahm. Er hätte eine so alte Sklavin nicht gern einem schmerzhaften Verhör ausgesetzt, das sie wahrscheinlich nicht überlebte. Dass ihr Abrakadabra nicht dem Flüchtigen gegolten hatte, sondern einem heimlichen Liebespaar gewidmet war, konnte er hinnehmen, obwohl er die Alte natürlich trotzdem dafür schelten musste.

»Imaculada, du hörst ab sofort auf mit diesen Zauberformeln. Du ängstigst die anderen Sklaven. Es war klug, dass du mir dein Anliegen anvertraut hast, denn ich werde unseren Herrn im Himmel bitten, dass er den beiden Liebenden einen Weg weist.«

Kasinda lachte sich ins Fäustchen. Von wegen »Herr im Himmel«! Den Herrn in der Casa Grande würde er bitten, etwas zu unternehmen, und genau das war es ja gewesen, was sie hatte erreichen wollen.

»Ja, Padre. Imaculada sein dumm. Lieber Gott und Padre sein klug. Imaculada sprechen fünf Ave-Maria, ja?«

»Sehr gut, Imaculada, tu das.« Der Padre war froh, als die Alte seinen Beichtstuhl verließ. Irgendwie war sie ihm unheimlich, da empfand er kein bisschen anders als die Sklaven.

In Salvador hatte sich unterdessen ein Trupp aus Kopfgeldjägern formiert. Schon lange war keine so hohe Belohnung mehr auf einen einzigen Mann ausgesetzt gewesen, so dass man großen Aufwand an Personal und Material trieb. Es versprach eine gute Investition zu werden. Ein gewisser Paulo Barbudo, Paulo der Bärtige, hatte sich zum Anführer der Horde erklärt. Er war selbst unübersehbar von afrikanischem Blut, doch hatte es sich sehr mit dem der Portugiesen vermischt, so dass er nicht nur einen prächtigen Bart hatte, sondern auch am ganzen Körper behaart war wie die Weißen. Dieser Paulo Barbudo also war kein dummer Mann. Er wusste, dass die hohen Kosten für die Expedition womöglich niemals wieder hereinkamen, immerhin mochte dieser Zé schon längst tot und von den Fischen im Meer aufgefressen worden sein. Er löste dieses Problem, indem er seinen Kumpanen eine Art Teilnahmegebühr abknöpfte.

»Wenn du den dreißigsten Teil der Belohnung einstreichen willst, musst du auch den dreißigsten Teil der Kosten übernehmen«, rechnete er ihnen vor und nannte dann die gewünschte Summe. Jeder zahlte. Jeder wollte Teil genau dieses Trupps sein, der von Paulo Barbudo angeführt wurde, denn der Ruf des Mannes als gnadenloser Jäger war legendär. Auf diese Weise gelang es Paulo Barbudo, ein kleines Vermögen anzuhäufen, von dem er nur einen Teil in die Jagd zu investieren gedachte. Den Rest legte er in Gold an, das er wiederum bei seiner »Ehefrau«, einer vertrauenswürdigen, schon in die Jahre gekommenen Puffmutter, versteckte. Er war froh, dass seine Begleiter allesamt dumm und brutal waren, denn so würden sie niemals nachvollziehen können, dass er nicht all ihr Geld für die Ausrüstung ausgegeben hatte. Sie waren sogar so dumm, dass sie ihm bedingungslos vertrauten, und das allein aufgrund seines schönen Bartes, der genauso aussah wie der des lieben Gottes auf den Heiligenbildchen.

Drei Wochen nach Zés Verschwinden machte der Suchtrupp sich auf den Weg.

Vier Wochen nach Zés Verschwinden wandte der Padre sich vertrauensvoll an Dom Felipe, um ihm ein Geheimnis zu verraten und ihn darum zu bitten, in dieser Sache doch etwas zu unternehmen. Schließlich könne eine Verbindung zwischen Lulu und Lua nur von Vorteil für das Haus Oliveira sein, wenn die beiden sich fortpflanzten und viele hübsche, anstellige Kinder bekamen.

Fünf Wochen nach Zés Verschwinden spielte Lua mit dem Gedanken, die alte Imaculada aufzusuchen, um ihren Rat einzuholen. War ihr eine mögliche Schwangerschaft schon wie ein großes Unheil erschienen – zumindest bis ihre Regel wieder einsetzte –, so war es die Aussicht, mit Lulu vermählt zu werden, erst recht. Heirat, Selbstmord oder Flucht – eines war so unvorstellbar wie das andere. Was sollte sie tun? Lua war so verzweifelt, wie Imaculada entzückt war.

Ihr Plan ging auf.

19

Mbómbo schalt sich einen Narren. Die Indios saßen um ihn herum und hielten sich die Bäuche vor Lachen. Der Häuptling des Stamms, der offenbar ein paar Brocken Portugiesisch beherrschte, hatte den Namen des Eindringlings absichtlich missverstanden und nannte ihn nun fortwährend Bombom, was er den anderen Indianern übersetzte. Und was ein Bonbon war, das wussten sogar diese Eingeborenen, denn aus Honig und Kräutern stellten sie solche Süßigkeiten selbst her.
Mbómbo war wütend über seine eigene Dummheit. Wie hatte er jemals glauben können, dass sein afrikanischer Name eines künftigen Quilombo-Gründers würdig war? Er hätte die Verballhornung, zu der sein Name ja geradezu einlud, vorhersehen müssen. Ob er sich doch wieder Zé nennen sollte? Nein, das war ein Sklavenname, und mit seiner alten Existenz wollte er auch alles abstreifen, was daran erinnerte, zuallererst den Namen. Aber wie sollte ein Mann, der Respekt einflößen und Vertrauen wecken wollte, heißen? Vielleicht könnte er sich mit einem Attribut schmücken? Zé Valente vielleicht, Zé der Tapfere? Allerdings war ihm in seiner derzeitigen Lage ein Gutteil seiner Tapferkeit abhandengekommen, denn mit den Indios war nicht zu spaßen. Manche Stämme, so wusste er, waren Kannibalen.
Seit zwei Wochen war Mbómbo nun in der Gewalt der Ureinwohner, und eigentlich hätte seine Furcht, verspeist zu werden, längst in den Hintergrund rücken sollen. Immerhin hatten diese Leute ja Zeit genug gehabt, um sich an ihm gütlich zu tun.

Vielleicht erschien er ihnen nicht schmackhaft genug, und sie wollten ihn erst noch ein wenig mästen, bevor sie ihn schlachteten? Denn zu essen gaben sie ihm reichlich. Es waren merkwürdig schmeckende Gerichte, die sie zubereiteten, und manches davon vermochte Mbómbo nur mit angehaltenem Atem herunterzuwürgen, etwa die Insektenlarven oder die Termiten.

Es war überhaupt erstaunlich, wie die Indios sich die Ressourcen des Urwaldes zunutze machten. Mbómbo beobachtete alles ganz genau, um davon zu lernen. Da man ihn in der kleinen Siedlung frei herumlaufen ließ – vollkommen überzeugt davon, dass er eine Flucht weder wagen noch überleben würde, was er übrigens selbst auch glaubte – und ihn als eine Art Monstrosität für die Kinder und Frauen zur Schau stellte, hatte er oft Gelegenheit, den Leuten bei häuslichen Verrichtungen zuzusehen. Sie lachten immer, wenn er sich zu ihnen gesellte und ihnen zuschaute, doch sie ließen ihn gewähren.

So lernte Mbómbo etwa, dass Termiten nicht nur den Speiseplan bereicherten, sondern auch als medizinisches Werkzeug, nämlich als Wundklammer, eingesetzt wurden. Ein kleiner Junge hatte sich bei einem Sturz eine klaffende Wunde am Bein zugezogen. Deren Ränder presste man fest zusammen, setzte dann nacheinander die Termiten darauf, hielt sie am Hinterteil fest, damit sie sich vor Panik in das Fleisch verbissen, und drehte schließlich den Hinterleib ab. Die Beißwerkzeuge der großen Insekten schlossen die Wunde besser, als es jeder Faden vermocht hätte.

Er lernte ferner, dass auch Spinnennetze zur Heilung dienten, denn diese gebrauchte man als Verband. Vorsichtig wurde das filigrane Gebilde von einem Ast gelöst, wobei manchmal mehrere Frauen mithelfen mussten, damit das Netz nicht zerstört wurde, und dann auf großflächige Wunden gelegt, etwa Verbrennungen. Die Beschaffenheit des Spinnennetzes, das sowohl leicht und luftdurchlässig als auch zugleich enorm elastisch und haltbar war, übertraf die Qualitäten einer Mullbinde um ein Vielfaches.

Faszinierend waren auch die Waffen der Männer. Sie benutzten meist Pfeil und Bogen, wenn sie Nahrung beschaffen wollten. Wollten sie einen Feind stellen, sei es nun einen Eindringling wie ihn, Mbómbo, oder aber einen verletzten und darum gefährlichen Jaguar, dann präparierten sie die Pfeilspitzen mit einem Gift, das sie aus verschiedenen Pflanzen sowie aus der Haut von winzigen Fröschen gewannen. Auch in Blasrohren kamen Giftpfeile zum Einsatz, und niemals hätte Mbómbo geglaubt, dass ein kleines Tröpfchen des Froschgiftes ausreiche, um eine große Raubkatze in Sekundenschnelle zu töten. Das aber genau war es, was ihm die Männer erklärten – mit eigenen Augen gesehen hatte er es allerdings nicht, denn zur Jagd nahmen sie ihn nicht mit.

Auch im Fischfang kamen Pflanzengifte zum Einsatz: Die Fische wurden betäubt und tauchten dann an der Oberfläche des Gewässers auf, wo man sie lediglich abfischen musste. Dabei war die Methode nur nötig, wenn sehr große Mengen Fisch benötigt wurden. Normalerweise erlegte man Fische mit Pfeil und Bogen. Selbst kleine Jungen, nicht älter als sechs oder sieben Jahre, beherrschten diese Kunst vortrefflich.

Eines Tages, als Mbómbo den Stamm so gut zu kennen glaubte, dass er sich solche Freiheiten herausnehmen durfte, bat er um eine Unterredung mit dem Häuptling. Dieser hieß Apoenã und wirkte wie ein verständiger Mann, obwohl auch er unter gelegentlichen albernen Attacken litt, etwa wenn er seinen »Gast« Bombom nannte und sich darüber halb totlachte.

»Häuptling Apoenã«, begann Mbómbo seine Rede, »ihr habt mich hier aufgenommen wie einen Freund, habt euer Essen

mit mir geteilt wie mit einem Bruder.« Er hielt kurz inne und hoffte, an dem Gesichtsausdruck seines Gegenübers zu erkennen, ob er den richtigen Ton getroffen hatte. Doch die Miene Apoenãs war undurchdringlich. »Ich möchte mich gerne erkenntlich zeigen. Lasst mich mit euch jagen, oder lasst mich mit den Frauen Maniok ernten, das habe ich mein halbes Leben lang getan. Ich bin auch sehr geschickt im Flechten von Palmblättern zu Körben oder Hüten.«
Auf dem versteinerten Gesicht des Häuptlings zeigte sich der Anflug eines Lächelns.
Ermutigt fuhr Mbómbo fort: »Zur Not würde ich auch Hühner füttern oder Wäsche waschen …«
Mit dem schallenden Gelächter, das nun folgte, hatte Mbómbo nicht gerechnet.
»Frauenarbeit!«, rief der Häuptling und lachte Tränen. »Du bist groß und stark.«
Natürlich bin ich das, dachte Mbómbo bei sich. Und natürlich hätte er gern männlichere Tätigkeiten ausgeübt. Aber inzwischen war er so weit, dass er alles getan hätte, selbst allereinfachste Arbeiten, die von Kindern erledigt wurden, um nur ja nicht länger zur Tatenlosigkeit verdammt zu sein. Denn nichts war schlimmer, als den ganzen Tag lang nichts zu tun, außer als Anschauungsstück für die Indios herumzulungern. Manchmal fühlte er sich wie ein angeketteter Hofhund, dem man gefahrlos ein paar derbe Streiche spielen durfte, der aber meist unbeachtet blieb und den halben Tag im Staub lag und döste.
Apoenã wusste selbst, dass er den Gefangenen nicht bis in alle Ewigkeit als Kuriosität behalten konnte. Entweder brachte man ihn in die Stadt und strich das Geld ein, das zweifellos für den entflohenen Sklaven bezahlt wurde, denn um einen solchen handelte es sich laut Bomboms eigener Aussage. Oder er

ließ sich eine vernünftige Verwendung für ihn einfallen. An die Möglichkeit, ihn laufenzulassen, dachte Apoenã nicht.

Doch beide Alternativen wollten dem Häuptling nicht recht gefallen. In die Stadt zu gehen und einen Menschen an die weißen Bestien zu verkaufen, die auch die Indios erbarmungslos versklavt und ermordet hatten, widerstrebte ihm zutiefst. Ihn dagegen im Dorf zu behalten, wo er als einer der Ihren leben sollte, kam auf Dauer ebenso wenig in Frage. Denn darin unterschieden sich Weiße, Indios und Schwarze überhaupt nicht voneinander: Die eigene Hautfarbe war die schönste und edelste, und eine Vermischung mit anderen galt als Schande.

»Häuptling Apoenã denkt darüber nach«, beschied er Mbómbo nach einer Weile und zog sich schweigend zurück.

Mbómbo dachte seinerseits ebenfalls nach. Was konnte er noch tun? Er hatte den Indios bereits seine Lage erklärt, hatte ihnen angeboten, für das Land, das sie ihm zur Verfügung stellten, eine Art Pacht in Naturalien zu zahlen – aber sie hatten ihn verhöhnt. Sein Schicksal bei den Eingeborenen wollte ihm noch erbärmlicher als jenes erscheinen, das ihn bei den Portugiesen ereilt hatte. Doch dann, eines Tages, kam ihm die rettende Idee.

Die Indios bereiteten sich auf ein wichtiges Fest vor, bei dem die jungen Männer ihre Fähigkeiten als Krieger und Jäger aneinander erprobten. Es würde Schaukämpfe geben – und Mbómbo war entschlossen, daran teilzunehmen und sich die Achtung des Stammes zu erwerben. Vielleicht würden sie ihn, wenn er im Ringkampf glänzte, mit mehr Ehrerbietung behandeln und ihn nicht einfach nur als nutzlosen Bombom betrachten. Er wartete auf eine günstige Gelegenheit, um dem Häuptling sein Ansinnen vorzutragen.

Apoenã schien abermals vor Belustigung kaum an sich halten zu können. »Bist du erprobt im Umgang mit Pfeil und Bogen?

Wie schnell kannst du ein Kanu rudern? Und kannst du es mit unseren Ringern aufnehmen, die zu den besten diesseits des Horizonts zählen?«

»Ja!«, rief Mbómbo. »Ja, ringen kann ich. Und alles, wobei Kraft und Körperbeherrschung benötigt werden.« Dass er niemals mit Pfeil und Bogen hantiert, geschweige denn in einem Kanu gesessen hatte, sagte er nicht.

Der Häuptling schmunzelte. Es war gar keine schlechte Idee, den großen schwarzen Mann teilnehmen zu lassen. So würden auch die jüngsten Burschen seines Stammes den einen oder anderen Sieg davontragen können, außerdem hätten sie alle viel zu lachen.

»Häuptling Apoenā denkt darüber nach«, lautete die Antwort wieder.

Diesmal gelangte der Häuptling schnell zu einer Entscheidung, die er Mbómbo am nächsten Tag mitteilte. »Du darfst teilnehmen. Wenn du verlierst, musst du sterben. Wenn du besser bist als wenigstens einer meiner Männer, musst du Frauenarbeiten verrichten, bis wir entschieden haben, was dann mit dir geschieht. Wenn du gewinnst, darfst du das Land am Fluss, auf dem wir dich gefangen haben, behalten und es bewirtschaften.«

Mbómbo war außer sich vor Freude. Er würde gewinnen, das stand für ihn fest. Er würde sich die Erlaubnis erteilen lassen, in einigen Disziplinen zu üben, damit er darin eine Chance hatte. Wie schwer mochte es schon sein, einen Einbaum zu rudern? Bei den Indios sah es kinderleicht aus. Er würde so verbissen kämpfen, dass der Stamm noch Generationen später davon berichten würde. Und er würde sein Land bekommen.

Man gestattete ihm tatsächlich, mit einem schlecht gespannten Bogen und stumpfen Pfeilen in das Dickicht des Waldes zu gehen und Vögel zu jagen. Natürlich ließ man ihn keinen Augenblick aus den Augen, und manchmal fiel es den Beobachtern schwer, sich vor unterdrücktem Lachen so ruhig zu verhalten, dass der Schwarze ihre Gegenwart nicht bemerkte. Er stellte sich unglaublich dumm an – jedes Weib war geschickter im Umgang mit der Waffe! Man erlaubte ihm ebenfalls, in einem morschen Einbaum zu rudern. Auch dies wurde für die Beobachter zu einem Ereignis, das ihnen vor Lachen die Tränen in die Augen trieb. Der Kerl schaffte es schon nicht, das Kanu zu besteigen und zu Wasser zu lassen! Mehrmals kippte er es um oder rutschte im Uferschlamm aus. Ach, es war köstlich! Abends wurde vor versammelter Runde zum Besten gegeben, was man tagsüber alles gesehen hatte, und der ganze Stamm geriet vor Begeisterung schier aus dem Häuschen.

Mbómbo wusste, dass sie über ihn lachten, aber es war ihm gleich. Er war wild entschlossen, sich von den Rückschlägen nicht aufhalten zu lassen und alles zu versuchen, um in der Kürze der Zeit noch so viel wie möglich zu lernen. Es blieben ihm, wenn er den Häuptling richtig verstanden hatte, noch rund zwei Wochen Zeit – der Wettkampf sollte beim nächsten Vollmond stattfinden.

Als der Tag gekommen war, wurde Mbómbo, genau wie die anderen Teilnehmer, mit schwarzer, weißer und roter Farbe angemalt, wobei man das Schwarz der Genipapo-Frucht auf seiner Haut kaum wahrnahm. Das rote Urucum dagegen leuchtete regelrecht, was ihm einen gespenstischen Ausdruck verlieh, und das Weiß des Tabatinga-Lehms stach auf seiner dunklen Haut viel deutlicher hervor als bei den Indiomännern. Zwar erschloss sich Mbómbo nicht die Bedeutung der Muster, mit denen sein Körper und sein Gesicht verziert wurden, doch auf wundersame Art und Weise schienen sie ihm Kräfte zu verleihen, die er zuvor nicht verspürt hatte. So musste es auch seinen

Vorfahren in Afrika gegangen sein, die ja ebenfalls Kriegsbemalung auftrugen.

Es begann mit einer komplizierten Abfolge fremdartiger Tänze und Handlungen, die Mbómbo gleichgültig verfolgte. Er war viel zu konzentriert auf die bevorstehenden Wettkämpfe, als dass er sich länger mit dem Sinn oder Unsinn dieser Rituale hätte beschäftigen wollen.

Und dann ging es endlich los – ausgerechnet mit dem Kanurennen. Es traten insgesamt um die zwanzig junge Männer an. Sie alle sollten zu einer bestimmten Stelle flussabwärts rudern, von den dort wartenden Wettkampfbeobachtern einen Gegenstand entgegennehmen und sodann wieder flussaufwärts rudern. Mbómbo scheiterte kläglich. Er brauchte viel zu lange, um seinen Einbaum zu Wasser zu lassen, und obwohl er mit aller Kraft ruderte, kamen ihm, als er den Wendepunkt noch lange nicht erreicht hatte, schon die ersten Rivalen entgegen. Als er merkte, dass er nicht die geringste Chance gegen die Indios hatte, die praktisch auf den Kanus aufgewachsen waren, drosselte er sein Tempo. Er kam ohnehin als Letzter an – da musste er nicht noch seine Kräfte vergeuden, die er bei den nachfolgenden Kämpfen bitter nötig hätte.

Beim Schießen mit Pfeil und Bogen war ihm genauso wenig Glück beschieden. Er fand, dass er seine Sache recht gut machte, wenn man bedachte, dass er noch vor kurzem nicht einmal den breiten Stamm einer Riesenzeder getroffen hätte. Nun aber traf er bei vier von fünf festen Zielen ins Schwarze. An den beweglichen Zielen jedoch scheiterte er. Während die jungen Indios einen Papagei nach dem anderen erlegten, brachte Mbómbo es einzig auf einen kümmerlichen Vogel. Als er damit zum Wettkampfplatz zurückkehrte, wo die Schiedsrichter die Beute begutachteten und die Gewinner ermittelten, lachten alle herzlich über seine Ungeschicklichkeit.

Mbómbo wurde allmählich wütend. Was ihm hier widerfuhr, war alles andere als gerecht, aber sich über seine mangelnde Erfahrung auch noch lustig zu machen, das grenzte an mutwillige Erniedrigung. Er wusste jedoch, dass er seine Wut im Zaum halten musste. Sie lenkte ihn ab, und wenn er auch nur in einer einzigen Disziplin gewinnen wollte, dann musste er einen kühlen Kopf bewahren und jede noch so kleine Schwäche des Gegners ausnutzen. Er setzte all seine Hoffnungen in den Ringkampf, denn er war nicht nur größer und stärker als die Indios, sondern dank seiner Übung in Capoeira gewiss auch beweglicher. Er würde es diesen Kindsköpfen schon noch zeigen!

Leider kam es anders, als Mbómbo es vorhergesehen hatte. Beim Ringen unterlag er jedem einzelnen Gegner, sogar dem kleinsten und schwächlichsten von ihnen – weil er sich nicht an die Regeln gehalten hatte. Dass sich niemand die Mühe gemacht hatte, ihm diese zuvor zu erklären, spielte keine Rolle. Perfiderweise war es in jedem Kampf eine andere Regel, die er angeblich brach, so dass er nicht einmal aus seinen Fehlern lernen konnte. Die Zuschauer grölten und tobten, als sie den derart Besiegten in der Mitte des Platzes stehen sahen, mit vor Anspannung zitternden Muskeln und gefletschten Zähnen wie ein Jaguar vor dem Angriff.

Mbómbo wusste sich keinen anderen Rat, als den besten der Wettkämpfer zu einem Kampf herauszufordern, den dieser nicht ablehnen konnte. Mbómbo warf ihm nämlich einen Stock zu und bedeutete ihm, mit diesem auf ihn einzuschlagen. Zunächst weigerte sich der junge Indio, ein muskulöser und äußerst wendiger Mann ungefähr in Mbómbos Alter. Es erschien ihm nicht recht, mit einer Waffe auf einen wehrlosen Gegner einzudreschen, der ohnehin schon verloren und sich zum Gespött gemacht hatte. Doch Mbómbo bestand darauf.

Die Zuschauer hielten den Atem an. Wollte der Fremde seinen Tod beschleunigen und ihn auf möglichst ehrbare Weise erkämpfen? Das flößte ihnen einen gewissen Respekt ein, so dass ihr Gelächter nach und nach abebbte. Irgendwann war es so leise auf dem Dorfplatz, dass man das Sausen des Stockes hörte, den der junge Indio plötzlich auf Mbómbo niederfahren ließ. Man hörte ebenfalls die Bewegungen der Füße im Staub, die rasche Drehung des Schwarzen und seinen Tritt, der den überraschten Indio an der Schulter traf. Ein mitfühlendes Stöhnen ging durch die Menge.

Und dann war der junge Krieger nicht mehr zu halten. Er schwang zornig den Stock, zog ihn zurück, versuchte, den Gegner in die Irre zu leiten, und schlug dann … ins Leere. Denn Mbómbo war ebenso geschmeidig wie schnell. Er wirbelte herum, die Beine senkrecht zum Spagat gespreizt, und verwirrte seinen Gegner zusehends mit seiner Akrobatik. Er schlug Saltos nach vorn und Saltos rückwärts, er flog förmlich und schaffte es immer aufs Neue, den Schlägen auszuweichen. Allerdings war der junge Indio nicht minder findig und schnell. Es gelang Mbómbo zunächst kein zweites Mal, ihn an einer empfindlichen Stelle zu treten oder zu schlagen.

Je verbissener die beiden kämpften, desto mehr erholte sich das Publikum von seiner anfänglichen überraschten Starre. Man feuerte die beiden nun an und rief »ah« und »oh«, wenn ein besonders raffinierter Schlag oder Sprung ausgeführt wurde. Mittlerweile war auch Häuptling Apoenã an den Rand des Rings getreten, um sich davon zu überzeugen, dass seine Söhne ihm die Wahrheit erzählt hatten. Eigentlich nämlich waren die Wettkämpfe vorbei und entschieden, der Tod des Schwarzen besiegelt. Vor der Siegerehrung gönnte man allen ein wenig Ruhe, so dass er selbst auf seiner Strohmatte gelegen und nachgedacht hatte, bevor die Feierlichkeiten weitergingen. Doch mit der Ruhe war es auf einen Schlag vorbei, als ihm seine beiden jüngsten Söhne zutrugen, was sich da auf dem Dorfplatz tat. Apoenã konnte nicht glauben, dass der Fremde ein so schlechter Verlierer war, dass er einen Kampf anzettelte. Er spürte seinen Zorn hochkochen.

Als er jedoch das Geschehen beobachtete, war er wider Willen fasziniert von der Körperbeherrschung des Schwarzen. Das war reinste Magie! Nie zuvor hatte er einen Menschen gesehen, der solche Bewegungen ausführen konnte, und das so flüssig und ohne sichtliche Anstrengung, dass es wirkte wie ein Tanz. Apoenã kam aus dem Staunen nicht heraus. Der Mann sprang wie ein Jaguar, flog wie ein Papagei und führte raffinierte Täuschungsmanöver aus wie ein *mico-saguí*, ein Äffchen. Die Eleganz dieser Darbietung war grandios, denn nichts verriet die Kraft, die in den Tritten und Hieben lag, die der Fremde sparsam, aber zielgerichtet austeilte. Obwohl er mangels einer Waffe im Nachteil hätte sein müssen, insbesondere gegen den sehr versierten Kämpfer Cauã, sah es nicht nach einem schnellen Sieg des Indios aus.

Und dann traf, wie aus dem Nichts heraus, mitten aus einer grazilen Umdrehung in der Luft, der Fuß des Schwarzen auf den Stock des Gegners. Der Stock flog in hohem Bogen fort und hätte beinahe die Zuschauer in der ersten Reihe getroffen. Alle hielten die Luft an. Würde der Tiertänzer nun zum letzten, tödlichen Tritt ausholen? Cauã war ebenso entsetzt über den Verlust seiner Waffe wie seine Stammesmitglieder. Ohne den Stock hätte er der Technik und Kraft des Schwarzen wenig entgegenzusetzen. Er blieb steif in der Mitte des Rings stehen und starrte seinen Gegner furchtlos an, obwohl ihn durchaus Angst beschlich, der andere könnte ihn nun töten.

Mbómbo hatte nichts dergleichen vor. Er hatte einzig beweisen wollen, dass er nicht ganz so nutzlos war, wie die Indios ihn

hatten aussehen lassen wollen. Diesen Beweis hatte er nun erbracht. Er verbeugte sich erst vor seinem Gegner, danach vor den Zuschauern. Erst jetzt erblickte er den Häuptling, der mit offenem Mund dastand und offenbar nicht glauben konnte, was er sah. Mbómbo ging gemessenen Schrittes zu ihm und verbeugte sich. »Häuptling Apoenã, ich danke dir, dass du mir die Chance gegeben hast, mich mit deinen Männern zu messen. Entscheide nun, ob ich den Tod verdient habe, weil ich nicht gegen wenigstens einen deiner Männer siegreich war.«
Apoenã gefiel der Stolz, der aus Haltung und Stimme des Mannes sprach. Er bettelte nicht um sein Leben, sondern er erwartete voller Würde das Urteil. Da Apoenã, wie alle Indios, einem tief verwurzelten Naturglauben anhing, in dem die Tiere eine große Rolle spielten, war er jedoch davon überzeugt, dass ein Todesurteil nur Unglück über ihn und seinen Stamm bringen konnte. Ein Mensch, der die Schlauheit des Affen, die Eleganz der Schlange, die Kraft des Jaguars, die Geduld einer Spinne und die Leichtigkeit eines Schmetterlings in sich vereinte, der verdiente eine gesonderte Wertung außerhalb der Regeln des Wettbewerbs.
»Da du den Besten unserer Männer besiegt hast, werde ich dir das Land geben, um das du gebeten hast.«
Mbómbo fiel vor dem Älteren auf die Knie. Mit Mühe musste er die Tränen unterdrücken, so groß war seine Erleichterung.
»Unter einer Bedingung.«
»Ja?«, flüsterte Mbómbo und sah dem Indianer tief in die Augen.
»Du musst lernen, wie man ein Kanu rudert und wie man mit Pfeil und Bogen umgeht. Cauã wird dein Lehrmeister sein. Du wirst ihm dafür einige der kunstvollen Sprünge aus deinem Tiertanz beibringen.«
Mbómbo senkte voll Dankbarkeit den Kopf.

20

Alle hatten sich gegen sie verschworen. Lua konnte nicht glauben, was ihr widerfuhr. Nie zuvor hatte man sie so deutlich spüren lassen, dass sie eine Sklavin war und keinerlei Mitspracherecht in dieser Angelegenheit besaß, einer Angelegenheit immerhin, die ihr Leben entscheidend verändern würde: ihre eigene Hochzeit.

Natürlich wäre es keine Hochzeit im herkömmlichen Sinn, denn Sklaven besaßen nicht das Recht, sich offiziell zu vermählen. Man konnte sie jederzeit verkaufen und so von ihren »Ehegatten« trennen. Auch das Recht auf ihre eigenen Kinder wurde ihnen abgesprochen. Dennoch sahen es die Weißen gern, wenn die Sklaven ein gottesfürchtiges und moralisch einwandfreies Leben führten, und dazu gehörten nun einmal Eheschließungen bei zwei Menschen, die einander zugetan waren und eine Familie gründen wollten. Selbstredend, dass die eheliche Treue dabei nur von den Sklaven erwartet wurde, nicht aber von den Senhores oder den weißen Aufsehern, die weiterhin ihre dunkelhäutigen Favoritinnen beschliefen.

Lulu dagegen war im siebten Himmel. Er wusste selbst nicht genau, womit der diese »Ehe« verdient hatte, doch er war schlau genug, es sich nicht anmerken zu lassen. Als Dom Felipe ihn eines Tages zu sich rief, hatte er zunächst mit einem Tadel gerechnet. Doch dann hatte der Senhor ihn gefragt: »Stimmt es, dass du dich gern mit Lua vermählen würdest?«

Lulu war aus allen Wolken gefallen, doch seinen verwirrten Gesichtsausdruck musste der Senhor als Verlegenheit interpretiert

haben, denn er fuhr fort: »Mir ist zu Ohren gekommen, dass Lua und du eine ... nun ja, eine gewisse Verbindung pflegt. Du brauchst dich dafür nicht zu schämen, das ist schon in Ordnung. Kennen wir ja alle«, hier lachte er anzüglich, bevor er in ernsterem Ton weitersprach. »Und weil ihr beide, du und Lua, gute und treue Neger seid, soll euch die Hochzeit gewährt werden.«
»*Sim*, Senhor, *obrigado*, Senhor«, stammelte der völlig überraschte Bursche.
»Gerne, mein Junge. Und jetzt schick mir Lua rein, damit ich ihr selbst die schöne Botschaft übermitteln kann.«
Lulu flitzte aus dem Raum, zerrte Lua aus der Küche und sagte ihr erst, als sie schon vor dem Arbeitszimmer angelangt waren, worum es ging: »Große Pläne hat der Senhor mit uns beiden, mit dir und mir. Ich weiß nicht, wie er drauf gekommen ist, aber er hält uns für ein Liebespaar.«
Lua strafte ihn mit der herablassendsten Miene, deren sie fähig war, strich ihre Schürze glatt und klopfte an.
»Lua, nicht so schüchtern, komm herein.«
Sie sagte keine Silbe.
»Vielleicht hat Lulu es dir gegenüber schon angedeutet, obwohl doch eigentlich ich es dir zuerst sagen wollte ... also, um es kurz zu machen: Ihr dürft heiraten.«
Lua fiel aus allen Wolken. Entgeistert starrte sie den Mann an, der vielleicht sogar ihr leiblicher Vater war, und fragte sich, wie er, der sie ihr Leben lang kannte, plötzlich so über sie verfügen konnte wie über eine Handelsware.
»Ich heirate den Kerl nicht!«, platzte sie schließlich heraus.
»Was soll das?«
»Wie kommt Ihr darauf, dass ich mit dem Kerl etwas zu schaffen habe, was über die Arbeit hinausgeht?«
»Jetzt aber mal halblang, du vorlautes Früchtchen! Du hast hier keine Fragen zu stellen. Du hast meine Entscheidungen auch

nicht anzuzweifeln, schon gar nicht, wenn es sich um solche handelt, die doch nur zu deinem Vorteil sind. Als Ehepaar erhaltet ihr eine eigene kleine Hütte oder eine Dachkammer in der Casa Grande. Als Ehefrau wirst du dann auch in den Genuss regelmäßiger, ähm, fleischlicher Freuden kommen, und bald schon wirst du Mutter. Davon träumen doch alle jungen Frauen.«

»Ich hasse Lulu!«

Felipe Oliveira, der Herr über São Fidélio und 200 Sklaven, der sich stets für einen gerechten Senhor gehalten hatte, geriet über so viel Undank in Wut. Er hatte diesem Negermädchen ein Dach über dem Kopf gegeben, ihm Nahrung und Kleidung gegeben sowie Schutz angedeihen lassen. Er hatte seine Tochter mit ihr spielen lassen und Lua später als Hausmädchen in einer privilegierten Position arbeiten lassen. Ohne ihn und seine Fürsorge wäre sie längst eine ausgemergelte Feldsklavin mit vier Bälgern oder eine abgewrackte Hure in der Hauptstadt. Da sah man doch mal wieder, dass die Neger einfach nicht schätzen konnten, was man für sie tat.

Sie kosteten einen viel Geld in der Anschaffung und noch mehr im Unterhalt, und womit dankten sie es einem? Mit Faulheit, Aufsässigkeit und Verlogenheit! Und so waren sie alle, ganz gleich, wie nett sie aussahen oder wie gehorsam sie sich gaben oder wie lange sie schon bei einem waren. *Sim Sinhô* hier, *sim Sinhô* da – aber hinter ihren schwarzen Stirnen heckten sie nur Übles aus. Und Lua war da keine Ausnahme. Ein Teil der Familie war sie schon beinahe gewesen, eine Vertraute seiner Eulália. Und nun das!

»Mir ist egal, wen du hasst. Du wirst den Burschen heiraten, basta.«

»Nein.«

»Wie bitte? Hast du gerade ›nein‹ gesagt? Das ist doch wohl ...«

Mit einem Satz war Dom Felipe aufgesprungen und schlug

Lua hart ins Gesicht. Das hatte er nie zuvor getan, und seine heftige Reaktion erschreckte ihn selbst. Das Prügeln überließ er seinen Aufsehern, er sah sich lieber als strenger, aber gütiger Herr, dem körperliche Grausamkeit zuwider war und der eher mit Ermahnungen zur Hand war als mit Schlägen.
Auch Lulu erschrak so sehr, dass er zusammenzuckte und beinahe mit dem Kopf gegen die Tür gestoßen wäre, an der er lauschte. Er wusste nicht, wieso der Senhor es sich in den Kopf gesetzt hatte, ihm Lua zur Frau zu geben, aber dass diese sich nun so vehement dagegen wehrte, das verletzte ihn. War er denn so schlimm? Andere Sklavinnen wurden vergewaltigt und bekamen von den Weißen helle Babys gemacht. Ihr hatte man ein besseres Schicksal zugedacht – und sie wehrte sich dagegen mit Händen und Füßen. Das war wirklich undankbar! Außerdem wusste sie doch gar nicht, was ihr entging. Wenn er daran dachte, was sie beide in den Nächten tun würden … In diesem Augenblick spürte er eine kräftige Hand, die ihn am Kragen packte und von der Tür fortzog.
»Was auch immer da drinnen geschieht und was auch immer du mit angehört hast, es geht keinen was an«, polterte die Köchin, die von Fernanda gerufen worden war. »Und du behältst es für dich, verstanden, Freundchen?«
Lulu nickte. Aber noch am selben Abend prahlte er vor seinen wenigen Freunden damit, dass er demnächst ein Ehemann und Vater wäre und in der Casa Grande leben dürfe. Niemand glaubte ihm.

Der Fall wurde für die Familie Oliveira zur Zerreißprobe. Eulália sprach nicht mehr mit ihrem Vater, weil dieser so herrisch über ihre Sklavin bestimmt hatte. Dom Felipe war erzürnt, weil seine Tochter bei Lua über die Jahre eine zu weiche Hand gezeigt hatte. Dona Ines stimmte ihrem Mann darin zu, dass die

Auflehnung Luas zu verhindern gewesen wäre, wenn man sie nur rechtzeitig an die Kandare genommen hätte. Sie schlug vor, man solle das Mädchen doch einmal für ein paar Wochen auf die Zuckerrohrfelder schicken, denn die Ernte stand an, und jede Arbeitskraft wurde gebraucht. Eine hervorragende Idee, so lerne Lua Demut, befand Dom Felipe. Daraufhin sprach Eulália auch mit ihrer Mutter kein Wort mehr, und das nur wenige Wochen vor ihrer eigenen Hochzeit mit Rui Alberto.

»Ich finde, dass hier viel zu viel Wirbel um dieses Mädchen gemacht wird«, sagte eines Tages Manuel, immer schon derjenige in der Familie, der mit dem schärfsten Verstand ausgestattet war. »Sie bringt nur Unruhe in die Casa Grande und auch in die Senzala. Nach allem, was man so hört, haben sich dort nämlich ebenfalls zwei Fronten gebildet, eine für und eine gegen die Zwangshochzeit.«

»Was heißt hier ›Zwangshochzeit‹?«, rief Dom Felipe empört dazwischen.

»Es ist doch ganz gleich, wie man es nennt. Dann eben die Liebesvermählung. Jedenfalls ist die ganze Aufregung überflüssig und hinderlich. Ich würde sowohl Lua als auch Lulu verkaufen.«

»Nein!«, rief Eulália mit tränenerstickter Stimme.

»Reg dich doch nicht gleich so auf, liebste Schwester. Dein Gemahl kann sie dir doch kaufen.«

»Er soll mir etwas kaufen, was mir sowieso schon gehört? Und Ihr, Pai, würdet Ihr denn Geld von Eurem Schwiegersohn für eine Sklavin annehmen?«

»Selbstverständlich würde er das«, beantwortete Manuel die Frage. »Es ist ja nicht so, als würdest du nicht eine außergewöhnlich hohe Mitgift mitbringen …«

»Willst du damit andeuten, ohne diese Mitgift hätte Rui Alberto mich verschmäht?«, zischte Eulália.

Genau das hatte ihr Bruder andeuten wollen, aber er hütete sich, es auszusprechen. Dennoch zürnte ihm seine ältere Schwester, so dass sie jetzt mit allen im Haus lebenden Angehörigen zerstritten war und mit keinem von ihnen mehr sprach.

Ihr großer Bruder, der in Salvador das unbeschwerte Leben eines Studenten aus reichem Hause in vollen Zügen genoss, bekam von alldem nichts mit. Er hatte sich seit Monaten nicht mehr auf São Fidélio blicken lassen. Den Fragen des Vaters nach dem Fortgang des Studiums sowie den inquisitorischen Blicken der Mutter, die ihn jedes Mal nach seinem Privatleben aushorchte, wollte er sich nicht öfter als nötig aussetzen. Carlos war alt genug, sein Leben so zu führen, wie es ihm gefiel! Und es gefiel ihm nun einmal, sich mit heißblütigen Mulattinnen einzulassen, sich in zwielichtigen Spelunken herumzutreiben und seine äußerst großzügig bemessene Apanage am Spieltisch oder bei Hahnenkämpfen zu verwetten.
Beim Hahnenkampf war es auch gewesen, dass er die Bekanntschaft von Paulo Barbudo gemacht hatte. Der hatte ihm schnell und unkompliziert aus einer Klemme geholfen, indem er ihm Geld geliehen hatte, das demnächst mit hohen Zinsen zurückzuzahlen war. Carlos fragte sich, ob er seine letzten Münzen erneut am Spieltisch riskieren sollte – die einzige Chance, möglichst schnell an eigenes Geld zu kommen, wäre nämlich ein ordentlicher Spielgewinn – oder ob er wirklich nach São Fidélio reiten musste, um seinen Vater anzubetteln. Auf die Moralpredigt des Alten hatte er überhaupt keine Lust, und auf die bohrenden Blicke seiner Mutter schon gar nicht. Beim letzten Mal hatte sie ihn rundheraus gefragt, ob er dem Alkohol zusprach, denn seine Haut sehe aufgedunsen aus, er habe dunkle Ringe unter den Augen und rote Äderchen um die Nase. Daraufhin hatte er ihr in seiner hochmütigen Art erklärt, der

Mediziner in der Familie sei ja immer noch er, und er wisse, dass seine augenblickliche Verfassung von einer Sommergrippe herrühre, die er sich beim Diner auf der zugigen Veranda des Vizegouverneurs eingefangen habe.
Das hatte fürs Erste für Ruhe gesorgt.
Eine ähnlich gute Notlüge musste er sich nun für Paulo Barbudo ausdenken, um ihn um eine Verlängerung des Kredits zu bitten. Carlos litt beileibe nicht an einem Mangel an Phantasie. Dennoch fiel es ihm ungleich schwerer, einen hartgesottenen Kerl wie Paulo Barbudo anzulügen als seine Eltern. Man wusste ja nie, auf welche Ideen diese grobschlächtigen Verbrecher kamen, um ihr Geld einzutreiben. Da musste man schon eine sehr, sehr gute Geschichte parat haben.
Als ihm endlich eine einfiel, mit der er sich unter die Augen des Geldverleihers wagen konnte, ging er in das Hurenhaus, von dem aus Paulo seine Geschäfte betrieb, und bat die alte Puffmutter um eine Unterredung mit ihm.
»Der Kerl ist seit Wochen verschwunden!«, rief die Frau. »Wenn Ihr ihn findet, richtet ihm aus, dass er sich gar nicht erst wieder blicken zu lassen braucht. Meine Mädchen werden von anderen Zuhältern entführt. Die Kunden meiden unser Haus, weil es ohne den Bärtigen hier nicht mehr so sicher ist wie vorher. Und der Scheißsklave, den er jagt, ist doch sowieso längst über den Jordan.«
»Ach, er ist Sklavenjäger?«, erkundigte Carlos sich, ehrlich interessiert.
»Na ja, nur, wenn die Belohnung hoch genug ist. Aber diesmal ist er zu lange fort, seine anderen Geschäfte vernachlässigt er zu lange, und seine Kunden«, dabei schaute sie Carlos durchdringend an, »werden allmählich ungeduldig.«
»Das stimmt allerdings«, sagte Carlos und setzte eine arrogante Miene auf, was er wie kein Zweiter beherrschte. »Wenn er

wiederkehrt, richte ihm aus, der *Doutor* Carlos habe ihn sehen wollen.«

Die Frau nickte, offensichtlich beeindruckt von dem Doktortitel, den Carlos führte, ohne auch nur sein Zwischenexamen bestanden zu haben.

Carlos nickte ernst und bedächtig zurück, ganz der *Doutor*. Innerlich jubilierte er. Die alte Schlampe würde Paulo Barbudo ausrichten, dass er, Carlos, da gewesen sei – und der würde annehmen müssen, dass er zur Tilgung seiner Schuld gekommen war.

Carlos würde diese unverhoffte Schonfrist zu nutzen wissen.

Unterdessen war der Bärtige auf der Jagd nach dem Sklaven, der von São Fidélio entflohen war – und am Ende seiner Weisheit. Es war schlicht und ergreifend unmöglich, dass jemand, der angeblich weder über Geld noch über einflussreiche Helfer verfügte, wie vom Erdboden verschluckt war. Entweder hatte Dom Felipe ihm ein paar entscheidende Details vorenthalten, oder aber der Flüchtige war wirklich tot.

Anfangs hatten sie eine vielversprechende Spur verfolgt, die geradewegs nach Norden führte, immer tiefer in den Urwald hinein. Sie hatten erloschene und schlecht verdeckte Feuerstellen gefunden, wie sie kein Indio je hinterlassen würde, genauso wenig wie jemand, der nicht verfolgt wird. Sie hatten anhand von Kot, der von keinem Tier des Waldes stammen konnte, der Person folgen können. Seine Männer waren voller Tatendrang gewesen. Je weiter sie kamen, desto entschlossener fahndeten sie nach dem Neger, die hohe Belohnung schon fast in Reichweite.

Und dann verlor sich die Spur, einfach so, mir nichts, dir nichts. Der Trupp stieß auf einen kleinen Indiostamm, der feindselig wirkte. Seine Männer ließen ihn auf Paulo Barbudos Anweisung hin in Ruhe, obwohl ihnen Wut und Enttäuschung Mordgelüste einflößten, und sie Lust hatten, die Wilden ein bisschen zu ärgern. Doch wie jeder vernünftige Mensch wusste Paulo, dass sie hier im Wald keine guten Chancen gegen die Indios hatten. Diese waren in der Überzahl und mit den Gegebenheiten des Dschungels viel besser vertraut als seine Horde, die sich überwiegend aus städtischem Gesindel zusammensetzte, aus Trunkenbolden, Dieben und Mördern.

Der Häuptling der Indios ließ sich immerhin dazu herab, im Tausch gegen einen kleinen Spiegel, den Paulo zufällig mitführte, ein paar Fische und Früchte herauszurücken. Nach Wochen waren alle froh, wieder einmal etwas Frisches essen zu können, anstatt immer nur von Dauerwürsten und Mehlfladen zu leben. Der Häuptling berichtete bei dieser Gelegenheit, er habe seit Jahren keine Fremden im Wald gesehen und wünsche auch künftig keine Störungen, von Weißen genauso wenig wie von Schwarzen. Er bekräftigte seine Forderung mit einem kräftigen Strahl Spucke, den er gekonnt genau vor Paulo Barbudos Füßen landen ließ. Der Trupp zog ab.

Um auf dem Rückweg an die Küste seine Männer bei Laune zu halten, musste Paulo sich etwas einfallen lassen. Sie alle, er eingeschlossen, waren wütend und enttäuscht. Jede andere Fährte, der sie vielleicht noch hätten folgen können, wäre mittlerweile kalt. Sie hatten sich mit solcher Gewissheit auf diese eine Spur konzentriert, dass sie zu viel Zeit vergeudet hatten. Dabei wusste doch Paulo Barbudo besser als die meisten anderen Männer, dass man nicht alles auf eine Karte setzte. Wie oft er unvorsichtigen Spielern Kredit gegeben hatte, wie oft schon dumme Burschen am Spieltisch ausgenommen!

Er animierte seine Männer dazu, Schlangen, Krokodilen und Jaguaren nachzusetzen, denn deren Häute und Zähne brachten wenigstens ein bisschen Geld ein, wenn auch nicht so viel, wie die Männer an »Teilnahmegebühr« hatten bezahlen müssen. Er führte sie auf dem Rückweg nach Salvador außerdem über die Fazenda São Fidélio, wo er dem Senhor die schlechte Nachricht überbringen musste, dass man seinen Neger nicht hatte finden können. Bei der Gelegenheit konnten sich einmal alle die Bäuche vollschlagen und vielleicht die eine oder andere Sklavin vernaschen.

Doch was ihn dann auf São Fidélio erwartete, war noch viel besser.

Eine Sklavin war geflohen.

Und das erst vor wenigen Stunden.

21

Mbómbo war seinen Häschern nur mit äußerster Knappheit entkommen. Wären die Männer auch nur noch eine halbe Meile weitergegangen, hätten sie seine Hütte entdeckt. Nun aber freute er sich seines Lebens, wie er es selten zuvor getan hatte. Die Wahrscheinlichkeit, dass ein weiterer Suchtrupp so tief in den Urwald vordrang, war verschwindend gering. Mbómbo war so sicher, wie man es unter den gegebenen Umständen nur sein konnte.
Außer einer einfachen Hütte hatte sein zukünftiges Dorf noch nicht viel aufzuweisen. Vor der Hütte gab es eine große Feuerstelle, die nicht nur zur Zubereitung seines Essens diente, sondern auch zum Schutz vor den allgegenwärtigen Mücken – wenn man bestimmte frische Zweige verbrannte, hielt der scharfe Qualm die Plagegeister fern – sowie zur Abschreckung aller anderen Tiere.
Über den Büschen und an den Zweigen der Bäume lagen beziehungsweise hingen die wenigen Kleidungsstücke, die Mbómbo auf seiner Flucht hatte mitnehmen können. Er wusch sie in dem Flüsschen, wobei er weder Seife noch Steine zur Verfügung hatte, gegen die man den Stoff hätte schlagen können. Er tunkte sie also nur in das fließende Wasser und wrang sie aus. Es war ohnehin egal, wie er herumlief, denn es sah ihn ja keiner. Wären die Mücken nicht gewesen, Mbómbo wäre auch liebend gern nackt geblieben.
Die Einsamkeit setzte ihm mehr zu, als er sich eingestehen wollte. Gelegentlich schaute er bei den Indios vorbei, aber sie schätzten die enge Nachbarschaft offenbar nicht so wie er.

Häuptling Apoenã zeigte sich jedes Mal ausgesucht höflich, doch er blieb merkwürdig distanziert. Also beschränkte Mbómbo seine Besuche bei dem Stamm auf das Nötigste, und nötig waren sie nicht oft. Er kam erstaunlich gut zurecht in der Wildnis. Zwar ließen seine hausfraulichen Qualitäten zu wünschen übrig – nicht nur die Wäsche blieb fleckig, sondern auch die Hütte hätte sauberer sein können, und sein Essen war fad –, aber irgendwie schlug er sich durch. Er hatte ein Dach über dem Kopf und genug zu essen. Sonst hatte er nichts. Und das war, befand er, entschieden zu wenig.
Er brauchte Gesellschaft. Die alte Kasinda hatte ihn angewiesen, sein Quilombo – oder das, was erst noch eines werden sollte – mit unmissverständlichen Wegweisern auffindbar zu machen, so dass weitere Flüchtlinge zu ihm stoßen konnten. Sie hatten sich auf ein Zeichen geeinigt, das Eingeweihte sofort erkennen, andere jedoch gar nicht wahrnehmen würden: eine auf eine bestimmte Weise verlaufende Kerbe in Baumstämmen. Wenn andere entflohene Sklaven sich nun immer nach Norden durchschlagen würden und dabei genügend Geduld und Glück hatten, würden sie irgendwann auf diese Folge von Kerben stoßen. So jedenfalls war der Plan gewesen.
Inzwischen zweifelte Mbómbo daran, dass der Plan so unfehlbar war, wie Kasinda ihn hatte glauben machen. Niemand erschien. Er hatte mehrere Meilen vor seiner Hütte in einem großen Viertelkreis diese Kerben angebracht. Von dort aus verjüngte sich das Feld, in dem er Bäume gekennzeichnet hatte, trichterförmig, bis es kurz vor seiner Hütte endete. Jeder, der nach Norden marschierte, musste früher oder später an dem Viertelkreis ankommen, auch wenn sein Weg ihn vielleicht ein wenig mehr nach rechts oder nach links geführt hatte. Aber egal, wie genau Mbómbo horchte und beobachtete, nichts tat sich. Ob niemandem die Flucht aus der näheren Umgebung

der Fazenda gelang, weil der Flüchtige schon frühzeitig gefasst wurde? Oder wollte vielleicht gar niemand fliehen? Hatte er in seinem unbeugsamen Freiheitsdrang den anderen Sklaven etwas unterstellt, das sie nie empfunden hatten?

Je einsamer Mbómbo wurde und je mehr er grübelte, desto mehr wollte es ihm erscheinen, als habe er sich da in etwas hineingesteigert, das der Realität nicht standhielt. Die Freiheit hatte er sich schillernder vorgestellt. Frei zu sein musste doch mehr bedeuten, als nackt herumlaufen zu können und sich gehenzulassen. Die Freiheit hätte nach mehr schmecken sollen als nach ungesalzenem Maisbrei und halbgarem Fisch. Doch sie stieß ihm zuweilen bitter auf.

Natürlich gab es Momente, in denen Mbómbo vor Glück hätte heulen können, dass ihm die Flucht geglückt war, dass er diesen Platz gefunden hatte und er den Schutz der Indios genoss. Aber das waren nur vereinzelte Lichtblicke in einem ansonsten eintönigen Tagesablauf, der sich von seinem alten Leben nur dadurch unterschied, dass er noch mehr arbeitete.

Denn von Sonnenaufgang bis zum Einbruch der Dunkelheit schuftete Mbómbo. Allein das Errichten der Hütte hatte ihn viel Schweiß und Mühe gekostet, was dem Ergebnis leider nicht anzusehen war. Ganz auf sich allein gestellt und mit keinem anderen Werkzeug als einem stumpfen Messer, das Kasinda für ihn aufgetrieben hatte, war die Arbeit an seiner schlichten Unterkunft eine riesige Herausforderung an Kraft und Erfindungsreichtum gewesen. Das Anlegen von kleinen Beeten, in denen er das mitgebrachte Saatgut ausbringen konnte, war von nicht minder großer Mühsal geprägt, zumal er nie viel Zeit dafür erübrigen konnte, denn zu aufwendig und langwierig war die Nahrungsbeschaffung.

Jeden Tag ging Mbómbo mit Pfeilen und Bogen, die er selbst angefertigt hatte, auf die Jagd. Doch wenn es ihm nach Stunden

endlich gelang, einen Vogel zu schießen, durfte er sich keine Pause gönnen. Von einem Vogel allein wurde ein Mann seiner Statur nicht satt. Wenn er Glück hatte, erlegte er ein Capivara, dann hielt das Fleisch mehrere Tage vor. Aber Fleisch allein reichte nicht aus. Er musste auf Bäume klettern, um Vogeleier aus Nestern zu holen, und musste wilde Früchte und Wurzeln sammeln. Dies alles geschah unter manchmal unzumutbaren Bedingungen, denn der Regenwald kochte und dampfte an manchen Tagen, dass jede Bewegung zum Kraftakt ausartete.
Hatte er genügend Nahrungsmittel gesammelt und gejagt, musste auch noch alles zubereitet werden. Holz musste geschlagen und das Feuer geschürt werden. Angesichts der immerwährenden Feuchtigkeit war auch dies kein leichtes Unterfangen. Mbómbo hatte sich schon gelegentlich dabei erwischt, dass er sich nach São Fidélio zurückwünschte, wo er nach getanem Tagewerk abends einen großen Teller voll würzigem Bohneneintopf mit *carne seca*, Trockenfleisch, herunterschlingen konnte, ohne einen Gedanken daran zu verschwenden, wo das Essen für den nächsten Tag herkommen sollte. Nein!, ermahnte er sich dann jedes Mal, nein, ein gut gesalzenes Essen, sosehr er sich auch danach sehnen mochte, war es nicht wert, sich dafür schikanieren, misshandeln und erniedrigen zu lassen. Hier hatte er es allemal besser.
Und dennoch … Er lechzte nach menschlicher Gesellschaft. Die Lust auf einen abendlichen Schwatz vor der Senzala, das Verlangen nach Ablenkung durch Musik oder Tanz waren oft übermächtig, und seine Sehnsucht nach Lua war so stark, dass es schmerzte. Wie lange musste er hier noch allein vor sich hin vegetieren? War er verdammt zu einem ewigen Dasein als Einsiedler? Würde sein Traum von der Selbstbestimmtheit sich in einer geschmacklosen Suppe auflösen, deren Zutaten er selbst bestimmt hatte?

Dann wieder sah er die Bilder seiner Vergangenheit so deutlich vor Augen, dass er sich schwor, lieber einsam im Dschungel zu verrecken, als noch einmal halb totgepeitscht zu werden. Lieber war er den Grausamkeiten der Natur ausgesetzt als der Brutalität der Aufseher, und lieber lebte er mit den Widrigkeiten des Urwaldes als mit der Willkür der sogenannten Senhores.

Die »Herren« – ha! Was waren sie schon anderes als Glücksritter, die in der einst ungezähmten Kolonie fernab des portugiesischen Mutterlandes für ihre Dienste reich entlohnt worden waren? Und was für Dienste waren das gewesen? Mordend und plündernd hatten die Portugiesen sich die Indios unterworfen, sich ihr Land geschnappt und sich obendrein noch als »Entdecker« feiern lassen. Mit welcher Berechtigung ließ sich ein Felipe, Herr von São Fidélio, mit dem Titel »Dom« ansprechen? Soviel Mbómbo wusste, war sein ehemaliger Besitzer weder von adliger Abstammung, noch hatte er sich um sein Land verdient gemacht. Er hatte nichts anderes getan, als das ererbte Vermögen weiter zu mehren, und zwar durch Unterwerfung der Schwarzen sowie durch Ausbeutung der natürlichen Ressourcen. Allein dafür, dass er hohe Steuern an die Krone ablieferte und nicht murrte, hatte man ihn mit einem Titel bedacht.

Wie anders war da Mbómbos eigener Stammbaum. Es grenzte an ein Wunder, dass er ihn überhaupt kannte. Wenn über Generationen hinweg Mütter und Väter von ihren Kindern getrennt wurden, wenn die Kinder an weit entfernte Fazendas verkauft wurden, bevor sie sprechen konnten, dann gab es keinerlei Möglichkeit, die Tradition der mündlichen Überlieferung aufrechtzuerhalten. Die wenigsten Sklaven kannten ihre Abstammung, und genauso war es ja auch von den Weißen gewünscht. Mbómbos Fall war einer der ganz wenigen, in dem sich tatsächlich die mütterliche Linie bis zu den Urahnen zurückverfolgen ließ, obwohl Mbómbo selbst nicht ganz sicher war, ob er sich auch an alles korrekt erinnerte.

Seine Mutter, von der er erst im Alter von acht Jahren getrennt worden war, war noch eine echte Afrikanerin gewesen. Sie hatte ihm die Geschichten seiner Ahnen erzählt, immer und immer wieder, damit er niemals vergessen möge, wer er war und woher er stammte. Eine echte Prinzessin war sie gewesen, erste Tochter der Erstgeborenen des Stammesfürsten Shungu, der über ein Gebiet herrschte, das sich vom Kivu-See und dessen todbringenden Geistern bis zu den majestätischen Gipfeln des Ruwenzori-Gebirges erstreckte. Dieser fürstliche Großvater, Mbómbos Urgroßvater, hatte seiner Enkelin gern von den vielen Reisen erzählt, die sein eigener Großvater als jüngerer Mann unternommen hatte. Er hatte von den sagenhaften Reichtümern Malis berichtet und der Bibliothek in dessen Hauptstadt Timbuktu, die mittlerweile von den marokkanischen Eroberern zerstört worden war. Er hatte von den Pyramiden im äußersten Norden geschwärmt und von den Savannen im Herzen des Kontinents, von den Karawanen in der endlosen Sahara wie von den atemberaubenden Tierherden in den fruchtbaren Tälern des Südens, von den stolzen Tuareg und den zähen Buschmännern. Kurz, er hatte dem kleinen Shungu immer eingeschärft, dass Afrika der Nabel der Welt war, die Wiege der Menschheit und der Kultur – so wie dieser es viele Jahre später mit seiner Enkelin und diese wiederum mit ihrem kleinen Mbómbo tat.

Als dieser das Alter erreicht hatte, in dem Kinder für gewöhnlich arbeiteten, wurde seine Mutter verkauft. Er sah sie nie wieder. Er wurde auf die Felder geschickt, um den Vorarbeitern Wind zuzufächeln oder den Arbeitern Wasser zu reichen, und niemand interessierte sich für seine traurige Geschichte. Ihnen allen war Ähnliches widerfahren. Und so gewöhnte sich Mbómbo daran, dass er Zé hieß, dass er nur ein dreckiger Feldneger war und als Kind noch weniger Rechte besaß als die erwachsenen Sklaven. Das Wissen um seine Herkunft und die Größe Afrikas verschloss er im hintersten Winkel seines Gedächtnisses – aus dem es mit Gewalt hervorbrach, als er etwa vierzehn Jahre alt war.

In der Heimat seiner Mutter hätte er in diesem Alter verschiedene Prüfungen absolvieren müssen, um aus diesen als Mann hervorzugehen. In Brasilien wurde er als Arbeitstier eingesetzt, dem aufgrund seiner Jugend mehr abverlangt wurde als den älteren Leuten. Bis zu zwanzig Stunden am Tag musste während der Erntezeit die Zuckerrohrpresse am Laufen gehalten werden, rund zehn Stunden davon von Zé und einem anderen kräftigen Sklavenburschen. Es war die monotonste Arbeit der Welt, von morgens bis abends im Kreis zu gehen. Andernorts gab es Mühlen, die von Wasserkraft betrieben wurden, doch auf Zés Fazenda, die weder an einem Fluss noch direkt am Meer gelegen war, mussten Sklaven diese menschenunwürdige Arbeit ausführen.

Später war Zé als Schnitter auf den Feldern eingesetzt worden. Diese Arbeit war nicht minder hart, hieß es doch, den ganzen Tag gebückt in schlammigen Feldern zu stehen, den Rücken der gnadenlosen Sonne zugewandt, und mit der Machete die Rohre möglichst nah am Boden abzuschneiden. Einzig ein paar kurze Trinkpausen wurden den Männern zugestanden sowie die Zeit, die sie brauchten, um ihre Macheten zu schärfen. Wenn der Aufseher einmal nicht genau hinsah, gelang es den Arbeitern auch manchmal, das Rohr mit den Händen zu pressen und den süßen Saft direkt in ihren Mund laufen zu lassen. Natürlich war dies streng verboten, reduzierte es doch den Ernteertrag des Senhors, wenn auch nur um wenige Centavos.

Als Zé erstmals erfuhr, wie viel sein damaliger Besitzer an einer *arroba* Rohzucker verdiente, wuchs sich sein schwelender Unmut zu offenem Rebellentum aus. Allein er, Zé, erwirtschaftete seinen eigenen Marktwert innerhalb von nur anderthalb Jahren! Da ein Feldarbeiter bei »guter Pflege« bis zu 15 Jahre lang voll einsatzfähig war, konnte man sich leicht den Profit des Senhors ausrechnen. Und der verdiente nicht einmal am meisten mit dem »weißen Gold« – viel gewinnträchtiger war das Geschäft, ausgetragen auf den von Peitschenhieben vernarbten Rücken der Schwarzen, für die Großhändler und die Importeure in Portugal, denn die kostbare Ware erzielte in Europa Höchstpreise und war in den feinen Salons der Begüterten heiß begehrt.

Doch so viel wusste Zé als junger Mann noch gar nicht. Die Welt der Kaffeehäuser und Salons hätte er sich nicht einmal ansatzweise auszumalen vermocht, und die große Entfernung zwischen der Kolonie und dem Mutterland konnte er sich allein deshalb vorstellen, weil seine Mutter ihm die Dauer ihrer Verfrachtung per Schiff anschaulich geschildert hatte. Für die meisten Sklaven hätte Portugal auch auf dem Mond liegen können, so weit fort schien es und so fernab ihrer Realität. Was Zé indes wusste, war, dass der Zucker in jedem einzelnen Behälter aus Jequitibá-Holz, das nach Europa verschifft wurde, seinem Senhor mehr wert war als das Leben eines Sklaven. Die Quälerei würde nie ein Ende nehmen, solange ein Sklave, der vor Erschöpfung tot umfiel, bei seinem Herrn kaum mehr als ein Achselzucken auslöste. Jedenfalls dann, wenn er sich schon bezahlt gemacht hatte.

Mbómbo schrak plötzlich aus seinen bitteren Überlegungen hoch. Was war das für ein Geräusch gewesen? Bekam er Besuch von einem der Indiomädchen, die ihm manchmal etwas zu essen vorbeibrachten? Hatte sich ein Tier in seine Einsiedelei verirrt? Oder war endlich der Fall eingetreten, den er so lange herbeigesehnt hatte, dass nämlich andere entlaufene Sklaven hier Zuflucht suchten? Er schnappte sich Bogen und Köcher, versteckte sich hinter einem moosigen Baumstamm, der über und über mit *bromélias* bewachsen war, und hielt die Luft an.

Als er weitere Äste knacken und Gestrüpp rascheln hörte, verdichtete sich die Ahnung, dass es weder ein Indio noch ein Tier sein konnte, zur Gewissheit. Allerdings bestand auch noch die Möglichkeit, dass ihn gewiefte Sklavenjäger gefunden hatten.

Er spannte für alle Fälle den ersten Pfeil an und starrte in die Richtung, aus der die Geräusche kamen.

Sie kamen aus Osten.

Und dann sah er die Gestalten nahen.

22

Wie dumm sie gewesen war! Wie hatte sie nur jemals glauben können, dass sie, die verweichlichte Haussklavin, sich in freier Natur behaupten würde? Lua ekelte sich vor Spinnen und Schlangen, sie ging nicht gern barfuß durch sumpfiges oder schlammiges Gelände, und der erbarmungslosen Mittagssonne hatte sie sich auch schon seit Kindertagen nicht mehr länger als einige Minuten ausgesetzt.
Und doch hatte sie, einem idiotischen Impuls folgend, einfach die Beine in die Hand genommen und war gerannt. Sie war die breite, palmengesäumte Auffahrt hinuntergelaufen, war dem Weg Richtung Salvador gefolgt, weil dieser ihr am einfachsten zu bewältigen erschienen war, und so lange weitergehetzt, bis ihr die Puste ausging und ihr der Schweiß in Strömen herunterlief. Erst da hatte sie kurz angehalten, um sich nach Verfolgern umzudrehen. Weit und breit war kein Mensch zu sehen gewesen. Es hatte sie nicht besonders gewundert. Selbst wenn ihre Abwesenheit auffiel, würde sich anfangs keiner viel dabei denken. »Wo steckt nur dieses unnütze Negermädchen wieder?«, würde die Sinhazinha vielleicht denken oder ungehalten vor sich hin murmeln: »Nie sind sie da, wenn man sie braucht!« Es mochten Stunden vergehen, bevor man sie suchte.
Mit ein wenig Glück aber konnte Lua in ein paar Stunden die Stadt erreicht haben. Dort, so hatte sie sich überlegt, dürfte es einfach für sie sein, in der Menge der Schwarzen und Mulatten unterzutauchen, einfacher auf alle Fälle, als im Dschungel zu überleben. Womit sie nicht gerechnet hatte, waren die nach

der Regenzeit aufgeweichten Wege sowie die üppige Vegetation. Alle paar Schritte ragte ein vorwitzig sprießender Zweig auf den Weg, dem sie ausweichen musste, und viele Bäume hatten so dichte, breite Kronen, dass sie über der Straße ein Dach bildeten. Über dieses wäre Lua im Grunde froh gewesen, spendete es doch Schatten. Aber der Gedanke, welches Getier sich im Blattwerk herumtreiben mochte und sich hinterhältig auf sie stürzen konnte, trieb ihr Angstschauer über die Haut. Also rannte sie noch schneller. Sie keuchte und litt unter heftigen Seitenstichen, doch sie wagte es nicht, innezuhalten und sich eine Atempause zu gönnen.

Nur wenn jemand ihren Weg kreuzte, schlug sie sich ins Unterholz, wo erneut ihre Angst vor Tieren stärker war als die vor Verfolgern. Wer wusste schon, was alles auf dem weichen Boden herumkreuchte, was sie in ihre nackten Fußsohlen zwicken, beißen oder stechen konnte? Und wie viele Insekten hier ihr Unwesen trieben? Lua hatte von einer Mücke gehört, die mit ihrem Stich einen Wurm übertrug, der wiederum durch den ganzen menschlichen Körper hinaufkroch und dann an den Augen wieder hervortrat. Die Vorstellung, eine solche Kreatur könne sich sie als Wirt aussuchen, trieb ihr Tränen des Ekels in die Augen. Hätte sie eine Ahnung von der Schlechtigkeit der Menschen gehabt, die sie in ihrem gesamten Ausmaß nicht einmal ermessen konnte, wären ihre Tränen wohl in Strömen geflossen. Doch ihr bislang behütetes und friedliches Leben hatte ihr nie oder nur selten Anlass gegeben, an das Böse im Menschen zu glauben. Bis vor kurzem.

Lua wanderte weiter. Als die Sonnenstrahlen so tief standen, dass sie sie blendeten, machte sie in der Ferne die Silhouetten der Kirchen aus, an denen Salvador so reich war. Ihr Herz machte einen Satz, sowohl vor freudiger Erregung als auch vor klammer Beunruhigung. Würde ihre Flucht gelingen? Würde sie es schaffen, unbehelligt in die Stadt zu kommen und dem drohenden Schicksal, Lulu heiraten zu müssen, zu entfliehen? Erst jetzt begann sie, sich darüber Gedanken zu machen, wohin sie gehen, wo sie die Nacht verbringen sollte. Sie kannte keine Menschenseele hier, hatte kein Geld und war vollkommen unerfahren. Sie kannte die Gepflogenheiten der Städter nicht, und das Labyrinth der Straßen war ihr ebenfalls nicht ganz geheuer. Wie hatte sie nur so kopflos davonlaufen können? War sie von allen guten Geistern verlassen?

Ihr kamen nun immer mehr Bedenken, ob ihre überstürzte Flucht wirklich klug gewesen war. Menschen aller Hautfarben begegneten ihr, und Lua hatte das Gefühl, als würden sie alle ihr misstrauische Blicke zuwerfen. War sie anders gekleidet als die Städter? Sah sie anders aus? Roch sie nach Land und Provinz? Benahm sie sich anders? Sie blickte an sich herab, konnte jedoch trotz ihres leicht derangierten Zustandes keinen großen Unterschied zwischen sich und den Frauen, die sie traf, erkennen. Eines allerdings gab es, was sie verraten mochte: Sie ging barfuß. Freie Schwarze durften Schuhe tragen, Sklaven nicht. Aber war das verräterisch genug, um sie als Flüchtige zu entlarven? Sie konnte doch eine Sklavin sein, die von ihrer Herrschaft auf einen Botengang geschickt worden war, oder nicht? Viele Sklaven, insbesondere in der Stadt, genossen solche Freiheiten, wenn sie sich als zuverlässig und treu erwiesen hatten.

Die Sonne ging gerade unter, als Lua die engen, gepflasterten Gassen der Innenstadt erreichte. Sie war müde, und die Hügel, auf denen die Stadt erbaut worden war, machten ihr zu schaffen. Manche Gassen waren so steil, dass Lua immer wieder anhalten musste, um Atem zu schöpfen und sich den Schweiß von der Stirn zu wischen.

»He, so ganz allein heut Abend?«, sprach sie plötzlich ein schmieriger Kerl an, ein Mulatte, der von der Kleidung her ein wohlhabender Handwerker sein mochte. Lua starrte auf den Boden und ging zügig weiter. »Eine vornehme Haussklavin bist du, was?«, rief der Mann ihr nach. »Bist dir wohl zu fein für einen hart arbeitenden Mann wie mich.«

Den Rest hörte Lua nicht mehr. Sie hatte die nächstbeste Schankwirtschaft betreten, womit sie sich allerdings keinen Gefallen getan hatte. An einem großen Tisch, der vor alten Flecken nur so strotzte, saßen, hingen und lagen Männer in verschiedenen Stadien der Trunkenheit. Es roch intensiv nach Schnaps und Urin. Manche der Männer blickten gelangweilt auf, andere gaben zotige Bemerkungen von sich, über die sie in vulgäres Gelächter ausbrachen. Eine dunkelhäutige Magd fuhr Lua scharf an: »Verschwinde. Das ist nicht dein Revier!«

O Gott! War sie in einem Hurenhaus gelandet? Lua hatte nur im Flüsterton von diesen Etablissements reden hören und sich nie etwas Genaues darunter vorstellen können. Sie straffte die Schultern und verließ das zwielichtige Lokal schnell wieder. Draußen hatte mittlerweile der Himmel eine tiefviolette Tönung angenommen. Sie atmete auf. Puh, das war ja gerade noch einmal gutgegangen! Lange währte ihre Erleichterung allerdings nicht. Eine Gruppe junger Burschen schlenderte durch die Gasse. Sie hatten ein provozierend lässiges Auftreten, mit schlaksigem Gang und allzu greller Kleidung. Sie starrten Lua an, als handele es sich um eine übersinnliche Erscheinung, und sie starrte zurück – allerdings eher so, befürchtete sie, wie ein verschreckter Hase eine Schlange anglotzen würde, unfähig zu einer anderen Reaktion.

»Soso, ein neues Gesicht im Pelourinho«, sagte der Anführer der Gruppe betont gelangweilt.

»Eher ein neuer Körper«, verbesserte ein anderer. »Sieht gar nicht mal so übel aus.«

»Nein, nein, Ihr täuscht Euch«, stammelte Lua und rannte fort, verfolgt von dem höhnischen Gelächter der ungehobelten Burschen. Am Eingang einer Kirche hielt sie keuchend an. Oje, in welchen Schlamassel war sie da geraten? In diesem Viertel konnte sie auf keinen Fall bleiben, aber an eine Rückkehr nach Hause war schon gar nicht zu denken. Ob man ihr in der Kirche weiterhalf? Sie drückte den Griff und stemmte sich gegen die riesige Holztür, doch sie schien verschlossen zu sein. Vorsichtig schlich Lua um das Gebäude herum, in der Hoffnung, irgendwo einen Padre oder wenigstens einen Küster aufzutreiben, der ihr helfen konnte. Vielleicht gab es ja sogar ein Nonnenkloster, in dem man ihr Obdach gewährte?

Als sie einen unscheinbaren Anbau der Kirche erreichte, sah sie jedoch all ihre Hoffnungen schwinden. Alles war dunkel und wirkte verlassen. Hier war ihr nun noch mulmiger zumute als zuvor. Sie beschloss, lieber wieder auf die zwar gefährliche, aber wenigstens belebte Straße zu gehen. Sie lugte vorsichtig um die Ecke, um zu sehen, ob sich üble Gestalten näherten. Nach einem kurzen Moment, in dem sie ihren Mut sammeln musste, erschien es ihr sicher genug, sich aus dem Schatten der Wand hervorzuwagen – und sie lief schnurstracks in die Arme zweier Wachtmeister, die gerade um eine Kurve gebogen kamen.

»Nanu, wen haben wir denn da?«, fragte der eine und starrte auf Luas nackte Füße. »Etwa eine entflohene Sklavin?«

»Nein, Sinhô, wo denkt Ihr hin?«, rief Lua in gespielter Empörung. Sie war froh über ihre Geistesgegenwart. »Die Sinhá Dona Isabel hat mich losgeschickt, um den Doutor Azevedo zu rufen.« Einen Doktor Azevedo, das wusste Lua, gab es irgendwo in der Stadt. Und eine Dona Isabel musste es ebenfalls geben, es war ein sehr geläufiger Name.

»Und was treibst du dann in dieser dunklen Gasse?«, fragte der zweite Polizist, sichtlich skeptisch.

»Ich habe mich verirrt. Und dann wurde es plötzlich dunkel, und dann kamen lauter merkwürdige Kerle, und dann …«, hier gelang Lua ein aufrichtiger Schluchzer, denn abgesehen von dem Anlass ihres Hierseins entsprach ja alles der Wahrheit, »… und dann wollte ich in der Kirche Schutz suchen, aber es war alles verschlossen.« Nun liefen ihr die Tränen übers Gesicht.

»Hast du überhaupt einen Passierschein?«

Ein Passierschein! Lua hätte sich ohrfeigen mögen, dass sie daran nicht gedacht hatte. Sie hätte sich ja leicht selbst einen ausstellen können, denn sie bezweifelte, dass die beiden Männer besonders gut lesen konnten und es merken würden, wenn sie ein gefälschtes Dokument vorlegte. »Nein«, heulte sie auf, »es war so eilig, weil die Sinhá Dona Isabel ganz plötzlich umfiel und wir alle einen riesigen Schrecken bekamen und keiner an den Passierschein gedacht hat.«

»Soso.« Der zweite Wachtmeister starrte Lua durchdringend an. Glaubte er ihr nicht?

Luas Herz klopfte so heftig in ihrer Brust, dass sie meinte, die beiden könnten es hüpfen sehen. Verflucht! Wenn man sie nun inhaftierte? Früher oder später gelangte die Nachricht, dass eine Sklavin von São Fidélio geflohen war, auch nach Salvador. Und dann erginge es ihr richtig schlecht. Sie musste sich dringend etwas wirklich Überzeugendes einfallen lassen, damit die beiden sie gehen ließen. Vor lauter Aufregung jedoch plapperte sie hektisch drauflos, so dass mit jedem Wort die Gefahr wuchs, entlarvt zu werden.

»Ja, Sinhô, genauso war es, die Sinhá Dona Isabel wurde plötzlich ganz rot im Gesicht und schnappte nach Luft wie ein Fisch an Land, und dann zuckte sie so komisch, und dann fiel sie um, und ihr armer Kopf polterte laut auf dem schönen glänzenden Parkett, das ich noch gestern mit Fernanda zusammen gebohnert habe und ...«

»Schluss!«, wetterte der strengere der beiden Polizisten. »Sag uns, wie du heißt und wer deine Herrschaften sind. Wir begleiten dich zum Doktor – denn der soll doch deine Senhora schnell wieder gesund machen, oder nicht?«

»Ja, Herr Wachtmeister, sehr wohl. Verzeiht, ich bin nur ein dummes Sklavenmädchen, aber ich war die Einzige, der man genügend Vertrauen entgegenbringt, um sie allein loszuschicken, denn der Kutscher war zufällig auch gerade unterwegs, so dass ich ganz allein den weiten Weg ...«

»Du hältst jetzt den Mund. Wir bringen dich zum Doutor. Dem kannst du die ganze Geschichte erzählen, wenn du ihn in seiner Kutsche begleitest. Woher kommst du überhaupt?«

»Von Santa Clara, das liegt ...«

»Wir wissen, wo das liegt. Komm jetzt mit.«

Lua folgte den beiden Polizisten. Sie war froh, dass ihr so schnell der Name einer großen Fazenda eingefallen war, die näher an der Stadt lag als São Fidélio, so dass ihre Geschichte glaubhafter wirkte. Dennoch durfte sie jetzt nicht in ihrer Aufmerksamkeit und ihrem Erfindungsreichtum nachlassen. Die beiden schienen ihr nun doch zu glauben – und das war ihre einzige Chance, ihnen irgendwann entwischen zu können.

Das Haus des Arztes lag nicht weit entfernt. Als sie an der Tür standen und die Glocke im Innern läuten hörten, überlegte Lua noch immer fieberhaft, wie sie den Doktor von ihrem hastig erdachten Märchen überzeugen konnte. Doch so weit kam es nicht erst. Ein Passant, ein bärtiger Schrank von einem Mulatten, hielt an und musterte sie von Kopf bis Fuß, wie sie da zwischen den beiden Polizisten stand. Er kannte die Beamten, denn er grüßte sie jovial.

»Na, wenn das nicht der Luís ist! Lange nicht gesehen, altes Haus! Und du, José, wie geht's, wie steht's? Warst schon lange nicht mehr im Roten Salon, was? Kommt doch später mal rüber.«

»Grüß dich, Paulo. Du hast dich aber auch rar gemacht.«

»Habe einen entlaufenen Neger gejagt, einen von São Fidélio. Aber den hat's erwischt, das könnt ihr mir glauben. Wenn er noch leben würde, hätten wir ihn gekriegt.«

Lua drohte vor Schreck zusammenzusacken, als sie den Namen der heimatlichen Fazenda vernahm.

»Und wen«, mit einem Kopfnicken deutete der Bärtige auf Lua, »habt ihr denn da? Eine Patientin für den Doktor, ha, ha?«

»Behauptet, sich verlaufen zu haben«, erwiderte einer der beiden Wachtmeister betont knapp. Er schien sich seiner Hilfsbereitschaft einer jungen Schwarzen gegenüber beinahe zu schämen.

»Lass dich mal genauer ansehen, Mädchen.« Paulo Barbudo griff unter Luas Kinn und hob ihr Gesicht an. Lua senkte den Blick und betete, dass nun endlich jemand käme, um die Tür zu öffnen. Aber nichts geschah. Der Arzt schien außer Haus zu sein.

»Wisst ihr was?«, schlug Paulo den beiden Polizisten vor. »Ich glaube, ich kenne die Kleine. Lasst sie in meiner Obhut, dann ergeht's ihr besser als im Gefängnis.«

Die beiden sahen einander kurz an und nickten unmerklich. Sie hatten Schulden bei Paulo Barbudo. Und hier bot sich ihnen die einmalige Gelegenheit, ihm einen Gefallen zu erweisen, der sie nichts kostete und ihnen eine große Last von den Schultern nähme. Obwohl die Schuldeneintreiber des Bärtigen bei Polizisten keinen besonderen Nachdruck an den Tag legten, war es ab einer bestimmten Schuldenhöhe doch ein unschönes Gefühl, wenn man seinen Verpflichtungen nicht nachkommen konnte. Und was mit der Negerin geschah, war ihnen ohnehin vollkommen gleichgültig. Im Hurenhaus von Paulos »Ehefrau« wäre sie auch nicht schlechter dran als auf Santa Clara, die als eine der für die Sklaven unangenehmsten Fazendas galt.

»Na los, setz dich in Bewegung!«, forderte Paulo das Mädchen barsch auf.

Lua wusste nicht, ob sie gerettet oder vom Regen in die Traufe geraten war. Aber was hätte sie schon tun können? Sie konnte ja schlecht die Polizisten bitten, sie bitte schön nicht in der Obhut eines Sklavenjägers zu lassen, da sie in Wahrheit eine entflohene Sklavin sei. Widerwillig folgte sie Paulo Barbudo, der die beiden Beamten mit einem wortreichen, herzlichen Abschied bedachte.

Kaum waren sie außer Sichtweite der Polizisten, blieb Paulo stehen.

»Also, Lua«, sprach er seine Beute an und beobachtete scharf ihre Reaktion darauf.

Lua, noch zu aufgewühlt von der unglücklichen Folge an Ereignissen, die ihr widerfahren waren, sowie von der Nachricht, dass Zé offenbar entkommen war, machte einen Knicks und stellte sich dumm. »Jawohl, Sinhô?«, antwortete sie – und merkte im selben Augenblick, welcher Fehler ihr unterlaufen war. Der Bärtige konnte ihren Namen ja gar nicht kennen!

»Du hast die Wahl: Ich kann dich in ein schönes, gepflegtes Hurenhaus bringen, wo du gutes Geld verdienen und dich nach ein paar Jahren freikaufen kannst. Oder wir fahren nach São Fidélio, wo man ein hübsches Sümmchen auf deine Ergreifung ausgesetzt hat. Mir persönlich ist es gleichgültig.«

Lua glaubte, vor Entsetzen zur Salzsäule zu erstarren. Eine Reihe von Fragen spukte in ihrem Kopf herum. Wie hatte der Mann so schnell herausfinden können, wer sie war? Warum hatte sie, als es wirklich darauf angekommen war, so kläglich versagt? Und vor allem: Was sollte sie nun tun? Nach São Fidélio zurückzukehren war ausgeschlossen. Aber noch unerträglicher war die Vorstellung, sich in einem Bordell verdingen zu müssen. Sie verspürte den beinahe unbezwingbaren Drang, sich vor dem Mann auf den Boden zu werfen und ihn um Gnade anzuwinseln. Aber ein Rest an Stolz und Würde war ihr noch geblieben, so dass sie es mit dem Weiterführen ihrer Scharade versuchte.

»Ihr täuscht Euch, Sinhô. Ich bin nicht die, für die Ihr mich haltet. Ich muss den Arzt nach Santa Clara rufen, und wenn Ihr die Fazenda kennt, könnt Ihr vielleicht ermessen, was mir droht, wenn ich über Nacht fortbleibe.«

»Also das Freudenhaus«, sagte Paulo unbeeindruckt. »Siehst ja ganz passabel aus. Wenn du erst mal die Schürze und die Haube los bist ...« Er griff nach Luas Haube, um diese abzunehmen und ihr Haar zu begutachten.

Instinktiv schlug Lua seine Hand fort. »Was fällt Euch ein?!« Sie drehte sich herum und wollte weglaufen, aber der stämmige Kerl war wendiger, als er aussah. Blitzschnell hielt er Luas Handgelenk mit eisernem Griff umklammert. Sein Ton war merklich barscher, als er weitersprach. »Ungehorsam kann ich auf den Tod nicht ausstehen. Du tust jetzt, was ich dir sage, denn sonst wird es dir schlecht ergehen.«

Damit schleppte er sie durch die Straße, immer tiefer hinein in das unheimliche Labyrinth schlecht beleuchteter Gassen, vorbei an zwielichtigen Schenken, aus denen üble Dünste drangen, vorbei an dunklen Hauseingängen, in denen sich umschlungene Paare herumdrückten, und vorbei an Bergen von Unrat, die sich in der Gosse türmten.

Als sie ihr Ziel erreichten, war Lua fast erleichtert, dass sie nun nicht länger von dem Grobian weitergezerrt wurde und nicht

mehr den lüsternen Blicken widerlicher Trunkenbolde ausgesetzt war. Sie betraten das Freudenhaus durch den Hintereingang. Lua wurde zunächst in die Küche geführt, wo Paulo sie einer hübschen, hellhäutigen Mulattin übergab. »Habe Frischfleisch beschafft. Gib ihr was zu essen und zu trinken, das Mädel ist erschöpft. Dann zeig ihr, wo der Abort ist und wo sie sich waschen kann, und dann sperr sie irgendwo ein, wo sie sich erst mal ausruhen soll. Danach sehen wir weiter.«
Damit verließ Paulo die Küche.
Lua sackte heulend auf einem Schemel zusammen und ließ ihrem nicht enden wollenden Tränenfluss freien Lauf. Die Arme auf dem Küchentisch verschränkt und ihren Kopf darin bergend, schlief sie schließlich ein.

23

Sie waren zu dritt, zwei Männer und eine Frau. Erst auf den zweiten Blick erkannte Mbómbo sie: Es waren Sklaven von Três Marias. Er hatte früher keine enge Beziehung zu ihnen unterhalten, aber nun, nach Wochen der Einsamkeit, kamen sie ihm vor wie die besten Freunde, die er je gehabt hatte. Und ihnen erging es kaum anders: Sie wirkten abgezehrt, aber überglücklich, es hierher geschafft zu haben.
»Zé! Wir hatten kaum noch zu hoffen gewagt, dass wir dich je finden würden!«, rief einer von ihnen, der, wie Mbómbo sich jetzt erinnerte, Luizinho genannt wurde.
»Oh Gott!«, keuchte die Frau, eine gewisse Maria Luisa, genannt Marilu. »Keinen Schritt weiter wäre ich gekommen. Sieh dir nur diese Füße an!« Sie führte ihre entzündeten Blasen vor wie Trophäen.
»Gibt's hier was Essbares?«, wollte der Dritte, er hieß João, wissen. »Wir sind drei Wochen unterwegs gewesen, und es gab nichts außer Fisch und Faultier zu essen.«
Mbómbo begrüßte die Gruppe freudig, hieß sie um seine Feuerstelle herum Platz nehmen und bereitete ihnen einen Tee aus der Rinde des Catuaba-Baums zu, den er mit wildem Honig süßte. Das Gebräu hatte eine belebende Wirkung, und es würde die Neuankömmlinge vorübergehend von ihrem Hunger ablenken. Mbómbo glaubte nicht, dass sein kleiner Vorrat an getrocknetem Tatu-Fleisch für sie alle reichte, und auch an Früchten hatte er nichts gelagert. Sie würden alle später noch einmal losziehen müssen, um etwas zu erlegen oder zu sammeln.

»Wie ist es euch ergangen? Wie ist euch die Flucht geglückt?«, fragte Mbómbo. Dass die drei dieselbe Finte angewandt hatten wie er, konnte er sich schlecht vorstellen. Mit zwei anderen Leuten tagelang in einem beengten Erdloch zu hocken hätte ihn umgebracht.
»Es war ziemlich aufregend«, sagte Marilu.
»Ach, eigentlich war es leichter, als wir dachten«, fiel ihr João ins Wort. »Dank der alten Hexe von São Fidélio.«
»Sie heißt Kasinda«, sagte Mbómbo.
»Nein, Imaculada«, verbesserte Luizinho.
»Ihr afrikanischer Name ist Kasinda. So wie meiner Mbómbo ist. Jetzt, da wir freie …«
Weiter kam er nicht. Die drei brachen in schallendes Gelächter aus. »Bombom!«, riefen sie immer wieder. »Bombom – wie köstlich!«, woraufhin sie abermals losprusteten.
»Also, Zé, ich glaube, du warst hier zu lange allein«, meinte João. »Kannst froh sein, dass wir endlich da sind.«
Doch das war er nicht.
Eine diffuse Ahnung von heraufziehendem Unglück beschlich Mbómbo, das ungute Gefühl, dass es mit seinem Seelenfrieden nun vorüber sei.

Kaum eine Woche später kam es zu dem ersten handfesten Krach unter den vier Bewohnern der jungen Siedlung, als es nämlich darum ging, dieser einen Namen zu geben. Zé – mittlerweile hatte er sich daran gewöhnt, wieder bei seinem Sklavennamen gerufen zu werden – sagte, sie habe bereits einen Namen, nämlich »Iriuanu«, was in der Sprache der Indios so viel bedeute wie »Wunder«. Die anderen drei schüttelten die Köpfe und verwarfen den indianischen Namen, da dieser unaussprechlich sei. »Dein Iriniri in Ehren, Zé, aber sollen wir nicht lieber einen anständigen portugiesischen Namen wählen?«

»Wie wäre es mit Santa Ursula?«, fragte Marilu, doch auch dieser Name fand keine Mehrheit, weil man nicht wie die Heilige von einem Pfeil getötet werden wollte.
»Ich bin für ›Quell des Glücks‹«, kam es von João.
»Eher ›Quell des Elends‹«, kommentierte Luizinho.
Es folgten unzählige weitere Vorschläge, manche sinnvoll, andere albern. Das ging eine ganze Weile so, bis das anfangs lustige Geplänkel in einen Streit umzuschlagen drohte.
Zé beschloss, ein Machtwort zu sprechen, damit dieses kindische Gezanke ein Ende nahm. »Liberdade. Freiheit. So nennen wir es. Quilombo da Liberdade.«
»Ach ja?«
»Ja. Ich finde, dass ich als euer Anführer das Recht habe, unsere Siedlung zu taufen. Und der Name ist schön. Was habt ihr gegen ihn?«
»Nichts«, sagte João. »Aber seit wann bist du unser Anführer?«
»Seit ihr hier angekommen seid. Ohne mich wärt ihr verloren gewesen.«
»Unsinn!«, zischte Luizinho. »Du warst doch derjenige, der seine Rettung uns zu verdanken hat. Du warst doch schon kurz davor, dem Wahnsinn zu verfallen. Bombom – dass ich nicht lache.«
»Wenn es euch nicht passt, dann zieht doch weiter. Gründet euer eigenes Quilombo.«
»Spinnst du?«, rief João. »Wir schaffen's nur, wenn wir zusammenbleiben.«
»Falsch. Ihr schafft es nur, wenn ihr euch mir anschließt. Ich hingegen brauche euch überhaupt nicht.«
»Für was hältst du dich eigentlich? Bombom, den König der Hottentotten? Mann, das ist doch krank!«
Zé sah Luizinho mit undurchdringlicher Miene an. Er hätte große Lust gehabt, den Kerl windelweich zu prügeln. Erst kam

er hier an und flehte um Hilfe. Dann erwies er sich als ebenso faul wie ängstlich, so dass er für die Jagd ausfiel, dafür aber hatte er den größten Appetit von ihnen allen. Und schließlich beleidigte er ihn noch und zog Afrika, immerhin ihrer aller Muttererde, ins Lächerliche. Der Dummkopf hatte wirklich gar nichts begriffen.

Je länger Zé schwieg, desto mehr trat die Unsicherheit in Luizinhos Gesicht zutage. Ob er zu weit gegangen war? Ob Zé ihn nun fortschicken würde? Aber nein, das würde er doch nicht tun, nur wegen eines blöden kleinen Witzchens? Zé schwieg noch immer.

»Na schön«, seufzte Luizinho, »dann bist du eben unser Anführer. Von mir aus. Und meinetwegen nenn doch unser armseliges Dörfchen ›Liberdade‹, ist mir doch egal.«

»Mir aber nicht«, sagte João. »Wenn er schon so leben will wie die Afrika-Affen, dann soll er sich auch an deren Regeln halten. Und da haben doch die Ältesten das Sagen, oder nicht, Zé?«

Zé war kurz davor, in die Luft zu gehen. Afrika-Affen?! Was glaubte der Schwachkopf eigentlich, wer seine Ahnen gewesen waren?

»Es reicht, João. Ihr könnt hier nach meinen Regeln leben – aber erwarte nicht, dass ich mich von jemandem anführen lasse, der sich selbst als Nachfahre eines Affen betrachtet.«

»Nennst du mich Affe? Ja?« Der drohende Unterton war unüberhörbar. »Ja? Ist es so? Na warte, ich werde dir zeigen, wer hier der Affe ist.« João holte zum Schlag aus. Doch als seine Rechte da landete, wo eigentlich Zés Kinn hätte sein sollen, traf er nichts als Luft. Verdutzt sah er sich um – und spürte kaum Zés linken Fuß auf seiner Schulter, als er schon zu Boden fiel.

Außer sich vor Wut richtete er sich auf und schnappte mit beiden Händen nach Zés Gurgel. Doch sein Widersacher hatte sich ihm erneut durch eine schnelle Drehung entzogen und landete nun mit einem gezielten Tritt einen Treffer in Joãos Bauch. João krümmte sich und ging ächzend in die Knie. Sein Gesicht war vor Schmerz und Wut so verzerrt, dass es kaum noch als ein menschliches Antlitz zu erkennen war.

»Hört auf!«, schrie Marilu. »Hört um Himmels willen auf! Wir sind bis jetzt nur vier. Wenn wir es schon nicht schaffen, uns zu einigen, wie sollen wir das dann machen, wenn noch mehr zu uns stoßen?«

Es dauerte einen Augenblick, bis der Inhalt ihrer Rede in das Bewusstsein der beiden Kampfhähne vordrang. Dann aber sahen sie ein, dass Marilus Argument unwiderlegbar war. Zé schämte sich ein wenig für seine Unbeherrschtheit, während João sich eher zu ärgern schien, dass er der Unterlegene gewesen war. Gleichzeitig war er aber erleichtert, den Kampf nicht weiterführen und sich vollends blamieren zu müssen.

»Du hast recht«, sagte Zé zu Marilu.

João grunzte unwillig, widersprach aber nicht.

Luizinho nickte. »Ja, wir müssen uns vertragen. Wie wär's, wenn wir abstimmen, wer der Anführer sein soll?«

»Von mir aus«, sagte Marilu, und die anderen beiden nickten. »Also ich«, fuhr sie fort, »bin für Zé. Er kennt sich am besten hier aus, und er hat Freundschaft mit den Indios geschlossen. Das ist mehr, als ihr beiden vorzuweisen habt.« Dass sie selbst für die umkämpfte Position in Frage käme, schien ihr nicht in den Sinn zu kommen. »Wer ist noch für Zé?«

Zé und Luizinho hoben die Hand.

»Na, dann ist das doch schon mal geklärt«, begeisterte sie sich. »Und jetzt los, ihr drei Helden, auf die Jagd mit euch! Bringt mir fette Beute mit, damit ich euch heute Abend mal richtig schön satt kriege.« Dass Marilu als einzige Frau in der Gruppe das Kochen übernehmen sollte, war nie von irgendjemandem angezweifelt worden. Tatsächlich waren alle froh darüber, denn trotz des Mangels an herkömmlichen Zutaten gelang es ihr, halbwegs schmackhafte Mahlzeiten zuzubereiten. Auch ihrer aller Kleidung sah wieder sauberer aus, und rund um die Feuerstelle war es beinahe wohnlich geworden. Marilu fegte den kleinen Platz regelmäßig, auf dem die Männer den Stamm eines umgestürzten Baums zur Bank umfunktioniert hatten. Darüber hatten sie ein Schutzdach aus Blättern errichtet, denn es regnete oft unerwartet und heftig.

Die drei Neuankömmlinge hatten sich ähnliche Hütten gebaut wie zuvor Zé, jeder eine für sich. Marilu schien zwar enger mit Luizinho befreundet zu sein, doch wie Eheleute lebten sie nicht miteinander. Zé machte sich ein wenig Sorgen, wie es sich auf Dauer auf die Stimmung auswirken würde, wenn ein so krasser Frauenmangel herrschte. Er hoffte, dass Kasinda weitere Leute, darunter mehr Frauen, hierherschicken würde. Andererseits wurde natürlich jeder Mann gebraucht: Sobald sich die Existenz eines Quilombos in dieser Gegend herumsprechen würde, würden auch die Behörden Wind davon bekommen – und womöglich Soldaten herschicken. Gegen deren Übermacht und deren Bajonette konnte ein kleiner, den Flüchtlingen wohlgesinnter Indiostamm überhaupt nichts ausrichten. Ihnen blieb nichts anderes übrig, als sich bis an die Zähne zu bewaffnen und sich ihren Wissensvorsprung und die bessere Ortskenntnis zunutze zu machen.

Aber solange sie hier nur zu viert hausten, würde man keinen solchen Aufwand betreiben, um sie aufzustöbern. Irgendwann einmal, wenn sich Zés Traum von einem großen Dorf erfüllt haben würde, konnte man mit dem Einfallen von Soldaten rechnen. Und bis dahin hätten sie vielleicht durch Handel ein wenig Geld verdient, das sie dann in Waffen, am liebsten Schusswaffen, investieren mussten. Oder wären Pfeile, Äxte und Speere sinnvoller? Da konnte wenigstens kein Pulver nass werden, und der Umgang damit war auch einfacher als der mit einem Schießgewehr. Keiner von ihnen hatte je ein solches Ding in der Hand gehabt, denn als Sklaven war ihnen ja schon der Gebrauch eines Messers verboten gewesen, es sei denn, es wurde zur Ausübung ihrer Arbeit benutzt.

Sie würden hier draußen einen Schmied brauchen, dachte Zé. In den Senzalas des Recôncavo, der Gegend rund um die Hauptstadt, gab es jede Menge guter Handwerker, und diese galt es bevorzugt hierherzulocken. Wie sollten sie jemals über ein primitives Hüttendorf hinauskommen, wenn es keine Schmiede und Maurer, keine Gerber und Tischler, keine Müller, Böttcher und Weber gab? Feldsklaven allein reichten nicht, schon gar nicht, wenn sie so phantasielos waren wie João und Luizinho. Einzig mit Körperkraft kamen sie hier nicht weiter. Solche Gedanken geisterten Zé pausenlos im Kopf herum, und er wünschte sich, er hätte mehr Zeit, sich ihnen zu widmen und ein wenig genauer zu planen. Aber die hatte er nicht. Mit Ausnahme der Nächte wurde hier ununterbrochen gearbeitet, zwölf Stunden am Tag, sieben Tage die Woche. Und abends war er zu erschöpft, um noch einen klaren Gedanken fassen zu können. Vor allem um die Frage, wie er an qualifizierte Handwerker herankommen sollte, kreiste sein Denken. Viele dieser Männer standen bei ihren Senhores in hohem Ansehen, einigen erlaubte man gar, sich durch Nebentätigkeiten einen kleinen Zusatzlohn zu verdienen. Welchen Anreiz hätten solche Sklaven, die sich kaum mehr versklavt fühlten, in die Wildnis zu fliehen? Was erwartete sie schon hier außer Arbeit, Hunger und Einsamkeit? Ach, Musiker, die brauchten sie auch, fiel Zé plötzlich ein. Wie viel schöner war es doch, abends um ein Feuer herumzusitzen und einem schönen Lied zu lauschen oder gemeinsam zu singen! Und einen Heilkundigen könnten sie ebenfalls gebrauchen. Die Mückenschwärme und das feuchte Klima machten ihnen sehr zu schaffen, und allmählich bestätigte sich Zés Verdacht, dass Marilu sich ein hässliches Tropenfieber eingefangen hatte.

Es hatte mit Schüttelfrost und Gliederschmerzen begonnen, die die junge Frau nicht weiter beachtet hatte. Danach sah es so aus, als sei die Krankheit überstanden, bis Marilu ganz unvermittelt so schwach und fiebrig wurde, dass sie ihrer Arbeit beim besten Willen nicht mehr nachkommen konnte. Als sie begann, Blut zu husten, hielten alle drei Männer sich von ihr fern – niemand konnte es sich hier draußen erlauben, krank zu werden. Als Marilu immer schwächer wurde, machte Zé sich auf den Weg zu den Indios, obwohl er deren Skepsis bezüglich ihrer kleinen Siedlung kannte. Sie gaben ihm ein Pulver mit, das er in heißem Wasser lösen und der Patientin einflößen sollte. Zé konnte nicht glauben, dass es wirken würde.

Aber das tat es. Nach etwa einer Woche befand Marilu sich auf dem Weg der Besserung, und sie alle atmeten auf. Es wäre kein gutes Omen gewesen, in einem so frühen Stadium ihres Abenteuers einen Menschen zu verlieren. Doch mit diesem Risiko lebten sie ständig. Bisher war den Männern noch nichts Schlimmeres zugestoßen, als dass sich einer beim Stolpern über eine Wurzel einen Zehennagel abgerissen hatte, einer nach der Berührung eines giftigen Strauchs einen juckenden Ausschlag bekommen hatte und der dritte, nämlich Zé, zum Opfer eines ganzen Schwarms von Blutegeln geworden war. Solche Dinge passierten hier andauernd, und wären sie nicht alle vier jung und gesund gewesen, hätten sie sicher mehr Anlass zur Sorge gesehen.

Es waren jedoch andere Vorkommnisse, die Zé wirklich bekümmerten. Einmal war João im Wald einem Indiomädchen begegnet und hatte es belästigt, was einen dunklen Schatten auf ihr Verhältnis zu dem Stamm geworfen hatte. »Aber die Kleine war scharf wie Chili«, behauptete João, »die war so was von reif.« Dass er sie nicht vergewaltigt hatte, war nur dem Umstand zu verdanken gewesen, dass im letzten Augenblick ein paar andere Mädchen auftauchten und sie gemeinsam auf den Angreifer losgingen.

Ein anderes Mal war Luizinho von der Jagd mit einem prächtigen, fetten Capivara zurückgekehrt. »Lag in einem Loch, hab es nur rauszerren müssen«, prahlte er. Dass das Loch eine Falle gewesen war, die die Indios gebaut hatten, dass er demnach deren Beute gestohlen hatte, auf diese Idee kam der dümmliche Kerl gar nicht. »Aber wieso, das Tier lag da sicher schon eine ganze Weile. Hätte ich es nicht genommen, wäre es verendet.« Zé brachte den riesigen Nager zu Häuptling Apoenã und bat vielmals um Entschuldigung. Die gute Nachbarschaft mit den Tupinambá-Indianern war entscheidend für ihr Überleben.

Er selbst war natürlich auch nicht ohne Fehler. Er verzieh es sich lange nicht, vor Hunger ein Äffchen mit dem Pfeil geschossen zu haben, das, wie er aus Erfahrung wusste, nicht sehr schmackhaft war, das er aber eben traf. Wählerisch durften sie hier nicht sein. Es war ein hochschwangeres Weibchen gewesen, und als Marilu das Tier ausnahm und den Fötus entdeckte, wäre sie beinahe in Ohnmacht gefallen. Keinem schmeckte das grausige Mahl – und am nächsten Tag mussten sie sich obendrein mit einem aggressiven Affenmännchen herumplagen.

Zu all den Schwierigkeiten, die das Leben im Dschungel mit sich brachte, gesellten sich die unerfüllten Sehnsüchte der vier, über die gern und lange lamentiert wurde.

»Was gäbe ich für einen Kaffee, mit viel Milch und Zucker!«, träumte Luizinho laut vor sich hin.

»Und für eine schöne Zigarre!«, ergänzte João.

»Mir fehlt die Musik«, gestand Zé.

»Und mir der Klatsch mit anderen Frauen«, sagte Marilu.
Es fehlte außerdem an Salz, Brot, Milchprodukten, Stoffen und Garnen, Werkzeugen, Gerätschaften für den Haushalt, also Töpfen, Tellern oder auch einem Waschbrett. Sie vermissten die süßen Früchte, die in sonnigeren Gefilden gediehen, nicht aber im immerwährenden Halbdunkel des Waldes. Sie hätten sich gern mit einem Zuckerrohrschnaps über die Trostlosigkeit der Abende hinweggetröstet, und sie verzehrten sich förmlich nach einem süßen, saftigen Kokoskuchen.
Auch Zé war der Entbehrungen müde. Sicher, überleben konnte man hier. Aber was war das für ein Leben, mit nichts als einem Blätterdach über dem Kopf, einem Lendenschurz als Kleidung und einer sehr begrenzten Auswahl an Nahrungsmitteln? Wer konnte das auf Dauer durchhalten? Als Marilu eines Tages mit ihm unter vier Augen reden wollte, war Zé daher wenig überrascht, als er hörte, worum es ging.
»Ich weiß nicht, ob ich die Freiheit so schön finde«, sagte sie. »Ich würde gern wieder mit Ana quatschen, dabei ein Pfeifchen rauchen und ein Gläschen kippen. Ich krieg Bauchweh vor Appetit, wenn ich nur an eine schöne Moqueca oder einen *bolo de banana* denke, und ich will nachts friedlich in meiner Hängematte schlafen, ohne beim kleinsten Geräusch aufzuwachen, weil ich denke, dass mich ein Jaguar angreift. Ich will wieder eine weiße, gestärkte Schürze tragen und ganz ehrlich, ich würd auch gern wieder die peinlichen Auftritte der hübschen Senhora aus der Casa Grande sehen, selbst wenn sie nur abfällige Worte für uns übrighatte.«
Zé betrachtete nachdenklich seine Hände und schwieg.
»Bist du jetzt entsetzt?«, forschte Marilu nach. »Denkst du, ich tauge nicht für die Freiheit?«
»Ach, Marilu«, seufzte Zé. Er wusste nicht, was er der jungen Frau antworten sollte. Dass er sie verstand? Dass es ihn unend-

lich traurig machte zu wissen, was ein Leben in Sklaverei, in Verbindung mit einem Mindestmaß an Komfort, mit den Menschen anstellte? Dass er sogar an sich selbst, obwohl er sich doch für stark und unbeugsam hielt, ähnliche Anzeichen wahrgenommen hatte? Oder sollte er ihr vielmehr ins Gewissen reden, ihr die Freiheit schmackhaft machen, ihr die Zukunft in leuchtenden Farben ausmalen? Konnte er das guten Gewissens tun?

»Weißt du, Marilu, mir fehlen auch ganz schön viele Sachen von früher.«

Er spürte ihre Erleichterung, als sie ausatmete und die angespannten Schultern fallen ließ.

»Ja, es ist ziemlich hart hier draußen. Aber immer wenn es mir unerträglich erscheint, stelle ich mir vor, wie einer von uns am Pranger stand oder ausgepeitscht wurde. Und dann sage ich mir: Lieber sterbe ich, weil ein wildes Tier mich auffrisst, denn dann hat mein Tod ja wenigstens einen Sinn, weil es den Bauch eines anderen Lebewesens füllt. Welchen Sinn aber hat es, für einen reichen Senhor sein Leben zu lassen, dessen Bauch eh schon mehr als voll ist?«

»Hm.« Marilu war nun ihrerseits ratlos, was zu antworten sei.

»Denk drüber nach. Und wenn du dann immer noch glaubst, dass du wieder heimwillst, dann geh halt. Meinen Segen hast du. Denk aber dran, was dir blüht, wenn du zurückkehrst. Die Strafe wird härter sein als alles, was uns hier im Wald zustoßen könnte. Die Pfeife mit Ana wirst du wohl nicht mehr rauchen können.«

Hier brach Marilu in Tränen aus. Sie traute sich nicht, Zé zu gestehen, was dieser ohnehin längst wusste: dass ihre Flucht nicht gut durchdacht gewesen war und dass sie die Folgen nicht hatte abschätzen können. Nun gab es kein Zurück mehr. Sie alle waren abhängig vom Gelingen des Experiments »Liberdade« – sie waren zu Sklaven der Freiheit geworden.

24

Als Lua erwachte, wusste sie zunächst nicht, wo sie sich befand. Sie rieb sich die Augen, und dann war plötzlich wieder alles da. Sie saß am Küchentisch eines Hurenhauses!
Ihr Nacken schmerzte, weil sie an ebendiesem Tisch eingenickt war. Ihre Augen brannten, weil sie sich in den Schlaf geheult hatte. Und ihre Füße fühlten sich taub an, weil sie einen so ungewohnt weiten Weg zurückgelegt hatte – nur um hier zu enden. Sie spürte neue Tränen aufkommen. Aber zu weinen machte müde, und Lua wollte wach sein. Sie brauchte all ihre Kraft, um vielleicht doch noch einen Ausweg aus ihrer scheußlichen Lage zu finden.
Sie sah sich in der erstaunlich ordentlichen und sauberen Küche um. Sie war allein hier, aber wie lange noch? Es gab ein Fenster, das, wie Lua feststellte, auf einen kleinen Hof hinausging. Vielleicht konnte sie einfach dort hinausklettern und dann die Beine in die Hand nehmen? Aber hätte man sie dann hier allein gelassen? Sie wanderte ein wenig in dem Raum herum und entdeckte dabei einen prall gefüllten Vorratsschrank. Sie nahm sich einen angeschnittenen Laib Brot heraus und brach große Stücke davon ab, die sie sich gierig in den Mund stopfte. Himmel noch mal, war sie hungrig! Sie griff nach einer Seite Speck, hievte sie auf einen Arbeitstisch, auf dem ein Brett und ein Messer lagen, schnitt sich eine Scheibe davon ab und vertilgte auch diese in Windeseile.
Ein Messer! Erst hatte sie es nur als Küchenwerkzeug wahrgenommen und benutzt. Aber auf einmal durchfuhr sie der Ge-

danke, dass ein Messer durchaus auch andere Zwecke erfüllen konnte. Sie schob es schnell von oben in ihren Rockbund und hoffte nur, dass es dort auch blieb und nicht etwa bei der kleinsten Bewegung herabfiel. Von draußen hörte sie gedämpftes Gemurmel und Gelächter. Ihr Puls raste. Hoffentlich reichte die Zeit, bevor jemand kam und nach ihr schaute. Vielleicht war die hübsche Mulattin, die sie bei ihrer Ankunft hier angetroffen hatte, ja nur kurz einmal auf dem Abtritt verschwunden? Hastig schnappte Lua sich ein paar Lebensmittel, schnürte aus einem Küchentuch einen Beutel, den sie mit diesen füllte, und öffnete dann das Fenster. Sie warf den Beutel und das Messer hinaus, damit sie beweglich genug wäre, hinterherzuklettern. Das Messer gab ein ohrenbetäubendes Klirren von sich, als es auf der Erde auftraf. Oje, oje, jetzt aber schnell!, ermahnte Lua sich, die einen kurzen Moment vor Schreck wie gelähmt war.

Sie sprang hinaus, schnappte sich ihre Sachen und rannte auf einen Torbogen zu, durch den ein schwacher Lichtschein drang. Es schien der einzige Ausgang aus diesem Hof zu sein. Als sie aus dem Torbogen heraustrat, sah sie eine vornehme Kutsche, die direkt vor dem Freudenhaus gehalten hatte. Daneben stand – der Bärtige! Er begrüßte den Kunden wie einen guten alten Freund und rühmte die Vorzüge des Etablissements.

»Hab heute was Neues reingekriegt. Hübsch, adrett, sauber. Piekfeine Manieren – ist genau das Richtige für einen Cavalheiro wie Euch. Wird aber ein hübsches Sümmchen kosten.«

Lua wurde fast schlecht bei dem Gedanken, dass sie damit gemeint war.

»Sie muss aber noch ein bisschen, ähm, vorbereitet werden«, fuhr Paulo Barbudo fort. »Ihr könnt sie frühestens morgen

nehmen, wenn sie sich ausgeheult hat und ein bisschen hübscher aussieht.«
Hier lachte der Kunde lüstern. Es schien ihm große Freude zu bereiten, dass ein Mädchen solche Qualen ausstand, weil es unfreiwillig hier war und zu bestimmten Dingen gezwungen wurde – Dingen, die Lua sich in allen ekelhaften Einzelheiten gar nicht vorstellen wollte.
»Ich wette, sie ist noch Jungfrau. Das soll die alte Dora mal herausfinden. In diesem Fall wäre sie natürlich nur zu einem sehr hohen Preis zu haben, aber für einen Mann von Eurer Klasse ist das sicher kein Problem. Ist doch ein ganz besonderes Vergnügen, so ein junges unerfahrenes Ding zuzureiten, nicht wahr? Wenn sie sich zieren und schreien ...«
Der Kunde leckte sich die Lippen und fasste sich an den Schritt. Er erwiderte etwas, sprach jedoch zu leise, als dass Lua ihn hätte verstehen können. Ihr ging nur eines durch den Kopf: Sie musste hier weg, und zwar sofort! Diesem widerwärtigen Lüstling würde sie sich gewiss nicht hingeben, eher würde sie sterben. Einzig der Gedanke, dass der fürchterliche Kerl sie nicht mehr würde entjungfern können, tröstete sie ein wenig.
Die beiden Männer verschwanden im Haus, doch die Kutsche fuhr nicht gleich wieder an, weil der Fahrer noch den Huf des Pferdes untersuchte, in dem sich anscheinend ein Stein schmerzhaft verkeilt hatte. Lua erkannte ihre einzige Chance: Sie schlich sich an die Kutsche heran, kletterte so vorsichtig und leise wie möglich auf den Vorsprung, auf dem normalerweise Gepäck befördert wurde, und klammerte sich fest. Eine schier endlose Zeitspanne verstrich, bevor der Kutscher endlich anfuhr. Als der Wagen gerade um die Kurve bog, hörte Lua das Geschrei aus dem Hurenhaus: »Wo ist sie, die elende Schlampe! Haltet sie auf!«
Man hatte ihr Verschwinden bemerkt.

Die Kutsche hielt erst an, als sie das Stadtgebiet längst hinter sich hatten. Lua konnte sich kaum noch halten, ihre Arme und Hände waren verkrampft, ihre Beine zitterten vor Anspannung. Der Kutscher stieg ab und zog an der Glocke neben dem Eingangstor des Gebäudes, vor dem sie zum Stehen gekommen waren, offenbar ein Kloster. Er wechselte einige Worte mit einer Nonne, reichte ihr ein kleines Beutelchen, das er unter seinem Mantel hervorzog, und begab sich dann wieder zu seinem Gefährt. Als er anfuhr, sprang Lua ab. Der Kutscher hatte nichts von seiner blinden Passagierin bemerkt, würde also auch nicht verraten können, wo Lua geblieben war, wenn man ihn befragte.

Nachdem die Kutsche fort war, war es auf der Auffahrt vor dem Kloster gespenstisch still. Niemand war zu sehen, nichts zu hören, sogar die Luft und die Natur schienen hier innezuhalten, um die Schwestern nicht in ihrer heiligen Kontemplation zu stören. Der Mond erhellte den sandigen Weg, und Lua kam es vor, als leuchtete sie selbst, so auffällig war ihre Erscheinung hier mitten in der Nacht. Sie ging zu dem Tor und zog an der Glocke.

Es dauerte ein wenig, bis sie schlurfende Schritte von drinnen vernahm. Ein Riegel wurde zurückgeschoben, dann öffnete sich die Tür einen Spalt weit, und eine hörbar verstimmte Frau fragte missmutig: »Was gibt es denn jetzt noch, dass du uns schon wieder in unserer Nachtruhe stören musst?«

»Oh, ich ... es tut mir leid.« Lua sah der Nonne ins Gesicht, die ungläubig die Tür aufgerissen hatte und die fremde Besucherin anstarrte.

»Wer bist du?«

Lua legte ihre besten Manieren an den Tag. Sie knickste artig und senkte den Blick. »Mein Name ist Maria Fernanda«, log sie. »Ich bin ... aus einem öffentlichen Haus geflohen, wo man mir, ähm, unaussprechliche Dinge antun wollte.«

»Oje, du armes Ding! Komm erst mal herein.« Die Nonne, die zunächst so abweisend gewirkt hatte, ging nun ganz auf in mütterlicher Fürsorge um das arme gefallene Mädchen, das sie vor sich zu haben glaubte. Sie führte Lua in die Küche, bedeutete ihr, sich an einen großen Tisch zu setzen, und bereitete ihr einen Becher mit heißer Honigmilch zu.
»Ich will noch vor Sonnenaufgang zur Prima erscheinen, unserer ersten Andacht des Tages, so dass mir zum Schlafen nicht viel Zeit bleibt. Ich schlage daher vor, dass du morgen der Äbtissin deine traurige Geschichte erzählst.«
Lua nickte eifrig. Nichts lieber als das, dachte sie. Wenn sie erst einmal ausgeschlafen wäre und sich gesammelt hätte, würde sie den braven Schwestern schon eine schöne, rührselige Mär auftischen können.
Die Nonne führte Lua in eine winzige, karge Kammer, wünschte ihr eine gesegnete Nachtruhe und verließ den Raum. Lua atmete auf, erschrak jedoch gleich wieder, als sie hörte, dass die Nonne die Kammer von außen abschloss. Hatte die gute Frau etwas geahnt? Würde man sie hier gefangen halten, bis man ihre Geschichte auf ihren Wahrheitsgehalt hin überprüft hatte? Oder verhielt es sich einfach nur so, dass man Fremden nicht über Nacht die Gelegenheit geben wollte, das Kloster zu bestehlen?
Wer wusste schon, wie viele ehrlose Frauen sich auf diese Weise Zutritt zu dem Gemäuer verschafften, um die Ordensschwestern zu berauben?
Lange grübelte Lua allerdings nicht über diesen Fragen. Kaum hatte sie sich auf der Strohmatratze ausgestreckt, schlief sie auch schon ein.
Sie erwachte von einem Klopfen an der Tür. Da die Fensterläden geschlossen waren, konnte Lua unmöglich die Tageszeit bestimmen. Sie hörte, wie der Schlüssel sich im Schloss drehte.

Dann betrat eine Nonne ihr Zimmer. Es war nicht dieselbe wie am Vorabend.

»Steh auf, es ist bald Zeit für die Tertia. Danach bekommst du Frühstück.«

Lua nickte. Sie wusste nicht, was die Tertia war, aber da die Schwester von Frühstück gesprochen hatte, nahm sie an, dass es Morgen sein musste.

»Hier hast du frische Kleidung«, sagte die Frau und legte ihr einen säuberlich gefalteten Stapel aufs Bett. »Deinen Nachttopf musst du selbst leeren, ich zeige dir nachher, wo. Und waschen kannst du dich unten, da gibt's eine Pumpe und eine Schüssel.«

Abermals nickte Lua nur.

Die Ordensfrau nickte zurück und verließ die Kammer, diesmal, ohne sie abzuschließen.

Lua streckte sich und ließ sich Zeit mit dem Aufstehen. Dieses Strohlager war tausendmal bequemer als alles, worauf sie bisher geschlafen hatte. Sie fühlte sich erfrischt und voller Energie. Sie schöpfte wieder Mut. Gewiss würde ihr Schicksal nun eine bessere Wendung nehmen. Die guten Schwestern schienen das Herz am rechten Fleck zu haben. Wenn Lua erst einmal frische Kleidung trug, gewaschen war und sich gestärkt hatte, würde sie einen richtigen Fluchtplan ausarbeiten, mit Verstand und Raffinesse. Ihr gestriges unüberlegtes Weglaufen hatte sich ja nicht gerade als die beste Idee erwiesen.

Als sie an sich heruntersah und das schlichte weiße Kittelkleid betrachtete, das man ihr gegeben hatte, fühlte Lua sich eingeschüchtert. Wie benahm man sich in einem Kloster? Und wo musste sie überhaupt hingehen? Ihre Sorge, sich womöglich zu verirren, war jedoch unbegründet. Als sie vorsichtig die Tür öffnete, sah sie, dass direkt davor eine junge Nonne auf sie gewartet hatte. Schweigend führte sie Lua durch lange, schmuck-

lose und hallende Wandelgänge, deren weißer Putz schimmelte und sich an vielen Stellen von der Decke löste. Das Ganze machte einen verwahrlosten Eindruck, wenngleich die Steinböden auf Hochglanz poliert waren und alles reinlich wirkte.
Sie gelangten zu einem großen Saal, in dem etwa fünfzig Ordensfrauen schweigend ihr karges Frühstück einnahmen. Man wies Lua einen Platz an einem etwas abseitsstehenden Tisch zu. Eine Nonne stellte ihr schweigend eine Schüssel mit Brei sowie ein Glas Wasser hin. Lua aß mit großem Appetit, obwohl das Mahl weiß Gott nicht sehr schmackhaft war. Sie dachte an die Lebensmittel, die sie am vergangenen Abend aus der Küche des Bordells mitgenommen hatte, sagte sich aber, dass sie diese auch später noch würde vertilgen können.
Kaum hatte sie den letzten Bissen heruntergeschluckt, trat wieder eine andere Nonne auf sie zu und gab ihr zu verstehen, sie möge ihr folgen. Man führte sie durch eine ganze Reihe weiterer langer Gänge, bis sie vor einer geöffneten Holztür anlangten.
»Die Frau Oberin erwartet dich schon«, sagte die Nonne und wandte sich mit gesenktem Haupt von Lua ab.
Lua klopfte an die Tür, weil sie nicht wagte, ohne vorherige Aufforderung den Raum zu betreten.
»Komm herein.«
Lua sah sich einer älteren Frau gegenüber, die an einem riesigen Schreibtisch hockte und hinter den Bücherbergen klein und verloren wirkte. Ihr Gesicht war sehr weiß und glatt, obwohl die Frau mindestens sechzig Jahre alt sein musste. Weder die strenge Ordenstracht noch der vollständige Mangel an Schmuck konnte davon ablenken, dass es sich hier um eine wahrhaft feine Dame handelte. Oder vielleicht war es auch gerade die Abwesenheit von Zierat und Putz jeglicher Art, die die Vornehmheit der Frau noch betonte.

Lua knickste und sagte leise: »Guten Morgen, Mutter Oberin.«

»Guten Morgen, Maria Fernanda.«

Lua zuckte zusammen. Richtig, erinnerte sie sich, diesen Namen hatte sie letzte Nacht bei ihrer Ankunft hier angegeben. Sie sah die Äbtissin an und merkte, dass die Frau jede Reaktion ihres Gastes registriert hatte. Sie würde vorsichtiger sein müssen, denn dieser Nonne würde sie so schnell nichts vormachen können.

»Du siehst nicht aus wie eine Dirne.«

»Oh, nein, Herr bewahre, ich bin auch keine!«

»Was bist du denn?«

»Eine ...« Haussklavin, wäre es Lua beinahe herausgerutscht, aber sie hatte sich schnell wieder im Griff. »Eine Näherin.«

»Soso. Und wo arbeitest du?«

»In der Hauptstadt natürlich. Ich bin eine Freie, denn mein Vater, ein Schmied, hat sich freigekauft.«

»Wie schön für dich. Wie heißt er denn, dein Vater?«

»José dos Santos, Schwester.«

»Und warum hat er nicht besser auf dich aufgepasst?«

»Ich war auf dem Weg zu einer Kundin, der Sinhá Dona Isabel in der Rua dos Sete Milagres, und ich war schon spät dran, so dass mich die Dunkelheit überraschte, und da ergriffen mich plötzlich zwei Männer und schleppten mich in dieses fürchterliche Haus, wo ich einen abstoßenden, sehr haarigen Mann habe sagen hören, dass er mich ... o Gott, es war so schrecklich!« Lua gelangen ein paar echte Schluchzer, so sehr hatte sie sich in Fahrt geredet.

Die Äbtissin schaute sie nachdenklich an. Nein, eine Hure hatte sie gewiss nicht vor sich. Aber irgendetwas an dieser Geschichte stimmte nicht. Warum war das Mädchen nach seiner Flucht aus dem Bordell nicht nach Hause gerannt? Warum hatte es nicht die Polizei gerufen oder seinem Vater alles berichtet, damit dieser sich den Mädchenräuber einmal vornahm?

Vielleicht, dachte die Äbtissin, hatte sogar der Vater seine Finger in dem schmutzigen Spiel? Es gab nicht wenige, die, mittellos geworden, ihre Töchter meistbietend feilboten. Vielleicht war die junge Frau eine Ausreißerin. Dennoch würde sie ihr in diesem Fall nicht helfen können. Die Eltern hatten das Sorgerecht über ihre Kinder, da durfte sie sich nicht einmischen. Vielleicht war diese Maria Fernanda aber auch eine gerissene Betrügerin oder aber eine entlaufene Sklavin. Und solchen Leuten konnten sie hier schon gar keine Zuflucht gewähren.

Sie hatten es schon schwer genug, auch ohne dass sie Frauen oder Mädchen aufnahmen, die sich und andere nur in Schwierigkeiten brachten. Das Kloster war abhängig von der finanziellen Unterstützung mildtätiger Damen, und das waren zumeist Senhoras von den umliegenden Fazendas. Es kam häufiger vor, dass Bedürftige, zum Beispiel entflohene Sklaven, hier bei ihnen Zuflucht suchten, aber in diesen Fällen musste die Äbtissin ihre persönlichen Gefühle, wie so oft, hintanstellen und im Interesse der Ordensgemeinschaft handeln. Brachte man die Ausreißer wieder zu ihren rechtmäßigen Besitzern zurück, so konnte man mit einer stattlichen Belohnung und der künftigen Großzügigkeit der weißen Oberschicht rechnen.

Sie war sich aber gar nicht sicher, ob dieses Mädchen hier, das ganz sicher nicht Maria Fernanda hieß, eine Sklavin war. Die junge Frau ließ unter einer dünnen Schicht von Unterwürfigkeit ein gesundes Selbstbewusstsein erkennen, über das die meisten Sklaven nicht verfügten. Sie wirkte auch recht gebildet, ihre Grammatik war fehlerfrei, der Satzbau trotz der etwas wirren Rede korrekt. Sicher hatte sie ein wenig Bildung genossen – und das wiederum war, wenn überhaupt, fast ausschließ-

lich bei Mädchen der Fall, die aus freien Handwerkerfamilien stammten. Stimmte die Geschichte also doch?
»Kannst du lesen und schreiben?«, fragte die Äbtissin schließlich.
Lua war verwirrt. Was sollte das? Gab es nichts Wichtigeres für die Nonne? Und was sollte sie um Gottes willen antworten? Dass sie es konnte? War es auch unter Freien verboten, es zu können? Lua wusste es nicht. Sie beschloss, das Risiko einzugehen.
»Ein wenig, ja.«
»Sehr schön. Dann lies mir dies hier doch bitte einmal vor.« Sie reichte Lua einen Schrieb. »Du kannst beim zweiten Absatz beginnen, das davor ist nicht so wichtig.«
Lua las. Die Handschrift kam ihr bekannt vor. Sie überflog den Anfang, bei dem es sich um hochgestochene, bürokratische Einleitungsfloskeln handelte. Dann kam sie zum zweiten Absatz – und ihr blieb fast die Luft weg.

Die Frau ist 18 Jahre alt, von mittlerer Statur und hellbrauner Hautfarbe. Sie hört auf den Namen »Lua«. Ihre Manieren sind geschliffen, ihr Auftreten höflich und selbstbewusst. Sie trug bei ihrer Flucht ein blaues Kattunkleid mit weißer Schürze, dazu eine weiße Haube, außerdem silberne Ohrringe sowie mehrere Ketten aus bunten Glasperlen. Zur Ergreifung der Negerin ist eine Belohnung in Höhe von 10 Milreis ausgesetzt.

Stotternd las sie der Nonne den Text vor. Als sie damit fertig war, wagte sie es nicht, von dem Papier aufzusehen. Mit hängenden Schultern stand sie vor der Äbtissin, die personifizierte Schuld. Wie hatte dieser Schrieb so schnell hierhergelangen können?

»Er kam schon gestern Abend hier an«, sagte die Ordensschwester, als habe sie Luas Gedanken lesen können. »Die Familie Oliveira dürfte etwa zwanzig solcher handgeschriebenen Suchmeldungen per Eilboten in der Gegend verteilt haben. Wir gehören immer zu den ersten Orten, an denen entflohene Sklaven gesucht werden.«
Lua schwieg.
»Ich fürchte, wir müssen dich zu deinen Leuten zurückbringen.«
»Nein, bitte nicht! Man will mich auf São Fidélio mit einem Kerl verheiraten, den ich nicht ausstehen kann, und ich habe keine Ahnung, warum man mich so quält. Ich habe den Oliveiras mein Leben lang gedient, sie waren meine Familie, und ich habe mir nie etwas zuschulden kommen lassen.«
»Ach?«, sagte die Nonne mit spöttisch hochgezogenen Brauen. »Und dass du lesen kannst, das haben die Oliveiras auch gebilligt?«
»Ähm, nein. Niemand weiß etwas davon. Ich habe das so nebenbei aufgeschnappt, weil ich beim Unterricht der Sinhazinha immer zugegen war, mir aber niemand Aufmerksamkeit geschenkt hat.«
»Du bist ein kluges Kind. Schade, dass du nicht aus einer reichen, weißen Familie stammst, dann würden wir dich hier mit Kusshand aufnehmen.«
»Aber könnt Ihr mich nicht auch so nehmen, als Sklavin, meine ich? Ich kann sticken und klöppeln, kann festliche Tafeln decken und Silber polieren, ich kann schöne Frisuren aufstecken und …« Lua stockte. Sie merkte selbst, dass all ihre Fertigkeiten hier nicht gebraucht wurden.
Die Äbtissin schüttelte traurig den Kopf. »Ich habe schon gemerkt, dass du so einiges kannst. Aber verrate mir doch bitte: Wie kam es, dass du gestern mit der Kutsche des Doutor Azevedo hier angekommen bist?«

»Die Kutsche hielt vor dem Bordell. Nachdem der Passagier ausgestiegen war und der Kutscher wieder anfuhr, bin ich hinten aufgesprungen. Ich kannte das Ziel nicht. Es war reiner Zufall, dass ich hier gelandet bin.«

Die Äbtissin überschlug rasch im Kopf, was der Doktor als »Buße« springen lassen würde, wenn sie ihn mit seinem liederlichen Lebenswandel konfrontierte. Unterdessen war der Name des Kutschenbesitzers in Luas Bewusstsein vorgedrungen – es war derselbe Doutor Azevedo, den sie gestern angeblich hatte aufsuchen wollen und zu dessen Haus die Polizisten sie geführt hatten. Sie spürte einen Lachkrampf in sich aufwallen. Sie wehrte sich noch ein wenig dagegen, doch nach kurzer Zeit brach schallendes Gelächter aus ihr hervor, vermischt mit Tränen und hysterischen Schluchzern. Sie konnte sich gar nicht mehr beruhigen, und sie lachte so heftig, dass sie irgendwann Schluckauf bekam und darüber nur noch mehr lachen musste.

Die Nonne lächelte milde. Manchmal waren die Entscheidungen, die die Pflicht ihr abverlangten, gar nicht mal die schlechtesten. Mit einer Wahnsinnigen wollte sie lieber nichts zu schaffen haben.

25

Zé hörte es als Erster: Jemand näherte sich ihrer armseligen Siedlung. Lautlos verständigte er die anderen, die sich rasch mit Pfeil und Bogen bewaffneten und sich auf Bäumen oder im Gebüsch versteckten. Es schien eine halbe Ewigkeit zu vergehen, ehe sie die Leute sahen. Zwei abgerissene, abgemagerte und verdreckte Gestalten, die sich nur mit Mühe aufrecht halten konnten. Als sie aus dem Unterholz traten, erkannte man, dass es sich um einen Mann und eine Frau handelte.
»Ist hier jemand?«, rief der Mann. Seine Stimme drohte vor Schwäche zu versagen.
»O Gott, sie sind bestimmt alle von den Wilden aufgefressen worden!«, jammerte die Frau.
Zé sprang von seinem Ast herab und erschreckte die beiden unfreiwillig fast zu Tode. »Sind wir nicht. Uns geht es sehr gut hier. Willkommen. Ich bin Zé.«
Die Frau fiel heulend auf die Knie, so groß war ihre Erleichterung, dass sie es tatsächlich geschafft hatten. Sie kannte Zé nicht persönlich, doch seinen Namen hatte sie wie den des Messias während der ganzen Wegstrecke vor sich hin gebetet. Bei Zé, so hatte man auf ihrer Fazenda gemunkelt, sei man in Sicherheit. Wer dieses Gerücht in die Welt gesetzt hatte, wusste sie nicht, aber sie wusste, dass sie diesem winzigen Lichtblick, dem einzigen Hoffnungsschimmer in ihrem trostlosen Dasein, folgen würde wie einer wegweisenden Fackel.
Sie schluchzte noch immer erbarmungswürdig, aber der Mann hatte sich bereits gefasst. »Iiiichch bin Caca der Stotterer, und

ddddas ist mmmeine Schwester Bebel. Wwwir kommen vvom ›Sssolar do Cacacastelo‹. Sind seit ddrei Wwwochen unterwwegs.«

Inzwischen waren auch João, Luizinho und Marilu aus ihren Verstecken gekommen und begrüßten die Neuankömmlinge, allerdings eher verhalten. Ein vergleichsweise mitfühlendes »Mensch, ihr seht ja aus!«, kam da, neben einem herzlosen »Wie brauchbare Arbeitskräfte wirkt ihr nicht gerade«. Obwohl die vier sich verzweifelt nach neuen Gesichtern, nach Abwechslung und nach Zuwachs in ihrer Siedlung gesehnt hatten, war ihnen nun, da der Fall eintrat, ein wenig ängstlich zumute. Würde man sich mit den Neuen vertragen? Würden die einem anfangs nicht die Haare vom Kopf fressen und überhaupt nur Arbeit machen?

Zé staunte. »Vom Solar do Castelo? Das ist sehr weit von unseren alten Fazendas entfernt. Wie habt ihr von hier erfahren?«

»Bekommen wir zuerst was zu essen?«, bat Bebel. »Dann erzählen wir euch alles in Ruhe.«

Nachdem Caca und Bebel sich die Bäuche vollgeschlagen und das meiste kurz danach wieder erbrochen hatten, fielen sie jedoch vor Müdigkeit fast von der Bank. Man beschloss, die beiden vorerst in Zés Hütte unterzubringen, der so lange bei Luizinho schlafen würde.

So erschöpft die beiden Geschwister waren, so aufgeregt waren die anderen. Als die Neuankömmlinge schon tief schliefen und laut schnarchten, schnatterten rund um das Feuer alle vier durcheinander und wussten sich vor Begeisterung gar nicht zu lassen. Es ging voran – Liberdade wuchs! Zwei junge Leute, die bald schon kräftig mit anpacken konnten! Eine Frau, mit der Marilu über Weiberkram reden konnte! Und vor allem: Neuigkeiten aus der Welt da draußen!

Sie alle hatten ihr altes Leben verabscheut, so sehr, dass sie alles bereitwillig hinter sich gelassen hatten. Doch es fehlte ihnen so vieles! Was gäben sie darum, hätten sie hier Freunde, Verwandte, gesellige Abende und natürlich Neuigkeiten über Gott und die Welt. Die Abgeschiedenheit war schwerer zu ertragen, als sie alle gedacht hatten. Und so erwarteten sie freudig erregt den Morgen, um dann endlich die Geschwister nach jeder Kleinigkeit ausquetschen zu können, die ihnen überhaupt einfiel.

Der Schwall an Fragen, der bei Sonnenaufgang über sie hereinbrach, verunsicherte Bebel und Caca. Sie fühlten sich noch immer schwach, müde und schmutzig, und das Essen, das es hier gab, bekam ihnen gar nicht gut. Trotzdem waren auch sie nach der ersten erholsamen Nacht seit langem aufgeregt und begierig, alles zu erfahren, was sich in dem neugegründeten Quilombo bisher zugetragen hatte. Die Unterhaltung der sechs Dschungel-Siedler war entsprechend unzusammenhängend, wirr und laut.

»Was soll das heißen, ihr habt hier kein Tapioka?«, rief Bebel aus.

»Erst, wenn die Maniokpflanzen wachsen«, gab Marilu zur Antwort. »Aber ist doch egal. Erzähl lieber, wie ihr entkommen seid.«

»Ja, wie habt ihr's geschafft?«, wollte auch Luizinho wissen.

»War gar nicht so schwer. Erzählen wir euch später. Sagt lieber, wie es mit den Wilden so ist. Wollten sie euch auffressen?«

»Nein, sie sind harmlos. Habt ihr Neuigkeiten von São Fidélio?«

»Wir haben gehört, dass da eine Sklavin weggelaufen ist. Aber sie haben sie wieder eingefangen. Hat es nicht so schlau angestellt wie wir. Wie verteidigt ihr euch hier?«

»Mit Pfeil und Bogen hauptsächlich. Und mit Feuer, denn ...«, wollte João erklären, doch Zé fiel ihm ins Wort: »Wie hieß sie?«

»Wer jetzt?«

»Na, die Sklavin, die sie wieder eingefangen haben, die von São Fidélio?«

»Du lieber Himmel, woher sollen wir das denn wissen? Oh Gott, mir wird schon wieder schlecht. Wo ist eigentlich euer Abtritt?«

»Haben wir nicht. Wir machen ins Gebüsch – die Würmer und anderes Getier kümmern sich schnell genug darum.«

»Davon können wir ein Lied singen, von dem Getier im Wald. Die Mücken sind eine Plage!«

»Wollte ich euch vorhin ja erklären, aber ihr habt nicht richtig hingehört«, sagte João beleidigt. »Mit Feuer oder, besser gesagt, mit dem Qualm von bestimmten Zweigen kann man sie vertreiben.«

»Wenn das mal mit den Wilden auch so einfach wäre.«

»Die tun doch gar nichts.«

»Weiß man's? Irgendwann fällt ihnen doch noch ein, dass sie uns appetitlich finden.«

»Habt ihr Neuigkeiten von Três Marias?«

»Nö, da kennen wir gar niemanden. Oje, jetzt muss ich aber rennen!« Bebel verschwand im Unterholz, wo sie sich, für alle gut hörbar, erleichterte. Das Gespräch verstummte, denn ihr Bruder, der Stotterer, war einem so schnellen Wort- und Themenwechsel nicht gewachsen.

»Ist sie wirklich deine Schwester?«, fragte Luizinho.

Caca nickte.

»Sieht gar nicht übel aus.«

Marilu stieß ihn energisch in die Rippen. »Kriegst wohl den Hals nicht voll?«

»Sei doch nicht so.«
»Seid ihr verfolgt worden?«, fragte Zé.
Abermals nickte Caca. »Hhaben sie aaaber schnell abgeschsch-schüttelt. Dddie Hexe hhhat uns verrrraten, wwie.«
»Welche Hexe?«
Inzwischen war Bebel zurückgekehrt und übernahm wieder das Reden für ihren Bruder. »So 'ne alte Afro-Hexe. Die hat uns ja erst von dir und deinem Plan erzählt. Und sie hat uns auch ein paar Tricks gesagt, wie man die Suchtrupps mitsamt ihren Hunden in die Irre leitet. Zum Beispiel, wenn man sich von Kopf bis Fuß mit Kot einreibt, oder wenn man ein längeres Stück durch Wasser geht, weil da die Hunde die Spur verlieren.«
»Ich weiß selbst, wie es gemacht wird«, sagte Zé ungehalten. »Also noch mal zurück zu der Hexe: Wie hieß sie? Wie sah sie aus?«
»Na, alt eben, klein und verschrumpelt, mit hinterlistigen Äuglein. Spricht miserables Portugiesisch. Sie sagte, sie heißt Carminda oder so ähnlich.«
Zé war sprachlos. Wie hatte Kasinda alias Imaculada es geschafft, von São Fidélio zum Solar do Castelo zu gelangen? Zu Fuß war die Strecke zu weit. Hatte sie den Kutscher beschwatzt, sie bei einer Botenfahrt mitzunehmen? Hatte denn ihre Abwesenheit auf São Fidélio unbemerkt bleiben können? Andererseits: Die Alten kümmerten eigentlich niemanden mehr. Sowohl die jüngeren Sklaven als auch die Aufseher und erst recht die Senhores waren froh, wenn sie von dem Anblick der Alten und Siechen verschont blieben. Und da bei ihnen keine Fluchtgefahr bestand, hatten sie praktisch Narrenfreiheit. Aber Kasinda? Die sich schon dem Tode nah fühlte? Woher nahm sie die Kraft für solche Unternehmungen? Und woher hatte sie gewusst, wo sie die Nachricht von Zés Quilombo streuen sollte –

immerhin bestand jederzeit die Gefahr, dass sie es dem Falschen erzählte. Verließ sie sich allein auf ihre Menschenkenntnis? Oder hatte sie vielleicht doch magische Kräfte?
»Wwwas esst ihr hhhier sssonst sso?«, fragte Caca.
»Er will wissen, wann es was zu essen gibt«, übersetzte Bebel.
»Na, sobald er was erlegt hat. Ist 'ne Menge Arbeit, mit Pfeil und Bogen loszuziehen und genug zu schießen, um davon satt zu werden. Müsst ihr schnell lernen. An guten Tagen gibt's Tatu oder Capivara, an schlechten nur irgendeinen zähen Papagei«, antwortete Luizinho.
»Schmecken bitter«, ergänzte João. »Aber immer noch besser als Larven und Ameisen fressen, so wie's die Eingeborenen tun. Zé hat's gekostet, stimmt's nicht, Zé?«
Zé nickte abwesend. Er war in Gedanken ganz weit fort. Dass eine Sklavin von São Fidélio die Flucht gewagt hatte und geschnappt worden war, setzte ihm mehr zu, als er zuzugeben bereit war. Wenn es sich nun dabei um Lua gehandelt hatte? Seine süße, schlaue Lua? Würde man sie ebenso brutal auspeitschen, wie man es mit ihm getan hatte? Oh Gott, allein die Vorstellung ließ seine Narben auf dem Rücken heiß brennen, als seien sie noch offene Wunden. Würde man Lua verkaufen? Würde man sie demütigen, sie zur Feldarbeit verdonnern oder sie gar als »Zuchtstute« einsetzen, wie es auf manchen Fazendas mit den stärksten, gesündesten und schönsten Schwarzen getan wurde, damit sie ihrem Senhor weitere Sklaven mit guten Erbanlagen schenkten? Für Männer war, wie Zé aus eigener Anschauung wusste, diese Zwangspaarung schon unangenehm – für Frauen musste es die Hölle sein.
»Was bist du denn auf einmal so still? Willst du Bebel nicht antworten?«, schubste Marilu ihn an.
»Sicher, klar. Was willst du wissen?«

»He, Zé, hattest wohl ein Liebchen auf São Fidélio? Machst dir jetzt Sorgen um sie, was?«, flachste Luizinho.
»Der war sich doch schon auf Três Marias zu gut für alle. Der denkt bestimmt an die verrückte Alte. Ist sie verwandt mit dir? Hat sie dich Bombom getauft?« João konnte es nicht lassen. Bei jeder sich bietenden Gelegenheit zog er Zé mit der Verballhornung seines afrikanischen Namens auf.
»Wwwie, Bbbombom?«, hakte Caca nach.
»Egal«, sagte Zé unwirsch.
»Obwohl er wirklich süß ist«, flüsterte Bebel Marilu ins Ohr.
»Das täuscht«, sagte diese. »Ist ein harter Knochen, der Kerl, stimmt's nicht, Zé?«
»Lasst mich doch in Frieden.«
Und so ging es den ganzen Morgen hindurch weiter. Keiner hatte so rechte Lust, die Runde zu verlassen und seiner Arbeit nachzugehen. Viel zu groß war die Angst, irgendeine Neuigkeit zu verpassen, obwohl die Ausbeute an Nachrichten weiß Gott gering war.
Die Frauen sonderten sich irgendwann von den Männern ab. Sie wollten in Ruhe über Dinge schwatzen, von denen diese eh nichts verstanden. Als seien sie alte Freundinnen, tauschten Marilu und Bebel Ratschläge und Klatsch aus. Die Themen reichten von den Problemen der Monatshygiene bis hin zu Rezeptideen für Beijupirá, einen Meeresfisch, von dem sie hier im Binnenland nur träumen konnten. Sie erzählten einander über die Vorzüge und die schlechten Seiten der Männer, vor allem der vier, in deren Gesellschaft sie sich hier befanden. Sie unterhielten sich über ihre alten Freunde, die sie zurückgelassen hatten, und nachdem sie eine ganze Weile so von einem Thema zum nächsten gehüpft waren, fanden sie heraus, dass sie gemeinsame Bekannte hatten und sogar von derselben Frau gestillt worden waren. Die Freude war auf beiden Seiten riesig.

»Was, die dicke Mariazinha war auch deine Milchamme? Ich fass es nicht! Caca und ich lieben sie über alles.«

»Lebt sie noch? Als sie von Três Marias weg verkauft wurde, kam sie mir schon alt vor – und das muss zwanzig Jahre her sein.«

»Ja, sie lebt, und sie erfreut sich guter Gesundheit. Alt ist sie, aber sooo alt nun auch wieder nicht.«

»Ach, das muss ich gleich Luizinho berichten, der wurde nämlich auch von ihr gesäugt.«

»Dann sind wir ja fast Geschwister«, stellte Bebel feierlich fest, und die Frauen fielen einander, halb lachend, halb weinend, in die Arme.

Die Männer zählten unterdessen all die Pflichten auf, die Cacas harrten. Sie übertrieben ein wenig, zum einen, damit der Stotterer nicht allzu oft zu Wort kam, denn es fiel ihnen lästig, ihm zuzuhören, zum anderen, weil sie ihre eigene Wichtigkeit und ihren Fleiß gar nicht oft genug betonen konnten.

»Du musst lernen, mit Pfeil und Bogen umzugehen. Sobald du das kannst, musst du täglich auf die Jagd gehen. Das ist mühsam und sehr gefährlich, denn da draußen gibt es Spinnen, so groß wie Wagenräder, und Schlangen, dicker als deine Oberschenkel. Du musst mindestens so viel erlegen, wie du und deine Schwester esst, aber wenn's mehr wird, schadet's natürlich auch nicht.« João grunzte, um seiner Rede mehr Nachdruck zu verleihen. Zé enthielt sich eines bissigen Kommentars. João hatte bisher noch nie so viel Fleisch mitgebracht, wie er selbst verzehrte.

»Ja, und das ist noch nicht alles«, meldete Luizinho sich zu Wort. »Du musst auch lernen, die Fische in unserem Flüsschen hier zu fangen. Mit der Angel dauert es sehr lange, aber wenn du eine Art Speer benutzt, einen angespitzten Ast, und damit tüchtig übst, kannst du ziemlich schnell ein feines Abendessen

zusammenkriegen. Aber auch das ist gefährlich. Der Fluss ist an manchen Stellen tief, und das Ufer ist wegen all dem Gestrüpp nicht gut zugänglich. Also, wenn du nicht schwimmen kannst und auch keinen Einbaum lenken, solltest du vielleicht lieber die Finger davon lassen.«
Zé schmunzelte bei der Erinnerung an Luizinhos Versuche, sich mit dem Wasser anzufreunden, und auch seine eigenen peinlichen Erfahrungen, die er anfangs bei den Indios gesammelt hatte, fielen ihm wieder ein. Es würde, wie bei ihnen allen, eine Weile dauern, bis Caca voll einsatzfähig war.
»Aaaber dddafür kkkann iiich ...«, wagte Caca die Angeber zu unterbrechen, doch diese waren zu ungeduldig, ihn ausreden zu lassen.
»Nein, dafür kannst du nichts, dass du noch nicht so urwaldtauglich bist«, sagte João.
»Nnnein, iiich kkkann ...«, versuchte der Stotterer es erneut.
»Du kannst uns begleiten, zumindest am Anfang, bis du das Wesentliche beherrschst«, meinte Luizinho großzügig.
Caca schüttelte entmutigt den Kopf, und die anderen drei Männer deuteten diese Geste als Verzweiflung und Hoffnungslosigkeit. Es musste wirklich schlimm sein, wenn man sich als Dummkopf solchen Herausforderungen gegenübersah. Denn dass Caca nicht der Hellste war, davon waren sie alle überzeugt.
Irgendwann stießen die beiden Frauen wieder zu der Gruppe.
»He da, ihr Faulenzer!«, rief Marilu. »Was soll ich heute kochen, wenn ihr hier träge herumhockt und nichts zu essen auftreibt?«
»Hast ja recht«, gab Zé zu. Auch er hatte sich verleiten lassen, seine Pflichten zu vernachlässigen, was angesichts seiner Stellung als »Anführer« unverzeihlich war. Er musste nicht nur mit gutem Beispiel vorangehen, er musste auch Sorge dafür

tragen, dass sie alle gut versorgt waren. »Also los, Männer. Caca, du kommst mit mir, ich erklär dir dann das Wichtigste.«
Caca nickte resigniert.
»Aber warum denn?«, schaltete Bebel sich plötzlich ein.
Die Männer blickten sie konsterniert an, und sogar Marilu fand es dreist, sich gleich am ersten Tag vor der Arbeit drücken zu wollen beziehungsweise den anscheinend zurückgebliebenen Bruder davor zu bewahren. Kräftig sah Caca doch aus, also würde er auch mit anpacken müssen.
»Glotzt doch nicht so!«, verteidigte Bebel sich, die den Stimmungsumschwung bemerkte. »Sicher habt ihr ihn nicht ausreden lassen, das passiert immer, wenn Leute ihn noch nicht gut kennen. Und bestimmt wollte er euch erzählen, dass er kein Feldneger war.«
»Nein?«, kam es im Chor.
»Nein. Weil nämlich«, und hier klopfte sie stolz auf die Schulter ihres Bruders, »der arme blöde Stotterer was viel Besseres kann. Er war der Schmied auf dem Solar do Castelo, und er war so gut, dass der Senhor ihn an andere vermietet hat. Hat ihm ein schönes Extrasümmchen eingebracht.«
Die vier starrten Caca ungläubig an.
Bebel war nun nicht mehr zu bremsen. »Er ist ein großartiger Handwerker, und er kann nicht nur schmieden, sondern auch ganz passabel tischlern, und im Umgang mit Ton ist er auch nicht schlecht. Und so wie ich das sehe«, sie deutete im Kreis auf die primitive Hüttensiedlung, »brauchen wir hier alles, vom Teller bis zum Topf, von Möbeln bis zu Speeren.«
»Und das soll der Blöde alles können?«, fragte João.
»Er ist nicht blöd«, fauchte Bebel. »Er kann nur nicht so toll sprechen. Alles andere kann er.«
Zé war der Erste, der sich von der allgemeinen Überraschung erholte. »Ist das so, Caca?«

Caca nickte. »Ja«, sagte er in bestimmtem Ton und ohne den geringsten Hinweis auf sein Stottern. »Ja!«
Zé konnte es nicht recht glauben, befand aber, dass man es ausprobieren müsse. »Na schön, dann bleibst du erst mal hier und fertigst …« Ja, welchen Auftrag sollte er dem Burschen geben? Was hatten sie schon an Materialien, mit denen er arbeiten konnte?
»Mmmir ffällt schon wwwas ein«, sagte Caca, und die anderen schauten sich beunruhigt an. Das klang nicht besonders vielversprechend.
»Na dann – an die Arbeit!«
Die Männer zogen los, um zu jagen, die Frauen machten sich ans Waschen und Fegen und Feuerholzsammeln.
Als sie am Abend erschöpft um das Feuer saßen und mit großem Appetit ihre magere Beute verspeisten, wagte es niemand, Caca auf sein Tagewerk anzusprechen. Was sollte er schon Großes bewerkstelligt haben?
Doch nach dem Essen verschwand Caca plötzlich, um wenig später mit einem Gegenstand zurückzukehren, den er tagsüber aus dem wenigen gefertigt hatte, was ihm zur Verfügung stand.
»Was soll das sein, eine Schüssel?«, fragte Luizinho enttäuscht.
Caca sagte nichts. Er wusste, dass er die Geduld der anderen nur strapazierte, wenn er wieder stotterte. Aber er klemmte sich das Gebilde zwischen die Beine und schlug einen rhythmischen Takt darauf.
»Eine Trommel«, schrie João begeistert.
»Lass uns tanzen, Mann!«, forderte Marilu ihren Luizinho auf, und Zé schnappte sich Bebel, um sie ausgelassen herumzuwirbeln.
Es wurde der fröhlichste Abend, seit sie im Urwald hausten.

26

𝒟ie Familie Oliveira saß bei einem späten Frühstück. Luas Flucht hatte sie alle bestürzt, und die ohnehin schon schwelenden Unstimmigkeiten schlugen langsam in offenen Hass um.

»Ihr seid schuld!«, heulte Eulália. Sie starrte ihre Eltern wütend an. »Wenn Ihr nicht so gefühllos gewesen wäret, und vor allem so geschmacklos, dann wäre das alles nicht passiert. Wo sind wir denn hier? Wollt Ihr mit all den Fazendeiros in einen Topf geworfen werden, die ihre Neger züchten, als seien es Kühe? Das ist widerlich!«

»Mäßige dich, Kind!« Dom Felipe erkannte wohl, dass ein Funken Wahrheit in dem lag, was seine Tochter sagte. Aber um nichts in der Welt hätte er das zugegeben. »Lua ist eine Sklavin, eine Handelsware, mehr nicht. Dass du sie behandelt hast wie deinesgleichen, das hat sie erst auf dumme Gedanken gebracht. Du hättest dir besser ein Hündchen zugelegt, um es zu hätscheln.«

Carlos, der älteste Bruder, war ebenfalls zugegen. Gelegentlich musste er sich ja auf São Fidélio blicken lassen, wenn er weiter von der Großzügigkeit seiner Eltern profitieren wollte. Er fand die ganze Diskussion vollkommen überflüssig und stimmte seinem Vater in jeder Hinsicht zu. Allerdings mischte er sich so wenig wie möglich ein. Je mehr Zwistigkeiten hier ausgetragen wurden, desto weniger würde man ihn mit lästigen Fragen behelligen. Seine Mutter warf ihm eh schon immer forschende Blicke zu.

Dona Ines machte sich Sorgen um ihre Kinder. Carlos schien das Studium nicht so ernst zu nehmen, wie er sollte. Eulália bezeugte ihren Eltern nicht den angemessenen Respekt. Und Manuel, der kürzlich seinen 16. Geburtstag gefeiert hatte, war viel zu ernst für einen Jüngling seines Alters. Er hätte sich mehr für Mädchen interessieren müssen und weniger fürs Geschäftliche. Was hatte sie bloß falsch gemacht bei der Erziehung ihrer drei geliebten Sprösslinge? Ach was, schüttelte sie den unangenehmen Gedanken ab, alle drei waren gesund, hübsch und wohlgeraten – besser jedenfalls als die meisten Kinder der Nachbarn. Es lag nur am Überschwang der Jugend, eines Tages würde sich das alles verwachsen.

Sie schrak aus ihren Überlegungen hoch, als das Gespräch um sie herum verstummte. Alle sahen aus dem Fenster.

»Wer mag das sein?«, fragte sie. Es kam nicht oft unangekündigter Besuch, und die Kutsche war ihnen allen unbekannt.

»Nein!«, rief Eulália, die zuerst gesehen hatte, wer da in Handfesseln aus dem Wagen gestoßen wurde. »Lua!« Sie raffte ihre Röcke und rannte nach draußen. Die anderen Familienmitglieder folgten ihr gemessenen Schrittes.

»Hab hier eine Fundsache für Euch, mit besten Grüßen von der Frau Oberin vom Benediktinerkloster«, sagte der Fahrer. »Sie hat mir auch einen Brief für Euch mitgegeben.« Er entnahm seiner Manteltasche einen Umschlag und reichte ihn Dom Felipe.

Dieser drückte ihm eine Münze in die Hand und bedankte sich. »Geh rüber zum Stall. Da geben sie dir und deinem Gaul zu fressen und zu saufen. Danach komm her und hol meine Antwort ab.«

Der schwarze Kutscher ließ sich das nicht zweimal sagen. Die ganze weiße Familie samt Weibern vor sich zu sehen war ihm nicht geheuer. Was machten die nur für ein Aufhebens um ein blödes Negermädchen?

Lua stand mit gebeugtem Haupt vor den Oliveiras.

»Dir ist klar, was dir jetzt blüht?«, sagte Dom Felipe.
»*Sim, Sinhô*«, sagte sie zerknirscht. »Aber nicht dass Ihr was Falsches denkt, es war nämlich so, dass …«
»Bist du wohl still!«, herrschte Dona Ines sie an. »Willst hier auch noch Lügenmärchen auftischen, was? Das kennen wir, glaub mir, von dir und deinesgleichen lassen wir uns nicht so schnell täuschen.«
»*Sim*, Sinhá Dona Ines.«
»Werd jetzt nicht noch frech!«
Lua war sich keiner Schuld bewusst, sah aber betreten zu Boden.
»Aber Pai, Mãe, warum hört Ihr sie denn nicht an? Bestimmt ist ihr nur ein Missgeschick widerfahren«, hier blickte sie ihre Zofe flehend an, »und es klärt sich alles zu unserer Befriedigung auf.«
»Erst einmal lese ich den Brief der Frau Oberin«, sagte Dom Felipe autoritär. »Danach wissen wir mehr.« Er schritt wichtigtuerisch zum Haus zurück, verbarrikadierte sich in seinem Arbeitszimmer und las.
Manuel, wieder einmal der Einzige, der an das Naheliegendste dachte, befahl einem halbnackt herumlaufenden Kind, das sich der Situation gar nicht bewusst war, den Stallknecht António zu holen. Als dieser erschien, gab Manuel knappe Anweisungen, wie mit Lua zu verfahren sei. »Leg ihr Fußketten an und sperr sie in den Geräteschuppen.«
Lua und Eulália schluchzten gleichzeitig auf.
»Reg dich ab, Schwester«, sagte Carlos, »vorerst passiert ihr nichts.« Was ihr dagegen später passieren würde, malte er sich mit Freuden aus. Bevor irgendein Neger sich an dem Mädchen zu schaffen machte, würde er sich mit ihr vergnügen. Sie sah wirklich zu appetitlich aus, so knackig und unschuldig und hilflos.

Als Lua fortgebracht worden war, begaben sich alle wieder in die Casa Grande. Dom Felipe hatte inzwischen den Brief gelesen und sich bereits an eine Antwort gesetzt. Er würde der Klosterfrau wohl oder übel die Belohnung auszahlen müssen, obwohl er es nicht richtig fand. Immerhin hatte die Frau doch nur ihre christliche Pflicht getan. Andererseits konnte es auch nicht schaden, wenn man auf gutem Fuß mit dem lieben Gott stand, und wer wäre da als Mittler geeigneter als eine veritable Äbtissin?

Als er aus seinem Arbeitszimmer kam und sich in den Salon begab, traf er dort seine ganze Familie an.

»Und?«, fragte Eulália.

»Nichts. Nichts jedenfalls, was für deine Ohren bestimmt wäre. Du gehst jetzt auf dein Zimmer, damit wir deine Frechheiten und dein Geheul nicht länger ertragen müssen.«

»Aber Manuel darf bleiben und sich anhören, was Ihr berichtet? Er ist viel jünger als ich!«, beschwerte Eulália sich.

»Er ist ein junger Mann. Und er ist vernünftiger als du. Also: Ende der Diskussion.«

»Aber ...« Eulália wollte keineswegs klein beigeben.

»Merkst du eigentlich nicht, wann es angebracht ist, den Mund zu halten?«, fuhr ihr älterer Bruder sie an.

»Hinauf jetzt mit dir, sofort!«, sagte Dona Ines im Kommandoton.

Eulália straffte die Schultern und stolzierte davon. Als sie fort war, wandte Dom Felipe sich an seine Frau und die beiden Söhne.

»Die Nonne schreibt, Lua habe erzählt, sie sei in einem Hurenhaus gefangen gehalten worden und von dort geflohen.«

Dona Ines schlug sich vor Schreck die Hand vor den Mund. Sosehr sie sich auch über Lua und deren Starrsinn geärgert hatte, *das* hatte sie nicht verdient. Manuel blickte peinlich berührt zu Boden, während Carlos fragte: »Schrieb sie auch, in welchem öffentlichen Haus das gewesen sein soll?«

»Was tut das zur Sache?«, fragte Dona Ines ihren Ältesten und sah ihn forschend an. »Sind die Huren alle alte Bekannte von dir?«

»Ich bitte Euch, *Mãe!*«, empörte sich Carlos. »Nein, es interessiert mich deshalb, weil ein paar der, ähm, Damen sich an der Fakultät in medizinische Behandlung gegeben haben, weil es sie dort nichts kostet.« Das war eine glatte Lüge, aber Lügen gingen Carlos von Mal zu Mal leichter über die Lippen.

»Sind die Huren eure Versuchskaninchen?«, fragte Manuel.

»Herrje, das spielt doch überhaupt keine Rolle«, unterbrach Dom Felipe den Wortwechsel seiner Familie. Da ging wohl mit allen die schmutzige Phantasie ein wenig durch. »Aber da du schon fragst, Carlos: Ja, die Frau Oberin schreibt, dass Lua von einem Bärtigen erzählt habe, der wohl der Besitzer des Etablissements war.«

»Hm«, grunzte Carlos und setzte eine gelangweilte Miene auf. »Sagt mir nichts.«

»Wäre ja ein merkwürdiger Zufall, wenn es sich um Paulo Barbudo gehandelt haben sollte, den Sklavenjäger.«

»Den erfolglosen Sklavenjäger«, ergänzte Dona Ines.

»Wovon sprecht Ihr?«, wollte Carlos wissen.

»Na, als Zé fort war und all unsere eigenen Anstrengungen nichts gefruchtet hatten, haben wir eine hohe Belohnung ausgesetzt, die dieser Kerl sich verdienen wollte«, klärte Manuel seinen Bruder auf. »Ein zwielichtiger Typ von zweifelhaftem Ruf, wie man so hört. Aber angeblich der beste Sklavenjäger weit und breit. Da er Zé nicht aufstöbern konnte, müssen wir davon ausgehen, dass der Neger tot ist.«

Carlos hatte seine liebe Not, sich die innere Aufregung nicht anmerken zu lassen. Das waren ja höchst spannende Neuigkeiten! Er würde in Ruhe nachdenken müssen, um aus dieser Wendung der Ereignisse das Maximum für sich herauszuschlagen zu können. Er könnte etwa Paulo Barbudo beschuldigen, widerrechtlich sein Eigentum an sich genommen zu haben – und dann großzügig von einer Strafverfolgung absehen, wenn der andere ihm die Schulden erließ. Sie waren schließlich echte Cavalheiros, oder etwa nicht? Carlos' Laune hob sich deutlich. Der leidige Elternbesuch hatte sich für ihn schließlich doch noch gelohnt.

Ein anderer war indes zutiefst erschüttert von dem, was er mit angehört hatte: Lulu, dem am Schlüsselloch kein Wort von dem Gespräch der Familie Oliveira entgangen war, musste sich beherrschen, um nicht an Ort und Stelle von schweren Schluchzern geschüttelt zu werden. Seine ehemalige Zukünftige – eine Hure! Das war ja tausendmal schlimmer, als es mit einer entflohenen Sklavin zu tun zu haben. Das allein war ihm schon sehr an die Nieren gegangen, zum einen, weil man ihn paradoxerweise der Beihilfe bezichtigt hatte, zum anderen, weil er sich eingestehen musste, dass er der Anlass für Luas Flucht gewesen war. Dass aber Lua nun aus einem Freudenhaus geflohen war, wo man ihr mit Sicherheit die allerübelsten Dinge abverlangt hatte, das traf ihn ungleich härter. Es war für einen Mann seiner Klasse, seiner Klugheit und seines Aussehens nachgerade rufschädigend, auch nur annähernd mit einer Dirne in Verbindung gebracht zu werden. Er musste unter allen Umständen verhindern, dass dieser Skandal ruchbar wurde.

Fernanda hatte ebenfalls das Wesentliche mitbekommen. Ihr waren Tränen in die Augen getreten, und da sie sich nicht schneuzen konnte – man hätte sie sonst im Salon hören können –, wischte sie sich mit dem Ärmel Wangen und Nase trocken. Sie starrte Lulu an und meinte, seine Gedanken lesen zu können. Dieser Mistkerl! Erst nutzte er eine Lage skrupellos zu seinen Gunsten aus, dann empfand er Verachtung für sein Opfer. Fernanda war überzeugt, dass es sich bei dieser Ehe, die man zwischen den beiden hatte arrangieren wollen, nur um ein Versehen oder ein kolossales Missverständnis handeln konnte, denn sie wusste ja um Luas Gefühle Lulu gegenüber: Ihre Freundin verabscheute den Burschen!

Es waren kaum zwei Stunden vergangen, da wusste jedes Kind in der Senzala, was geschehen war. Viele Leute weinten, weil sie Mitleid mit Lua empfanden, die, wie man munkelte, den schwersten Misshandlungen ausgesetzt gewesen war. Sogar solche, die Lua früher nicht sehr gemocht hatten, weil sie in ihren Augen eine überhebliche Hausklavin war, waren verstört und traurig, denn das wünschte man nun wirklich keinem jungen Ding, dass es ins Bordell verschleppt wurde.

Nur eine Person saß ganz für sich allein und beteiligte sich nicht an dem aufgeregten Getuschel. Imaculada war besorgt. Ihr Plan war zwar aufgegangen, schließlich hatte sie das Mädchen durch eine Verschlimmerung seiner Lebensumstände zu einer Flucht treiben wollen. Aber ihre Einschätzung Luas war wohl nicht ganz richtig gewesen. Sie hätte sich niemals vorstellen können, dass eine intelligente und beherrschte Person sich zu einer derartig überstürzten Flucht hätte hinreißen lassen. Herrje, warum hatte Lua nicht ihren Rat gesucht?! Sie hätte dem Kind sagen können, wie man es anstellte. Sie hätte ihr weiterhin verraten können, wo sich Mbómbo verbarg – denn dass dieser irgendwo nordwestlich von hier sein Quilombo gegründet hatte, das schien ihr gesichert. Wäre dem nicht so, dann hätten die Jäger eine Leiche gefunden, oder wenigstens Überreste einer solchen. Außerdem wären die Flüchtlinge von Três Marias und die vom Solar do Castelo bestimmt aufgegriffen worden. Es *musste* ganz einfach so sein, dass jetzt irgendwo da draußen eine Gruppe von sechs Personen um ihr Überleben kämpfte. Imaculada hatte keinerlei Bedenken, dass es ihnen nicht gelingen könne. Und je mehr Leute dazustoßen würden, desto größer war die Wahrscheinlichkeit, dass Mbómbos Traum in Erfüllung ging. Dann würde ihm nur noch eines zu seinem Glück fehlen: Lua. Also musste sie, Kasinda, dafür sorgen, dass das dumme Mädchen irgendwie aus seiner scheinbar ausweglosen Lage befreit wurde.

Diese Lage verschlechterte sich zusehends. Lua war geschlagene zwei Tage eingesperrt worden, bevor man sich zu einer Entscheidung durchrang, wie mit ihr zu verfahren sei. Allein Sinhá Eulálias Fürsprache war es zu verdanken, dass keine öffentliche Auspeitschung stattfand. Aber beinahe noch demütigender wollte es Lua erscheinen, als Feldsklavin eingesetzt zu werden.
Es war die Zeit der Zuckerrohrernte, und da wurde jede helfende Hand gebraucht. Die erfahrensten Männer schnitten das Rohr, denn es war eine harte Arbeit, die zudem schnell erledigt werden musste. Die Frauen hoben das geschlagene Rohr auf, bündelten es und trugen es auf dem Kopf zu den Sammelstellen, wo es auf Karren verladen wurde. Lua gab sich alle Mühe, doch sowohl die Hitze als auch die harte Arbeit und ihre mangelnde Erfahrung machten ihr schwer zu schaffen. Während die anderen Frauen Bündel vom Umfang einer ausladenden Umarmung auf ihrem Kopf balancieren konnten, gelang es Lua kaum, drei oder vier Rohre zu bündeln und aufzuheben, geschweige denn, sie auf dem Kopf zu tragen. Jedes Mal, wenn sie an der Sammelstelle ankam und ihre dürftige Ausbeute ablud, lachten sich die Vorarbeiter und Aufseher halb tot – bevor sie ihr eines mit der Peitsche überzogen. »Faules Stück, du musst schneller arbeiten!«
Die Feldsklavinnen belächelten sie. Ha, da sah sie es mal aus eigener Anschauung, die eingebildete Ziege, wie es war, *richtig*

arbeiten zu müssen. Einzig Maria Segunda half Lua, wenn der Aufseher gerade nicht hinschaute, indem sie ihr zum Beispiel die Rohre so auf dem Kopf plazierte, dass sie im Gleichgewicht waren und sich einfacher tragen ließen. Nach drei Tagen auf den Feldern hatte Lua Blasen an Füßen und Händen. Sie hatte zahlreiche Schnittwunden, denn die Blätter des Zuckerrohrs, die man von den Stengeln abriss, waren scharfkantig. Sie hatte einen Sonnenbrand auf der Nase, denn ihre recht helle Haut war es nicht gewohnt, der sengenden Mittagssonne ausgesetzt zu sein. Der dünn geflochtene Strohhut half da auch nicht viel, zumal er ihr bei den ungeschickten Versuchen, ihren Kopf zu beladen, meist herabrutschte. Nur gut, dass ihr der Schweiß in Strömen herunterlief, da sah man nicht die Tränen, die über ihr Gesicht rannen.

Als sie nach mehreren Tagen immer noch nicht ihr Arbeitspensum hatte steigern können – denn jede Faser ihres Körpers schmerzte, und eher leistete sie noch weniger als am ersten Tag –, da schlug der Aufseher dem Senhor vor, das »faule Ausreißermädchen« woanders einzusetzen, er könne solche Leute nicht gebrauchen. Lua war selig, als man ihr eröffnete, sie müsse nicht länger auf die Felder gehen. Doch ihre Erleichterung schlug in Entsetzen um, als sie sah, welche »leichteren« Aufgaben man ihr nun zugedacht hatte. Sie wurde nacheinander beim Latrinenputzen, beim Fischeausnehmen und beim Garnelenpulen eingesetzt, Aufgaben, über die sie sich bis dahin nie Gedanken gemacht hatte. Die Fische kamen immer geschuppt und ausgenommen in der Küche an, oder nicht? Bei alldem wurde sie besonders scharf bewacht, und die Blicke des geilen António widerten sie fast noch mehr an als die Innereien der Fische, die sie als glitschigen, stinkenden Haufen auf dem Strand zurückließen.

Lua verfluchte den Tag, an dem sie geboren worden war.

Wer unterdessen noch lauter fluchte, war Paulo Barbudo. Dass die Neue ihm entkommen war, war überaus ärgerlich gewesen. Aber noch übler war, dass er sich wohl das grässliche Wechselfieber eingefangen hatte, wahrscheinlich während der Suche nach dem blöden entlaufenen Sklaven von São Fidélio. Im dichten Gestrüpp und in drückend feuchter Luft war er tagelang hungrigen Mückenschwärmen ausgesetzt gewesen, und eines der Biester hatte ihn anscheinend mit der Malaria infiziert. Die verflixte Krankheit war nicht heilbar, allerdings auch nicht unbedingt tödlich. Paulo kannte Leute, die trotz des Wechselfiebers ein hohes Alter erreichten, wobei sie in regelmäßigen Abständen von Anfällen niedergeworfen wurden. Scheußlich, so etwas. Er war auf die Pflege angewiesen, die seine Alte ihm angedeihen ließ, und das machte ihn rasend. Nicht einmal mehr verprügeln konnte er die Schlampe, wenn ihm danach war. Oder sollte er sie vielmehr noch öfter züchtigen als früher, damit sie nur ja nicht auf dumme Gedanken kam, wie etwa den, ihn seinem Schicksal zu überlassen und ein eigenes Bordell zu eröffnen?

Den Gipfel der Schmach aber bildete der Besuch dieses Lackaffen Carlos Oliveira. Hatte São Fidélio ihm nicht schon genügend Unglück gebracht? Erst holte er sich eine teuflische Krankheit bei der Fahndung nach dem Feldneger von dieser Fazenda, dann verlor er den Doutor Azevedo als Kunden, weil er die angepriesene Ware, ebenfalls von São Fidélio, nicht mehr anbieten konnte, und jetzt kam noch dieser geschniegelte Nichtsnutz und wagte es, ihn zu bedrohen.

»Du hattest eine Negerin von uns in deiner Gewalt«, hatte Carlos gesäuselt, wobei Paulo Barbudo trotz des süßlichen Tons nicht entging, dass der Schnösel ihn plötzlich duzte.

»Natürlich«, antwortete Paulo betont freundlich, »ich wollte sie zurück nach São Fidélio bringen.«

»Sicher«, erwiderte Carlos. »Darum hast du sie auch deinen Kunden angeboten.«
»Das ist eine infame Unterstellung! Und woher willst du das überhaupt wissen? Von dem Mädchen selber etwa? Glaubst du einer Ausreißerin mehr als deinem alten Freund Paulo, der dir noch aus jeder Notlage geholfen hat?«
»Wir sind keine alten Freunde. Und ich verbitte mir diese respektlose Anrede.«
»Oder hat der Doutor Azevedo sich bei dir über mich beklagt?«
Carlos grinste, und Paulo ging zu spät auf, dass er in eine Falle getappt war. Carlos hatte nur Vermutungen angestellt, und er, der gewiefte Paulo Barbudo, war so dumm gewesen, diese unfreiwillig zu bestätigen. Daran war dieses blöde Fieber schuld! Es hatte ihn geschwächt, und zwar seinen Verstand noch mehr als seinen Körper.
»Ich bin bereit, dieses Verbrechen an unserer Familie und unserem Eigentum nicht zu ahnden ...«, sagte Carlos.
»Ja?« Der Bärtige wusste, worauf der andere hinauswollte, aber er wollte, dass er es aussprach.
»Ja. Du könntest ja einmal scharf nachdenken, mit welchem kleinen Gefallen du dich revanchieren könntest.«
Paulo war kurz davor, den anderen windelweich zu prügeln. Nicht einmal diese Genugtuung war ihm vergönnt, dass der Lackaffe ihn anbettelte. Verflucht!
»Hm, ja, na schön. Ich denke darüber nach. Komm doch in einer Woche noch einmal her, dann ist mir vielleicht eine angemessene Lösung eingefallen.«
»Morgen«, sagte Carlos streng. »Morgen früh bin ich wieder hier, und du hältst das Dokument bereit, das mich von allen Schulden bei dir befreit, inklusive der angefallenen Zinsen.«
»Mal sehen.«

»Und dein sauberstes und jüngstes Mädchen hältst du ebenfalls für mich bereit.«
Paulo Barbudo verdrehte die Augen, simulierte einen schweren Fieberschub und sehnte sich nach einer echten Ohnmacht, die ihn von all seinen Sorgen erlösen würde.

27

Caca der Stotterer war das Beste, was der kleinen Siedlung passieren konnte. Bebel hatte nicht übertrieben, als sie die handwerkliche Begabung ihres Bruders in den höchsten Tönen gepriesen hatte. Der Mann konnte einfach alles, und was er nicht gelernt hatte, das machte er mit Phantasie und Fleiß wett. Unermüdlich sägte, hobelte und schliff er mit den primitiven Werkzeugen, die er mitgebracht hatte, und mit Feuereifer fertigte er scharf gespitzte Pfeile an oder flocht aus dünnen, lianenähnlichen Pflanzen und Luftwurzeln Köcher, Körbe und Hocker. Wenn sie nur mit Geschick und Erfindungsreichtum verbunden war, konnte ihm keine Tätigkeit zu banal oder zu weibisch sein. Er experimentierte mit den Früchten des Waldes so lange herum, bis er herausfand, dass einige wunderbar als Färbemittel taugten. All ihre fleckigen Kleidungsstücke wurden eingefärbt, und das Ergebnis war nicht nur, dass die Flecke nicht mehr sichtbar waren, sondern dass ihrer aller Laune sich merklich hob. In leuchtendem Rot und Grün liefen sie nun herum, was ungleich freundlicher aussah als die ewigen Braun- und Grautöne.

Die erste Trommel, die sich wegen des zu feuchten Holzes verzogen hatte, wurde von allen Bewohnern der winzigen Siedlung in Ehren gehalten. Fast wurde sie so etwas wie ein Fetisch, das Symbol für den Anbruch einer neuen, optimistischeren, freundlicheren Zeit in »Liberdade«, in Freiheit. Mittlerweile war es Caca längst gelungen, aus den getrockneten Schalen riesenhafter Früchte, aus Holz und aus Rindenfasern weitere Instrumente zu fertigen. Er hatte mehrere Pfeifen aus Holz geschnitzt und hatte mit Pflanzensamen gefüllte Rasseln hergestellt, so dass jetzt allabendlich ein munteres, misstönendes, dafür aber umso fröhlicheres Konzert zu vernehmen war.

Auch ihre Behausungen waren deutlich wohnlicher geworden, seit der vermeintlich zurückgebliebene junge Mann sich ihrer angenommen hatte. Es gab jetzt in jeder Hütte Teppiche aus Tierfellen, bequeme Matratzen aus Blättergeflecht, das mit Federn gefüllt war, ein paar einfache Möbel aus Holz und Flechtwerk sowie bunt eingefärbte Matten, die an den Fensteröffnungen herabgelassen werden konnten und die vor unerwünschten Blicken ebenso schützten wie vor Mücken.

Dennoch konnte auch Caca nicht zaubern. »Iiiich bbbrauche Eeeisen, dddamit ...«, wollte er erklären, aber Zé ließ ihn nicht ausreden.

»Ich weiß. Wenn du Waffen schmieden sollst, Werkzeuge und Nägel, dann brauchen wir Metall. Aber dazu müsste sich einer von uns auf den Weg in die nächste von Weißen bewohnte Ortschaft machen – und wer sollte das sein? Wir alle werden gesucht.«

»Dddu.« Caca schaute Zé auffordernd an, als wolle er sagen: Na los, sprich für mich weiter, du hast doch sonst auch nie die Geduld, mich ausreden zu lassen, und glaubst schon im Voraus zu wissen, was ich sagen will.

»Ich bin an den Narben auf meinem Rücken ziemlich gut als geflohener Sklave zu erkennen.«

»Aaaber Jjjoão ...«

»João würde sich betrinken und womöglich nie wieder zurückkehren, das ist wahr. Luizinho würde sich beim Verkauf unserer wenigen Erzeugnisse übers Ohr hauen lassen und mit leeren Händen wiederkommen. Und du bist an deinem Gestottere ebenfalls zu leicht zu erkennen. Blieben noch die Frauen. Aber allein würde ich keine von beiden gerne gehen lassen, und wenn sie zu zweit gingen, hätten wir hier niemanden mehr, der für uns waschen und kochen würde.«

»Gggenau. Dddeshalb mmusst dddu ggehen.«

»Ich weiß nicht. Würdet ihr denn hier ohne mich klarkommen?«

Caca nickte bedächtig, als hegte er daran gewisse Zweifel. Selbstverständlich würden sie prima eine Weile auf Zé verzichten können, nur durfte er keinesfalls allzu enthusiastisch wirken, um Zé nicht zu beleidigen.

Zé dachte über den Vorschlag nach. Dass er der Fähigste von ihnen allen für diese Aufgabe war, wusste er. Auch war es nicht Mangel an Mut oder Entschlussfreude, der ihn zögern ließ. Es war vielmehr so, dass er gerne die Stellung gehalten hätte, weil er insgeheim auf eine ganz bestimmte Person wartete. Was wäre, wenn Lua schließlich doch noch kam – und ihn nicht antreffen würde?

Die Nachricht, die Caca und Bebel bei ihrer Ankunft überbracht hatten, dass nämlich eine Sklavin von São Fidélio geflohen und wieder geschnappt worden war, ließ ihm keine Ruhe. Wenn es sich nun wirklich um Lua gehandelt hatte? Würde man sie so schwer bestrafen, dass ihr Lebenswille brach, oder würde sie einen weiteren Fluchtversuch wagen? Würde man in ihrer Bewachung mit der Zeit nachlassen, so dass sie eine neuerliche Chance zum Weglaufen bekam? Und würde sie es dann geschickter anstellen? Würde sie es überhaupt allein durch die Wildnis bis zum Quilombo schaffen? Zé war äußerst beunruhigt, sagte sich aber, dass die Wahrscheinlichkeit, dass es sich bei der Ausreißerin um Lua gehandelt hatte, nur bei eins zu fünfzig lag, denn es gab rund fünfzig Frauen und Mädchen auf São Fidélio, die alt genug, aber nicht zu alt waren für ein solches Unterfangen. Genau

genommen war die Wahrscheinlichkeit noch geringer, da Luas Leidensdruck bei weitem nicht so groß war wie der der Feldsklavinnen.
Und wenn er nun, wie Caca es vorgeschlagen hatte, loszöge, um ihre dürftigen Erzeugnisse – Körbe, Matten, Schnitzwerk – in der nächstgelegenen Ortschaft an den Mann zu bringen? Er würde die Gelegenheit nutzen können, um auch das goldene Herz, das Kasinda ihm geschenkt hatte, zu Geld zu machen. Und er könnte sich nach Luas Verbleib erkundigen. Oder war das zu gewagt? Brachte er damit nicht vielmehr Liberdade in Gefahr, sein kleines Quilombo, das ja noch auf sehr wackligen Füßen stand?
»Ich denke darüber nach«, beschied er Caca und wandte sich abrupt ab, um sich keine weiteren gestotterten Argumente anhören zu müssen. Dabei brauchte er eigentlich nicht mehr nachzudenken – im Grunde hatte er schon entschieden, dass er gehen würde. Die Angst um Lua ließ jede Gefahr nichtig erscheinen.

Zés geplanter Ausflug in die »echte« Welt da draußen wurde mit gemischten Gefühlen aufgenommen. João und Luizinho zeigten unverhohlen ihren Neid, denn allzu gern wären auch sie losgezogen, um noch einmal all die Dinge zu erleben, die ihnen hier nicht vergönnt waren: ein herzhaftes Gericht mit Speck zu essen, ein paar Schnäpse zu trinken oder einen lustigen Abend in großer Runde zu verbringen. Marilu dagegen befürchtete, wenn auch nur irgendeiner von ihnen ginge, bestünde ernsthafte Gefahr für das Leben aller sechs Quilombeiros. Einzig Bebel sah die Notwendigkeit von Zés Reise und fand es richtig, dass er und niemand sonst gehen sollte.
»Zé ist der Gewiefteste von uns allen. Er hat es ganz allein hierhergeschafft, und er wird auch diese Reise allein bestehen.

Außerdem bin ich bei ihm sicher, dass er das Geld nicht in Schenken lässt, sondern es für sinnvolle Anschaffungen ausgibt.«

»Sein Liebchen will er besuchen, sonst gar nichts!«, rief João.

»Wenn er in der Nähe von São Fidélio gesehen wird, kriegen sie ihn – und uns mit dazu«, fürchtete Luizinho.

»Uuund dddu wwwärst ...«, begann Caca.

»... du wärst dagegen ganz unauffällig, wenn du volltrunken über Liberdade schwadronierst?«, ergänzte Cacas Schwester.

»Wieso glauben eigentlich alle hier, dass ich mich volllaufen lassen würde?«, fragte Luizinho in empörtem Ton.

»Würdest du das nicht?«, kam es spitz von João.

»Hört auf damit! Ich reiße mich nicht darum, zu gehen. Glaubt ihr, ich hätte keine Angst davor, erwischt und totgepeitscht zu werden? Von mir aus soll ein anderer gehen.«

Plötzlich schwiegen alle. Bisher hatten sie nur über die schönen Seiten der Reise nachgedacht, nicht aber über die Risiken. Inhaftiert, an den Pranger gestellt oder sogar zum Tode verurteilt werden, das wollte wohl keiner.

»Na schön«, lenkte Luizinho, immer schon der Nachgiebigere der beiden Männer von Três Marias, ein. »Dann geh doch. Aber denk an uns, bring uns wenigstens Salz und Cachaça mit.«

»Wwwie sssoll ...«, wollte Caca seine Bedenken äußern.

»... er das denn alles tragen?«, vervollständigte Marilu die Frage. »Wenn er Metall mitbringen soll, hat er daran schon genug zu schleppen.«

»Eine Kuh wäre gut«, sagte Bebel. »Die könnte alles tragen und uns obendrein mit Milch versorgen.«

»Wohl wahr«, stimmte Zé ihr zu. »Aber ob ich eine Kuh durch den dichten Wald treiben kann? Es würde vielleicht Monate dauern, einen Weg für sie freizuschlagen.«

»Na, dann eben keine Kuh«, meinte Bebel enttäuscht. Sie hatte sich schon auf all die Leckereien gefreut, die sich aus Milch zubereiten ließen.
»Sind also alle einverstanden, dass ich gehe?«, fragte Zé der Vollständigkeit halber. Für ihn war es längst beschlossene Sache.
Die anderen fünf nickten oder murmelten ihr Einverständnis vor sich hin.
»Na dann – machen wir uns ans Werk. Es müssen jede Menge Vorbereitungen getroffen werden.«

Drei Tage später brach Zé auf. Die Frauen hatten seine Kleidung so weit geflickt und gesäubert, dass er damit nicht unangenehm auffallen würde. Caca hatte ihm einen stabilen Rucksack gebaut, in dem Zé nun sowohl ihre armselige Handelsware als auch seinen Proviant trug. Es befand sich außerdem ein Paar einfacher Ledersandalen darin, die João gefertigt hatte und die er tragen sollte, sobald er den Wald verließ, um darin wie ein freier Mann auszusehen. Der Rucksack war schwerer als das Bündel, mit dem Zé hier angekommen war, aber er trug ihn, als sei er leicht wie eine Feder. Bestimmt war es auch seine Ungeduld, die ihn mit Energie erfüllte und ihm alles leichter scheinen ließ, als es ohne Zweifel noch werden würde.
Den Beginn seiner Reise legte Zé zügig per Kanu zurück. Er stattete den Tupinambá-Indios einen kurzen Besuch ab, um sie zu fragen, ob er ihnen aus der »Zivilisation« etwas mitbringen könne. Das, so fand Zé, war das mindeste, was er im Gegenzug für ihre Hilfe anbieten konnte. Doch die Indianer waren genügsam und skeptisch den meisten Dingen gegenüber, die die Weißen ins Land gebracht hatten. Einzig um ein paar bunte Glasperlen baten sie, und Zé versprach ihnen, diese für sie zu beschaffen.

Er schlug sich, weiterhin per Kanu, gen Südosten durch. Sein Plan war der, sich zunächst auf der Seite der Allerheiligenbucht, die Salvador gegenüberlag, um den Verkauf der Dinge zu kümmern, die er mit sich führte, und sich so vom Ballast zu befreien. Es gab dort ein paar Ortschaften, Nazaré etwa oder São Félix, in denen bestimmt nicht so gezielt nach entflohenen Sklaven Ausschau gehalten wurde wie in der Hauptstadt. Sobald er etwas Geld hätte, würde er sein Äußeres mit neuer Kleidung so weit verändern können, dass er für Sklavenjäger nicht mehr auf Anhieb als Flüchtling erkennbar wäre. Dafür sollte vor allem die Summe herhalten, die er mit dem goldenen Herz zu erlangen hoffte.

Als der Fluss Gebiete erreichte, die von Weißen besiedelt waren, ging Zé zu Fuß weiter. Am Ufer waren immer Menschen anzutreffen, die wuschen, fischten oder Wasser schöpften, während man sich abseits des Flusses besser verbergen konnte. Längst hatte Zé keine Angst mehr vor den vermeintlichen Gefahren des Waldes, denn die meisten Unbilden, die einem Menschen darin drohten, konnte er meistern. Aber vor fremden Menschen war ihm noch immer bang. Dennoch wanderte er leichtfüßig und freute sich genauso auf seine Rückkehr in eine größere Siedlung, wie er sie fürchtete. Würde man ihm ansehen, dass er schon lange fernab des dichtbesiedelten Küstenstreifens lebte? Würde man ihn tatsächlich für einen Freien halten? Er musste lernen, sich wie ein solcher zu benehmen und nicht den Kopf zu senken, sobald ihn jemand prüfend ansah.

Als er die erste Stadt, São Félix, erreichte und sich erstmals auf die normalen Straßen wagte, klopfte sein Herz wie wild. Doch niemand nahm Notiz von dem abgezehrt wirkenden Schwarzen, der mit einem großen Rucksack unterwegs war. Die Leute hatten alle genug mit sich selbst zu tun. Zé näherte sich dem

Ortskern, ohne ein Wort mit irgendjemandem gewechselt zu haben. Er fürchtete schon, seine Stimme könne von dem langen Schweigen während seiner Reise krächzig geworden sein. Aber dann sprach ihn plötzlich eine ältere schwarze Frau an, die wissen wollte, ob er etwas zu verkaufen habe, und Zé antwortete mit fester Stimme: »Ja. Wie komme ich denn zum Markt?«

»Heute ist gar kein Markt«, sagte die Frau. »Nur montags, mittwochs und samstags.«

Erst jetzt wurde Zé bewusst, dass er jegliches Gefühl für die Kalenderzeit verloren hatte. Im Wald war jeder Tag gleich. Es gab keine Kapelle, in die man sonntags zu gehen hatte, und Nahrung sowie Feuerholz brauchten sie täglich, auch an Feiertagen. Einzig der Sonnenstand und die Fülle des Mondes gaben ihnen dort draußen Hinweise auf die Zeit, und eigentlich brauchten sie auch nicht mehr. Er wusste nicht einmal, in welchem Monat sie sich jetzt befanden!

»Oh, da hab ich wohl etwas durcheinandergebracht«, rief er aus.

»Na ja, bis morgen wird deine Ware wohl nicht verderben. Was hast du denn Schönes zu verkaufen?« Sie hoffte anscheinend, ein Schnäppchen machen zu können.

Zé dachte einen Augenblick darüber nach, ob es denn nun Sonntag, Dienstag oder Freitag wäre. Der Sonntag schied aus, denn es herrschte geschäftiges Treiben, niemand war für den Kirchgang gekleidet, und Glocken waren auch keine zu hören. Also musste es Dienstag oder Freitag sein. Der Frau antwortete er: »Ich habe Korbwaren und Schnitzereien im Gepäck. Allerdings würde ich mir gern erst eine Bleibe suchen, bevor ich meine Ware feilbiete.«

»Für einen Vintém kann ich dir ein Zimmer geben, Waschwasser und Frühstück inbegriffen.«

»Klingt gut«, sagte Zé und meinte es auch so. Er war müde und schmutzig. Sich erst einmal ausruhen und frisch machen zu können wäre sicher das Sinnvollste. »Seid Ihr Pensionswirtin?«

Die Frau lachte schallend. »Sehe ich so aus?« Als sie sich wieder beruhigt hatte, fuhr sie fort: »Nein, ich bin die Witwe Moreira, die Witwe von dem Schuster-José. Darfst mich gerne Mariana nennen.«

»Angenehm, *tia* Mariana, ich bin Zé.«

Er folgte der Frau in ein kleines Häuschen am Stadtrand und wunderte sich über ihre Vertrauensseligkeit. Im Gespräch stellte sich dann heraus, dass Mariana nicht nur in enger Nachbarschaft mit verschiedenen Verehrern lebte, die sich als ihre Beschützer aufspielten, sondern auch einen Hund hatte, der auf sie aufpasste. Sie vermietete manchmal eine winzige Kammer, wenn ihr die Hausgäste ehrbar und ehrlich erschienen. Sie war zwar arm, aber geschäftstüchtig genug, um über die Runden zu kommen. Sie ergatterte oft günstige Waren, zum Beispiel von Leuten wie Zé, die sie dann teurer weiterverkaufte, und sie verdiente sich ein wenig hinzu, indem sie Kuchen buk und an Markttagen verkaufte.

Ihr Wissensdurst war allerdings kaum geringer als ihre Umtriebigkeit, und Zé musste achtgeben, dass er sich nicht verriet.

»Bin ein reisender Händler. Heute hier, morgen dort, wenn Ihr versteht, *tia* Mariana.« Er blieb bei der höflichen Anrede sowie dem »Ihr«, denn als ältere Frau hatte sie auf solche Respektsbezeugungen ein Anrecht.

»Ja, sehr richtig, *tia* Mariana, ich klappere manchmal die Indiostämme ab, denn bei denen kriegt man billige und gute Ware. Die Kerlchen wollen nur ein paar Glasperlen als Bezahlung. Also Eure Hühnersuppe, *tia* Mariana, alle Achtung, vom Allerfeinsten!«

»Oh, eine kluge Frage, *tia* Mariana. Ja, es ist tatsächlich so, dass ich manchmal von Patrouillen angehalten und ausgefragt werde. Aber mal unter uns: Sehe ich so dumm aus, *tia* Mariana, dass ich mich dann in den Städten blicken lassen würde, noch dazu an Markttagen?«
Die Witwe Mariana Moreira ließ sich so leicht nicht täuschen, seine Geschichte wies Lücken auf – allerdings wollte sie diese gar nicht füllen, denn ihr Gast war viel zu attraktiv und charmant, als dass sie ihn so schnell wieder hergegeben hätte. Ihre älteren Verehrer waren herrlich eifersüchtig, obwohl sie ja nicht ernsthaft glauben konnten, ein schöner junger Mann wie Zé würde mit einer Dame fortgeschrittenen Alters wie Mariana etwas anfangen wollen, was über das Verhältnis zwischen Zimmerwirtin und Hausgast hinausging.
Zé blieb geschlagene zwei Wochen. Er genoss die Gesellschaft und die gute Küche der freundlichen Witwe, die auch für ihn wusch. Er verkaufte all seine Waren, die er angeblich bei den Indios erstanden hatte, und er sammelte neue Kraft und neuen Mut für ein Unterfangen, das ungleich schwieriger zu werden drohte.
»Darfst gerne wiederkommen, wenn du mal wieder in der Gegend bist«, verabschiedete ihn Dona Mariana. »Und lass dir nicht allzu lange Zeit damit.« Damit zwinkerte sie ihm neckisch zu, und für einen kurzen Moment erhaschte Zé einen Blick auf die Mariana, die sie vor Jahrzehnten gewesen sein musste: hübsch, kokett und der Schwarm aller jungen Burschen.
»Geb mir Mühe«, sagte er und zwinkerte zurück.
In Gedanken war er jedoch schon weit fort.

28

Lua hob vorsichtig das Brett an und sah sich nach allen Seiten um. Morgen würde sie, gemeinsam mit der Sinhazinha Eulália sowie weiteren drei Sklaven, die die Eltern ihrer Tochter als Mitgift mitgaben, nach Três Marias aufbrechen. Lua wusste nicht, ob sie bis dahin noch einmal die Gelegenheit haben würde, unauffällig ihr Notizbuch sowie ihre paar kleinen Schätze, die sie unter der Bodendiele versteckt hatte, an sich zu nehmen. Besser wäre es, jetzt schon das Wichtigste bei sich zu tragen, denn es stand zu befürchten, dass Dona Ines ihr Gepäck durchsuchen würde. Aber wo sollte sie es verbergen? Die Arbeit verlangte von ihr stete Bewegung, und meistens raffte sie dabei den Rock, um größere Beinfreiheit zu haben. Sie würde ihre Sachen vorerst in dem Versteck lassen müssen.

Und was machte es jetzt schon noch, wenn Dona Ines das Büchlein fand? Gab es eine härtere Strafe als die, sie sie jetzt schon verbüßte? Nur den Tod, und den fürchtete sie inzwischen kaum mehr. Lua nahm ein kümmerliches Frühstück aus trockenen *beijús* zu sich und verließ die Senzala zusammen mit den anderen Arbeiterinnen – den Kopf gesenkt, die Schultern gebeugt, den Geist gebrochen. Denn dass sie auch in dem neuen Zuhause zunächst die Arbeit einer Feldsklavin verrichten würde, daran hatte die Sinhazinha keinen Zweifel gelassen.

»Du hast uns alle sehr enttäuscht, Lua«, hatte Eulália ihr vor einigen Tagen gesagt, wobei sich Lua des Eindrucks nicht hatte erwehren können, dass es sich um eine einstudierte Rede hielt. Die Sinhazinha wirkte nämlich weniger enttäuscht als vielmehr mitfühlend und verständnisvoll. Oder bildete Lua sich das nur ein? »Es tut mir leid, was dir widerfahren ist«, fuhr Eulália fort. »Trotzdem können weder ich noch mein Gemahl solchen Ungehorsam hinnehmen und so tun, als sei nichts passiert. Du wirst also erst einmal mit der schweren Arbeit weitermachen müssen. Aber glaub mir: Sobald Gras über die Sache gewachsen ist, werde ich dafür sorgen, dass du wieder im Haus arbeitest und in meiner Nähe bist. Du fehlst mir nämlich, weißt du.«

Aber wann würde das sein? Wie bald wäre denn Gras über die Sache gewachsen? In einer Woche, einem Monat, einem Jahr? Bei der Vorstellung, ein weiteres Jahr die unwürdigsten Aufgaben erledigen zu müssen, ließ Lua jegliche Hoffnung auf eine Verbesserung ihrer Lebensumstände fahren. Ein Jahr war eine Ewigkeit!

Warum sie ausgerechnet das Büchlein mit der Geschichte Imaculadas als so wertvoll erachtete, dass sie es mitnehmen wollte, kam Lua selbst merkwürdig vor. War denn Trost aus dem trostlosen Leben der Alten zu schöpfen? Oder erhoffte sie sich bei einer neuerlichen Lektüre eine Art Lektion? Immerhin war es Imaculada in scheinbar ausweglosen Situationen immer gelungen, ihren Lebensmut nicht zu verlieren. Eigentlich, dachte Lua, war es schade, dass sie nun nicht mehr erfahren würde, wie es der Alten ergangen war. Denn Imaculada würde nicht mit nach Três Marias kommen.

Einen Vorteil hatte es aber wenigstens, dass sie São Fidélio nun verließ. Auf der Fazenda von Eulálias Bräutigam wusste niemand, was ihr geschehen war, beziehungsweise was ihr eben nicht geschehen war. Denn trotz allen Leugnens hielt sich beharrlich das Gerücht, Lua sei auf ihrer Flucht zu Hurendiensten gezwungen worden, und damit einher ging ein dramatischer Ehrverlust. Als ob die Frauen schuld an ihrem

Los wären! Lua war erschüttert über die heuchlerische Logik hinter dieser Haltung, die immer nur die Partei der Männer ergriff. Bei einer Vergewaltigung war selbstverständlich das liederliche Flittchen schuld, während der Täter nur als armes, willenloses Opfer der weiblichen Reize galt. Lua überlegte, ob nicht auch sie sich früher einmal zu dieser Denkweise hatte verführen lassen. Als die gerade zwölfjährige Joaninha schwanger geworden war, hatten sie da nicht alle insgeheim dem frühreifen Früchtchen die Schuld dafür gegeben? Tja, nun bekam Lua die Rechnung dafür serviert. Nun war sie selbst das Opfer übler Nachrede geworden. Dafür verantwortlich war in erster Linie Lulu, der gottlob nicht zu den Sklaven der Sinhá Eulália gehörte, die mit nach Três Marias gingen. Eine Plage weniger, dachte Lua.

Andererseits wusste sie ja auch nicht, was in ihrem neuen Zuhause auf sie zukäme. Während sie sich hier nur der Nachstellungen Lulus sowie der halbherzigen Annäherungsversuche des Senhors hatte erwehren müssen, würde sie dort womöglich Männer antreffen, schwarze wie weiße, die glaubten, sich nach Belieben an der neuen Sklavin gütlich tun zu dürfen. Feldarbeiterinnen mit ihrem niedrigeren Rang in der Hackordnung waren ungleich mehr Übergriffen ausgesetzt als die Haussklavinnen, die oftmals unter dem Schutz ihrer Senhores oder einzelner Familienmitglieder standen. Auch Lua selbst wäre wahrscheinlich schon längst von irgendwelchen Vorarbeitern oder Aufsehern vergewaltigt worden, hätte sie nicht in so engem Kontakt zu der Sinhazinha gelebt. Warum wurde ihr das erst jetzt klar? War sie ihr Leben lang mit Blindheit geschlagen gewesen? Hatte sie nicht sehen wollen, was doch für jedermann offensichtlich gewesen war? Lua schämte sich plötzlich ihrer Borniertheit und ihrer Ignoranz.

Von schweren Zweifeln geplagt war auch Kasinda alias Imaculada. Wie sollte es mit dem Mädchen, das sie zur Hüterin ihrer Geschichte erwählt hatte, weitergehen, wenn es erst fort von São Fidélio wäre? Auf Três Marias würde Imaculada ihr nicht zur Seite stehen und ihr schon gar nicht zur Flucht verhelfen können. Zwar hatte Imaculada alte Freunde auf der Nachbarfazenda, aber ob diese ihrem Plan gegenüber offen waren, wusste sie nicht. Drei jungen Leuten, die sie lange kannten, bei der Flucht behilflich zu sein, war schließlich etwas ganz anderes gewesen, als eine Fremde darin zu unterstützen, ihren Liebsten wiederzufinden.
Natürlich war das nicht alles, was Imaculada sich wünschte. Mbómbo und Lua zusammenzubringen und ihnen eine Zukunft als freie Menschen zu ermöglichen hatte durchaus auch eigennützige Gründe. Sie wollte, dass ihre Geschichte überlebte. Und anders als in Afrika, wo es die Tradition der Chronisten gegeben hatte, die allein dank mündlicher Überlieferung über die Geschehnisse vieler Jahrhunderte unterrichtet waren, ja sogar die Stammbäume ganzer Dörfer hersagen konnten, waren die Menschen in Brasilien dem Geschriebenen hörig. Was aufgeschrieben wurde, zählte und überdauerte. Alles andere nicht.
Man sah es schon an den Sklaven auf São Fidélio. Kaum einer von ihnen kannte überhaupt seine Eltern, geschweige denn die Großeltern. Wie sollte ein Mensch in Würde leben können, wenn er nicht das Geringste über seine Ahnen wusste und ihnen demnach auch nicht den nötigen Respekt entgegenbrachte? Und solange Sklaven nicht des Lesens und Schreibens mächtig waren und ihre Abstammung oder ihre Leidensgeschichten nicht schriftlich festhalten konnten, würden sie auch immer so entwurzelt bleiben müssen. Die meisten von ihnen verleugneten gar ihre afrikanische Herkunft, selbst wenn ihre Großeltern noch gebürtige Afrikaner gewesen waren!

Imaculada schrak aus ihren Gedanken hoch, als sich forsche Schritte näherten. Dom Felipe höchstpersönlich kam des Wegs. Sie tarnte sich augenblicklich als verblödete Alte, die tagaus, tagein vor der Senzala hockte und sabbernd das Geschehen aus trüben Augen verfolgte. Das funktionierte immer. Wenn man nur alt und senil genug wirkte, nahm einen niemand zur Kenntnis. Es war fast so, als wäre man unsichtbar, und seit Imaculada dies bemerkt hatte, wandte sie diesen Trick häufig an. Manchmal war sie nicht einmal sicher, ob sie nicht wirklich unsichtbar wurde, so gut klappte es. Von der alten Heilerin, bei der sie vor Urzeiten in die Lehre gegangen war, hatte sie gelernt, dass der menschliche Wille von unermesslicher Kraft sein konnte und dass man mit einem beflügelten und einschlägig geschulten Geist sämtliche körperlichen Hindernisse überwinden konnte. Zeit ihres versklavten Lebens hatte Imaculada geglaubt, dass ihr Geist und ihr Wille einfach zu schwach waren, um auf diese Weise ihrem Martyrium zu entgehen. Man hatte sie zu früh entführt. Wäre sie in ihrem Dorf geblieben und hätte weiterhin den Lehren der Heilerin gelauscht, wäre ihr diese spirituelle Beherrschung alles Körperlichen gewiss gelungen. Nun jedoch glaubte sie, dass sie vielleicht nur zu jung gewesen war. Womöglich verfügte sie jetzt, als Alte, tatsächlich über die Kräfte, die die anderen Sklaven ihr nachsagten?

Dom Felipe marschierte forschen Schrittes zum Waschhaus. Als er die Senzala passierte, sah er die verrückte Greisin dort hocken. Er wandte den Blick ab. Es war widerlich, was mit manchen Negern passierte, wenn sie alt wurden. Und als guter Christenmensch musste er diese nutzlosen Geschöpfe auch noch durchfüttern! Niemals hätte es seine Frau ihm gestattet, die Alten in die Freiheit zu entlassen, so wie es jeder vernünftige Fazendeiro tun würde. Ach, hol sie doch der Teufel! Er sollte sich lieber auf das konzentrieren, was er jetzt im Schilde führte.

Es war ein ebenfalls unchristliches Vorhaben, aber je länger er darüber nachgedacht hatte, desto dringlicher erschien es ihm. Ja, er war geradezu besessen von dem Gedanken, Lua besitzen zu müssen. Allein die Vorstellung von ihrem glatten hellbraunen Fleisch ließ ihn vor Erregung hart werden! All die Jahre hatte er das Mädchen beobachtet, und seit sie flügge geworden war, hatte er sie begehrt. Doch es waren nicht nur die Vorhaltungen seiner Gemahlin, die er gefürchtet hatte, denn Dona Ines billigte die Vereinigung von Schwarzen und Weißen nicht. Es waren vielmehr die Strafen, die der Herrgott im Himmel auf ihn herabfahren lassen würde, die ihn immer davon abgehalten hatten, die junge Sklavin zu nehmen, wie es doch als ihr Besitzer eigentlich sein gutes Recht war. Immerhin war Lua höchstwahrscheinlich die Frucht seiner Beziehung zu ihrer Mutter. Aber konnte man sie deshalb als seine Tochter bezeichnen? Wohl kaum. Wenn die Neger sich vermehrten, dann war das mehr wie bei Tieren. Sein kostbarer weißer Samen war zufällig auf fruchtbaren Boden gefallen, mehr nicht. Das hatte rein gar nichts mit dem zu tun, was zwischen Eheleuten passierte, die den Segen der heiligen Mutter Kirche besaßen.

Aber nun, da Lua in Kürze fortgehen würde, mochte Dom Felipe sich nicht länger um sein Vorrecht als Fazendeiro betrogen wissen. Dom Afonso und dessen nichtsnutziger Sohn, sein eigener Schwiegersohn Rui Alberto, würden doch dasselbe tun! Und bevor sie alle das Mädchen bestiegen hatten, eine Vorstellung, die Felipe gleichermaßen beunruhigte wie erregte, würde er sich mit ihr vergnügen. Und zwar jetzt gleich.

Im Übrigen war es ja nicht so, als sei sie noch unschuldig. In einem Freudenhaus hatte man sie gehalten ... und wer weiß, vielleicht hatte sie dort ja etwas gelernt, ein paar schmutzige

Dinge, die er von seiner Gattin niemals verlangen konnte. Felipe erschauderte vor Vorfreude auf die Genüsse, die ihn erwarteten. Die Gelegenheit war günstig. In der Casa Grande war es ungleich schwieriger gewesen, lange genug mit dem Mädchen allein zu sein. Aber hier draußen, am Waschhaus, bestand kaum die Gefahr, dass seine Frau oder seine Kinder zufällig vorbeikamen. Die anderen Sklaven würde er einfach fortschicken, und was sie davon halten mochten, war ihm herzlich egal.
Er sah Lua schon von weitem. Er blieb einen Augenblick stehen, um ihren Anblick und die Freuden, die er verhieß, zu genießen. Zum Anbeißen war sie, selbst jetzt, da sie in einfachster Kleidung und mit mürrischem Gesicht in der Sonne stand und Laken auswrang. Die andere Sklavin, die ihr dabei half, war ein gewöhnliches Ding. Es lagen Welten zwischen diesen beiden jungen Frauen. War es eine Sünde, dachte Felipe mit einem kurzen Anflug von Gewissensbissen, eine schöne und kluge junge Frau solche primitiven Arbeiten verrichten zu lassen, die ihre zarte Haut angriffen und ihren Geist beleidigten? Nun ja, dachte er, vielleicht war es das. Aber das alles hatte Lua sich selbst zuzuschreiben. Sie hätte ja nicht ausreißen müssen, als man ihr einen unausgesprochenen Wunsch erfüllen wollte. Undankbares Stück! Der würde er es schon zeigen!

Lua bemerkte das Nahen von Dom Felipe nicht. Sie ärgerte sich über die Ungeschicklichkeit der anderen Wäscherin, einer offensichtlich schwachsinnigen jungen Frau, der man nichts anderes an Arbeit zutraute als das Auswringen von großen Stoffbahnen. Denn stark war sie, die Einfältige.
»Pass doch auf, du dumme Kuh!«, fuhr sie die andere an. »Die Enden hängen ja schon auf der Erde!«
»Tut mir leid, Lua.«

»Und sag nicht andauernd: ›Tut mir leid, Lua‹! Das macht mich wahnsinnig.«
»Tut mir leid, Lua.«
Lua hätte das Mädchen am liebsten umgebracht. Aber so viel Verstand hatte sie sich noch bewahrt, dass sie um die Unschuld der Ärmsten wusste. Nicht die Einfältige war schuld an Luas Misere, sondern sich selbst hatte sie ihre Lage zuzuschreiben, ganz allein sich selbst. Sie war ja noch blöder gewesen als die Einfältige, als sie einfach fortgelaufen war, ohne auch nur einen Moment über die Folgen nachzudenken!
Viele Wochen lag das nun zurück, und allmählich erschien Lua das Leben, das sie vorher in der Casa Grande geführt hatte, vollkommen unwirklich. Man hatte sie auf die Zuckerrohrfelder und in die Maniokpflanzungen geschickt, man hatte sie Hühner rupfen, Fische ausnehmen und Schweineställe ausmisten lassen – aber der bisherige Tiefpunkt war eindeutig die Wäscherei. Und sie hatte sich noch darauf gefreut, als man ihr eröffnete, sie müsse nicht länger im Schweinekot wühlen! Pah!
Das Waschen gehörte zu den härtesten und undankbarsten Arbeiten überhaupt. Lua hatte ja keine Ahnung gehabt! Von der aggressiven Lauge wurden ihre Finger ganz wund, und wenn sie lange genug über dem Topf mit der Kochwäsche gehangen und gerührt hatte, waren ihre Augen blutunterlaufen. Scheußlich waren auch die Verschmutzungen, die es zu entfernen galt. Die Leibwäsche der Oliveiras gehörte ebenso dazu wie das Bettzeug, die Tischwäsche und sogar die Monatsbinden der weiblichen Familienmitglieder. War es denen denn gar nicht peinlich, all ihre mit Körperflüssigkeiten getränkten Textilien einer Sklavin zum Waschen zu geben? Anscheinend nicht.
Wenn noch der Hauch eines Flecks zu sehen war, musste man diesem mit Bleiche zu Leibe rücken, auch das eine Arbeit, die

für Haut und Atemwege überaus strapaziös war. Ferner mussten natürlich die gewaschenen Stücke getrocknet, gestärkt und geplättet werden, und es grenzte an ein Wunder, dass man all dieser Wäscheberge irgendwie Herr wurde, obwohl nicht weniges durch Herunterfallen von der Leine, durch herabfallende Blüten, durch Vogelkot oder durch spielende Kinder wieder verschmutzt wurde, noch bevor es getrocknet war.

Oder durch tobende Affen. Die Wäscheleinen waren zwischen den Obstbäumen gespannt, die sich auf einer Fläche südlich des Gemüsegartens befanden. Da gab es neben Kokospalmen und Kakaobäumen auch Cajú-, Mango- und Papayabäume, und die Früchte waren bei den Affen nicht minder beliebt als bei den Menschen. So turnten sie häufig durch die Zweige, bedienten sich mal hier, mal dort, und man musste sie schon gewaltsam vertreiben, wenn man nicht die ganze Ernte einbüßen wollte.

Als Lua jetzt dort stand, mit der Einfältigen ein Laken glatt zerrte, damit sie es möglichst gerade aufhängen konnten, und sie die Zipfel des Wäschestücks in der rotsandigen Erde hängen sah, hatte sie keinerlei Augen für das, was um sie herum geschah. Einzig die Wäsche fesselte ihre Aufmerksamkeit, insbesondere, da andauernd unreife Cajú-Früchte auf das Laken fielen und es zu beflecken drohten. Sie befanden sich gar nicht unter einem Baum! Es konnten nur die Affen sein. Dann landete plötzlich eine kleine, harte, unreife Cajú-Frucht auf ihrer Stirn. Das war doch wohl die Höhe! Diese Biester wurden immer dreister.

Sie war sich sicher, dass es ein freches *mico-saguí*-Äffchen war, das im nächsten Baum hockte und sie ärgerte. Sie reichte der Einfältigen ihre Seite des Lakens, um den Störenfried zu finden. »Halte das mal kurz, ich schau mal im Cajú-Baum nach, wer uns die ganze Zeit piesackt.«

Sie ließ ihren Blick durch die dichtbelaubte Krone schweifen. Und was sie dort entdeckte, ließ sie beinahe vor Schreck – und Freude – aufschreien: Zé schmiegte sich an einen Ast, so elegant und gekonnt und durch farblich passende Kleidung so perfekt getarnt, dass ihn nur bemerkte, wer genau hinsah.
Er war zurückgekehrt.
Lua musste ihre gesamte Willenskraft aufbringen, um nicht laut zu jubeln. Zé gab ihr Zeichen, sie möge still sein, und deutete auf jemanden, der sich zu nähern schien, den aber nur er aus der Höhe seines Verstecks kommen sah. Lua schaute sich um, sah aber niemanden außer der Einfältigen.
»Was ist denn da oben, Lua?«, fragte diese nun.
»Ach, nichts. Wie ich es mir schon dachte: nur ein freches *mico-saguí*.«
»Soll ich dir helfen, es zu verjagen?« Das dumme Mädchen war leider auch noch freundlich.
Lua verdrehte die Augen. »Damit werde ich gerade noch allein fertig.« Es durfte unter keinen Umständen jemand einen Blick in die Baumkrone werfen, sonst wäre es um Zé geschehen.
»Womit wirst du fertig?«, hörte sie plötzlich die Stimme des Senhors.
Lua drohte vor Entsetzen die Luft wegzubleiben. Auch das noch! Musste sich Dom Felipe, der sonst nie in der Nähe des Waschhauses zu sehen war, ausgerechnet den heutigen Tag für seine Erkundung aussuchen? Was für ein Pech!
»Was ist? Hat es dir vor Schreck die Stimme verschlagen?«, fragte er.
»*Sim, Sinhô*, ich meine, nein, Senhor, Ihr habt mich nicht erschreckt.« Ihr Herz schlug so heftig, dass sie meinte, den eigenen Brustkorb beben zu sehen.
»Na, dann ist es ja gut. Ich wollte nämlich ein paar Worte mit dir unter vier Augen wechseln.«

»Oh.« Das kann nichts Gutes bedeuten, dachte Lua. Sicher erhielt sie jetzt Anweisungen, wie sie sich auf Três Marias zu verhalten habe, oder aber neuerliche Vorhaltungen über ihren groben Undank.

»Du da«, damit zeigte Dom Felipe auf die Einfältige, deren Namen anscheinend niemand kannte, »geh weg. Mach eine Pause am Fluss. Und lass dir Zeit.«

»*Sim, Sinhô*«, flüsterte das eingeschüchterte Mädchen und suchte augenblicklich das Weite.

Dom Felipe musterte Lua eindringlich. Er ließ seinen Blick über ihre nackten Füße und Waden schweifen, verharrte kurz an der Rundung der Hüften, bewunderte die schlanke Taille und betrachtete dann ausgiebig ihr Dekolleté. Ins Gesicht schaute er ihr nicht. Ein bisschen mulmig war ihm nun doch. Es war eine Sache, sich auszumalen, wie es wäre, eine widerspenstige Sklavin zu besteigen. Es war aber etwas ganz anderes, einem Mädchen aus Fleisch und Blut gegenüberzustehen, das er sein Leben lang kannte. Das war nicht irgendein Körper, das war Lua! Er zauderte, dann gab er sich einen Ruck und griff ihr beherzt an den Busen.

»Aber Dom Felipe!«, rief Lua aus und stieß seine Hand fort.

»Tu doch nicht so zimperlich«, sagte er und zog sie unsanft an sich. »Weiß doch inzwischen jeder, dass du im Hurenhaus warst – und es ist ja nicht schwer, sich vorzustellen, was sie da mit dir gemacht haben. Da wirst du doch deinem Senhor dieselbe Gunst gewähren.« Felipe hatte seine anfänglichen Hemmungen nun vollends verloren. Luas Gegenwehr hatte ihn noch geiler gemacht, und nun wollte er sich endlich nehmen, was ihm schon lange zustand.

»Nein!«, schrie Lua, als er ihren Rock hochschob.

Es hätte gar nicht ihres flehenden Blickes in die Baumkrone bedurft, um Zé zum Handeln zu bringen. Er ließ sich auf Felipe fallen und krallte sich knurrend in ihm fest, wie es ein wildes Tier mit seiner Beute getan hätte.

»Du!«, entfuhr es dem vor Schreck wie gelähmten Fazendeiro, als er einen Blick auf seinen Angreifer erhaschte. Mehr sah er nicht. Denn mit einem gezielten Faustschlag setzte Zé seinen ehemaligen Besitzer außer Gefecht.

Felipe lag bewusstlos am Boden.

»Komm«, forderte Zé Lua auf, die entgeistert den Kopf schüttelte. Sie konnte doch nicht abermals eine so überstürzte Flucht antreten. Was dabei herauskam, hatte sie ja nun schmerzlich zu spüren bekommen.

»Du kannst hier nicht bleiben. Komm schnell mit mir. Ich habe alles dabei, was wir unterwegs benötigen. Mit ein wenig Glück dauert es noch eine Stunde oder sogar mehr, bis Dom Felipe wieder zu sich kommt oder bis er gefunden wird. Bis dahin sind wir über alle Berge.« Aus Zés Worten sprach mehr Zuversicht, als er empfand. Eine Stunde war äußerst knapp, erst recht, wenn man die Hunde auf sie losließ. Aber bleiben konnten sie hier auf keinen Fall.

Lua gingen ähnliche Gedanken durch den Kopf. Benommen nickte sie.

»Also gut.«

Erstmals lächelten sie einander an.

Dann rannten sie.

29

Zé lief voran. Er kannte den Weg nach Três Marias besser als Lua, und das Gelände der Nachbarfazenda war ihm ohnehin in allen Einzelheiten vertraut. Er wusste, dass sie nur eine Chance haben würden, wenn sie Kaltblütigkeit an den Tag legten, und so überlegte er sich während des überhasteten Laufs, wie sie sich am besten in Sicherheit bringen konnten. Dabei schlichen sich immer wieder Gedanken in seinen Kopf, die er jetzt gar nicht gebrauchen konnte.

Wie Lua aussah, hatte ihn, als er sie zuerst erblickte, zutiefst verstört: mager, verhärmt und unglücklich. Er musste sich verbieten, sich ihre Erniedrigungen vor Augen zu führen, die offenbar darin gipfelten, dass sie in einem Freudenhaus gelandet war. Als er oben im Baum die Worte des Dom Felipe vernommen hatte, war ihm vor Wut und Bestürzung fast schwarz vor Augen geworden. Dennoch konnte Zé es sich im Moment nicht leisten, seinen Gefühlen nachzugeben und Lua Trost zuzusprechen. Es ging um alles. Es ging um Leben oder Tod.

Ein Plan, der so verwegen war, dass er wahrscheinlich gelingen würde, schoss ihm durch den Kopf. Dafür war es allerdings entscheidend, dass auch Lua Ruhe und Skrupellosigkeit an den Tag legte. Ob sie dazu in der Lage wäre, nach allem, was sie durchgemacht hatte?

Er hielt inne. Lua tat es ihm nach. »Was ist?«, fragte sie ängstlich.

»Ich habe eine Idee. Dafür ist es unerlässlich, dass du deine Rolle als treue Sklavin Lua perfekt spielst. Traust du dir das zu?«

Lua nickte. Sie sah Zés Miene an, dass er ihr nicht wirklich glaubte. »Ganz bestimmt!«, bekräftigte sie ihr Nicken.
»Gut. Wir werden nämlich zurück zur Casa Grande von São Fidélio laufen. Dort werden wir uns die Kutsche nehmen. Einfach so, ohne großes Tamtam, als sei es das Natürlichste von der Welt. Dass du flüchtig bist, weiß noch niemand. Und dass ich hier bin, ahnt ebenfalls keiner. Außerdem sehe ich anders aus als bei meiner Flucht – mit ein wenig Glück nimmt mich gar keiner zur Kenntnis. Den Kutscher müssen wir leider ausschalten, aber mehr als eine dicke Beule wird er schon nicht erleiden müssen. Oder wir nehmen ihn mit und lassen uns von ihm fahren.«
»Das ist ... verrückt! Es wird niemals klappen!«
»Doch, das wird es! Weil kein Mensch glaubt, dass wir so dreist sein könnten. Wir werden in aller Gemütsruhe über die Hauptstraße fahren, und ich weiß einen Ort, an dem wir uns vorübergehend verstecken können, bevor wir nach Liberdade wandern.«
»Liberdade?«
»So haben wir unser kleines Quilombo genannt.«
»Es ist dir also tatsächlich geglückt? Und es gibt noch mehr Leute dort?«
»Ja. Geh jetzt langsamer, sonst fallen wir auf.«
Sie waren mittlerweile in der Nähe des Kutscherhauses angelangt. An Erwachsenen war niemand zu sehen, aber ein paar Kinder spielten dort. Sie waren vollauf damit beschäftigt, schreiend hinter einer kleinen Schlange herzujagen, die sich durch den Staub wand und die sie mit Stöckchen und Ästen traktierten. Zé schob Lua schnell in das Gebäude, das ein besserer Schuppen war und einzig dem Zweck diente, die Familienkutsche zu beherbergen.
Der Kutscher hielt ein Nickerchen. Zé weckte ihn mit einem Tritt in die Seite auf. »An die Arbeit, altes Haus!«

Erschrocken rappelte der ältere Mann sich auf. »Zé? Bist du's? Was ... wie ... oh mein Gott, ich bin geliefert!«
»Bist du nicht. Du spannst jetzt die Pferde vor, dann fährst du uns beide nach Salvador.«
»Oh, nein, das tue ich bestimmt nicht!«
»Oh, doch.« Zé zückte eine Pistole und hielt sie dem Alten an die Brust. Die Waffe hatte er von dem Gewinn erstanden, den er dank Dona Mariana und des Verkaufs des Goldanhängers hatte einstreichen können.
»Lua, Mädchen, willst du etwa mit diesem gemeinen Verbrecher durchbrennen? Tu es nicht!«
»Doch.« Ihr Ton war trotziger, als sie es beabsichtigt hatte, denn der alte Kutscher war ein feiner Kerl und immer freundlich zu ihr gewesen, selbst in den vergangenen Wochen noch, als alle sich von ihr abgewendet hatten. »Was habe ich schon noch zu verlieren?«
»Dein Leben, Kind!«
»Schluss damit!«, schaltete Zé sich ein. »Kein Herumgerede. Du fährst uns, und zwar ein bisschen dalli. Wir werden es dann so aussehen lassen, als hätten wir dir Gewalt antun müssen. Dir wird nichts geschehen.«
Der Kutscher fügte sich stirnrunzelnd in sein Schicksal. Er hatte geahnt, dass die Umtriebe Imaculadas zu nichts Gutem führen würden. Aber er hatte nicht die Kraft besessen, sich gegen ihre Wünsche aufzulehnen. Er liebte sie schon lange, und wenn sie Botschaften nach Três Marias übermitteln oder gar persönlich jemandem auf einer anderen Fazenda einen Besuch abstatten wollte, dann hatte er sich immer bereit erklärt, ihr Handlanger zu sein. Und mit welchem Ergebnis? Die jungen Leute riskierten Kopf und Kragen, und Imaculada war so abweisend wie am ersten Tag.
Kurze Zeit später fuhren sie los. Weder vom Senhor noch von

der Einfältigen war etwas zu sehen, und die wenigen Menschen, die sich am helllichten Tag in der Nähe des Herrenhauses herumtrieben, wunderten sich nicht besonders darüber, dass der alte José mit der Kutsche davonfuhr. Er hatte oft Aufträge für seinen Senhor zu erledigen oder Botenfahrten für die Senhora zu machen, die ihrerseits gerade in ihrem kühlen Nordzimmer eine Siesta hielt.

Lua wagte es weder, aus dem Fenster des Gefährts zu sehen, noch Zé anzuschauen. Sie stierte auf einen Punkt am Boden der Kutsche und war sich nur allzu deutlich ihrer völlig unzulänglichen Aufmachung bewusst. Sowohl in der Stadt als auch im Dschungel würde sie mit ihrem groben Leinenrock und der schmutzigen Bluse auffallen. Sie trug keine Haube, keine Schürze und keinen Schmuck, denn alles Zubehör war bei der harten Arbeit in der Wäscherei hinderlich. Sie war außerdem der Überzeugung, dass nicht nur ihr Aussehen, sondern auch ihr Benehmen sie verraten würde. Es war nur eine Frage der Zeit, bis man sie ergriff – und dann im besten Fall zum Tod durch den Strang verurteilte. Wenn Dom Felipe sehr erzürnt war, mochte es auch passieren, dass sie öffentlich ausgepeitscht wurde.

Lua saß still neben Zé. Tränen rannen über ihre Wangen. Zé wollte den Arm um sie legen, doch sie rückte von ihm ab und gab ihm zu verstehen, dass sie für sich allein bleiben wollte. Zé war selbst nicht frei von Angst, und eine überstürzte Flucht wie diese hatte er gewiss nicht im Sinn gehabt, als er sich nach São Fidélio geschlichen hatte. Aber hätte er zusehen sollen, wie Felipe Lua vergewaltigte? Nun war es eben anders gekommen als geplant, und vielleicht war es gar nicht das Schlechteste. In einem Vorort von Salvador würden sie José und seine Kutsche zurücklassen, um sich dort einen Ochsen, oder besser eine Milchkuh, samt Karren zu besorgen. Darauf würden sie aussehen wie ein braves Paar freier Schwarzer. Sie würden vollkommen unbehelligt zu Dona Mariana gelangen, und diese würde ihnen fürs Erste Obdach gewähren. Sobald Luas Angst und Aufregung ein wenig abgeflaut wären, würden sie die Reise nach Liberdade antreten. Zé freute sich unbändig.

Es kam dann zwar nicht ganz so, wie er es vorhergesehen hatte, aber doch auch nicht sehr viel anders. Als er dem Kutscher in den Oberschenkel schoss, um den »Überfall« so glaubhaft wie möglich aussehen zu lassen, hatte Lua ihn angeschrien: »Du Unmensch! Hör auf damit!«

»Es wird sein Leben retten«, hatte er kühl geantwortet. Für die Rücksichtnahme auf weibliche Befindlichkeiten hatte er jetzt keinerlei Sinn. Es fiel ihm ja selbst nicht leicht, dem freundlichen José Schmerzen zuzufügen. Tat er es jedoch nicht, würden den Mann weitaus schlimmere Qualen erwarten, denn man würde ihn der Beihilfe zur Flucht bezichtigen.

Auch der Kauf einer Kuh und eines Stiers – denn ein Pärchen würde ihnen mehr nützen als ein einzelner Ochse – verlief nicht ganz so, wie er es sich gewünscht hätte. Sein Geld reichte nicht, und erst nach zähen Verhandlungen, während deren Lua nervös von einem Fuß auf den anderen hoppelte und sie beide irgendwie verdächtig wirken ließ, konnte er ein dürres Gespann erwerben.

Die Aufnahme bei Dona Mariana war ebenfalls nicht ganz so herzlich, wie er es sich ausgemalt hatte. Vielleicht missbilligte sie die junge Frau in seiner Gesellschaft, die so wortkarg war, dass es an Unhöflichkeit grenzte, und so appetitlos, dass es die Kochkünste Marianas beleidigte.

»Das ist Lua, meine Frau«, stellte Zé die junge Frau der älteren vor, und da erst taute Lua aus ihrer Starre auf. Sie blickte Zé nachdenklich an und war sich gar nicht sicher, ob sie denn überhaupt die Ehefrau dieses Mannes sein wollte. Natürlich liebte sie ihn, und ja, die Liebesnacht mit ihm war von berauschender Sinnlichkeit gewesen. Dennoch besaß sie Verstand genug, um zu ahnen, dass ein Leben an der Seite eines Rebellen und Freiheitskämpfers womöglich nicht das war, was sie sich erhoffte. Aber durfte sie denn überhaupt noch auf etwas Besseres hoffen? Sie konnte ja froh sein, wenn sie überhaupt mit dem Leben davonkam. Und an der Seite des Mannes zu leben, der sie wie kein anderer beschützte und begehrte, war mehr, als sie verlangen konnte.

Dona Mariana war froh, als die beiden nach zwei Tagen abreisten. Sie hatte die junge Frau nicht gemocht und fand, dass Zé mit ihr keine gute Wahl getroffen hatte. Eine Zimperliese war an seiner Seite am falschen Platz. Aber was ging es sie an? Sie packte den beiden einen Proviantkorb ein, wünschte ihnen alles Gute und hoffte, dass sie sie so bald nicht wiedersehen musste.

Zé und Lua benötigten mehrere Tage, bis sie die dichter besiedelten Gebiete – und damit die Gefahr der Entlarvung – hinter sich gelassen hatten. Doch im unwegsamen Gelände lauerten andere Unbilden. Die beiden Rinder, die sie erworben hatten, ließen sich nur unter großer Mühe durch den Wald treiben, und schon nach kurzer Zeit war Zés Machete, mit der er den Weg freischlug, stumpf. Sobald die Dunkelheit hereinbrach, rasteten Zé und Lua im Freien, denn den Ochsenkarren hatten sie in der letzten Ortschaft gegen ein paar rostige Werkzeuge eingetauscht. Nach Zärtlichkeiten stand ihnen dann nicht der Sinn. Vollkommen erschöpft schliefen sie auf der Stelle ein.

Lua hatte, lange bevor sie Liberdade überhaupt erreichten, schon genug vom Wald und seinen Tieren. Ihr Ekel vor Insekten verstärkte sich sogar noch, anstatt durch Gewöhnung abzuflauen. Einmal schlug Lua so hysterisch um sich, weil sie einen

dicken Käfer vertreiben wollte, dass Zé ihr eine Ohrfeige verpassen musste, um sie wieder zur Vernunft zu bringen.
Sie sprachen daraufhin noch weniger miteinander als zuvor. Verbissen kämpften sie sich weiter durch den Wald, und je weniger sie redeten, desto mehr wuchs ihr Ärger über einander.
Lua kam nicht darüber hinweg, dass Zé ihr eine Ohrfeige gegeben hatte, wo sie doch Zuspruch und Mitleid verdient gehabt hätte. Zé hingegen konnte nicht fassen, was für eine verwöhnte und verweichlichte Frau er mit sich schleppte, eine Lua, die er ganz anders eingeschätzt hatte. Er fragte sich, ob sie es wert gewesen war, dass er für sie sein Leben aufs Spiel gesetzt hatte. Sie würde in Liberdade gewiss keine große Hilfe sein, sondern vielmehr allen zur Last fallen.
Er betrachtete sie manchmal heimlich aus dem Augenwinkel und konnte nicht umhin, sie noch immer hinreißend zu finden. Sie war schmutzig und zerlumpt, aus ihrer Miene sprach abgrundtiefe Verachtung für ihn und die unwürdige Situation, in der sie beide sich befanden. Dennoch stapfte sie weiter, entschlossen und kraftvoll, ohne eine Spur von wehen Füßen oder müden Knochen. Das imponierte ihm. Vielleicht gab es doch noch Hoffnung für sie beide und eine gemeinsame Zukunft in Freiheit. In Lua steckte mehr, als sie selbst ahnte.
Sobald sie in Liberdade wären und Lua sich ein wenig eingewöhnt hätte, würde er sie nach allen Regeln der Kunst umwerben. Diesmal würde er es feinfühliger anstellen. Frauen wie Lua brauchten schöne Worte. Sie mochten romantische Situationen, sanfte Liebeslieder am Feuer oder zärtliches Geflüster im Mondschein. All das würde er beherzigen, wenn er sie fragte, ob sie seine Frau werden wollte.
Lua verfluchte die Mückenschwärme und die feuchte Hitze, bei der ihr sogar das Atmen schwerfiel. Sie verfluchte außer-

dem den Fremden an ihrer Seite. Es war merkwürdig, dass sie sich ihm hatte hingeben können, ohne auch nur das Geringste über ihn zu wissen. Hätte sie damals schon geahnt, was für ein berechnender, kaltherziger Mann Zé war, dann wäre es nie zu dieser einen Nacht gekommen.
Wie unbarmherzig und skrupellos er sein konnte, hatte sie erlebt, als er den alten Kutscher angeschossen hatte. Auch die Methoden, mit denen er sie zum Weitergehen zwang, waren nicht eben von großer Mitmenschlichkeit geprägt. Eine Frotzelei hier, ein Schubs da – die Ohrfeige war nur der krönende Abschluss einer ganzen Serie von Gemeinheiten gewesen, mit denen er sie spüren ließ, dass er sie für eine unnütze Bürde hielt, weniger kostbar auf alle Fälle als die beiden Rindviecher, die sich ähnlich abmühten wie sie selbst.
Nach knapp drei Wochen erreichten sie ihr Ziel. Sie hatten unterwegs kaum zehn zusammenhängende Sätze miteinander gewechselt, und von Tag zu Tag fiel es ihnen schwerer, dieses Schweigen zu durchbrechen.

»Zé!«, rief Bebel, die die beiden als Erste sah. »Oh Gott, du lebst! Lass dich drücken, Mann!« Damit rannte sie auf den Ankömmling zu und warf sich ihm an die Brust. Die beleidigten Blicke Luas nahm sie nicht wahr. »Wir hatten schon fast die Hoffnung aufgegeben. Ach Zé, ist das herrlich! Und wen hast du uns da mitgebracht?«
»Das ist Lua, meine ... Frau.« Zé wusste nicht, wie er Lua sonst hätte vorstellen sollen. Als seine Geliebte? Seine Freundin? All das war sie nicht, nicht mehr. Aber um ihretwillen fand er, dass er sie zu seiner Gemahlin erklären musste. Die anderen brächten ihr dann sicher mehr Respekt entgegen als irgendeiner ungebundenen jungen Frau.
»Oh«, stutzte Bebel, die nicht gewusst hatte, dass Zé verheira-

tet war. »Willkommen, Lua!« Herzlich wollte sie die andere an sich drücken. Doch Lua wich einen Schritt zurück.
»Und wer bist du?«
»Ich bin Bebel. Bin mit meinem Bruder Caca vom Solar do Castelo abgehauen.«
»Freut mich, Bebel.« Lua zwang sich zu einem Lächeln, obwohl ihr alles andere als wohl zumute war. »Ich bin übrigens nicht Zés Ehefrau.«
»Ach so, na ja, spielt hier draußen irgendwie auch keine Rolle. So, ich hol mal schnell die anderen. Ach, Zé, sie werden sich freuen wie verrückt, dass du wohlbehalten wieder da bist.«
»Ja, ich freu mich auch.«
Als Bebel fortging, wandte Lua sich an Zé. »Gibt's hier auch was zu essen und zu trinken? Eine Möglichkeit, sich zu waschen? Und einen Ort, wo ich mich ausruhen kann?«
Zé war verletzt, versuchte aber, sich nichts anmerken zu lassen. Wochenlang hatte er diese Frau beschützt und sie ernährt. Er hatte es sicher nicht verdient, von ihr wie ein Sklave behandelt zu werden. »Es gibt einen Fluss mit klarem Wasser. Und jede Menge Tiere. Du kannst dir ja gleich mal eines schießen.« Damit drehte er sich um und ging zu seiner Hütte. Lua ließ er einfach auf dem Platz stehen.
Als die anderen kamen, trat Zé aus seiner Hütte, ließ sich umarmen und mit Freudenausrufen begrüßen. Sogar João, mit dem es so viele Reibereien gegeben hatte, freute sich ehrlich über Zés Rückkehr. »Hast mir gefehlt, Mann.«
»Du mir auch«, erwiderte Zé und war erstaunt, dass es stimmte. Irgendwie war die kleine Gemeinschaft trotz aller Kabbeleien zu einer Familie zusammengewachsen – einer Familie, in der man einander Achtung und Vertrauen entgegenbrachte, in der man die anderen wie Brüder und Schwestern liebte, deren Fehler man zwar bemängeln mochte, sie aber hinnahm. Erst

jetzt merkte Zé, dass er die Gesellschaft jedes einzelnen »Familienmitglieds« vermisst hatte.

»Das hier ist Lua«, stellte er seine Gefährtin vor. »Und das sind Caca, João, Luizinho und Marilu.«

»Sehr erfreut«, sagte Lua. Etwas anderes fiel ihr nicht ein. Sie merkte selbst, wie steif und förmlich sie klang, aber sie brachte es beim besten Willen nicht fertig, diese Bande verwahrloster Feldsklaven herzlicher zu begrüßen.

»Ist das dein Liebchen?«, wollte Luizinho von Zé wissen, doch der antwortete nur mit einem Achselzucken.

»Ich bin seine Frau«, sagte Lua mit fester Stimme. Bei all diesen verwilderten Kerlen war es vielleicht doch besser, sich als verheiratete Frau auszugeben.

Bebel blickte die Neue mit gerunzelter Stirn an. Was für eine merkwürdige Person! War sie nun Zés Frau oder nicht? Was ging hier vor sich? Und konnte es wirklich wahr sein, dass ein so schmucker Kerl wie Zé sich mit einem derartig gezierten Dämchen einließ, das obendrein viel zu schmal und zart aussah, als dass man sie für eine gute Arbeiterin, geschweige denn für eine zukünftige Mutter zahlreicher Kinder halten konnte? Was fand er bloß an ihr?

»So ein Pech«, sagte João, »hättest mir gefallen können, wenn ein bisschen mehr an dir dran wär.«

»Gut, dass du es ansprichst«, sagte Lua kühl. »Bietet ihr Gästen auch was zu essen an in eurem feinen Liberdade?«

Alle sechs starrten Lua feindselig an. Was erdreistete sie sich, in so abfälligem Ton über ihr Quilombo zu reden? Und wie kam sie dazu, sich als Gast zu bezeichnen? Wollte sie gleich wieder fort? Marilu war die Erste, die sich fasste. Natürlich hatte das Mädchen Hunger, bei ihnen allen war es nach der langen Flucht doch genauso gewesen. »Komm mit mir, Lua. Ich geb dir ein sauberes Kleid von mir und zeige dir, wo du dich waschen kannst. Danach gibt es ein kleines Festmahl zu eurem Empfang.«

»Was ist das überhaupt für ein Name – Lua?«, hörten sie im Fortgehen Bebel murmeln. »Kommt wohl von ›mondsüchtig‹ oder was?«

Hier nun fiel alle Selbstbeherrschung von Lua ab. Kaum war sie mit Marilu außer Sichtweite der anderen, brach sie in unkontrolliertes Schluchzen aus. Sie war müde. Sie fühlte sich wie erschlagen. Sie war hungrig. Vor allem aber hatten die letzten Wochen ihr mehr zugesetzt, als sie vor sich selbst zugab. Erst die misslungene Flucht, dann die Erlebnisse in Salvador sowie die anschließende Bestrafung auf São Fidélio, dann die zweite Flucht mit all ihren Entbehrungen und dem zermürbenden Schweigen zwischen ihr und Zé – das alles hatte an ihr gezehrt. Dass die Rettung nun in einem armseligen Hüttendorf im Dschungel liegen sollte, in dem ein paar verlauste Feldsklaven hausten, das war zu viel. Ihre Enttäuschung war so groß, die Ernüchterung so schmerzhaft, dass sie sich am liebsten in den Uferschlamm geworfen und hemmungslos heulend dort liegen geblieben wäre. Noch schlimmer war, dass Marilu sich so verständnisvoll gab. »Scht«, sagte sie zu Lua, als sei diese ein kleines Kind, »das wird schon wieder.«

Bei diesen Worten brachen erst recht alle Dämme. Einfacher wäre es, dachte Lua, wenn auch Marilu sich abweisend gäbe und ihren Weinkrampf einfach ignorieren würde. So jedoch schluchzte und flennte sie erbarmungswürdig, so sehr, dass sie sich verschluckte und kein Wort mehr hervorbringen konnte. Erst als sie sich vorsichtig in den Fluss vorwagte und das kühle Nass ihre Beine umspülte, kam sie allmählich wieder zur Besinnung.

»Zieh dich ganz aus. Hier ist außer mir niemand, der dir zuschaut. Du brauchst keine Angst zu haben, es gibt hier keine

Krokodile oder andere garstige Tiere. Und wenn du dich erfrischt hast, ziehst du das hier an«, sagte Marilu in aufmunterndem Ton und zeigte Lua ein Kleid, das noch grässlicher aussah als das, welches sie trug. Es war ein besserer Sack, der, als sei er nicht so schon schlimm genug, in einem leuchtenden Rot gefärbt war.

»Dann isst du erst mal was, und dann legst du dich schlafen«, fuhr Marilu betont gutgelaunt fort, obwohl auch ihr gar nicht so munter zumute war, wie sie sich gab.

Lua nickte, froh darüber, dass ihr jemand sagte, was und wie sie es zu tun hatte. Allein auf sich gestellt hätte sie sich wahrscheinlich sofort im Fluss ertränkt.

Sie zog ihr altes Lumpenkleid aus und warf es ans Ufer. Sie blieb mit den Schultern unter Wasser, denn es war ihr unangenehm, sich vor einer völlig Fremden nackt zu zeigen. Dann hielt sie die Luft an und tauchte auch ihren Kopf unter Wasser. Das Gefühl war so atemberaubend erfrischend, dass ihr ganzer Körper vor Wonne prickelte. Ach, wie sehr sie die Kühle und die Sauberkeit vermisst hatte! Sie watete ein bisschen im Schlamm hin und her, ängstlich darauf bedacht, keine tiefe Stelle zu erwischen, in der sie untergehen konnte.

»Es ist hier überall flach. Du kannst dich nach Lust und Laune bewegen«, rief Marilu ihr zu. Sie war am Ufer geblieben und schaute der anderen bei ihrem Bad zu. Ja, zugegeben, wenn sie erst wieder ein wenig mehr Fleisch auf den Rippen hätte, wäre Lua sicher eine sehr ansehnliche Person. Wenn ihre Augen nicht von Tränen verquollen waren, ihre Züge nicht vor Anstrengung und Anspannung verzerrt, dann entpuppte sich dieses arme Ding bestimmt als eine Schönheit. Kein Wunder, dass Zé sie zur Frau genommen hatte.

Aber Marilu war nicht dumm. Sie ahnte, dass Lua in Liberdade für Zwist sorgen würde. Bebel, die ein Auge auf Zé geworfen

hatte, würde eifersüchtig sein. Die Männer würden angesichts dieses schönen Mädchens ihre Pflichten vergessen und stattdessen Lua hofieren. Sie würden sie mit allen möglichen Dingen unterhalten, die für ihr Überleben im Busch eher überflüssig waren, ihr hübsche Federn zum Geschenk machen zum Beispiel oder ihr Ständchen bringen. Und Lua und Zé selbst? Nun, da würde man erst einmal abwarten müssen.
Aber Marilu schwante Übles.

30

*D*a Lua sich selbst als Zés Ehefrau bezeichnet hatte, war es für sie wie für alle anderen selbstverständlich, dass sie Zés Hütte mit ihm teilen würde. Beide waren von der Reise erschöpft, und so gingen sie früh schlafen. Zé hatte Lua seine bequeme Matte gegeben, er selbst rollte sich auf einem Strohteppich auf dem Lehmboden zusammen. Beide fielen sofort in einen traumlosen, tiefen Schlaf. Die Situation war ja nicht neu für sie: Wochenlang hatten sie beieinandergelegen, ohne sich zu berühren oder auch nur ein Wort miteinander zu wechseln. Diesmal jedoch, in der Intimität der Hütte, war das Erwachen ein ganz anderes.
Lua schlug als Erste die Augen auf. Draußen war es noch dunkel, nur der Mondschein spendete ein winziges bisschen an Licht. Sie hatte keine Ahnung, wie früh oder spät es war. Doch sie fühlte sich erholt und ging davon aus, dass es in Kürze hell werden würde. Von ihrer Matte aus betrachtete sie Zé, der neben ihr lag und ihr seinen nackten Rücken zugewandt hatte. Sie erkannte nur Umrisse, doch sie wusste, welche Narben diesen Rücken bedeckten. Ein tiefes Mitleid überkam sie, ein Gefühl, das sie wochenlang nicht empfunden hatte, obwohl sie doch die Narben unzählige Male zu Gesicht bekommen hatte. Sie erschrak, als Zé sich herumrollte und ein Grunzen von sich gab, als habe er sie bei etwas Verbotenem ertappt. Dabei würde er im Halbdunkel gar nicht genau erkennen können, worauf ihr Blick ruhte.
»Bist du schon wach?«, fragte er mit schläfriger Stimme.

»Hmm.«

»Und?«

»Und was?«

»Wie war deine erste Nacht in Liberdade, in Freiheit?«

»Gut.« Nach kurzem Zögern rang sie sich zu einem Dank durch. »Es war nett von dir, dass du mir die Matte überlassen hast.«

»Gern geschehen. Das tut ein Mann doch gern für sein Eheweib.«

»Zé, ich weiß …«

»Du weißt gar nichts.«

»Dann eben nicht.« Lua war ratlos. Jetzt hatte sie schon den Anfang gewagt, hatte sich bei Zé bedanken wollen, und da kam er mit ruppigen Erwiderungen, die jedes Gespräch im Keim erstickten. Wie sollte sie anders darauf reagieren, als ihm ihrerseits die kalte Schulter zu zeigen?

»Dreh dich um. Ich will aufstehen«, forderte sie ihn barsch auf. Anders als bekleidet wollte sie ihm nicht gegenübertreten.

Er wandte sich ab und wartete, bis er anhand der Geräusche wusste, dass sie sich Marilus Kleid übergestreift hatte. »Hast du deinen knochigen Leib jetzt gut vor mir verhüllt?«

Lua verkniff sich eine ähnlich boshafte Antwort. Sie verließ die Hütte schweigend und gegen neuerliche Tränen ankämpfend.

Am Feuer fand sie beide Frauen vor, die das gemeinsame Frühstück zubereiteten. Sowohl Bebel als auch Marilu wirkten überaus aufgeräumt, ja sogar fröhlich. Sie begrüßten Lua herzlich und ließen sich dann über Zés erfolgreiche Reise aus.

»Es ist wunderbar, dass er an Kaffee gedacht hat. Ich habe keinen mehr getrunken, seit wir hier angekommen sind. Das muss jetzt … sechs, vielleicht sogar sieben Monate her sein. Sieben Monate, Marilu, ist das zu fassen?«

»Ehrlich? Dann müssen's bei mir noch mehr sein. Und Zucker! Wie göttlich!«
»Mehl!«
»Salz!«
»Cachaça!«
»Milch! Sag mal, Lua, kannst du die Kuh melken? Ich hab's versucht, aber entweder bin ich zu blöd dazu, oder das dürre Vieh ist so trocken wie die Chapada Diamantina im August.«
»Ähm, nein. Das heißt, ich glaube, die Kuh hat keine Milch«, antwortete Lua, die nicht ganz nachvollziehen konnte, warum die beiden alltägliche Nahrungsmittel wie Zucker, Maniokmehl oder Milch so begehrenswert fanden. Würde sie selbst nach einer Weile hier draußen auch so wunderlich werden? Herr, bewahre!
»Dann müssen wir sie wohl von dem ausgemergelten Stier bespringen lassen und hoffen, dass der alte zähe Kerl noch genügend Saft und Kraft hat«, sagte Bebel nüchtern, während Lua sich vor Scham wand.
»Hier«, sagte Marilu und reichte Lua einen ledernen Blasebalg, den Caca hergestellt hatte. »Fach doch mal das Feuer an. Diese feuchten Zweige brennen sonst nicht ordentlich.«
Lua war froh, dass sie eine Aufgabe zugeteilt bekommen hatte, der sie sich gewachsen fühlte. Wenn irgendjemand von ihr verlangen würde, einem erlegten Tier das Fell abzuziehen, würde sie in Ohnmacht fallen.
Auch um die Wäsche würde sie sich kümmern können sowie um den kleinen Gemüseacker, auf dem bereits die ersten kleinen Maniok-, Aipim- und Zuckerrohrpflanzen sprossen. Immerhin einen Vorteil hatte es, überlegte Lua bitter, dass ihre erste Flucht so unglücklich geendet hatte. Nun war sie in der Lage, Arbeiten zu verrichten, von denen sie noch vor einigen Wochen geglaubt hatte, dass sie dafür zu gut war.

Wenig später gesellten die Männer sich zu ihnen und nahmen schweigend ihr Frühstück entgegen, das aus einem gerösteten Stück Fleisch und einem winzigen Klacks Maniokbrei, serviert auf einem großen Bananenblatt, bestand. Sie schlangen ihr Mahl grunzend hinunter, und ihre gierigen Blicke und ein gelegentliches lobendes »hm« verrieten, wie sehr es ihnen schmeckte. Endlich einmal wieder gesalzenes Fleisch und ein sättigender Brei!

Auf den Zuckerrohrschnaps hatten sie am Vorabend verzichtet, weil Zé und Lua zu müde gewesen waren, um an einem kleinen Fest teilnehmen zu können. Aber an diesem Abend würden sie sich etwas von dem kostbaren Schnaps gönnen, und die erwartungsvolle Stimmung war deutlich spürbar. Es wäre schön, nach langer Zeit wieder einmal zu feiern, mit allem, was dazugehörte: mit Cachaça und Musik, mit Weibern und Tanz, mit schmackhaftem Essen und dem guten Gefühl, dass es mit Liberdade aufwärtsging.

Obwohl niemandem der Sinn so recht nach Arbeit stand, machten die Männer sich bald auf zur Jagd. Immerhin galt es, am Abend etwas wirklich Feines zu essen. Mit einem zähen Papagei brauchten sie sich bei den Frauen nicht blicken zu lassen. Ihr Ehrgeiz war angestachelt, denn mindestens ein Tatu oder sogar ein Capivara sollten sie schon mitbringen. Die Frauen waren ähnlich gelöster Laune. Obwohl sie viel mehr Lust hatten, müßig herumzusitzen und Lua nach Klatsch und Tratsch auszuquetschen, waren sie doch zugleich erfüllt von einer hoffnungsfrohen Energie. Sie würden ihr Dörfchen so hübsch herausputzen wie schon lange nicht mehr, und sie würden endlich einmal lange aufgeschobene Flickarbeiten an ihrer Kleidung vornehmen – Zé hatte doch tatsächlich auch an Nadeln und Garn gedacht! Heute wollten sie sich schön machen für die Männer.

Caca war der einzige Mann, der nicht mit zur Jagd ging. Er war in der Siedlung viel nützlicher, und auch an diesem Tag würde er seinen Erfindungsgeist und sein handwerkliches Geschick in den Dienst von Liberdade stellen.
»Wwwwir bbrauchen eeeinen Pfpflug.«
»Das stimmt«, pflichtete ihm Bebel bei. »Dann können die Rindviecher das Pflügen an unserer statt übernehmen. Aber muss das unbedingt heute sein?«
Caca nickte und deutete mit vielsagender Mimik an, dass er den Tag möglichst nicht in Gesellschaft der Neuen verbringen wollte. Seine Schwester durchschaute ihn sofort: Caca hatte sich in Lua verguckt, und nun würde er sich lieber in einer stillen Ecke mit seiner neuesten Aufgabe beschäftigen, als sich der Schmach auszusetzen, noch schlimmer als sonst zu stottern.
Lua beobachtete die beiden, die man ihr als Geschwister vorgestellt hatte. Die arme Bebel, dachte sie, die muss sich auch noch um einen schwachsinnigen Bruder kümmern. Da hatte sie selbst es doch besser, auch wenn es ihr nicht so erscheinen wollte. Das elende Dörfchen, das zähe Fleisch mit dem fremdartigen Geschmack, die zerlumpten Gestalten und vor allem die sonderbare Beziehung zu Zé ließen ihr alles in einem trüben Licht erscheinen. Der Optimismus der anderen wirkte nicht ansteckend auf sie. Eher hatte er die gegenteilige Wirkung. Lua wunderte sich, wie tief man gesunken sein musste, um sich auf schlichteste Genüsse zu freuen. Sie hoffte, dass sie nicht so endete.
»Was machst du für ein Gesicht?«, fragte Bebel sie herausfordernd, kaum dass ihr Bruder sich entfernt hatte.
»Tut mir leid, wenn es dir nicht gefällt«, erwiderte Lua schnippisch.
»Haben wir dir irgendwas getan?«
»Nein.«

»Und wieso guckst du dann so?«
»Wie denn?«
»Du verdirbst uns die Laune mit deiner miesepetrigen Fresse.«
Lua sog scharf die Luft ein. War das hier der übliche Umgangston? Wundern würde es sie nicht, es handelte sich bei diesen Leuten ja anscheinend um die allerunterste Stufe tumber Feldsklaven. Oder hatte Bebel vor, sie durch unflätige Reden zu reizen? Warum tat sie das? Was hatte sie denn verbrochen? War das etwa die vielgelobte Freiheit, dass man nicht einmal mehr denken durfte, was man wollte?
»Lass sie doch in Ruhe«, mischte sich nun Marilu ein. »Sie wird ein paar Tage brauchen, um sich an alles zu gewöhnen.«
»Eine verwöhnte Hausklavin, das ist sie. Wir sind ihr nicht gut genug. Sieh sie dir doch an, wie sie da hockt, mit ihrem eingebildeten Getue.«
»Zettle doch jetzt keinen Streit an«, bat Marilu. »Und du, Lua, könntest eigentlich demnächst die Wäsche machen. Wo der Fluss ist, weißt du ja.«
Lua nickte. Sie war der Älteren dankbar für ihr Einschreiten. Wenn sie nicht sofort Abstand zwischen sich und Bebel schuf, würde es noch zu Handgreiflichkeiten kommen. Sie ließ sich einen Berg Wäsche sowie ein selbstgebautes, etwas eigentümliches Waschbrett geben und ging damit zum Ufer. Auf weitere Fragen oder das Erbitten von Ratschlägen hatte sie verzichtet. Lieber wusch sie die Wäsche zur allgemeinen Unzufriedenheit, als dass sie sich noch länger den Boshaftigkeiten dieser Bebel aussetzte. Und mit der hatte sie vorhin noch Mitleid gehabt. Pah! Die blöde Kuh verdiente nichts Besseres als einen zurückgebliebenen Bruder.
Grimmig nahm sie den Wäscheberg in Angriff. Sie hob ihr unförmiges Kleid über die Knie und steckte es in der Taille fest.

Dann legte sie sich ein undefinierbares Tuch, mehrfach gefaltet, unter die Knie und begann mit dem Waschen. Dass Caca nur wenige Meter hinter ihr stand und aus seinem Versteck heraus mit großen Augen verfolgte, wie sich ihr Hinterteil hin und her bewegte, ahnte sie nicht.

Als Lua zu den anderen beiden Frauen zurückkehrte, hatte sich die Feindseligkeit in Bebels Verhalten gelegt. Das war sicher auf Marilus Fürsprache zurückzuführen, vermutete Lua. Marilu wurde ihr immer sympathischer. Ihre etwas derbe, mütterliche Art sowie ihr offenes Lächeln, das durch die schiefen Zähne noch an Herzlichkeit zu gewinnen schien, versöhnten Lua ein wenig mit ihrem Los.

Die beiden waren damit beschäftigt, Wildbret zu zerlegen und mit Salz einzureiben, um es dann zum Trocknen aufzuhängen. Dank des Salzes würde das Fleisch nicht nur länger haltbar sein, sondern auch viel besser schmecken.

Zögerlich gesellte Lua sich zu ihnen. Sie wusste ja gar nicht, ob ihre Gesellschaft hier erwünscht war.

Bebel fiel gleich mit der Tür ins Haus. »Bist du nun Zés Frau oder nicht?«

Lua lag eine freche Antwort auf den Lippen, aber sie nahm sich um des lieben Friedens willen zusammen. »Tja, schwer zu sagen. Richtig geheiratet haben wir nicht. Und ein Liebespaar … ähm, waren wir zumindest mal.«

»Also, was Bebel eigentlich wissen wollte: Ist Zé noch zu haben oder nicht?«, fragte Marilu rundheraus.

Oh. So war das also. Lua wusste nicht, wie sie sich elegant herauswinden konnte, ohne entweder Bebel zu verletzen oder aber sich selbst einen Bärendienst zu erweisen. Sie gönnte Zé Bebel nicht. Wenn sie selbst ihn nicht haben wollte, so wollte sie noch weniger, dass er mit einer anderen anbändelte. Sie verspürte einen Stich von Eifersucht, der ihr befremdlich erschien.

»Es ist so«, antwortete Lua, um einen neutralen Ton bemüht, »dass Zé und ich wohl schon so etwas wie ein Paar sind. Wir haben nur im Moment ein paar kleinere Auseinandersetzungen.«
»Schlag ihn dir aus dem Kopf«, riet Marilu Bebel.
»Aber ...«
»Aber nichts. Das sieht doch jedes Kind, dass der Mann ganz vernarrt in dieses arme Ding hier ist, warum auch immer.«
War das so?, überlegte Lua. War Zé vernarrt in sie? Warum benahm er sich dann so abweisend? Sie hatte den Eindruck, dass er, seit sie in Liberdade angekommen waren, die Partei der anderen ergriffen hatte, die sie als nichtsnutzige, eingebildete Schnepfe betrachteten. Und was hieß hier überhaupt »armes Ding« und »warum auch immer«? Sie mochte abgemagert und unglücklich aussehen, aber schöner als diese beiden Frauen war sie allemal.
»Was soll ich jetzt machen?«, fragte Lua, um von dem Thema abzulenken. »Die Wäsche ist fertig. Sie hängt da hinten unter den Bäumen, wo die Leinen gespannt sind. Sollen doch wohl Wäscheleinen sein, oder?«
»Brav, Kindchen. Ja, das sind Wäscheleinen. Du darfst hier draußen nichts für selbstverständlich halten. Allein die Anfertigung dieser Leinen hat Caca mehrere Tage gekostet, bis er das richtige Zeug im Wald gefunden hatte und es richtig hinbekam. Die ersten sind nämlich gerissen, die nächsten haben gefärbt.«
»Ja, schon gut, Marilu. Es sind wundervolle Leinen. Und was soll ich jetzt machen?«
Bebel verdrehte schon wieder die Augen. Es war etwas an Luas Art, das in ihr den Wunsch auslöste, sie zu verprügeln. Ein Blick in Marilus Richtung reichte allerdings aus, um sie zurückzuhalten.

»Dann geh doch jetzt mal da rüber, schnapp dir den Besen und feg den Platz«, sagte Marilu zu Lua, wissend, dass diese lieber solchen Anweisungen folgte, als untätig und hilflos herumzusitzen.

So vergingen mehrere Stunden. Lua fegte, danach schickte man sie Feuerholz sammeln, dann erlaubte man ihr eine Pause, in der sie ein Nickerchen halten und anschließend sich selber pflegen durfte.

Überraschend guter Dinge kehrte sie von ihrem Bad im Fluss zurück. Inzwischen war die Dämmerung hereingebrochen, und die Männer waren zurückgekehrt. Sie waren sehr erfolgreich gewesen, und alle freuten sich auf den abendlichen Festschmaus, der aus einem dicken, gegrillten Capivara sowie einer improvisierten *farofa*, mit Papageien-Ei und in Faultierfett angebratenem Maniokmehl, bestand.

Zé holte die Schnapsflasche und goss jedem einen winzigen Schluck in die Becher ein, die Caca aus den getrockneten Schalen einer kleinen, kürbisähnlichen Frucht gefertigt hatte.

»Auf die Freiheit. Auf Liberdade.« Er sah zuerst Lua tief in die Augen, dann streifte sein Blick die Runde.

»Auf Liberdade!«, fielen die anderen mit ein. Alle Gesichter waren von Vorfreude erfüllt und leuchteten förmlich im Feuerschein.

»Oh, das tut gut!«, seufzte Luizinho und leckte seinen Schnapsbecher aus, um nur ja kein Tröpfchen verkommen zu lassen.

»Wusste gar nicht mehr, wie scharf das Zeug ist«, bemerkte João.

»Wir sind nicht mehr dran gewöhnt. Du wirst wahrscheinlich nach dem einen Becher sternhagelvoll sein«, zog Bebel ihn auf.

Das war gar nicht so weit hergeholt. Lua jedenfalls spürte tatsächlich schon die Wirkung des Alkohols.

»Sei nicht so geizig, Zé. Gib uns noch 'ne Runde. Wer weiß, wann wir das nächste Mal so feine Sachen essen und so schön beisammensitzen können.« Marilu zwinkerte Zé zu, als wolle sie mit ihm schäkern, und Zé erwiderte die Geste mit einem Achselzucken, als wolle er sagen: Bei so viel Charme bin ich machtlos.

Sie tranken und aßen und genossen den Abend, wie sie hier draußen selten einen genossen hatten. Nach dem Essen holten sie ihre merkwürdigen Musikinstrumente hervor und produzierten darauf erstaunlich harmonische Klänge. Sogar Lua fühlte sich halbwegs versöhnt mit ihrem Schicksal. Als Zé sie zum Tanz aufforderte, versteifte sie sich allerdings – bis auch sie sich vom Rhythmus forttragen ließ.

Ein harmloses Tänzchen, sagte sie sich, sie sollte sich nicht so anstellen. Mit João, Luizinho und Caca hatte sie schließlich auch getanzt. Aber hatten die anderen drei Männer sie so angeschaut? Sie so besitzergreifend umfasst? Sie so eng an sich gedrückt? Es war ebenso schön wie beunruhigend. Warum hatten sie während der vergangenen Wochen nicht diese Nähe gespürt? Was war mit ihnen los? War es der Zuckerrohrschnaps, der alle Hindernisse und Unstimmigkeiten, die zwischen ihnen standen, einfach weggefegt hatte?

Lua spürte plötzlich die Blicke der anderen in ihrem Rücken wie Nadelstiche. Alle beobachteten sie. Warum eigentlich? Als Bebel mit João und Marilu mit Luizinho getanzt hatten – während Zé und Caca die Musik erzeugten –, hatte ihnen doch auch niemand so genau zugeschaut. War es, weil sie neu hier war? Oder war es, weil man die Natur ihrer Beziehung zu Zé besser verstehen wollte? Wie auch immer – Lua fühlte sich unwohl unter den lauernden Blicken. Nach kurzer Zeit entwand sie sich Zés Umarmung und setzte sich auf die Bank.

Wie hätte sie auch ahnen können, dass die anderen nur über alle Maßen fasziniert waren von dem Anblick, den Lua und Zé boten? Ein so schönes Paar hatte keiner von ihnen je zuvor gesehen. Er, mit dem athletischen Körper und dem stolzen Gesicht, sie, mit der zarten Gestalt und dem engelsgleichen Antlitz, und beide zusammen, vereint in einem Tanz von unnachahmlicher Harmonie und seltsam erregender Kraft: Das sorgte für Bewunderung und Neid gleichermaßen. Alle außer Lua mussten unweigerlich daran denken, wie wohl die intimeren Begegnungen zwischen den beiden verlaufen würden, wenn schon der Tanz so leidenschaftlich war.
Irgendwann war der Schnaps geleert, ihr Musikrepertoire erschöpft, sie alle waren müde. Man beschloss, dass es ein herrlicher Abend gewesen sei, den man unbedingt bald wiederholen müsse, und ging schlafen.
Zé legte den Arm um Luas Hüfte und führte sie, eng an sich gedrückt, zu seiner Hütte.
Ihr heftiges Herzklopfen hörte er nicht – wohl aber sein eigenes.

31

𝓔ulália Maria Catarina Almeida de Oliveira, so ihr vollständiger Name nach der Hochzeit, vergoss bittere Tränen in ihr mit Lavendel parfümiertes Kopfkissen. So hatte sie sich das Leben als Ehefrau gewiss nicht vorgestellt. Rui Alberto, ihr junger Gemahl, fiel allnächtlich mit so tierischer Inbrunst über sie her, dass sie sich fühlte wie eine Kuh, die in Duldungsstarre das Toben des Stiers über sich ergehen ließ. Darauf hatte sie niemand vorbereitet. Man hatte ihr in beschönigenden Worten erklärt, dass die Männer gewisse Bedürfnisse hätten und sie als Frau verpflichtet sei, diese zu erfüllen. Dass ihr Bräutigam zur Bestie wurde, das war nie Teil der Aufklärung gewesen. Und auch nicht Teil ihrer Träume. Sie hatte davon phantasiert, wie er sie küsste und streichelte – aber dass er in sie hineinstieß wie ein Wahnsinniger, sie kniff und biss und an den Haaren riss, das hätte sie sich niemals träumen lassen. Es war widerlich.

Aber die Nächte waren ja noch gar nichts im Vergleich zu den Tagen. Ihr Gemahl glänzte meistens durch Abwesenheit, weil er sich nun, seiner neuen Würde als frischgebackener Ehemann verpflichtet, berufen fühlte, das Zepter auf Três Marias an sich zu reißen. Eulália blieb in der Casa Grande, schutzlos den Bösartigkeiten ihrer Schwiegermutter ausgesetzt. Sie hatte sich zuvor mit großer Vorfreude ausgemalt, wie es sein würde, selbst die Senhora zu sein und nicht immer nur die Sinhazinha. Aber hier galt sie ja noch weniger als daheim auf São Fidélio. Da war sie wenigstens die Tochter des Hauses gewesen. Hier war sie nur die Schwiegertochter. Dort hatte sie sich ausgekannt und hatte beim Personal Respekt genossen – hier war sie fremd, und solange Dona Filomena ihr nicht mehr Spielraum gewährte, würde sich daran auch so schnell nichts ändern. Sie erhielt keinen eigenen Schlüsselbund, durfte ohne Begleitung nicht den Weinkeller oder die Vorratskammer betreten – als sei sie eine Diebin, also ehrlich! – und hatte keinerlei Verfügungsgewalt über Wäsche, Sklaven oder sonst irgendetwas. Man behandelte sie wie ein dummes Mädchen, das zu Besuch war, und nicht wie die zukünftige Hausherrin.

Und es würde sicher noch geraume Zeit dauern, bis Dona Filomena und Dom Afonso sich ablösen ließen. Sie waren erst Mitte vierzig und konnten gut und gerne weitere zwanzig Jahre auf Três Marias regieren. Bei diesem Gedanken stiegen Eulália neue Tränen hoch, und verzweifelt warf sie ihren Kopf in das Kissen. Wenn wenigstens Lua da gewesen wäre! Zumindest eine Verbündete hätte sie dann gehabt, einen einzigen Menschen, dem sie sich anvertrauen konnte.

Dona Filomena hatte ihr eine ihrer eigenen Zofen zur Seite gestellt. Ein nettes Mädchen, sicher, aber ganz bestimmt keine Gesprächspartnerin, mit der sie über ihre Nöte hätte reden können. Die Sklavin, die zu allem Überfluss auch noch Maria Imaculada hieß, von Eulália aber Mariaíma genannt wurde, war mit großer Wahrscheinlichkeit eine Spionin der Hausherrin. Es war demütigend zu wissen, dass über jeden Pickel, jede Unpässlichkeit und auch über jede Körperflüssigkeit, die sich auf Laken oder sonst wo fand, sogleich Bericht an Dona Filomena erstattet wurde.

Bestimmt wollte ihre Schwiegermutter immer auf dem Laufenden sein, was die Empfängnis eines Enkelkindes betraf. Eulália hätte Dona Filomena liebend gern den Gefallen getan, möglichst bald schwanger zu werden, denn das hätte zugleich bedeutet, dass ihr wildgewordener Mann vielleicht einmal von ihr abließ. Es hätte ebenfalls die Möglichkeit in sich geborgen, dass ihr Ansehen auf Três Marias stieg. Als junge Mutter würde sie sicher mehr Rechte und mehr Freiheiten genießen als jetzt. Aber nichts tat sich. Allerdings war sie ja auch erst seit wenigen Wochen hier – Wochen, die ihr wie eine Ewigkeit erschienen. Allmählich konnte sie Verständnis aufbringen für Lua und alle anderen, die sich in einer so verzweifelten Lage befanden, dass sie die Risiken einer Flucht auf sich nahmen. Sie selbst hätte liebend gern auf der Stelle ihre Koffer gepackt und wäre wieder nach São Fidélio gefahren. Leider war die Stimmung dort im Moment aber nicht gerade rosig, und Eulália bezweifelte, dass ihre Anwesenheit erwünscht wäre.

Nach dem Überfall auf ihren Vater und dem neuerlichen Verschwinden Luas war es zu einem schweren Streit zwischen ihr und ihren Eltern gekommen, in dessen Verlauf sehr unschöne Worte gefallen waren, die sie so schnell nicht würde vergessen können. Eine »törichte Pute« hatte ihre Mutter sie genannt, und als eine »Schande für São Fidélio« bezeichnete ihr Vater sie. All das nur, weil sie Lua verteidigt hatte.

»Ein billiges Flittchen ist sie, deine Lua, sonst gar nichts. Wirft sich dem erstbesten dahergelaufenen Neger an den Hals und brennt mit ihm durch.« Dom Felipe war, was er zu Hause natürlich nicht zugeben durfte, sehr in seiner Eitelkeit getroffen. Dass Lua diesen Wilden ihm vorzog, war unverzeihlich. Dass dieser Wilde ihn niedergeschlagen hatte, war noch empörender. Und der Gipfel von allem war, dass die beiden vor aller Augen seelenruhig in seiner Kutsche davongefahren waren – und nicht mehr hatten eingefangen werden können. Das gab es doch gar nicht! Man musste doch zwei dumme Neger aufspüren können!

Doch alle Spuren waren im Sande verlaufen. Der Kutscher, der mit einer bösen Wunde am Abend jenes Tages heimgekehrt

war, war keine große Hilfe. Er schwor Stein und Bein, dass er mit vorgehaltener Pistole gezwungen worden war, die beiden Flüchtlinge in die Stadt zu bringen, und dass sie sich dort sogleich aus dem Staub gemacht hätten. Dom Felipe war geneigt, dem Kutscher zu glauben. Dennoch vergatterte er ihn zu zehn Tagen Haft im »Keller« – man konnte nie deutlich genug für Abschreckung sorgen.
»Eine Pistole!«, rief Dona Ines zum wiederholten Mal aus. »Da sieht man, wohin es führt, wenn die Neger an Geld kommen und sich selbst überlassen sind. Völlig entfesselt sind sie! Schießen sogar auf ihre eigenen Leute ...«
»Ich würde mir mal die alte Imaculada vornehmen«, sagte Manuel. »Es kommt mir so vor, als sei sie in letzter Zeit regelrecht aufgeblüht – obwohl sie stumpfsinnig in der Ecke hockt und so tut, als sei sie völlig senil.«
»Sie *ist* völlig senil«, erwiderte Dom Felipe. »Sie war schon alt, als ich in deinem Alter war, sie muss mittlerweile auf die hundert zugehen. Ich frage mich, warum wir ihr nicht längst die Freiheit geschenkt haben.«
»Also wirklich, mein Lieber, diese Diskussion führen wir nicht noch einmal. Die alten Neger sich selbst zu überlassen grenzt an Totschlag. Schiere Nächstenliebe gebietet uns, sie bis zu ihrem natürlichen Ableben durchzufüttern.«
»Wie Ihr es bei Eurem Lieblingshengst ja auch gemacht habt«, wand Eulália beleidigt ein. »Gäule bekommen das Gnadenbrot, Neger nicht.«
»Eben doch. Haben wir schon einen Greis fortgeschickt? Na also. Im Übrigen verbitte ich mir diesen Ton«, gab ihr Vater zurück.
»Seit wann bist du eigentlich so eine Negerfreundin?«, fragte ihr jüngerer Bruder. Manuel wirkte dabei nur wissbegierig, es lag keinerlei Ironie oder Biss in seiner Frage.

»Seit man Lua so übel mitgespielt hat«, antwortete Eulália.
»So, nun sind wir also wieder beim Thema«, stellte Dona Ines resigniert fest. »Es ist gut, dass du demnächst fort bist. Dann kannst du ja auf Três Marias deine fortschrittlichen Ideen in die Tat umsetzen.«
»Seid Ihr froh, mich los zu sein? Bei Euren Sklaven macht Ihr jedenfalls mehr Geschrei, wenn sie fort sind.«
»Du törichte Pute!«, rief Dona Ines erzürnt aus.
Eulália war so perplex über diese ungewohnt drastischen Worte, dass sie schwer schlucken musste.
»Offen gesagt, mein Kind, bist du mit deiner Einstellung eine Schande für São Fidélio. Wir brauchen die Neger, und sie brauchen uns. Was ist daran verkehrt?«, fragte ihr Vater.
Aber Eulália war schon nicht mehr da, um ihm zu antworten. Beleidigt und heftig gegen die Tränen ankämpfend, war sie aus dem Salon gestürmt.
»Sicher wieder ein Frauenleiden«, sagte Manuel nüchtern und beschloss damit das unerfreuliche Gespräch.

Ein Leiden ganz anderer Natur hatte unterdessen den ältesten Sohn der Familie Oliveira befallen. Zum ersten Mal, seit er in Salvador an der medizinischen Fakultät studierte, hockte er stundenlang über Büchern und versuchte, eine Diagnose zu stellen. Carlos hatte ein Geschwür an einer äußerst intimen Stelle seines Körpers entdeckt, das eine rötliche Farbe hatte und eine farblose Flüssigkeit absonderte. Hatte er sich die Franzosenkrankheit zugezogen? Er wälzte die Fachliteratur, doch jedes Werk führte andere Symptome und andere Heilmethoden an. Alle indes kamen zu demselben Schluss: Über kurz oder lang endete die Syphilis tödlich.
Als nach ein paar Wochen das Geschwür wieder abheilte, war Carlos unendlich erleichtert. Es war wohl doch nicht die Fran-

zosenkrankheit gewesen. Er würde sich weiter vergnügen können – und jetzt mehr denn je zuvor. Der Schreck war ihm derart in die Glieder gefahren, dass er befand, das Leben sei zu kurz, um es mit Keuschheit und fleißigem Studieren zu vergeuden. Er wollte Spaß haben!
Da die Bordellbesuche ihm allmählich zu kostspielig wurden, dachte er sogar ernsthaft darüber nach, sich eine Ehefrau zu suchen. Er hätte dann immer eine Frau zur Verfügung, und das ganz umsonst. Wenn sie noch eine schöne Mitgift mitbrächte – umso besser. Interessierte junge Damen aus gutem Haus gab es jedenfalls zuhauf. Und seine Eltern würden eine Eheschließung ebenfalls gutheißen. Ja, dachte Carlos, eigentlich wäre jetzt ein trefflicher Zeitpunkt, um nach außen hin auf den Pfad der Tugend zurückzukehren und in Wahrheit nur noch hemmungsloser saufen, spielen und huren zu können. Denn was hatte eine Ehefrau schon zu sagen? Sobald er ihr ein Kind gemacht hätte, wäre sie ohnehin vollauf mit ihrem Muttersein beschäftigt.
Er überlegte, welcher jungen Frau er den Hof machen sollte, um seine Eltern möglichst bald mit der frohen Kunde überraschen zu können. Die dickliche Florinda? Nein, sie war zwar reich, aber leider auch unansehnlich. Vielleicht die kokette Isabelinha? Warum nicht? Sie war ganz niedlich. Ihre Eltern waren zwar nicht ganz so reich, aber wohlhabend genug, um ihrer einzigen Tochter eine ordentliche Mitgift zu geben. Und er würde gute Chancen bei ihr haben. Sie machte ihm schon länger schöne Augen. Leider waren Isabelinhas Eltern furchtbare Moralapostel – wenn sie Wind von seinem Lebenswandel bekamen, würden sie ihn als Schwiegersohn ablehnen.
Vielleicht, rechnete Carlos sich aus, würde es sich bezahlt machen, wenn er mal ein paar Tage weniger trank. Er sähe dann sogleich viel gesünder aus und würde den Leuten erhobenen

Hauptes gegenübertreten können, wenn er darum bat, Isabelinha seine Aufwartung machen zu dürfen. Diese verfluchten Konventionen! Man musste sich in solchen Dingen immer sehr viel Zeit lassen, Zeit, in der man sich zu benehmen hatte und sich nicht gehenlassen durfte. Er musste die Eltern für sich einnehmen, musste dem Mädchen den Kopf verdrehen, musste unzählige Male unter Beobachtung mit Isabelinha im Salon hocken und Gedicht- oder Gesangsvorträgen lauschen. Er würde sich zu Tode langweilen, bevor auch nur daran zu denken war, um die Hand der jungen Frau anzuhalten. Danach würden viele Wochen vergehen, bevor man eine Verlobung anberaumt hätte, danach wiederum hieße es monatelang warten, bis eine Vermählung stattfinden konnte. Himmelherrgott! Das dauerte alles viel zu lange! Wenn er heute anfinge, seinen Plan in die Tat umzusetzen, konnte er frühestens in einem Jahr mit der Mitgift sowie mit den Freuden des Ehelebens rechnen. Das war entschieden zu aufwendig. Das würde er niemals durchstehen. Nein, er musste sich etwas anderes überlegen, wie er in den Genuss regelmäßiger fleischlicher Freuden und zu Geld käme. Er brauchte ein Glas Wein. Oder mehrere Gläser. Dann würde er besser über dieses Dilemma nachdenken können.

Sein jüngerer Bruder Manuel brütete währenddessen auf der elterlichen Fazenda über schwer entzifferbaren Zahlenkolonnen. Es war nicht hinzunehmen, dass sie durch die Flucht zweier Sklaven erhebliche Einbußen zu verzeichnen hatten. Nicht nur der verlorene Wert der menschlichen Handelsware – und zwei junge, gesunde, kräftige Schwarze waren ein kleines Vermögen wert – schlug sich negativ in der Bilanz nieder, sondern auch die fehlende Arbeitskraft. Einen Mann wie Zé, der als Schnitter so viel Zuckerrohr erntete wie kaum ein anderer, konnte man nicht ohne weiteres entbehren, und eine perfekt ausgebildete Haussklavin wie Lua ebenso wenig. Es kostete Jahre, bis man die Schwarzen so weit erzogen hatte, dass sie alle Aufgaben zur vollen Zufriedenheit ihrer Senhores erledigten. Und man merkte ihrem Haushalt auch gleich an, dass die tüchtigste Kraft fehlte. Natürlich mangelte es ihnen nicht an Essen, und natürlich wurde die Casa Grande weiterhin perfekt in Schuss gehalten – Sklaven hatten sie ja genug. Doch zahlreiche kleinere Ärgernisse der jüngeren Zeit waren eindeutig darauf zurückzuführen, dass Lua fehlte.

So ließ der eingebildete Lulu zum Beispiel immer die Blumen in den Vasen, bis sie ganz welk und braun waren. Lua hatte stets dafür gesorgt, dass kein einziges schlaffes Blatt oder gar vertrocknete Blüten ihre Augen beleidigten, indem sie rechtzeitig neue Blumen in den Gefäßen arrangiert hatte. Und Fernanda war beim Servieren des Essens nicht halb so geschickt und unsichtbar wie Lua. Man sah, hörte und roch Fernanda, wenn sie die Speisen auftrug, ein unverzeihliches Manko, wenn es nach Dona Ines ging. Die nämlich regte sich furchtbar auf, obwohl Fernandas mangelnde Grazie ja hinlänglich bekannt war. Neuerdings schienen Dona Ines die Servietten nie akkurat genug gefaltet, das Silber nie blank genug geputzt, die Weingläser nie korrekt angeordnet zu sein. Kurz: Luas Abwesenheit sorgte für schlechte Stimmung – unter den Schwarzen genauso wie unter den Weißen.

Manuel wurde den vagen Verdacht nicht los, dass Imaculada irgendetwas mit Zés und auch mit Luas Flucht zu tun hatte. Nur weil sie alt war, bedeutete das doch nicht, dass sie unschuldig war. Er verstand nicht, warum niemand auf ihn hörte, ja, man seinen Verdacht sogar als lächerlich und unbegründet abtat. Was schadete es schon, die Alte einmal zu verhören? Wenn sie nichts mit alldem zu schaffen hatte, umso besser für sie. Wenn doch, dann lieferte sie vielleicht wertvolle Hinweise über den Verbleib der beiden Flüchtigen. In jedem Fall konnte es nicht schaden, sich Imaculada einmal vorzunehmen. Und um sich nicht weiter der Lächerlichkeit preiszugeben, würde er dies selbst in die Hand nehmen.

Er wartete ab, bis sein Vater außer Haus war und seine Mutter ihre Siesta hielt. Auf Eulália brauchte er nun, da sie fort war, ja nicht mehr zu achten – es waren Momente wie dieser, da er froh über ihre Hochzeit war, meistens jedoch vermisste er seine Schwester und ihre divenhaften Allüren mehr, als er es für möglich gehalten hätte. Er schlenderte betont lässig über den Hof zur Senzala. Alles war ruhig. In der Mittagshitze hielten sich nur die Kinder freiwillig draußen auf, und selbst die schienen keine rechte Energie zum Toben mehr zu besitzen. Eine Gruppe alter Sklaven hockte träge im Schatten des überstehenden Dachs der Senzala. Ein Greis war auf seinem Schemel, mit dem Rücken an die Wand gelehnt, eingenickt. Ein Speichelfaden lief ihm aus dem halboffenen, zahnlosen Mund. Zwei andere Männer spielten ein Würfelspiel, eine alte Frau häkelte und führte dabei leise Selbstgespräche. Nur Imaculada war nirgends zu sehen. Ob sie im Innern der Sklavenunterkunft war und ein Nickerchen hielt?

Manuel beschloss, die alte Frau zu fragen, bevor er in die Senzala ging und diejenigen, die sich vielleicht darin befanden, erschreckte. »Sag mal, Tia Joaninha, hast du Imaculada irgendwo gesehen?«

»Nein, Sinhô Manuel, mit der habe ich nichts zu schaffen.«

»Ist sie drinnen?«, fragte er weiter. Dass die Schwarzen nie eine Frage richtig beantworten konnten, sondern immer erst einmal ihre Unschuld beteuern mussten, auch wenn diese nie angezweifelt worden war, ärgerte ihn.

»Nein, Sinhô Manuel, da drin ist sie bestimmt nicht. Sie ist rastlos, immer auf den Beinen, bestimmt läuft sie wieder durch den Obstgarten.«

»Na schön, danke. Dann sehe ich dort mal nach.«
Manuel ging gemächlich weiter in die angegebene Richtung. In der unbarmherzigen Sonne des frühen Nachmittags nahm er viele Dinge plötzlich in einer ungeahnten Schärfe wahr: die rissigen Stützbalken der Senzala, den rostigen Zaun, der den Hühnerpferch umspannte, die von Vögeln angepickten Cajús, die auf der Erde vor sich hin rotteten. Warum kam ihm hier plötzlich alles ein wenig verwahrlost vor? War es immer schon so gewesen? Oder war seine Wahrnehmung irgendwie in Mitleidenschaft gezogen worden von den unerfreulichen Vorgängen der letzten Wochen? Wie auch immer: Hier musste etwas getan werden, und zwar schleunigst. Schon morgen würde er ein paar Männer dazu abstellen, die Balken zu schleifen und neu zu ölen, einen neuen Zaun zu spannen und das Fallobst einzusammeln. Neben allen möglichen anderen Dingen, die ihm weiterhin auffallen mochten.
Hinter der Casa Grande entdeckte er Imaculada. Sie hockte mit angezogenen Beinen – die Knie fast auf Ohrenhöhe – an einem Baumstamm und pulte sich mit einem Stöckchen in den Zähnen. Erstaunlich, wie gelenkig die Alte noch war. Erstaunlich ebenfalls, wie gut ihre Zähne waren. Das war ihm bisher nie aufgefallen. Ob es etwas mit ihrer ungewöhnlichen Art der Zahnpflege zu tun hatte? Nun, danach würde er sie gewiss nicht fragen.
»Da bist du ja, Imaculada. Ich habe dich gesucht.«
»Sim, Sinhô, alte Imaculada sein da. Zu alt, um laufen weg.«
Wollte sie ihn auf den Arm nehmen? Jedenfalls bot sie ihm den perfekten Ansatz, um auf das eigentliche Thema einzugehen.
»Würdest du denn weglaufen wollen, wenn du jünger wärst?«
»Sim, Sinhô, junge Imaculada laufen wie Antilope. Aber jetzt alt, bald sterben.«

Manuel schüttelte den Kopf. Bei der Frau wusste man einfach nicht, ob sie schon ein bisschen verkalkt war oder ob sie sich nur dumm gab.
»Du siehst nicht gerade moribund aus, Imaculada.«
»Morimbundu! Doch sein morimbundu. Imaculada immer ehrlich!«
»Na, dann verrate mir doch mal, was du über die Flucht von Zé weißt. Und die von Lua.«
»Imaculada nix kennen junge Neger. Die Junge Angst haben vor Imaculada, gehen weit weg, wenn mich sehen.«
»Das stimmt ja so nicht ganz. Man hat dich mehrere Male in Gesellschaft von Lua gesehen. Was hattet ihr beiden denn so Wichtiges zu besprechen?«
»Die schön Hausklavin? Die wollen wissen Mittel gegen Frauenkrankheit.«
»Oh«, entfuhr es Manuel, und eine tiefe Röte legte sich über sein Gesicht.
Imaculada war kurz davor, in herzhaftes Gelächter auszubrechen. Morimbundu, ha! Frauenkrankheit! Die Leute reagierten immer gleich, wenn man entweder mit vermeintlich afrikanischen Wörtern um sich warf oder aber Frauenleiden ansprach. Bei dem einen war es der Aberglaube, bei dem anderen die Verklemmtheit der Weißen, die es ihnen unmöglich machte, weiter darüber zu reden. Den jungen Manuel hielt sie im Grunde für einen guten Jungen, der etwas weniger heuchlerisch als seine Artgenossen war. Dass er ebenfalls so verlegen reagierte, erstaunte sie allerdings.
»Und welche Frauenkrankheit war das? Konntest du ihr helfen? Warum ist sie nicht zu uns gekommen? Wir hätten den Doktor nach ihr sehen lassen.« Manuel hatte sich schnell wieder gefangen. Und er würde sich nicht mit so fadenscheinigen Erklärungen abspeisen lassen.

Imaculada bekam einen tüchtigen Schrecken. Das hätte sie nicht erwartet, dass der Jungspund so ungeniert weiterfragte. Alle Achtung, der Bursche hatte mehr Grips als der Rest seiner Familie zusammengenommen. »Viel Blut, viel Schwindel«, log sie munter weiter. Er würde ihr ja doch nie das Gegenteil beweisen können. »Imaculada kennen alte afrikanische Geheimrezept.«
»Du weißt doch, dass ihr euren afrikanischen Hokuspokus hier nicht ausüben dürft.«
»Nix Hokuspokus! Sein Medizin, besser als junge Sinhô Carlos!«
Hier nun brach Manuel in lautes Lachen aus. Die Alte hatte Mumm, das musste man ihr lassen. Ihm unverblümt ins Gesicht zu sagen, dass sie seinen Bruder für einen schlechten Arzt beziehungsweise Medizinstudenten hielt, war eine Dreistigkeit sondergleichen – und leider allzu wahr. Dennoch durfte er sich von seiner erwachenden Sympathie für die Alte nicht vom Wesentlichen ablenken lassen.
»Also, liebe Imaculada. Weil du alt bist, brauchst du vielleicht etwas mehr Zeit zum Nachdenken. Morgen um dieselbe Zeit erwarte ich eine Antwort auf die Frage, wie Zé und Lua die Flucht glücken konnte. Und wehe, ich bekomme von dir Senilität vorgespielt!«
»Ja, morgen alte Imaculada erinnern bestimmt. Schnell wie Antilope!«, gab sie zurück.
Doch trotz ihrer Lust am Veralbern beschlich sie ein ungutes Gefühl. War man ihr auf die Schliche gekommen?

32

Lua fragte sich, warum ihr die Hütte in dieser Nacht so viel wohnlicher erschien. Gestern hatte sie die schlichte Wohnstatt noch für schäbig gehalten. War es, weil sie sich heute ausgeruhter fühlte? Weil sie begann, sich an die merkwürdigen Umstände zu gewöhnen? Oder weil der Genuss des Zuckerrohrschnapses sie optimistischer gestimmt hatte? Ach, es konnte ihr ja gleichgültig sein. Hauptsache war doch, dass die Glut zwischen ihr und Zé wieder entfacht war und dass sie nun ihre gemeinsame Hütte betraten, verfolgt von den Blicken der anderen fünf.

Lua war gelassen und aufgeregt zugleich. Konnte das sein? Einerseits schmiegte sie sich mit schlafwandlerischer Selbstverständlichkeit an Zé, als sei sie schon seit Jahren seine Frau, die mit ihm das Lager teilte. Andererseits verspürte sie ein Prickeln an ihrem ganzen Körper angesichts dessen, was nun folgen würde. Und es würde folgen, daran hegte Lua keinerlei Zweifel. Sie freute sich darauf – und fürchtete es zugleich. Wieder diese zwiespältigen Gefühle: Während ihr Körper sich genau an die Sinnlichkeit erinnerte, die Zé in ihr geweckt hatte, hielt sich ihr Verstand noch bei der Entfremdung zwischen ihnen auf, die sie bei ihrer Flucht hierher empfunden hatte.

Zum Glück war Zé souverän und zärtlich genug, sie diese Verwirrung vergessen zu lassen. Als der Strohvorhang, der die Tür bildete, hinter ihnen herabfiel, nahm er Lua in die Arme, hauchte zahllose Küsse auf ihren Kopf und drückte sie fest an sich. Lua vergaß ihre Zweifel und Beklemmungen. Sie kam

ihm entgegen, indem sie die Arme um seine Taille legte, seinen Rücken streichelte und seinen Hals nun ihrerseits mit kleinen Küssen bedeckte – höher reichte sie nicht, solange er sich nicht zu ihr hinabbeugte. So standen sie eine Weile mitten in der Hütte. Lua fragte sich schon, wann Zé sie wohl zum Bett führen würde, als er plötzlich mit rauher Stimme flüsterte: »Willst du meine Frau werden, Lua? Hier und jetzt, vor Gott und vor sonst niemandem?«
Lua ernüchterte schlagartig. War das ein Heiratsantrag gewesen? Was fiel Zé nur ein? Wollte er ihr nur als Ehemann beiwohnen? Aber diese Skrupel hatte er bei ihrer ersten Begegnung doch auch nicht gehabt. Was sollte das? Es ehrte ihn ja irgendwie – doch es zerstörte auch die Stimmung, die gerade noch zwischen ihnen geherrscht hatte. Sie hätte sich ihm mit Freuden hingegeben. Aber ihm das Jawort geben? Das war eine Entscheidung, die man nicht aus einer leidenschaftlichen Laune heraus traf.
»Zé …«, stöhnte sie auf. »Ich will dich. Aber muss ich genau jetzt entscheiden, ob ich dich auch heiraten will?«
Es war die falsche Antwort gewesen. Zé versteifte sich und rückte von ihr ab. In der Dunkelheit konnte sie seinen Gesichtsausdruck schwer erkennen, doch es wollte ihr scheinen, als sei ein bitterer Zug um seinen Mund.
»Bin ich dir nicht gut genug, ist es das? Als vornehme Haussklavin willst du bestimmt keinen einfachen Feldneger, wie?«
»Zé, hör auf damit.«
»Und Liberdade ist dir wohl auch nicht fein genug.«
»Bitte, Zé …«
»Ich hätte es wissen müssen. Du hast dich ja schon immer für etwas Besseres gehalten.«
»Zé!« Lua war entsetzt. Wie hatte Zés Stimmung nur so schnell umschlagen können? Im einen Moment war er noch zärtlich

und liebevoll gewesen, hatte in seinen Tanz mit ihr die Verheißung unglaublicher Freuden gelegt und war sogar so weit gegangen, sie zur Ehefrau zu wollen. Im nächsten war er feindselig und aggressiv. War das auch auf die Wirkung des Cachaças zurückzuführen? Wenn dem so war, dann verstand sie endlich all die Frauen, die den Alkoholkonsum ihrer Männer missbilligten. Es war abscheulich. Er machte ihr Angst.
»Ze!«, rief er jetzt höhnisch. »Zé ist der Name eines Gefangenen – nichtssagend und austauschbar. Mein wahrer Name, der, den meine Eltern für mich gewählt haben, ist Mbómbo. Merk dir das, Lua. Ich bin kein Sklave mehr. Ich bin ein Rebell und Vorstand eines Quilombos.«
Ganz plötzlich, aus einem Impuls heraus, den sie selbst nicht ganz verstand, holte sie aus und verpasste Zé eine schallende Ohrfeige.
Die nachfolgende Stille ließ Lua frösteln, obwohl die Luft warm war. Die Wut, die Zé verströmte, war beinahe mit Händen greifbar. Wenn sie geglaubt hatte, Zé mit ihrer Ohrfeige wieder zur Vernunft zu bringen, so hatte sie sich getäuscht.
Angriffslustig kam er immer näher auf sie zu. Dann ergriff er sie plötzlich, hob sie hoch und warf sie auf seine Schlafmatte. Ihr blieb keine Zeit mehr fortzulaufen oder auch nur, sich wegzurollen. In Windeseile war er über ihr. Er riss ihr Kleid hoch, zwang ihre Beine auseinander und machte sich mit den Fingern an ihrer intimsten Stelle zu schaffen. Lua versteifte sich. Es gelang ihr gerade noch, »nein« zu schluchzen. Aber ihr Flehen verklang ungehört. Zé stieß die Finger in sie hinein, so lange, bis er sie genügend geweitet zu haben glaubte, dass er nun sein Geschlecht in sie einführen konnte. Aber sie war alles andere als offen für ihn. Gewaltsam zwang er sein großes Glied in ihre schmale, trockene Öffnung, und während sie weiter still weinte, grunzte er vor Lust.

Es tat nicht lange weh. Nach einer Weile, die sie regungslos dagelegen und die Schmach über sich hatte ergehen lassen, ließ der Schmerz nach. Lua hasste ihren Körper dafür, dass er sie verriet. Wie konnte ihr Leib zulassen, was ihr Kopf noch immer nicht verstehen konnte? Zés Stöße wurden immer schneller und heftiger. Er keuchte und schwitzte und befand sich in einer Art Trance, in der er nur noch aus Leidenschaft zu bestehen schien. Dann bäumte er sich auf und stöhnte tief. Ein Zittern durchlief seinen Körper, oder eher ein Beben, bevor sie seinen heißen Samen in sich hineinströmen fühlte. All das registrierte Lua in einem Zustand der Starre, in dem ihr Körper dennoch glühte und ein beunruhigendes, lustvolles Pulsieren durch ihren Unterleib ging. Sie verachtete sich selbst mehr als Zé. Und sie schämte sich fast zu Tode.

Nachdem Zé auf ihr zusammengesackt war, ohne indes sein Geschlecht aus ihr zurückzuziehen, bedeckte er ihren Hals mit Küssen und murmelte zärtliche Worte. Lua glaubte, nicht richtig zu hören, als er leise in ihren Busen raunte, wie sehr er sie liebte, wie sehr er sie begehrte, wie sehr er sie zu seiner Frau wollte, wie sehr er auf diesen Moment der Vereinigung gewartet hätte, wie schwer es ihm gefallen sei, sich während der vergangenen Wochen zurückzuhalten.

Liebe? Wenn es das war, was er unter Liebe verstand, dann wollte sie keineswegs von ihm geliebt werden! Sie merkte, dass noch immer Tränen an ihren Wangen hinabliefen, und plötzlich wollte sie, dass Zé ihr Weinen nicht bemerkte. Sie wollte so schnell wie möglich fort von hier, und sie wollte nicht erniedrigt gehen, sondern stolz.

»Bist du fertig?«, sagte sie kühl und mit dem letzten Rest an Selbstachtung, der ihr geblieben war. »Dann gehe ich jetzt.«
Sie rappelte sich auf, rollte ihr Kleid herunter und schickte sich an, die Hütte zu verlassen.

»Warte!«, rief Zé in dringlichem Ton. »Lua, bitte, warte doch. Es tut mir leid. Ich wollte dir nicht weh tun.«
»Du hast mir nicht weh getan«, brachte sie ohne ein Zittern in der Stimme hervor. Dann schlüpfte sie eilig durch die Türöffnung und rannte fort.
Lua hatte nicht darüber nachgedacht, wohin sie sich retten konnte. Unwillkürlich lief sie zum Fluss, in dem sie ihre Tränen und ihren besudelten Leib abwaschen konnte. Doch im Dunkeln war sie hier nie gewesen, und erst als sie am Ufer ankam, ging ihr auf, dass es vielleicht ein gefährliches Unterfangen war, ohne Begleitung ins Wasser zu gehen. Sie tat es dennoch. Viel scheußlicher als das, was sie eben erlebt hatte, konnte auch ein Angriff von einem Krokodil nicht sein. Bei der Erinnerung stiegen neue Tränen in ihr auf. Der Mann, den sie liebte, hatte sie gegen ihren Willen genommen!
Oder trug sie eine Mitschuld? Hatte sie sich nicht noch Minuten vor Zés Überfall nach der Vereinigung mit ihm gesehnt und ihm dies auch deutlich gezeigt? Und war nicht sie es gewesen, die als Erste zu körperlicher Gewalt gegriffen hatte, als sie ihm die Ohrfeige gab? Und hatte nicht schließlich ihr Körper mit Lust und offensichtlichem Vergnügen auf Zés Grobheiten reagiert? Wie sollte er ahnen, dass sie mit dem Herzen etwas ganz anderes wollte? Ach, sie wusste nicht mehr, was sie denken sollte.
Sie stieg aus dem Fluss, streifte ihr Kleid über und ging zu der Stelle, an der sie nachmittags die Wäsche zum Trocknen aufgehängt hatte. Sie betastete die Wäschestücke und stellte erleichtert fest, dass sie schon getrocknet waren. Dann nahm sie sich ein großes Laken von der Leine und ging damit zu der Feuerstelle. Dort wickelte sie sich von Kopf bis Fuß in das Laken, legte sich hin und zog einen Zipfel des Tuchs über ihr Gesicht, um es vor Ungeziefer und Mücken zu schützen. Sie fiel augenblicklich in einen tiefen, traumlosen Schlaf.

Es war Marilu, die als Erste erwachte und Lua dort an der Feuerstelle fand, zusammengerollt auf der Erde liegend und in ein Laken gehüllt, das sie als ihr eigenes identifizierte. Sie weckte Lua durch einen sanften Fußtritt in die Seite.

»Wach auf. Oder willst du, dass die anderen dich so hier sehen?«

Lua schrak auf und brauchte einen Moment, ehe ihr einfiel, wo sie sich befand und was letzte Nacht geschehen war. Sie schälte sich aus dem Laken und stand auf. »Ich …«

»Du brauchst es mir nicht zu erzählen, wenn du nicht willst. Aber meistens hilft es, wenn man es loswird.«

Sofort begann Lua zu weinen. Die verständnisvolle Art Marilus war mehr, als sie ertragen konnte. Lieber hätte sie jetzt auf das Gepöbel von Bebel reagiert, sich über das Gestammel ihres Bruders lustig gemacht oder sogar Zé mit Gemeinheiten bedacht. Alles, alles wäre ihr jetzt willkommener gewesen als Mitleid und Verständnis!

Sie wandte sich von Marilu ab und lief an den Fluss, um sich das Gesicht zu waschen und zu kühlen. Sie wollte nicht, dass die anderen sie heulen sahen. Als sie sich wieder gefangen hatte, ging sie zurück, hockte sich ans Feuer und streckte die Hand nach dem Holzlöffel aus, den Marilu ihr wortlos überließ. Die Ältere verstand Luas Wunsch nach Beschäftigung und ließ sie den Brei rühren, den sie aufgesetzt hatte. Schon bald würden die anderen aufstehen und nach Frühstück verlangen.

Kurz darauf kamen sie einer nach dem anderen aus ihren Hütten, noch müde und verkatert. Mehr als ein mürrisches »Morgen« ließ keiner von sich hören, und schweigend löffelten sie ihren Brei.

»Wo steckt denn unser Bonbon?«, fragte Bebel und sah Lua an. Die zuckte nur mit den Achseln. »Schläft wohl noch seinen Rausch aus.«

»Geh ihn doch mal wecken. Wir anderen haben uns ja auch aus dem Bett gequält.«

»Weck ihn doch selber.« Lua fand den herrischen Ton Bebels unerträglich, und sie sah nicht ein, sich von der vulgären Frau zur Dienstmagd degradieren zu lassen, die man nach Belieben herumkommandieren konnte.

»Du Biest«, fauchte die andere. »Wie redest du mit mir?«

»Und wie glaubst du, mit mir umspringen zu können? Hältst du dich für eine Sklaventreiberin oder was? Ha, da bist du ja hier genau am richtigen Ort.«

»Wenn dir Liberdade nicht gefällt, kannst du ja wieder gehen, zurück in deine schöne Casa Grande. Ich sehe dich schon vor mir in deinem gestärkten Häubchen und den schönen weißen Unterröcken, unter die sich der Senhor gelegentlich verirrt.«

Die anderen hatten diesem Wortwechsel gespannt gelauscht, sich bisher aber nicht eingemischt. Doch bei Bebels letzter Bemerkung sprang ihr Bruder, Caca, erzürnt auf. »So dddarfst ddu nicht mit Llllua reden!«

»Danke, Caca«, sagte Lua herablassend lächelnd. Dass ausgerechnet der arme behinderte Kerl zu ihrer Ehrenrettung einsprang, fand sie rührend.

»Ach, die ist doch nur neidisch, weil unter ihre groben Leinenröcke nie ein schmucker Senhor wollte, sondern nur der stinkende Aufseher«, bemerkte João grinsend.

Lua fand diese Bemerkung ebenso geschmacklos wie zuvor die von Bebel, aber hier schien sich keiner an solchen Äußerungen zu stören. Sie waren, so befand Lua wieder einmal, eben ein Haufen Feldneger, vulgär, dumm und gemein.

»Was ist nur mit euch allen los?«, schrie Bebel. »Kaum taucht so ein verwöhntes Ding auf, so ein zartes Püppchen, da dreht ihr Männer alle durch und vergesst, wem ihr zu Dank verpflichtet seid.« Sie war außer sich vor Wut, und wenn Lua nicht

selbst so verärgert gewesen wäre, hätte sie die andere sogar verstanden. Es war nicht freundlich von den Männern, so unverhohlen ihre, Luas, Partei zu ergreifen, zumal sie sie ja kaum kannten.
»Dann gehe *ich* jetzt eben Zé wecken«, grummelte Luizinho, als sei das der eigentliche Grund für die Auseinandersetzung gewesen.
Wenig später kam er zurück: »Der ist gar nicht da. Was hast'n mit dem gemacht, Mädchen?«, wandte er sich an Lua.
»Nicht annähernd das, was er verdient hätte«, fauchte sie ihm zu.
»Klang aber ganz anders heute Nacht«, sagte João.
Lua war äußerst verlegen, beherrschte sich aber und erwiderte kalt: »Wenn du schon lauschst, dann solltest du wenigstens so viel Anstand besitzen, nicht auch noch vor allen anderen damit anzugeben. Lauscher sind widerlich.«
»An die Arbeit, Leute«, scheuchte Marilu sie alle auf. »Zé ist sicher längst draußen bei der Jagd.« Wenn die Unterhaltung weiter in dieser Richtung verlief, würde es bald zu einer Schlägerei kommen. »Und du, Lua, kümmerst dich um die Wäsche. Da gibt es jede Menge auszubessern. Und Nähen und Sticken kannst du ja, oder?«
Lua war erneut dankbar für das Einschreiten und die sanfte Führung Marilus. Ohne diese Frau wäre die ganze verlauste Bande hier draußen verloren gewesen.
Doch am Abend setzte sich der Streit fort, und auch in den folgenden Tagen wurde es nicht besser. Eher verschlimmerte sich die ohnehin schon angespannte Lage noch. Jeder keifte jeden an, jeder fand am anderen etwas auszusetzen, und die kleinste Unzulänglichkeit wurde mit bösen Bemerkungen quittiert. Den Frauen passte es nicht, was die Männer an magerer Beute heimbrachten, den Männern schmeckte die einfache

Kost plötzlich nicht mehr, und selbst Cacas Erfindungen wurden auf einmal ins Lächerliche gezogen. Vor allem aber waren Zé und Lua die bevorzugten Ziele der Aggressionen. Was Zé denn für ein untauglicher Anführer sei, der eine solche Frau mit hierherbrachte und damit für Unfrieden sorgte? Und was eine wie Lua denn hier verloren hätte, eine eingebildete Ziege, die außer Sticken und Nähen keine Arbeit wirklich gut erledigte?

Lua war erschrockener über diese Anfeindungen, als sie es sich nach außen hin anmerken ließ. Sie fühlte sich schuldig. Sie hatte den Frieden in Liberdade zerstört, wenn auch unwillentlich. Und sie hatte das üble Gefühl, dass man ihr diesen Fehler noch sehr lange nachtragen würde. Sie würde nie von den anderen als eine der Ihren akzeptiert werden, und im Grunde wollte sie es nicht einmal. Sie verabscheute diesen Ort und diese Leute. Und der einzige Grund für sie, hier zu sein, nämlich Zé, hielt sich ostentativ fern von ihr, was ihr ebenfalls entgegenkam. Sie wollte mit dem Kerl nichts mehr zu schaffen haben seit jener unsäglichen Nacht.

Dennoch konnte sie sich seiner Anziehungskraft nicht ganz entziehen. Zé hatte tagelang zerknirscht gewirkt, und er hatte sie in einem der seltenen Momente, in denen sie ausnahmsweise mit ihm unter vier Augen war, um Verzeihung angefleht. Er hatte ihr kleine Geschenke gemacht und alles in seiner Macht Stehende getan, um sie zu besänftigen. Und beinahe wäre es ihm sogar gelungen, denn Lua wäre froh gewesen, wenigstens wieder eine Menschenseele auf ihrer Seite zu wissen. Aber sie gab sich unversöhnlich. Seinen furchtbaren Fehltritt konnte er nicht rückgängig machen.

Wenn Lua anfangs noch geglaubt hatte, sie könne sich irgendwann einmal mit Liberdade und seinen Bewohnern anfreunden, so schwand diese Hoffnung nun zusehends. Es wurde nicht besser, sondern mit jedem Tag unerträglicher. Auch die Tatsache, dass sie Zé weiterhin so attraktiv fand, störte sie. Sie *wollte* ihn nicht lieben!

Als dann eines Tages Caca zu ihr kam, um ihr stotternd seine Liebe zu gestehen, brachte er damit das Fass zum Überlaufen. Zwar hatte sie inzwischen begriffen, dass Caca durchaus nicht schwachsinnig war, sondern nur mit dem Sprechen Schwierigkeiten hatte, aber das hatte an ihren Gefühlen für ihn wenig geändert. Die Vorstellung, künftig den schmachtenden Blicken Cacas ausgeliefert zu sein, und zwar tagtäglich, war ihr ein Graus – und die, den armen Kerl leiden zu sehen, ebenfalls. Sie brachte wirklich nur Unglück über dieses elende Dorf! Es wäre für alle das Beste, wenn sie wieder fortginge.

Zwei Tage später machte Lua sich auf den Weg. Sie hatte sich nur von Marilu verabschiedet, denn die Männer waren bei der Jagd, und mit Bebel sprach sie kein Wort mehr. Marilu hatte ihr Lebensmittel und das Nötigste für die Wanderung eingepackt und ihr viel Glück gewünscht. Sonst nichts. Es gab kein großes Abschiedsgetue, und es gab keine Tränen. Da brauchten sie einander nichts vorzumachen: Die Erleichterung, dass Lua fortging, war auf beiden Seiten groß.

33

Eulália tat etwas, was sie nie zuvor getan hatte, etwas, das sie auf ewig als Verrückte brandmarken würde, wenn es denn je herauskäme: Sie ging am Strand spazieren. Und zwar barfuß und mit geschürztem Rock. Es war herrlich! Es herrschte Ebbe, und das Wasser hatte sich so weit zurückgezogen, dass am Strand kleine Becken innerhalb der freigelegten Felsformationen entstanden. Diese Becken waren so seicht, dass man nicht nur bis auf den sandigen Grund sehen, sondern auch ruhigen Gewissens bis zu den Knien darin stehen konnte. Die Wellen brachen sich an dem Riff, das weit entfernt war, und die wild aufschäumende Gischt in der Ferne bildete einen schönen Kontrast zu dem friedlichen Idyll in unmittelbarer Strandnähe.

Einzig der Weg in die Naturbecken war ein wenig beschwerlich, musste man doch über die zum Teil sehr glitschigen und mancherorts scharfkantigen Felsen klettern. Aber Eulália hatte eine gute Stelle gefunden, an der sie ohne Schwierigkeiten ins Wasser gelangen konnte. Sie hob ihren Rock noch ein wenig weiter an und stakste dann vorsichtig in eines der Bassins. Ah, es war wundervoll! Das Wasser war erfrischend, aber nicht kalt, und der Sand quoll wohltuend zwischen ihren Zehen hervor. Zahllose Krebse liefen über die Felsen, und im Wasser tummelten sich schillernd bunte Fische, die neugierig um Eulálias Beine herumschwammen.

Die Aussicht war ebenfalls ungewohnt. Den palmengesäumten Sandstreifen hatte sie erst zweimal vom Wasser aus gesehen, beide Male von Booten aus, die allerdings viel weiter von der Küste entfernt gewesen waren. Ein Stück türkisfarbenen Wassers zwischen sich und dem Sand zu sehen war ein ästhetischer Hochgenuss.

Eulálias Tränen versiegten schnell angesichts der grandiosen Schönheit der Natur, ihrer unbändigen Kraft und der tröstlichen Gewissheit, dass all ihre Sorgen vor dieser Kulisse winzig und unbedeutend waren. Noch in 100, ja in 1000 Jahren würden die Palmen sich in der warmen Brise wiegen, würden die Wellen auf das Riff prallen und Krebse über den Strand laufen. Was war dagegen schon ihr eigenes armseliges Leben wert? Im besten Falle würden ihre Kinder und Enkel sich gern an sie erinnern, würden ihren Grabstein regelmäßig von Moos befreien und ein Porträt von ihr im Salon aufhängen. Eines Tages stünden ihre Ururenkel vielleicht staunend davor und würden fragen: Wer war denn diese merkwürdig gekleidete Frau mit dem traurigen Gesichtsausdruck?

Bei diesem Gedanken stiegen Eulália wieder die Tränen hoch. Warum hatte man sie so schamlos belogen? Warum wurden alle jungen Frauen so gemein hintergangen? Man erzog sie in dem Glauben, dass es das höchste Glück sei, sich zu verheiraten, einen eigenen Hausstand zu haben, Kinder zu bekommen. Aber wer sprach schon jemals davon, wie es war, wenn man vom Ehemann vernachlässigt wurde, wenn die Schwiegereltern einen nicht ernst nahmen und wenn man in einem fremden Haus lebte, in dem man nichts zu sagen hatte? Niemand! Keiner sprach die Wahrheit aus. Alle hielten weiter an der Mär von der erfüllenden Erfahrung der Ehe und Mutterschaft fest.

Und was, wenn man nun keine Kinder bekommen konnte? Das nämlich, so befürchtete Eulália, war bei ihr der Fall. Sie war immerhin schon drei Monate verheiratet, und da hätte längst etwas passieren müssen. Laut ihrer Schwiegermutter war sie eine Art Missgeburt, weil sie nicht empfing. »Also, bei mir hat es keine drei Tage gedauert«, prahlte Dona Filomena. »Mit dir stimmt etwas nicht, Eulália. Vielleicht solltest du einmal einen Arzt aufsuchen.«

Wenigstens konnte Eulália rechnen, und sie kam zu dem Schluss, dass Dona Filomenas schnelle Empfängnis mit anschließendem Siebenmonatskind bestimmt nicht hinterfragt werden durfte. Ein großer Trost war dies nicht.

Auch Rui Alberto fand nach einer Weile, dass mit Eulália etwas nicht stimmte. »Du liegst bei mir wie ein toter Fisch. Das ist nicht normal.« Ja, aber wie sollte sie denn sonst bei ihm liegen? Wie ein lebendiger Fisch etwa? Sie hatte keine Ahnung, was sie falsch machte, und der einzige Mensch, der es ihr hätte sagen können, nämlich ihr Mann, speiste sie mit beleidigenden Antworten ab. »Wenn du das nicht selbst weißt, ist dir wirklich nicht mehr zu helfen.« Wahrscheinlich, dachte Eulália, lag es an ihren Fehlern im Bett, dass es mit dem Nachwuchs nicht klappte.

Sogar ihr Schwiegervater fing allmählich an, ihr ihre vermeintlichen Unzulänglichkeiten vorzuwerfen. Immer öfter hatten Mutter und Sohn bei Tisch an Eulália herumgemäkelt, so dass diese negative Einstellung ihr gegenüber nun auch auf Dom Afonso abzufärben begann. Dona Filomena und Rui Alberto scheuten nicht einmal davor zurück, Unwahrheiten zu verbreiten, wie etwa die, Eulália ginge verschwenderisch mit Lebensmitteln um. »Du solltest besser darauf achten, was die Neger zu essen bekommen. Zu viel Fleisch macht sie nur fett und faul«, warf Dom Afonso ihr eines Tages vor, in zwar mildem, aber unverkennbar tadelndem Ton. Dass sie nicht den geringsten Einfluss auf den Speiseplan der Sklaven hatte, verhallte ungehört.

Es war alles so ungerecht! Was hatte sie sich zuschulden kommen lassen, um so schlecht behandelt zu werden? Und wie sollte sie sich jemals aus dieser Falle befreien? Denn dass sie diese seelischen Misshandlungen noch jahrzehntelang ertragen sollte, war undenkbar.

Wie schön musste es sein, frei zu sein – frei, die eigenen Entscheidungen zu treffen, frei von jeglicher Bevormundung durch Eltern, Ehemann oder Schwiegereltern. Sie war doch in Wahrheit viel unfreier als die Sklaven, denn die konnten sich ihre Freiheit wenigstens kaufen. Sie konnte nichts dergleichen tun. Und zu fliehen hatte auch keinen Sinn. Ganz gleich, wohin sie gehen würde – als junger Frau, die unbeaufsichtigt von Eltern, Ehemann oder wenigstens einer alten Tante unterwegs war, erginge es ihr schlecht. Luas peinlicher Fluchtversuch zeugte davon.

Ach was, eigentlich wollte sie das ja auch gar nicht. Sie wünschte sich nur, ihr Mann würde sich ein bisschen mehr um sie kümmern, würde sie mehr verwöhnen und besser beschützen. Schön wäre es auch, endlich dem verhassten Três Marias zu entkommen, und sei es nur für ein paar Monate. Aber die Hochzeitsreise nach Europa war ins Wasser gefallen, weil das Schiff, mit dem sie hätten reisen sollen, auf Grund gelaufen war und kurzfristig keine Passage auf einem der anderen Segelschiffe mehr gebucht werden konnte. Eulália hatte den Verdacht, dass es auch niemand ernsthaft versucht hatte: Mit ein wenig Bestechungsgeld wäre sicher noch auf wundersame Art und Weise eine Kabine frei geworden.

Sie betrachtete ihre Unterschenkel und Füße im Wasser, die bleich und sonderbar verzerrt aussahen. Am liebsten hätte sie alle Kleidung von sich geworfen und ein Bad im Meer genommen, aber so weit reichte ihre Courage dann doch nicht. Es war ohnehin Zeit, wieder an den Strand zu waten. Die Sonne brannte von Minute zu Minute heißer auf sie herab. Sie trug zwar einen Strohhut, aber auch der warf nicht auf alle unbedeckten Hautstellen Schatten. Wenn Dona Filomena Sommersprossen auf Eulálias Handrücken entdeckte, wäre wieder eine Moralpredigt fällig, ganz zu schweigen von den schlimmen Vorwürfen, die ihrer harrten, wenn sie sich gar einen Sonnenbrand auf der Nase zuzog. Als sie wieder am Strand war, trottete Eulália daher unwillig unter den Palmen entlang. Der Sand war dort trocken und anstrengend zu begehen, aber noch länger auf dem festen, nassen Sand in Wassernähe zu laufen, getraute sie sich wegen der Sonne nicht.

Während der ganzen Zeit ihres kleinen Strandausflugs hatte Eulália keine Menschenseele gesehen, und plötzlich geisterten morbide Gedanken durch ihren Kopf. Was, wenn sie von einer herabfallenden Kokosnuss getroffen wurde? Was, wenn sie einen Hitzschlag erlitt und ohnmächtig niedersank? Würde man sie finden? Würden ihr Pflege und Mitleid zuteilwerden? Oder würde man sie nur mit weiteren Anschuldigungen quälen, ihr ihre Verantwortungslosigkeit vorwerfen oder ihre Gedankenlosigkeit?

Der Spaziergang artete zum Marsch aus. In dem weichen Sand kam Eulália nur sehr langsam voran, und schon nach einer kurzen Wegstrecke lief ihr der Schweiß in Strömen herunter. Herrje, dachte sie, was für eine blöde Idee war dieser gewagte Ausflug gewesen! Vergessen waren die herrlichen Momente im Meer, nun dachte sie nur noch an den Weg, der noch vor ihr lag, an die Anstrengung sowie an die Blicke der Bewohner von Três Marias, schwarzen wie weißen, wenn sie zerzaust, verschwitzt und erschöpft über den Hof lief. Es war nun nicht mehr ganz so früh, da herrschte reger Betrieb rund um die Casa Grande. Und ob sie es schaffen würde, rechtzeitig zum Frühstück zu erscheinen? Ihre Schwiegermutter war, was die gemeinsamen Mahlzeiten anging, sehr eigen.

Plötzlich riss ein leiser Pfiff sie aus ihren trübsinnigen Gedanken. Das war ganz bestimmt kein Vogel gewesen! Eulália erschrak fast zu Tode. Wenn ihr hier nun ein Übeltäter auflauerte? Sie sah sich nach allen Seiten um, spähte zwischen den Palmen hindurch in das dichte Grün dahinter, konnte jedoch nichts erkennen. Entschlossen stapfte sie weiter. Ihre Müdigkeit war auf einmal wie weggeblasen. Sie ließ den Rock, den sie die ganze Zeit bis über die Knie gerafft hatte, wieder ein wenig herab – man wusste ja nie, ob es nicht doch Zuschauer gab. Aber wer sollte das sein?
Heftig atmend ging sie weiter. Jetzt hörte sie überall verdächtige Geräusche. Das Rauschen der Palmblätter im Wind, das ferne Tosen der Brandung, selbst das Rascheln ihres Rocks erschienen ihr bedrohlich. Sie fiel in den Laufschritt. Und da – plötzlich war da wieder dieser Pfiff! Diesmal klang er näher und gefährlicher. Oder war das alles nur Einbildung? Ob es am Ende doch nur ein seltener Vogel war?
»Keine Angst, Sinhazinha!«, glaubte sie zu hören. Aber das konnte doch nicht sein, oder? Ihre Phantasie spielte ihr üble Streiche, das war alles.
»Bitte wartet doch, Sinhazinha Eulália, ich bin es nur.«
»Lua?«, fragte Eulália. Sie war stehen geblieben und schaute sich um. Ja, da bewegte sich etwas im Unterholz.
»Ja, Sinhazinha, ich bin's.« Lua trat aus dem Schatten hervor. Eulália war ebenso erleichtert darüber, dass es kein Wegelagerer war, wie sie über Luas Erscheinung erschrak. Ihre ehemalige Zofe sah aus wie ein Gespenst: abgemagert bis auf die Knochen, in zerlumpten Kleidern, mit struppigem Haar und zahlreichen Schürfwunden.
»O mein Gott!«, stieß Eulália hervor. Dann trat sie auf Lua zu, schloss sie in die Arme und schluchzte mit ihr gemeinsam.
Es vergingen mehrere Minuten, bis sie sich wieder so weit gefasst hatten, dass sie sprechen konnten.

»Wie kommt es, dass du …«, wollte Eulália fragen.
Gleichzeitig setzte Lua zu der gleichen Frage an: »Warum lauft Ihr denn hier am …«
Sie sahen einander an und begannen zu lachen. Es war kein fröhliches Gelächter, sondern ein Ausdruck von Verzweiflung und Angst.
»Du zuerst«, sagte schließlich Eulália. »Was machst du hier?«
»Ich, ähm, ich war ja geflüchtet«, stotterte Lua, bevor sie wieder in Tränen ausbrach. »Oh, Sinhazinha, es tut mir ja so leid!«
»Schon gut, beruhige dich. Und dann fahre fort. Du warst ja geflüchtet …«
»Ja, und ich bin Zé in den Urwald gefolgt, und dort«, hier verstümmelte neuerliches Schluchzen ihre Rede, »und dort war es schrecklich. Es war so schrecklich, dass ich den ganzen Weg allein wieder zurückgelaufen bin. Und jetzt …«
»Jetzt?«
»Also, jetzt bin ich ja hier und … und ich hatte gehofft, dass Ihr mir verzeiht und mich wieder in Eure Dienste nehmt. Oh, Sinhazinha, bitte! Ich tue alles für Euch, ich werde nie wieder aufmüpfig sein, und ich werde jede Strafe dankbar annehmen!«
Eulália schüttelte nachdenklich den Kopf. Sie war über Luas Erscheinen unglaublich froh. Endlich hatte sie wieder jemanden zum Reden, jemanden, bei dem sie sich nicht verstellen musste und bei dem sie sich ungehemmt ausheulen konnte. Nichts hätte sie lieber getan, als sofort mit ihr nach Hause zu laufen, der Ärmsten ein Bad einzulassen und sie mit den feinsten Leckereien aufzupäppeln. Aber sie war auch vernünftig genug, um zu wissen, dass man ihr diese eine Freundin nicht gönnen würde. Ihre Schwiegereltern und Rui Alberto würden darauf bestehen, dass Lua eine angemessene Strafe erhielt, und angemessen war in diesem Fall mindestens die

Peitsche. Sie würden sie außerdem nach São Fidélio zurückschicken, und dann hätte Eulália nicht nur ein weiteres Mal ihre Freundin verloren, sondern würde auch noch die Schuld auf sich laden, Lua im Stich gelassen zu haben. Nein, das war keine Lösung.
Lua beobachtete jede Regung im Gesicht ihrer Sinhazinha mit großer Spannung. Sie konnte in ihr lesen wie in einem Buch, immerhin kannten sie einander ihr ganzes Leben lang. Und was sie dort las, ließ sie vor Enttäuschung aufstöhnen. Bei näherem Betrachten fiel ihr allerdings noch etwas auf: Ihre einstige Herrin war todunglücklich. Und damit war sie wieder bei der Frage, die sie schon zu Beginn ihrer Begegnung hatte stellen wollen.
»Sinhazinha, was führt Euch so früh am Morgen an den Strand, so ganz allein? Ist alles in Ordnung?«
Hier nun musste Eulália in Tränen ausbrechen.
»Nein, Lua, nein. Nichts ist in Ordnung«, schluchzte sie. »Es ist schrecklich auf Três Marias, meine Schwiegereltern sind schrecklich, und das Eheleben ist es auch. Ach, könnte man doch nur die Zeit zurückdrehen! Wie schön es war, noch vor ein paar Monaten. Da waren wir beide daheim auf São Fidélio, hatten ein gutes Leben, und unsere größte Sorge bestand darin, ob das kupferfarbene Seidenkissen mit dem grünen Sessel harmonieren würde.«
Lua nickte. Natürlich war es nicht wirklich ihre Sorge gewesen, welcher Stoff zu welchem Polsterbezug passte. Richtig aber war, dass es ihnen beiden gutgegangen war, dass sie keinen größeren Kummer gehabt hatten und dass auch sie liebend gern die vergangenen Monate rückgängig gemacht hätte. Es bedrückte sie, dass es der Sinhá Eulália offenbar ähnlich schlecht ergangen war wie ihr selbst, wenn auch ohne die materiellen Nöte.

»Was ist denn passiert? Dona Filomena und Dom Afonso schienen mir doch immer recht freundliche Leute zu sein. Und der frischgebackene Ehemann – Ihr liebt ihn doch, oder nicht?«

»Und was habe ich davon, wenn er mich nicht zurückliebt?«, heulte Eulália auf.

»Woher wollt Ihr das wissen? Bestimmt ist er nur ungeschickt darin, es Euch zu zeigen.« Lua konnte kaum glauben, dass sie hier am Strand stand und ihrer Herrin Trost zusprach, obwohl sie selbst es doch war, die des Trostes – und vor allem der Pflege – bedurft hätte. Sie war wochenlang mutterseelenallein durch den Wald geirrt, hatte sich zahlreiche Verletzungen zugezogen und war am Ende ihrer Kräfte. Sie hatte Hunger und Durst und brauchte dringend einen sicheren Ort der Zuflucht. Doch jetzt war nicht der rechte Zeitpunkt, Forderungen dieser Art zu stellen. Ein wenig länger würde sie schon noch durchhalten. Schließlich hing alles davon ab, dass Eulália sie wieder aufnahm und ihr verzieh.

»Ach, Lua, das ist eine lange Geschichte. Und ich würde sie dir liebend gern erzählen. Aber nicht hier am Strand. Ich muss zurückkehren, sonst fällt meine Abwesenheit auf – und zwar allein. Ich bezweifle nämlich, dass sie dich dort auf Três Marias mit offenen Armen willkommen heißen.«

»Und wohin soll ich gehen?«

»Das weiß ich nicht. Vielleicht nach São Fidélio?«

»Dort hat man mich nach meiner ersten Flucht auf die Felder geschickt, und Dom Felipe ...« In letzter Sekunde fiel Lua ein, dass es ja Eulálias Vater war, dessen üble Absichten sie um ein Haar geschildert hätte. Aber das kam überhaupt nicht in Frage. Sie konnte Eulália unmöglich die Illusion rauben, bei ihrem Vater handle es sich um einen integren, gütigen Senhor.

»Ja? Was ist mit Dom Felipe?«

»Also, Dom Felipe war sehr streng mit mir, wie ich finde.«
»Du hattest es nicht besser verdient.«
»Oh.« Lua spürte schon wieder die Tränen aufsteigen. Sie hatte gehofft, dass Eulália sich versöhnlicher zeigen würde.
»Weine nicht, Lua, ich habe es nicht so gemeint. Wenn es nach mir ginge, kämst du einfach zu mir zurück, und wir würden wie in alten Zeiten gemeinsam mein Zimmer umräumen. Aber leider hat mein Wort nicht das geringste Gewicht, auf Três Marias noch weniger als zuvor auf São Fidélio. Im Augenblick fällt mir auch nichts Besseres ein, als dass du dich hier eine Weile versteckt hältst und ich dir Proviant bringe, wann immer es mir gelingt, mich aus diesem fürchterlichen Haushalt davonzustehlen. Dann wären die Vorwürfe, die sie mir dort andauernd machen, wenigstens einmal gerechtfertigt.«
»Was soll das heißen?«
»Nichts, Lua, ich erzähle es dir ein anderes Mal, in aller Ruhe. Ich muss jetzt gehen. Halte durch! Uns gelingt es schon noch, eine Lösung zu finden.«
»Aber ...«
»Adieu, Lua. Auf bald.«
Eulália ging davon, deutlich beschwingter als zuvor. Lua starrte ihr nach, bis sie nur noch als Punkt am Horizont auszumachen war.
Sie fühlte sich einsamer denn je.

Teil 3

34

Es war, als seien alle Geräusche plötzlich verstummt, das Rauschen der Brandung genauso wie das Rascheln der Palmen. Eine sonderbare Taubheit bemächtigte sich Luas, als sie Eulálias Gestalt immer kleiner werden sah. Sie fühlte sich so hilflos und verlassen wie schon lange nicht mehr. Zum Greifen nah war ihre Rettung gewesen! Und dann … nichts. Sie war weiter auf sich allein gestellt. Sie heulte hemmungslos, bis ihre Tränen versiegt waren und sie kaum noch Luft bekam. Was sollte nur aus ihr werden? Immerhin: Die Sinhazinha schien ihr nicht allzu sehr zu zürnen, Lua hatte in ihren Augen gesehen, dass sie Mitleid und sogar Verständnis für sie aufbrachte. Das war besser als nichts. Vielleicht gelang es ihrer Herrin irgendwie, sie vor einer allzu drakonischen Strafe zu bewahren.
Es war ein merkwürdiger Zufall gewesen, dass Eulália sich genau dann am Strand aufgehalten hatte, als Lua dort ankam. Sie schickte ein Gebet zum Himmel, dass es sich um ein gutes Omen gehandelt haben möge. Dann, nach der Zwiesprache mit dem lieben Gott, wandte sie sich irdischeren Dingen zu: Wo sollte sie sich verstecken? Welche Stelle eignete sich, um dort ein primitives Lager aufzuschlagen, das vor den Blicken der Fischer oder wem auch immer, der sich hier in der menschenleeren Einsamkeit herumtreiben mochte, sicher war? Wovon sollte sie leben, wenn Eulália nun nicht so bald wiederkäme?
Zunächst, so beschloss Lua, würde sie ein Bad nehmen. Noch war Ebbe, und die kleinen Tümpel, die sich innerhalb der Felsen

bildeten, schienen ihr ungefährlich und seicht genug, um ganz hineinzusteigen und unterzutauchen. Und der Strand schien endlos; wenn sich jemand über den Sandstreifen näherte, würde sie ihn aus weiter Entfernung kommen sehen. Sie entkleidete sich vollständig und tappte vorsichtig in das Wasser hinein. Es war göttlich! Eines der Becken war gerade so tief, dass sie sich hineinsetzen konnte und ihr Kopf dabei außerhalb des Wassers blieb. Sie hockte sich hin und genoss das perlende Gefühl auf ihrer schmutzverkrusteten Haut. Dann griff sie in den Sand am Boden des Naturbeckens, nahm eine Handvoll und rubbelte sich damit ab. Diesen Vorgang wiederholte sie so oft, bis sie jede Stelle ihres Körpers gereinigt hatte. Es war ein geradezu berauschendes Gefühl, auch wenn ihre verschiedenen Schürf-, Kratz- und Schnittwunden nun brannten, weil sie den Schorf abgerieben hatte. Es machte ihr nichts aus. Es würde wieder heilen.

Zuletzt tauchte sie ihren Kopf unter Wasser. Sie hielt die Luft so lange an, wie sie konnte, dann kam sie wieder an die Oberfläche, nur um erneut Luft zu holen und unterzutauchen. Ihre Haare waberten im Wasser und verursachten ein Kitzeln auf ihrer Kopfhaut, das sie über die Maßen genoss. Sie blieb so lange im Wasser, bis ihre Zehen und Fingerkuppen schrumpelig wurden, dann erhob sie sich aus ihrem lauwarmen Becken und ging zurück zu der Palme, an deren Stamm sie ihr armseliges Bündel und ihre stinkende Kleidung zurückgelassen hatte. Sie mochte die Sachen nicht anziehen, frisch gebadet, wie sie war. Also nahm sie sie und ging erneut zum Wasser, um sie zu waschen. Besonders sauber wurden die Stücke nicht, aber Staub und Schweiß würde das Meerwasser wohl herausspülen. Danach legte und hängte sie ihre Kleider an eine andere Palme, die von der Sonne beschienen wurde.

All dies tat sie nackt. Es musste das erste Mal in ihrem Leben gewesen sein, dass sie sich für mehr als einen kurzen Augenblick vollständig unbekleidet im Freien aufhielt. Es war ein schönes, ein befreiendes Gefühl. Dennoch wurde sie nie ganz die Furcht los, jemand könne sie aus dem Schatten der Bäume heraus beobachten. Es war höchstwahrscheinlich Unsinn, denn wer sollte sich hier schon aufhalten, in der Hoffnung, dass eine nackte Mulattin sich am Strand herumtrieb? Dennoch suchte sie sich aus ihrem Bündel das Tuch, mit dem sie sich nachts zugedeckt und vor Mücken geschützt hatte, und schlang es um ihren Leib. Es juckte erbärmlich auf ihrer salzverkrusteten Haut.

Sie setzte sich mit angezogenen Knien in den Sand, lehnte sich gegen den Baumstamm und überlegte. Sie würde bald etwas zu essen und zu trinken beschaffen müssen, denn ihre Vorräte waren längst aufgebraucht. Ihr Blick fiel auf die dicken grünen Kokosnüsse, die sich unter der Palmkrone drängten, und das Wasser lief ihr im Munde zusammen. Aber wie sollte sie die Früchte dort herunterholen? Sie stand wieder auf und lief ein Stück den Strand hinunter, auf der Suche nach einer Palme, die schief gewachsen war und einen Aufstieg einfacher machte. Sie entdeckte eine, die bis zur Hälfte fast parallel zum Boden und erst dann in einer sanften Wölbung in die Höhe wuchs. Ja, auf diese Palme würde sie bestimmt klettern können. Sie warf das Tuch, mit dem sie sich bedeckte, zu Boden, um mehr Bewegungsfreiheit zu haben. Dann begann sie mit dem Aufstieg, der gar nicht so schwer war. Doch als sie schon in Reichweite der Kokosnüsse gelangt war, wurde es schwierig. Sie hätte vier Hände haben müssen, zwei, um sich festzuhalten, und zwei, um die Nüsse zu ernten. Sie musste einen ziemlich komischen Anblick geboten haben, wie sie da in luftiger Höhe hing und sich verrenkte, um die Früchte vom Baum zu holen, ohne selbst hinunterzufallen. Aber schließlich gelang es ihr, drei große Prachtexemplare zu Boden zu werfen.

Dann kam die nächste Hürde. Wie sollte sie die Kokosnüsse öffnen? Wenn sie sie mit voller Wucht am Baumstamm zerschmetterte, würde das kostbare Kokoswasser, nach dem sie so sehr dürstete, herauslaufen. Und ein geeignetes Werkzeug, um zunächst ein Loch hineinzubohren, hatte sie nicht. Sie hätte schon wieder in Tränen ausbrechen können, weil das schmackhafte Wasser und das Fleisch der Kokosnuss jetzt so nah waren und gleichzeitig unerreichbar schienen. Aber sie nahm sich zusammen – heulen, das hatte sie längst begriffen, nützte rein gar nichts, es war sogar eher hinderlich. Sie ging also wieder zu den Felsen, die mit der Ebbe freigelegt worden waren. Dort suchte sie nach einem Stein, mit dem sie auf die Nuss schlagen konnte. Nach einigem Suchen fand sie dann endlich einen, der ihr geeignet erschien, ein scharfkantiges Ding von der Größe einer Faust. Damit ging sie zurück zu ihren Kokosnüssen und bearbeitete sie so fieberhaft, dass sie kaum merkte, wie ihr der Stein in die Handflächen schnitt. Nach einiger Zeit hatte sie tatsächlich ein kleines Loch in die erste der Nüsse geschlagen. Gierig hielt sie sich die Frucht an die Lippen und ließ das süße Wasser direkt in ihren Mund gluckern. Noch nie hatte ihr etwas so gut geschmeckt.

Nachdem keine Flüssigkeit mehr in der Nuss war, warf Lua sie mit ganzer Kraft gegen den Baumstamm. Wieder und wieder – bis die Schale schließlich zerbarst und das feuchte, weiß schimmernde Fruchtfleisch darbot. Mit welcher Gier sie sich darüber hermachte! Sie kratzte noch den letzten Krümel heraus, danach begann sie, die zweite Kokosnuss auf dieselbe Art zu bearbeiten. Bei der dritten ging es ihr schon viel leichter von der Hand, und sie war einigermaßen beruhigt. Von Kokoswasser und dem Fruchtfleisch würde man ein paar Tage überleben können. Und an Fischen, Krebsen und Muscheln herrschte ja ohnehin kein Mangel.

Wenn sie wagemutiger gewesen wäre, hätte sie auch zu den Pflanzungen laufen können. Sie befand sich bereits auf dem Territorium von Três Marias, und die Zuckerrohrfelder konnten nicht weit entfernt sein. Wenn es ihr gelang, mit Hilfe eines Steins oder einer scharfen Muschelschale ein Rohr abzuschneiden, würde sie es auslutschen können. Das war nicht nur nahrhaft, sondern auch köstlich. Aber den Mut brachte sie nicht auf. Nein, wo Felder waren, waren auch Menschen, und auf deren Gesellschaft konnte sie im Augenblick gut verzichten.

Kaum war ihr Bauch gefüllt, wurde Lua müde. Sie schmiegte sich in ihr Tuch und legte sich in den Schatten der Palme, weit genug von ihr entfernt, dass keine herabfallende Kokosnuss sie treffen konnte. Der Grund war sandig, so dass sie sich durch Hin- und Herrutschen eine Kuhle schaffen konnte, die ihrem Körper genau angepasst war. Dann fielen ihr auch schon die Augen zu.

Als sie erwachte, stand die Sonne hoch am Himmel. Der Palmenschatten lag nun nicht mehr schützend und kühlend über ihr. Es dauerte einen Moment, ehe Lua bewusst wurde, wo und in welcher Situation sie sich befand. Als ihr Kopf endlich klar wurde, sah sie sich nach allen Seiten um, konnte aber nach wie vor niemanden entdecken. Sie prüfte, was ihre Kleider machten. Sie waren bereits getrocknet, waren allerdings vom Salz so starr, dass sie sie erst ein paarmal kräftig ausschütteln musste, bevor sie sie wieder anziehen konnte. Das Nacktsein hatte sich eindeutig besser angefühlt, aber sicherer fühlte Lua sich, wenn sie bekleidet war.

Und nun? Müßig herumzusitzen war sie nicht gewohnt. Wie oft hatte sie sich einen solchen Moment herbeigewünscht! Jetzt, da sie endlich allein war und um sie herum Ruhe herrschte, mit Ausnahme der Geräusche der Natur, fehlte ihr etwas. Wenn sie wenigstens etwas zu lesen gehabt hätte oder eine

Handarbeit! Hier am Strand einfach nur entspannt dösen mochte sie nicht – immerhin war sie eine entlaufene Sklavin. Jederzeit drohte ihr eine neuerliche Gefangennahme. Wenn sie jemand entdeckte, bevor die Sinhá Eulália sich dazu durchringen konnte, sie zu beschützen, würde sie schnurstracks an den Pranger wandern. Sie überlegte kurz, ob sie es wagen sollte, sich nach São Fidélio durchzuschlagen, vielleicht wusste Imaculada einen guten Rat. Wie es schien, hatte die Alte mehr Einfluss und Verstand, als man dachte. Die anderen Bewohner des schrecklichen Kleinst-Quilombos Liberdade hatten Imaculada in den höchsten Tönen gelobt und überlegt, wie sie ihr für ihre Hilfe bei der Flucht danken sollten. Bestimmt wäre Imaculada auch froh, wenn sie erfuhr, was aus ihren Schützlingen geworden war. Dann aber entschied Lua sich dafür, vorerst hier am Strand auszuharren. Wenn Eulália ihr helfen wollte, sie aber nicht mehr vorfand, änderte sie ihre Meinung womöglich wieder.

Dennoch würde Lua früher oder später Verbindung zu Imaculada aufnehmen. Irgendwie fühlte sie sich ihr näher, seit sie am eigenen Leib erlebt hatte, wie es war, der Willkür anderer schutzlos ausgeliefert zu sein. Auch hätte sie gern gewusst, wie die Geschichte der Alten weiterging, die sie seinerzeit so in ihren Bann gezogen hatte. Ob ihr Notizbuch noch unter der Holzplanke lag? Oder hatte man es entdeckt und Imaculada stellvertretend für Luas Anmaßung, eine solche Geschichte niedergeschrieben zu haben, bestraft? Der Gedanke war fürchterlich. Aber noch schlimmer war die Vorstellung, dass die alte Frau vielleicht gar nicht mehr lebte. Sie war ja schon vor Monaten der Überzeugung gewesen, dass sie dem Tode nahe war. Wenn Imaculada nun recht behalten hätte? Wenn sie gestorben wäre, ohne zuvor von ihrem Erfolg erfahren zu haben?

Wenn man Liberdade denn als Erfolg bezeichnen wollte. Lua selbst fand das Experiment gründlich misslungen, aber offensichtlich stand sie allein mit dieser Meinung da. Wahrscheinlich wäre auch Imaculada der Auffassung gewesen, es sei besser, in Freiheit und Elend zu leben, als es in der Sklaverei halbwegs gut zu haben. Und das mochte ja sogar richtig sein, wenn es sich bei der Freiheit denn auch um echte Freiheit handelte. Sich aber ein Leben lang versteckt halten und vor Entdeckung fürchten zu müssen, das war beileibe nicht das, was Lua sich unter Freiheit vorstellte.

Ach, genug der trübsinnigen Gedanken! Lua beschloss, ihre Umgebung ein wenig zu erkunden. Mit ein bisschen Glück fände sie sogar einen Obstbaum, an dessen Früchten sie sich laben konnte – einen Kakaobaum gar! Als Kind hatte sie nichts lieber getan, als das süße, weiße Fruchtfleisch von den Kakaobohnen abzulutschen, und allein die Vorstellung ließ ihr das Wasser im Munde zusammenlaufen. Sie ging in gemächlichem Tempo Richtung Süden und hielt sich immer im Schatten der Bäume. Sie passte auf, dass sie nicht über ein Stück Sand gehen musste, das von der Sonne beschienen wurde. Der Sand brannte nämlich unter den Fußsohlen wie glühende Kohlen. Natürlich hielt sie auch Ausschau nach anderen Menschen, doch niemand schien sich hierher zu verirren.

Nachdem sie eine Weile so gelaufen war, kehrte sie wieder um. Direkt am Strand wuchs nichts anderes als Kokospalmen und struppige Büsche. Vereinzelt hatte sie auch Cajú-Bäume gesehen, aber die Früchte waren noch nicht reif. Sie überlegte, was sie außer Kokosnüssen noch essen konnte. Die vielen Meeresfrüchte würde sie nur in der größten Not ungegart verzehren, und sie zu garen, traute sie sich nicht: Sie beherrschte nicht die Kunst, ein Feuer zu machen, das nicht qualmte. Und eines zu entzünden, das Qualm produzierte, kam nicht in Frage. Damit

hätte sie augenblicklich Leute auf den Plan gerufen, die einen vermeintlichen Brand löschen wollten. Auf São Fidélio hatte sie das oft genug miterlebt. Sobald auch nur eine winzige Rauchfahne aus der Vegetation aufstieg, rückte ein Löschtrupp aus, um ein Ausbreiten des Feuers zu verhindern.
Also blieb ihr nichts anderes übrig, als weiter mit Kokosnüssen vorliebzunehmen. Sie entdeckte eine weitere Palme, die schief gewachsen und daher einfach zu erklimmen war, und machte sich ans Werk. Nachdem sie eine Handvoll Nüsse geerntet hatte, öffnete sie sie auf die bewährte Weise und labte sich an ihrem Fruchtfleisch. Dann setzte sie sich in den Sand, lehnte sich mit dem Rücken an einen Stamm und schaute der Sonne dabei zu, wie sie sich quälend langsam bewegte. Obwohl es ja angeblich die Erde sein sollte, die sich bewegte, während die Sonne fix am Firmament stand. Lua konnte das nicht recht glauben. Wären sie dann nicht alle längst von der Erde heruntergepurzelt, wenn sie eine Kugel wäre, die sich permanent drehte?
Nachdem sie eine Weile so dagesessen hatte, zogen kleine Wolken auf. Es war das Spannendste, was in den letzten Stunden passiert war, und erfüllte sie mit freudiger Erregung. Sie starrte in die Wolken, fasziniert von ihren leichten, eleganten Bewegungen und den immer neuen Formen, die sie annahmen. Lua machte hier einen bärtigen Mann aus und da eine Maus, dann wieder eine Phantasieblume und einen kugelförmigen Fisch. Dieses Spiel machte ihr Spaß – bis sie zu ihrem Schrecken bemerkte, dass die Wolken sich immer mehr verdichteten und höher auftürmten. Das sah ganz nach einem Gewitter aus. Und ein solches im Freien mitzuerleben gehörte nicht eben zu Luas Träumen.
Sie hatte schon mehr Tropenstürme miterlebt, als sie zählen konnte. Dennoch war ihre Angst davor nie verschwunden, eher im Gegenteil: Einige Jahre zuvor war ein junger Kuhtreiber

von São Fidélio, ein wirklich netter Kerl, vom Blitz getroffen worden und gestorben. Aber was sollte sie hier am Strand schon tun, wenn ein Gewitter über sie hereinbrach? Bäume, das wusste sie, boten keinen Schutz. Im Wasser war es auch gefährlich. Eigentlich konnte man sich nur unter einem möglichst niedrigen Baum oder Busch verkriechen und beten, dass das Unwetter so schnell vorüberging, wie es aufgezogen war.

Und genau das tat sie, als sich der Himmel nun bedrohlich dunkel verfärbte. Sie hockte sich unter einen weitverzweigten, dornigen Busch, hängte das Tuch über ihren Kopf, so dass es eine Art Zelt über ihrem zusammengekauerten Körper bildete, und sagte ein Vaterunser nach dem anderen auf. Die Dunkelheit umfing sie schützend, und auch das Wiederholen des Gebets sorgte für eine gewisse Ruhe in ihrem Kopf. Sie hörte die Regentropfen, dann roch sie die metallische Nässe, schließlich hörte sie das Donnergrollen. Aber sie fühlte sich einigermaßen geborgen in ihrem Zelt, und als schließlich das Donnern immer mehr dem Geräusch von Peitschenhieben ähnelte und sie das Zucken der Blitze durch die geschlossenen Augen hindurch wahrnahm, da schaukelte sie wie in Trance vor und zurück und fühlte kaum noch Angst.

Es wirkte. Als der Sturm vorüber war, fand sich Lua noch unversehrt. Die Luft duftete herrlich frisch und war merklich abgekühlt. Hinter den dicken Wolken, die sich nun in einiger Entfernung zusammengeballt hatten, kam ein violett- und türkisfarbener Himmel zum Vorschein, und die untergehende Sonne tauchte das dramatische Wolkenspektakel in ein grandioses Licht. Es war wundervoll!

Weniger wundervoll war, dass sie plötzlich eine Gestalt wahrnahm, die am Strand entlangging und genau auf sie zukam. Aus der Distanz und gegen das Licht des Sonnenuntergangs konnte Lua nicht erkennen, ob es ein Mann oder eine Frau, ein

Schwarzer oder ein Weißer war. Aber es war eindeutig ein Mensch und nicht etwa ein Tier, das sich wegen des Gewitters an den Strand verirrt hatte. Sie verfluchte sich für ihre Sorglosigkeit. Um »ihre« Palme herum lagen, standen oder hingen ihre Sachen, und so wenige es auch waren, so waren es doch genug Dinge, um einem unerwünschten Besucher zu sagen, dass sich hier ein Mensch aufhalten musste.

Sie betete zu allen Heiligen, es möge die Sinhazinha sein, doch im Grunde ihres Herzens glaubte sie selbst nicht daran. Niemals wäre Eulália bei einem Tropensturm vor die Tür gegangen, und dass sie es danach getan haben könnte, dafür war die Zeit zu knapp gewesen. Die Casa Grande von Três Marias musste wenigstens einen halbstündigen Fußmarsch von hier entfernt sein, andernfalls hätte man hier mehr Menschen gesehen.

So schnell sie konnte, raffte Lua ihre Siebensachen zusammen und warf sie ins Unterholz. Sie selbst kroch hinterher und verbarg sich in einem Busch. Die Wahrscheinlichkeit, dass sie gesehen worden war, war hoch, denn sie hatte ja, bestens beleuchtet, im goldenen Sonnenlicht gestanden. Ihr Herz klopfte rasend schnell, so aufgeregt war sie. Wenn die Sinhazinha es sich nun anders überlegt und ihr jemanden auf den Hals gejagt hatte, der sie zurückbringen sollte? Aber nein, dann wären es sicher mehrere Männer gewesen. Oder handelte es sich nur um einen armen Fischer, der ebenso von dem Gewitter überrascht worden war wie sie? Sie spähte durch die Zweige, hatte jedoch von ihrem Versteck aus keinen guten Blickwinkel. Sie würde die Person erst dann genau erkennen können, wenn sie auf ihrer Höhe angelangt wäre. Sie war hin- und hergerissen zwischen dem Impuls, landeinwärts zu rennen und sich in Sicherheit zu bringen, und dem Wunsch, sich nie wieder von hier fortrühren zu müssen. Es war zu merkwürdig. Während ihre

Beine förmlich vor Anspannung zitterten, als müssten sie in Kürze den Spurt ihres Lebens bewältigen, war Luas Kopf angesichts der bevorstehenden Kapitulation so leer und leicht wie lange nicht mehr.
Sie blieb. Sie hörte die Schritte der Person, die sich schwerfällig durch den nassen Sand kämpfte. Irgendwann hörte sie das Keuchen. Und dann ... hörte sie die Stimme.
»Du sein dumme, dumme Mädchen!«
Lua schrie vor Erleichterung auf, sprang aus ihrem Versteck hervor und warf Imaculada mit ihrer Umarmung fast um.
»Imaculada! Woher wusstest ...«
»Kasinda! Mein Name sein Kasinda!«
»Jaja, also Kasinda. Woher wusstest du, dass du mich hier findest?«
Kasinda schüttelte unwirsch den Kopf, als habe Lua ihr genau die falsche Frage gestellt.
»Du sein dumme Mädchen von dumme Senhorita.«
Aha. Also hatte Eulália auf irgendeine Weise dafür gesorgt, dass Ima... Kasinda von ihrem Aufenthaltsort erfuhr. Wie hatte sie das bewerkstelligt? Und wie hatte es die Alte so schnell hierherschaffen können? Lua brannten tausend Fragen auf den Nägeln, aber bei einem Blick in Kasindas mürrisches Gesicht traute sie sich nicht mehr, auch nur eine einzige davon zu stellen.
»Hier, essen Speck und Brot.« Damit packte sie aus ihrem Bündel, das sie aus gewachstem Leinentuch geschnürt hatte, Lebensmittel aus, die Lua wie die köstlichsten Delikatessen erschienen – Dinge, die sie noch vor kurzem für die alltäglichsten und unspektakulärsten Nahrungsmittel der Welt gehalten hatte. Neben Speck und Brot hatte Kasinda auch Dauerwürste und Käse und Goiabada, festes Guavengelee, dabei, kurz: ein Festmahl! Gierig machte Lua sich darüber her, und Kasindas

lauernde Blicke störten sie nicht besonders. Erst als ihr erster Appetit gestillt war, empfand sie dieses Starren als lästig und ungehörig.
»Was ist? Hast du noch nie eine hungrige Frau gesehen?«
»Du haben Kind?«, fragte die Alte zurück.
»Natürlich habe ich keine Kinder, das weißt du doch.«
»Du haben Kind in Bauch.«
Diesmal formulierte sie es nicht als Frage.
Sie ließ Lua weder Zeit, über diese ungeheuerliche Vermutung nachzudenken, noch, etwas darauf zu erwidern. Stattdessen reichte sie ihr stumm schmunzelnd das Notizbuch und den Stift.

35

Meine Tochter Nzinga blieb das einzige Kind, das ich vom Senhor bekam. Sie entwickelte sich prächtig, doch mir blutete das Herz, wenn ich sie nur ansah. Sie war viel zu hübsch, um als Sklavin in diesem Land ein glückliches Leben führen zu können. Ich malte mir all die Schrecken aus, die ihr widerfahren, all die ekelhaften Kerle, die ihr Gewalt antun würden. Ich sah es genau vor mir, und ich konnte nicht das Geringste dagegen unternehmen. Manchmal dachte ich, es bekäme meiner Kleinen besser, wenn ich sie strenger erzog und sie schon frühzeitig auf das vorbereitete, was ihr blühte. Aber das brachte ich nicht über mich. Ich überschüttete sie mit Liebe, ich konnte nicht anders. Ich küsste und herzte sie, sooft sich die Gelegenheit ergab. Ich kraulte jeden Abend, bevor sie einschlief, ihre pummeligen Beinchen und begrüßte sie an jedem Morgen, indem ich sie wach kitzelte. Sie quietschte vor Vergnügen, wie sie überhaupt ein sehr fröhliches Kind war.
Jede Mutter hält ihre Kinder für die wunderbarsten der Welt, das hat die Natur wohl so eingerichtet. Dennoch glaubte ich, dass es sich bei Nzinga tatsächlich so verhielt. Alle anderen Sklaven freuten sich, wenn sie meine Tochter erblickten, und sogar die Weißen zwickten sie gelegentlich in die Wange oder streichelten ihren Kopf mit den lustig abstehenden, drahtigen Zöpfchen, die ich ihr immer flocht. Sie *war* ein schönes Kind, und sie verfügte über die Gabe, alle Menschen in ihrer Umgebung zum Lächeln zu bringen. Sie war der Liebling der ganzen Fazenda.

Als sie etwa vier Jahre alt war, begann sie, die Tänze der Sklaven nachzuahmen, die diese allabendlich vor der Senzala aufführten. Ich selber beteiligte mich nicht an dem albernen Gehüpfe, das so gar nichts mit den Tänzen zu tun hatte, die ich aus meiner Heimat kannte. Doch die anderen Schwarzen amüsierten sich gut und tanzten ausgelassen zur Musik von Trommeln, Rasseln, Flöten und Saiteninstrumenten, deren Namen ich nicht kannte. Nzinga war fasziniert von diesem Spektakel, und sie imitierte den lasziven Hüftschwung der Frauen so gekonnt, dass man sie ermunterte, weiterzumachen. Sie hielt gut den Takt, und ihre Fußbewegungen waren schnell und sicher.
»Seht nur, die kleine Dodo! Ein Naturtalent ist sie!«, hörte man da den einen oder anderen rufen.
Ich war beunruhigt und stolz zugleich.
Natürlich bemerkte man auch in der Casa Grande, was meine Tochter für eine begabte Tänzerin war. Es war die Senhora selber, die eines Tages auf mich zukam und mir mitteilte, man wolle Dodo vor Gästen auftreten lassen. Die schrecklichen Tage auf dem Sklavenschiff fielen mir plötzlich wieder ein, als ich zum Takt der Peitsche hatte tanzen müssen, und meinem Gesichtsausdruck war wohl anzusehen, was ich von der Idee hielt.
»Nun schau doch nicht so grimmig drein, Imaculada«, forderte die Senhora mich auf, »das Kind wird es lieben, und es wird ihm nichts Schlimmes passieren.« Sie schaute mich so lauernd an, dass in mir der Verdacht aufkeimte, sie könne meine Nzinga nur für diesen Auftritt ausgewählt haben, um sich an mir und ihrem untreuen Gemahl zu rächen. Sie selber hatte keine Kinder bekommen.
Ich war erschüttert über diesen Verlauf der Dinge, aber meine kleine Nzinga freute sich. Sie trat gern vor Publikum auf, und die Weißen aus der Casa Grande waren immer freundlich zu

ihr gewesen. Was blieb mir also anderes übrig, als sie tanzen zu lassen? Ich hoffte, dass man sie mir in der Casa Grande nicht noch mehr entfremden würde, denn schon jetzt mochte meine Tochter ihren Gefangenennamen, Dodo, lieber als den königlichen afrikanischen Namen, den ich ihr gegeben hatte. Auch sprach sie akzentfrei Portugiesisch, während die Kenntnisse ihrer Muttersprache sich auf ein paar Brocken beschränkten. Ich beobachtete diese Entwicklung ängstlich, aber ich konnte nichts dagegen tun.

Nzingas Auftritt im Herrenhaus war ein so großer Erfolg, dass man sie dortbehalten wollte. An ihrem fünften Geburtstag teilte man mir mit, dass man Dodo in der Casa Grande zusammen mit drei anderen Kindern zu Haussklaven erziehen wolle und dass dazu die Trennung von der Mutter notwendig sei.

»Aber sie so klein noch!«, schluchzte ich.

»Ja, genau darum wollen wir sie ja auch jetzt schon zu einer tüchtigen Hilfe formen. Der afrikanische Humbug, den du ihr beibringst, wäre da nur schädlich.« Das Gesicht der Senhora nahm einen triumphierenden Ausdruck an, als sie fortfuhr: »Im Übrigen ist es doch wohl auch in Afrika so, dass die Väter das Sagen haben. Und ganz unter uns gesprochen: Dodos Ähnlichkeit mit Sinhô Sebastião ist wirklich frappierend …«

»Nicht Töchter. Töchter bleiben bei Mutter in Afrika«, wagte ich noch einzuwerfen, aber da spazierte die Senhora schon davon, mit meiner geliebten Nzinga an der Hand. Die Kleine ging bereitwillig mit. Sie wusste es nicht besser. Sie war nicht klüger als ein Hund, dem man einen Knochen vor die Nase hielt. In ihrem Fall bestand der Knochen aus hübschen Kleidchen und köstlichen Süßigkeiten.

Ich war untröstlich. Die anderen Sklavinnen konnten gar nicht verstehen, was mit mir war, denn sie hielten es für das größte Glück einer Mutter, wenn ihre Kinder es besser hatten als sie selbst. Natürlich wäre das auch mein größtes Glück gewesen, wenn ich denn sicher hätte sein können, dass es Nzinga in der Casa Grande tatsächlich besserging als bei mir. Doch da hatte ich so meine Zweifel. Schon bei dem Gedanken, dass niemand ihr Bäuchlein rieb oder ihre Beine kraulte, stiegen mir die Tränen auf, und die Vorstellung, dass eine kaltherzige weiße Frau meinem Kind näher sein durfte als ich selber, ließ mich schier verzweifeln.

Doch meine Sorgen schienen unbegründet zu sein. In den ersten Monaten, die meine Kleine im Herrenhaus verbrachte, verlief alles recht zufriedenstellend. Nzinga war glücklich über die Aufmerksamkeit, die man ihr schenkte, wenn sie ihre Tänze aufführte. Mindestens einmal am Tag kam sie freudestrahlend zu mir gelaufen, umarmte mich und erzählte atemlos von all den aufregenden Dingen, die sie in der Casa Grande erlebte und sah. Ich gab vor, mich mit ihr zu freuen, doch in Wahrheit bedrückte es mich sehr, dass sie Gefallen an so unsinnigen Dingen wie kristallenen Leuchtern oder den Seidenhandschuhen der Senhora fand. All der Tand würde doch nur Begierden in ihr wecken, die sie später nicht würde befriedigen können.

Meine Arbeit als Amme verrichtete ich übrigens noch immer. Es ist ganz erstaunlich, wie lange die weibliche Brust Nahrung spenden kann, wenn sie nur dazu angeregt wird. Ich stillte zwei schwarze Säuglinge, deren Mütter schon kurz nach der Niederkunft wieder auf die Felder mussten. Es war ein großes Privileg, als Milchamme arbeiten zu dürfen, denn ich bekam bessere Nahrung als die meisten anderen Sklaven, damit die Kinder groß und stark würden. Eines Tages jedoch starb eines der beiden Babys plötzlich und unerwartet, einfach so, mitten in der Nacht. Die Mutter, eine derbe, ungehobelte und dumme Person, war derartig aufgelöst, dass sie mich bepöbelte und mir die Schuld an dem Tod ihres Kindes gab. Ich habe, so behaup-

tete sie, meine afrikanische Hexenkunst an ihrem Kind ausgeübt. Das war natürlich völliger Unsinn, doch je mehr die Frau sich ereiferte, desto mehr schenkten die anderen Sklaven ihr Gehör. Irgendwann drang das üble Gerücht bis zur Casa Grande vor, und die Senhora rief mich zu sich.
»Es heißt, du hast aus Kummer darüber, dass wir deine kleine Dodo hier erziehen, ein anderes Kind sterben lassen ...«
»Nein, Senhora, nicht stimmen! Andere Kind schwach, Imaculada nicht schuld!«, beteuerte ich. Aber ihr Blick blieb skeptisch, so dass ich fortfuhr: »Imaculada haben fünf Jahre Milch gegeben, viele starke Sklavenkinder. Andere Negerfrau nur dumm und unglücklich, weil Kind tot.«
»Mag sein«, antwortete sie. »Dennoch wäre es wohl das Beste, wenn wir von nun an eine andere Frau als Amme beschäftigen. Die Sklaven wollen ihre Kinder nicht mehr in deine Obhut geben.«
Und damit endeten die vergleichsweise angenehmen Zeiten auf der Fazenda für mich. Man schickte mich in die *casa da farinha*, ins »Mehlhaus«, wo wir in unerträglicher Hitze tagaus, tagein Maniokwurzeln stampfen und den Brei zu Mehl rösten mussten, was besonders im Sommer sehr anstrengend war. Doch die arme Frau, die ihr Kind verloren hatte, gab keine Ruhe. Noch immer verbreitete sie schlimme Gerüchte über mich, unter anderem jenes, ich würde das Mehl mit meinen Zauberkräften vergiften, und sie alle seien dem Tode geweiht. Diesmal allerdings gaben unsere weißen »Besitzer« trotz einer drohenden Rebellion nicht nach. Der Senhor Sebastião höchstpersönlich kam irgendwann zur Casa da Farinha und probierte vor aller Augen von dem Mehl, das ich gemacht hatte. Er bat sogar um einen *beijú*, einen Tapioka-Fladen, den er mit großem Appetit verspeiste. Anschließend stellte er sich vor die versammelten Sklaven und hielt eine kurze Rede. »Abergläubisches

Geschwätz ist hier nicht erwünscht. Imaculada hat sich zu einer brauchbaren Sklavin entwickelt, die ihre Arbeit vorbildlich verrichtet. Ihr könnt euch ein Beispiel an ihr nehmen, anstatt eure Zeit damit zu verplempern, unser gutes Mehl schlechtzureden.« Dann ging er wieder fort, ohne mich eines weiteren Blickes zu würdigen. Er hatte wahrscheinlich schon vergessen, dass ich einmal seine Favoritin gewesen war. Er hatte unterdessen mehrere andere Mädchen geschwängert, wie er es für sein gutes Recht hielt.

Seine aktuelle Favoritin war gerade 14 Jahre alt, und sie trug ihren dicken Bauch so stolz und angeberisch vor sich her, als sei sie die Herrin der Fazenda. Ich hatte Mitleid mit ihr, denn sie fühlte sich uns anderen überlegen, weil sie jung, hübsch und schwanger mit der Brut des Fazendeiros war. Sie war anscheinend der Meinung, dass ihr ein Schicksal wie das meine niemals drohen könne, da sie ja ewig jung bliebe und auf immer in der Gunst des Senhors stünde. Eines Tages, wenn erst ihre Brüste hingen und man ihr ihre Kinder weggenommen hätte, würde sie die Wahrheit erkennen.

Ich dachte auf einmal daran zurück, wie ich selbst im Alter von 14 Jahren gewesen war: die junge Braut Uanhengas, blind für die Gefühle der anderen, erfüllt allein von Stolz und dem festen Glauben an die eigene Unbesiegbarkeit. Ich war diesem Mädchen hier gar nicht so unähnlich gewesen, und die plötzliche Erkenntnis, dass dies erst gute zehn Jahre zurücklag, traf mich mit ungeheurer Wucht. Ich war gerade mal 25 Jahre alt, doch ich fühlte mich wie eine Greisin! Afrika lag in unerreichbarer Ferne, und meine Erinnerungen an die Heimat schwanden mit jedem Tag, den ich in Gefangenschaft verbrachte. Das war erschütternd. Ich nahm mir vor, mir jeden Tag mindestens eine Episode aus meinem alten Leben ins Gedächtnis zu rufen, so geringfügig sie auch sei. Ich hatte begonnen, Ngola zu vergessen, ja ich hatte sogar begonnen, Uanhenga und meine Kinder zu vergessen, was unverzeihlich war. In Ermangelung eines Zuhörers hatte ich meine Geschichte niemandem erzählt, obwohl ich doch frühzeitig gelernt hatte, wie bedeutsam die mündliche Überlieferung für die eigene Erinnerung und damit für die eigene Seele war.

In unserem Dorf hatte es einen weisen Mann gegeben, dessen Gedächtnis auf so phänomenale Weise geübt war, dass er ganze Familienchroniken aufsagen konnte. Er tat dies gegen eine geringfügige Bezahlung in Naturalien, denn sein Gedächtnis war das des ganzen Dorfes. Man verließ sich auf ihn, und soviel ich weiß, hat er nie auch nur einen Fehler gemacht, obwohl er Stammbäume von Hunderten von Menschen über Hunderte von Jahren hersagen konnte. Natürlich hatten wir damals keine Jahreszahlen, so wie die Portugiesen, deren Geschichte sich an einem einzigen Datum orientierte, nämlich dem Geburtstag ihres angeblichen Erlösers. Bei uns wurden die Naturgewalten oder außergewöhnliche Ereignisse als Anhaltspunkte gewählt. So hieß es dann etwa, »im Jahr der großen Überschwemmung« oder »als die weißen Barbaren unseren Fluss erstmals befuhren«. Damit konnte jeder viel mehr anfangen als mit irgendeiner Jahreszahl.

Die Tradition der mündlichen Überlieferung also, mit der ich meiner Tochter ihre Wurzeln hätte verständlich machen können, war im Begriff, mit mir auszusterben. Da Nzinga mir zunehmend entglitt und ich ihr außerdem nicht schaden wollte, indem ich ihr verbotene Dinge in einer verbotenen Sprache erzählte, die sie versehentlich hätte ausplaudern können, nahm ich mir vor, mich zur Erzählerin und Zuhörerin zugleich zu machen. Es ist nämlich etwas ganz anderes, ob man eine Geschichte nur im Kopf sieht oder ob man sie in Worte kleidet – erst die Sprache verwandelt eine diffuse Erinnerung in eine Anekdote, die es zu bewahren lohnt.

Die anderen Sklaven hielten mich fortan erst recht für verrückt. Immerzu sahen sie mich Selbstgespräche führen, was ihrem Irrglauben, ich sei eine Hexe, noch mehr Nahrung gab. Sie glaubten, ich sagte Beschwörungsformeln vor mich hin, und ich ließ sie in diesem Glauben. Die einzige Person, die mich hätte verstehen können, weil sie meiner Muttersprache mächtig war, nämlich meine einstige Beschützerin Samba, die den Sklavennamen Jojo trug, sah geflissentlich an mir vorbei. Wahrscheinlich war es ihr unangenehm, dass ich sie so enttäuscht hatte. Sie hatte sich mehr von mir und meinem Einfluss auf den Senhor versprochen.

Ich erzählte mir selbst Geschichten, wie ich sie gern Nzinga oder auch meinem Erstgeborenen Chilala erzählt hätte, der inzwischen etwa zehn Jahre alt sein musste. Er würde in diesem Alter mit den anderen Knaben des Dorfes zum Ziegenhüten eingesetzt werden, und bald schon würde er von seinem Vater in die geheimen Rituale des Mannseins eingeweiht werden. Ich unterdrückte die Tränen, die mir bei der Erinnerung an unser friedliches Leben am Ufer des Cubango aufzusteigen drohten. Stattdessen nahm ich mir vor, bei nächster Gelegenheit meinen Orixá um Glück und Gesundheit für meine Familie in Afrika zu bitten, die ihrerseits gewiss der Ansicht war, ich selber weilte längst unter den Ahnen. Was hätte ich darum gegeben, ihnen wenigstens eine Nachricht zukommen lassen zu können! Aber das war nahezu ausgeschlossen.

Es gab Schwarze, denen es gelang, nach Afrika zurückzukehren. Auch ich hatte die Gerüchte gehört. Doch es konnte sich nur um einige sehr seltene Fälle handeln, und eine Frau war meines Wissens nie darunter gewesen. Es handelte sich um Afrikaner von zweifelhafter Moral, die sich nach jahrzehntelanger Plackerei die Freiheit erkauft hatten, um in ihrer alten Heimat ihre Kenntnisse der portugiesischen Sprache und der Gepflogenheiten der Weißen gewinnbringend zu nutzen – indem sie den Sklavenhändlern zuarbeiteten. Das zumindest hörte man hinter vorgehaltener Hand munkeln. Hätte ich einen solchen Mann kennengelernt, ich hätte ihm niemals eine Nachricht für meinen Gemahl Uanhenga oder für meine Eltern anvertraut. Er hätte doch nur meinen Lohn für seine Dienste kassiert und dann wohl den Umweg in unser Dorf gescheut. Im Übrigen wollte ich keinen der schwarzen Helfershelfer der Sklavenjäger auch nur in die Nähe unseres Dorfes lotsen. Also konzentrierte ich mich darauf, über spirituelle Wege mit meinen Nächsten Kontakt aufzunehmen.

Ich brachte der Meeresgöttin Opfer, die mit geheimen Botschaften versehen waren, so dass die richtigen Strömungen diese Botschaften bis in unser Dorf tragen mochten. Ich entzündete kleine Feuer und verbrannte darin mystische Wurzeln, auf dass günstige Winde die in den Qualm gesprochenen Wünsche nach Afrika trugen. All dies tat ich im Verborgenen. Nach außen hin gab ich mich als gelehrige und anstellige Sklavin. Ich musste dies tun – denn um nichts in der Welt hätte ich riskiert, dass man mir auch noch den Umgang mit meiner Tochter Nzinga verbot, nur weil ich rebellisch oder störrisch war.

Als Nzinga sieben Jahre alt wurde, hatten die Weißen sie bereits so sehr umerzogen, dass sie begann, ihre eigene Mutter – mich – abzulehnen.

»Du redest immer so komisch«, sagte sie zu mir, als ich ihr auf Kimbundu gratulierte. »Die anderen sagen, du bist eine Hexe. Ich habe aber Angst vor afrikanischem Zauberkram. Ich will nicht, dass du mich verzauberst.«

Ich gab ihr eine Ohrfeige. In unserer Muttersprache schimpfte ich mit ihr: »Wer dich mit einem üblen Fluch belegt hat, das sind die weißen Senhores. Man muss die Eltern achten und ehren. Wer das nicht tut, wird später von bösen Geistern heimgesucht.«

Daraufhin riss sie sich von mir los und rannte heulend zur Casa Grande.

Ich war nicht minder erschüttert über diesen Verlauf der Dinge als meine Tochter, obwohl ich sie doch vorhergesehen hatte. Das war die raffinierteste und sicherste Methode der Weißen, uns zu versklaven: Mehr noch als die menschenunwürdige Arbeit war es das Auseinanderzerren ganzer Familien, die uns verzweifeln ließ und uns jeden Lebensmut raubte.

Mein Lebenswille allerdings ließ sich nicht so schnell brechen. Ich hielt mich an der bescheidenen Hoffnung fest, dass es meiner Tochter besser ergehen möge als mir und ich sie zumindest gelegentlich zu Gesicht bekam. Das war mehr, als andere schwarze Mütter hatten, denen zuweilen all ihre Kinder fortgenommen und auf eine andere Fazenda verkauft wurden.

Dann, eines Tages, geschah etwas so Unerwartetes, dass mein Glaube an unwahrscheinliche Zufälle wiederhergestellt wurde. Ein neuer Sklave kam auf unsere Fazenda. Die Weißen hatten ihm den Namen Luís Inácio gegeben, unter den Sklaven wurde daraus jedoch sogleich Lula.

Und ich kannte ihn. Ich hatte sogar schon gemeinsam mit ihm getanzt.

36

Lua legte den Stift aus der Hand. Es wurde langsam zu dunkel, um weiterschreiben zu können.

»Du musst gehen, Kasinda«, sagte sie zu der Alten. »Sonst findest du in der Nacht deinen Weg nach Hause nicht mehr.«

Kasinda schnaubte beleidigt, als seien Wanderungen in der Finsternis etwas, was sie mit Leichtigkeit bewältigen konnte.

»Oder bist du auch geflohen?«, fragte Lua sie ungläubig. Die Vorstellung beunruhigte sie. Wenn sie jetzt nicht nur für sich selbst, sondern auch noch für eine Greisin sorgen müsste, wäre sie wahrscheinlich endgültig verloren.

Abermals schüttelte die Alte den Kopf und gab dazu ein Schnaufen von sich, als habe Lua sie einer schlimmen Sünde bezichtigt. »Kasinda nicht fliehen. Kasinda sterben.«

»Du siehst mir nicht danach aus, als lägest du im Sterben. Eigentlich wirkst du für dein Alter doch recht agil. Aber sag, wie kommt es, dass du hier bist?«

»Dumme Senhorita erzählen Kutscher José, dass braucht Decken, Essen, Pferd für morgen ganz früh. Kasinda sein versteckt in Stall von Kutscher José. Alles hören, alles wissen.«

»Und was hat José auf Três Marias gemacht?«

»Fahren fast jede Tag. Bringen Briefe von Senhora für Senhorita, und von Senhorita für Senhora. Sinhô nicht wissen.«

Aha, dachte Lua. Mutter und Tochter ließen einander also heimlich Botschaften zukommen, die von José überbracht wurden. Und Kasinda nutzte die Gelegenheit, um mit José zur Nachbarfazenda zu fahren. Es würde weder Dom Felipe noch sonst jemandem auffallen, wenn die Alte fort war. Und dass José andauernd mit der Kutsche losfuhr, um Erledigungen für Dona Ines zu machen, war ebenfalls nicht weiter verwunderlich. Hatte Kasinda die anderen Flüchtlinge, die in Liberdade Zuflucht gefunden hatten, auf diesem Wege informiert? Hatte sie die Gutmütigkeit Josés – oder aber seine Vernarrtheit in sie? – ausgenutzt, um Zé bei der Verwirklichung seines Traums zu helfen? Denkbar war es, wenn auch sehr gewagt.

»Und musst du nicht wieder mit José zurück nach São Fidélio fahren?«

Sie grinste Lua schief an. »Gewitter sehr stark. José müsse schlafen auf Três Marias.«

Soso. Sie würde also die Nacht über fortbleiben. Wahrscheinlich würde nicht einmal das auffallen. Die allabendlichen Zählungen der Sklaven in der Senzala wurden ohnehin nicht sehr sorgfältig durchgeführt.

»Und du bleibst hier bei mir am Strand?«, forschte Lua weiter. Sie war sich nicht sicher, ob sie die unerwartete Gesellschaft schätzen sollte, weil sie dann nicht so allein hier draußen wäre, oder aber sie verfluchen, weil sie sich dann die ganze Nacht hindurch die schlimmen Berichte Kasindas würde anhören müssen.

»Oh, nein!«, rief Kasinda aus. »Du bleiben, ich gehen zurück. Haben kein Angst in Nacht.«

»Bitte bleib!«, hörte Lua sich betteln, noch ehe sie über diese plötzliche Eingebung, die ihre wahren Gefühle verriet, nachdenken konnte. Nun, da sie es ausgesprochen hatte, wollte ihr der Gedanke, die Nacht hier am Strand allein zu verbringen, unerträglich erscheinen. Lieber würde sie sich stundenlang Kasindas Geschichte anhören, als bis zum Morgengrauen über ihr eigenes Schicksal nachzudenken. Denn allmählich drang Lua wieder ins Bewusstsein, was Kasinda ihr gesagt hatte, als

sie hier erschienen war: dass sie ihrer Meinung nach ein Kind erwartete. Ob es wahr war oder nicht, spielte im Augenblick keine Rolle. In jedem Fall würde Lua länger darüber grübeln, als gut für sie war. Sie brauchte Ablenkung.
»Du sicher hier. Essen, dann schlafen. Morgen kommen dumme Senhorita.«
»Nenn sie nicht immer ›dumme Senhorita‹!«, fuhr Lua die Alte an. »Die Sinhá Eulália ist meine einzige Chance auf Rettung. Und mag sie auch töricht wirken, so ist sie doch im Grunde ein herzensguter Mensch!«
Kasinda nickte milde lächelnd, dann erhob sie sich aus ihrer hockenden Position. Sie bewegte sich so geschmeidig, dass Lua für einen kurzen Moment einen Blick darauf erhaschte, wie sie als jüngere Frau gewesen sein musste. Sonst fiel es ihr immer schwer, die Frau aus der Geschichte mit der Greisin vor sich in Verbindung zu bringen, aber diesmal bekam sie eine leise Ahnung, wenn auch der Augenblick schnell wieder vorbei war.
»Du gute Traum!«, wünschte sie Lua, dann verschwand sie in der Abenddämmerung.
Pah, gute Träume! Wo sollten die wohl herkommen? Erst überraschte Kasinda sie mit der Feststellung, dass sie sie für schwanger hielt, dann erzählte sie ihr fürchterliche Dinge über das, was ihrer eigenen kleinen Tochter widerfahren war – und da sollte man noch ruhig schlafen können oder gar angenehme Träume haben? Je länger Lua sich mit dieser Frechheit befasste, desto aufgewühlter wurde sie. Das Ganze musste ein Ende haben! Kasindas furchtbare Erlebnisse schadeten ihr und ihrem Seelenfrieden. Und sie schadeten dem Kind, das sie unter ihrem Herzen trug.
Dem Kind?
Oh, nein, damit lag die Alte bestimmt falsch. Lua weigerte sich, ihr das zu glauben. Oder glaubte sie es insgeheim doch? Sie

fuhr mit der Hand über ihren Bauch, als könne sie durch die Berührung feststellen, ob sich darin ein Lebewesen befand. Doch weder ertastete sie etwas, noch überkamen sie mütterliche Gefühle. Sie spürte eigentlich gar nichts. War das gut oder schlecht? Sollte sie wider Erwarten doch ein Kind erwarten, würde ihm diese vollkommene Leere, die sie empfand, nicht schaden? Sollte sie es nicht vom ersten Augenblick an lieben, schon vom Zeitpunkt der Zeugung an?

Lua erinnerte sich nur zu gut an die Liebesnacht, in der es hätte passiert sein können. Warum hatte sie sich nur so abweisend gegeben? Jetzt, da sie Zé wahrscheinlich nie mehr wiedersehen würde, fehlte er ihr unendlich. Sie sehnte sich nach seiner Umarmung und nach seinen Küssen, und sie vermisste seine Kraft und Zuversicht. Es waren diese Eigenschaften, die ihn zum geborenen Anführer machten, denn in seiner Gegenwart fühlte man weder Furcht noch Feigheit. Hätte er jetzt hier neben ihr gesessen, sie hätte die sternenklare Nacht sogar genießen können, das leise Rauschen der Wellen, das Wispern der Palmblätter. Ach, Zé! Sie begann zu weinen.

Sie musste sich in den Schlaf geweint haben, denn als sie die Augen wieder aufschlug, verfärbte der Nachthimmel sich kaum merklich zu einem blauvioletten Ton. Im Sommer ging die Sonne in Bahia immer schon sehr früh auf, so dass sie schätzte, es müsse etwa fünf Uhr morgens sein. Sie hatte tief und fest geschlafen, und Kasindas Prophezeiung, sie würde süß träumen, hatte sich bewahrheitet, wenngleich sie den Traum nicht hätte wiedergeben können. Aber er war angenehm gewesen und hatte ein wohliges Gefühl hinterlassen.

Sie brauchte eine Weile, bevor sie sich wieder in der Wirklichkeit zurechtfand. Sie war gestrandet, im wahrsten Wortsinn, und hockte allein und unglücklich an einem feinsandigen Strand, nur im Besitz einiger zerlumpter Kleidungsstücke und mit allein einer dünnen Decke zu ihrem Schutz. Sie fühlte sich wie eine Schiffbrüchige, wobei die sich ja über das Erscheinen anderer Menschen gefreut hätte, da sie in ihnen Hilfe sah. Lua hingegen vermutete in jeder anderen Person zunächst einen Feind.

Sie wusch sich im Meer, was, da gerade Flut herrschte, ein bisschen umständlich war. Die Felsen waren bedeckt vom Wasser, so dass man, wollte man zu einem der Naturbecken gelangen, über die Steine gehen musste. Diese aber waren scharfkantig und rutschig. Lua gab ihr Unterfangen auf, da sie fürchtete, zu stürzen und womöglich zu ertrinken. Stattdessen kniete sie sich an den Rand und schaufelte mit ihren zu einer Schale geformten Händen Wasser auf sich. Der Strand war zu einem sehr schmalen Streifen zusammengeschrumpft, der nichts mehr von der grandiosen, weitläufigen Kulisse bei Ebbe hatte. Es bedrückte Lua irgendwie, als sei ihre Freiheit um ein weiteres Stück beschnitten worden.

Sie erklomm wieder eine Palme, um sich mit Kokosnüssen zu versorgen. Als sie diese geöffnet hatte, setzte sie sich zum Frühstücken hin. Mit großem Appetit verputzte sie die Reste der Leckereien, die Kasinda ihr mitgebracht hatte. Sie betete, dass es stimmte und die Sinhá Eulália sie besuchen würde, hoffentlich schwer bepackt mit Köstlichkeiten aus der Casa Grande.

Es dauerte zwar noch geraume Zeit, doch sie kam.

Von dem Marsch in dem Sandstreifen, der gleich unterhalb der Vegetationslinie trocken und weich war, war sie verschwitzt und atemlos. Doch ihr Gesicht strahlte vor Begeisterung. Sie wirkte wie ein kleines Mädchen, das den Erwachsenen erfolgreich einen frechen Streich gespielt hat, und in Wahrheit verhielt es sich ja auch so ähnlich.

»Jesus und Maria«, stöhnte sie, »es ist schon so früh am Morgen einfach zu heiß für solche Abenteuer. Und dann diese blöde Flut! Der weiche Sand sieht ja hübsch aus, aber wehe, man muss hindurchstapfen! Und das alles mit diesem Gepäck!« Damit ließ sie einen großen Beutel auf den Boden fallen, den sie über ihre Schulter geworfen auf dem Rücken getragen hatte.

Luas Mitleid hielt sich in Grenzen. Ihre einstige Herrin hätte sich ja auch einmal nach ihrem, Luas, Befinden erkundigen können, die sie eine ungleich längere Strecke hinter sich und noch dazu die Nacht allein im Freien verbracht hatte. Aber was sie sagte, war: »Ihr seid zu bedauern! Kommt, Sinhazinha, setzt Euch hin, ich massiere Euch die Füße.«

Sie kam der Aufforderung zögernd nach, als habe sie Hemmungen, Lua diese Art von Verrichtung ausüben zu lassen. Das erschien der jungen Schwarzen merkwürdig, denn früher hatte Eulália solche Bedenken nie an den Tag gelegt. Schließlich aber streckte sie ihr einen Fuß hin, den Lua auf ihren Schoß legte und sanft knetete.

»Willst du nicht erst etwas essen?«, fragte sie, als sei ihr auf einmal wieder eingefallen, dass sie ja zu Luas Rettung hierhergekommen war und nicht zu ihrem eigenen Vergnügen.

»Nein danke, Sinhazinha, ich habe schon gegessen.«

»Aber sieh nur, was ich alles ergattert habe.« Sie drehte sich, um ihren Beutel erreichen zu können, wobei ihr Fuß fast von Luas Schoß fiel. Man merkte ihr an, dass sie stolz auf ihre Leistung war und nach Lob verlangte. »Hier: Kaffee und Zucker! Bohnen, *farinha* und Reis! Und … was ist? Warum schaust du so unglücklich drein?«

»Es ist wunderbar, was Ihr alles mitgebracht habt. Aber, versteht mich nicht falsch, Sinhazinha, wie soll ich es hier zubereiten? Ohne einen Topf, ohne Süßwasser und ohne Feuer machen zu können?«

Eulália glotzte Lua entgeistert an. »Willst du dich auch noch beschweren?«

»Nein, Sinhazinha, es ist nur, dass ich …«
»Vielleicht haben meine Eltern doch recht, und ihr seid alle nur ein Haufen verwöhnter Kindsköpfe. Von dir hatte ich wirklich etwas anderes erwartet.« Dann brach sie in Tränen aus.
Eulália heulte eine halbe Stunde lang so heftig, dass die einzelnen Satzbrocken, die sie zwischen ihren Schluchzern ausstieß, kaum zu verstehen waren. Lua reimte sich ihr Gestammel so zusammen, dass sie letzte Nacht von ihrem Mann sehr grob behandelt worden war und dass ihre Schwiegereltern sie am Morgen einer entwürdigenden Befragung unterzogen hatten, wohin es sie denn zu einer so unchristlichen Zeit ziehe. »Hauptsache, weit fort von Euch!«, hatte sie darauf patzig geantwortet und war aus dem Haus gestürmt, begleitet von den Rufen ihrer Schwiegermutter, dass ihr schlechtes Betragen ein Nachspiel haben werde.
»Schlechtes Betragen, Lua! Ich werde von ihnen abgekanzelt wie ein Kind vom Schulmeister.«
»Scht, Sinhazinha«, hauchte Lua und wiegte sie in ihren Armen. »Alles wird wieder gut.«
Doch daran glaubte Lua im Grunde selbst nicht. Es beunruhigte sie, dass die Sinhá vor aller Augen zu ihren Ausflügen aufbrach. Irgendwann würde ihr jemand folgen, und diese Person würde unweigerlich auch sie finden. Der trockene Sand, durch den die Flut einen zu gehen zwang, wurde praktisch niemals vom Wasser überspült, Spuren hielten sich darin eine Ewigkeit. Und diese zu vernichten wäre bei der Länge der Strecke sinnlos gewesen, abgesehen davon, dass laienhaft verwischte Spuren ja ebenso verräterisch waren.
Eulália schniefte und jammerte weiter: »Lua, ich halte das nicht mehr aus! Am liebsten würde ich mit dir zusammen hier am Strand kampieren, nur wir zwei, ohne lästige Schwiegermütter oder Ehemänner. Wir würden jeden Tag ein erfrischen-

des Bad im Meer nehmen, bei Ebbe, würden schöne Spaziergänge machen und uns von dem ernähren, was die Natur so hergibt.«

»Kokosnüsse und rohe Fische«, warf Lua ein, doch die andere störte sich nicht weiter daran.

»Apropos«, rief sie enthusiastisch aus, »ich habe auch Honigbonbons und *doce de leite* dabei!«

Sie machten sich über die Süßigkeiten her, als hätten sie seit Wochen nichts zu essen bekommen, und Eulália erzählte Lua mit vollen Backen, was sich auf São Fidélio und Três Marias während ihrer Abwesenheit alles zugetragen hatte. Ihr Redefluss war dabei ebenso atemlos wie zuvor ihr Weinkrampf, zusammenhanglos und unverhältnismäßig lang. So inhaltsleer er war, so viel sagte er Lua doch über Eulálias Gemütszustand: Sie war todunglücklich.

»Carlos hat uns seine Braut vorgestellt, stell dir vor. Ich wusste gar nicht, dass er auf Freiersfüßen wandelt, es kam ziemlich überraschend. Nun, sie wird ihn vielleicht bändigen, denn er führt ein ungesundes Leben in Salvador, das sieht man gleich. Er ist dick geworden, und er hat komische rote Flecke überall. Meine Eltern waren sehr angetan von der jungen Frau, die ziemlich unscheinbar und gar nicht Carlos' Typ ist. Manuel hat gleich behauptet, an ihr sei doch nur ihre Mitgift interessant. Das ist mal wieder typisch für ihn, er kann an nichts anderes als an Geld denken, mein kleiner Bruder. Na ja, so klein ist er nun auch wieder nicht. Aber wem sage ich das, du kennst ihn ja selbst. In den paar Wochen, in denen du weg warst, ist er nicht mehr nennenswert gewachsen. Mein Vater hätte ihm für diese freche Bemerkung beinahe eine Ohrfeige verpasst, aber er hat es dann bleibenlassen. Dafür erhielt Lulu kurz darauf eine ordentliche Abreibung, weil er beim Lauschen erwischt wurde. Mein Vater hat ihm die Ohren langgezogen, im wahrsten Sinne des Wortes,

denn bei seinem linken Ohr ist das Ohrläppchen eingerissen. Er schrie wie am Spieß, und damit er endlich damit aufhörte, hat Fernanda ihm eine runtergehauen. Es war grausam von ihr, aber sehr wirkungsvoll. Der dumme Kerl hatte beides verdient. Ich kann ihn nicht ausstehen. Sie wollten ihn mir als Hochzeitsgeschenk mitgeben, aber das wusste ich zu verhindern. Ach, Lua, wie gern hätte ich dich mitgenommen nach Três Marias, wie viel erträglicher wäre es dort, wenn ich eine Freundin hätte! Ich hatte keine Menschenseele, der ich mich nach der Hochzeitsnacht hätte anvertrauen können, und glaub mir, ich hätte dringend eine Schulter zum Ausheulen benötigt. Es war nämlich scheußlich. Aber wem sage ich das, du hast ja selber inzwischen einem Mann beigewohnt, oder nicht?«
Sie sah Lua erwartungsvoll an. Lua wusste nicht, ob Eulália wirklich glaubte, sie sei in der Stimmung, mit ihr über intime Details zu plaudern. Ihr wurde plötzlich schwarz vor Augen, und sie hörte ihre Stimme wie aus weiter Entfernung. Es gelang ihr gerade noch, sich zu erheben und ein paar Schritte in Richtung Gebüsch zu laufen, wo sie sich mit einem ekligen Schwall erbrach. Schlagartig ging es ihr besser. Es war ihr sehr unangenehm, vor der Sinhazinha einer so hässlichen körperlichen Regung nachgegeben zu haben, aber es ließ sich ja nun nicht mehr ändern.
»Ich glaube, es waren die Süßigkeiten«, entschuldigte Lua sich. »Ich hatte seit Wochen keinen Zucker mehr genossen.«
»Nicht, dass dir von meinem Bericht schlecht geworden ist«, sagte Eulália spitz.
Beschämt senkte Lua den Blick. »Es tut mir leid, Sinhazinha.«
»Bist du in anderen Umständen?«
»Wie bitte?«
»Du hast mich schon verstanden. Also bist du, oder bist du nicht?«

»Ich weiß es nicht«, gab Lua zu und machte ein unglückliches Gesicht. »Es ... es wäre möglich.«

Daraufhin brach die Sinhazinha abermals in Tränen aus. »Es ist so ungerecht! Ich werde belauert und ausspioniert, ich bekomme eine besondere Diät und gute Ratschläge, ich lasse mich allnächtlich von diesem Tier Rui Alberto bespringen, aber nichts passiert. Und bei euch Negern klappt es gleich beim ersten Mal.«

»Ich gäbe viel darum, wenn es umgekehrt wäre«, gab Lua zu bedenken. »In meiner derzeitigen Lage kommt mir ein Kind nicht gerade gelegen.«

Eulália sah Lua in einer Mischung aus Neid und Erschrecken an. »Oh, verzeih mir, Lua. Ich bin manchmal so gedankenlos. Also, wo war ich stehengeblieben? Ich glaube, bei der furchtbaren Köchin auf Três Marias, die ...«

Lua hörte nur noch mit halbem Ohr hin. Die Sinhazinha setzte ihre Erzählung fort. Sie gab Belanglosigkeiten denselben Stellenwert wie spannenden Neuigkeiten, hielt sich ewig bei einem falschen Wort auf, das ihr Schwiegervater verwendet hatte, und ging hastig über die Dinge hinweg, die Lua interessiert hätten, wie etwa die Tatsache, dass Fernanda von einem freien Schwarzen aus der Stadt, einem Scherenschleifer und Kesselflicker, den Hof gemacht bekam.

»Nanu, wo hat sie den Mann denn kennengelernt?«, unterbrach Lua die Sinhá Eulália an dieser Stelle, worauf sie ihr barsch entgegnete: »Woher soll ich das wissen? Bei einer eurer Neger-Tanzveranstaltungen auf São Fidélio, nehme ich an. Tja, aber eigentlich wollte ich dir ja gerade schildern, wie ich dann zu der guten Florinda gesagt habe, dass sie unmöglich den blauen Hut ...«

Lua massierte Eulália die Füße, während diese endlos weitererzählte. Es war, als wäre ein Damm gebrochen, als habe sie all

diese Dinge ewig in ihrem Innern verschlossen, die jetzt, da sie freiweg reden durfte, nur so aus ihr heraussprudelten, Komisches und Tragisches, Erhabenes und Niedriges nebeneinander in einem Satz. Lua zwang sich zu Geduld und Verständnis. Vielleicht würde auch sie selbst wie ein Wasserfall reden, wenn sie nur einen Zuhörer hätte.
Aber sie hatte niemanden. In einem kleinen Anflug von Selbstmitleid quollen Lua Tränen in die Augen, die sie verstohlen und mit betont nachlässiger Geste fortwischte, als sei ihr ein Sandkorn oder ein Insekt ins Auge geraten.
»So schlimm war es nun auch wieder nicht«, hörte sie die Sinhazinha sagen. »Aber ich merke schon: Meine Gesellschaft scheint dir nicht zu behagen.«
Müde schüttelte Lua den Kopf. Es war vielleicht ein bisschen viel, was sie sich sowohl von Kasinda als auch von Eulália hatte anhören müssen. Wer war sie, dass ihr alle ihr Herz ausschütteten? Glaubte denn jeder, Luas Aufnahmevermögen für all das erlittene Elend sei unbegrenzt? Nun, sie wollte nicht ungerecht sein: Die eine wusste von der anderen ja nichts. Und es hatte ja auch durchaus etwas Schmeichelhaftes, wenn man von Schwarzen wie von Weißen für vertrauenswürdig genug erachtet wurde, sich ihre Geheimnisse, Nöte und Ärgernisse anzuhören.
»Es ist nur«, erwiderte Lua lahm, »dass mich im Augenblick so viele Dinge beschäftigen. Meine Zukunft ist ungewiss, und ...«
»... die deines Kindes auch«, ergänzte Eulália.
»Ach!«, sagte Lua ungehalten. »Ich weiß ja nicht einmal, ob ich wirklich ein Kind erwarte. Vermutlich lag mein Unwohlsein tatsächlich im ungewohnten Zuckergenuss begründet.«
»Wie dem auch sei: Ich muss jetzt fort. Aber damit du mich nicht für eine eigennützige Schwätzerin hältst, die zu dumm ist, brauchbare Lebensmittel einzupacken – ich habe dir noch etwas mitgebracht.«

Eulália griff in ihren Beutel, der nunmehr beinahe leer und schlaff herabhing, und fischte einen letzten Gegenstand heraus.

Luas Puls beschleunigte sich merklich, als sie sah, dass es sich um ein Buch handelte.

»Ich dachte mir, dass du es bestimmt noch nicht kennst«, sagte sie, wandte sich um und marschierte davon.

37

Lula, wie sie den neuen Sklaven nannten, war derselbe Mann, der mit mir auf dem Sklavenschiff zum Takt der Peitsche hatte tanzen müssen. Er war derjenige, der mich nach dem demütigenden Spektakel hasserfüllt angeblickt und dadurch meine Wut – und meine Lebensgeister – geweckt hatte. Im Grunde verdankte ich ihm mein Leben.
Ich erkannte ihn sofort, obwohl er in den nunmehr acht Jahren, die wir bereits in Gefangenschaft lebten, stark gealtert war. Da man ihn in Ketten vom Sklavenmarkt zur Fazenda gebracht hatte und er nur eine einfache Leinenhose trug, sah ich auf seinem entblößten Oberkörper hässliche Striemen, die er zuvor nicht gehabt hatte. Er musste unzählige Male ausgepeitscht worden sein. Er war mager, aber sehr muskulös, und in sein Gesicht hatten sich Falten der Bitterkeit eingegraben. Seine Mundwinkel hingen weit nach unten, doch seine Augen blitzten so zornig, wie ich sie in Erinnerung hatte.
Auch er erkannte mich sofort. Wir nickten einander so unauffällig zu, dass es niemand bemerkte. Eine stillschweigende Übereinkunft, eine Art geheimer Pakt entstand zwischen uns, ohne dass wir auch nur ein Wort miteinander gewechselt hatten. Die Jahre der Gefangenschaft hatten uns einander nähergebracht, mehr, als es die quälende Enge eines Sklavenschiffs je vermocht hätte. Nachdem man uns unsere Namen und unsere Sprache, unsere Sitten und unsere Vergangenheit genommen hatte, war hier nun endlich ein anderer Afrikaner, jemand, der die Entbehrungen und Erniedrigungen der Sklaverei besser

nachvollziehen konnte als all die brasilianischen Sklaven, die die Freiheit ja nie kennengelernt hatten.

Es sollten noch einige Wochen vergehen, bevor ich endlich die Gelegenheit hatte, mit Lula unter vier Augen zu reden. Es war nicht ganz einfach, denn er sprach einen anderen Dialekt als ich, aber es reichte, um uns verständigen zu können.

Sein echter Name war Muhongo. Er hatte an der Küste gelebt und war Fischer. Die Menschenjäger hatten ihn erwischt, als er eines Abends später als die anderen mit seinem Boot zurückkehrte, weil er auf dem Meer eingeschlafen war. Er verfluchte sich bis zu diesem Tag für das harmlose Nickerchen. Muhongo berichtete mir in ebenso einfachen wie bestürzenden Worten, dass er unzählige Fluchtversuche unternommen habe, weil er sich durch seine Fähigkeit, zu schwimmen und ein Boot zu handhaben, im Vorteil geglaubt hatte. Aber die Weißen besaßen Schusswaffen, die auf viel weitere Distanz ihr Ziel treffen konnten als der ausgefeilteste Speer afrikanischer Machart. Sie verfügten außerdem über schnelle Boote sowie über ein ausgeklügeltes Netz an Wachposten. Auf vorgelagerten Inseln im Meer hatten sie Forts errichtet, an denen man praktisch nicht ungesehen vorbeikam. Und so war er immer wieder eingefangen worden.

Ich empfand großes Mitleid mit Muhongo, ließ es mir jedoch nicht anmerken. Afrikaner sind sehr stolze Männer, und es gibt weniges, was ihren Stolz mehr verletzt als Mitleid. Umgekehrt versuchte auch er sich nichts anmerken zu lassen, als ich ihm eine gekürzte Version meiner Erlebnisse schilderte und ihm aus der Ferne meine süße Tochter mit ihrer verräterischen hellbraunen Haut zeigte. Für eine Afrikanerin galt es als große Schande, ein Kind von einem der weißen Verbrecher zu bekommen. Doch auch Muhongo hatte in der Sklaverei gelernt, andere Maßstäbe anzulegen als in der Heimat. Er wusste, dass mich an meinem Schicksal keine Schuld traf.

Ich fühlte mich zu Muhongo hingezogen. Ich wusste nicht, ob ich dieselben Gefühle für ihn gehegt hätte, wären wir einander unter weniger tragischen Umständen begegnet. Vielleicht entsprang meine Zuneigung zu ihm nur dem Wunsch, einen Gleichgesinnten um mich zu wissen, einen Gefährten, der die Vorurteile der Brasilianer gegen Afrikaner ebenso zu spüren bekommen hatte wie ich selber. Wie auch immer: Es war wunderbar, endlich über alles Mögliche reden zu können, ohne im Blick des Gegenübers immerzu einen hämischen Ausdruck zu sehen, noch dazu in unseren jeweiligen Dialekten, die einander ähnelten. Es war eine unendliche Erleichterung für mich, dass auch Muhongo viele der Gebräuche der Weißen lächerlich fand, ihre Kleidung albern, ihre Sprache scheußlich, ihre Religion abstoßend. Nachdem ich jahrelang von allen verlacht worden war, wenn ich mich abwertend über solche Dinge wie goldene Hausaltäre geäußert hatte, war ich schon beinahe so weit gewesen, an mir selbst zu zweifeln. Nun aber hatte ich einen Seelenverwandten gefunden.

Wir verbrachten viele Abende damit, einander die Beobachtungen zu schildern, die wir gemacht hatten. Dass wir uns allein dadurch, dass wir uns so oft von den anderen absonderten, nicht eben entsprechend afrikanischer Sitte verhielten, ignorierten wir. In der Gefangenschaft galten andere Gesetze als daheim, wo ein Mann und eine Frau, wenn sie nicht miteinander verheiratet waren, sich keinesfalls so lange allein miteinander unterhalten durften. In dieser Hinsicht ähnelten die Gesetze der Weißen den unseren sehr. Ich schilderte Muhongo die Episode, in der ich auf dem Feld die Schlange erschlagen hatte, vor der alle anderen feige zurückgewichen waren, und er wusste von einem ganz ähnlichen Fall zu berichten, in dem er mit bloßen Händen ein Krokodil getötet hatte, das die anderen nur mit Stöcken zu berühren wagten. Wir lachten herzlich über die weißen Memmen und die verweichlichten Schwarzen, die ihre afrikanischen Wurzeln verleugneten. Noch mehr amüsierten wir uns jedoch über die lachhaften Rituale, die sie in ihren Messen zelebrierten und mit denen sie ihren eigenen Überzeugungen ständig widersprachen. Sie aßen ein Stück Brot, das man ihnen als »Leib Christi« darbot, verabscheuten aber zugleich die kannibalischen Indiostämme. Sie huldigten einem Mann, der Armut gepredigt hatte, statteten ihre Kapellen und Kirchen aber prachtvoller als Paläste aus. Sie lehrten uns, dass die fleischliche Vereinigung von Mann und Frau nur im Rahmen der geheiligten Institution Ehe stattfinden dürfe, nahmen aber achselzuckend hin, dass der Besitzer einer Fazenda sowie seine Söhne von dieser Regel ausgenommen waren. Am absurdesten jedoch fanden Muhongo und ich die Beichte. Wenn man eine Sünde begangen hatte, brauchte man sie sich nur von der Seele zu reden, schon verzieh einem ihr großer, gnädiger, milder Gott. Dass einen, je nach der Schwere des Vergehens, wenig später die Peitsche des Senhors treffen würde, verschwiegen sie einem wohlweislich.

Doch viele Dinge, die wir anfangs lächerlich gefunden hatten, erschienen uns nun, nach den langen Jahren in Sklaverei, mehr oder weniger normal. Dazu gehörte die Kleidung der Weißen: die absonderlichen Hüte, mit denen sie sich entstellten, und die unbequemen Stiefel, die für das heiße Wetter ungeeignet waren. Wir hatten uns schon so an den Anblick gewöhnt, dass wir es gar nicht mehr als komisch empfanden, wenn ein Mann einen dreieckigen Hut mit Pfauenfedern trug oder eine Frau ein Korsett, das ihr die Luft zum Atmen abschnürte.

Muhongo und ich stellten außerdem ernüchtert fest, wie viele unserer eigenen Gepflogenheiten, die wir anfangs so vermisst hatten, einfach durch die Lebensumstände fortgeweht worden waren, ohne dass sie uns besonders fehlten. Hatten wir zu Be-

ginn unserer Gefangenschaft noch geglaubt, niemals ohne unsere Amulette auskommen zu können, so wussten wir nun, wie gut es auch ohne diese ging, wenn man sich mit ein paar Ersatzutensilien rüstete. Hatte uns anfangs die Verzweiflung heimgesucht angesichts der erdrückenden Enge der Senzala, so hatten wir inzwischen gelernt, dass der Mensch nicht den überwältigenden Anblick eines Sonnenaufgangs in der Savanne oder auf dem Ozean für sein Überleben benötigte, sondern sich durchaus auch mit ein wenig Vogelgezwitscher oder dem Duft einer Blume begnügen konnte. Und waren wir vor wenigen Jahren noch der Überzeugung gewesen, ohne unsere Familien würden wir kläglich eingehen, so stellten wir nun fest, dass wir einander beinahe ebenso viel Halt geben konnten.
Wir wurden ein Liebespaar. Die anderen Sklaven rümpften die Nase über uns, weil sie uns nicht verstanden. Wir waren vorher schon Außenseiter gewesen, doch als Paar, das sich seiner Andersartigkeit plötzlich nicht mehr insgeheim, sondern stolz bewusst war, waren wir es erst recht. Voreinander hatten Muhongo und ich kaum Geheimnisse, und die Scham hatten wir ohnehin an jenem Tag abgestreift, an dem uns die Matrosen des Sklavenschiffes hatten tanzen lassen. Einzig unserer portugiesischen Namen schämten wir uns, obwohl wir doch nichts dafür konnten. Wenn jemand mich in Muhongos Gegenwart »Imaculada« rief, duckte ich mich innerlich vor Beschämung, und an Muhongos Blicken sah ich, dass es ihm genauso erging, wenn man ihn »Lula« rief. Das waren nicht die Namen stolzer, freier Menschen. So hätten die Weißen auch ihre Tiere nennen können – ein weiterer Punkt übrigens, der Muhongo und mich zu Tränen belustigte. Wie konnte man nur einem Kaninchen oder einer Kuh einen Namen geben?
Meine Tochter fand gar nichts dabei. Sie gehörte zu den Ersten, die ein neugeborenes Kälbchen oder einen Welpen an-

schauten und ihm einen Namen verpassten. »Sieh nur, es hat bis zu den Knien weiße Beine«, sagte sie eines Tages aufgeregt zu mir, als ein Fohlen geboren wurde. »Wir sollten es *Botinhas*, ›Stiefelchen‹ nennen.« Wie groß ihr Einfluss in der Casa Grande war, zeigte sich daran, dass das Fohlen tatsächlich den Namen Botinhas erhielt. Es hatte jedoch irgendeinen Geburtsfehler, den ein Laie wie ich nicht erkennen konnte, so dass es sehr bald verkauft wurde. Meine Tochter war darüber untröstlich, und ich schleuderte ihr, ohne nachzudenken, eine grausame Wahrheit an den Kopf: »Mit dir werden sie es genauso machen, wenn du dich nicht so entwickelst, wie es ihnen gefällt.« Ihre Antwort erschütterte mich jedoch mehr, als es der Schreck über meine unbedachten Worte getan hatte. »Na, und wenn schon. Ich bin ihr Eigentum, damit können sie ja machen, was sie wollen.« Heulend rannte sie davon.
In ihrem tiefsten Innern hat Nzinga vielleicht schon geahnt, dass es tatsächlich so kommen würde.
Zunächst jedoch verlief unser Leben in einigermaßen ruhigen Bahnen. Man gestattete Muhongo und mir, zu heiraten. Es war eine schlichte Zeremonie, die nichts zu bedeuten hatte, da man jeden von uns jederzeit vom anderen trennen konnte. Es fand keine Feier in der Senzala statt, wie es bei anderen Sklavenhochzeiten der Fall war, da wir so wenige Freunde unter den Brasilianern hatten. Einzig meine Tochter kam, um uns zu gratulieren, allerdings widerstrebend. Man merkte ihr an, dass die Senhora ihr eingeschärft hatte, freundlich zu sein und artig die besten Wünsche zu überbringen. Ich war dennoch gerührt und dankte ihr: »Wie lieb von dir, Nzinga.« Daraufhin brach sie in Tränen aus. »Ich heiße Dodo! Warum musst du mich immerzu mit diesem Afrika-Kram blamieren? Und jetzt hast du auch noch diesen Wilden geheiratet … ich schäme mich, deine Tochter zu sein!«

Es war grauenhaft, sie diese Dinge sagen zu hören. Aber konnte ich ihr einen Vorwurf machen? Die Weißen hatten meine Kleine auf dem Gewissen. Sie hatten ihren Geist verbogen und ihr jede Achtung vor der eigenen Herkunft geraubt. Muhongo, der den Aufruhr in meinem Herzen bemerkte, legte den Arm beschützend um mich und sagte sanft zu meiner Tochter: »Du nur haben eine Mutter.« Ich wusste, dass er es gut meinte, aber das Ergebnis war verheerend. Nzinga heulte nur noch heftiger und beschwerte sich lautstark: »Ihr zwei könnt ja nicht mal richtig reden!« Dann rannte sie davon, zurück zu der trügerischen Freundlichkeit ihrer weißen Herrschaft.

Ein knappes Jahr später wurde ich erneut Mutter. Muhongo und ich nannten unseren Sohn Uanhenga, nach meinem ersten Mann und Muhongos Großvater. Offiziell hieß der Junge natürlich anders, nämlich José Alberto, und die Brasilianer mit ihrer albernen Angewohnheit, alle Namen zu verstümmeln, nannten ihn Betinho. Er war ein sehr strammer Bursche, pechschwarz wie sein Vater und ich, kerngesund und mit einer kräftigen Stimme gesegnet, die mich und die anderen Bewohner der Senzala fast um den Verstand brachte. Muhongo und ich liebten ihn sehr. Diesmal war ich es, die Uanhenga einer anderen Frau zum Stillen geben musste, um selber meine Arbeit verrichten zu können – es war übrigens das junge Mädchen, das noch vor kurzem die Favoritin des Senhors gewesen war und die Nase so hoch getragen hatte. Unser »Besitzer« hatte sie schneller abgelegt als die anderen vor ihr, wie er überhaupt mit zunehmendem Alter und fortschreitender Erschlaffung seiner Wangen die Häufigkeit erhöhte, mit der er sich neue Sklavinnen nahm, die zudem immer jünger wurden.
Nzinga war elf Jahre alt, als die ersten weiblichen Rundungen erkennbar wurden. Ich machte mir die allergrößten Sorgen um

sie, tröstete mich jedoch mit dem Wissen, dass der Senhor ja ihr leiblicher Vater war und sich wohl kaum an der eigenen Tochter vergreifen würde. Das tat er auch nicht. Doch was er tat, war noch viel schlimmer.

Eines Tages bekam er Besuch von einem alten Freund aus seiner Studentenzeit. Die beiden Männer redeten bis in die Nacht, tranken und begannen zu spielen. Je betrunkener sie wurden, desto höher wurde der Spieleinsatz. Der Freund, der Nzinga zuvor hatte tanzen sehen, erhöhte seinen Einsatz, so dass unser Senhor nicht mehr mithalten wollte. »Ach, altes Haus, sei nicht so ein Spielverderber. Du hast doch jede Menge kostbare Sklaven hier herumlaufen. Ich würde dieses Tanzmädchen als Einsatz akzeptieren.«

Unser Senhor verlor.

Ich erfuhr von den Ereignissen durch Nzinga selbst, die gelauscht hatte und mir am nächsten Tag alles schilderte. »Ich soll mit diesem alten Kerl mitgehen!«, empörte sie sich unter Tränen. »Er hat mich gewonnen. Gewonnen! Kannst du dir das vorstellen? Wie einen Pokal!«

Natürlich konnte ich mir das vorstellen, und noch viel mehr als das. Aber ich hütete mich, ihr zu sagen, ich hätte schon immer gewusst, dass das eines Tages geschehen würde.

»Kannst du nicht etwas dagegen unternehmen? Den Kerl mit irgendeinem afrikanischen Fluch belegen? Ihn vergiften? Bitte, Mutter, tu etwas!«

Traurig schüttelte ich den Kopf. Mir war nicht entgangen, dass sie mich zum ersten Mal seit Jahren wieder mit »Mutter« angesprochen hatte. »Ich kann nicht zaubern«, sagte ich zu ihr in Kimbundu. Ich überlegte, ob ich ihr zur Flucht raten sollte, entschied mich jedoch dagegen. Wohin sollte ein elfjähriges Mädchen schon fliehen? Die Wahrscheinlichkeit, dass ein noch übleres Schicksal als das an der Seite dieses Mannes

sie ereilen würde, war einfach zu hoch. »Deine einzige Chance ist die Senhora. Bitte sie um Hilfe. Vielleicht hat sie ein paar Juwelen, die sie dem Mann als Ersatz anbieten kann.«
Wutschnaubend zog Nzinga von dannen. Sie glaubte, ich hätte sie verraten und ihr meine Hilfe verweigert. Aber was hätte ich tun können? Wenn ich auch nur in die Nähe dieses Freundes unseres Senhors hätte kommen können, hätte ich ihn eigenhändig erwürgt. Aber als einfacher Arbeiterin war mir der Zugang zur Casa Grande verwehrt, und ein dramatisches Stürmen des Hauses und Niederringen der Bewohner hätte Nzinga wohl kaum geholfen. Ich überlegte, ob der Schmuck, den der Senhor mir in früheren Jahren geschenkt hatte, ausreichen würde, um Nzinga auszulösen. Vielleicht. Einen Versuch war es jedenfalls wert.
Ich ging zur Casa Grande und bat um eine Unterredung mit dem Senhor, die man mir erst gewährte, nachdem ich ein großes Geheul angestimmt hatte.
»Ihr nicht Dodo diese Mann mitgeben. Sie viel jung, um …«
»Papperlapapp«, blaffte er mich an, »sie ist genau im richtigen Alter. Sieh sie dir doch an. Runde Brüstchen, knackiges Hinterteil und ein Mund, der geküsst werden will.«
Mir wurde fast übel bei diesen Worten, doch ich nahm meine ganze Willenskraft zusammen, um meine Mission nicht zu gefährden. »Imaculada haben Gold. Geben Mann Gold, behalten Dodo hier.«
»Ach?« In der Miene des Senhors spiegelten sich Zweifel und milde Belustigung. »Woher hast du denn Gold? Du wirst es doch nicht etwa gestohlen haben?«
Stumm streckte ich die Hände aus und zeigte ihm, was sich darin verbarg. Es waren mehrere kleine Anhänger sowie das große goldene Herz, das er mir einst geschenkt hatte. Er starrte ungläubig auf meinen Schatz, dann begann er zu lachen.

»Du glaubst, mit diesen armseligen Blechstücken ein junges, gesundes Negermädchen bezahlen zu können? Nein, ihr seid viel mehr wert als das.« Jetzt schüttelte er sich förmlich vor Lachen.

Ich verstand nicht, was daran so komisch sein sollte.

Unbemerkt von uns beiden war die Senhora in den Raum getreten. Erst als sie neben uns stand und stirnrunzelnd mein Gold betrachtete, hörte das beschämende Gelächter des Senhors auf.

Ich warf mich vor ihr auf die Knie. »Bitte, behalten Dodo. Sie noch klein.« Ich begann zu heulen, und ich sah, dass auch der Senhora Tränen in die Augen traten. Aber sie schüttelte den Kopf und unterdrückte ihre Gefühle, um steif zu sagen: »Nein, Imaculada. Wenn der Senhor sie fortgeben will, dann musst du das hinnehmen. Sie ist sein Eigentum, er allein darf über sie bestimmen. Außerdem hast du ja jetzt deinen kleinen Betinho.«

Ich schluchzte laut auf und weinte über diese weitere Herzlosigkeit. Als könne ein Kind ein anderes ersetzen! Diese Teufel!

»Schluss jetzt mit dem Gejammer!«, befahl der Senhor. »Geh zurück an die Arbeit. Dodo wird es gut haben bei meinem alten Freund. Er ist ein sehr wohlhabender Mann, und seine Sklaven sind alle wohlgenährt und fröhlich.«

Ich ließ den Kopf hängen, machte aber keine Anstalten, zu gehen. Ich überlegte fieberhaft, was ich noch unternehmen konnte, um Dodo vor diesem Schicksal zu bewahren, doch da gab mir der Senhor einen unsanften Schubs in Richtung Tür. »Na los, worauf wartest du noch?«

Ich stürmte hinaus und rannte in der Halle beinahe meine Tochter um, die wahrscheinlich jedes Wort mitbekommen hatte. Ihr liefen Tränen über die Wangen, und ich drückte sie fest an mich. »Meine geliebte Nzinga«, flüsterte ich ihr auf Kimbundu zu, »ich habe alles versucht.« Sie klammerte sich an mich und heulte nur: »Nein! Nein!«, als auch schon der Senhor vor die Türe trat und uns mit Hilfe eines Hausklaven voneinander trennte.

Weil ich nun begonnen hatte, wild um mich zu schlagen und zu treten, wurde ich gefesselt und fortgeführt. Nzinga leistete keine Gegenwehr, sondern sackte weinend auf den Fliesen zusammen. Es war ein Anblick, den ich nie vergessen werde, der aber lange nicht so verstörend war wie das letzte Bild, das ich von ihr in Erinnerung habe. Sie saß zusammengekauert neben dem Kutscher, der in dem Gefährt den Freund unseres Senhors nach Hause karrte, und war herausgeputzt wie eine Dirne: ein elfjähriges Mädchen, dem man Wangenrot und Lippenpomade aufgetragen hatte und das man in ein puppenhaftes, roséfarbenes Kleidchen mit großem Dekolleté gesteckt hatte, das die Weißen wahrscheinlich niedlich fanden, das aber keine Zweifel an der Bestimmung meiner geliebten Tochter ließ.

38

Kasindas Bericht erschütterte Lua zutiefst. Die Alte hatte ihn mit monotoner Stimme vorgetragen, und gerade dadurch ging er noch mehr unter die Haut. Hätte Kasinda geweint, geklagt und geschrien, wären ihre Schilderungen vielleicht anschaulicher, aber keinesfalls eindringlicher gewesen. Es war der Mangel an Gefühl in ihrer Stimme, der die Starrheit ihres Entsetzens lebendig werden ließ. Lua hätte heulen können beim Gedanken an Kasindas kleine Tochter und die Grausamkeiten, die man dem Kind vermutlich angetan hatte, riss sich aber zusammen. Vielleicht nahm die Geschichte doch noch einen erfreulicheren Verlauf. Sie sehnte Kasindas nächsten Besuch herbei, denn sie war überaus gespannt, wie es weiterging.

Aber das mochte noch Tage dauern. Zwischen ihrem ersten und ihrem zweiten Besuch hier bei Lua am Strand, wo sie sich mittlerweile ein richtiges kleines Nest gebaut hatte, waren drei Tage vergangen – drei vergnügliche Tage, ausnahmsweise, denn sie hatte ja Lektüre. Dass die Sinhazinha ihr ein Buch mitgebracht und ihr dadurch zu verstehen gegeben hatte, dass sie längst um Luas Lesekenntnisse wusste, hatte sie im ersten Augenblick zu Tode erschreckt. Später, als sie sich wieder beruhigt hatte, gelang es ihr jedoch, der Sache einen positiven Aspekt abzugewinnen. Oder besser: mehrere positive Seiten. Erstens sprach es sehr für die Sinhá Eulália und ihre Verschwiegenheit, dass sie über all die Jahre keinem von Luas verbotenen Fähigkeiten erzählt hatte. Ihre jugendlichen Torheiten und ihre alberne Mädchenhaftigkeit täuschten darüber hinweg,

dass sie durchaus nicht dumm war und dass sie offenbar das Herz am rechten Fleck hatte. Zweitens war Lua hocherfreut darüber, dass Eulália die richtigen Schlüsse gezogen hatte: Sie, Lua, war allein und einsam und langweilte sich den halben Tag – was lag da näher, als sich die Zeit mit ein wenig Lesestoff zu versüßen? Und drittens: Sie machte sich durch dieses unerwartete Geschenk noch mehr zu Luas Mitwisserin und Verschwörerin. Ein notleidendes Geschöpf mit Lebensmitteln zu versorgen, war eine Sache – es mit Geistesnahrung zu füttern, eine ganz andere. Wenn man Eulália dabei erwischte, würde sie eine empfindliche Strafe fürchten müssen.
In den nunmehr vier Tagen, die Lua sich unter den Palmen am Strand verborgen hielt, hatte sie außer Kasinda und Eulália keine Menschenseele zu Gesicht bekommen. Einmal sah sie ein Fischerboot, das weit draußen auf dem Meer vorbeifuhr, mehr nicht. Hatte sie früher das Alleinsein für ein erstrebenswertes Ziel gehalten, so war sie dessen jetzt, da sie über ein Zuviel daran verfügte, überdrüssig. Es war nicht gesund für die Seele, wenn man Stunde um Stunde, Tag um Tag damit zubrachte, nach Störenfrieden Ausschau zu halten, während man sie zugleich auch irgendwie herbeisehnte, nur um eine menschliche Stimme zu hören. Lua wurde den Eindruck nicht los, dass ihr die Gesellschaft von Schildkröten allein auf Dauer nicht zuträglich war.
Dabei waren die Schildkröten wirklich putzige Kreaturen. Sie kamen allnächtlich an den Strand, watschelten auf ihren Flossenfüßen über den Sand und gruben tiefe Löcher, in die sie ihre Eier plumpsen ließen. Die Eier hatten eine nachgiebige Schale, so dass sie beim Sturz in die Grube keinen Schaden nahmen. Oft war morgens der ganze Strand mit den Spuren der Schildkröten übersät, den gleichmäßigen Abdrücken ihrer Flossen, die sich neben einer tieferen Furche herzogen, der

Spur ihrer massigen Leiber. Lua war ein paarmal versucht gewesen, die Eier zu stehlen und sie auszuschlürfen. Doch sie ließ es immer bleiben. Sie wusste ja gar nicht, ob Schildkröteneier genießbar waren. Außerdem verspürte sie, so lächerlich dies sogar in ihren eigenen Augen war, ein tiefes Mitleid mit den Tieren, die auf diese Weise ihrer Brut beraubt werden würden.

Sie selbst würde ja ebenso wenig wollen, dass ihr jemand ihren Nachwuchs stahl. Inzwischen war Lua immer mehr davon überzeugt, dass Kasinda recht hatte und sie in anderen Umständen war. Ihr war morgens speiübel, und ihre Periode hatte auch nicht wieder eingesetzt. Beides hätte natürlich das Ergebnis der widrigen Umstände sein können. Aber Lua glaubte das immer weniger – und freundete sich immer mehr mit dem Gedanken an, Mutter zu werden.

Es waren zwiespältige Gefühle, die sich ihrer bemächtigten. Auf der einen Seite durchströmte sie eine tiefe Liebe zu dem ungeborenen Kind. Sie konnte Stunden damit zubringen, vor sich hinzuträumen und sich auszumalen, wie es wohl aussehen würde. Sie dachte sich Namen aus, für Jungen ebenso wie für Mädchen, und sie stellte sich Zés vor Freude leuchtendes Gesicht vor, wenn er erfuhr, dass er Vater geworden war. Wenn er es denn je erfuhr. Denn das war die andere Seite der Medaille: Das Kind würde ohne Vater aufwachsen. Es würde im schlimmsten Fall sogar ohne Mutter aufwachsen, denn wenn man Lua schnappte, würde Dom Felipe zweifellos ihr Kind zu seinem Eigentum erklären. Eine fremde Frau würde es an ihre Brust legen, und niemand würde ihm je die Wärme und Geborgenheit geben können, die es von Lua erhielte. Wenn sie an die Leiden dachte, die Kasinda durchlebt hatte, dachte sie zuweilen sogar, dass es besser für das Kind sei, gar nicht erst geboren zu werden.

Aber nein! Nein, ganz gleich, was ihr widerfuhr, sie würde Sorge dafür tragen, dass dieses unbekannte Wesen eine Chance hatte. Es verdiente zu leben.

Je länger Lua am Strand vor sich hin brütete, desto mehr zweifelte sie an ihrer Entscheidung, Liberdade verlassen zu haben. War es wirklich so schlimm dort gewesen? Es wollte ihr nun nicht mehr gar so schrecklich erscheinen. Hatte sie dort so sehr gelitten, dass sie dafür Entbehrungen, Einsamkeit sowie die Gefahr schrecklicher Bestrafung auf sich hatte nehmen müssen? Hatte sie voreilig einen Entschluss gefällt, den sie später bitterlich bereuen würde? Ob sie vielleicht doch lieber wieder dorthin zurückkehren sollte? Noch war es nicht zu spät. Sie würde zwar im Elend leben, aber in Freiheit. Sie wäre mit Zé zusammen, und ihr Kind würde das für Schwarze so seltene Privileg genießen, bei beiden Elternteilen sein zu können und mit Liebe und Zärtlichkeit überhäuft zu werden.

Lua schlug die Hände vors Gesicht und schluchzte verzweifelt auf. Was war sie nur für ein dummes Huhn! Wie konnte man bloß so wankelmütig sein? Die Weißen taten wahrscheinlich ganz recht daran, die Schwarzen wie hilflose Kinder zu behandeln. An ihrem Beispiel sah man ja am besten, wohin es einen brachte, wenn man freie Entscheidungen traf. Bei diesem Gedanken heulte sie nun erst recht auf. Oh, wie konnte sie nur! Es war unverzeihlich, so etwas auch nur zu denken. Die Weißen waren es doch, die die Schuld an ihrer Misere trugen. Würde man die Schwarzen nicht entmündigen, wären sie zum selbständigen Denken erzogen worden und hätten frühzeitig gelernt, Entscheidungen zu treffen. Dann könnten sie sicher ebenso gut mit der Freiheit umgehen wie jeder andere auch.

Im Übrigen war es ja nicht so, als wären weiße Mädchen, die in eine Notlage wie die ihre geraten waren, besser dran als Lua. Sie erinnerte sich an den Fall einer entfernten Bekannten der

Sinhá Eulália, die mit 15 Jahren schwanger geworden war und sich das Leben genommen hatte, weil der Kindsvater abstritt, sich je mit ihr eingelassen zu haben. Solche entsetzlichen Schritte blieben den Schwarzen wenigstens erspart, denn als die »Tiere«, als die sie galten, scherte sich kein Mensch um uneheliche Geburten. Im Gegenteil, ihre Senhores waren ja froh über jedes Kind, denn es vergrößerte ihre »Herde« und damit ihren Reichtum und ihr Ansehen.

Einen Augenblick schoss Lua die zynische Idee durch den Kopf, dass sie sich ja stellen könnte – und mit dem Argument, einen weiteren, noch ungeborenen Sklaven mitgebracht zu haben, vielleicht einer allzu drakonischen Strafe entgehen würde. Nein! Voller Widerwillen schüttelte sie sich. Das alles kam nur davon, dass sie zu lange allein an diesem vermaledeiten Strand verbrachte, zu viel Zeit zum Nachdenken und zu viel Furcht vor der Zukunft hatte.

Lua verließ sich darauf, dass die Sinhazinha schon irgendetwas zu ihrer Rettung unternehmen würde. Aber wie es schien, hatte ihr Wort kaum mehr Gewicht als Luas. Eulália genoss ihre kleinen Ausflüge, suhlte sich in dieser vermeintlichen Rebellion und fühlte sich als Heldin, weil sie etwas Verbotenes tat. Aber konnte sie wirklich helfen? Je länger Lua darüber nachdachte, desto unwahrscheinlicher kam es ihr vor. Und auch Kasinda verfügte nicht über die Mittel, sie aus ihrer misslichen Lage zu befreien. So schwer es Lua fiel, es sich einzugestehen: Sie würde selbst tätig werden müssen, sonst säße sie noch jahrelang hier. Das Bild einer zerzausten Einsiedlerin drängte sich ihr auf, einer verfilzten Verrückten, die mit einem Kleinkind am Strand umherirrte und sich kaum mehr in vollständigen Sätzen äußern konnte. Darüber musste sie lachen und weinen zugleich. Immerhin war ihr noch genügend Verstand geblieben, dass sie erkannte, wie kurz davor sie war, dem Wahnsinn anheimzufallen.

Gleich am nächsten Morgen, so beschloss sie, würde sie ihre Siebensachen packen und aufbrechen, ganz gleich, wohin. Das Nichtstun zermürbte sie mehr, als es eine ungewisse Zukunft tat. Sie legte sich schlafen, erfüllt von Optimismus und dem Glauben daran, dass sich alles zum Guten wenden würde. Doch die Nacht bescherte ihr grauenhafte Träume, so dass sie schweißgebadet erwachte und die beklemmenden Visionen der Träume mit in die Wirklichkeit nahm. Es war noch tiefdunkle Nacht. Es war vollkommen windstill und gespenstisch leise, nicht einmal das Säuseln der Palmen war zu hören. Einzig das ferne Brechen der Wellen an dem vorgelagerten Riff erinnerte Lua daran, wo sie sich befand. Ein kalter Schauer lief ihr über den Rücken, denn eine üble Vorahnung ergriff sie.

Als die Dämmerung einsetzte, sah sie eine der gewaltigen Schildkröten, die über den Sand zurück ins Wasser robbte. Sie hatte den Anblick der friedlichen Tiere bislang immer als tröstlich empfunden, doch diesmal beschrieb »Trost« ganz gewiss nicht ihre Gefühle. Die Schildkröte erschien ihr vielmehr wie ein gemeingefährliches Fabelwesen mit ihrem ledrigen Kopf, der boshaft unter dem Panzer hervorlugte, und dem mächtigen Schnabel, mit dem sie ihren Feinden sicher schlimme Bisswunden zufügen konnte. Es war, als hätte sich Luas ganze Wahrnehmung mit einem Schlag verwandelt: Was vorher weiß gewesen war, war plötzlich schwarz, alles Gute hatte sich zum Schlechten verkehrt, und was zuvor warm gewirkt hatte, ließ sie nun vor Kälte zittern.

Sie zog ihr Tuch enger um die Schultern und gab sich ihrer Verzweiflung hin. Ihr war kalt, und ihr war übel. Auf einmal sah sie sich, wie ein unbeteiligter Beobachter sie sehen würde: einsam, traurig, mit einem Kind im Bauch – und ohne jegliche Aussicht auf eine Verbesserung ihrer Situation. Eine Kreatur, die zweifellos im Tod und beim Herrgott im Himmel mehr Frieden finden würde als auf Erden.

Lua begann zu beten. Zunächst murmelte sie mechanisch die Gebete, die ihr schon oft Linderung verschafft hatten, wenn sie bekümmert gewesen war. Doch alle Vaterunser und Ave-Marias blieben nutzlos. Wenn überhaupt, dann wurde sie nur noch verzweifelter. Sie sah sich im Sand knien und die Lippen bewegen, ganz wie eine Schwachsinnige. Erbittert lachte sie auf. Nun war es also so weit: Sie hatte den Verstand verloren. In einem letzten Aufbäumen gegen ihre Verwirrung suchte sie das Zwiegespräch mit dem Sohn Gottes. Laut rief sie gen Himmel: »Hilf mir, Jesus, erlöse mich von meinem Leid!« Daraufhin stieß sie wieder ein trauriges Lachen aus, denn der Nachhall ihrer eigenen Stimme erschien ihr unnatürlich und krank. Sie schlug die Hände vors Gesicht und ließ ihren Tränen freien Lauf. »Bitte, Jesus Christus, sag mir, was ich tun soll? Wohin soll ich gehen? Womit habe ich dieses Los verdient?«, flüsterte sie. Doch all ihre Klagen und Fragen blieben unbeantwortet. Auch der Heiland hatte sie vergessen.

Die Sonne ging auf, und das Wasser zog sich wieder zurück. Der ewige Kreislauf von Ebbe und Flut, von Tag und Nacht, von Leben und Tod war in seiner Einfachheit und in seiner machtvollen Unerbittlichkeit einfach überwältigend. Fasziniert schaute Lua dem Naturspektakel zu. Und dann, als die Ebbe ihren Tiefstand erreicht hatte, wusste sie plötzlich, was zu tun war. Es war so einfach, dass sie sich nur darüber wunderte, warum sie nicht schon vorher darauf gekommen war.

Sie warf das Tuch von sich und ging, nackt, wie Gott sie erschaffen hatte, und ebenso langsam wie entschlossen auf die Felsen zu, zwischen denen sich die kleinen Tümpel gebildet hatten. Diesmal hatte sie keinen Blick für die vielen bunten Fischlein, die sich darin tummelten. Sie wurde magisch ange-

zogen von der weiß schäumenden Gischt, die sich da bildete, wo das Riff sich aus dem Wasser erhob. Vorsichtig kletterte sie über die nun freigelegten Felsen. Manche waren von Algen überwachsen und sehr rutschig. Kleine Krebse krabbelten über die Steine, und Muscheln klebten an ihnen. Ohne alldem einen Blick zu schenken, setzte sie ihren Weg fort und gelangte ohne Zwischenfälle zu der Linie, an der sich die Wellen brachen und die sie bisher nur aus der Ferne gesehen hatte.
Es war atemberaubend. Die Luft war feucht und salzig. Die Wellen türmten sich hoch auf und krachten mit großem Getöse auf das Riff. Die eine oder andere hatte so viel Kraft, dass selbst der weiße Schaum noch weit über die Felsen leckte und Luas Füße überspülte. Das Herannahen der Brecher sowie das Zurückweichen des Wassers, nachdem sie zerschellt waren, übte einen unwiderstehlichen Reiz auf sie aus. Die ewige Wiederholung desselben Vorgangs versetzte sie in eine Art Trance. Wie betäubt stand sie dort und hoffte, dass eine besonders mächtige dieser Wellen sie holen würde. Sie brauchte nur noch wenige Schritte weiterzugehen, dann wäre sie eins mit dieser urtümlichen Naturgewalt, mit dem ewig sich wiederholenden Rhythmus der göttlichen Gesetze.
Sie hob ihr Gesicht der Sonne entgegen, die nun schon als greller Ball im Osten stand, und dachte an den fernen Kontinent, der auf der anderen Seite des großen Meers lag – Afrika. Ihr fiel Kasindas furchtbare Verschleppung ein sowie ihre oft wiederholte Beteuerung, die Ahnen würden über die Lebenden wachen. Ob irgendwo hinter dem Horizont auch Vorfahren von ihr selbst begraben lagen, die in diesem Moment ein Auge auf sie haben würden? Und ob es hier in Brasilien irgendwo vielleicht lebende Vorfahren von ihr gab? Suchte eine alte Frau weit fort von hier nach ihrer Tochter und ihrer Enkelin? Hatte sie Großeltern oder Urgroßeltern, die selbst vor langer Zeit in

Afrika gefangen genommen worden waren und die Ähnliches durchgemacht hatten wie Kasinda? Ganz bestimmt verhielt es sich so, denn sie alle, die sie dunkle Haut hatten, stammten schließlich ursprünglich von Afrikanern ab. Warum hatte sie nie zuvor darüber nachgedacht, wessen Erbe sie in sich trug?

Der unsichtbare Kontinent, der die Heimat ihrer Ahnen gewesen war, zog sie magisch in seinen Bann. Sie machte einen Schritt nach vorn. Das Wasser schwappte nun bei jeder Welle über ihre Füße. Es fühlte sich herrlich erfrischend an. Der Wind hatte zugenommen und blies ihr die Locken aus der Stirn, doch die aufsteigende Sonne hatte bereits so viel Kraft, dass ihr warm wurde. Alles in ihr sehnte sich danach, sich in die Fluten zu stürzen, sich von dem belebenden Nass abkühlen zu lassen, sich in der Umarmung der Wellen treiben zu lassen und sich in einem unbekannten Reich wiederzufinden, das Heimkehr versprach.

Wie aus weiter Ferne hörte sie einen Ruf: »Lua, Lua!« Es war, als habe das Meer selbst nach ihr gerufen, als hätten die Stimmen der Ahnen nach ihr gegriffen und sie aufgefordert, die Heimreise nun endlich anzutreten. Sie ging einen weiteren Schritt nach vorn. Dann noch einen.

Das plötzliche Ende des Riffs und ihr Sturz ins Wasser wurden von einem Gefühl des Schrecks begleitet, das zugleich Erleichterung in sich barg. Sie hatte es getan. Sie hatte eine Entscheidung getroffen, und diesmal wäre sie unwiderruflich. Eine Welle brach sich über ihr und wirbelte sie herum. Sie wurde gegen die Felsen geschleudert. Während ihr Geist und ihre Seele dieses Wohlgefühl, den Elementen schutzlos ausgeliefert zu sein, genossen, sträubte ihr Körper sich dagegen. Sie wollte sich nicht gegen ihr unausweichliches Ende wehren und tat es doch. Sie wollte sich dem Meer hingeben, wollte sich ganz von ihm verschlingen lassen und den Augenblick des Überwechselns in ein anderes Dasein mit allen Sinnen genießen. Aber das gelang ihr nicht.

Die Instinkte waren stärker als ihr Wille. Wenn die Strudel sie wieder an die Oberfläche spülten, schnappte sie, ohne es zu wollen, nach Luft. Sie schlug um sich und verschluckte sich. Sie stemmte sich gegen die Wucht der Wellen, obwohl sie wusste, dass es aussichtslos war und dass sie das, wofür ihr Körper kämpfte, nämlich das Leben, im Grunde gar nicht wollte. Nicht mehr. Sie wollte nur noch Frieden. Sie merkte, wie ihre Kräfte irgendwann nachließen, und sie war dankbar dafür. Ein Kampf gegen das Meer war würdelos.

Dann war es irgendwann so weit. Sie spürte die sanfte Umarmung des Todes, der ihr sanft »Lua« ins Ohr flüsterte. Sie hatte die Vision von Zé, der mit ihr gemeinsam auf einer Woge des Glücks schwebte, der sie umarmte und küsste und ihr der beste Reisegefährte war, den man sich wünschen konnte. Sie empfand ein so inniges Gefühl von Frieden, eine so überwältigende Leichtigkeit, dass sie sich willenlos der dunkelblauen Tiefe überantwortete, die über ihr zusammenschlug.

Lua war glücklich.

39

*D*ie Schwerelosigkeit endete so plötzlich, wie sie Lua aufgenommen hatte. Der Einklang, in dem ihr Körper und ihr Geist sich befunden hatten und den sie als so wohltuend empfand, wurde jäh von einem Misston aufgelöst. Ein Schrei, eine Ohrfeige, ein Rütteln – dann schlug sie die Augen auf.
Zé kniete über ihr, sein Gesicht dicht an dem ihren. Sie konnte seinen Atem spüren und die Pünktchen in seiner Iris erkennen.
»O Gott!«, schluchzte er auf. Tränen liefen über seine Wangen, dann bedeckte er ihr nasses Gesicht mit unzähligen kleinen Küssen.
»Lua!«, hauchte er ihr mit einer Dringlichkeit zu, die sie nicht verstand. »Lua, du hast es geschafft!«
Sie wusste nicht, was er meinte. Sie lebte, oder? Das hieß, sie hatte es *nicht* geschafft – wieder hatte sie ein Ziel verfehlt. Es war ihr offenbar nicht vergönnt, auch nur ein einziges Mal etwas zu Ende zu bringen. Ein Ruck ging durch ihren Oberkörper. Sie lehnte sich zur Seite und spuckte einen Schwall Salzwasser aus. Ihr war übel. Sie war zu Tode erschöpft. Sie wollte die Augen schließen und schlafen, aber Zé ließ sie nicht. Er redete unaufhörlich auf sie ein und strich dabei über ihr Gesicht.
»Nicht einschlafen, Lua, sonst stirbst du.«
Aber ja doch, Geliebter, ja.
»Bitte, mach die Augen auf. Sag etwas. Warum hast du das getan? Um Gottes willen, Lua, erklär es mir!«
Was gab es da schon zu erklären? Sie hatte sterben wollen und wollte es jetzt mehr denn zuvor, so elend war ihr zumute.

»Kannst du dich bewegen? Hast du Schmerzen? Kannst du mich hören? Erkennst du mich deutlich? Wie viele Finger sind das? Antworte mir, Lua!«

Er zeigte ihr vier Finger seiner linken Hand, alle bis auf den Daumen. Sie glotzte darauf und fragte sich, was er eigentlich von ihr wollte. Was waren das alles für blöde Fragen? Warum konnte er sie nicht einfach in Ruhe lassen?

»Wie viele Finger, Lua, sag schon!«

»Vier«, flüsterte sie matt, einfach nur, damit er endlich aufhörte, sie weiter zu bedrängen.

Ein breites Lächeln erhellte sein Gesicht. »Gut gemacht.«

Sie war unendlich erleichtert darüber, dass sie zu seiner Zufriedenheit geantwortet hatte und er sie jetzt einfach schlafen lassen würde. Aber da merkte sie, wie er sie hochhob, einen Arm unter ihren Knien, den anderen unter ihrem Rücken. Ein stechender Schmerz durchzuckte sie, und ein Keuchen entfleuchte ihrer Kehle.

»Tut dir etwas weh? Beweg dich nicht. Ich bringe dich in den Schatten, dort werde ich deine Wunden versorgen.«

Ob ihr etwas weh tat? Ihr ganzer Körper war wie zerschlagen. Oder besser: Er *war* zerschlagen. Dass sie die Wucht, mit der die Wellen sie gegen die Felsen geschleudert hatten, überlebt hatte, grenzte an ein Wunder. Zé trug sie zu ihrem Lager und legte sie vorsichtig nieder. Sie hatte nicht die Kraft, etwas zu sagen oder ihm für seine Fürsorglichkeit zu danken. Das Letzte, was Lua wahrnahm, bevor sie erneut in Ohnmacht fiel, waren die Schrammen und Abschürfungen an Zés Brust und Armen. Er hatte sich, ging es ihr noch kurz durch den Kopf, todesmutig in die Fluten gestürzt, um sie ihnen zu entreißen, und sich dabei selbst verletzt. Sie war unendlich froh, dass er nicht ertrunken war. Sie hätte sich seinen Tod nie verzeihen können.

Es vergingen mehrere Tage, in denen sie vor sich hin dämmerte und wenig von dem mitbekam, was um sie herum passierte. Zé fütterte, wusch und versorgte sie aufopferungsvoll. Außer ihm bekam sie niemanden zu Gesicht, aber das mochte nichts heißen. Vielleicht waren die Sinhazinha und Kasinda gekommen und von Zé wieder fortgeschickt worden. Lua gab sich ihrer Schwäche bereitwillig hin, und zwar nicht, weil sie die Pflege so genossen hätte, sondern weil sie sich noch nicht in der Lage sah, sich der Wirklichkeit zu stellen. Denn rein körperlich schritt ihre Genesung gut voran. Es war ihr Geist, so jedenfalls fühlte es sich an, der an den Felsen zerschellt war. Oder vielleicht auch schon vorher. Sie wollte niemanden sehen und mit niemandem reden. Sie wollte die Augen geschlossen lassen und allein sein mit dem Dunkel in ihrem Kopf.
Zé konnte Luas Mangel an Lebensmut kaum ertragen. Immer und immer wieder redete er ihr ins Gewissen und forderte sie auf, sich gegen ihre Todessehnsucht aufzulehnen. Wenn das nur so einfach gewesen wäre!
»Steh auf, Lua. Wir gehen gemeinsam hinunter zum Wasser. Du wirst sehen, wenn du erst einmal ein schönes kühles Bad genommen hast, geht es dir schon viel besser.«
Ach, Zé, dachte sie, du hast ja keine Ahnung!
Sie folgte seinen Anweisungen, denn sie war viel zu schwach, es nicht zu tun. Aber das gewünschte Ergebnis blieb aus. Auch nach dem erfrischenden Bad in den Naturbecken zwischen den Felsen blieb Lua seltsam distanziert und unbeteiligt, als geschehe all das einer anderen. Noch vor kaum zwei Wochen hatte sie diese Bäder genossen. Sie verstand selbst nicht, was mit ihr geschah.
Manchmal verschwand Zé für mehrere Stunden und kehrte dann mit etwas Essbarem zurück.
»Sieh nur, Lua, was ich ergattert habe!«

Aber jede Feijoada dieser Welt konnte ihr gestohlen bleiben, ganz gleich, wie viel Fleisch, Speck und Würste sie enthielt. Sie hatte überhaupt keinen Appetit, und womöglich wäre sie spätestens jetzt gestorben, nämlich hungers, hätte Zé sie nicht gezwungen zu essen.
Einmal wachte sie nachts auf. Zé saß neben ihr und wachte über sie. Sie bemerkte, dass er leise weinte. Sie fühlte sich schrecklich, als habe sie ihn bei etwas Verbotenem beobachtet. Also rollte sie sich auf die andere Seite und gab vor, tief und fest zu schlafen. Er sollte nicht wissen, dass sie Zeugin seiner Schwäche geworden war, deren Anlass sie doch selbst darstellte.
Aber in diesem Augenblick erhielt ihre Teilnahmslosigkeit einen ersten Riss. Es tat ihr in der Seele weh, diesen Mann, den nichts erschüttern konnte, weinen zu sehen, und sie bedauerte zutiefst, ihm solchen Kummer bereitet zu haben. Es war das erste Anzeichen dafür, dass auch ihre Seele wieder heilen würde.
Die Genesung verlief quälend langsam. Anders als bei einer Erkältung oder ähnlichen körperlichen Erkrankung, bei der man eines Morgens eine deutliche Verbesserung spürt, waren Luas Fortschritte so winzig, dass man sie kaum wahrnehmen konnte. Aber in ihrer Summe machten sie sich irgendwann eben doch bemerkbar. Nach ein paar Wochen aß sie wieder mit mehr Appetit. Sie konnte die Schönheit eines Sonnenuntergangs würdigen. Sie schätzte die Gesellschaft Zés. Und sie wurde wieder eitler.
Sie hatte zufällig ihr Spiegelbild in einer Pfütze erblickt – und war erschrocken davor zurückgewichen. Ihre Haare standen wirr ab, ihre Wangen waren eingefallen, und sie meinte sogar, dunkle Augenringe zu erkennen, obwohl die Spiegelung in der Wasseroberfläche so detaillierte Ansichten ja gar nicht erlaubte.

Sie bat Zé daraufhin, ihr einen Kamm zu besorgen. Er verschwand jeden Tag für eine ganze Weile, um dann mit Lebensmitteln oder Decken und Kleidung zurückzukehren. Wahrscheinlich ging er nach Três Marias, wo er ja früher einmal gelebt hatte und sicher noch viele Leute kannte, die ihn unterstützten. Ausdrücklich danach gefragt hatte Lua ihn allerdings nie. An einen Kamm hatte er bislang nicht gedacht, aber als sie ihn darum bat, schlug er sich in gespielter Verzweiflung gegen die Stirn und verfluchte sich für seine Gedankenlosigkeit. Sie sah ihm an, dass ihn ihr Wunsch freute, und zwar nicht in seinem eigenen Interesse. Es war keine hübsche Frau, die er wollte, sondern eine geistig gesunde – und das deutlichste Anzeichen für ein Wiedererwachen der normalen menschlichen Regungen war nun einmal die Eitelkeit.

»Warum kommt eigentlich die Sinhazinha Eulália gar nicht mehr vorbei?«, fragte Lua ihn eines Tages.

Er reagierte mit überraschender Wut. »Vielleicht hat sie schon wieder das Interesse an dir verloren, die feine *Sinhazinha*.« Er spie das letzte Wort aus wie einen Kraftausdruck. »Für deine Sinhazinha bist du so etwas wie ein Vögelchen, das sich einen Flügel gebrochen hat. Sie kümmert sich um dich, solange du schutzlos bist – um dich danach wieder schön in den Käfig zu sperren.«

»Das ist nicht wahr!«

»Und warum kommt sie dann nicht mehr?«

»Was weiß ich. Sicher hast du ihr zu verstehen gegeben, dass sie hier nicht länger erwünscht ist, jetzt, da du dich mir ja aufgedrängt hast.«

»Aufgedrängt? Ich habe dir das Leben gerettet!«

»Genau.«

Er sah sie traurig an. Er verstand sie nicht, so wie auch sie ihn nie verstehen würde. Und von der Freundschaft, die sich zwi-

schen der Sinhá Eulália und ihr angebahnt hatte, konnte er ja nichts wissen. Er würde es eh nicht glauben, darum beschloss Lua, dass es besser sei, ihm erst gar nicht davon zu erzählen.
»Hast du denn«, fragte sie ihn, »keine Angst, dass sie dich verrät? Du bist ja kein schutzloses Vögelchen, sondern ein entlaufener Sklave, auf den ein hohes Kopfgeld ausgesetzt wurde.«
»Doch, ich habe Angst. Große Angst sogar, denn ich traue den Weißen nicht. Und deiner Eulália schon gar nicht. Sie ist ein verzogenes Gör, das immer bekommen hat, was sie wollte. Und diesmal wollte sie dich, als Spielzeug gewissermaßen – nur dass ich es ihr nicht erlaubt habe.«
»Das heißt, du hast sie wirklich fortgeschickt?«
»Ja, allerdings«, gab er zu. »Seitdem lebe ich mit der klammen Befürchtung, dass jederzeit die Sklavenjäger hier aufkreuzen könnten.«
»Du musst ja nicht hierbleiben. Niemand hat dich darum gebeten. Und außerdem bin ich mir sicher, dass sie dich in Liberdade furchtbar vermissen.«
»Ja«, sagte er einfach, als sei es das Natürlichste der Welt, dass die Bewohner des elenden Urwald-Quilombos ihn, ihren Anführer, vermissten. Seine Arroganz war unerträglich.
»Warum bist du dann nicht längst wieder unterwegs dorthin? Mir kannst du hier nicht weiter helfen.«
»Du bist noch nicht ganz reisetauglich.«
»Soll das heißen …?«
»Aber ja. Ohne dich gehe ich nicht.«
»Nun, es wird dir nichts anderes übrigbleiben. Denn ich gehe nicht mehr dorthin zurück.«
»Willst du lieber am Strand bleiben und verwildern? Oder dich den Weißen stellen und dich auspeitschen lassen? Sei doch nicht so verstockt, Lua! Liberdade ist unsere einzige Chance auf ein wenig Würde und Selbstbestimmung. Ich weiß ja, dass

es nicht immer das reinste Zuckerschlecken ist da draußen. Aber welche andere Wahl haben wir denn? Und wenn wir zwei zusammenhalten, dann kann uns doch der Rest der Welt gestohlen bleiben. Was brauchen wir mehr als uns und unsere Liebe?«

Sie sah ihn stirnrunzelnd an. Das konnte doch nicht sein Ernst sein! Was sie mehr brauchten als einander? Ihr fielen auf Anhieb tausend Dinge ein, die *sie* brauchte, doch sein leidenschaftlicher Gesichtsausdruck hinderte sie daran, sie aufzuzählen. Stattdessen wechselte sie abrupt das Thema.

»Und was ist mit Kasinda? Hast du die auch weggeekelt?«

»Nein, sie hatte von sich aus den Anstand, hier nicht mehr aufzukreuzen. Sie wollte unsere traute Zweisamkeit nicht stören.« Seine Stimme troff vor Hohn, doch es klang irgendwie falsch und gekünstelt.

»Die einzigen beiden Menschen, denen etwas an mir lag, hältst du von mir fern. Findest du, dass ich das als Zeichen deiner großen Liebe zu mir glücklich lächelnd hinnehmen sollte?«

»Warum nicht?«

»Und findest du nicht, dass auch ich das Recht auf Selbstbestimmung habe, das du andauernd für ›uns‹ beanspruchst? Mir scheint, du allein willst bestimmen, auch über mein Schicksal.«

Er hob entschuldigend die Schultern. »Die Entscheidungen, die du bislang allein getroffen hast, waren ja nicht von allzu großer Weitsicht geprägt.«

Leider musste sie ihm darin insgeheim zustimmen. Dennoch gab es ihm nicht das Recht, sich zu ihrem Vormund aufzuschwingen.

»Es haben demnach doch nicht alle Menschen einen Anspruch auf Freiheit? Dumme Frauen zum Beispiel, törichte Dinger wie ich, sollten vor sich selbst beschützt werden – und zwar von

vorausschauenden, weisen Männern wie dir. Ist es nicht so, Zé? Die Freiheit steht nur dem zu, der sie auch zu nutzen weiß, oder? Alle anderen haben sich einem Anführer zu beugen.«
Zé lachte. Es begann mit einem leisen Grummeln, doch dann brach es laut aus ihm heraus. Lua wurde fuchsteufelswild.
»Was fällt dir ein, mich auch noch auszulachen? Geh mir aus den Augen, du Ungeheuer!«
Er lachte immer lauter. Inzwischen liefen ihm schon Tränen herab. »Ach, herrlich, Lua, herrlich! So gefällst du mir.«
»Hör auf damit!«, fuhr sie ihn an.
Aber sein unerhörter Heiterkeitsausbruch hielt an.
»Endlich bist du wieder ganz die Alte. Ach, wie ich dich vermisst habe, meine geliebte Lua! Willkommen im Leben!« Er sprang auf, riss sie ebenfalls hoch und wirbelte sie in der Andeutung eines Tanzes herum. Dass ihr überhaupt nicht nach Feiern zumute war, schien ihn nicht zu stören. Sie löste sich aus seiner Umklammerung und stürzte von ihm fort. Sie ging ein paar Schritte, doch da sah sie plötzlich Kasinda.
Sie hatte sich hinter einem Busch verborgen und das Paar beobachtet. Lua hasste sie in diesem Augenblick dafür. Sie wollte nicht, dass Kasinda Zeugin solcher Szenen wurde, die sie nichts angingen. Wie hatte Zé es ausgedrückt? »Sie wollte unsere traute Zweisamkeit nicht stören«? Pah, dass sie nicht lachte. Kasinda zeigte nicht einmal ansatzweise Anzeichen von Scham über ihren Mangel an Diskretion.
»Du sagen Mbómbo von Kind?«, fragte sie Lua. »Er froh werden Vater, nicht? Und du? Ist schön haben Familie.«
O Gott. Lua hätte sie verprügeln mögen.
»Halt den Mund, Kasinda!«, sagte sie barsch. Sofort danach schämte sie sich für den respektlosen Ton, den sie angeschlagen hatte. Das gehörte sich älteren Leuten gegenüber einfach nicht, ganz gleich, wie unverschämt sie selber waren.

Inzwischen war auch Zé zu ihnen getreten. Er begrüßte Kasinda mit einem ehrerbietigen Senken des Kopfes und einem gemurmelten afrikanischen Satz. Dann fuhr er in munterem Ton, auf Portugiesisch und an sie beide gewandt, fort: »Ja, es ist schön, eine Familie zu haben. Leider ist Lua da anderer Auffassung. Sie hat nur gern eine Besitzerfamilie.«

Kasinda sah abwechselnd von Lua zu Zé und verzog ihr runzliges Gesicht zu einer Grimasse des Unwillens und Abscheus, als ihr Blick schließlich auf Lua liegenblieb.

»Mbómbo nicht wissen?«

»Nein, verflucht, Mbómbo nicht wissen! Und du nicht sagen!«

»Was …?« Zé starrte Lua durchdringend an, als könne er sie allein durch die Intensität seines Blickes zwingen, ihm zu antworten.

»Nichts, Zé. Eine reine Angelegenheit unter Frauen.«

Damit gab er sich zufrieden. Er senkte erneut den Kopf vor Kasinda, sprach eine weitere afrikanische Formel, dann ließ er sie in Ruhe ihre »Frauenangelegenheiten« besprechen.

Lua zog Kasinda fort von ihrem Lager und führte sie am Ellbogen hinab zum Strand. Zé musste nicht hören, was sie einander zu sagen hatten, wobei Lua nicht oft dazu kam, überhaupt etwas zu sagen. Kasinda überschüttete sie mit einem Schwall an Beleidigungen, halb Portugiesisch, halb afrikanisches Kauderwelsch, aber dafür doppelt eindringlich. Lua verstand sehr gut, was die Alte ihr vorwarf: Ihr Tun sei unverantwortlich. Sie könne und dürfe den Vater des Kindes nicht im Unklaren lassen, er habe ein Recht darauf, von seiner Vaterschaft zu erfahren, denn es sei ebenso sein Kind wie ihres, Luas.

Lua versuchte Kasinda zu erklären, dass die richtige Gelegenheit für eine Offenbarung von solcher Tragweite noch nicht gekommen sei, doch das ließ sie nicht gelten. »Nie richtig Zeit, immer schwer sagen. Muss aber machen!«

»Ich weiß, Kasinda«, gab Lua schließlich zu, »du hast ja recht. Ich werde es ihm auch sagen, bald schon. Aber misch dich bitte nicht weiter ein. Überlass mir die Wahl des Zeitpunktes.«
Die Alte wirkte wenig überzeugt, nickte aber.
»Dann jetzt schreiben weiter«, befahl sie Lua. »Kasinda Geschichte – Frauenangelegenheit.« Darauf lachte sie herzhaft und entblößte eine Reihe gelber, aber intakter Zähne, die aussahen wie bei einem Totenschädel, denn das Zahnfleisch hatte sich stark zurückgebildet. Lua gruselte es. Um den Schauder zu überspielen, griff sie nach dem Heft und dem Stift und beugte sich geschäftig darüber. Sie war bereit.

40

Als unser kleiner Uanhenga – der sich lieber Betinho rufen ließ – sieben Jahre alt wurde, musste er mit Muhongo auf die Zuckerrohrfelder. Mein Mann war einer der besten Rohrschnitter, und mein Sohn gehörte bald zu den unermüdlichsten kleinen Helfern. Die Kinder mussten den Schnittern Wasser bringen und ähnliche Handlangerarbeiten verrichten. Ich war zunächst traurig darüber, dass mein kleiner Liebling schon in so jungen Jahren mit anpacken musste. Aber Uanhenga selbst war sehr stolz darauf, dass er zusammen mit den Männern auf die Felder geschickt wurde. Er war groß für seine sieben Jahre und sehr kräftig, nur seine putzige Zahnlücke verriet sein wahres Alter.
»Uanhenga hat ein Händchen für Tiere«, erzählte mir Muhongo eines Tages. »Das Pferd des Aufsehers hat heute wie verrückt gescheut, und unser Sohn war der Einzige, der es wieder beruhigen konnte.«
Mir wurde ganz mulmig bei dem Gedanken, dass unser Kind sich einem sich aufbäumenden Gaul entgegengestellt haben könnte, doch ich nickte, als sei ich stolz auf die Glanzleistungen unseres Sohnes.
»Wir könnten den Senhor fragen, ob er ihm nicht Gorducho mitgeben will, da könnte er etwas lernen.«
Gorducho, »Fettwanst«, war ein Schwarzer, der wie kein anderer mit den Rindern umgehen konnte. Er genoss deutlich mehr Freiheiten als wir anderen Sklaven, und wenn er die Herde zu bestimmten Weidegründen trieb, war er oft tagelang allein un-

terwegs. Wir anderen beneideten ihn glühend um dieses Alleinsein, das uns nie vergönnt war. Ja, unserem Sohn konnte man keine schönere Aufgabe zudenken als diese – jedenfalls innerhalb unserer begrenzten Möglichkeiten in der Sklaverei. Ich fand, man müsse Gorducho zuerst fragen, ob er denn überhaupt einen Lehrjungen haben wollte, denn wenn der Dicke sich übergangen fühlte, konnte er sicher sehr ungemütlich werden.

Gorducho war sichtlich angetan von der Idee, dass er einen jungen Helfer bekommen sollte. »Ist eh viel zu einsam da draußen«, sagte er trocken, und damit war es beschlossene Sache. Auch der Senhor hatte nichts gegen den Vorschlag einzuwenden, so dass Uanhenga kurz vor seinem achten Geburtstag in die Obhut Gorduchos gegeben wurde, der ihn zum Viehtreiber ausbildete.

Unser Junge war anfangs traurig, denn er dachte, wir hätten ihn loswerden wollen. Doch als er erst das Reiten erlernt hatte und ein eigenes Pferd reiten durfte, da wirkte er glücklich. Er hatte es gut bei Gorducho und den Tieren, denn tatsächlich hatte er eine ausgesprochene Begabung im Umgang mit allen Lebewesen. Er entwickelte sich zu einer Art Tierdoktor. Immer wenn es brenzlig wurde, rief man nach unserem Sohn, der zwar von Medizin keine Ahnung hatte, dafür aber wusste, wie man sich einem bissigen Hund näherte oder ein quiekendes Schwein beruhigte. Wir waren sehr stolz auf unseren Kleinen, der so klein schon bald gar nicht mehr war. Mit 13 Jahren war er in die Höhe geschossen und überragte mich bereits.

Als er 14 wurde, starb Gorducho. Wir alle, Uanhenga inbegriffen, waren der Überzeugung, man würde nun unserem Sohn die Verantwortung für die Rinder übertragen, was einen enormen Aufstieg innerhalb der Sklavenhierarchie bedeutet hätte.

Aber es kam anders: Unser Senhor hatte sich wieder einmal in Schulden gestürzt. Und für einen jungen, starken Schwarzen, der noch dazu auf einem Gebiet so brillierte, wie es Uanhenga als Viehtreiber tat – denn sein Können hatte sich auf den Nachbarfazendas herumgesprochen –, konnte man sehr viel Geld verlangen. Mein Mann Muhongo versuchte einzuschreiten, erreichte aber nur, dass auch er verkauft werden sollte. Schließlich warf ich mich vor dem Senhor auf die Knie und bat darum, dass er dann auch mich verkaufen möge, aber um Gottes willen die Familie nicht auseinanderreißen solle.

»Dich? Was kriege ich schon noch für eine so ausgemergelte Alte wie dich?«, höhnte er.

Ich war 44 Jahre alt. Ich hatte noch alle meine Zähne und eine straffe Haut – im Gegensatz zu ihm – und fühlte mich körperlich durchaus nicht alt. Aber in meinem Kopf war ich einer 100-Jährigen näher. Der drohende Verlust von Mann und Sohn brachte mich an den Rand des Wahnsinns. Wie oft noch?, fragte ich mich. Wie oft sollte ich noch von meinen Liebsten getrennt werden und diese unerträglichen Schmerzen fühlen? Kein Leid ist furchtbarer als jenes, das eine Mutter empfindet, die ihr Kind verliert – und nachdem ich meine Familie in Afrika und später Nzinga verloren hatte, sollte ich nun auch meinen jüngsten Sohn hergeben. Anfangs schrie und heulte ich vor Verzweiflung, später saß ich nur noch stumm in der Ecke und versuchte, mein Denken abzustellen.

Muhongo tröstete mich in der ihm eigenen afrikanischen Art, die ohne viele Worte auskommt. Das Einzige, was er sagte, war: »Uanhenga wird es auf einer anderen Fazenda besser haben als hier.« Daraufhin begann mein Weinkrampf wieder einzusetzen. Wie oft hatte ich diese Worte schon gehört? Dass es woanders besser sei – wer wusste das denn schon? Und wer dachte daran, wie es mir erging, die im Begriff stand, von ihrem sechsten Kind getrennt zu werden? War es für mich etwa auch besser, wenn man mir alles fortnahm, was ich liebte?

Eines Tages war es dann so weit. Uanhenga wurde von seinem neuen Aufseher abgeholt. Ich stand stocksteif und ohne eine Miene zu verziehen an der Hofauffahrt und sah zu, wie die beiden Pferde sich immer weiter entfernten, bis sie nur noch als kleine Punkte am Horizont zu sehen waren. Ich hatte nicht gewinkt und kein Wort des Abschieds gesagt. Hätte ich auch nur einmal den Mund geöffnet, es wären nichts als erbärmliche Schluchzer herausgekommen. Muhongo ging es kaum anders als mir. Aber wenigstens war unser Junge frohen Mutes, und der Mann, der ihn abgeholt hatte, wirkte wie ein freundlicher Mensch. Vielleicht stimmte es ja, und Uanhenga hätte es dort besser als auf unserer Fazenda.

Schlechter ging es auch kaum noch. Unser Herr hatte sich verspekuliert und sein Vermögen eingebüßt, so dass er weitläufige Ländereien wie auch die Hälfte seiner Sklaven verkaufen musste. Die Senhora war nur noch ein Schatten ihrer selbst, man sah ihr die Scham über das verlorene Ansehen und die fortschreitende Verarmung an. Der Senhor war von seiner Trunksucht aufgedunsen und jähzornig geworden, und die Stimmung auf der Fazenda war miserabel. Fast alle mussten zusehen, wie ihre Angehörigen fortgeschickt wurden, und diejenigen, die wie ich ihren Mann in die Minen ziehen lassen mussten, wussten, dass sie ihn nie wiedersehen würden.

Die Edelsteinminen im Hinterland Bahias waren als »Menschenfresser« berüchtigt. Wer einmal dort landete, kehrte nie mehr zurück. Die Arbeit war hart, tödliche Unfälle waren an der Tagesordnung, und die rauhen Sitten der Kerle taten ihr Übriges. Wer die Arbeit überlebte, der wurde vielleicht im Schlaf wegen ein paar Smaragdsplittern gemeuchelt. Es wurden nur sehr junge Burschen, halbe Kinder noch, sowie reifere

Männer dorthin geschickt, denn die kräftigen jungen Männer zwischen zwanzig und dreißig wurden anderweitig mehr gebraucht. Sie hatten außerdem einen zu hohen Kaufpreis, als dass sich ihre Anschaffung für die Minenarbeit gelohnt hätte: Sie starben ja eh nach wenigen Jahren.

Dass meinen Muhongo nun das schlimmste aller Sklavenschicksale ereilen sollte, brachte mich schier um den Verstand. Während meine »brasilianischen« Kinder irgendwie ihren Weg machen würden – und dass sie sich schon durchschlagen würden, davon war ich im Grunde meines Herzens überzeugt –, war Muhongo ohne mich allein auf der Welt. Es waren ihm ein paar schöne Jahre vergönnt gewesen, mit mir und Uanhenga, aber dass man ihn nun zum Sterben in die Minen schickte, fern der Heimat und der Familie, das fand ich allzu schäbig. Ich wollte bei ihm sein, wenn es ihn dahinraffte, wollte ihm afrikanische Beschwörungen mit auf den Weg zu den Ahnen geben und mich darum kümmern, dass er, wenn es eines Tages so weit war, nicht wie ein Hund verscharrt wurde.

Ich beschloss zu fliehen.

Was ich in über 20 Jahren nicht gewagt hatte, weil es mir wegen meiner Kinder zu gefährlich erschienen war, das kam mir plötzlich so folgerichtig und einfach vor. Ich würde gehen. Allein und zu Fuß würde ich mich auf den Weg zu den Minen machen. Wenn es die Männer in Ketten schafften, dann würde es mir ohne eine derartige Behinderung ja allemal gelingen. Unsere verwaiste Fazenda hatte keinen richtigen Aufseher mehr, die Wachhunde waren alt und müde, genau wie die Herrschaften, und wir verbleibenden Sklaven waren so wenig wert, dass eine Ausreißerin nicht mit allen zur Verfügung stehenden Mitteln gejagt werden würde. Ich war mir vollkommen sicher, dass mir die Flucht gelänge.

Um weder meine Pläne noch meinen armen Mann zu gefährden, erzählte ich Muhongo kein Wort. Ich verabschiedete ihn fast so förmlich, wie ich es zuvor bei unserem Sohn getan hatte.

Er selber war ähnlich steif und starrte auf die staubige Erde, als er auf Portugiesisch zu mir sagte: »Imaculada tapfer Frau. Denken an Betinho und Dodo, nicht an alte Mann.«

Er benutzte unsere Gefangenennamen sowie die Sprache der Verbrecher, weil der Senhor in der Nähe stand. Aber ich begriff: Muhongo wollte mir zu verstehen geben, dass ich mich nicht um ihn, sondern lieber um die Kinder sorgen solle. Er ahnte wohl, was ich im Schilde führte.

Ein kleines Lächeln schlich sich auf mein Gesicht, als ich ihm, ebenfalls in gebrochenem Portugiesisch, antwortete: »Lula brav Mann. Immer gehorchen Sinhô, fleißig arbeiten.«

Er nickte. Ich hoffte, dass auch er verstanden hatte. Ich wollte, dass er weder floh noch sonst etwas tat, was sein Leben gefährdete. Ich wollte ihn wiedersehen, wo und wann auch immer.

Und dann setzte sich der Zug der angeketteten Männer in Bewegung. Erst als er in weiter Ferne war, erlaubte ich mir, zu weinen.

Es vergingen rund drei Wochen, in denen ich vor lauter Arbeit kaum dazu kam, weiter an meinem Fluchtplan zu feilen. Da wir nun nur noch so wenige Sklaven waren, musste jeder einzelne die Arbeit von dreien übernehmen. Ich machte Feldarbeit, wusch Wäsche, röstete Mehl, fütterte das Vieh, fegte den Hof und erledigte alles, was außerhalb der Casa Grande anfiel. Denn im Herrenhaus war ich nach wie vor nicht erwünscht. Nachdem ich zwei Drittel meines Lebens in Brasilien verbracht hatte, war ich in den Augen der Herrschaft wie auch in denen der anderen Sklaven noch immer die Afrikanerin, die Wilde, die Hottentottin. Und eine solche Kreatur, mehr Tier als Mensch, duldeten die Weißen nicht in ihrem Heim.

Und dann ergab sich plötzlich die Gelegenheit, die ich so sehr herbeigewünscht hatte, auf die ich aber nun gar nicht vorbereitet war. Der Senhor und die Senhora traten eine Reise in die Hauptstadt Rio de Janeiro an. Sie wären für mindestens vier Wochen fort, denn allein die Schiffsreise dorthin dauerte eine Woche. Sie stellten für die Dauer ihrer Abwesenheit einen zusätzlichen Aufseher ein, damit wir nicht alle stiften gingen. Dabei bestand diese Gefahr gar nicht. Die meisten verbleibenden Sklaven waren schon älter oder hatten irgendeine Art von Behinderung, so dass sie an eine Flucht überhaupt nicht dachten. Die humpelnde Köchin, die bucklige Waschfrau, der einarmige Stallknecht – es waren fast nur noch Schwarze hier, die unverkäuflich gewesen waren. Ich selber hätte meiner Meinung nach noch ein hübsches Sümmchen eingebracht, denn ich war gesund und vital. Ich glaube, es war reine Boshaftigkeit, dass sie mich behalten hatten, anstatt meinem Wunsch nachzukommen, meinem Mann folgen zu dürfen.

Der neue Aufseher entpuppte sich als Trunkenbold. Kaum waren unsere Senhores abgereist, besoff er sich und lag stundenlang im Schatten eines riesigen Tamarineiro-Baums, um seinen Rausch auszuschlafen. Ich fackelte nicht lange. Ich schnürte mein Bündel, versorgte mich mit reichlich Proviant und ein paar nützlichen Werkzeugen, dann legte ich mich schlafen, um Kräfte für den kommenden Tag zu sammeln. Sobald der Kerl sich wieder betrunken haben würde, wollte ich aufbrechen.

Und das tat ich. Außer einer etwas zurückgebliebenen Magd bemerkte niemand, dass ich einfach so im helllichten Nachmittagslicht davonstapfte, und hätte es jemand bemerkt, so hätte er mich sicher nicht verpfiffen. Der Aufseher selbst würde erst bei seiner abendlichen Zählung feststellen, dass jemand fehlte, und auch dann war ich mir sicher, dass irgendjemand schon genügend Geistesgegenwart besäße, ihm eine Lüge aufzutischen.

Es war so einfach, dass ich mich selbst dafür verachtete, es nicht schon früher gewagt zu haben. Ich war in guter Form, und das Land, das anders als meine Heimat tropisch dichte Vegetation aufwies, war freundlich zu Wanderern. Es gab Schlangen, Krokodile und Pumas, das schon, aber die scheuten den Menschen mehr als er sie. Es gab überall genügend Wasser, es wuchsen reichlich Früchte an den Bäumen, und es war ein Kinderspiel, zu Fuß eine größere Strecke zurückzulegen. Ich hatte meine alten Instinkte nicht eingebüßt. Es dauerte zwar mehrere Tage, bis ich sie in ihrer alten Kraft wiedererlangt hatte, aber sie waren noch da. Mein Gehör war scharf, mein Geruchssinn ausgeprägt, meine Sicht auch im Dunkeln noch sehr gut. Ich wanderte und wanderte, bis ich endlich die besiedelten Gebiete des Küstenstreifens hinter mir ließ. Irgendwann wurde der Wald lichter, das Gelände bergiger und das Klima trockener. Ich wusste, dass die Minen nicht mehr weit entfernt sein konnten.

Als ich sie erreichte, wunderte sich niemand über mein Erscheinen oder über mein Aussehen. Die Verzweiflung der Männer war dergestalt, dass ihnen alles gleichgültig war. Eine abgerissene Person mehr, wen scherte das schon? Es gab auch einige Huren, furchterregende, abgewrackte Gestalten, die unter diesen armen Verdammten ihre verbleibenden Reize meistbietend verhökerten. Für mehr als eine warme Suppe reichte auch ihr Tageslohn nicht. Niemand fragte mich nach meiner Identität oder meiner Herkunft, und nur ein paar der alten Huren pöbelten mich an, weil sie eine Konkurrentin in mir vermuteten. Nachdem ich das Missverständnis aufgeklärt hatte, waren die meisten von ihnen aber hilfsbereit.

»Vor ein paar Wochen ist ein ganzer Zug aus Süden angekommen. Die meisten der Männer haben sie, glaube ich, in die Minen des Schinders gesteckt. Aquamarine, hauptsächlich.«

Es war mir völlig egal, welche Steine sie dort abbauten, was mich dagegen brennend interessierte, war, warum der Besitzer »der Schinder« genannt wurde. Es ließ sich natürlich unschwer erraten.

»Da überlebt keiner länger als ein Jahr. Wenn du deinen Mann noch lebend wiedersehen willst, dann beeilst du dich besser.«

Und das tat ich. Ich wanderte weiter und fragte mich zu dem Areal des Schinders durch, der ein reicher und berühmter Mann zu sein schien, denn jeder kannte ihn. Als ich nach mehreren Tagen endlich dort ankam, war ich am Ende meiner Kräfte. In dieser unwirtlichen Landschaft gab es wenig, wovon ich mich ernähren konnte, und Geld besaß ich keines. Ich hatte einzig die Schmuckstücke, die noch aus meiner Zeit als Favoritin des Senhors stammten, aber ich würde niemals das wertvolle goldene Herz für einen Teller voller Bohnen opfern. Das aber hätte ich als Gegenleistung dafür erhalten, denn hier draußen waren Gold und Edelsteine kaum mehr wert, als es Muscheln an der Küste waren.

Eine Arbeit zu finden erwies sich als leicht. Es gab eine Schankwirtschaft, in der die freien Schwarzen, die in den Minen arbeiteten, ihren Hungerlohn versoffen. Dort stellte man mich gegen Kost und Logis dankbar als Mädchen für alles ein, ohne allzu viele Fragen zu stellen. Ich behauptete, ich sei eine Freie, habe aber meine Freilassungspapiere unterwegs verloren. Es kümmerte niemanden sonderlich. Der Wirt war froh, eine tüchtige Frau gefunden zu haben, die kochen, putzen und waschen konnte, die aber zugleich nicht mehr jung genug war, um seine Gäste verrückt zu machen. Er hieß Sopa, »Suppe«, aber niemand verriet mir, wie er an diesen Spitznamen gekommen war. Er war ein Mulatte in mittleren Jahren, der nach dem Tod seiner Frau und seiner beiden Töchter verbittert war und keinerlei Ziele mehr im Leben besaß. Er hätte mit dem Goldstaub und den Edelsteinsplittern, die er in seiner Wirtschaft verdiente, ein sorgenfreies Leben in Salvador führen können, aber er schien sich in der Gesellschaft anderer verlorener Seelen wohler zu fühlen.

Die Sklaven des Schinders, so verriet Sopa mir, seien die Ärmsten von allen. Sie bekamen wenig zu essen und hausten in undichten Zelten, die viel zu klein für die Anzahl der Männer waren, die man dort hineinpferchte. Sie wurden von früh bis spät in die Minen geschickt, die schlecht gesichert waren. Wenn ein Stollen einbrach, dann ließ man eventuelle Überlebende einfach darin sterben, weil die Rettungsmaßnahmen zu aufwendig für die paar »kaputten Neger« waren. Ich hoffte inständig, Muhongo sei vielleicht doch bei einem anderen Herrn gelandet.

Doch schon wenige Tage später erwies sich diese Hoffnung als unbegründet. Ich hatte verschiedene Minen beobachtet, bis ich irgendwann in dem Zug der angeketteten, gequälten Männer das Gesicht meines Mannes ausmachte. Ein Ausdruck unendlichen Leids lag darin.

Man hatte seinen Stolz gebrochen – und mir das Herz.

41

»Bist du … in anderen Umständen?«, fragte Zé Lua geradeheraus, als sie aufwachte.
Er war offenbar schon länger auf den Beinen, denn sein Haar war nass. Er hatte wohl ein Bad im Meer genommen.
Lua gähnte, um Zeit zu schinden, dabei war sie plötzlich hellwach. Seine Frage hatte jeden Gedanken an Weiterschlafen oder Dösen mit einem Schlag zunichtegemacht.
»Was?«, fragte sie lahm.
»Erwartest du ein Kind?«
»Wie kommst du darauf?«
Er zögerte einen Augenblick, als dächte er ernsthaft über eine Antwort nach. »Weil sich die Hinweise darauf mehren. Deine Heimlichtuerei mit Kasinda. Deine morgendliche Übelkeit. Das Ausbleiben deiner Regel.«
»Also bitte, Zé!« Ihre Ohren wurden glühend heiß. Über die Vorgänge des weiblichen Körpers hatten Männer nichts zu wissen. Es war in höchstem Maße unanständig, darüber zu reden.
»Deine Schamhaftigkeit ist völlig unangebracht, Lua. Ich habe dich gesund gepflegt und kenne deinen Körper fast genauso gut wie meinen eigenen. Also antworte mir bitte.«
»Ich … weiß es nicht.« Dabei wusste sie es sehr wohl. Es war genau, wie er gesagt hatte: Die Anzeichen für eine Schwangerschaft häuften sich, und sie war mittlerweile fest davon überzeugt, dass sie sein Kind unter dem Herzen trug.
Zé starrte sie eine Weile schweigend an. Sie ahnte, was ihm durch den Kopf ging. Wenn sie tatsächlich ein Kind erwartete,

würde sich ihre ohnehin schon schwierige Lage noch deutlich verschärfen. Ein Kind – sein Kind – würde Zé niemals der Willkür der Senhores ausliefern. Er würde es allerdings ebenso wenig in Liberdade aufwachsen sehen wollen. Auch unter günstigen Umständen war die Sterblichkeit unter Neugeborenen hoch. Im Urwald mit seinen Mückenschwärmen, der stickigen Luft und den prekären hygienischen Zuständen wäre die Überlebenschance eines Babys sehr gering.
»Die Indios bekommen auch Kinder«, sagte er matt, als hätte er Luas Gedanken gelesen und versuchte nun, die Argumente zu entkräften.
»Die Indios bekommen auch Kinder – und sie verlieren viele davon.« Sie wusste es nicht einmal genau. Waren die Indios vielleicht rein körperlich besser für ein Leben im Urwald gewappnet? Sogen ihre Kinder schon mit der Muttermilch einen inneren Schutz auf, der sie gegen Mücken und andere Widrigkeiten abhärtete?
»Wolltest du deshalb ins Wasser gehen? Weil du ein Kind in dir trägst?« Er klang unendlich traurig, als habe sie absichtlich und mutwillig einen Mordanschlag auf seine Brut verübt.
»Ich sagte doch, dass ich gar nicht weiß, ob ich in anderen Umständen bin.«
»Aber Kasinda glaubt es zu wissen, oder? Sie hat in solchen Dingen immer recht.«
»Natürlich. Die alte Kasinda weiß ja immer alles besser, genau wie du. Ha, du solltest dich hören! Ein altes Weib und ein Mann, was wisst ihr denn schon davon? Wenn du mir nicht einmal zutraust, dieses ureigene Wissen einer Frau zu besitzen, dann bist du wirklich noch hochmütiger, als ich dachte.«
»Dein ureigenes Wissen?«, hakte er ungläubig nach.
»Selbstverständlich.«

»Findest du nicht, dass der Vater des Kindes auch ein Wörtchen mitzureden hat?«

»Welchen Kindes?«

»Herrje, Lua! Wir drehen uns im Kreis. Und ich verstehe gar nicht, warum du so ein Geheimnis darum machst. Willst du denn nicht Mutter werden? Würde es dich nicht freuen, wenn ich dich verwöhnen würde? Wenn wir gemeinsam deinen Bauch wachsen sähen und zusammen einen Namen für das Kind auswählen würden?«

»Dir schwebt sicher etwas in der Art von ›Umba-Umba‹ oder ›Ngagadmebele‹ vor.«

»Nicht schlecht«, schmunzelte er. »Und du hältst es sicher mehr mit ›José‹ und ›Maria‹?«

»Natürlich. Unser Kind soll sich doch nicht als ›Bombom‹ durchs Leben schlagen müssen.«

»Unser Kind? Also ist es wahr?«

Lua zuckte mit den Achseln. Hatte Leugnen denn noch einen Sinn? »Ich glaube schon, ja.«

Zé schloss sie fest in seine Arme und küsste ihre Stirn und ihren Scheitel. »Das ist wunderbar, Lua«, flüsterte er. »Du machst mich zum glücklichsten Mann auf der ganzen Welt!«

Sie genoss die Umarmung. Es war schön, den Kopf an Zés starke Schulter zu schmiegen, die Wärme seines Körpers und die Weichheit seiner Haut zu spüren. Sie hatte bis zu diesem Augenblick gar nicht gewusst, wie sehr sie ihn vermisst hatte, wie sehr sie diese Zärtlichkeit brauchte. Sie hatte ebenfalls nicht geahnt, wie befreiend dieses Geständnis sein würde, das sie so lange vor sich hergeschoben hatte. Plötzlich verstand sie ihre eigenen Gründe für diesen Aufschub gar nicht mehr. Es war doch ganz einfach gewesen. Und seine Reaktion war liebevoller gewesen, als sie es verdient hatte. Ihre Erleichterung war so groß, dass sie beinahe geweint hätte. Endlich war sie nicht mehr allein mit einem Kind im Bauch und der Angst vor der Zukunft im Kopf. Sie hatte Zé. Gemeinsam würden sie ihrem ungewissen Los schon trotzen.

Oder war das wieder nur eine Laune von ihr? Ließ sie sich von Zés Verständnis und seiner zärtlichen Fürsorge einlullen? Vergaß sie darüber, dass das eigentliche Problem noch lange nicht dadurch behoben war, dass sie einander umarmten? Zé bemerkte ihre Zweifel, die Signale der Skepsis, die sie kaum merklich ausgesandt haben musste. Doch anstatt darauf einzugehen, nahm er sie bei der Hand und sagte: »Komm, lass uns ins Meer gehen. Es ist Ebbe, und ich habe eine wunderschöne Stelle gefunden, an der wir ohne Gefahr baden können.«

Lua ließ sich von ihm führen. Sie war froh, dass er diese erste zaghafte Annäherung zwischen ihnen nicht dadurch zerstört hatte, dass er weiter auf ihrem Problem herumritt. Sie schlenderten Hand in Hand über den Strand wie ein sorgloses junges Liebespaar.

»Hier ist es«, sagte Zé mit belegter Stimme. Er hatte nur ein Tuch um die Hüften gewickelt, das er nun fallen ließ.

Lua musste sich sehr zusammenreißen, um ihren Blick nicht gar zu lange auf seinem Körper und insbesondere auf seinem Unterleib ruhen zu lassen. Wie schön er war! Sie blickte Zé in die Augen und nahm darin ein spöttisches Funkeln wahr. Sie fühlte sich ertappt.

Sie löste den Knoten, der ihr Tuch oberhalb der Brust zusammenhielt, und ließ es ebenfalls in den Sand fallen. Es war merkwürdig, im vollen Bewusstsein dessen, was man tat, nackt vor einem anderen Menschen zu stehen. Sicher, Zé mochte ihren Körper kennen, und ja, als sie krank gewesen war, hatte sie derartige Schamgefühle nicht gehabt. Trotzdem fühlte sie sich … nun ja, nackt eben. Es war ihr peinlich. Dass Zé sie kaum eines Blickes würdigte, änderte daran nichts.

Er nahm ihre Hand und zog sie im Laufschritt mit ins Wasser. »Aber die Felsen …«, wagte sie einzuwenden.
Er lachte. »Deswegen ist diese Stelle ja so herrlich. Hier gibt es nur Sand. Wir können gefahrlos hineinlaufen. Komm!«
Sie veranstalteten ein kindisches Theater, spritzten sich gegenseitig nass und lachten übertrieben laut, als müssten sie einander beweisen, dass sie ihre Nacktheit und die Intimität der Situation als das Natürlichste der Welt betrachteten. Dabei brachte sie sie in tiefste Verlegenheit.
Sie wateten weiter hinein, so dass das Wasser bis zu ihren Knien reichte. Dort hielt Zé an, setzte sich hin und gab Lua zu verstehen, sie möge es ihm nachtun. Es war schön dort. Das Wasser war gerade so tief, dass man darin saß wie in einem Badezuber, bis zu den Schultern vom Wasser bedeckt, den Kopf an der Luft. Das Salzwasser gab ihnen Auftrieb, so dass sie sich viel leichter fühlten als an Land. Lua meinte zu schweben. Ganze Schwärme bunter Fische schwammen um sie herum, und die beinahe spiegelglatte Wasseroberfläche, die in sanften Wellenbewegungen um sie herumfloss, glitzerte in der Sonne. Die Strahlen, die sie zurückwarf, bewegten sich träge fließend wie das Wasser selbst über ihre Gesichter. Lua kniff die Augen zusammen und genoss das Spiel des Lichts auf ihrer Haut. Es war ein magischer Moment.
Offenbar empfand auch Zé ihn als verzaubert. Er rückte näher an Lua heran und legte einen Arm um ihre Taille. Die Berührung fühlte sich unter Wasser viel sachter an, als sie es an Land getan hätte. Lua fühlte ein Prickeln über ihren Rücken rieseln, perlend und erregend. Sie bemerkte, dass ihre Brustwarzen sich zusammengezogen und verhärtet hatten, und Zé bemerkte es ebenfalls. Er berührte ihre Brust, umfasste sie zärtlich und massierte sie. Lua schloss die Augen und gab sich dem Wohlgefühl hin, das Zés Streicheln in ihr auslöste. Dann änderte Zé

seine Position, was Lua am Plätschern des Wassers hörte. Sie behielt die Augen geschlossen. Er musste direkt vor ihr knien, denn er fuhr nun mit beiden Händen über ihre Brüste, dann am Bauch hinab bis zu ihrer Taille, die er schließlich umfasste, um Lua zu sich heranzuziehen.

Seine Lippen schmeckten salzig und süß zugleich. Ihr Kuss, zunächst nur ein federleichter Hauch, wurde immer inniger, Zés Mund immer fordernder. Ihre Zungen fanden sich und kosteten einander, liebkosten einander wie in einer verzehrenden Imitation des Liebesspiels. Es lag so viel Verheißung in diesem Kuss, dass Lua nun ihrerseits die Arme um Zé schlang und ihre Hände von seinem Hals über die Schultern und den Rücken hinab zu seiner Hüfte gleiten ließ. Sie spürte, wie sehr es ihm gefiel, und ging noch weiter. Sie ertastete sein Gesäß, die festen Muskeln unter der glatten Haut, und strich nun seitwärts über seine Oberschenkel, von wo aus sie die Hände wieder an die Vorderseite wandern ließ. Sie hörte, dass Zés Atem kurz stockte. Es erregte und ermutigte sie, nun endlich nach seinem Geschlecht zu greifen.

Diesmal war Lua es, deren Atem stockte. Sein Glied war steil aufgerichtet, und es zuckte unter ihrer Berührung. Es fühlte sich wundervoll an, hart, groß und prall unter der samtweichen Haut, die sich mühelos auf und ab schieben ließ. Jetzt öffnete sie die Augen. Sie hatte es noch nie bei Tageslicht gesehen, und bislang hatte ihr auch immer der Mut zu einer genaueren Betrachtung gefehlt. Doch nun fand sie auf einmal gar nichts dabei. Sie fand auch nichts Obszönes daran. Sie fand seinen Penis wunderschön, die geschwollenen Adern unter der dunklen Haut, die rosafarbene Eichel, die sich im Takt ihrer Bewegungen zeigte und verbarg. Lua sah, dass Zé jetzt seine Augen geschlossen hatte, und sie hörte ihn tonlos stöhnen. Das erregte sie fast noch mehr als sein göttlicher Körper.

Zés Finger erkundeten unterdessen ihre Spalte. Er rieb sie sanft, aber bestimmt und fordernd, und er fand genau den Punkt, an dem dieses Reiben für Lua unerträglich schön wurde. In ihrem Unterleib zog sich alles zusammen, auf eine so köstliche Weise, dass ihr nun ebenfalls ein leises Stöhnen entfuhr. Als sie es kaum noch auszuhalten drohte, verstärkte er den Druck. Und er öffnete die Augen. Sie sahen einander an, beide mit verschleiertem Blick, während er sie weiter an ihrer intimsten Stelle massierte. Plötzlich verkrampfte sich ihr ganzer Körper, und eine Welle der Erregung rollte über sie hinweg, so kraftvoll, dass sie sich aufbäumte und einen kleinen Schrei ausstieß.

Zé rieb ihren Schamhügel, wissend, dass ein weiteres festes Reiben des empfindlichsten Punktes nun schmerzhaft gewesen wäre. So aber übte er weiter leichten Druck aus, der Lua eine neuerliche Woge äußerster Verzückung bescherte.

Dann hob er sie auf sich.

Es war ein unbeschreibliches Gefühl der Erfüllung, als sie ihn behutsam in sich eindringen spürte. Sie hörte Zés stoßhaften Atem und sah seine vor Leidenschaft verzerrten Züge. Die Schwerelosigkeit im Wasser verhinderte, dass sich ihre Vereinigung aufgrund ihres ganzen Körpergewichtes noch kraftvoller gestaltete, was Lua anfangs begrüßte. Er war einfach noch zu groß für sie.

Doch mit zunehmender Begierde erhöhte sich ihr Tempo, und Zé packte sie an den Beckenknochen. Er hob und senkte sie im immer schneller werdenden Rhythmus seiner Lust, während Lua sich in seinem Rücken verkrallte und sich ihm entgegenwölbte. Ihre Verschmelzung war so perfekt, ihre Glut so verzehrend, dass sie gemeinsam die höchsten Gipfel der Leidenschaft erklommen, atemlos keuchend und stöhnend. Einen so süßen Schmerz wie jenen, den die Kontraktionen ihres Unterleibes auslösten, hatte sie nie zuvor verspürt. Als Zé schließlich so tief in ihr war und dort bei jedem Stoß länger verharrte, ging ein Ruck durch seinen Körper. Mit einem krächzenden »Ah!« ergoss er sich, warm und für beide zutiefst befriedigend.

Lua blieb noch eine Weile auf ihm sitzen und streichelte sein verschwitztes Gesicht. Sie ließ ein paar Tropfen Wasser darauf-rieseln, und sie genoss den Anblick dieses schönen, geliebten Gesichts, das sie nie zuvor so entspannt gesehen hatte. Irgendwann glitt sie rücklings von Zé herunter und ließ den Kopf in den Nacken fallen, um sich abzukühlen. Sie traute sich sogar, mit zugehaltener Nase ihr Gesicht unter Wasser zu tauchen, was sie, wenn Zé nicht da gewesen wäre, niemals gewagt hätte. Dann stand sie auf, um an Land zu waten. Sie merkte, dass ihre Beine zitterten.

»Oh, nein, so schnell lasse ich dich nicht gehen.« Zé griff nach ihrer Hand und hielt sie fest. Bereitwillig kniete sie sich wieder ins Wasser. Sie sah, dass er erneut eine prachtvolle Erektion hatte, was sie teils belustigte, teils beunruhigte.

»Du willst jetzt doch nicht etwa ...?«, fragte sie.

»Doch. Und du wirst es auch gleich wollen.«

Er erhob sich aus seiner sitzenden Position und kniete sich ebenfalls hin, und zwar so, dass er direkt hinter ihr war. Sie spürte sein stolz aufragendes Geschlecht an ihren Hinterbacken, während er die Arme um ihre Taille legte. Er schmiegte sein Gesicht in ihre Halsbeuge und bedeckte ihren Nacken und ihre Ohrläppchen mit kleinen Küssen. Er knabberte und saugte an ihrem Hals, und er hauchte eine Liebkosung in ihr Ohr, dass es kitzelte. Seine Hände wanderten unterdessen an ihrem Bauch hoch und streichelten ihre Brüste, deren Knospen sich längst zusammengezogen hatten. Zé hatte recht behalten – auch in ihr erwachte die Lust aufs Neue.

»Lass uns ein wenig näher an den Strand krabbeln, wo das Wasser flacher ist«, forderte er sie auf und schob sie, halb schwimmend, vor sich her. Sie verstand nicht recht, warum sie ihr Liebesspiel in seichterem Wasser fortsetzen sollten, überließ sich aber ganz seiner Führung.

Wenig später fand sie heraus, was es damit auf sich hatte. Zé spreizte ihre Beine, drückte ihren Rücken ein wenig nach vorn und drang behutsam von hinten in sie ein. Mit zunehmender Kraft seiner Stöße beugte sie sich immer weiter vor, so dass sie sich schließlich mit den Händen im Sand abstützte und auf allen vieren vor ihm kniete. Einen kurzen Augenblick schoss ihr der Gedanke durch den Kopf, dass sie es trieben wie die Tiere. Aber dann löschte die Leidenschaft alles andere in ihrem Kopf aus.

Zé packte ihre Beckenknochen und schob sie vor und zurück, immer schneller und fordernder, beinahe grob. Sie genoss die Kraft seiner Hände wie die seiner Stöße, und sie reckte sich ihm so weit entgegen, dass ihr Rücken ganz durchgedrückt war und ihr Hinterteil weit ausgestreckt. Das Wasser machte schmatzende Geräusche und übertönte die klagenden, seufzenden Laute, die die Leidenschaft ihren Kehlen entlockte.

Es war ein animalischer Akt, hart und einzig auf die Erfüllung der körperlichen Begierde ausgerichtet. Sie konnten einander nicht ins Gesicht sehen und sich nicht küssen. Beides brauchten sie in diesem Moment aber auch nicht. Die Gewalt ihrer Vereinigung war dergestalt, dass sie Zärtlichkeiten ausschloss. Lua wünschte sich nichts weiter, als dass Zé immer fester und immer tiefer in sie hineinstieß, sie die ganze Wucht seiner Lust spüren und alles andere vergessen ließ. Als ihre Raserei sich ihrem Höhepunkt näherte und Lua vor atemloser Verzückung wie von Sinnen war, stieß sie einen Schrei aus, der in ihren eigenen Ohren unmenschlich klang. Ihr Körper wurde von ei-

nem herrlichen Beben erschüttert. Gleichzeitig hörte sie Zé tief stöhnen und spürte, wie sich seine Ekstase in pumpenden Bewegungen entlud. Erschöpft sackte er über ihr zusammen.
Sie verharrten einen Moment in dieser Position, hintereinander kniend, sein Oberkörper auf ihrem Rücken ruhend, und warteten, dass ihre Atmung sich wieder beruhigte. Sie spürte seinen schnellen Herzschlag, und sie empfand ein so tiefes Gefühl von Erfüllung, dass sie beinahe geweint hätte.

Nachdem sie aus dem Wasser gekommen waren, hielten sie ein Schläfchen. Als sie erwachten, wurde Zé plötzlich unruhig.
»Ich mach mich auf. Wir haben kaum noch etwas Essbares da.«
In Windeseile hatte er sich angekleidet und ging mit raschen Schritten davon. Lua sah ihm nach. Es wäre schön gewesen, noch länger mit ihm zusammenzuliegen und ein wenig zu reden, einander zu liebkosen und zärtlich zu necken. Eine seltsame Wehmut ergriff sie.
Sie bekam Hunger und ging an die Vorräte. Es war noch genügend da, um sie beide für mehrere Tage zu sättigen. Es hatte nicht die geringste Notwendigkeit bestanden, dass er noch einmal loszog. Sie fragte sich, was wirklich dahintersteckte. Je mehr sie darüber nachgrübelte und je länger sie auf Zés Rückkehr wartete, desto mehr ärgerte sie sich über ihn. Hätte er denn nicht bei ihr bleiben können, ihr Bedürfnis nach einem Gespräch und nach ein bisschen Zärtlichkeit stillen können? Es war ja beinahe beleidigend, wie er sie erst wie ein liebestoller Stier besprungen und sie dann links liegengelassen hatte. Sie steigerte sich in ihren Zorn hinein und legte sich jede Menge boshafter Sätze zurecht, die sie Zé an den Kopf werfen würde, sobald er auftauchte.
Doch als es dann so weit war, lange nach Einbruch der Dunkelheit, verpuffte Luas Ärger. Zé hatte den Anstand, eine schuld-

bewusste Miene aufzusetzen und eine Entschuldigung zu murmeln. Dann reichte er ihr ein Einweckglas, in dem sich süß eingekochte Cajús befanden. Dazu gab er ihr ein kleines Kupferkännchen mit Sahne. *Doce de cajú* mit Sahne! Sie konnte es kaum fassen.

»Iss. Ihr zwei braucht das«, forderte er Lua auf, als handele es sich um eine Medizin und nicht um eine rare Köstlichkeit.

Und sie aß. Sie wusste ja nicht, ob und wann sie je wieder eine solche Delikatesse kosten würde.

42

Als ich Muhongo in seinem Sklavenzug auf dem Weg in die Mine abpasste, um ihm eine Mango zu reichen, surrte die Peitsche des Sklaventreibers neben mir nieder.
»Was hast du hier verloren, Weibsbild? Scher dich zum Teufel!«, fuhr er mich an.
Die Mango, die mir vor Schreck aus der Hand gefallen war, hob er auf und lutschte sie genüsslich aus.
So ging es mehrere Tage lang, bis ich endlich die richtige Eingebung hatte. Ich postierte mich wieder bei Sonnenaufgang am Eingang der Mine. Als der Trupp mit Muhongo ankam, ging ich zu dem Aufseher, knickste vor ihm und sagte: »Dumme Negerfrau will arme Mann essen geben. Senhor sein gute Christ, nicht?« Damit drückte ich ihm die paar Münzen in die Hand, die ich in der Wirtschaft als Trinkgeld verdient hatte. Es war ein kümmerliches Bestechungsgeld, aber es reichte offenbar.
»Na schön, dann lauf schnell und gib ihm deine blöden Früchte.«
Ich sprach kein Wort mit Muhongo. Aber in seinen Augen las ich große Dankbarkeit – und Sorge. Er hatte Angst, dass ich mich ihm zuliebe in Gefahr begeben könnte. Aber das hatte ich ja längst getan. Was sollte mir jetzt schon noch Furchtbares geschehen, nachdem ich die Flucht und die Wanderung unbeschadet überstanden und sogar eine bezahlte Arbeit gefunden hatte?
Ich hatte nicht mit der Grausamkeit des Schinders gerechnet. Wochenlang war alles gutgegangen. Meine dürftigen Einkünf-

te lieferte ich bei dem Aufseher ab, um dafür Muhongo Lebensmittel zustecken zu können. Ich brachte immer größere Mengen, weil ich wusste, dass er mit den anderen Männern teilen würde. Doch die Nachricht von der braven Sklaven-Ehefrau sprach sich herum, und eines Tages stand ich dem Schinder höchstpersönlich gegenüber. Es handelte sich, was mich über die Maßen in Erstaunen versetzte, um einen Schwarzen, einen kräftigen, derben Kerl im besten Alter.

»Soso, du willst also deinen Negermann länger als nötig leiden lassen?«, fragte er mich spöttisch.

»Nein, Sinhô, wollen helfen Sinhô Geld sparen für Essen Männer«, erwiderte ich in meinem schlechtesten Portugiesisch.

Er hielt sich den Bauch vor Lachen. »Das gefällt mir. Eine alte Negerin, die für den Schinder Kosten einsparen will.«

Ich knickste und beglückwünschte mich schon für meine offensichtlich richtige Vorgehensweise, als er mir blitzschnell seine kleine Reitgerte über die Wange zog. Entsetzt wich ich vor ihm zurück und hielt mir die Wange, die blutete.

»Negerweiber sind hier nicht willkommen. Schon gar keine entlaufenen Sklavinnen.«

»Aber Sinhô, Kasinda sein freie Negerfrau!«, beteuerte ich, doch mein Herz pochte so heftig, dass es weh tat.

»Du bist genauso frei wie dein Mann. Du hast nämlich die Wahl: Entweder schicke ich dich zurück zu deiner Fazenda und kassiere den Finderlohn, oder du bleibst hier und arbeitest für mich.«

»Kasinda sein freie ...«

Abermals traf mich seine Reitgerte, diesmal an der Schulter, wo sie ein klaffendes Loch in meine Bluse riss.

»Halt's Maul, du Wilde!«, schrie er. Dann schlug er wieder zu, so lange, bis mir Bluse und Rock in Fetzen vom Leib hingen und ich mit den Armen meine Blöße bedecken musste. Ich konnte nicht fassen, dass ein Schwarzer einem anderen Schwarzen so etwas antun konnte. Natürlich hatte es auch in Afrika Fehden unter den verschiedenen Stämmen gegeben, aber hier in der Fremde hätten wir doch zusammenhalten müssen, oder nicht?

»Brauchst dich gar nicht so anzustellen. Dein welkes Fleisch will eh keiner mehr sehen«, beleidigte er mich weiter.

Der Trupp mit den Minenarbeitern war unterdessen weitergezogen, so dass wenigstens Muhongo nichts von diesem Zwischenfall mitbekam. Er wäre sicher eingeschritten und hätte damit seinen Kopf riskiert.

»Du kommst mit mir mit. In meinem Haus kann ich eine wie dich schon irgendwie beschäftigen«, befahl der Schinder.

»Aber Kasinda sein Magd von Sopa, können nicht ...«

»Und wie du kannst! Sopa wird dich ohne weiteres gehen lassen, verlass dich drauf.«

Genauso war es dann natürlich auch. Der Schinder hatte so viel Macht, dass niemand sich gegen ihn aufzulehnen wagte, schon gar nicht, wenn es um etwas derartig Unbedeutendes wie eine alte Negerin ging, die als Handelsware längst ausgedient hatte.

Ich wurde im Haushalt des Schinders für die niedrigsten Arbeiten eingesetzt. Ich musste Nachttöpfe leeren und Spucknäpfe säubern. Aber eines wenigstens hatte ich erreicht: Ich war dem Feind so nahe gekommen, dass ich ihn, wenn er auch nur eine Sekunde lang unachtsam war, würde vernichten können. Ich war, wie die Christen es nannten, in die »Höhle des Löwen« vorgedrungen.

Der Schinder bemerkte nichts von meinem schwelenden Hass. Er benahm sich zu Hause wie ein Gutsherr, auch wenn seine Behausung nicht einmal den Standard unserer alten Senzala hatte und seine Sklaven ein erbärmlicher Haufen ehemaliger

Verbrecher oder Huren waren. Dass es irgendjemandem in den Sinn kommen konnte, sich seinen Wünschen zu widersetzen, war für den Schinder undenkbar. Er ging wie selbstverständlich davon aus, dass er der Größte und Stärkste war und alle anderen sich ihm freiwillig unterwarfen. Er stellte eine Unbekümmertheit zur Schau, die mich zur Weißglut trieb. Abends lümmelte er in einem abgewetzten Sessel herum, der schon bessere Tage gesehen hatte, ließ sich von einer ehemaligen Dirne die Füße massieren und von einem ungehobelten Feldsklaven Schnaps servieren. Er rülpste und furzte nach Belieben, denn eine Ehefrau, die ihm Manieren beigebracht hätte, gab es anscheinend nicht. Er holte sich gelegentlich eine der Huren ins Bett, obwohl er doch sicher hübschere und jüngere Frauen hätte haben können.

»Er verprügelt uns«, gestand mir eine seiner Dirnen, nachdem ich schon wochenlang im Haushalt des Schinders beschäftigt war und mich allmählich mit dem anderen »Personal« anfreundete. »Damit es keiner hört, knebelt er uns vorher.« Sie erzählte es mir in nüchternem Ton, nicht anders, als hätte ich ihr berichtet, dass ich einen toten Papagei vor dem Haus aufgelesen hatte. »Zweimal im Jahr reitet er nach Salvador und gönnt sich eine der Edelhuren, solche vom Schlag einer Nzinga.«

»Wie?«, fragte ich, vollkommen versteinert.

»Ach, nichts. Du hast ja ein schönes Leben auf einer Fazenda gehabt. Aber wir Straßenhu…«

»Wie hieß Frau? Nzinga?«

»Genau. Warum, kennst du sie?«

Ich schüttelte den Kopf.

»Sie ist eine Schönheit. Es heißt, sie habe magische Kräfte über die Männer. Ich selber habe sie nur ein einziges Mal gesehen, aber ihre grünen Mandelaugen werde ich nie vergessen. Kein Wunder, dass die Kerle verrückt nach ihr sind.«

»Hat komisch Name, nicht?«, forschte ich weiter. Wie viele Frauen mochte es geben, die grüne Mandelaugen hatten und Nzinga hießen? Die schön und jung waren? Meine Tochter müsste jetzt Mitte zwanzig sein, rechnete ich nach.
»Ja, der Name ist allerdings komisch. Also, dir als Afrikanerin sollte er ja bekannt vorkommen. In Wahrheit, so munkelt man, heißt sie Maria Dolores, aber das wäre ja nicht exotisch genug. Sie behauptet von sich, die Tochter eines großen Hottentotten-Häuptlings zu sein. Na ja, wer's glaubt.«
Ich wandte mich abrupt ab und gab vor, einen Wasserfleck vom Tisch polieren zu müssen. War Nzinga eine Hure geworden? War sie unglücklich? Hatte sie Kinder? Einen Mann? Ich hatte die Erinnerung an sie weggedrängt, aber plötzlich stürmten all die unterdrückten Gefühle mit doppelter Wucht auf mich ein.
»Also, wenn du sie kennen solltest«, fuhr die Dirne fort, die meinen Stimmungsumschwung bemerkt hatte, »brauchst du dir keine Sorgen um sie zu machen. Sie hat mächtige Gönner und ist sehr wohlhabend. Sie ist frei, und sie hat sich ihren Beruf selber gewählt. Mit ein wenig Glück kann sie ihn noch ein paar Jahre ausüben und dann von ihrem Ersparten ein Luxusbordell eröffnen. Die hat ausgesorgt, glaub mir.«
»Und Sinhô kann zahlen Nzinga?«, fragte ich, mit Mühe ein Zittern in der Stimme unterdrückend. Ich hätte würgen können bei der Vorstellung, dass der Schinder sich an meiner Tochter verging.
»Glaube ich nicht. Er tut nur so, als ob er die ganz teuren Huren aufsuchen würde. Aber er geht dann wahrscheinlich doch lieber zu den mittelteuren. Er ist nämlich ein Geizkragen.«
Sollte ich darüber nun erleichtert sein oder nicht? Welche anderen ekligen Kerle hatten mein Kind begrabscht, es gedemütigt und geschändet? Wie ertrug sie das nur? Und wie konnte sie freiwillig damit weitermachen, wenn es stimmte und sie frei und

reich war? Die Geschichte schien mir nicht ganz glaubhaft, aber ich stellte keine weiteren Fragen mehr. Ich würde später, wenn ich allein in meiner Hängematte lag, darüber nachdenken, wie ich Nzinga aus ihrer grässlichen Lage befreien konnte.

Das tat ich dann doch nicht, jedenfalls nicht in aller Ausführlichkeit, denn die Bilder, die auf mich einstürmten, waren allzu schrecklich. Und was konnte ich schon tun? Meine Tochter war erwachsen und brauchte gewiss nicht das nutzlose Einschreiten ihrer Mutter. Ich lenkte meine Gedanken bewusst auf andere Wege, wie etwa die Neuigkeit, dass der Schinder mindestens zweimal im Jahr fort war. Mit ein wenig Glück würde ich mir diese Abwesenheit irgendwie zunutze machen können, um meinem armen Muhongo zu helfen.

Er war nun schon vier Monate in der Mine, und in den vergangenen zwei Monaten hatte ich ihn genau einmal kurz gesehen, und das auch nur aus der Ferne. Dennoch erkannte ich, dass er zum Fürchten aussah: abgemagert, verhärtet, mit stumpfem Blick und plötzlich ergrautem Haar. Muhongo war nur wenig älter als ich, aber er sah aus wie ein gebrochener, alter Mann. Wenn mir nicht bald etwas zu seiner Rettung einfiel, würde er nicht mehr lange zu leben haben.

Ich dachte an die Alten in Afrika, die für ihre Weisheit und Lebenserfahrung verehrt wurden und denen man größten Respekt entgegenbrachte. Daheim wäre Muhongo jetzt gewiss ein Stammesältester, den man in allen wichtigen Fragen konsultierte, ob sie nun das Dorf und die Gemeinschaft betrafen oder aber auch private Angelegenheiten. Junge Paare würden sich mit Eheproblemen an ihn wenden, zerstrittene Nachbarn sein gerechtes Urteil erbitten, Heranwachsende vor ihrer ersten großen Wanderschaft, einer Art Reifeprüfung, seinen Rat einholen. Und hier? Hier behandelte man ihn wie einen alten, räudigen Hund. Es tat mir in der Seele weh.

Eines Tages, ich war seit fast einem halben Jahr bei dem Schinder, trat er dann endlich seine Reise in die Hauptstadt an. Er verschärfte die Bewachung der Minen und setzte einen weiteren Aufseher in seinem Haus ein, damit wir nicht alle die Flucht ergriffen. Dennoch war ich frohen Mutes: Einer der Männer, denen er uneingeschränktes Vertrauen entgegenbrachte, war ebenjener Aufseher, der mich anfangs Nahrungsmittel zu Muhongo hatte bringen lassen. Gewiss würde es mir auch diesmal gelingen, den Mann irgendwie auf meine Seite zu bekommen.

Allerdings verfügte ich über kein Geld. Nicht ein einziger Centavo war mir geblieben, und im Haus des Schinders gab es weder Bezahlung noch Trinkgelder. Ich würde einen Teil meines Schmucks opfern müssen – aber genau für solche Notfälle hatte ich ihn ja immer gut versteckt und ihn nie angetastet.

Der Aufseher hieß Zêzé, und inzwischen wusste ich auch, dass er zwei Laster hatte, die ihn angreifbar machten: Er war starker Trinker, und er liebte Männer. Mit einem hübschen Knaben würde ich ihm nicht aushelfen können, aber eine Flasche Schnaps ließ sich sicher organisieren. Ich nahm einen der kleineren Anhänger und bat Zêzé, ins Dorf gehen und Einkäufe erledigen zu dürfen.

»Was willst du denn kaufen? Hier haben wir alles, was wir brauchen«, fuhr er mich unerwartet scharf an. »Und hat der Schinder dir etwa Geld dagelassen? Würde mich sehr wundern.«

»Oh, Sinhô Zêzé«, sagte ich betont unterwürfig, »nicht werden böse. Alte Kasinda brauchen Tabak für Pfeife. Soll kaufen auch für Sinhô?« Ich wusste, dass er es mochte, wenn man ihn mit »Senhor« beziehungsweise »Sinhô« ansprach. Es verlieh ihm einen Rang, den er nicht innehatte.

»Und wovon willst du den Tabak bezahlen?«

»Ah, Sinhô schlau!«, rief ich aus, als bewunderte ich seine detektivischen Fähigkeiten. Dann zwinkerte ich ihm verschwörerisch zu. »Alte Kasinda kriegen noch Geld von Sopa.«
Zêzé überlegte eine Weile, dann nickte er langsam mit dem Kopf. »Von mir aus. Aber komm vor Sonnenuntergang zurück.«
Ich knickste und bedankte mich so überschwenglich bei ihm, als habe er mir gerade die Freiheit geschenkt und nicht einen anstrengenden Marsch in das elende Dörfchen erlaubt, der ihm mehr nutzen würde als mir.
Es regnete, als ich das Dorf erreichte. In dem grauen Licht wirkte es noch armseliger als bei Sonnenschein. Die Wege waren aufgeweicht, Schlamm klebte an den Schuhen und Kleidern der wenigen Leute, die sich nach draußen wagten, und die Fensterläden waren gegen den hereinsprühenden Regen verschlossen. Selten hatte mich der Anblick einer Ortschaft mit solcher Traurigkeit erfüllt. Dennoch kämpfte ich mich unverdrossen weiter durch den weichen Lehm, bis ich bei Sopas Wirtschaft ankam.
Er begrüßte mich mit mürrischer Miene und den Worten: »Kasinda, wisch dir die Füße ab!« Aber ich kannte ihn gut genug, um zu wissen, dass er sich über den unerwarteten Besuch aufrichtig freute.
»Sim, Sinhô Sopa, Kasinda sauber Negerfrau«, sagte ich, denn ich wusste, dass diejenigen, die sich für unsere Herren hielten, genau solche Worte von uns erwarteten. Demut, Reinlichkeit und Dummheit – das waren die Attribute, die sie bei Sklaven am meisten schätzten, und da machte auch der anständige Sopa keine Ausnahme. Mein Portugiesisch war längst viel besser als jenes, das ich für solche Zwecke gebrauchte. Aber zum einen war mir die primitive Sprache meistens nützlich, denn so wurde man gerne unterschätzt. Zum anderen lag mir im Grunde nicht viel daran, es korrekt zu sprechen. Es war die Sprache der

Verbrecher. Meine eigene Muttersprache war noch immer die, in der ich dachte, fühlte und träumte.

Nachdem wir eine Reihe von Nettigkeiten und belanglosen Nachrichten ausgetauscht hatten, kam ich auf den Anlass meines Besuchs zu sprechen. »Kasinda haben Goldschmuck. Wollen kaufen?«

Sopa sah mich an und nickte. Wortlos reichte ich ihm einen kleinen Anhänger in Form einer Blüte.

»Woher hast du das?«

»Früher Kasinda sehr schön. Favoritin von Sinhô.«

»Na schön, ich will dir das mal glauben.« Er biss in das Schmuckstück und betrachtete es von allen Seiten. »Ich kann dir höchstens ein paar Kupfertaler dafür geben«, entschied er schließlich.

»Aber mehr wert! Ist Gold!«

»Ja, ja, ja. Aber Gold ist hier nichts wert. Die Männer holen jeden Tag beutelweise Gold aus der Erde.«

»Paar Kupfermünzen, ja? Und eine Flasche Cachaça, und Tabak.«

»Also schön, von mir aus.«

Mehr als das hatte ich gar nicht gewollt. Der Schnaps war für Zêzé, der Tabak diente als mein Alibi, denn ich machte mir nicht sehr viel daraus. Und das Geld würde reichen, um Zêzé noch ein paarmal zu bestechen. Die Lebensmittel für Muhongo und seine Leidensgenossen würde ich im Haus des Schinders stibitzen. Es würde niemandem auffallen, denn die Vorratskammer war prall gefüllt, und ich selbst aß wenig. Wenn ich jeden Tag eine Wurst und ein paar eingelegte Früchte nähme, wäre das auch nicht mehr, als die jüngeren Leute im Haus ohnehin verzehrten. Ich fand, es war mein gutes Recht.

Zunächst ging mein Plan auf. Ich bezahlte Zêzé für das Privileg, meinen Mann mit ein paar Leckereien zu versorgen und dadurch, dass er mich in der Nähe wusste, seinen Lebensmut zu stärken. Doch nach vielleicht zwei Wochen wurde Zêzé unruhig.

»Du musst damit aufhören. Der Schinder kann jeden Tag zurückkommen. Und gnade uns Gott, wenn er etwas hiervon erfährt.«

»Kasinda nix Böses tun, nicht? Und Sinhô Zêzé auch nix Böses tun.«

»Mag schon sein. Aber er mag es nicht, wenn man sich seinen Anweisungen widersetzt.«

Wie sehr der Aufseher damit recht hatte, zeigte sich wenige Tage später, als unser grausamer Herr von seinem Ausflug zurückkehrte. Noch bevor er zu Hause ankam, hatte er im Dorf und bei den Minen alles in Erfahrung gebracht, was sich während seiner Abwesenheit getan hatte. Er rief mich zu sich, und ich sah an seinem Blick, dass er nichts Gutes im Schilde führte. Er sah aus wie ein Kater, der mit einer Maus spielt, die er ohnehin schon halb totgebissen hatte.

»Du warst im Dorf, obwohl ich es verboten hatte.«

»Sim, Sinhô«, gab ich zu und legte so viel Zerknirschtheit in meine Stimme, wie es mir möglich war.

»Und du hast deinen Mann besucht, um ihm zu essen zu bringen.«

Ich nickte.

»Wovon hast du das denn bezahlt?«

»Kasinda haben bisschen Geld«, sagte ich.

Er schlug mir hart ins Gesicht. »Kasinda haben beklaut Sinhô!«, äffte er mein fehlerhaftes Portugiesisch nach.

»Nein, Sinhô! Kasinda kein Diebin.«

Er schlug mich erneut. Dann zog er mit einem bösen Grinsen das goldene Schmuckstück aus der Tasche, das ich bei Sopa gegen ein paar Münzen und Naturalien eingetauscht hatte.

»Und das hier? Wie kommt eine abgehalfterte Negerin wie du zu Gold, wenn nicht durch Diebstahl?«
Ich erklärte ihm, dass ich einst schön und jung gewesen war und dass mein ehemaliger Herr mir den Schmuck geschenkt hatte.
»Geschenkt? Dir? Pah! Du hast den Anhänger gestohlen, das hast du! Und weißt du auch, was ich hier mit Dieben mache?«
Ich schüttelte verzweifelt den Kopf. Nein, ich wusste nicht, was er mit Dieben machte, konnte es mir aber lebhaft vorstellen.
»Ich hacke ihnen eine Hand ab.«
Ein eiskalter Schauer überlief mich. Ich sah dem Schinder an, dass er Lust hatte, mich zu bestrafen, ob ich schuldig war oder nicht. Seine Reise war vielleicht nicht zu seiner Zufriedenheit verlaufen, was wusste ich schon? Aber was auch immer geschehen sein mochte, er hatte mich zum Sündenbock auserkoren.
Er fackelte nicht lange. Er rief Zêzé sowie zwei andere Männer, die mich festhalten sollten. Ich schrie und versuchte, mich loszureißen, aber ich hatte keine Chance. Mit eisernem Griff presste der Schinder meine rechte Hand auf den Küchentisch, ließ sich eine Axt reichen und holte aus.
»Ich will noch einmal Gnade vor Recht ergehen lassen. Tot nützt du mir nichts, und einhändig genauso wenig. Sieh es als Warnung.«
Ich nahm plötzlich jede Einzelheit in meiner Umgebung in einer schmerzhaften Schärfe wahr: die Fliegen, die unter der Decke schwirrten; den Geruch von gärenden Früchten, die in einem Korb vor sich hin gammelten, während die Minenarbeiter sich nach Obst verzehrten; die bläulichen Schimmelflecken in den Ecken des Raums; und die Kerben in dem massiven Tisch

aus Ipê-Holz, die wahrscheinlich von ähnlichen Bestrafungen wie der meinen herrührten.

Ich schloss die Augen.

Das Letzte, was ich hörte, bevor eine Ohnmacht mich gnädig umfing, war das Zischen der Axt, die niedersauste und mit einem dumpfen Ton im Holz landete.

Das Abtrennen meines kleinen Fingers dagegen war gar nicht zu hören gewesen.

43

So verhielt es sich also mit Kasindas kleinem Finger. Auf São Fidélio kursierten die abenteuerlichsten Gerüchte darüber, wie sie des Fingers verlustig gegangen war. Lua schämte sich jetzt für die lächerlichen Theorien, die sie alle aufgestellt hatten. Wie dumm und wie blind sie gewesen waren! Fernanda hatte die Meinung vertreten, der Finger sei einer rituellen Stammeszeremonie zum Opfer gefallen, während Lulu gemeint hatte, Kasinda habe ihn sich auf dem Sklavenschiff abgenagt, um nicht hungers zu sterben. Andere hatten einleuchtendere Gründe für den fehlenden Finger angeführt: ein Unfall, ein Sturz etwa oder ein Missgeschick in der Küche, könne die Ursache sein, oder aber auch eine Krankheit, vielleicht eine Art afrikanischer Lepra, die rechtzeitig geheilt wurde, bevor weitere Finger abfielen. Sie hatten sich damals vor vergnügtem Ekel geschüttelt und sich, wenn sie in einer albernen Laune waren, immer neue Geschichten ausgedacht. An diesem fehlenden kleinen Körperglied entzündete sich ihre Phantasie wie an kaum einer anderen Sache. Wenn Lua jetzt daran dachte, wie sie alle Kasinda angestarrt und immer halb gehofft, halb gefürchtet hatten, dass sie ihre verstümmelte Hand einmal sehen würden, empfand sie Ekel vor sich selbst.

Es begann zu regnen. Sie flüchtete sich unter das kleine Dach, das Zé aus Palmblättern für genau diesen Zweck angefertigt hatte, und sah den dicken Tropfen dabei zu, wie sie Löcher im Sand formten. Dieser Art von Beschäftigung konnte Lua mitt-

lerweile stundenlang nachgehen. Was sollte sie schon viel anderes tun? Sie hatte so viel Muße, dass sie das Steigen des Wassers bei Flut beobachtete oder den Balztanz zweier Vögel gespannt verfolgte. Sie verlor sich in der Betrachtung der Wolken am Himmel oder schaute sich fasziniert ein Palmblatt an, das kurz davor war, herabzufallen, wobei sie Wetten mit sich abschloss, etwa: Es wird noch vor Sonnenuntergang abfallen, oder: Es dauert noch mindestens zwei Tage, wenn es so windstill bleibt.
Als der Regen aufhörte und einen dicht gepunkteten, dunklen Sand zurückließ, tauchte Zé auf.
»Dieses Dächlein ist keine Lösung«, sagte er. »Es wird jetzt zunehmend heißer und feuchter. Wenn die Mai-Regenfälle kommen, sollten wir uns besser dagegen wappnen.«
»Du willst im Mai noch hier sein?«, entfuhr es Lua, wohl wissend, dass ihn ja nun die geringste Schuld an ihrem langen Aufenthalt hier traf. Er hatte oft genug darauf gedrängt, sie solle mit ihm nach Liberdade kommen.
Er erwiderte nichts, sondern sah sie mit vor unterdrückter Wut funkelnden Augen an.
»Schon gut. Es tut mir leid.«
Sie hatten bisher immer Abstand von der Idee genommen, eine Hütte zu errichten, zum einen, weil sie sich nicht auf einen längeren Zeitraum hier einstellen wollten, zum anderen aber auch, um etwaigen ungebetenen Besuchern nicht zu verraten, dass sie hier hausten. Dabei hatte sich in der ganzen Zeit außer Kasinda und Eulália niemand hierher verirrt, was an sich schon irritierend war.
»Ich habe mir Gedanken gemacht und mir etwas ausgedacht, das uns besser vor der Witterung schützt als dieses Blätterdach, uns zugleich aber nicht verrät. Ich werde mich sofort ans Werk machen.« Zé wirkte grüblerisch, so als sei er von der Tauglich-

keit seiner Konstruktion nicht ganz überzeugt. »Ach, hätten wir nur Caca hier, dem wäre sicher noch etwas viel Besseres eingefallen!«

Lua grunzte beleidigt und wandte sich von ihm ab. Dieses leidige Thema hatten sie nun schon allzu oft gehabt, und immer wieder war ein Streit daraus entstanden. Zé versuchte, sie zu überzeugen, dass dies hier kein Zustand sei, dass sie auf die Hilfe anderer angewiesen seien und auf Dauer nur in einer Gruppe überleben konnten, in der alle ihre Fähigkeiten zum Wohle der Allgemeinheit einbrachten. Lua dagegen war der Ansicht, dass die Gruppe, die er dabei im Sinn hatte, ihr mehr schadete als dass sie ihr Vorteile brachte. Sie würde auf keinen Fall nach Liberdade zurückgehen.

Sie machte sich daran, das Essen zuzubereiten. Seit Zé bei ihr war, gab es nicht nur eine vergleichsweise abwechslungsreiche Kost – denn er brachte ja von seinen »Ausflügen« immer schöne Leckereien mit –, sondern auch gegartes Essen. Zé hatte von den Indios gelernt, wie man ein Feuer machte, das nicht qualmte. Dank dieser Fertigkeit sowie dank eines zerbeulten Topfes, den Zé ebenfalls gestohlen hatte, konnten sie nun einigermaßen normales Essen zu sich nehmen. Es war eine große Verbesserung ihrer elenden Verhältnisse gewesen, und als Lua den ersten heißen Reis gegessen hatte, waren ihr Tränen der Dankbarkeit gekommen.

Irgendwo hinter der Kochstelle machte Zé sich anscheinend daran, seinen Plan in die Tat umzusetzen. Lua hörte ihn Äste zerbrechen, große Blätter zerreißen und vor allem fluchen. Sie lächelte in sich hinein. Nach einer Weile konnte sie nicht anders, als hinzusehen, was er dort trieb. Er kniete inmitten eines Bergs trockener Blätter und Gräser, die er auf einem Fischernetz ausgebreitet hatte, Letzteres sicher ebenfalls Teil einer Diebesbeute.

»Was soll das werden?«, fragte sie ihn.
»Wage es nicht, zu lachen, sonst vergesse ich mich! Herrje, dieses verfluchte Ding ist so unhandlich!«
»Warum hast du denn nichts gesagt? Ich kann doch mit anpacken.«
»Weil du beschäftigt warst. Vom Kochen wollte ich dich keinesfalls ablenken.«
Lua wusste, dass dies nur die halbe Wahrheit war. Er war in Wirklichkeit nur zu stolz gewesen, sie um Hilfe zu bitten – er, der ihr doch ständig predigte, dass man auf die Hilfe anderer angewiesen war.
»Mit dem Essen dauert's noch eine Weile. Es kann da allein vor sich hin köcheln. Also sag: Was soll ich tun?«
»Pack mal dort an«, sagte er gleich und wies auf den Rand des Netzes, der ihr am nächsten war. »Und jetzt heben wir es gemeinsam an, ganz vorsichtig, damit die Tarnung nicht wieder herunterrieselt.«
Sie versuchten es, aber die Blätter und Zweige fielen natürlich trotzdem herunter.
»Wir müssen sie besser befestigen«, sagte Lua und zog sich einen wütenden Blick zu.
»Ach was?«
»Lass mich das machen. Ich habe geschicktere Finger als du, wenn es um so feine Arbeiten geht. Ich weiß schon, wie ich dieses ganze Laub an dem Netz festbekomme.«
Er nickte bedächtig, als müsse er erst genau darüber nachdenken, ob er ihr diese wichtige Aufgabe auch anvertrauen konnte. Insgeheim war er aber froh, dass er diese Knibbelarbeit nicht selber machen musste.
»Ich beginne unterdessen mit dem Bau des eigentlichen Unterstandes.«
Und so arbeiteten sie einträchtig nebeneinander, ein angeneh-

mes Schweigen zwischen ihnen, unterbrochen nur von dem einen oder anderen leisen Fluch.

Während des Essens erklärte Zé, was er sich vorstellte. Er wollte eine einfache Hütte bauen, ähnlich denen, die sie auch in Liberdade hatten, damit sie beide sowie ihre Habseligkeiten vor dem Regen besser geschützt waren. Damit diese Hütte nun nicht auf Anhieb entdeckt werden konnte, wollte er eine Art Tarnnetz darüberwerfen, sobald sich jemand näherte. Das Netz sollte an ein paar feinen Seilen so an einem Baum befestigt werden, dass man nur einmal an einer Schnur zu ziehen brauchte und es sich augenblicklich entfaltete und über die Hütte legte.

»Ich muss die ganze Zeit an den Fischer denken, dem du das Netz gestohlen hast«, sagte Lua.

»Ach, der ist doch auch nur der Sklave irgendeines Herrn, der ihm sicher gleich ein neues kauft.«

»Das meine ich nicht. Ich meine: Wo gibt es denn Fischer? Warum sieht man an diesem Strand nie mal einen? Langsam finde ich diese Einsamkeit ein bisschen gespenstisch. Liegt irgendein Fluch auf diesem Strand?«

Zé murmelte eine afrikanische Formel, zog eine böse Grimasse und rollte mit den Augen, bevor er in lautes Gelächter ausbrach.

»So komisch ist das nun auch wieder nicht.«

»Doch, ist es, Lua. Also, ich erkläre es dir. Durch das vorgelagerte Riff ist es von hier aus sehr schwer, gefahrlos ins tiefere Wasser zu gelangen. Die Brandung da draußen ist stark, und die Strömung ebenfalls, so dass die Fischer auch nicht von woanders kommen und an diesem Abschnitt des Strandes fischen. Die meisten von ihnen können nicht schwimmen. Wenn ihre kleinen Boote von einer großen Welle erfasst würden, wäre es schlecht um sie bestellt.«

»Ja, aber …«

»Aber es gibt vereinzelte Buchten, die sicherer sind – ganz abgesehen von der Allerheiligenbucht natürlich, doch die ist ja wirklich noch sehr weit weg. Diese kleinen Buchten, in denen die Fischer ihre Boote vertäuen und von wo sie ausfahren, liegen allerdings weit genug von hier entfernt, als dass sie für uns eine Gefahr darstellen würden. Kein Mensch im Vollbesitz seiner geistigen Kräfte kommt hier heraus. An ausgedehnten Abschnitten der Küste sieht es genauso aus wie hier, und es gibt dort nichts, was für die Menschen von Interesse wäre. Nur Sand, ein paar Krebse und Schildkröten und endlose Reihen von Kokospalmen.«

»Ich finde es trotzdem beunruhigend, dass man nie jemanden sieht. Wir befinden uns schließlich auf dem Grund und Boden des Senhor Afonso, oder nicht? Und auch auf Três Marias wird mit dem Fleisch von Kokosnüssen gekocht, und aus den Fasern der Palmen gewinnen sie Seile.«

»Warum sollten sie hier ernten? Es gibt mehr als genügend Palmen, die in größerer Nähe zu den Wirtschaftsgebäuden der Fazenda wachsen.«

»Hm.« Lua war nicht restlos überzeugt, aber weiteres Beharren auf dieser Frage würde nichts ändern. Es war ja außerdem nicht so, als wäre es Zés Schuld gewesen.

Nach dem Essen machten sie sich wieder ans Werk. Es dauerte sehr lange und erforderte viel Geduld, jedes Blatt und jedes Ästlein mit Capim-Gras an das Netz zu knüpfen. Es würde sicher noch ein bis zwei Tage brauchen, bis das Netz dicht genug bedeckt war, um einen vernünftigen Sichtschutz abzugeben. Aber so lange würde auch der Bau einer Hütte sicher benötigen, denn in Ermangelung brauchbaren Werkzeugs sowie weiterer Männer, die mit anpacken konnten, kam auch Zé nicht besonders zügig voran. Doch das gemeinsame Projekt hob ihre

Stimmung, so dass sie unverdrossen an ihren jeweiligen Arbeiten herumwerkelten und die Lust nicht allzu schnell verloren. Meist schwiegen sie, doch es war ein schönes, ein harmonisches Schweigen, wie man es nur an der Seite von Menschen empfinden konnte, die einem sehr nah waren und die auch ohne Worte wussten, was man ihnen hätte mitteilen wollen.
Nach zwei Tagen war ihre Hütte mitsamt dem Tarnnetz so weit gediehen, dass sie sie beziehen konnten. Es hatte zahlreiche Versuche erfordert, den Mechanismus mit der Zugleine so zu vervollkommnen, dass das Netz sich sofort über die ganze Hütte legte. Zunächst war es als trauriger Haufen auf dem Dach liegen geblieben, dann hatte sich die Zugleine verfangen, dann wieder war das Netz gerissen und hatte geflickt werden müssen. Oft genug stand Lua kurz davor, in Tränen auszubrechen, während Zé ein paarmal so aussah, als wolle er die ganze Konstruktion kurz und klein schlagen und das Netz in Stücke reißen. Aber schließlich hatten sie es geschafft. Sie waren stolz auf ihr Werk.
Und sie machten reichlich Gebrauch von der neuen Intimität innerhalb ihrer eigenen vier Wände, so windschief diese auch sein mochten. An manchen Tagen gaben sie sich stundenlang den Freuden der körperlichen Vereinigung hin und erklommen gleich mehrmals den Gipfel höchster Lust. Es war wunderbar. Für eine Weile konnte Lua sich der Illusion hingeben, so würde es für immer bleiben: nur Zé und sie, allein in ihrer Strandhütte, frei von Sorgen und unbehelligt von der Niedertracht anderer Menschen.
Doch in ihrem tiefsten Innern wusste sie, dass dieser paradiesische Zustand nicht von Dauer sein konnte. Sie erwartete ein Kind – und allein das war ein Grund, sich wieder in die sogenannte Zivilisation zu wünschen. Wie sollte das Kind zu einem normalen Menschen heranreifen, wenn es außer ihnen nie-

manden kannte? Wenn es keine Spielkameraden besaß und wenn es nie lernte, dass es auch Böses in der Welt gab? Wenn es nie ein gemauertes Gebäude sah oder auch nur eine Kuh? Nein, sie konnten nicht ewig am Strand bleiben.

Dann, eines wolkenlosen Tages, trat der Fall ein, den Lua immer gefürchtet hatte: Zwei Männer gingen am Strand entlang. Sie war so sorglos geworden, dass sie sie erst entdeckte, als sie schon recht nah waren. Sie löschte das Feuer, auf dem ihr Mittagessen brodelte, kippte den dampfenden Inhalt des Topfes in hohem Bogen ins Unterholz und lief in ihre Behausung, wo sie zitternd an der Leine zog. Das Netz fiel mit einem Wusch über die Hütte. Nun konnte sie nur noch beten, dass sich ihre zahlreichen Versuche auszahlten und das Netz die Hütte auch wirklich vollständig verdeckte.

Drinnen war es plötzlich dunkel geworden, und Lua hatte das Gefühl, keine Luft mehr zu bekommen. Ihr Herz pochte so heftig, dass sie den Widerhall davon in ihren Ohren spürte. Sie kroch ans Fenster und lugte durch die winzigen Löcher in dem dicht mit Laub bedeckten Netz. Ihre Sicht war zwar sehr eingeschränkt, aber es reichte, um das Wesentliche erkennen zu können.

Was sie sah, ließ ihr den Atem erst recht stocken. Die beiden Männer waren der junge Manuel von São Fidélio und Rui Alberto von Três Marias, Bruder und Ehemann von Eulália also. Lua war neu, dass die beiden miteinander zu schaffen hatten. Freunde waren sie gewiss keine, denn die Bemerkungen, die Manuel bei Tisch manchmal über seinen Schwager hatte fallenlassen, waren nicht eben freundlich gewesen. Ob sie ein geschäftliches Projekt miteinander verband? Aber wieso hätten sie dazu an den Strand gehen sollen?

Sie stapften über den nassen Sandstreifen, auf dem das Laufen mühelos war. Beide hatten die Hosen hochgekrempelt und

hielten ihre Schuhe in den Händen. Lua starb tausend Tode, als sie plötzlich stehen blieben, und zwar genau auf der Höhe ihres Verstecks. Da Ebbe herrschte und die beiden sich in einiger Entfernung zur Vegetationslinie befanden, konnte sie nicht hören, worüber sie sprachen. Aber sie sah, wie Manuel mit dem Arm ausholte und auf die Palmen wies, und sie sah ebenfalls, dass Rui Alberto genau zu ihr hinschaute.
Sie bekreuzigte sich und schloss die Augen. Nun würden sie sie holen kommen. Sie würden sie auspeitschen, sie die niedersten Arbeiten verrichten lassen und ihr das Kind wegnehmen. All das sah sie vor ihrem geistigen Auge, und sie war außerstande, irgendetwas dagegen zu unternehmen. Wenn wenigstens Zé hier gewesen wäre! Er hätte die beiden Männer mit ein paar gezielten Hieben und Tritten in kürzester Zeit außer Gefecht gesetzt.
Sie öffnete die Augen wieder. Zu ihrem größten Erstaunen standen die beiden immer noch da unten und redeten aufgeregt aufeinander ein. Ihr begann zu dämmern, dass sie sie tatsächlich nicht sahen. Die Tarnung war gut, das hatten Zé und sie gewissenhaft überprüft. Zudem war es schwierig, im schattigen Unterholz überhaupt etwas zu erkennen, wenn man in der prallen Sonne stand. Es war nur ein Zufall gewesen, ein verrückter Zufall! Lua war so erleichtert, dass sie beinahe laut »Halleluja« gerufen hätte.
Nach ein paar Minuten, die ihr wie eine Ewigkeit erscheinen wollten, machten die zwei sich wieder auf den Rückweg. Sie betete für Zé, der inzwischen auf dem Weg hierher sein musste, dass er sie rechtzeitig sah und sich in Sicherheit bringen konnte. Tausend erschreckende Bilder schossen ihr durch den Kopf, was alles geschehen konnte. Was, wenn er ebenfalls durch den nassen Sand lief und sich durch seine Fußabdrücke verriet? Oder wenn er gerade inmitten der Felsen herumkraxelte, wo er gern nach Muscheln und Krebsen suchte und weithin sichtbar

wäre? Wie gern hätte sie ihn gewarnt. Aber ihr blieb nichts anderes übrig, als in ihrem dunklen, stickigen Versteck auszuharren und das Beste zu hoffen.

Die Sonne stand schon tief, als sie sich endlich aus der verhüllten Hütte herauswagte. Sie war halbtot vor Sorge um Zé. Eigentlich sah er immer zu, dass er vor Sonnenuntergang zurückkehrte, denn im Dunkeln war ein Marsch über den Strand nicht ganz ungefährlich. Es gab Felsen, die weiter als die anderen in den Sandstreifen hineinragten und die manchmal leicht von Sand bedeckt waren, so dass man, wenn man sie nicht sah, darüber stürzen konnte. Und selbst ein abgerissener Zehennagel war etwas, was sie sich in ihrer Lage nicht leisten konnten: Ohne Medikamente, Alkohol und sauberes Verbandszeug konnte selbst die kleinste Entzündung schlimmstenfalls tödlich verlaufen.

Als er schließlich kam, fiel Lua weinend auf die Knie. »Tu das nie wieder, hörst du, Zé?«

Er nahm sie in die Arme und murmelte tröstende Worte, wie man sie auch einem kleinen Kind sagen würde. Er wiegte sie hin und her, und nach einer Weile war es ihm gelungen, sie wieder zu beruhigen.

»Ich wäre ja gern früher gekommen«, sagte er. »Aber mir kamen zwei Weiße entgegen, um genau zu sein, der junge ...«

»... Manuel sowie Senhor Rui Alberto«, beendete Lua seinen Satz. »Sie waren auch hier.«

Zé zuckte vor Schreck zusammen, und diesmal war sie es, die ihn beruhigen konnte: »Keine Bange. Unser Netz hat mir das Leben gerettet. Leider habe ich aber in der Eile unser Essen ins Gebüsch werfen müssen.« Sie lächelte ihn an: »Sie werden heute mit kalter Küche vorliebnehmen müssen, Sinhô.«

»Aber im Anschluss wirst du mir etwas Heißes servieren, nicht wahr?« Er ließ seinen Blick anzüglich über ihren Körper wandern, und Lua war sehr wohl bewusst, was ihm vorschwebte.

»Wenn du meine Glut ein bisschen anfachst, sehe ich da keinerlei Schwierigkeiten.«
Er zog sie an sich und küsste ihren Hals, was, wie er genau wusste, etwas war, was sie sehr erregte. Seine Hände glitten über ihren Busen, während sie sacht über die Ausbeulung an seiner Hose strich.
Ein leises Knacken ließ sie erschrocken innehalten. Auch Zé hatte es gehört, und sofort spannte sich jeder Muskel seines Körpers an, zum Kampf bereit.
»Ist gut, wenn Mann und Frau machen Liebe. Aber nicht jetzt«, sagte Kasinda und trat hinter einem Baumstamm hervor.
Diesem Befehl wagten sie sich nicht zu widersetzen.

44

 Im Fiebertraum wähnte ich mich mit meinen Ahnen vereint – und mit meinen Nachkommen. Ich sah meine Mutter Nzinga, die ihrer gleichnamigen Enkelin Zöpfe flocht, und ich traf auf meinen Vater Mukua-nguzu, der gemeinsam mit seinem Schwiegersohn und seinem Enkel, die beide Uanhenga hießen, auf die Jagd nach einem angriffslustigen Löwen ging, den zuvor ein ungeschickter Jüngling bei einer Mutprobe verletzt hatte. Ich tätschelte meinem kleinen Liebling Chilala den Kopf, während ich ihn gleichzeitig als erwachsenen Mann eine Antilope häuten sah. Er hatte große Ähnlichkeit mit Muhongo, und beide waren Meister im Schlagen der Buschtrommel, die uns über alle wichtigen Nachrichten in der Umgebung auf dem Laufenden hielt. Ich hörte den beängstigenden Rhythmus der Trommeln, die uns aus dem Nachbardorf die Ankunft feindseliger Männer ankündigten. Schließlich roch ich den Angstschweiß meiner Schwester Thandeka, und ich hörte eine Frauenstimme sagen: »Mein Gott, die stinkt ja, als wäre sie schon am Verwesen.«
Ich schlug die Augen auf. Es dauerte eine Weile, bis ich die junge Frau, die mich mit einem feuchten Tuch abtupfte, als die Dirne des Schinders erkannte. Jetzt erinnerte ich mich wieder. Man hatte mir den kleinen Finger der rechten Hand abgehackt, und die Wunde hatte sich entzündet. Ich hob meine Hand, um nachzusehen, ob man mir nicht noch weitere Finger entfernt hatte, aber ich zählte vier Finger und sah einen sauberen Verband um den Stumpf.

»Hast noch mal Glück gehabt«, hörte ich dieselbe Stimme wie vorhin. Es war ein Mann, den ich nicht kannte. Ich bezweifelte, dass es sich um einen Arzt handelte, denn eine solche Ausgabe war ich dem Schinder gewiss nicht wert.
»Wer ...?«, röchelte ich.
»Ich bin Cauã«, sagte er. »Ich bin Heiler.«
Ich betrachtete ihn nun genauer und stellte fest, dass er gar kein Weißer war, wie ich anfangs geglaubt hatte. Er war ein Indio-Mischling, doch das glatte schwarze Haar und die hellbraune Haut hätten auch zu einem Portugiesen gehören können, der sich länger in der Sonne aufgehalten hatte. Er war frisiert und gekleidet wie die Weißen, davon hatte ich mich täuschen lassen.
»Ich war zufällig in der Gegend, als mein alter Freund Sopa mir von dir erzählte. Der Schinder hat mir erlaubt, dich zu behandeln, aber nur, weil ich keine Gegenleistung verlangt habe.«
»Warum ...?«
»Warum ich keine Bezahlung will? Ach, weißt du, *tia*, ich glaube daran, dass ich für meine guten Taten im Jenseits belohnt werde.«
»Du Christ?«, fragte ich ihn.
Er nickte. »Ja, *tia*, das bin ich.«
Es gefiel mir, mit *tia*, Tante, angesprochen zu werden. Es war eine Anrede, die älteren Frauen vorbehalten war, denen man Freundschaft und Respekt entgegenbrachte. Nie zuvor hatte mich jemand »Tante« genannt. Früher war ich zu jung dafür gewesen, und nun, da ich an der Schwelle zum letzten Lebensabschnitt stand, war ich fast ausschließlich von Leuten umgeben, die grob und unhöflich waren und mich niemals mit der netten Anrede bedacht hatten.
»Sprich lieber nicht so viel. Du hast das Schlimmste überstanden, aber du musst viel schlafen, um wieder zu Kräften zu kom-

men. Ich lasse dir ein kleines Fläschchen mit einer Kräutertinktur da. Die musst du regelmäßig auf die Wunde geben, damit sie sich nicht wieder entzündet. Wirst du das tun?«
Ich nickte schwach.
Vor lauter Dankbarkeit war ich den Tränen nahe. Wie lange war es her, dass jemand so freundlich zu mir gewesen war? Dann fielen mir die Augen zu.
Als ich wieder erwachte, war der halbindianische Heiler fort. Ich verspürte einen kleinen Stich des Verlusts, der aber von meinem enormen Durst schnell in den Hintergrund gedrängt wurde. Ich erhob mich, um zu dem Wasserbottich zu gelangen und mir eine schöne große Kelle voll zu gönnen. Ein starkes Schwindelgefühl erfasste mich. Ich musste mich an einem Stützbalken der Hütte festhalten. Als ich das ungeschliffene, rissige Holz berührte, erschrak ich zutiefst über das merkwürdige Gefühl in meiner Hand – bevor der Schmerz mich daran erinnerte, dass ich ja nun einen Finger weniger hatte.
Jetzt war ich also verkrüppelt. Ich hatte die Verschleppung, den Transport auf dem Sklavenschiff, die Jahre der Gefangenschaft sowie sechs Schwangerschaften körperlich mehr oder weniger unversehrt überstanden, nur um dann einem Mann in die Hände zu fallen, der mir aus purer Lust am Quälen einen Finger abgehackt hatte. Wahrscheinlich fand der Schinder auch noch, ich müsse ihm dafür dankbar sein, dass er nicht die ganze Hand abgetrennt hatte, was, wie ich mit einem unwilligen Anflug von Bewunderung feststellte, an ein Wunder grenzte. Seine Treffsicherheit war bemerkenswert, denn die anderen Finger hatten nicht den kleinsten Kratzer abbekommen.
Nach ein paar Tagen schon musste ich wieder arbeiten. Ich verrichtete meine Pflichten wie eine Schlafwandlerin. Ich sprach mit niemandem, zeigte keinerlei Gefühlsregung und empfand auch wenig. Mein Herz fühlte sich an, als sei es abge-

storben. Vielleicht war das der ideale Geisteszustand, den ich schon vor Jahren hätte erlangen sollen, ging es mir durch den Kopf: wie ein Ochse einfach nur weiterzuarbeiten, nicht nach vorn und nicht nach hinten zu blicken, die Vergangenheit ruhenzulassen und die Zukunft nicht erahnen zu können.

Erst als der Schinder, Monate später, abermals verreiste, kehrten meine Lebensgeister zurück. Ich wollte nach Muhongo sehen. Was hatte ich schon noch zu verlieren? Mein Leben war nicht einmal mir selber genug wert, es kostete mich also wenig Überwindung, es für einen kurzen Besuch bei den Minen aufs Spiel zu setzen. Ich war ohnehin der Überzeugung, dass ich nicht mehr lange zu leben hatte.

Diesmal fragte ich Zêzé nicht um Erlaubnis. Ich marschierte einfach zum Eingang der Mine, in der Muhongo arbeitete, und wartete das Ende seiner Schicht ab. Als er, verdreckt und zu Tode erschöpft, herauskam, mit den anderen Sklaven zusammengekettet, da überkam mich ein so grenzenloses Mitleid, dass ich weinend vor meinem Mann auf die Knie fiel. Ich spürte, dass er bald sterben würde.

Anders als bei meiner eigenen Prognose lag ich bei ihm richtig damit.

»Steh auf, Kasinda. Bist du nicht eine stolze Tochter Afrikas?«, sagte er streng.

Ich riss mich zusammen und erhob mich wieder. »Hier, Muhongo, nimm.« Damit reichte ich ihm eine saftig-süße *fruta do conde*, die ich eben erst bei Sopa ergattert hatte. Ich folgte Muhongos Blick und sah, dass der Aufseher nahte.

»Schnell!«, zischte Muhongo mir zu und griff nach der Frucht. Er fummelte an ihr herum und gab sie mir im selben Moment zurück, als Zêzé bei uns ankam.

»Kasinda! Willst du noch einen Finger verlieren?«, fragte er. Erst da bemerkte auch Muhongo, dass man mich verstümmelt hatte. Ich hatte es vor ihm geheim halten wollen, um ihm das Leben nicht noch schwerer zu machen.

»Behalten Frucht«, sagte Muhongo zu mir in der Sprache der Verbrecher. »Essen selber, werden gesund. Gut für Uanhenga.«

»Dein Mann ist klüger als du, Negerweib. Hör auf ihn und kurier lieber dein ›Uanhenga‹ aus. Du ersparst ihm, dir selber und auch mir viel Ärger.«

Ich bemerkte Muhongos flehenden Blick und wollte ihm noch gern irgendwie mitteilen, dass meine Verletzung gut verheilt war und ich seiner Fürsorge nicht bedürfe. Doch da packte Zêzé mich grob an der Schulter und riss mich fort von dem Sklavenzug.

»Weiter, Negerpack! Hier gibt's nichts zu glotzen!« Und zu mir gewandt: »Verschwinde jetzt, bevor ich dir noch eins mit der Peitsche überziehe.«

Ich nahm die Beine in die Hand und rannte zurück zum Haus des Schinders. Atemlos erreichte ich die Frauenhütte. Ich trank gierig einige Kellen Wasser, dann warf ich mich in meine Hängematte. Ich war allein in der Hütte. Die anderen Frauen hatten die Abwesenheit unseres Herrn ebenfalls genutzt, um zu verschwinden. Ich wusste, dass sie im Dorf für ein paar Münzen ihre Dienste feilboten, und der Schinder wusste es vermutlich ebenfalls. Warum er sie nicht dafür bestrafte, bei mir aber so kleinlich war, verstand ich nicht. Ich glaube, dass meine afrikanische Herkunft und meine freie Geburt dafür verantwortlich waren. Die anderen waren schon als Gefangene aufgewachsen, während ich eine der wenigen war, die direkt aus Afrika hierher verschleppt worden waren. Es beunruhigte die Menschen, so wie es das noch heute tut, denn sie verstehen unser Wesen und unsere Denkweise nicht.

Jetzt erst untersuchte ich die *fruta do conde*, die ich noch immer in meiner vierfingrigen Hand hielt. Ich wusste, dass Muhongo etwas darin versteckt haben musste, denn seine Bemerkung, die Frucht sei gut für Uanhenga – was der Aufseher als den Namen einer Krankheit gedeutet hatte –, konnte nur das heißen. Die dicke, grüne, bucklige Schale ließ sich immer da, wo ein vom köstlichen Fruchtfleisch umschlossener Kern war, wie eine Schuppe einfach ablösen. Während meines Heimwegs hatte ich die reife Frucht ein bisschen gedrückt, und einzelne der Schalenschuppen waren schon recht locker. Ich nahm mir jede Stelle der *fruta do conde* genauestens vor, löste Schale und Fruchtfleisch heraus, lutschte den Kern ab und spuckte ihn aus. Und dann, als ich bei der Hälfte angelangt war, fand ich ihn: einen scharfkantigen Stein, der ein transparentes grünes Gebilde umschloss.

War das ein Smaragd in Rohform? Ich hatte keine Ahnung. Besonders wertvoll sah mir diese Steinformation nicht aus, aber wenn Muhongo sein Leben riskiert hatte, um den Stein aus der Mine herauszuschmuggeln, dann musste er sehr kostbar sein. Hatte er geahnt, dass ich an diesem Tag kommen würde, um ihm etwas zu essen zu geben? Oder trug er jeden Tag solche Schätze mit sich herum? Das nächste Mal würde ich ihn danach fragen.

Doch es gab kein nächstes Mal, denn drei Tage später starb Muhongo. Ich wusste, dass er nur durchgehalten hatte, um mich noch einmal zu sehen und mir seine »Botschaft« zukommen zu lassen. Da der Schinder nicht da war, gestattete man mir, den Leichnam Muhongos zu waschen, ihn in ein Leinentuch einzuwickeln und Gebete für ihn zu sprechen, bevor er in das große Massengrab geworfen wurde, in dem jeden Tag an die zehn Leichname verschwanden. Ich vergoss keine einzige Träne, denn ich wusste, dass er auf dem Weg zu den Ahnen war, wo es ihm besser erginge als hier.

Diesmal musste ich vorsichtiger und raffinierter vorgehen als je zuvor. Wenn man den Stein bei mir fände, würde man mir mindestens die ganze Hand abhacken, wenn nicht gar mich töten. Und sowenig ich den Tod zuvor gefürchtet hatte, so sehr hing ich nun am Leben: Ich hatte eine Mission. Ich würde unseren Sohn finden, ihm sein Erbe aushändigen und ihm somit erlauben, sich die Freiheit zu erkaufen. Denn das war es wohl gewesen, was Muhongo mit seinen letzten Worten gemeint hatte.

Ich dachte tagelang an nichts anderes, als wie ich von dort wegkommen sollte. Natürlich konnte ich, wie ich es schon zuvor getan hatte, einfach fortlaufen. Die Energie und körperliche Kraft dafür hatte ich, auch wenn mich alle schon als Alte betrachteten. Aber was sollte ich tun, wenn ich erst an der Küste angelangt wäre? Ich besaß keine Freilassungspapiere, ich kannte niemanden, der mir würde helfen können, und ich hatte für meinen Lebensunterhalt einzig meine Schmuckstücke, von denen jeder annehmen musste, sie seien gestohlen. Sollte ich versuchen, Nzinga zu finden? Würde ich sie nicht in Gefahr bringen? Wenn es stimmte, dass sie frei und wohlhabend war, dann kannte sie gewiss Mittel und Wege, wie man den Stein zu Geld machte, und bestimmt würde es ihr nicht schwerfallen, meine Anwesenheit zu erklären: »Das ist meine alte Amme«, würde sie den Leuten erzählen können oder etwas in der Art.

Ich ging diese Idee wohl tausendmal im Kopf durch und befand sie für gut. Es würde klappen. Ich wäre mit meinen Kindern wieder vereint und könnte ihnen sogar ein ansehnliches Erbe überreichen, obwohl Muhongo meine Tochter mit keiner Silbe erwähnt hatte. Ja, so wollte ich es machen. Morgen früh, noch vor Sonnenaufgang, würde ich mich fortschleichen.

Doch ich hatte zu lange gewartet.

Am Abend desselben Tages, an dem ich meinen Entschluss fasste, kam der Schinder von seiner Reise zurück. Eine Flucht zu wagen, während er in der Nähe war, kam nicht in Frage. Er würde es fertigbringen, mich einzufangen und zu töten.
Diesmal würdigte er mich keines Wortes oder Blickes. Er hatte sicher längst erfahren, dass mein Mann gestorben und ich zuvor bei ihm gewesen war. Ich wagte schon zu hoffen, dass der Schinder vielleicht doch so etwas wie eine mitleidige Regung empfinden konnte, als ich, zusammen mit sämtlichen anderen Dienstboten, zu einer öffentlichen Auspeitschung zitiert wurde. Zêzé, so der Vorwurf, habe sich der Pflichtvergessenheit schuldig gemacht, was mit zwei Dutzend Hieben geahndet werden sollte. So war das also! Mich verschonte der Schinder nur, weil er diesmal ein anderes Opfer für seine Quälereien auserkoren hatte. Ich fragte mich, ob ein Teil der »Pflichtvergessenheit« auch gewesen war, dass Zêzé mich mit meinem Mann hatte reden lassen, aber ich grübelte nicht allzu lange darüber nach. Ich wollte mir keine Mitschuld geben.
Die Auspeitschung, die der Schinder persönlich vornahm, war kurz, schmerzhaft und tödlich. Zêzé war würdelos gestorben, schreiend und in seinem eigenen Dreck. Es war ein grauenhaftes Spektakel gewesen, und es erfüllte seinen Zweck. Alle Leute des Schinders, ich eingeschlossen, spurten wie selten zuvor.
Ich schmiedete einen neuen Plan. Er nahm ganz langsam Gestalt an, und diesmal erschien er mir unfehlbar. Ich würde den Schinder vergiften – so langsam und qualvoll, wie es nur ging. An giftigen Blumen, Früchten und Wurzeln herrschte kein Mangel. Ich wusste nicht genau, in welcher Zusammensetzung die verschiedenen Gifte ihre tödlichste Wirkung entfalten würden, also beschloss ich, einfach alle Pflanzen gemeinsam zu zerstampfen und den so erhaltenen Brei einzudicken. Ich nahm die frischen Nüsse der Cajú-Frucht, die Blüten und Blätter des

Alamanda-Strauchs sowie Blätter von Maniok und Samambaia-Farnen, alles Pflanzen beziehungsweise Teile davon, die praktisch überall wuchsen. Ich zerkleinerte sie in einem Mörser, bis ich eine bräunlich grüne Paste erhielt. Diese strich ich auf ein großes Bananenblatt, das ich anschließend zum Trocknen in den Hof legte, wobei ich peinlichst darauf achtete, dass der Schinder nichts davon mitbekam. Wenn mich einer der anderen darauf ansprechen würde, würde ich behaupten, es handele sich um eine Art afrikanischer Seife – ich wollte ja nicht, dass irgendjemand davon kostete.

Nach drei Tagen war die Paste getrocknet. Ich bröckelte sie von dem Bananenblatt ab und zerrieb sie zu einem gräulichen Pulver, das ich in ein Lederbeutelchen füllte. Nun musste ich es dem Schinder nur noch ins Essen mischen, was leichter gedacht als getan war. Es wäre nicht schwer gewesen, das Gift in den Kochtopf zu streuen, das nicht. Die Köchin setzte mich oft in der Küche ein, wo ich Gemüse schälen oder Schweineborsten von der Schwarte entfernen musste. Aber die Gerichte, die sie in größeren Mengen kochte, wurden von allen Mitgliedern des Haushalts verzehrt, und alle wollte ich ja nicht umbringen. Im Übrigen wusste ich nicht, wie wirksam mein Gift war und welche Menge ich brauchte. Ich wollte es mit einer kleinen Dosis allein für den Schinder versuchen, um das Ergebnis abzuwarten. Vielleicht wäre auch eine regelmäßige Verabreichung über einen längeren Zeitraum hinweg viel wirkungsvoller, abgesehen davon, dass man dann keinen Giftmord vermuten würde, sondern eine hässliche Tropenkrankheit. Das Einzige, zu dem allein der Schinder Zugang hatte, war sein Schnapsvorrat. Ich würde mein Gift – wenn es denn giftig war – in den Cachaça geben müssen, und an den wiederum kam ich kaum heran. Es wäre dazu sehr viel List und Kaltblütigkeit nötig.

Als sich dann eines Tages die Gelegenheit ergab, zögerte ich keinen Augenblick. Ich hatte gerade in der Schlafkammer des Schinders den Nachttopf geleert, als er durch aufgeregte Rufe nach draußen geholt wurde: Einige Minenarbeiter hatten einen Aufstand angezettelt. In seiner Eile vergaß er, den Schrank abzuschließen, in dem er seinen Schnaps aufbewahrte. Ich lief schnell in unsere Hütte, holte mein Pülverchen und rannte dann sofort wieder ins Haus, hinauf in die Kammer des Schinders. Ich hatte Glück: Eine der Flaschen war schon geöffnet, so dass ich kein Siegel verletzen musste, und es fehlten erst ein paar Fingerbreit vom Inhalt. Ich beschloss, die Hälfte meines Giftes in die Flasche zu kippen. Ängstlich beobachtete ich, ob das Pulver den hellgelben Schnaps nicht trüben oder verfärben würde und ob es sich restlos auflöste. Aber nachdem ich die Flasche ein paarmal geschüttelt hatte, war nichts mehr zu sehen. Als ich sie in den Schrank zurückstellte, hörte ich schon die Schritte des Schinders auf der Treppe.
Jetzt konnte ich nur noch abwarten.

45

𝒟er Schinder starb vier Wochen später. Es hatten ihn zunächst üble Koliken erfasst, dann litt er unter Durchfall und Erbrechen. Er führte es keinen Moment lang auf den Konsum des Schnapses zurück, sondern machte die schwüle Luft und vermeintlich verdorbene Lebensmittel dafür verantwortlich. Es gelang mir, eine weitere Flasche mit Gift zu versetzen, und je mehr er davon trank, desto schmerzhafter und schlimmer wurden seine Beschwerden. Irgendwann erbrach er Blut, und da wusste ich, dass es bald vorüber wäre mit ihm.

Da er keine Erben hatte – denn seine zahlreichen Bastarde hatten keinerlei Anrecht auf das Vermögen, und ein Testament hatte der Schinder in seiner grenzenlosen Vermessenheit nicht gemacht –, wurde die gesamte Hinterlassenschaft versteigert. Der Erlös floss in den Säckel der portugiesischen Krone. Auch wir Sklaven wurden verkauft, und so kam es, dass ich eines Tages wieder halbnackt am Pelourinho in Salvador stand und angepriesen wurde: »Alte Negerin, um fünfundvierzig Jahre alt, noch sehr stark und gesund, im Besitz all ihrer Zähne, für alle anfallenden Arbeiten geeignet.« Es war demütigend, doch im Wissen um meinen geheimen Schatz ließ ich alles ungerührt über mich ergehen. Denn die schwierigste Hürde hatte ich bereits genommen. Ich hatte darauf bestanden, dass man mir mein Haupthaar nicht abschnitt, und, vielleicht aufgrund meines reiferen Alters, diesen Gefallen gewährt bekommen. In meinem dichten Kraushaar, das ich unter einer Haube zu einem dicken Knoten aufgetürmt hatte, befanden sich das goldene Herz und der Smaragd.

Mein neuer Besitzer hieß Senhor Carlos. Es war der Vater unseres heutigen Herrn, Dom Felipe, auf São Fidélio. Er erwarb mich zu einem sehr günstigen Preis, fast schon beleidigend billig. Aber zu diesem Zeitpunkt konnte ja niemand ahnen, dass ich so lange leben würde und noch viele Jahre auf der Fazenda einsetzbar wäre. Ich bin also eine gute Geldanlage gewesen.

Meine neuen Herrschaften waren brave Leute. Sie behandelten uns Sklaven gut, und ich beglückwünschte mich für meine Entscheidung, den Schinder zu ermorden. Bei ihm hätte ich sicher nicht mehr lange zu leben gehabt, während mich hier ein vergleichsweise angenehmer Lebensabend erwartete. Mein eigentliches Ziel hatte ich indes nicht erreicht: Ich war meinen Kindern keinen Schritt näher gekommen. Ihr Erbe hatte ich gleich nach meiner Ankunft auf der neuen Fazenda sicher versteckt, für den Fall, dass ich Läuse bekam und geschoren werden musste. Das passierte ungefähr einmal im Jahr. Aber wie sollte ich es Nzinga und Uanhenga jemals geben, wenn ich nicht einmal wusste, wo sie sich aufhielten?

Ich war schon fünf Jahre auf São Fidélio, als wir einen neuen Kutscher bekamen – José, der damals noch im besten Alter war. Er verliebte sich in mich, warum auch immer, denn ich war fast zehn Jahre älter als er. Ich ermutigte ihn keineswegs, ich gab mich sogar außergewöhnlich abweisend, obwohl mir seine Annäherungsversuche doch insgeheim schmeichelten. Je mehr ich ihm die kalte Schulter zeigte, desto vernarrter wurde er. Er hofierte mich wie ein Kavalier, das musste man ihm lassen. Nie fiel auch nur ein obszönes Wort, nie machte er anzügliche Bemerkungen. Er war gut erzogen, und irgendwann ließ ich mich dazu herab, mich von ihm zu einer Kutschfahrt einladen zu lassen. Es war natürlich streng verboten, dass wir während der Abwesenheit unserer Senhores die Kutsche zu unserem Vergnügen benutzten, aber vielleicht machte das gerade den Reiz des Ausflugs aus.

Es war eine schöne Fahrt, und wir benahmen uns wie Heranwachsende, die zum ersten Mal ein wenig Zeit allein miteinander verbringen durften. Wir kicherten und hielten Händchen, und ich ließ mir die Komplimente Josés gefallen, ohne sie zu erwidern. Allzu große Hoffnungen wollte ich ihm schließlich nicht machen.

Es dauerte lange, bis ich genügend Vertrauen in ihn hatte, um ihn mit einer wichtigen Aufgabe zu betrauen. Als er mal wieder nach Salvador fuhr, um dort das neue Porzellan der Senhora abzuholen, bat ich ihn, sich nach einer gewissen Dame namens Nzinga umzuhören. Ich rechnete es ihm hoch an, dass er keine weiteren Fragen stellte, sondern einfach nur nickte.

»Wenn ich sie finde – soll ich ihr etwas von dir bestellen?«

»Ja, nur sagen, Kasinda sein auf São Fidélio.«

»Ist gut.«

Er fand sie. Er richtete meine Nachricht aus. Und er beschrieb mir, wie die Begegnung verlaufen war, wobei ich glaube, dass er die wirklich unschönen Details ausließ, um mich zu schonen.

»Sie war einmal sehr berühmt. Sie lebt in einem schönen, großen Haus, und obwohl ich nur die Halle gesehen habe, wirkte es sehr elegant, richtig vornehm. Auch die Kleidung der Dame war fein, und sie war sehr freundlich zu mir. Sie reichte mir ein Glas Limonade, nachdem ich ihr deine Botschaft übermittelt hatte, und erkundigte sich nun ihrerseits nach dir. Ich habe ihr alles erzählt, was ich wusste – was ja nicht allzu viel ist. Ich hoffe, es war dir recht so. Nun ja, jedenfalls war die Dame leidend. Sie habe nicht mehr lange zu leben, berichtete sie, und ich solle dir bestellen, dass du dir keine Gedanken zu machen brauchtest. Sie habe ein wunderbares, erfülltes Leben gehabt und sei nun bereit, vor ihren Schöpfer zu treten.«

Mir entfuhr ein kleiner Schluchzer bei diesen Worten, was wiederum den armen José verstörte. Er hatte mich nie anders als beherrscht erlebt. Ich rechnete nach: Wir schrieben das Jahr 1745 christlicher Zeitrechnung, Nzinga musste jetzt 38 Jahre alt sein. Wieso starb sie so jung? Ob sie sich die Franzosenkrankheit geholt hatte?

»Sie sagte auch, sie habe keine Kinder und würde deshalb ihr Vermögen den heiligen Schwestern von der Misericórdia vermachen, und sie hoffte, diese Entscheidung finde deine Zustimmung.«

Ich nickte. Was sollte ich schon sagen? Ich hätte tausend bessere Verwendungszwecke für das Geld gewusst, doch es gehörte ja ihr, und sie konnte es vererben, wem immer sie wollte. Zumindest ihren Halbbruder hätte sie aber freikaufen können, schoss es mir durch den Kopf.

»Außerdem lässt sie dir ausrichten, Betinho gehe es gut und er brauche ihr unsauberes Geld nicht. Er lebe übrigens auf Três Marias.«

Ich schluckte. Konnte das wahr sein? Sollte mir einmal im Leben Glück beschieden sein? Três Marias war nur einen Katzensprung von São Fidélio entfernt! Welch ein wunderbarer Zufall!

»Oh, José, das ist ja phantastisch!«, rief ich aus und drückte ihm einen Kuss auf die Wange. Vor lauter Begeisterung hatte ich sogar vergessen, dass ich doch eigentlich gar nicht so gut Portugiesisch sprechen wollte.

Er schaute mich nachdenklich an, verkniff sich aber die Fragen, die ihm auf den Nägeln brannten. Er ist wirklich ein guter Mann, und hätte ich ihn vor all meinen schmerzlichen Verlusten kennengelernt, als in meinem Herzen noch Platz für derlei Dinge war, ich hätte mich sicher in ihn verliebt.

Ich quetschte ihn nach allen Einzelheiten aus: Wie sah Nzinga aus? Welche Kleidung trug sie? Wie sah ihr Haus aus? Waren

andere Leute da gewesen, Personal oder Gäste? Aus Josés manchmal etwas zögerlichen Antworten schloss ich, dass es nicht allzu gut um Nzinga bestellt war, und ich war kurz davor, in Tränen auszubrechen, was seit Jahren nicht mehr vorgekommen war.
»Sie sieht dir ein bisschen ähnlich«, sagte José abschließend, »sie ist eine Schönheit.«
Er wusste es. Wahrscheinlich hatte er von Anfang an gewusst, dass es sich um meine Tochter handelte.

Kurz darauf fasste ich mir ein Herz und bat bei dem Senhor um die Erlaubnis, nach Três Marias gehen zu dürfen, denn es bestünde Grund zu der Annahme, dass mein Sohn dort lebe.
»Du weißt nicht, ob er dort lebt oder nicht?«, fragte Senhor Carlos verblüfft.
»Nein, böse Mann trennen Mutter und Sohn vor viele Jahre.«
Er schüttelte den Kopf. »Ach, Imaculada. Es geschehen zu viele Greueltaten auf dieser Welt, nicht wahr?«
Ich glaubte nicht, dass er darauf eine Antwort erwartete, daher gab ich ihm auch keine. Ich hatte übrigens seit meiner Versteigerung wieder meinen alten Sklavennamen angenommen. Kasinda war ich nur gewesen, als ich mich vorübergehend frei glaubte.
»Ja«, willigte er schließlich ein, »du kannst am kommenden Sonntag mit Dona Isabel fahren, sie besucht ihre Freundin.«
Ich knickste artig. »Danke viel, Sinhô, danke viel sehr.« Ich musste selber über dieses vergewaltigte Portugiesisch schmunzeln.
»Ich wünsche dir viel Glück, Imaculada.«
»Sim, Sinhô, danke viel, viel sehr!«
Als der Sonntag gekommen war, konnte ich vor Aufregung kaum still auf dem Kutschbock sitzen. »Ruhig, Imaculada«,

forderte José mich auf, »du machst die Pferde ja ganz verrückt.«
Ich stellte mir meinen kleinen Uanhenga als erwachsenen Mann vor, der er jetzt, mit 29 Jahren, war, doch es gelang mir nicht. Vor meinem geistigen Auge sah ich immer nur einen schlaksigen Jungen mit zu großen Füßen, der voller Überschwang war und nicht wusste, wohin mit seinen Kräften.
»Hoffen wir, dass es auch der Betinho ist, nach dem du suchst«, sagte José nach längerem Schweigen.
Ich sagte nichts.
»Stehst du ihm sehr nahe?«, wagte er zu fragen, und ich bedachte ihn mit einem tadelnden Blick, dem er sogleich auswich.
»Tut mir leid. Geht mich ja nichts an.«
Seine Zurückhaltung und Bescheidenheit rührten mich – und ich beschloss, ihm alles zu erzählen. Es tat mir gut, es mir von der Seele zu reden. Ich hatte mich viel zu lange der Außenwelt verschlossen, erkannte ich plötzlich. José hörte mir aufmerksam zu, ohne mich ein einziges Mal zu unterbrechen. Als ich mit meiner Erzählung zu Ende war, sagte er eine Weile lang gar nichts. Dann platzte er plötzlich heraus: »Ich hatte auch eine Frau und drei Kinder.«
Ich starrte ihn an und schämte mich unendlich. Ich hatte nie auch nur einen Gedanken daran verschwendet, welche tragischen Wendungen das Leben Josés genommen haben mochte, so sehr war ich mit mir selbst beschäftigt gewesen.
»Das erzähle ich dir dann auf der Rückfahrt«, sagte José, denn wir erreichten endlich die Fazenda Três Marias.
Es handelte sich um ein äußerst gepflegtes Anwesen, mit einem Herrenhaus, das älter war als jenes auf São Fidélio, aber sehr gut in Schuss gehalten wurde. Die Palmen, die die Einfahrt säumten, waren viel höher als unsere, und alles roch förmlich

nach altem Geld. José setzte die Senhora vor der Casa Grande ab, um anschließend den Wagen Richtung Stallungen zu lenken, wo man sich um die Pferde und um uns – in dieser Reihenfolge – kümmern würde. Er begleitete mich zu dem ältesten Stallknecht, den er jovial begrüßte, denn die beiden kannten sich schon von den zahlreichen Besuchen der Senhora auf Três Marias.
»Habt ihr hier einen Betinho? Einen Viehtreiber?«, fragte er.
»Beto? Sicher. Der ist drüben im Kuhstall, denn eine der Kühe kalbt, und er hat ein Händchen für solche Dinge. Ist ihm noch nie ein Kälbchen verlorengegangen.«
»Das sein Betinho!«, rief ich, außer mir vor Freude. Wenn einer mit Tieren umgehen konnte, dann mein kleiner Uanhenga.
Der Stallknecht bedachte mich mit einem skeptischen Blick. Er wies uns den Weg, kam jedoch nicht mit.
José begleitete mich. Ich war ihm dafür dankbar, denn meine Knie zitterten, und er gab mir Halt, geistigen wie körperlichen. Er hielt mir seinen Arm so hin, dass ich mich unterhaken konnte, und so schritten wir feierlich einher, als seien wir auf dem Weg zu unserer Trauung und nicht in den Kuhstall.
»Jemand da?«, rief José.
Aus einem entfernten Winkel kam es zurück: »Ja, gleich. Ich kann hier jetzt nicht weg.«
Wir warteten. Wenn ich eines nicht wollte, dann meinen Sohn durch mein unerwartetes Auftauchen in eine brenzlige Situation bringen. Was, wenn ihm das Kälbchen unter den Fingern starb, nur weil er im entscheidenden Augenblick abgelenkt war? Man hörte weitere Stimmen aus der Ecke, hektisches Rufen, lautes Muhen – und schließlich Beifall und Jubel. Allem Anschein nach war die Geburt gut verlaufen.
In banger Erwartung standen José und ich an der Stalltür und merkten gar nicht, dass wir uns bei den Händen hielten.

Schließlich kam ein Bursche auf uns zu, dessen Gesicht man im Halbdunkel nicht gut erkennen konnte. Aber die Art und Weise, wie er sich bewegte, sowie seine Statur verrieten mir gleich, dass es mein Sohn war.
»Was gibt's denn?«, fragte er, als er auf uns zukam. Es dauerte einen Moment, bis er begriff, wer da vor ihm stand.
»Mãe?«, fragte er ungläubig.
»Uanhenga«, flüsterte ich, überwältigt von meinem Glücksgefühl, ihn so gutgelaunt und offensichtlich in bester Verfassung vor mir zu sehen.
Wir machten gleichzeitig einen Schritt nach vorn und fielen uns in die Arme. Er war zwei Köpfe größer als ich, und er fühlte sich an, als bestünde er nur aus Muskeln, obwohl er noch immer schlaksig wirkte.
»Mãezinha, Himmelherrgott noch mal, wie kannst du mir so einen Schrecken einjagen? Ich habe zuerst gedacht, mir sei ein Geist erschienen.«
Ich lachte und weinte zugleich. Es war so wunderbar, nach der langen Zeit endlich wieder mit meinem Sohn vereint zu sein.
»Geht es dir gut? Lass dich mal genauer anschauen«, sagte er und löste sich aus meiner Umarmung. Er musterte mich von Kopf bis Fuß, und ich tat dasselbe umgekehrt. Seine Kleidung war schmutzig, Blut bedeckte seine Arme bis zu den Ellbogen – aber sein Gesicht glühte förmlich von seinem Strahlen.
»Du siehst gut aus«, bemerkte er nach einer Weile. Und dann, in einem neuerlichen Ansturm der Überraschung: »Ich fasse es nicht! Gleich zwei so wunderbare Ereignisse an einem Tag, das muss mein Glückstag sein!«
»Dass du das Wiedersehen mit deiner Mutter und die Geburt eines Kalbs auf eine Stufe stellst, ist aber nicht gerade nett«, mischte sich plötzlich José ein, der sich bis dahin im Hinter-

grund gehalten hatte. Er sagte genau das, was ich gedacht hatte, aber ich hätte es natürlich niemals ausgesprochen.
»Und wer ist er?«, fragte mein Sohn.
»Ein Freund«, antwortete ich. »José.«
»Wo ist Vater?«, begehrte Uanhenga jetzt zu wissen, doch meine schlagartig sich verdüsternde Miene sagte ihm alles, was er wissen musste.
Wir fielen einander wieder in die Arme, diesmal vereint in der Trauer um Muhongo. Mein Herz schlug heftig, dieses Auf und Ab meiner Gefühle nahm mich sehr mit. Große Trauer und immense Freude zugleich zu verspüren, in einem Atemzug zu lachen und zu weinen, das war etwas, dem mein Körper nicht mehr standhalten konnte. Meine Beine wurden wacklig, und es war José, der es rechtzeitig bemerkte: »Hol deiner Mutter einen Schemel. Und ein Glas Wasser«, befahl er meinem Sohn, der sich unverzüglich daranmachte, den Befehl auszuführen.
Später, als der Trubel wegen des neugeborenen Kalbs nachgelassen und Uanhenga sich gewaschen hatte, setzten wir uns vor seine Hütte und tauschten Neuigkeiten aus – wenn man denn bei Dingen, die sich schon vor 15 Jahren zugetragen hatten, von Neuigkeiten sprechen konnte. Uanhenga hatte aufgrund seiner hohen Wertschätzung, die er bei seinen Senhores genoss, eine eigene Hütte zugewiesen bekommen, die er mit seiner schwangeren Frau teilte. Ich war hocherfreut, dass es ihm so gutging und dass ich nun Großmutter werden würde. Meine Schwiegertochter hieß Preta, »Schwarz«, wegen ihrer sehr dunklen Hautfarbe, obwohl diese nicht annähernd den tiefen Ebenholzton der Haut meines Sohnes hatte. Sie war eine schüchterne, liebenswerte Person, die mich dauernd aus dem Augenwinkel taxierte, weil sie zu höflich war, mich offen anzustarren. Sie hatte nichts von meiner Existenz gewusst, denn

Beto, wie mein Sohn hier genannt wurde, hatte sich ja selbst für eine Waise gehalten. Ich spürte, dass sie sich vor mir fürchtete, weil ich ein sonderbares Portugiesisch sprach und ihren Mann ständig Uanhenga nannte. Sie war wie alle Sklaven, die in Gefangenschaft geboren waren und nichts anderes kannten: Alles Afrikanische machte ihr Angst.

Die Stunden vergingen wie im Fluge, und als man nach José und seiner Kutsche rief, war noch längst nicht alles gesagt. Ich versprach, so bald wie möglich wiederzukommen, und Beto und Preta sagten, sie würden auch umgekehrt mich gern einmal besuchen. »Wenn das Kind da ist«, sagte mein Sohn. »Vorher ist es für Preta zu gefährlich. Aber es kann jetzt nicht mehr lange dauern.« Er tätschelte ihren dicken Bauch, und ich war gerührt über seine Fürsorglichkeit.

Auf der Rückfahrt sprachen José und ich kein Wort miteinander. Jeder hing seinen eigenen Gedanken nach. Es stimmte mich traurig, dass José angesichts meiner glücklichen Familienzusammenführung an sein eigenes trauriges Los erinnert worden war und dieses nun noch schwerer auf ihm zu lasten schien als vorher. Erst kurz vor unserer Ankunft auf São Fidélio schenkte er mir ein zaghaftes Lächeln und sagte: »Ich freue mich für dich, Imaculada, ich meine, Kasinda. Und ich bete zu unserem Herrgott dort droben, dass dein Glück diesmal länger währt.«

Ich schüttelte den Gedanken, dass mir weiteres Ungemach drohen könnte, unwirsch ab. Jetzt wollte ich mein Glück auskosten. Sollte mein Schicksal eines Tages wieder eine unschönere Wendung nehmen, so wäre es erst dann an der Zeit, sich zu grämen.

Es sollten fünf Jahre vergehen, in denen ich so froh und zufrieden war, wie man es als Sklavin nur sein konnte, bevor neuerliches Unglück über mich hereinbrach.

Uanhenga – Beto – wurde verkauft. Ein Mann aus dem Süden, der große Rinderherden besaß, war so angetan von meinem Sohn und dessen unglaublichem Tierverstand, dass er einen sehr hohen Preis für ihn bot, dem sein Senhor nicht widerstehen konnte. Preta und der gemeinsame Sohn, José Henrique, genannt Rico, blieben zunächst auf Três Marias. Es war ein kleiner Trost für mich, dass ich wenigstens noch meinen Enkel gelegentlich sehen konnte. Doch auch ihn verlor ich. Vor sieben Jahren, da war Rico schon elf Jahre alt, heiratete die älteste Tochter der Senhores von Três Marias, also die Schwester von Sinhô Rui Alberto. Als Mitgift erhielt sie unter anderem Preta und Rico, die dann mit ihr nach Rio de Janeiro zogen.

Ich habe nie wieder von Uanhenga, Preta und Rico gehört. Aber ich habe die Geister angerufen, und ich weiß, dass es meinem Sohn und meinem Enkel gutgeht. Ich habe die Stimmen meiner Mutter Nzinga und meines Vaters Mukua-nguzu gehört, die froh klangen. Das Wissen, dass ihre geraubte Tochter lebt und ihr Blut weitergegeben hat, hat sie mit dem Schicksal, das ihnen im irdischen Leben so übel mitgespielt hatte, versöhnt.

Und mir selbst geht es ähnlich. Ich weiß, dass ich bald ins Reich der Ahnen reise. Ich gehe freudig und willig. Ich sehne das Wiedersehen mit meinen Angehörigen herbei – und werde über meine Nachfahren, die hoffentlich sehr zahlreich werden, wachen.

46

»Amen«, wäre es Lua beinahe herausgerutscht angesichts der Getragenheit von Kasindas Worten. Doch sie konnte es sich gerade noch rechtzeitig verkneifen.
»Dann hast du einen Enkel?«, fragte sie.
»Ja. Vielleicht auch mehr Enkel? Vielleicht Uanhenga haben neu Frau? Vielleicht haben Urenkel? Rico schon groß, kann sein Vater …« Es war wohl die reine Macht der Gewohnheit, dass Kasinda weiterhin in ihrem schlechten Portugiesisch sprach, obwohl sie, wie Lua nun erfahren hatte, es besser gekonnt hätte. Aber Kasindas Augen glänzten, als sie von ihren Nachkommen sprach, und Lua hatte nicht das Herz, ihr zu widersprechen. Wenn alles stimmte, was sie ihr erzählt hatte, dann wäre ihr Enkel Rico jetzt 18 Jahre alt und somit entschieden zu jung, um schon eigene Kinder zu haben. Wobei … auf São Fidélio gab es einen Burschen, der schon mit 16 Vater geworden war. Man wusste ja nie.
»Du suchen Rico und Uanhenga … Beto.«
»Was?« Lua hatte sie natürlich sehr gut verstanden.
»Du suchen mein Nachfahren. Du erzählen Geschichte von Kasinda.«
»Das kann ich nicht. Wie sollte ich das deiner Meinung nach anstellen? Ha! Glaub mir, ich würde lieber heute als morgen von hier fortgehen, in die neue Hauptstadt Rio de Janeiro. Es heißt, es sei eine wunderbare Stadt. Ich …« Hier hielt Lua inne, denn sie bemerkte, dass Kasinda ihr anscheinend gar nicht zuhörte.

Die Alte fuchtelte an ihrem welken Dekolleté herum und förderte schließlich ein abgegriffenes Ledersäckchen zutage.
»Du und Mbómbo kaufen Freiheit. Dann gehen fort. Dann kaufen Freiheit für Kasinda Nachfahren.«
Lua musste laut auflachen. Was auch immer Kasinda für Schätze in ihrem Lederbeutel verbarg, es wäre nie und nimmer ausreichend, um vier junge Erwachsene damit auszulösen. Ihr fiel das Goldherz ein sowie der Stein, den Kasindas Mann für sie in der Mine entwendet hatte. Das wäre doch bei weitem nicht ausreichend, oder?
Kasinda wog den Beutel in ihren Händen, wobei der Inhalt klirrte. Sie sah Lua bedeutungsschwanger an, bevor sie das Band aufschnürte und das Säckchen auf ihrem Schoß auskippte.
Lua stockte der Atem. Ein Goldherz war da keines zu sehen, wohl aber ein riesenhafter Rohsmaragd, außerdem zahlreiche Goldmünzen sowie mehrere Schmuckstücke, die mit Edelsteinen und Perlen besetzt waren und sehr kostbar aussahen.
»Meine Güte, Kasinda! Woher hast du das alles?«
»Smaragd von Muhongo. Kleine Anhänger von Sinhô Sebastião. Goldmünzen von José. Brosche von Dona Isabel, Mutter von Dom Felipe, gut Frau. Andere Schmuck von Nzinga, mein Tochter.«
Lua war sprachlos. Staunend ließ sie ihre Finger durch den Schatz gleiten, der da so unpassend auf Kasindas grober Schürze lag. Wie hatte diese Frau ein solches Vermögen anhäufen können, ohne jemals für sich selbst davon zu profitieren?
Kasinda ahnte wohl, welche Frage Lua beschäftigte, denn sie antwortete ihr: »Immer haben Angst, dass Finger werden abgehackt.«
»Du hattest Angst, dass man dich des Diebstahls bezichtigen würde?«

Die Alte nickte.
»Aber wenn deine Tochter dir ihren Schmuck hinterlassen hat, dann hättest du dieses Erbe doch zu deiner Entlastung anführen können. Ich meine, der Smaragd und die anderen Sachen hätten doch auch von ihr stammen können, oder?«
»Aber Nzinga war Freudenmädchen. Nicht erlaubt, unsaubere Geld vererben. Hat José gegeben, geheim.«
»Hast du deine Tochter eigentlich noch einmal gesehen?«, fragte Lua.
Traurig schüttelte Kasinda den Kopf und erklärte ihr, dass sie nie die Möglichkeit gehabt habe, nach Salvador zu kommen, und dass Nzinga es vorgezogen habe, sie nicht zu besuchen, um ihr keine Schande zu machen. »Schande, pah!«, rief sie aus. »Kasinda stolz auf schön, klug Tochter!«
»Ja, du kannst bestimmt stolz auf sie sein«, sagte Lua leise. Dann, wie um die Wehmut zu überspielen, fuhr sie in geschäftigem Ton fort: »Woher willst du wissen, dass man mir nicht die Finger abhackt, wenn ich deine Kostbarkeiten hervorhole?«
»Du haben Eulália.« Sie sah, dass Lua sie nicht ganz verstanden hatte, und erläuterte: »Ist dumme Senhorita. Und ist ehrliche Senhorita.«
Aha. Lua musste noch immer verständnislos dreingeschaut haben, denn ungeduldig erklärte ihr Kasinda nun ihren Plan. Ihr Portugiesisch schien sich dabei minütlich zu verschlechtern, als sei sie im Geiste schon bei den Ahnen und wolle sich nun bald wieder in ihrer Muttersprache mitteilen. Lua solle, so sagte sie, die Sinhá Eulália bitten, einen Teil der Geschmeide in der Stadt zu Geld zu machen. Mit diesem Geld solle sie Zé bei Dom Felipe auslösen und Lua bei ihrem Gemahl Rui Alberto, der über ihre Vermögenswerte bestimmen durfte, also auch über Lua.

Auf Luas Einwand, Eulálias Vater und ihr Ehemann könnten sie gar nicht verkaufen wollen, grinste Kasinda schief. »Gibt besser Geschäft? Viel Geld nehmen, weggelaufene Sklaven geben.«

Lua lachte. Das stimmte allerdings. In ihrer Gier würden beide Männer zustimmen, denn aus einem entflohenen Sklaven auch noch Profit zu schlagen, das wäre wirklich einmal etwas Neues für sie. Sie würden nicht widerstehen können.

Aber was war mit Eulália? Würde sie dem Druck standhalten, dem sie zweifellos ausgesetzt wäre? Ihre Eltern, ihr Mann und ihre Schwiegereltern würden sie mit Fragen löchern. Sie würden wissen wollen, wie sie in den Besitz einer solchen Geldsumme gekommen sei. Sie würden sie darüber ausquetschen, ob sie Kenntnisse über den Aufenthaltsort zweier Ausreißer habe und ihnen dieses Wissen vorenthalte. Sie würden keine Ruhe geben, bis Eulália ihnen alles offenbart hätte. Denn was von Vorteil war, wenn man ihr Geld anvertraute, würde sich bei einem derartigen Verhör nachteilig auswirken: Eulália war einfach zu ehrlich.

Oder war es zumindest gewesen. Vielleicht hatte das Leben sie inzwischen gelehrt, dass man hier und da auch zu einer Lüge greifen musste, wenn man nicht auf der Strecke bleiben wollte. Immerhin war es ihr gelungen, Zé und Lua nicht zu verraten. Es musste sie große Willenskraft gekostet haben, nichts auszuplaudern, und sei es nur aus Trotz. Lua malte sich aus, wie ihre einstige Herrin in der schönen Casa Grande von Três Marias ihr einsames Dasein fristete und auf Rache sann – um diese dann, als sie sie in Form von Luas heimlicher Versorgung indirekt genommen hatte, nicht einmal öffentlich auskosten zu dürfen. Umso mehr, so konnte Lua sich vorstellen, würde Eulália ihren Triumph genießen, wenn sie plötzlich mit einem Vermögen aufwarten konnte, von dem niemand etwas geahnt hatte, sowie dem verbotenen Wissen um den Aufenthaltsort der geflohenen Sklavin. Ja, es würde ihr gelingen – und sie würde Spaß daran haben. Lua freute sich schon auf Eulálias Gesicht, wenn sie ihr den Plan unterbreiten würde.

Ihre Vorfreude wurde allerdings durch Zés Abfuhr ein wenig getrübt. Sie erzählte ihm, was Kasinda ausgeheckt hatte, und bemerkte, dass seine Augenbrauen sich immer mehr zusammenzogen.

»Das ist nicht dein Ernst!«, rief er schließlich aus.

»Doch, ist es. Und der deiner hochgeschätzten Kasinda ebenfalls. Wage es also nicht, mich wieder der Torheit und mangelnden Weitsicht zu bezichtigen.«

»Aber du weißt doch, wie die Weißen sind. Selbst diejenigen unter ihnen, die einen gutherzigen Eindruck machen, entpuppen sich früher oder später als herrische Sklaventreiber.«

»Hast du eine bessere Idee, wie wir diesem verfluchten Gefängnis entkommen?« Den Strand mit seinem endlosen Horizont als Gefängnis zu bezeichnen, war vielleicht ein schlechter Vergleich. Aber mittlerweile bedrückte Lua die Weite des Himmels mehr, als es die Enge in der Senzala je getan hatte, und die vollkommene Abwesenheit von menschlichen Geräuschen machte sie wahnsinniger als das dauernde, emsige Gesumme auf dem Gutshof.

»Ja«, sagte Zé, »ich habe eine bessere Idee. Ich finde, wir sollten mit dem Geld alles anschaffen, was uns das Leben und Überleben in Liberdade erleichtern würde. Vielleicht wärest du ja bereit, dich abermals auf unser Quilombo einzulassen, wenn wir dort nur weiche Kissen oder duftende Essenzen hätten.«

Sie war versucht, ihm eine Ohrfeige zu geben. Wie konnte er sie nur immer noch so falsch einschätzen, nach allem, was sie gemeinsam durchlebt hatten? Er würde sie wahrscheinlich ewig für eine verweichlichte Hausklavin mit einem Faible für nutzlosen Zierat halten.

Er bemerkte ihren Zorn und entschuldigte sich. »Verzeih, Lua. Das war billig.«

Sie nickte gnädig. Doch ihre Erwiderung war dafür umso ungnädiger: »Das Geld fließt nicht nach Liberdade.«

»Aber ...«

»Lass mich ausreden. Das Geld gehört Kasinda. Sie wünscht, dass wir es ihren Angehörigen zukommen lassen. Unsere Freiheit soll nur der Lohn für die Erfüllung dieser Aufgabe sein. Alles andere wäre Diebstahl.«

»Und wenn ...«

»Warte, Zé, ich bin noch nicht fertig. Ich weiß, wie sehr dir Liberdade am Herzen liegt. Glaubst du denn nicht, dass es deinen Leuten dort viel mehr helfen würde, wenn du frei wärst? Ich meine, wirklich frei, auch vor dem Gesetz? Du könntest nach Belieben reisen oder Handel treiben. Du könntest sie unterstützen, indem du verkaufst, was sie hergestellt haben. Davon hätten sie langfristig viel mehr als von all den Dingen, die du von Kasindas Schatz würdest anschaffen können.«

»Wie soll das gehen, wenn wir in Rio de Janeiro sind?«

»Wir müssen doch dort nicht für immer bleiben.«

»Ich weiß nicht«, sagte er kopfschüttelnd, »mir ist nicht wohl bei dem Gedanken, meine Leute da draußen einfach so im Stich zu lassen.«

»Sie kommen auch ohne dich aus, glaub mir.«

»Das bezweifle ich.«

»Dann werden sie es eben lernen – so wie du lernen musst, dass du nicht alle Weisheit für dich gepachtet hast. Man muss anderen Menschen auch die Chance geben, sich zu beweisen.«

»Nicht, wenn sie dumm, kindisch und egoistisch sind.«

Lua verdrehte die Augen. Zé war unverbesserlich. Wenn es ihnen tatsächlich gelingen sollte, Kasindas Plan in die Tat umzusetzen und gemeinsam in den Süden zu gehen, dann läge noch ein hartes Stück Arbeit vor ihr, um Zé begreiflich zu machen, dass er nicht immer alles allein entscheiden konnte. Andererseits liebte sie ihn ja genau dafür, dass er immer zu wissen schien, was zu tun war. Wenn Lua ein Übermaß an Selbstzweifeln quälte, so verhielt es sich bei Zé genau umgekehrt. Sie beneidete ihn darum. Manchmal hasste sie ihn auch dafür, und dann wieder liebte sie seine Selbstsicherheit und seine Arroganz.
Diesmal war sie jedoch entschlossen, nicht klein beizugeben. Es würde so geschehen, wie sie beziehungsweise Kasinda es wollte – oder gar nicht. Also trumpfte sie schließlich mit ihrem letzten und besten Argument auf: »Unser Kind soll als freier Mensch geboren werden.«
Darauf fiel ihm keine passende Erwiderung ein. Er sah sie nachdenklich an, dann schloss er sie in seine Arme: »Ja, Lua.«

Als die Sinhazinha sie das nächste Mal besuchen kam, schickte Lua Zé fort. Sie wollte diese Angelegenheit mit ihr unter vier Augen besprechen, denn sie fürchtete, dass Zés düsterer Blick und seine einschüchternde Erscheinung Eulália Angst einjagen könnten.
Zunächst kam sie gar nicht zu Wort. Aus Eulália sprudelte es nur so hervor, denn es gab jede Menge Neuigkeiten, die sie Lua mitteilen wollte: »Fernanda ist doch deine Freundin, oder? Stell dir vor, sie hat darum gebeten, einen Feldneger von Três Marias heiraten zu dürfen und zu ihm zu ziehen – und mein Vater hat es ihr gewährt, weil sie auf São Fidélio im Gegenzug eine junge Hausslavin von Três Marias bekommen.« Sie kicherte hämisch. »Dann hat Lulu ja wieder ein neues Opfer für seine Gemeinheiten und seine Nachstellungen.«

Lua war erstaunt, dass Eulália so genau über die Befindlichkeiten und Intrigen unter den Schwarzen unterrichtet war, ging der Sache aber nicht weiter auf den Grund, weil sie ihren Redefluss nicht unterbrechen wollte. Lua wusste, was die Einsamkeit mit den Menschen anstellte, und sie ahnte, dass dieses Geplapper das Gegengewicht zu ihrem vereinsamten Schweigen darstellte, zu dem ihre unglückliche Ehe sie verdammt hatte.
»Und mein Bruder, also Carlos, hat diese Isabelinha in einer übereilt anberaumten Zeremonie ehelichen müssen, weil … nun ja, du kannst es dir ja vorstellen. Und siehe da: Die unscheinbare, stille Braut entpuppt sich flugs als Drache. Sie hat Carlos unter ihrer Fuchtel, was ihm, wie's scheint, gut bekommt. Jedenfalls sieht er nicht mehr ganz so aufgedunsen aus, ich denke, sie hat ihm den Genuss von Alkohol verboten.«
Wieder lachte sie in sich hinein, ein bisschen boshaft, ein bisschen mitfühlend. »Tja, die Ehe – sie ist offenbar nicht nur für uns Frauen eine ziemliche … Herausforderung. Du solltest es dir wirklich ganz genau überlegen, ob du mit deinem Zé zusammenbleiben willst.«
Damit lieferte sie Lua das Stichwort. »Ja, Sinhazinha, das will ich. Und zwar in Freiheit. Und wir haben auch schon einen Plan.«
»Ja?« Eulália wirkte ehrlich interessiert. Lua nahm all ihren Mut zusammen. Jetzt oder nie. Natürlich ging sie ein gewisses Wagnis ein, aber sie hatte ein gutes Gefühl. Eulália würde ihr zuhören, sie würde sie nicht auslachen, und mit ein wenig Glück würde sie sich sogar zu ihrer Komplizin machen lassen. Also erläuterte Lua ihr, was Kasinda sich ausgedacht hatte.
Als sie mit ihrer Rede am Ende war, breitete sich ein unangenehmes Schweigen zwischen ihnen aus. Lua sah, dass die Sinhá Eulália ihr nicht die Hälfte dessen glaubte, was sie ihr erzählt hatte.

»So reich ist sie, die alte Imaculada?«

»Es sieht ganz danach aus.«

»Wer hätte das gedacht? Da schleicht sie jahrelang herum wie die ärmste und erbarmungswürdigste aller Sklavinnen und ist in Wahrheit eine wohlhabende Frau. Warum hat sie denn nicht selbst versucht, sich freizukaufen?«

»Sie hatte die leider berechtigte Befürchtung, man könne ihr vorwerfen, den Schmuck widerrechtlich an sich gebracht zu haben.«

»Mein Gott, Lua, deine Ausdrucksweise kann einen ja richtig einschüchtern.«

»Weil«, fuhr diese fort, ohne auf die Bemerkung einzugehen, »sie mit dem Vorwurf des Diebstahls so ihre Erfahrungen gesammelt hat. Dabei hat sie nämlich ihren kleinen Finger eingebüßt.«

Die Sinhazinha riss aufgeregt die Augen auf. »Du meinst, man hat ihr den Finger abgeschnitten, weil sie gestohlen hatte?« Sie wirkte weniger erschrocken über diese Information als vielmehr fasziniert von der grauenvollen Bestrafung.

»Nein«, erwiderte Lua, »man hat ihn ihr abgetrennt, obwohl sie nicht gestohlen hatte.«

»Das ist ja furchtbar!«

»Ja.«

»Ihr wollt mir also Imaculadas Gold und Schmuck anvertrauen, um euch freizukaufen?«

»So ist es, Sinhazinha.«

»Traut ihr mir denn? Also, dein Zé, der denkt doch bestimmt, ich würde den Goldschatz einfach an mich nehmen und behalten wollen. Ist es nicht so?«

Lua staunte über diese Menschenkenntnis. »Ja, so ähnlich. Aber ich traue Euch, Sinhazinha. Und ich habe Zé davon überzeugen können, dass Ihr unsere einzige Chance seid.«

»Und du bist dir sicher, dass Imaculadas Schatz auch wirklich existiert? Und dass es sich nicht nur um wertlosen Blechschmuck handelt?«

»Ja. Wollt Ihr ihn sehen?«

»Er ist hier?!«

»Kasinda, das heißt, Imaculada, ist sich ihrer Sache sehr sicher. Sie ist überzeugt davon, dass Ihr mitmachen werdet – und hat mir ihren Schatz wohlweislich dagelassen.« Lua fummelte am Saum ihres Rockes herum, an dem sie das Ledersäckchen befestigt hatte. Dann präsentierte sie der Sinhazinha den Inhalt auf die gleiche Weise, wie Kasinda es zuvor bei ihr getan hatte: Sie kippte den Beutel auf ihrem Schoß aus. Lua wusste um den Effekt, den der Kontrast zwischen den kostbaren Stücken und ihrem fadenscheinigen Rock erzielen würde.

Eulália sprang aufgeregt auf und glotzte auf Luas Schoß. Ihr Mund war vor Erstaunen halb offen. Anscheinend hatte es ihr die Sprache verschlagen, denn sie brachte kein Wort heraus. Dabei hatte Lua ihr nicht einmal alle Preziosen gezeigt, sondern, wie Kasinda es vorgeschlagen hatte, nur einen Teil davon.

Auch Lua schwieg. Gemeinsam betrachteten sie das Vermögen und hingen ihren Gedanken nach. Lua schätzte, dass der Sinhazinha etwas ganz Ähnliches durch den Kopf ging wie ihr, nämlich die traurige Erkenntnis, dass Geld allein nicht glücklich machte. Kasinda hatte Geld gehabt – und sich rein gar nichts davon kaufen können, was ihr wichtig gewesen wäre.

»Ich mache es«, platzte Eulália unvermittelt heraus. »Ich helfe euch. Ich kenne einen vertrauenswürdigen Pfandleiher in Salvador, der mir einen halbwegs korrekten Preis zahlen wird. Und der Erlös dürfte reichen, um euch zwei freizukaufen. Euch drei. Aber deine Schwangerschaft verheimlichen wir lieber, wir wollen ja deinen Preis nicht in die Höhe treiben.« Verschmitzt zwinkerte sie Lua zu.

»Dddas ist … danke!«, stammelte Lua.
»Wünsch mir Glück. Ich sehe da noch einige Hürden, die zu nehmen sind. Wie soll ich zum Beispiel erklären, wie ich zu dem plötzlichen Reichtum gekommen bin? Und wie … ach was!«, unterbrach sie sich selbst. »Das bekomme ich schon hin.« Man sah ihr an, dass sie sich freute, so wie ein Kind sich freut, wenn es einen guten Streich ausgeheckt hat.
»Viel Glück, Sinhazinha!«
Einen winzigen Moment lang war Eulália versucht gewesen, Lua zum Abschied zu umarmen, das hatte diese gespürt. Und Lua war es genauso gegangen. Doch schließlich überwog ihre Erziehung – fast 20 gemeinsame Jahre als Herrin und Sklavin ließen sich nicht so leicht abtun.
Lua sah Eulália nach, wie sie beschwingt fortging.
Als Zé aus seinem Versteck kam, unkte er: »Die sehen wir nie wieder.«
Lua schüttelte den Kopf über so viel Pessimismus. Dann ging sie zu ihrem Lager, setzte sich unter eine Palme und schloss die Augen.
Die Würfel waren gefallen.
Jetzt konnten sie nur noch warten.

47

Als Zé eines Tages von einem seiner Ausflüge zurückkehrte, wie immer schwer bepackt mit Lebensmitteln, wusste er eine beunruhigende Neuigkeit zu berichten. Kasinda sei verschwunden. Schon seit Tagen, so habe der verzweifelte José geklagt, sei die Alte nicht auffindbar gewesen, alle Versuche, sie aufzustöbern, seien gescheitert. Da sie so alt war und für ihren Besitzer ohnehin keinen Wert mehr besaß, hatte man allerdings keine ausgedehnte Suche in die Wege geleitet. In Wahrheit, so vermutete Zé, und Lua stimmte ihm darin zu, war Dom Felipe sogar erleichtert: ein Maul weniger zu füttern. Dass sie geflohen sein könnte, schlossen sie aus. Sie hätte ihnen ja kaum ihr Vermögen anvertraut, wenn sie vorgehabt hätte, sich selbst auf die Suche nach ihrer Familie zu machen. Nein, Kasinda hatte sich zum Sterben zurückgezogen.

Sie hatte ihre Geschichte zu Ende erzählt, sie hatte ihnen ihren Schatz gegeben und sie mit einer Mission betraut. Sie hatte alles weitergegeben, was sie zu geben hatte – und dann war sie, wie ein dem Tode geweihtes Tier, das sein Ende nahen spürt, an irgendeinen Ort gegangen, wo sie in Frieden sterben konnte. Lua war sich ziemlich sicher, dass sie sich dem Meer überantwortet hatte, dem großen Atlantischen Ozean, der zum Grab ihrer kleinen Tochter geworden war und der sie von ihrem geliebten Afrika trennte. Sie würde außerdem Sorge dafür getragen haben, dass man ihren Leichnam nicht fand – und was würde einen verlässlicher verschlucken als das Meer?

»Du musst es José mitteilen«, sagte sie zu Zé, nachdem sie ihm ihre Folgerungen auseinandergesetzt hatte. »Er liebt sie, schon seit Jahrzehnten. Er sollte wissen, dass sie als glückliche Frau gegangen ist, die ihr bescheidenes Ziel erreicht zu haben glaubte.«

»Warum sollte sie sich ausgerechnet jetzt das Leben nehmen?«, gab Zé zu bedenken. »Da hätte sie doch noch abwarten können, ob es uns gelingt, ihren Enkel zu finden. Nur ein paar Monate länger, und sie hätte ihn womöglich in ihre Arme schließen können.«

Lua zuckte mit den Achseln. »Vielleicht litt sie an einer Krankheit und wusste, dass sie nicht mehr lange zu leben hatte. Ich fürchte, das werden wir nun nie mehr erfahren.«

»Vielleicht ist sie aber auch gar nicht tot, sondern hatte auf dem Weg hierher einen Unfall. Vielleicht ist sie gestürzt und liegt seit Tagen hilflos im Unterholz.«

»Ich glaube das nicht. Aber wenn es dich beruhigt, können wir die Strecke ja einmal absuchen.«

Das taten sie dann auch, aber wie nicht anders zu erwarten, fanden sie Kasinda nicht. Was sie hingegen entdeckten, war eine jener typischen Kerben im Baum, wie sie auch Zé genutzt hatte, um anderen Flüchtlingen den Weg zu seinem Quilombo zu weisen. Diese Kerbe wies direkt gen Osten. Nach Afrika.

Lua bekreuzigte sich, während Zé irgendeine seiner afrikanischen Formeln murmelte. Sie starrten eine ganze Weile auf das Meer hinaus und gedachten einer großartigen Frau, die stärker und mutiger gewesen war als irgendeine andere Person, die sie kannten. Lua wünschte ihr, dass sie nun in der Welt der Ahnen, in die sie eingezogen war, ein besseres Schicksal erwartete, eines, das ihrem außergewöhnlichen Charakter gerechter wurde als jenes zu Lebzeiten. Kasinda verdiente es, eine Königin zu sein.

Mit hängenden Schultern und in Gedanken versunken gingen sie zurück zu ihrem Versteck.
»Eines Tages«, so sagte Lua traurig zu Zé, »werde ich dir ihre Geschichte vorlesen.«
Er schüttelte den Kopf. »Nein, Lua, eines Tages werde ich sie selber lesen. Denn du wirst mir Lesen und Schreiben beibringen.«
Ein breites Lächeln schlich sich auf ihr Gesicht. »Liebend gern.«
Am Abend desselben Tages erhielt er die erste Lektion. Es war eine wundervolle Vollmondnacht, und nachdem sie eine Weile nachdenklich die riesige weiße Kugel inmitten der unzähligen glitzernden Sterne angestarrt hatten, nahm Lua Zé bei der Hand. Sie führte ihn den Strand hinab, bis dorthin, wo der Sand feucht war. Mit dem Fuß zeichnete sie drei Buchstaben hinein. L – U – A. »Lua – Mond«, sagte sie. »Siehst du, es ist ganz einfach. Schreib es nach.«
Er kopierte die Buchstaben ziemlich geschickt. Dann zog er sie an sich und raunte ihr mit rauher Stimme ins Ohr: »Lua.« Es klang, als würde er staunend vor einem großen Naturwunder stehen, ein wenig ungläubig und sehr andächtig. Sie küssten sich und sahen einander dann tief in die Augen. »Komm«, flüsterte er, und sie folgte ihm bereitwillig.

Als Eulália schließlich zurückkehrte, war es, obwohl sie doch so lange darauf gehofft hatten, unerwartet. Sie erwischte die beiden kurz nach dem Liebesspiel, und obwohl sie sich schnell etwas übergeworfen hatten, gaben ihre verschwitzten Leiber und zerzausten Haare beredt Auskunft über ihr Tun.
»Oh, ich … äh, ich komme besser später noch einmal wieder.« Sinhá Eulália schaute verlegen.
»Nein, bleibt!« Der Gedanke, sie könne fortgehen und erst in einigen Tagen wiederkehren, war Lua unerträglich. Sie hatten

mehr als eine Woche zermürbenden Wartens hinter sich. Jetzt wollten sie wissen, ob und wie Eulália ihre Aufgabe gemeistert hatte. Lua fuhr sich mit den Fingern durchs Haar und schlüpfte rasch in ihr Kleid, während Zé, nur mit einem Tuch um die Hüften, um die Ecke verschwand. Eulália schaute ihm bewundernd nach. »Er ist sehr schön, dein Zé.«
Lua nickte.
»Wenn nur die scheußlichen Narben auf seinem Rücken nicht wären ...« Als sei sie sich ihrer unbedachten Äußerung erst jetzt bewusst geworden, fügte sie entschuldigend hinzu: »Damals hat es für uns alle nach einer verdienten Strafe ausgesehen.«
»Ich weiß. Ich mache Euch keinen Vorwurf, und Zé tut dies auch nicht.«
Eulália sah Lua skeptisch an, äußerte sich jedoch nicht weiter dazu. Dann, als sei ihr ganz unvermittelt eingefallen, weshalb sie eigentlich hier war, wurde sie ganz aufgeregt: »Lua, du glaubst nicht, was ich alles erlebt habe!«
»Wartet doch lieber, bis Zé da ist. Ich bin sicher, er würde Eure Geschichte auch gern hören.«
Es war ein wenig riskant, diesen Vorschlag zu unterbreiten. Lua wusste, dass Eulália eine unterschwellige Furcht vor Zé verspürte, so wie sie wusste, dass Zé ihre einstige Herrin verachtete. Aber sie fand, dass sie sich in diesem Fall nicht länger aus dem Weg gehen durften. Es war ihr gemeinsames Schicksal, das Eulália in den Händen hielt, und Zé sollte hören, was sie zu berichten hatte. Lua wusste, dass er ganz in der Nähe war und jedes Wort mitbekam, das gesprochen wurde.
»Ja, du hast gewiss recht«, sagte Eulália, und Lua hörte die Beklommenheit in ihrer Stimme.
Zé ließ nicht lange auf sich warten. Als er sich zu ihnen gesellte und sich mit mürrischer Miene auf den umgestürzten Baum-

stamm setzte, der ihnen als Bank diente, begrüßte Eulália ihn schüchtern. »Guten Morgen, Zé.«
»Guten Morgen, Dona Eulália«, sagte er.
Lua bemerkte, dass sie angesichts der Anrede ein wenig verunsichert war. Als verheiratete Frau stand ihr das ehrerbietige »Dona« vor dem Namen zu, aber Lua vermutete, dass niemand sie je so angesprochen hatte. Und das »Sinhazinha«, das »Fräuleinchen« vor dem Namen, das hatte sogar Lua sich schon abgewöhnt. Immer mehr betrachtete sie Eulália als Freundin, und wenn sie an sie dachte, war es einfach nur als »Eulália«, ohne jegliche Zusätze. Sie hatte Zé davon erzählt, und er hatte es als ein gutes Zeichen gedeutet. »Das beweist, dass du sie nicht mehr als deine ›Besitzerin‹ ansiehst«, hatte er gemeint, und Lua schätzte, dass er damit genau richtiglag.
»Also«, begann Eulália ein wenig stockend, weil ihr die Gegenwart Zés ganz offensichtlich nicht behagte, »also, es ist so, dass ich für das Gold und die Preziosen nicht genau das erzielt habe, was euch und mir so vorschwebte.«
Zé warf Lua einen ungnädigen Blick aus dem Augenwinkel zu, als wollte er sagen: Siehst du, ich habe es doch gewusst.
Eulália tat so, als habe sie nichts davon bemerkt, und fuhr fort: »Es war nicht ganz einfach. Erst musste ich meiner Schwiegermutter, Dona Filomena, entkommen. Als ich vorgab, zu einer Hutmacherin in Salvador zu wollen, bestand sie darauf, mitzufahren. Ich brachte unzählige Gründe vor, warum dies nicht ginge, aber vergeblich – sie fuhr mit. Aber in Salvador hatte ich eine neue Eingebung. Ich wolle meinen Bruder Carlos besuchen, sagte ich ihr. ›Oh, was für eine nette Idee‹, entgegnete sie und begleitete mich in das Haus meines Bruders. Er wohnt mit seiner Frau Isabelinha in einem sehr feudalen Stadtpalais, das der Brautvater dem Paar zur Verfügung gestellt hat. Ehrlich, Carlos ist ein solcher Glückspilz! Sie haben dort Wände, die

mit kunstvollen Azulejos gefliest sind, ganz wie in der Kirche des São Francisco. Und sie haben einige Skulpturen vom Aleijadinho, dem ›Krüppelchen‹, das ist, falls ihr es nicht wisst, ein sehr begabter Bildhauer, ein Mulatte. Ja, ganz recht, sein Vater war Portugiese, seine Mutter eine schwarze Sklavin, und was dieser Kerl mit seiner sonderbaren Krankheit alles so bewerkstelligt, also, in Ouro Preto, wo die großen Goldminen sind, da gilt er als wahres Genie. Ach so, was ich eigentlich erzählen wollte, war ja, wie ich Dona Filomena entwischt bin. Mein Bruder hat sie in ein Gespräch verwickelt, und meine Schwägerin Isabelinha hat – sie hat eine schnelle Auffassungsgabe, das muss man ihr wirklich lassen – die Dame zu einem Spielchen eingeladen. Ha, ist das zu fassen? Isabelinha und Dona Filomena sind also völlig vertieft in ihr Würfelspiel, und Carlos bringt mich zu diesem Pfandleiher.«
Zé wippte ungeduldig mit einem Fuß, und auch Lua fand den Bericht Eulálias reichlich ausschweifend, mochte sie aber nicht drängen.
»Der Pfandleiher sah mich und glaubte wohl, leichtes Spiel mit mir zu haben. Er dachte bestimmt, er habe eine junge Ehefrau vor sich, die erpresst wird, die ihren Liebhaber aushalten muss oder die in eine vergleichbare Notlage geraten ist. Ich aber hielt den Kopf hoch erhoben und sagte, ich sei in Eile, mein Gemahl warte draußen, und er, also der Pfandleiher, möge mir bitte zügig ein vernünftiges Angebot unterbreiten, ohne überflüssige Spielchen mit mir zu spielen. Sein Gebaren änderte sich daraufhin schlagartig. Er begutachtete den Schmuck und die Münzen und bot mir fünf Milreis dafür an. Ich habe wortlos alles wieder eingesammelt und mich erhoben, als wollte ich gehen. ›Also schön, sieben‹, bot er an, und ich lachte ihn aus. ›Hört mir zu, liebe Dona Eulália‹, sagte er, denn er kannte mich – und meinen Bruder eigentlich auch, aber der saß ja,

schlecht sichtbar, draußen in der Kutsche –, ›meine liebe Freundin, Ihr wisst, dass ich Euch nicht den wirklichen Wert dieser Stücke auszahlen kann. Sie sind schwer verkäuflich, und eine gewisse Gewinnmarge müsst Ihr mir auch zugestehen.‹ Ach, Lua – und Zé –, es war köstlich! Er wand sich und redete jede Menge Unsinn. Schließlich wurden wir uns bei neun Milreis handelseinig. Neun! Was sagt ihr dazu?«

Lua sagte gar nichts dazu. Sie war sprachlos. Sie hatten mit höchstens fünf Milreis gerechnet, und Eulália hatte fast das Doppelte erzielt. Das war … grandios! Zé klatschte langsam in seine Hände. Sein einsamer, spöttischer Applaus war völlig unangemessen, wie Lua fand, und sie stieß ihn in die Rippen, damit er aufhörte, was er dann auch tat.

»Wundervoll! Das habt Ihr großartig hinbekommen«, sagte Lua, als sie ihre Sprache endlich wiedergefunden hatte. »An Euch ist eine gewiefte Händlerin verlorengegangen.«

Eulália strahlte übers ganze Gesicht, als sie weitererzählte. »Nicht wahr? Und es kommt noch viel besser. Der schwierigere Teil des Unterfangens war ja eigentlich, meinen Vater und meinen Gatten zum Verkauf zweier Sklaven zu bewegen, über deren Verbleib nichts Genaues bekannt war.«

»Und?«, drängelte Lua. Hier begann es, wirklich spannend für sie zu werden. Hatte sie ihrer beider Freiheit nun kaufen können oder nicht?

»Und … es war sehr heikel. Mein Vater, also Dom Felipe, war rasend vor Wut, als ich ihm zu verstehen gab, dass ich wusste, wo ihr euch verborgen haltet. Aber ich bin nicht eingeknickt. Er hat eine Menge Verwünschungen und Drohungen ausgestoßen, aber je zorniger er wurde, desto gelassener wurde ich selbst. Es hat mich regelrecht amüsiert, seinem Wutausbruch zuzusehen und zu wissen, dass er nichts, aber rein gar nichts gegen mich unternehmen konnte.«

»Nun ja, er hätte Euch ja …«, warf Lua ein, wurde aber sogleich unterbrochen.

»… auspeitschen lassen können?« Sie sah kurz zu Zé hinüber, der aber verzog keine Miene. »Wohl kaum. Auch Rui Alberto, mein geliebter Gemahl, war sehr erbost über mein Ansinnen. Am meisten aber ärgerte ihn, dass er nie von dieser großen Geldsumme erfahren hatte, die ich da auf den Tisch legte. Nachdem ich angedeutet hatte, dass ich über noch viel mehr verfügte, wurde er plötzlich ganz zahm.« Eulália lachte bei der Erinnerung in sich hinein. »Es ist ganz erstaunlich, wie viel Respekt man sich verschaffen kann, wenn man über etwas verfügt, das andere haben wollen, sei es Geld oder sei es Wissen. Beziehungsweise wenn man auch nur vorgibt, darüber zu verfügen. Ich werde mir das für die Zukunft merken.«
Zé begann, ungeduldig mit einem Fuß zu wippen, und diesmal verstand Eulália das Zeichen.

»Also, um es kurz zu machen: Es war schließlich mein kleiner Bruder, der übrigens neuerdings mit meinem lieben Gemahl ein Geschäft mit Kokosfasern aufziehen will, hält man das für möglich?, es war also Manuel, der mit seiner messerscharfen Logik die anderen beiden Männer davon abhielt, mich zu schütteln, zu verprügeln oder unter Hausarrest zu stellen. ›Es ist doch ein äußerst vorteilhaftes Geschäft‹, sagte er. ›Ihr bekommt das Geld, müsst aber die Ware nicht liefern, sondern nur zwei Urkunden ausstellen. Ich wünschte, beim Zucker wäre das einmal so.‹ Und damit war es beschlossene Sache.«

»Es hat also geklappt?«, rief Lua dazwischen.

»Und ob.« Eulália kramte in ihrer großen Tasche herum und holte schließlich zwei Papierrollen daraus hervor. Sie imitierte mit der Stimme eine Fanfare, bevor sie Lua eines der Dokumente und Zé das andere überreichte. »Eure Freilassungsurkunden.«

Lua entrollte sie sogleich, überflog sie und las die entscheidende Stelle laut vor, damit auch Zé erfuhr, was dort in der markanten Handschrift von Dom Felipe geschrieben stand: »Die Mulattin Maria Luisa ›Lua‹ Oliveira, geboren auf der Fazenda São Fidélio am 5. Mai im Jahre des Herrn 1744, erhält mit sofortiger Wirkung und ohne Einschränkungen die Rechte einer Freien.«
Lua weinte. Sie warf sich an Zés Brust und ließ sich von ihm festhalten. Sie spürte, dass auch er kurz davor war, in Tränen auszubrechen.
»Vorsicht«, rief Eulália, »ihr zerdrückt ja noch die kostbaren Urkunden!«
Lua löste sich aus Zés Umarmung und fiel dann Eulália in die Arme. »Danke, danke, danke!«, schluchzte sie, selig vor Erleichterung und halb schwindelig vor Glück.
»Danke, Dona Eulália«, sagte endlich auch Zé.
»Gern geschehen, Seu Zé«, kam es von ihr zurück. Sie wollte sich ihre Rührung nicht anmerken lassen, aber es ließ sich kaum verhindern. Ihre Stimme zitterte verdächtig. Dann griff sie abermals in ihre Tasche und holte einen kleinen Beutel heraus.
»Ich will euch nur ungern die Illusion rauben, ihr wärt unbezahlbar. Ich fürchte nämlich, ihr habt weniger gekostet, als euch lieb sein kann. Aber einen Vorteil hat diese mangelnde Wertschätzung ja durchaus.« Sie reichte Zé den Beutel. »Na los, schau schon nach!«
Er kippte sich den Inhalt in seine geöffnete Hand. Sie staunten nicht schlecht: Es befanden sich noch drei Milreis in Goldmünzen darin, genügend Geld, um die Schiffsreise nach Rio de Janeiro und mehrere Monate lang die Kosten für ihren Lebensunterhalt zu bestreiten.
»Ich habe gefeilscht wie ein Fischweib«, brüstete Eulália sich mit unüberhörbarem Stolz in der Stimme. »Es ist ja sehr un-

fein, sich selber zu loben, aber ich muss das jetzt einfach loswerden.«

Sie zögerte, als warte sie auf eine Aufforderung, weiterzusprechen.

»Bitte, tut Euch keinen Zwang an. Wir werden Euch zweifellos nicht für unfein halten«, tat Zé ihr dann auch den Gefallen. »Im Gegenteil: Eine feinere Dame als Euch kenne ich nicht. Na ja, jedenfalls keine weiße.«

Sie lachten gemeinsam, und dieses Lachen löste die Spannung zwischen ihnen. Munter fuhr Eulália mit ihrer Geschichte fort.

»Ja, also, es hat mir sogar richtig Spaß gemacht, dieses Gefeilsche, ob ihr's glaubt oder nicht. Ich denke, dass an mir vielleicht doch eine ganz gute Händlerin verlorengegangen ist. Und Manuel, mein jüngerer Bruder, denkt das auch. Er hat mein Verhandlungsgeschick gelobt und meine Härte, und selten habe ich mich so über ein Kompliment gefreut. Aus seinem Mund ist so etwas praktisch ein Ritterschlag, denn er ist ja unbestritten derjenige in der Familie, der den ausgeprägtesten Geschäftssinn hat. Wer weiß, eines Tages, wenn ich auch Dona Filomena von meiner neu entdeckten Begabung überzeugt habe, kann ich vielleicht mehr Einfluss auf die Geschicke der Fazenda nehmen.«

»Und auf das Los der Sklaven«, ergänzte Zé.

»Richtig, und auf das Los der Sklaven. Ich würde sie selbstverständlich nicht alle in die Freiheit entlassen, das nun nicht gerade. Aber ich würde dafür sorgen, dass sie unter menschenwürdigen Bedingungen leben können. Und ich würde niemals Familien auseinanderreißen, indem ich Kinder von ihren Müttern weg verkaufe oder Männer von ihren Frauen. Das fand ich immer schon abscheulich.« Ihr Gesicht verzog sich zu einer angewiderten Miene, bevor sie sich schüttelte und dann in betont fröhlichem Ton fortfuhr: »Ach, reden wir über etwas Schöneres.«

»Ich finde nicht, dass …«, begann Zé, doch Lua hinderte ihn daran, weiterzusprechen, indem sie ihre Hand beschwichtigend auf seinen Unterarm legte. Sie ahnte, dass er irgendetwas Politisches zu diesem Thema beizutragen hatte, hielt aber den Zeitpunkt für unangemessen.

»Und was macht ihr nun mit eurer Freiheit? Wo geht ihr hin? Wollt ihr wirklich nach Rio de Janeiro, unsere neue Hauptstadt?«

Lua nickte. Sie hatte Eulália natürlich nicht in alle Details ihres Plans eingeweiht. Weder wusste sie, dass sie über weitere Goldreserven verfügten, noch, dass sie Kasindas Enkel freikaufen wollten. Lua hatte ihr einzig erzählt, sie würden ihn aufsuchen und ihm ein Geschenk seiner Großmutter überreichen wollen. Das wiederum hatte Lua getan, um den Wohnort von Eulálias Schwägerin in Erfahrung zu bringen, denn dieser hatte der junge Bursche ja zuletzt gehört. Ob er dort noch zu finden wäre, wusste Lua nicht. Es konnte gut sein, dass ihnen eine längere Suche bevorstand.

»Ja«, sagte Lua, »wir werden das nächste Schiff nach Rio nehmen. Und dann werden wir weitersehen. Ich werde Euch aber auf alle Fälle schreiben – jetzt muss ich ja nicht mehr verheimlichen, dass ich es kann.«

Sie kicherten gemeinsam. Doch Eulália wurde schnell wieder ernst. »Ich beneide euch. Wie schön es sein muss, alles hinter sich zu lassen und irgendwo anders einen Neuanfang zu machen.«

»Ja, und ich freue mich sehr darauf. Aber ich glaube, dass auch Euer Leben ab sofort eine Wende zum Besseren nimmt. Es wird Euch bestimmt in Zukunft viel leichter fallen, sich auf Três Marias durchzusetzen, jetzt, da Ihr Euch einmal Respekt verschafft habt.«

»Dein Wort in Gottes Ohr, Lua.«

»Und in Dona Filomenas Ohr«, meldete sich nun auch Zé wieder zu Wort. »Sie ist wirklich eine ziemlich herrschsüchtige Dame.«

Sie lachten darüber, doch sowohl bei Eulália als auch bei Lua kippte dieses Lachen bald in ein leises Schluchzen um. Sie umarmten sich.

»Ich werde dich vermissen, Lua. In einem anderen Leben hätten wir sicher gute Freundinnen werden können.«

»Ich finde, wir sind es schon in diesem Leben.«

»Erzähl deinem Kind nicht allzu viele Schauermärchen von deiner Zeit als Sklavin und von deiner ehemaligen Sinhazinha.«

»Wenn es ein Mädchen wird, könnten wir es ja Eulália nennen«, sagte Zé in fragendem Ton und mit einem Seitenblick zu Lua. Es war das größte Kompliment, das er Eulália machen konnte, auch wenn es sicher nur der Stimmung des Augenblicks zu verdanken war. Eher würden sie ihre Tochter Kasinda nennen, schätzte Lua.

»Und wenn es ein Junge wird?«, fragte Eulália mit Tränen der Rührung in den Augen.

»Da schwanken wir noch, aber einer unserer Favoriten ist Bombom junior.« Zé zwinkerte Lua verschwörerisch zu.

Sie brachen alle drei in Gelächter aus. »Ihr seid verrückt«, stellte Eulália fest.

Ja, das waren sie.

Verrückt vor Liebe. Und vor Glück.

Historischer Hintergrund

Salvador da Bahia war bis 1763 die Hauptstadt der portugiesischen Kolonie Brasilien. In der Region um Salvador befanden sich zahlreiche ausgedehnte Zuckerrohrplantagen, die allein aufgrund der Sklavenarbeit phantastische Gewinne abwarfen und ihren Besitzern ein Leben in Saus und Braus ermöglichten. Südlich von Salvador wurde ab dem 18. Jahrhundert vorwiegend Kakao angebaut, auch dies ein Produkt, das dank der Sklavenarbeit sowie der großen Nachfrage nach Schokolade in Europa die Plantagenbesitzer – und die Sklavenfänger – reich machte.

Insgesamt wurden vom Ende des 16. bis zum Beginn des 19. Jahrhunderts rund vier Millionen Afrikaner, meist aus dem Westen des Kontinents, nach Brasilien verschleppt, ein Großteil von ihnen nach Bahia (heute ein Bundesstaat Brasiliens). Die Bedingungen auf den Sklavenschiffen waren unvorstellbar grausam: Mehr als die Hälfte der Gefangenen überlebte die Reise nicht. Wer lebend in Südamerika ankam, hatte jedoch ebenfalls keine allzu hohe Lebenserwartung. Die Schwarzen wurden wie Vieh behandelt und mussten sich förmlich zu Tode schuften. Sie wurden gezwungen, ihre Sprache, ihren Glauben und all ihre überlieferten Traditionen abzulegen, und mit diesem Verlust ihrer kulturellen Identität ging eine womöglich noch größere Schwächung ihres Stolzes einher als durch die körperlichen Torturen.

Nur sehr wenigen von ihnen gelang es, Zuflucht in einem Quilombo zu finden, einem von Schwarzen geführten Dorf im unwegsamen Landesinnern. Das vielleicht berühmteste Quilombo war »Palmares«, das zu seiner Blütezeit in der Mitte des 17. Jahrhunderts eine Fläche von der Größe Portugals einnahm und an die 30 000 Einwohner hatte. Sein letzter Anführer, Zumbi, wurde 1695 enthauptet – und wird bis heute als Held des Widerstands der Sklaven gegen die Herrschaftsschicht verehrt.

Einigen Schwarzen gelang es auch, sich die Freiheit zu erkaufen. Manche von denen, die sich freikaufen konnten, gingen zurück nach Afrika und trieben Handel mit ihren einstigen Besitzern, andere blieben in Brasilien und schlugen sich mit Handwerk und Kleinstgewerbe durch. Einzelne gelangten als Künstler zu Geld und großem Ansehen, wie etwa der Bildhauer und Maler José Joaquim da Rocha, der die prachtvollste Kirche Salvadors ausgestattet hat – diese jedoch als Schwarzer nie besuchen durfte …

Bahia gilt als der »afrikanischste« aller brasilianischen Bundesstaaten, nicht zuletzt deshalb, weil seine Bevölkerung zu über 80 Prozent dunkelhäutig ist. Musik (Samba), religiöse Kulte (Candomblé) oder Tanz (Capoeira) mit eindeutig afrikanischen Wurzeln zeugen ebenso davon wie die exotisch gewürzten Speisen (*vatapá*, *carurú*, *muqueca*, *acarajé* …) oder die traditionelle Kleidung der Baianas mit weiten weißen Röcken, Turbanen und *balangandã*-Armbändern. Die afrobrasilianische Lebensweise, die weit mehr ist als nur Folklore, entwickelte sich allerdings erst gegen Ende des 19. Jahrhunderts und hat mit den afrikanischen Vorbildern nur noch wenig gemein. Dadurch, dass es den Sklaven streng verboten war, ihre überlieferten Rituale zu pflegen, haben nur vereinzelte Elemente überdauert, die im Laufe der vergangenen 120 Jahre in eine vollkommen eigenständige baianische Kultur eingeflossen sind – auf die man in Bahia zu Recht stolz ist, denn sie verbindet auf unnachahmliche Weise die Mystik Afrikas mit der überbordenden Lebensfreude Brasiliens.

Ana Veloso

Der indigoblaue Schleier

ROMAN

Goa im 17. Jahrhundert: Der junge Miguel wird in die portugiesische Kolonie entsandt, um sich um die Belange des väterlichen Handelshauses zu kümmern. Er ahnt nicht, dass eine geheimnisvolle Inderin seinen Ehrgeiz mehr anstacheln wird als alle unternehmerischen Herausforderungen. Die als Dona Amba bekannte Dame pflegt keinerlei Umgang mit ihren Mitmenschen, entblößt ihr Gesicht vor niemandem außer ihrer alten Amme und ist alles andere als begeistert von dem Interesse des heißblütigen jungen Mannes. Miguel aber lässt sich von ihr nicht abschrecken. Welches düstere Geheimnis hütet die verschleierte Schöne?